STURMA (HRSG.) · PERSON

ethica

Herausgegeben von
Dieter Sturma und Michael Quante

DIETER STURMA (Hrsg.)

Person

Philosophiegeschichte – Theoretische Philosophie
– Praktische Philosophie

Redaktionelle Mitarbeit:
Sandra Ausborn-Brinker, Jan-Hendrik Heinrichs
und Ulrich Steckmann

mentis
PADERBORN

Gedruckt mit Unterstützung des Förderungs- und Beihilfefonds Wissenschaft der VG Wort.

Einbandabbildung: Leonardo da Vinci, Ausschnitt aus „Felsgrottenmadonna" (1503–1506)

Die Deutsche Bibliothek – CIP-Einheitsaufnahme

Ein Titeldatensatz für diese Publikation ist bei
Der Deutschen Bibliothek erhältlich.

= ethica, Band 3

Einbandgestaltung: Anna Braungart, Regensburg

Gedruckt auf umweltfreundlichem, chlorfrei gebleichtem
und alterungsbeständigem Papier ⊗ ISO 9706

© 2001 mentis Verlag GmbH
Schulze-Delitzsch-Straße 19, D-33100 Paderborn

Printed in Germany
Satz und Herstellung: Rhema – Tim Doherty, Münster
Druck: WB Druck, Rieden/Allgäu
ISBN 3-89785-301-9

INHALTSVERZEICHNIS

ZUR EINFÜHRUNG

Dieter Sturma

PERSON UND PHILOSOPHIE DER PERSON

I. Annäherung und Problemstellung

Der Begriff der Person ist mehr als nur ein Wort, mehr als eine bloße Konvention. Wie andere Grundbegriffe privater und öffentlicher Selbstverständigungen präformiert er vor aller Interpretation unmittelbar den Blick auf die natürliche, subjektive und soziale Wirklichkeit. Seine Bedeutung ist das Resultat eines langwierigen und komplizierten Prozesses, an dem auch semantische Verabredungen beteiligt sind. Die Verflechtung von begriffsgeschichtlicher Konvention einerseits sowie semantischer Entwicklung und Formierung andererseits ist nur auf den ersten Blick widersprüchlich. Mit ihr wird lediglich das Spannungsfeld zwischen Begriff und Sachverhalt in immer neuen Anläufen ausgemessen.

Im Fall des Personbegriffs müssen drei unterschiedliche semantische und sachliche Perspektiven beachtet werden: Die Bedeutung, die jeweils mit ‚Person‘ verbunden wird, die Systematik und Semantik, die der jeweiligen Verwendungsweise zugrunde gelegt werden, sowie die individuierte Gestalt, auf die sich der Begriff bezieht bzw. beziehen kann. In der Geschichte der Philosophie der Person sind diese unterschiedlichen Perspektiven nicht immer mit hinreichender Deutlichkeit auseinandergehalten worden. An ihren Verläufen ist gleichwohl abzulesen, daß der semantische Zugriff in dem Bewußtsein erfolgt ist, mit einem besonderen Gegenstand umzugehen, der in den konstruktiven Bezugnahmen nicht frei verfügbar ist. Der Geschichte des Personbegriffs liegt vielmehr eine interne Sachlogik zugrunde, denn bei aller Konventionalität zeichnen sich Objektivierungen ab, die im wesentlichen von dem bestimmt werden, worauf sich der Begriff bezieht.

Nach der sogenannten Toderklärung des Menschen und des Subjekts hat die Philosophie der Person die Aufgabe übernommen, epistemische und moralische Selbstverhältnisse konzeptionell wie praktisch zu rehabilitieren. Eine solche Aufgabe kann nicht mit einer Rückkehr zu dogmatischen oder methodisch unreflektierten Positionen bewältigt werden. Die Präsenz von Personen *qua* Personen ist so zu rekonstruieren, daß die Bezüge zur Alltagserfahrung genauso kenntlich werden wie zu den entsprechenden empirischen Befunden, die gegenwärtig in den Natur-

und Kulturwissenschaften bereitgestellt werden, denn die Präsenz der Person gilt in mentalen Akten und Verhaltensweisen durchaus als fraglich.

Unter den Bedingungen anspruchsvollerer Methoden und Rechtfertigungsmodelle tritt die Philosophie der Person einen Großteil des Erbes der philosophischen Anthropologie an. Der Begriff der Person ist die moderne Antwort auf die alte Frage nach dem Selbstverständnis des Menschen. Durch ihre Thematik gerät die Philosophie der Person in eine besondere hermeneutische Situation, die durch komplexe und komplizierte Reflexionsstrukturen gekennzeichnet ist. Aufgrund der methodisch veränderten Situation kann die moderne Philosophie der Person aber nicht mehr auf einfache Modelle von der Sonderstellung des Menschen im Kosmos zurückgreifen. Vielmehr hat sie sich an neueren Verfahren der Sprach- und Erkenntniskritik zu orientieren und auf monokausale Ableitungsmodelle gänzlich zu verzichten.

Die Philosophie der Person verfügt bei aller Fragmentarität ihrer Geschichte auch über einen vergleichsweise konturierten Bereich, nämlich die Theorie personaler Identität, die in ihren Problemstellungen und Lösungswegen systematisch wie philosophiegeschichtlich übersichtlich ist. Seit Lockes Grundlegung steht der Begriff der Person im Zentrum der folgenreichen Fragestellung, wie die Identität eines vernünftigen Individuums über die Zeit hinweg zu verstehen sei. Dahinter verbirgt sich die Beunruhigung, daß offenbar nicht selbstverständlich davon ausgegangen werden kann, daß ein Individuum in allen Stationen seines Lebens ein und dieselbe Person ist. Zur Begründung der These, daß Personen über die Zeit hinweg als dieselben angesprochen werden können, sind in der Philosophiegeschichte vor allem drei Ansätze aufgeboten worden, die sich entweder auf eine unterstellte Substanz, das Bewußtsein oder den Körper bzw. das Gehirn der Person gründen. In den Ansätzen kommen Konzepte zur Anwendung, die Identität im zeitlichen Wechsel erfassen. Weil sie die Veränderungsprozesse desjenigen in Rechnung stellen müssen, von dem Identität ausgesagt wird, können sie in diesem Zusammenhang weder von einem starren oder statischen Begriff noch von bloß relationalen Bestimmungen ausgehen.[1]

Die systematischen Fragestellungen der Theorie personaler Identität sind nicht zuletzt dafür verantwortlich, daß für die Hauptströmungen der neueren Philosophie die systematische und semantische Ausdifferenzierung zwischen ‚Mensch‘ und ‚Person‘ in den Selbstinterpretationen der menschlichen Lebensform zum Gemeinplatz geworden ist. Sie ist in der Philosophiegeschichte zumeist als gleichermaßen unvermeidlich wie unkontrovers angesehen worden. Diese Situation hat sich in den letzten Jahren gewandelt. Vor allem einige radikale semantische Ausgrenzungen, die kurzschlüssig ein auf Selbstbewußtsein verengten Personbegriff mit einem ausgezeichneten Rechtsanspruch verbinden, haben aufgeregte Reaktionen provoziert, die im Gegenzug jeden Versuch, zwischen ‚Mensch‘ und ‚Person‘ zu unterscheiden,

---

[1] Siehe Teil II in diesem Band.

als inhuman zurückweisen. Auf diese Weise haben sich verhärtete Fronten einge-
stellt, die dringliche ethische Diskurse beträchtlich behindern. Es wird übersehen,
daß die Ausdifferenzierung zwischen ‚Mensch' und ‚Person' noch keine moralische
Bewertung ist.

In ethischer und rechtlicher Hinsicht geht es bei der Zusprechung des Personstatus gerade nicht um alles oder nichts. Auch die Menschen, denen wesentliche
Eigenschaften und Fähigkeiten von Personen nicht zur Verfügung stehen, gehören
keineswegs in die große Klasse der Nicht-Personen. Vielmehr verbleiben sie im
engen Umfeld der ethischen Anerkennungskultur, die sich um das epistemisch
und moralisch aktive Subjekt herum aufbaut. Die Extension der ethischen Anerkennungskultur geht aus den gelebten Einstellungen und Haltungen der kulturellen
Lebensform hervor und ist größer als der Bereich der handelnden Personen.

Trotz der vielen semantischen Unwägbarkeiten verfügt die Philosophie der
Person über einen hinreichend gesicherten disziplinären Ort. Es kann als ihre
wesentliche Funktion angesehen werden, theoretische und praktische Philosophie
in einer modernen Subjektbestimmung zusammenzuführen. Der Übergang von
der theoretischen zur praktischen Philosophie gestaltet sich gleichwohl schwierig. Gelingt aber der Nachweis, daß der Begriff der Person sich aus irreduziblen
epistemischen und moralischen Bestimmungen zusammensetzt, wäre ein großer
Schritt zur Vereinheitlichung divergierender philosophischer Perspektiven getan.
An neueren Untersuchungen ist deutlich ablesbar, daß sich epistemologische Analysen auf die Bewußtseins-, Moral-, Sozial- und Kulturphilosophie auswirken – wie
auch umgekehrt in diesen Disziplinen gewonnene Einsichten Rückschlüsse auf die
Erkenntnis- und Sprachphilosophie nahelegen.

Übergänge zwischen den Bereichen der theoretischen und praktischen Philosophie können nur in nicht-reduktionistischen Theorieperspektiven erfolgen, weil
reduktionistische Ansätze immer nach eindimensionalen Angleichungen suchen
werden. Bei derartigen Angleichungen wird oftmals ein methodisches Paradigma
unterstellt, das aus Popularisierungen naturwissenschaftlicher Weltbilder übernommen wird. Daraus geht ein physikalistisches Szenario hervor, dem wie zu Zeiten des
Französischen Materialismus im 18. Jahrhundert ein Monopol bei der Beschreibung und Bewertung der Wirklichkeit eingeräumt wird. Solche Ansätze weisen
zentrale Bestimmungen des Personbegriffs – Selbstbewußtsein und Moralität – als
illusionär ab. Obgleich eine solche Konsequenz selten offen ausgesprochen wird,
kann das eigentlich nur bedeuten: Es gibt keine Personen.

Die weltanschaulichen Popularisierungen der Naturwissenschaften stellen für
die Philosophie insgesamt ein Problem dar, weil sie entschieden über das hinausgehen, was sie der Sache nach behaupten können. Der Konflikt geht nicht von
den naturwissenschaftlichen Arbeitsweisen und Ergebnissen aus, sondern von den
anthropologischen, ethischen, politischen und kulturellen Bewertungen, die daraus
umstandslos abgeleitet werden. Solchen Ansätzen muß ein Evaluationsmonopol
verwehrt bleiben. Die Entschlüsselung des menschlichen Genoms eröffnet ein

immenses Problemfeld, sie liefert aber keineswegs Anworten auf Fragen wie ‚Was ist eine Person?', ‚Was soll ich tun?', ‚Welches Leben soll ich als Person führen?', ‚Was ist eine humane Lebenswelt?' etc. Der Umstand, daß solche Grundsatzfragen in der traditionellen Philosophie oftmals dogmatisch beantwortet worden sind, bedeutet nicht, daß sie mit den neuen Rechtfertigungs- und Geltungsstandards einfach verschwinden.

II. KRISE DES PERSONBEGRIFFS?

Eine Reihe von Stellungnahmen zum Begriff der Person vollziehen sich vor dem Hintergrund eines ausdrücklich formulierten Krisenbewußtseins. Eine Begriffskrise ist so zu verstehen, daß es einen semantischen Bestand gibt, dem nunmehr die Grundlagen verloren gehen. Ein solcher Fall liegt aber gerade beim Personbegriff nicht vor. Entgegen anders lautender Unterstellungen hat er bislang über keine kanonische Tradition verfügen können – das gilt nicht einmal für den theologischen Kontext, der in diesem Zusammenhang des öfteren als Exemplifizierung angeführt wird. Begriffsgeschichtlich lassen sich lediglich einzelne Definitions- und Gebrauchsepisoden nachweisen, die nur in wenigen Fällen aufeinander bezogen sind.[2]

Es gibt keine Krise des Personbegriffs, sondern eine Krise traditioneller Welt- und Menschenbilder. Sie wird durch teilweise dramatische Veränderungen in der Lebensweise hervorgerufen und geht insofern über theoretische Anlässe weit hinaus. Vor allem trifft sie unser persönliches und kulturelles Selbstverständnis im Kern. Dieser Sachverhalt begründet überhaupt erst das gegenwärtige Interesse am Personbegriff. Unangesehen ihrer weltanschaulichen Vordergründigkeit lassen sich drei Kritiktypen unterscheiden, aus denen heraus die Krise des Personbegriffs diagnostiziert wird: 1. der traditionalistische, 2. der speziesismuskritische und 3. der szientistische Vorbehalt.

1. Der traditionalistische Einwand ist durch die Überzeugung motiviert, daß an der Synonymie von ‚Mensch' und ‚Person' unter allen Umständen bedingungslos festgehalten werden müsse. Menschen sind danach von Beginn bis Ende ihrer Existenz Personen. An diese These wird die Erwartung geknüpft, die metaphysische Würde des Menschen vor Relativierungen bewahren zu können. Der Einwand ist mit der ungewöhnlichen Ausgangssituation belastet, sehr weitgehende ethische Zielsetzungen auf die bloße Zugehörigkeit zu einer Spezies zu gründen. Damit kommt es zu der eigentümlichen Situation, daß die *biologische* Art den Personsta-

---

[2] Siehe Teil I in diesem Band.

tus sichern soll, der wiederum als Ausdruck *metaphysischer* Dignität ausgegeben wird.

Der traditionalistische Einwand gegen die modernen Verwendungsweisen des Personbegriffs stützt sich auf Ausdeutungen begriffsgeschichtlicher Abschnitte des Mittelalters und der Renaissance, die die ethische Sonderstellung des Menschen thematisieren. Die begriffsgeschichtlichen Rekurse müssen in diesem Zusammenhang überraschen, denn es ist doch gerade die Theologie der Person gewesen, die im Rahmen der Trinitätslehre wirkungsmächtig zwischen Mensch und Person unterschieden hat. Die frühen Spuren des Personbegriffs fallen ohnehin nicht in die christliche, sondern in die hellenistische Tradition, die den modernen Verständigungsverhältnissen und Verhaltensweisen zudem schon sehr nahe kommt.

Das Auseinandertreten der Extensionen von ‚Mensch' und ‚Person' beunruhigt den Traditionalisten, weil er den Personstatus als alleinigen Kandidaten für die Zuschreibung von Lebensanspruch und Rechten begreift. Wenn diese Voraussetzung zuträfe, ergäbe sich in der Tat die ethisch überaus bedenkliche Situation, daß die Zuschreibung des Personstatus unmittelbar über Leben und Tod entschiede. Eine derartig kurzschlüssige Ableitung ist auf jeden Fall zu vermeiden. Ihre Zurückweisung beantwortet jedoch nicht die Frage, warum Personen die alleinigen Kandidaten für die Zuschreibung von Lebensanspruch und Rechten sein sollen.

2. Eine Vielzahl von Ansätzen in der Bioethik weisen die starre Identitätsbehauptung von Mensch- und Personbegriff als speziesistisches Vorurteil zurück, das das *animal rationale* zu Lasten anderer Arten unangemessen bevorzugt. Sie sehen in der metaphysischen Auszeichnung eine ethische Ausgrenzung, die sich gegenüber dem Empfinden und Leiden nicht-menschlicher Kreaturen gleichgültig zeigt. Es sind die ideologischen Verhärtungen der Metaphysik der Person, die vor allem in der Tierethik als Krise erlebt werden. Darauf ist im begriffspolitischen Gegenzug mit der Forderung reagiert worden, Personenrechte auch nicht-menschlichen Lebewesen zuzubilligen und eine ethische Gemeinschaft aus Menschen und großen Menschenaffen zu bilden.

Eine Erweiterung der ethischen Gemeinschaft der Menschen ist mit eigenen Problemen belastet. Insbesondere ist nicht ersichtlich, auf welche Weise Bestimmungen wie Gründe, Gleichheit und Gegenseitigkeit in der neuen Gemeinschaft ihre konstitutive Funktion behalten können. Es ist wohl kaum zu vermeiden, daß das Verhältnis zwischen Menschen und großen Menschenaffen in epistemischer und moralischer Hinsicht asymmetrisch bleibt. Aufgrund dieser Schwierigkeiten drängen speziesismuskritische Ansätze zuweilen auf eine Verabschiedung des Personbegriffs. Angesichts des Umstands, daß eine umfassende systematische Auseinandersetzung mit dem Personbegriff gerade erst begonnen hat, müssen solche Vorschläge aber als vorschnell erscheinen. Es gibt keinen sachlichen Grund, nach der Verkündigung des Todes des Subjekts nun auch noch den Personbegriff zu verabschieden. Wenn ‚Mensch' wesentlich im deskriptiven Sprachspiel angesiedelt und traditionelle Bestimmungen wie ‚Substanz' oder ‚Seele' für semantisch nicht rechtfertigungsfähig gehalten werden, ist nur noch ‚Person' imstande, als normativer Subjektbegriff zu fungieren. Diese begriffliche Ausdifferenzierung ist nicht als weltanschauliches Unglück, sondern als ein Prozeß semantischer Klärung aufzufassen. Es müssen ethische Diskurse entfaltet werden, die über den engeren konzeptionellen Rahmen der Philosophie der Person hinausgehen. Dabei kommt es vor allem auf die Identifikation und Bewertung asymmetrischer Verhältnisse an, denn sie sind nicht zwingend die Ursache für Benachteiligungen und Repressionen, sondern können zu höherer Zuwendung und Fürsorge führen.

Bei aller methodischen und ideologischen Gegensätzlichkeit teilen der speziesismuskritische und der traditionalistische Vorbehalt eine wesentliche Voraussetzung: Sie unterstellen beide den unauflöslichen Zusammenhang von Personalität sowie Lebens- und Rechtsanspruch. Um Lebensgarantie und Rechte haben zu können, muß man aber keine Person sein. Auch wenn Menschen nicht notwendigerweise Personen und Personen nicht notwendigerweise Menschen sind, herrscht zwischen ihnen dennoch ein besonderes und enges Verhältnis: Unter normalen Umständen wird jeder Mensch eine Person. Das kann von keiner anderen uns bekannten Lebens- oder Intelligenzform gesagt werden. Menschen sind nach wie vor die besten Kandidaten für den Personstatus. Auf sie sollten wir uns konzentrieren und auf die Verpflichtungen, die sie für andere Lebewesen und unsere Umwelt haben. Für die Adressaten moralischer Verpflichtungen benötigen wir aber nicht den Personstatus. Gerade weil wir Personen sind, haben wir die Verpflichtung, die Natur der Nicht-Personen zu schützen.

3. Die nachhaltigsten Strategien der methodischen und semantischen Entpersonalisierung finden sich in den Kontexten des szientistischen Eliminativismus, der vor allem in der neueren Philosophie des Geistes eine Vielzahl von Adaptionen gefunden hat. Er ist aber keineswegs nur auf naturwissenschaftliche Ansätze beschränkt, sondern hat auch in den Sozial- und Wirtschaftswissenschaften vergleichbare Theorietypen hervorgebracht – dabei ist vor allem an das Leitbild des *homo oeconomicus* zu denken. Die Ontologie des szientistischen Eliminativismus rehabilitiert das Bild des *l'homme machine* und versieht es mit raffinierteren internen Zuständen. Am Ende steht die Konstruktion eines geschlossenen kausalen Raums von Ursachen und Zuständen, in dem kein Platz für Gründe und Personen bleibt. Zwar ist einer rücksichtslosen Naturalisierung des Personbegriffs entschieden zu widersprechen, der Rückweg zu den naturalismusfreien Modellen traditioneller Philosophie bleibt jedoch durch die methodischen Rechtfertigungsstandards versperrt, die der *linguistic turn* vererbt hat. Der Philosophie der Person steht insofern nur ein sehr schmaler Argumentationsraum zur Verfügung, in dem sie den Extremen eines szientistischen Eliminativismus genauso entgehen kann wie dem Rückfall in traditionalistische Dogmen.

In der naturalistischen Einbettung des Personbegriffs liegt sein großer Vorzug gegenüber traditionellen Begriffen wie ‚Substanz‘, ‚Seele‘ und ‚Subjekt‘, mit denen jene spekulativen Setzungen und ontologischen Zweiweltenlehren einhergehen, für die insbesondere der Cartesianismus traurige Berühmtheit erlangt hat. Naturalismus muß aber weder Reduktionismus oder Eliminativismus noch Abwesenheit von Subjektgedanken bedeuten. Sein methodisches Schicksal wird zu Unrecht mit dem reduktionistischer Theoriemodelle verbunden. Vom methodischen Ansatz her ist er zunächst nur einer phänomengerechten Ontologie verpflichtet. Das schließt der Sache nach aus, daß gerade diejenigen Bereiche unserer Wirklichkeit umstandslos gekürzt werden, die sich herkömmlichen Zugriffen zu entziehen scheinen. Bei allen konstruktiven Vorgaben hat sich die Theorie immer noch nach ihrem Gegenstand zu richten und nicht umgekehrt.

III. Zugänge, Definitionen und Extensionen

Die Philosophie der Person setzt sich begriffsgeschichtlich aus einer Vielzahl von Beiträgen zusammen, die oftmals völlig unbezüglich voneinander konzipiert worden sind. Erst im Rahmen der jüngeren Philosophie der Person zeichnen sich konturiertere Umrisse ab. Die Hauptströmungen der Philosophie der Moderne enthalten gleichwohl eine Vielzahl von theoretischen Vorgaben für die Philosophie der Person. Sie sind auf prägnante Formeln gebracht worden: ‚Es gibt keine Seele‘, ‚Es gibt kein Leben nach dem Tod‘, ‚Es gibt keinen Gott‘, ‚Glück ist unverfügbar‘, ‚Existenz geht der Essenz voraus‘. Darüber hinaus werden von unterschiedlichen Positionen aus Grundsatzthesen zum personalen Leben formuliert, nach denen eine Person bei aller gesellschaftlichen Einbettung ihr Leben als *Individuum* führen muß, andererseits aber nicht davon ausgehen kann, vollständig über ihr Bewußtsein zu verfügen. Unabhängig von Ansprüchen an Freiheit und Selbstbestimmung hat sie zu lernen, mit tiefgehenden naturalistischen und moralpsychologischen Abhängigkeiten umgehen zu können.

In der Philosophie hat der Personbegriff immer wieder Zeiten intensiverer Aufmerksamkeit erlebt, aber das Interesse an einer semantischen und systematischen Grundlegung ist nie nachhaltig gewesen. Dieser Umstand hat sich zum Ende des 20. Jahrhunderts ersichtlich verändert. Vor allem die vielfältigen Problemstellungen in der Angewandten Ethik mahnen eine Verwendungsweise an, die sich gegenüber ideologisch berechneten Zugriffen resistent zeigt. Die gegenwärtige Situation der Philosophie der Person ist durch ein Spannungsverhältnis gekennzeichnet, das erhöhte systematische Anforderungen in der theoretischen und praktischen Philosophie einerseits und Klärungsbedarf für die Problemfelder der Angewandten Ethik andererseits erzeugt. Vor allem herrscht Uneinigkeit darüber, ob und wie weit der Extensionsbereich des Personbegriffs über den autonomen Verhaltens ausgedehnt werden muß. Die dabei in Frage kommenden Extensionsszenarien richten sich auf weitere Abschnitte des menschlichen Lebens, aber auch auf andere Existenzformen.

Die ersten Verwendungsweisen des Personbegriffs in der Antike beschränken sich auf die menschliche Lebensform sowie auf ihre Sprache und Institutionen. Im Mittelalter wird der Personbegriff aus seiner selbstverständlichen Verankerung in der menschlichen Existenzform herausgelöst. Es wird nicht nur der Personbegriff auf Gott und Engel übertragen, sondern dem Menschen bleibt der Personstatus zunächst ausdrücklich versagt. Der konzeptionelle Weg von der Trinitätslehre zum menschlichen Individuum ist lang und beschwerlich gewesen. Erst der moderne Personbegriff findet in die menschlichen Lebenskontexte zurück. Personales Leben wird nunmehr mit Fähigkeiten und Eigenschaften verbunden, zu denen insbesondere Selbstbewußtsein und moralische Selbstbehauptung gehören. Auf diese Weise werden Entwicklungen vorbereitet, den Zugang zum Personstatus nicht mehr über dogmatische Setzungen oder biologische Zugehörigkeit zu regeln, sondern an die Erfüllung von deskriptiven und normativen Qualifikationen zu knüpfen.

Während die alltäglichen Verwendungsweisen des Personbegriffs weitgehend im Bereich des Selbstverständlichen verbleiben, stößt die philosophische Reflexion auf eine Reihe von Besonderheiten. Zwar läßt sich unter normalen Bedingungen präzise sagen, wer oder was eine Person ist, es ist aber nicht zu bestreiten, daß dem Begriff der Person in den Bereichen, über die die Angewandte Ethik zu befinden hat, wesentliche formale Festlegungen verloren gehen. Die Semantik des Personbegriffs orientiert sich stark an Fähigkeiten und Eigenschaften des rational und moralisch entwickelten Individuums. Deshalb verschwimmen seine Konturen bei Anwendungen auf Zustände des entstehenden und vergehenden Lebens. Die in Frage stehenden Fähigkeiten und Eigenschaften lassen sich nämlich nicht in jedem Abschnitt des menschlichen Lebens nachweisen. Zudem muß mit der Möglichkeit gerechnet werden, daß sie nicht *notwendigerweise* an die menschliche Lebensform gebunden sind. Für die Hauptströmungen der modernen Philosophie ist ohnehin ausgemacht, daß der Personbegriff keine Gattungsbestimmung ist. Er bezeichnet zwar eine Art, aber eben nicht *als* Art.

Weil jede Lebensform auch in der Binnenstruktur personalitätstheoretisch ausdifferenziert werden muß, stellt sich ein überaus komplexes Extensionsszenario ein. Es reicht von der radikalen szientistischen Kritik, die vom ontologischen Ansatz her Personen wie Gründe prinzipiell ausschließt, über philosophische Positionen, die personales Leben an die aktive Ausübung epistemischer und moralischer Selbstverhältnisse bindet, und traditionalistisch-theologische Ansätze, die ,Mensch' und ,Person' als Synonyme behandeln und Verlängerungen in die Präexistenz und die postmortale Existenz erwägen, bis hin zu programmatischen Erweiterungen des Personalitätsstatus auf Gott und Engel sowie auf große Menschenaffen und Roboter.

Angesichts der definitorischen Divergenzen kann kaum mit einem Konsens gerechnet werden. Gleichwohl ist es ratsam, nach Möglichkeiten der integrativen Zusammenführung unterschiedlicher Theorieperspektiven zu suchen – zumal nicht jede begriffliche Festsetzung wirklich sinnvoll und rechtfertigungsfähig ist. Dabei sollten semantische Fragestellungen leitend sein, die sich an den methodischen Standards der gegenwärtigen Philosophie orientieren. Weiterhin wäre zu beachten, welche praktischen und normativen Perspektiven mit dem Personbegriff verbunden werden können. Der integrative Zugriff muß zudem den Reduktionsfallen von Dogmatismus und Eliminativismus ausweichen. Die Hartnäckigkeit, mit der solche Positionen oftmals überaus populär vertreten werden, darf nicht darüber hinwegtäuschen, daß die Philosophie der Person in Vergangenheit und Gegenwart genügend Argumentationspotential aufgehäuft hat, um die Haltlosigkeit derartiger Ansätze hinlänglich deutlich werden zu lassen. [3]

Der Personbegriff muß in irgend einer Form Differenzierungen zwischen Physischem und Mentalem enthalten. Sie müssen strikt epistemologisch verfaßt sein, damit der Verdacht dualistischer Reifizierungen gar nicht erst aufkommen kann. Wer an Personen körperliche und mentale Eigenschaften unterscheidet, trifft noch keine ontologischen Festlegungen im Sinne eines unverbesserlichen cartesianischen Mentalisten. Die epistemologische Unterscheidung zwischen physischen und mentalen Bestimmungen verdankt sich strukturell verschiedenen Identifikationssituationen und fungiert zunächst nur als methodischer Ausgangspunkt.

Es wird häufig versucht, die semantische Binnenstruktur des Personbegriffs mit Listen von Fähigkeiten und Eigenschaften zu erfassen. Sie werden zwar nicht systematische Kernprobleme lösen können, mit ihnen kann aber immerhin inhaltliche Vielfalt erreicht werden, die gegenüber den verbreiteten abstrakten Definitionen auf jeden Fall einen semantischen Gewinn bedeutet. In den Listen werden Fähigkeiten und Eigenschaften wie Intelligenz, Emotivität, Selbstbewußtsein, Selbstverständnis, Intentionalität, Sprache, Handlungsfreiheit, Rationalität und wechselseitige Anerkennung angeführt. Alle diese Bestimmungen zeichnen die menschliche Lebensform in den alltäglichen Handlungsvollzügen genauso aus wie in deskriptiven und normativen Thematisierungen. [4]

Läßt man die extremen dogmatischen und eliminativen Einlassungen beiseite, dann sind Personen zumindest *der Möglichkeit nach* Bewohner im semantischen Raum der Gründe und Handlungen. Personen schreiben mit guten Gründen anderen Personen Zustände und Handlungen zu, die sie unter gegebenen Bedingungen auch sich selbst zuschreiben. Insbesondere gehen sie davon aus, daß andere Personen analoge Verletzlichkeiten und Aktivitätspotentiale aufweisen, ähnliche Lebenspläne hegen und vergleichbaren Wertvorstellungen folgen. Die Möglichkeitsklausel hat in diesem Zusammenhang einen systematisch gewichtigen und

---

[3] Siehe die Teile II und III in diesem Band.
[4] Siehe Teil III in diesem Band.

extensional weit aufgefächerten Sinn. Sie betrifft die werdende Person genauso wie die Person, die sich für den Augenblick – aus welchen Gründen auch immer – nicht im Raum der Gründe und Handlungen aufhält. Personen müssen nicht zu jedem Zeitpunkt ihre Eignung im Raum der Gründe und Handlungen beweisen. Selbst als mögliche oder vergangene Person bleiben sie seiner Anerkennungskultur verbunden und werden nie zur großen Klasse der Nicht-Personen gerechnet.

Aus dem Begriff des Bewohners des Raums der Gründe und Handlungen läßt sich der Kern des Personbegriffs entwickeln, der gute Aussichten für eine konsensfähige Definition bietet. Denn Gründe und Handlungen sind sprachlich vermittelt. Insofern wird der semantische Ausdruck als wesentliche Bestimmung eines personalen Lebens gelten können. Die spezifisch humanen Einstellungen und Verhaltensweisen zeigen sich nur in symbolisch vermittelter Form. Expressivität und Innerlichkeit bzw. Ausdruck und Bewußtsein sind die konstitutiven Elemente der Existenz *als* Person. Welche spezifischen Formen sie annehmen, ist weitgehend offen. Die menschliche Kulturgeschichte läßt eine vielfarbige Varietät von Ausdrucksformen und Lebensweisen erkennen, in denen sich Personen präsentieren können. Der Raum der Gründe und Handlungen stellt nicht zuletzt eine hohe Hürde für die Aufnahme nicht-menschlicher Wesen in den Kreis der Personen dar. Es ist bislang nicht absehbar, wann nicht-menschliche Intelligenzformen – seien sie von natürlicher oder künstlicher Art – aktiv über Gründe, Expressivität und Innerlichkeit verfügen können.

IV. Ausblick

Auch die künftigen Problemfelder der Philosophie der Person werden sich gleichermaßen auf die Bereiche der Philosophiegeschichte, der theoretischen Philosophie und der praktischen Philosophie erstrecken. Es ist davon auszugehen, daß die Rekonstruktion der Begriffsgeschichte über philologische Beiträge im engeren Sinne hinaus noch geraume Zeit für die semantische Grundlegung konstitutive Funktionen zu erfüllen hat. Folgenreiche Herausforderungen dürften von dem szientistischen Physikalismus, dem zügellosen Relativismus und der Ideologie des *homo oeconomicus* ausgehen. In der theoretischen Philosophie sind insofern Vorentscheidungen zu treffen, von welcher Art die Welt ist, in der Personen leben, bzw. von welcher Art Personen sind, wenn sie denn in dieser Welt leben.

Mit der Philosophie der Person werden zu Recht Erwartungen im Hinblick auf die existentiellen und moralischen Aspekte der Lebensführung verbunden. Die professionelle Philosophie entzieht sich solchen Erwartungen gerne mit dem Hinweis auf die Komplexität der Materie. Auch wenn diese Skrupel nicht von der Hand zu weisen sind, können sie gerade im Fall der Philosophie der Person auf wenig Entgegenkommen rechnen. Dazu ist ihre disziplinäre Situation im Schnittpunkt von theoretischer und praktischer Philosophie zu günstig. Die Philosophie der Person sollte ihr beträchtliches semantisches und praktisches Potential immer auch im Hinblick auf die Alltagserfahrung entfalten. Ein Begriff der Person, der keinen Zugang zu den konkreten Problemlagen des alltäglichen Lebens findet, wäre leer.[5]

Die Philosophie der Person hat sich einzumischen. Ihre Themen und Problemstellungen sind bei aller historischen Weite und semantischen Tiefe keineswegs nur von systematischem Interesse. Sie muß letztlich Fragen nach Leben und Tod, nach Sinn und Humanität beantworten und hat dabei normative Problemstellungen zu bewältigen, für die die traditionelle Philosophie nur in Teilen Vorkehrungen getroffen hat. Die beschleunigten technologischen Entwicklungen machen nicht vor traditionellen Menschenbildern halt und erzwingen immer wieder Verfeinerungen bei dem Aufspüren der Grenzen der Person und den Zuträglichkeiten humaner Lebensführung. Die Philosophie der Person hat sich entsprechend auf kulturelle Gratwanderungen einzustellen, die die Abgründe von bloßem Konventionalismus und selbstzerstörerischer Permissivität genauso vermeiden wie die von überkommenem Dogmatismus und neuen Ideologien.

Das gegenwärtige Interesse am Personbegriff geht zu einem Großteil aus Problemstellungen der Angewandten Ethik hervor. Die damit verbundenen Sichtweisen und Problemstellungen bringen die Philosophie der Person in eine bedenkliche Schieflage. Sie sieht sich mit Fragen konfrontiert, die weitgehend von außen an sie herangetragen werden und nicht ohne weiteres aus ihrer Geschichte und Systematik entspringen. Die Debatten um den Personbegriff nehmen denn auch oftmals einen überaus kurzatmigen und voreiligen Verlauf. Ihnen fehlen systematische Distanz und semantische Tiefe. Auf das berechtigte Interesse aus der Angewandten Ethik kann nicht mit argumentativen Schnellschüssen reagiert werden. Vielmehr muß ihr eine intensive Grundlagendiskussion der Philosophie der Person an die Seite gestellt werden. Diesem Ziel sind die Beiträge dieses Buchs bei allen methodischen und inhaltlichen Differenzen verpflichtet.

LITERATUR

Brandom, R. B. 1994: Making It Explicit. Reasoning, Representing and Discursive Commitment, Cambridge, Mass.

Cavalieri, P./Singer, P. (Hg.) 1993: The Great Ape Project. Equality Beyond Humanity, London.

Dennett, D. C. 1981: Brainstorms. Philosophical Essays on Mind and Psychology, Brighton.

Dworkin, R. 1993: Life's Dominion. An Argument about Abortion, Euthanasia, and Individual Freedom, New York.

---

[5] Siehe Teil III in diesem Band.

Frankfurt, H. G. 1988: The importance of what we care about: philosophical essays, Cambridge.

Kobusch, Th. 1997: Die Entdeckung der Person. Metaphysik der Freiheit und modernes Menschenbild, Darmstadt.

McDowell, J. 1994: Mind and World, Cambridge, Mass.

Noonan H. W. 1989: Personal Identity, London.

Perry, J. (Hg.) 1975: Personal Identity, Berkeley.

Quante, M. (Hg.) 1999: Personale Identität, Paderborn.

Rorty, A. Oksenberg (Hg.) 1976: The Identities of Persons, Berkeley.

Sellars, W. 1997: Empiricism and the Philosophy of Mind [1956], Cambridge, Mass.

Shoemaker, S./Swinburne, R. 1984: Personal Identity, Oxford.

Spaemann, R. 1996: Personen. Versuche über den Unterschied zwischen ‚etwas‘ und ‚jemand‘, Stuttgart.

Sturma, D. 1997: Philosophie der Person. Die Selbstverhältnisse von Subjektivität und Moralität, Paderborn/Wien/Zürich.

Taylor, Ch. 1985: Human Agency and Language. Philosophical Papers 1, Cambridge.

Wilkes, K. V. 1988: Real People. Personal Identity without Thought Experiments, Oxford.

Williams, B: 1973: Problems of the Self. Philosophical Papers 1956–1972, London.

I
PHILOSOPHIEGESCHICHTE

Georg Mohr

EINLEITUNG:
DER PERSONBEGRIFF IN DER
GESCHICHTE DER PHILOSOPHIE

Der Begriff der Person ist in der abendländischen Kultur seit der Antike ein Grundbegriff des menschlichen Selbstverständnisses. Einen solchen Begriff durch seine philosophische Geschichte zu verfolgen, kann nur bedeuten, Konzeptionen, deren Kenntnisnahme aus gegenwärtiger Sicht wünschenswert erscheint, exemplarisch aus der Chronologie herauszugreifen. Auch mit Bezug auf die Kulturtraditionen geht der folgende historische Parcours selektiv vor. Er beschränkt sich auf die okzidentale Begriffs- und Theoriebildung. Angesichts der fundamentalen Bedeutung des Personbegriffs in unserer Kultur muß es verwundern, daß es nach wie vor keine umfassende monographische Darstellung der philosophischen Geschichte dieses Begriffs gibt.[1] Im Kontrast dazu steht auch die Tatsache, daß wir in den letzten Jahrzehnten, nicht zuletzt angestoßen durch angelsächsische Diskussionskontexte, eine Hochkonjunktur einer „Philosophie der Person" erleben.

Die zahlreichen Abhandlungen zum Personbegriff, die gerade in jüngster Zeit auch im deutschsprachigen Raum entstanden sind, lassen spätestens auf den zweiten Blick erkennen, daß das gegenwärtig verfügbare Reservoir von Begriffen und Argumenten hier in besonderem Maße historisch geprägt ist. Eine zweitausendjährige Geschichte der philosophischen Konzeptualisierung des menschlichen Selbstverständnisses wird hier fortgeführt, auf gegenwärtige Problemstellungen bezogen und in moderne Begriffssprachen übersetzt.

Fundamentale Konzepte wie das der Person sind regelmäßig in ein Traditionsverständnis eingebunden. Wenn sich in einem Begriff wie dem Personbegriff ein Set von Grundüberzeugungen unserer Kulturtradition artikuliert, dann gehört die historische Vergewisserung der Herkunft und Entwicklung eines solchen Begriffs zur philosophischen Selbstverständigung der Gegenwart. Wie wichtig eine sorgfäl-

---

[1] Einen kleinen, um eine Einleitung ergänzten Ausschnitt aus der Geschichte der Diskussion über Bedingungen personaler Identität, der bis in die aktuelle Debatte reicht, enthält die Anthologie Perry 1975, die inzwischen einige Nachfolger gefunden hat. Damit ist aber nur eine von vielen für den Personbegriff relevanten Fragen angesprochen. Eine umfassendere kommentierte historische Dokumentation steht noch aus.

tige Begriffsgeschichte ist, zeigt sich, negativ, daran, wie stark die Deutung unserer Grundüberzeugungen von Projektionen, Präjudizien und auch von Fehlmeinungen bestimmt sein kann. Der Personbegriff ist dafür ein schönes Beispiel. In der Frage nach seiner Herkunft hat sich lange die Meinung durchgehalten, seine für unser gegenwärtiges Verständnis relevanten Bedeutungsmerkmale gingen auf die frühchristliche oder gar erst mittelalterliche Trinitäts- und Inkarnationstheologie – drei Personen in einem Gott; eine Person, Christus mit zwei Naturen – zurück. Die mit dem Begriff der Person heute verbundene Vorstellung von der Würde und Einmaligkeit des menschlichen Individuums wäre demnach genuin christliches Erbe. Es gibt gute Gründe, dieser Annahme zu widersprechen und die philosophiehistorische Herkunft des Personbegriffs in der vorchristlichen Antike zu lokalisieren.

Maximilian Forschner zeigt in seinem Beitrag über den Begriff der Person in der Stoa, daß wesentliche der bis heute mit dem Personbegriff verknüpften Vorstellungen auf die vorchristlich stoische Lehre vom Menschen zurückgehen. Die frühchristliche Theologie hat sie von der Stoa aufgenommen, sie dabei jedoch in einen dualistischen Begründungszusammenhang gestellt, der die Seele als eine vom menschlichen Körper isolierte Substanz ausweisen will. In der stoischen Philosophie hingegen lassen sich nach Forschner, der sich vor allem auf Cicero und Epiktet bezieht, die Ursprünge eines nichtdualistischen Personbegriffs ausmachen, den wir auch in der alltäglichen Lebenspraxis verwenden und mit dem wir uns auf lebende Menschen, „natürliche Personen", beziehen. Wir meinen damit uns selbst und unseresgleichen als individuell existierende leibhafte Lebewesen, die um sich selbst wissen, sich zu sich selbst verhalten und sich in ihrem Handeln selbst bestimmen können.

Etymologisch ist das lateinische Wort *persona* eine Übersetzung des griechischen *prosopon*. Es bezeichnet sowohl das natürliche Antlitz des Menschen als auch das künstliche Gesicht, die Maske, und später auch die Rolle, den dargestellten Charakter im Theater. Das neuzeitliche und moderne Verständnis von sprechender und handelnder Person geht auf die letztgenannte Verwendung von *prosopon* zurück. Das lateinische *personare* deutet auch auf das „Durchklingen" der Stimme durch die Maske. Es ist zwar noch nicht hinreichend erforscht, seit wann *prosopon* speziell für den Menschen, in Abgrenzung vom Tier, als Träger von Rechten steht. Ein roter Faden durch die gesamte verzweigte Geschichte aber ist der Bezug auf vernunftfähige Wesen.

In der *Theorie der vier personae*, die Cicero in *De officiis* im Anschluß an Panaitios vorträgt, sind die *personae* die vier Gesichtspunkte der sittlichen Beurteilung, was zu tun sich für uns schickt (*quid deceat*): (1) allgemeine Vernunftfähigkeit, (2) individuelle Natur der Person, (3) Zeitumstände, (4) eigene Entscheidung, Lebenswahl (*prohairesis*). Die vierte *persona*, die *prohairesis*, tritt bei Epiktet in den Vordergrund. Die fundamentale Selbstwahl stiftet die integrative Einheit einer Lebensrolle im stimmigen Gesamtbild einer Persönlichkeit. In ihr liegt das eigentlich Menschliche. Forschners Ausführungen zufolge legt die Stoa die erste Analyse der Individualität des menschlichen Bewußtseins und der Struktur seines Selbstverhältnisses vor. Letztere wird in der stoischen Theorie der *phantasia* ausgeführt. Die Stoa operiert weder mit einem Leib-Seele-Dualismus noch mit einem reduktionistischen Naturalismus. Der Gebrauch unserer Vorstellungen und die Zustimmung zu ihrem propositionalen Gehalt liegen in unserer Hand. Die menschliche Person zeichnet sich durch die Fähigkeit der freien, vernünftigen Selbstbestimmung und Selbstgestaltung aus, durch die sie ihrem Leben eine Einheit gibt. Diese Freiheit zur Selbstgestaltung einer Persönlichkeit im individuellen Lebensvollzug, so lautet Forschners Ergebnis, zeichnet in der Stoa den Menschen als eine Person aus. In der Stoa finden wir demnach bereits eine umfassende Theorie der Person, die erkenntnistheoretische und praktisch-philosophische Dimensionen in einem integrativen Konzept von Personalität synthetisiert.

Auch nach *Johann Kreuzer*, der in seinem Beitrag den Begriff der Person in der Philosophie des Mittelalters behandelt, ist der Personbegriff keine Erfindung des Mittelalters. Die spezifische Neuerung der mittelalterlichen Philosophie von Augustinus bis Nikolaus von Kues liege aber in der Akzentuierung des individuelllebensgeschichtlichen Sinns des Personbegriffs. Während in der Stoa die Person vorrangig der Rollenträger im Kontext einer zwischenmenschlichen *res publica* gewesen sei – Kreuzer nennt dies die „typologische Geltung" –, definiere sich der mittelalterliche Personbegriff über die Beziehung eines individuellen Daseins zu einem „überzwischenmenschlichen" Gott. Dabei sind jedoch zunächst die theologischen Rationalisierungsversuche des christlichen Trinitätsmythos grundlegend. Das Wort „Person" (im Symbolon von Nizäa: *una substantia, tres personae*) ist laut Augustinus aus der Not geboren, um ein Instrumentarium für die Bestimmung der innertrinitarischen Relationen zur Verfügung zu haben.

Kreuzer unterscheidet vier Zugangsweisen zum Personbegriff in der mittelalterlichen Philosophie. Der *relationstheoretische* Ansatz des Augustinus bestimmt *persona* als funktionalen Begriff einer sich in sich differenzierenden Einheit, deren Momente eine wesenhafte Beziehung eingehen. Person ist die Eigenschaft, wie eine Substanz jeweils in der internen, innertrinitarischen Beziehung als Subjekt erscheint. Der *substanzontologische* Ansatz des Boethius geht von der Definition des Konzils von Chalkedon aus, wonach in Christus „zwei Naturen (*physeis*) eine Person (*prosopon*) und eine Substanz (*hypostasis*)" seien. Boethius gelangt seinerseits zu der für das gesamte Mittelalter und darüber hinaus einflußreichen Definition: *rationabilis naturae individua substantia* – „die individuelle Substanz einer vernunftbegabten Natur". Damit wird zum einen, wie Kreuzer herausstellt, Person als vernunftbegabte Individualität von der spezifisch trinitätstheologischen Spekulation begrifflich emanzipiert, zum anderen jedoch wird Person wie ein Ding im geschlossenen (Natur-)Kosmos der Substanzen gedacht.

Die weitere Entwicklung der mittelalterlichen Diskussion des Personbegriffs ist wesentlich von der Kontroverse zwischen Relationstheorie und Substanzontologie geprägt. Richard von St. Viktor widerspricht Boethius. Unter „Person" würde im normalen Sprachgebrauch keine Substanz, sondern eine individuelle, einzigartige und unmitteilbare Eigenschaft, nicht ein „Was" (*quid*), sondern ein „Wer" (*quis*) verstanden. Von Personen sprechen wir mit Bezug auf den Umstand, daß jemand von allen übrigen sich durch eine einzigartige Eigenschaft unterscheidet. So orientiert Richard von St. Viktor seine Definition des Personbegriffs an der *Singularität der Existenz*: *Individua vel incommunicabilis exsistentia rationalis naturae dicatur persona* – „Person wird die individuelle oder unmitteilbare, nicht vervielfältigbare Existenz einer intellektuellen Natur genannt." Im 13. Jahrhundert setzt sich die Auffassung durch, unter Person könne nicht nur etwas von Natur aus Seiendes, sondern müsse vor allem auch eine *res iuris* verstanden werden.

Damit setzt eine *moralphilosophisch* motivierte Metaphysik der Person ein. Das *ens existens* des Richard von St. Viktor wird zum *ens morale*. Explizit zwischen *subiectum*, *individuum* und *persona* unterscheidend rechnet Alexander von Helas *persona* dem Bereich des Moralischen zu. Das Eigentümliche der Person ist nun – in der bonaventurianisch-franziskanischen Tradition –, daß ihr eine moralische Würde in Freiheit und Selbstbestimmung zukommt. Thomas von Aquin bemüht sich um eine Synthese der Definitionen, indem er die boethianische individuelle Substanz einer vernünftigen Natur (Thomas ersetzt *rationabilis*, wie es bei Boethius hieß, durch *rationalis*) als ein mit Würde ausgestattetes, durch sich selbst Existierendes versteht.

Von besonderem Interesse ist für Kreuzer ein weiterer Strang, der bei Augustinus' Theorie der Erinnerung anknüpft und bei Meister Eckart und Nikolaus von Kues unter jeweils anderen Voraussetzungen weitergeführt wird. In Augustinus' *Confessiones* ist die Person das Resultat der kontingenten Geschichte des individuellen Bewußtseins. Ihre Identität als individuell-endliches Bewußtsein wird in der *Erinnerung* gebildet. Das Person-Sein reicht so weit, wie das Erinnern reicht. Hier scheint Augustinus einen Grundgedanken Lockes vorwegzunehmen. Zudem vollzieht sich die Erinnerung in der *Narration*, in der zeitlich Verschiedenes zusammengebracht und so personale Identität konstituiert wird. Damit scheint Augustinus sogar Vorläufer moderner Theorien narrativer Identität zu sein (Paul Ricoeur, Charles Taylor). Als Resultat des mittelalterlichen Denkens mit Bezug auf den Begriff der Person nennt Kreuzer die Transformation der Rede von göttlichen Personen in die Selbstreflexion kreatürlichen Daseins sowie die These, daß das Bewußtsein der Unwiederholbarkeit, das Begreifen der Einzigartigkeit dasjenige ist, was das Dasein einer Person ausmacht.

Die Philosophie des Mittelalters ist sowohl durch das christliche Denken mit seinem Leib-Seele-Dualismus als auch durch Aristoteles geprägt, dem jedes dualistische Denken fremd ist. René Descartes will diese Situation durch einen konsequenten ontologischen Dualismus von Geist und Körper bereinigen – so kündigt es der Untertitel der *Meditationes* an (*animae humanae a corpore distinctio*). Unmittelbare Gewißheit habe ich nur von meiner Existenz als denkendes Wesen im Vollzug meiner Denkakte. Dies ist der Sinn des cartesischen *cogito sum*. Aus dem epistemisch privilegierten Zugang zu meinen Bewußtseinszuständen, im Unterschied zu meinen körperlichen Zuständen, über die ich mich stets täuschen kann, folgert Descartes, daß das Denken (Bewußtsein, Geist) eine vom Körper unabhängige, „real distinkte" immaterielle Substanz sei.

Damit wird offenbar die Annahme unumgänglich, daß eine Person ein Kompositum aus immaterieller geistiger Substanz (*res cogitans*) und materiellem Körper (*res extensa*) ist. Diese Konsequenz brachte Descartes schnell den Vorwurf ein, eine inkonsistente und inadäquate Persontheorie zu vertreten. Ist es nicht der Mensch, die *Person*, die denkt, und nicht nur ein „denkendes Ding in mir"? Was kann „in mir" überhaupt heißen, wenn „ich" nur mein Bewußtsein sein soll, während mein Körper gar nicht zu meinem Ich im strengen Sinne gehören soll?

Descartes reagiert auf diesen Vorwurf mit Ausführungen, die gelegentlich den Personbegriff in die Nähe eines dritten Substanzbegriffs bringen.[2] Der Begriff der Person sei eine „notion primitive", ein irreduzibler, nicht weiter in elementarere Bestandteile zerlegbarer Begriff. Denn eine Person sei in der Tat eine substantielle und essentielle Einheit von Leib und Seele, ein *ens per se*, kein *ens per accidens*.[3] Belege hierfür seien unsere Selbstwahrnehmungen, z. B. Schmerzen, Hunger- und Durstempfindungen.[4] Folgt man diesen Hinweisen, so ergibt sich das bemerkenswerte Fazit, daß für Descartes der epistemisch privilegierte Zugang zum eigenen Bewußtsein nicht das einzige ausschlaggebende Merkmal ist, das Personen vor nicht-denkenden Wesen auszeichnet. Ein weiteres, ebenso entscheidendes Merkmal von Personen ist der Umstand, daß in ihnen eine essentielle Einheit von Körper und Geist realisiert ist – „wie jeder zustimmt, obwohl niemand erklärt, was diese Einheit ist".[5]

Obwohl Descartes selbst demnach an wichtigen Stellen den dualistisch-ontologischen Rahmen seiner Festlegungen ansatzweise zu verlassen scheint, gelingt es ihm noch nicht, die Theorie konsequent auf eine erkenntnistheoretische Analyse personalen Identitätsbewußtseins umzustellen. Diesen Schritt vollzieht John Locke im zweiten Buch seines *Essay concerning Human Understanding* von 1694. Er rückt von vornherein den Identitätsaspekt personalen Selbstbewußtseins in den Mittelpunkt der Analysen und fragt nach den kognitiven Bedingungen der

---

[2] Vgl. insbesondere den Briefwechsel mit Prinzessin Elisabeth (AT III 664f., 691f.) und mit Regius (AT III 460f.) sowie Descartes' Antwort auf Einwände von Antoine Arnauld (AT VII 222, 228f.). Vgl. dazu Schütt 1990, Perler 1998, Mohr 2001.

[3] Vgl. AT III 460, 508, 664f., VII 15f. (*Synopsis* zu den *Meditationes*), VII 219, VIII 493.

[4] Vgl. in der *Sechsten Meditation*, AT VII 81; außerdem AT III 691, VII 228f., AT VIII 493.

[5] Brief an Regius vom Januar 1642, AT VIII 493.

Selbsterkenntnis bzw. des Selbstbewußtseins unserer eigenen diachronen Identität durch die Zeit. Lockes Persontheorie setzt damit neue Standards. Sie wird schon von den Zeitgenossen umfangreich rezipiert und ist bis heute eine der wichtigsten Konzeptionen geblieben.

Udo Thiel untersucht in seinem Beitrag, wie der Begriff der Person und der persönlichen Identität in der Philosophie des 17. und 18. Jahrhunderts im Ausgang von Locke diskutiert wurde. Ausgangspunkt von Lockes Theorie der persönlichen Identität sind zunächst wiederum, obwohl von Locke selbst nicht kenntlich gemacht, theologische Kontroversen über Trinität und Leben nach dem Tode. Des weiteren führen aber auch moralische und rechtliche Grundlagenfragen der Zurechenbarkeit von und Verantwortung für Handlungen auf die allgemeine Frage nach den Konstitutionsbedingungen der Identität einer Person durch die Zeit. Thiel stellt drei zentrale Charakteristika von Lockes Theorie personaler Identität heraus. (1) Zur Frage nach der ontologischen Beschaffenheit (der „realen Essenz") der Seele, ihrer Materialität oder Immaterialität, verhält sich Locke neutral. Der Begriff einer denkenden Materie ist für ihn widerspruchsfrei. (2) Locke analysiert personale Identität mit Bezug auf das selbstbezügliche Bewußtsein, das wir von unseren eigenen mentalen Vorgängen haben. Personale Identität besteht nach Locke in der Verknüpfung unserer jeweiligen Gegenwart mit unserer Vergangenheit. Sie ist demnach nichts Vorgegebenes, sondern eine Bewußtseinsleistung. (3) Locke unterscheidet die Identität der *Person* von der Identität des *Menschen* und von der Identität des *Ich* als einer denkenden *Seele*. „Mensch" und „Person" sind unterschiedliche sortale Prädikate, die beide auf menschliche Subjekte angewendet werden können. Meine Identität als Mensch besteht in der Persistenz meines organischen Körpers. Meine Identität als Seele besteht in der Selbigkeit einer in mir denkenden Substanz. Meine Identität als Person hingegen ist die Verknüpfung meiner gegenwärtigen Erfahrung mit meinen vergangenen Erfahrungen zu einem bewußten Leben. Auf die Grundlage dieser Unterscheidung und einer von der Substanzontologie abgekoppelten bewußtseinstheoretischen Analyse stellt Locke seine Theorie moralischer und rechtlicher Verantwortung.

Die sich bald einstellenden und anhaltenden Reaktionen auf Lockes Theorie sind zahlreich und vielfältig. Neben Anhängern (wie Étienne Bonnot de Condillac und Edmund Law) findet Lockes Theorie auch zahlreiche Kritiker. Darunter sind insbesondere Vertreter einer von Descartes beeinflußten immaterialistischen Philosophie des Geistes im 17. und 18. Jahrhundert zu nennen. Thiel bezieht sich auf Ralph Cudworth, Samuel Clarke, George Berkeley, Gottfried Wilhelm Leibniz und Christian Wolff. Das zentrale Argument dieser Philosophen mit Bezug auf die persönliche Identität läßt sich mit Thiel auf folgende Formulierung bringen: (1) Eine Person ist nur dann numerisch identisch, wenn es eine Seele gibt, die durch die Zeit (transtemporal) identisch bleibt. (2) Eine Seele ist nur dann transtemporal identisch, wenn sie eine Substanz ist, die als numerisch identische beharrt. (3) Eine

Substanz beharrt nur dann als numerisch identische, wenn sie unteilbar und folglich immateriell ist. (4) Nur die Identität einer immateriellen Seelensubstanz kann die (transtemporale, numerische) Identität einer Person verbürgen.

David Humes empiristische Analyse unserer Vorstellung (*idea*) eines identischen Ich oder Selbst führt zunächst zu einem skeptischen Ergebnis. Wäre diese Vorstellung objektiv (eine *real idea*), müßten wir einen sinnlichen Eindruck (*impression*) von einem identischen Selbst haben. Dies ist nicht der Fall. Ebenso wenig treffen wir in einer nichtsinnlichen Introspektion auf ein Ich oder Selbst. Alles, was ich in mir vorfinde, sind bestimmte Wahrnehmungen und Empfindungen. Das Bewußtsein ist ein „Bündel" von Perzeptionen, die in zeitlicher Sukzession auf- und abtreten, nichts weiter. Die Vorstellung der personalen Identität ist eine Fiktion der Einbildungskraft, die aus der Verwechslung von Ähnlichkeits-, Kausalitäts- und Kontinuitätsbeziehungen zwischen den Perzeptionen mit der kontinuierlichen Identität eines perzipierenden Selbst entsteht. Damit möchte Hume eine genetisch-psychologische Erklärung unserer Überzeugung von einem identischen Ich gefunden haben. Sie endet aber in einer von ihm selbst zugestandenen Aporie. Im moralphilosophischen Teil seines *Treatise on Human Nature* muß Hume, wie Thiel zeigt, im Rahmen seiner Affektenlehre die Annahme personaler Identität in praktischer Hinsicht machen: daß uns die Vorstellung bzw. gar der Eindruck von unserem Ich ständig unmittelbar gegenwärtig ist. Dadurch scheint seine Theorie intern inkonsistent zu werden. Nach Thiel könnte Hume aber auch gemeint haben, daß die kausalen Verbindungen zwischen unseren Affekten ihrerseits zur Entstehung und Bekräftigung der Identitätsfiktion der Einbildungskraft beitragen.

Der Problembestand, wie er durch Locke und Hume, Leibniz und Wolff hinterlassen wird, ist der Ausgangspunkt der weiteren Entwicklung des Personbegriffs bei Immanuel Kant, Johann Gottlieb Fichte und Georg Wilhelm Friedrich Hegel, die in dem Beitrag von *Georg Mohr* verfolgt wird. Kant verabschiedet die substanzontologische Persontheorie im Zuge einer systematischen Kritik jeglicher nichtempirischen psychologischen Begriffsbildung. Jeder Versuch, die Personalität einer immateriellen Seelensubstanz aufzuweisen, muß nach Kant an einem Fehlschluß scheitern. Dieser, der „Paralogismus der rationalen Psychologie", besteht darin, daß die für jedes Denken konstitutive logische Einheit des Selbstbewußtseins mit einer objektiven Eigenschaft einer denkenden Ich-Substanz (Person) verwechselt wird und sich diese Äquivokation in die Prämissen der vermeintlichen Beweise einschleicht. Wesentliche deskriptive Eigenschaften von Personen sind die Fähigkeit, sich ihrer selbst bewußt zu sein, die sich im „ich"-Sagen artikuliert, die Fähigkeit, sich auf sich selbst erkennend zu beziehen, und die Möglichkeit, von der eigenen Identität durch die Zeit zu wissen. Diese Fähigkeiten sind nach Kant dadurch gegeben, daß sich unsere Bewußtseinsleistungen nicht im Rezipieren von Wahrnehmungssequenzen erschöpfen, sondern darüber hinaus verstandesursprüngliche

Funktionen der synthetischen Einheit von Vorstellungen einschließen. Damit ist eine notwendige, aber noch keine hinreichende Bedingung für die Zurechnung von Handlungen und die Zuschreibung moralischer Dignität erfüllt, die wir in praktischen Kontexten (Moral, Recht) als wesentliche Eigenschaft von Personen betrachten. Hinreichend ist nach Kant erst eine weitere Bedingung, die nicht mehr im theoretisch-deskriptiven Kontext angesiedelt ist. Es ist die Persönlichkeit als das „intelligible" Vermögen, sich selbst Gesetze aus reiner praktischer Vernunft zu geben: Autonomie. Sie ist – in einem allgemeinen, moralneutralen Sinne – das Vermögen der Selbstbestimmung im Handeln. Und sie ist – in einem spezifischen, moralphilosophischen Sinne – das Bewußtsein vom Pflichtcharakter des durch die praktische Vernunft gegebenen Sittengesetzes. Damit wird der aus der theoretischen Philosophie verabschiedete substanzontologische Begriff der Persönlichkeit von Kant in der praktischen Philosophie als handlungstheoretischer und moralphilosophischer Grundbegriff rekonstruiert. „Person" und „Persönlichkeit" tauchen dementsprechend in der *Kritik der praktischen Vernunft* als „Kategorien der Freiheit" wieder auf.

Fichte knüpft an Kant an und erweitert dessen elementar bleibende Persontheorie um wesentliche Voraussetzungen und systematisch weitreichende Ergänzungen. Faßt man seine wesentlichen Annahmen in einer Begriffsbestimmung zusammen, so ist eine Person laut Fichte ein durch seinen Willen in der Sinnenwelt wirksames, leibhaft-vernünftiges Individuum, das sich eine begrenzte Sphäre der Freiheit im Handeln zuschreibt, in reziproken Anerkennungsbeziehungen mit anderen Personen steht und diesen nach einem allgemeinen Rechtsgesetz ebenso jeweils begrenzte Freiheitssphären einräumt. In dieser Begriffsbestimmung stecken eine Reihe, für die weitere Theorieentwicklung wichtiger Neuerungen. Vier Punkte sind hier besonders hervorzuheben. (1) Das Verhältnis der Person zu ihrem eigenen Leib (*Leiblichkeit*) ist nach Fichte nicht nur eine äußerliche Existenzform des Menschen, sondern konstitutiv, weil eine Person nur in ihm eine Sphäre der freien Wirksamkeit hat, in der sie durch ihren Willen Ursache ist. Die Person ist der „artikulierte Leib". (2) Über den Leibbegriff führt Fichte den Begriff des Individuums bzw. der *Individualität* ein, ebenfalls eine für die Geschichte des Personbegriffs wichtige Neuerung Fichtes. Die Person ist vernünftig-leibhaftes Individuum, ihre Identität besteht in der Einheit von allgemeiner Vernunft und individuellem Charakter. (3) Als Individuum ist die Person auf andere Individuen bezogen. *Interpersonalität* als die reziproke Anerkennung vernünftiger Individuen ist die Bedingung der Erfahrung der eigenen Freiheit und der Selbstzuschreibung des eigenen Leibes. Wir erfahren uns überhaupt nur insofern als vernünftige, freie und selbstbestimmte Wesen, als wir Personen unter Personen sind. (4) Auf diesen Grundgedanken der Interpersonalität baut Fichte schließlich die Rechtsphilosophie auf. Aus dem Begriff einer Person bzw. der Persönlichkeit bloß als solcher folgt laut Fichte, daß Personen fundamentale Rechte („Urrechte") auf interpersonal kompatible Freiheitssphären in der Sinnenwelt haben.

Hegel schließt zunächst an Fichte an, indem auch er den Personbegriff in den Zusammenhang einer Theorie interpersonaler Anerkennung stellt. So entwickelt er in der *Rechtsphilosophie* die Rechtsfähigkeit aus dem Begriff der Persönlichkeit des Willens und führt das Rechtsgebot ein, das fordert, eine Person zu sein und die anderen als Personen zu respektieren. In der Staatstheorie trägt Hegel eine auf den Persönlichkeitsbegriff rekurrierende Verteidigung der Monarchie vor: die „Persönlichkeit des Staates" wird nur durch die Person des Monarchen als Manifestation einer Gesamtordnung von Gesetzen und Begriffen verwirklicht. Hegel geht aber auch gesamtsystematisch über Fichte (und Kant) hinaus. Persönlichkeit wird von Hegel im Rahmen der kategorialen Selbstentfaltung des Willensbegriffs als fundamentales Strukturmerkmal des Willens charakterisiert. Wichtige Merkmale sind hier: Selbstbewußtsein qua einfache und unmittelbare Selbstbezüglichkeit sowie die Fähigkeit der Selbstdistanzierung von konkreten, gegebenen Willensinhalten. Schließlich, in der *Logik*, ist Persönlichkeit die Struktur des „Begriffs" im allgemeinen Sinne von Hegels spekulativer Dialektik der Kategorien.

Annemarie Pieper macht in ihrem Beitrag den Versuch, die Existenzphilosophie als eine Philosophie der Person zu lesen. Der Genese der Existenzphilosophie folgend behandelt sie zunächst Søren Kierkegaard und Friedrich Nietzsche, dann Karl Jaspers und Martin Heidegger und schließlich Jean-Paul Sartre und Albert Camus. Zwar spielt der Personbegriff in der gesamten Existenzphilosophie nur eine untergeordnete Rolle. Zahlreiche Aspekte der bis dahin „klassischen" Begriffsgeschichte werden aber unter den Begriffen der Existenz und des Selbst thematisiert. Bei Kierkegaard steht, wie später bei Nietzsche, der Personbegriff für die Besonderheit und Eigenständigkeit des Individuums, die gegen Nivellierung durch Vermassung bewahrt werden soll. Das Werden zur Person, verstanden als Zuwendung und Bekenntnis zu sich selbst und als autonomer Entscheid über das eigene Leben, ist nach Kierkegaard eine Aufgabe des Menschen. Dieser persönlichkeitsstiftende Selbstbezug und Selbstentwurf kann ethisch wie auch religiös eingelöst werden.

Nietzsches radikale Abwendung von der traditionellen Moral und Philosophie bringt auch eine inhaltliche Transformation ihrer zentralen Begriffe mit sich. Der Personbegriff wird von ihm eher sparsam verwendet, beinhaltet aber durchaus wichtige Intentionen Nietzsches. Dabei wird vor allem ab *Menschliches Allzumenschliches* deutlich, daß Nietzsche immer vehementer die Selbstbestimmung der starken, unabhängigen Persönlichkeit propagiert, die sich ihre eigenen Werte gibt. Pieper weist auch auf Nietzsches Perspektivismus hin, der dazu führt, ein substantielles Personkonzept aufzulösen.

Jaspers verwendet den Personbegriff in explizitem Bezug zum Existenzbegriff: „Existenz ist Selbstsein als Personsein." Dabei bindet er den Personbegriff ausdrücklich an eine vorausgesetzte Sozialität des Menschen. Nur durch Begrenzung kann eine Person zu sich selbst kommen. Zugleich ist bei Jaspers der existenziale Selbstbezug des Menschen zurückgebunden an ein vorausgesetztes Unbedingtes, Transzendentes. Dieses ist es, was als Grund der menschlichen Freiheit fungiert und das Existenzkonzept trägt.

Im Gegensatz zu Jaspers grenzt Heidegger den Personbegriff aus seiner Existenzialanalyse in *Sein und Zeit* aus. Er bezweifelt den theoretischen Wert des Personbegriffs für seine Frage nach den konstitutiven Strukturmomenten des menschlichen Daseins überhaupt. Auch im *Brief über den Humanismus* weist er darauf hin, daß die Frage nach dem Personhaften den Zugang zum Menschen als Existenz verbaut, anstatt ihn zu ermöglichen.

Sartre verwendet den Personbegriff zur Charakterisierung des Menschen unter dem existentialistischen Anspruch des Selbstseins. Das Individuum konstituiert sich durch seine freie Selbstwahl als Person. Dabei spielt der soziale Faktor eine große Rolle. Sartre hat subtil herausgearbeitet, daß das Selbstbild immer schon geprägt ist von sozialen Komponenten. Beispielsweise wird im Blick, mit dem ein anderer mich sieht, dieser andere als Person vorgestellt, die mich wiederum als Person beurteilt.

Camus betrachtet das Verlangen der Menschen, in der Welt einen Sinn zu finden, als absurd, weil die Welt keinen Sinn hat. Dennoch ist es für das Menschsein konstitutiv, seinem Leben einen Sinn zu gewinnen. Diesen Konflikt hat Camus am Beispiel des Sisyphos illustriert. Pieper arbeitet heraus, daß selbst die alternativlose, ewige Tätigkeit des Steinewälzens Sisyphos zu seiner persönlichen Identität verhilft. Auch die interpersonale Beziehung spielt für Camus eine große Rolle. Solidarität wird von ihm verstanden als „Freundschaft mit Personen".

Alle hier vorgestellten Philosophen stimmen darin überein, daß sie mit dem Begriff der Existenz, der mehr oder weniger deutlich, bei Heidegger jedoch gar nicht, an den Personbegriff zurückgebunden ist, ein normatives Konzept von Selbstsein, Eigentlichkeit, Autonomie und Selbsterschaffung vertreten und dabei in kulturkritischer Absicht alles uneigentliche, entfremdete Hingegebensein an äußere Lebensumstände aufs schärfste kritisieren.

Um den Personbegriff in der analytischen Philosophie geht es in dem Beitrag von *Martina Herrmann*. Entsprechend der thematisch weit verzweigten Diskussionen der analytischen Philosophie in der zweiten Hälfte des 20. Jahrhunderts figuriert auch der Personbegriff in den verschiedensten Kontexten. Dabei wird deutlich, daß eine Vielfalt von Charakteristika des Personbegriffs in Betracht gezogen und keineswegs einhellig eine sprachanalytische Methode, sondern verschiedene Methoden angewendet werden: Begriffsanalyse, Ausgang von vortheoretischen Intuitionen, Implikationen sozialer Praktiken u. a. Herrmann setzt vier Schwerpunkte, die sie chronologisch von den 1960er bis in die 1990er Jahre darstellt. Peter F. Strawson geht in seiner Analyse des Personbegriffs vom üblichen Sprachgebrauch aus und rekonstruiert das Begriffsschema, das diesem zugrunde liegt.[6] Er kommt zu dem

---

[6] Zu Strawsons Personbegriff, vgl. Mohr 1988.

Ergebnis, daß wir unter Personen einen Typ von Entitäten verstehen, bei denen wir jeweils einem und demselben Individuum dieses Typs sowohl körperliche als auch Bewußtseinszustände zuschreiben. Die Selbstzuschreibung eigener gegenwärtiger Bewußtseinszustände steht dabei in einem wechselseitigen Bedingungsverhältnis zur Möglichkeit der Fremdzuschreibung derselben Zustände durch dritte. Damit zusammen hängt, daß mit „ich", dem Pronomen der ersten Person Singular, zwar nicht die sprechende Person sich selbst identifiziert, aber eine von dritten identifizierbare Person gemeint ist. Der Personbegriff ist ein „logisch primitiver" Begriff, der nicht cartesianisch auf ein Kompositum zweier elementarer Begriffe – materieller Körper plus Bewußtsein als geistige Substanz – reduziert werden kann.

Harry Frankfurt hält Strawsons Personbegriff entgegen, daß er kein hinreichendes Kriterium der Unterscheidung zwischen menschlichen Personen und anderen Wesen, die Bewußtseinszustände haben, an die Hand gibt. Ein solches Kriterium ist laut Frankfurt die Willensstruktur von Personen. Diese zeichnet sich dadurch aus, daß Personen Wünsche zweiter Stufe ausbilden können. Personen können sich zu ihren Wünschen erster Stufe verhalten, zu ihnen Stellung nehmen, sich von ihnen distanzieren oder sich mit ihnen identifizieren. Sie sind insofern in der Lage, Wünsche zu haben, die sich auf Wünsche erster Stufe richten. Sie können wünschen, daß sie etwas wünschen. Willensfreiheit in diesem Sinne, frei zu wollen, was man wollen will, ist Bedingung für das Selbstverständnis von Personen als frei Handelnde und als solche wesentliches Merkmal des Personalitätsbegriffs.

Derek Parfit entwickelt eine Theorie personaler Identität, der zufolge psychophysische Kontinuität das ausschlaggebende Kriterium ist. Eine Person P_2 ist nach diesem Kriterium mit einer Person P_1 identisch, wenn P_2 zum Zeitpunkt t_2 aus P_1 zu einem Zeitpunkt t_1 durch psychische und physische Veränderungsprozesse hervorgegangen ist. Parfit wendet sich gegen den „simple view", wonach der Identität ein unveränderliches Substrat zugrunde liegt. Jede Form substantieller personaler Identität ist für Parfit inakzeptabel. Personen sind aus physischen und psychischen Eigenschaften zusammengesetzt, die Stabilität weder der Eigenschaften noch der Zusammensetzung ist garantiert. Herrmann sieht hierin eine poststrukturalistische Wende der analytischen Philosophie.

In der Ethik der modernen westlichen Welt gilt überwiegend, daß die Person die für die Zuschreibung moralischer Dignität relevante Bezugsgröße ist. Personen räumen wir einen Anspruch auf besondere Berücksichtigung bei der Bestimmung von Rechten und Pflichten ein. In Anbetracht der divergierenden Methoden und Kriterien für Personalität plädiert Herrmann abschließend für eine „integrierte Theorie der Person", die im Hinblick auf die moralische Qualifizierung von Personen einen begründeten „inneren Zusammenhang" der verschiedenen für relevant gehaltenen Eigenschaften herstellt.

LITERATUR

Fuhrmann, M./Kible, B./Scherer, G./Schütt, H.-P./Schild, W./Scherner, M. 1979: Art. „Person". In: Historisches Wörterbuch der Philosophie, Bd. 7, Basel.

Mohr, G. 1988: Vom Ich zur Person. Die Identität des Subjekts bei Peter F. Strawson. In: M. Frank u.a. (Hg.): Die Frage nach dem Subjekt, Frankfurt am Main.

Mohr, G. 2001: Descartes über Selbstbewußtsein und Personen. In: H. Linneweber-Lammerskitten/G. Mohr (Hg.): Interpretation und Argument, Würzburg.

Perler, D. 1998: René Descartes, München.

Perry, J. (Hg.) 1975: Personal Identity, Berkeley u.a.

Schütt, H.-P. 1990: Substanzen, Subjekte und Personen. Eine Studie zum Cartesischen Dualismus, Heidelberg.

Siep, L. 1992: Personbegriff und praktische Philosophie bei Locke, Kant und Hegel. In: Ders.: Praktische Philosophie im Deutschen Idealismus, Frankfurt am Main.

Sturma, D. 1997: Philosophie der Person. Die Selbstverhältnisse von Subjektivität und Moralität, Paderborn.

Maximilian Forschner

DER BEGRIFF DER PERSON IN DER STOA

I.

Der Begriff der Person ist gegenwärtig umstritten. Der Streit betrifft seinen Inhalt, seinen Umfang und seine theoretisch-argumentative Brauchbarkeit. Die Kontroverse ist verzweigt und vielschichtig.[1] In ihr bekundet sich zweifellos eine geistige Konfliktlage, die unser menschliches Selbstverständnis berührt. Konfliktlagen dieser Art sind nie nur von sich widersprechenden Theorien geprägt; in ihnen spiegeln sich Differenzen der Weltsicht und Lebenseinstellung; und solche Differenzen gründen tiefer als der Boden des Verstandes reicht. Da besteht die Gefahr, daß unausgewiesene Einstellungen und ungenannte Vorentscheidungen in die theoretische Debatte wirken. Dies gilt hier nicht nur für die systematische, sondern auch für die historische Sicht eines Problems. Es kann deshalb nicht verwundern, wenn heute der Begriff der Person auch hinsichtlich seiner Geschichte umstritten ist, wenn undeutliche Wünsche den Horizont zu bestimmen und die Richtung vorzugeben versuchen auch für den historischen Blick, der sich der Herkunft dieses Begriffs zu versichern trachtet.

Die Gefahr eines verkürzten Horizonts oder einer einseitigen Blickrichtung betrifft hier vor allem die Frage, in welchem Maß und auf welche Weise das Christentum und die Geschichte seiner Theologie für den Ursprung und die Prägung „unseres" Begriffs der Person verantwortlich zeichnen. Dabei kann sich, wohl im Gefolge Hegels, die Überzeugung von der genuin christlichen Herkunft des Begriffs schon seit längerem lexikalischer Autorität und Verbreitung erfreuen. „Die antike Metaphysik – mit ihrer Betonung des Vorrangs des Allgemeinen (Geistigen) vor dem Einzelnen (als dessen bloßer Beschränkung und Verendlichung) – kennt den Personbegriff nicht. Er taucht erstmals auf in der frühchristlichen Trinitäts- und Inkarnationstheologie [...] Von hier geht das Bemühen aus, nun auch ontologisch die Exzeptionalität nicht nur Gottes, sondern auch des Engels und des

---

[1] Vgl. dazu etwa Rehbock 1998, S. 61–86, sowie die Beiträge in Strasser/Starz 1997; Dreyer und Fleischhauer (Hg.) 1998.

Menschen gegenüber dem Naturzusammenhang alles sonstigen Geschaffenen zu
begreifen".[2]

Nach dieser Auffassung hat unser gegenwärtiges Personverständnis seine wesentliche geschichtliche Quelle in der biblischen schöpfungstheologischen Lehre
von der Gottebenbildlichkeit des Menschen und in der jüdisch-christlichen religiösen Erfahrung des Anspruchs Gottes an den Menschen und der Partnerschaft
Gottes mit den Menschen, die sich in den alt- und neutestamentlichen Schriften,
insbesondere in der Biographie Jesu manifestiert und von der patristischen und
mittelalterlichen Theologie[3] begrifflich präzise gefaßt und gegliedert wird.[4]

Diese Behauptung über die Herkunft eines Begriffs, der in Recht und Moral
ebenso wie in philosophischer Anthropologie und Ethik nach wie vor eine bedeu-
tende Rolle spielt, bezieht sich im wesentlichen darauf, daß dieser „unser" Personbegriff neben den Attributen der Vernunftfähigkeit vor allem den Gedanken
der „ursprünglichen Würde und unableitbaren Einmaligkeit" des menschlichen
Individuums als genuin christliches Erbe zum Inhalt habe.

Ich halte diese Behauptung insofern für korrekturbedürftig, als die vorchristlich
stoische Lehre vom Menschen auch und gerade und, soweit man sieht, erstmals,
wenn auch über ein Geflecht von Termini, unter denen *persona* nur einer ist, die
eben genannten Elemente unseres Begriffs einer (natürlichen) Person entwickelt
hat. Allein diese These möchte ich im Folgenden begründen.[5] Damit soll sowohl
wort- als auch begriffsgeschichtlich etwas über den Ursprung des Begriffs der
Person gesagt sein. Keineswegs aber möchte ich damit die hochbedeutsame und
bis heute (wenngleich vielfach nur noch in säkularisierter und teilweise unbewußter
Form) wirksame rezeptionsgeschichtliche Rolle des Christentums für diesen Begriff
in Abrede stellen. In dieser Hinsicht muß ich mich auf zwei Hinweise beschränken.

Die frühchristliche Theologie hat die genannten Gedanken von der Stoa aufgenommen, in der Interpretation (vor allem christologisch relevanter Passagen)
der biblischen Schriften[6] benützt und auf ihre Weise in den Lehren von der Tri-

---

[2] Halder 1963, S. 288.

[3] Die Überzeugung, erst in der mittelalterlichen (christlichen) Philosophie und Theologie gewinne
der Personbegriff seine Prägnanz und damit „das Individuum seine ursprüngliche Würde und una-
bleitbare Einmaligkeit", haben neuerdings (mit unterschiedlicher Akzentsetzung) wieder Heinzmann
(Heinzmann 1994, S. 66 f.) und Kobusch (Kobusch 1993) vertreten und zu begründen versucht.

[4] Mit dieser Auffassung ist aufs engste der Gedanke verbunden, daß unser Begriff des Willens und seiner
(unendlichen) Freiheit nicht griechischen, sondern biblischen Ursprungs ist und von der christlichen
Theologie, im wesentlichen von Augustinus theoretisch entwickelt wurde. So v. a. Dihle (Dihle
1985); auch Spaemann (Spaemann 1996, S. 27 ff. u. passim). Eine ebenso noble wie differenzierte und
überzeugende Kritik dieser Meinung liefert Kahn 1996.

[5] Für Hinweise und Einwände gegenüber früheren Fassungen dieses Aufsatzes, die zur Klärung meiner eigenen Gedanken nicht unwesentlich beigetragen haben, danke ich F. Buddensiek, W. Ertl,
J. Kulenkampff und F. Ricken.

[6] Etwa der Tauformel Matthäus 28, 19: βαπτίζοντες αὐτοὺς εἰς τὸ ὄνομα τοῦ πατρὸς καὶ τοῦ υἱοῦ
καὶ τοῦ ἁγίου πνεύματος.

nität und der Inkarnation verarbeitet. Im Ergebnis sind das Dogma der Trinität (*drei* Personen in *einem* Gott) und das Dogma der Inkarnation (*eine* Person mit *zwei* Naturen) nach einhelligem Verständnis der christlich-theologischen Tradition strikte Glaubensgeheimnisse, deren Inhalt mit rationalen Mitteln nicht zu begreifen ist;[7] sie enthalten unaufhebbare ontologische Paradoxa. Dies besagt, daß auch der Begriff der Person hier in einer Weise verwendet wird, die mit „Personsein im menschlichen Sinn" nicht viel gemein hat.[8] Wir wissen nicht, was es heißt und verstehen nicht, wie es ist, eine Person mit zwei Naturen zu sein. Und wir verstehen nicht, was es bedeutet, wenn in numerisch einer Entität drei Personen existieren. Und wir können dies auch nicht wissen und verstehen. Wenn dem so ist, dann wird aber auch der Gedanke kontraintuitiv,[9] daß diese Glaubensartikel und die Geschichte ihrer dogmatischen Fixierung *für die begriffliche Klärung* des seiner selbst inne werdenden Personseins eine tragende Rolle gespielt haben.

Doch die Transferierung anthropologischer Theoreme in theologische Kontexte führte nicht nur zu Theologumena, die sich dem menschlichen Verstehen entziehen; sie führte auch zu einer zwar verständlichen philosophischen Umprägung bzw. Neuprägung des Begriffs der Person mit einer (in der Tat bis heute mächtig nachwirkenden) Rezeption, die aber unter dem Gesichtspunkt anthropologischer Klärungsleistung nicht durchweg als sinnvoll und hilfreich zu bezeichnen ist. Es ist der Personbegriff, der entwickelt wurde, um, wie es heißt,[10] die Exzeptionalität nicht nur Gottes, sondern des Engels und des Menschen (im diesseitigen und jenseitigen Zustand) gegenüber dem Naturzusammenhang alles sonstigen Geschaffenen zu begreifen; er fand bei Boethius seine klassische Formulierung: *persona est rationabilis naturae individua substantia*.[11] Einem solchen Personbegriff ist die Isolierung von Zuständen, Funktionen oder Tätigkeiten des Geistes, ihre Ablösung von der Beziehung und Bindung an die Leiblichkeit des Menschen und die Tendenz der Substantialisierung ihres Trägers zu einer *res cogitans* wesentlich. Es ist die ver-

---

[7] Vgl. etwa Hieronymus, Prooemium ad l. 18 in Is.: De mysterio Trinitatis recta confessio est ignoratio scientiae; Thomas v. Aquin, S. theol. I, qu. 32 a 1 co.: impossibile est per rationem naturalem ad cognitionem Trinitatis divinarum personarum pervenire [...] Qui autem probare nititur Trinitatem personarum naturali ratione, fidei dupliciter derogat [...]

[8] Dies wird von namhaften Theologen sehr wohl gesehen: „[...] wenn man ehrlich ist, fragt man sich doch etwas beklommen [...], warum man das, was von der Drei»persönlichkeit« Gottes am Ende übrigbleibt, eigentlich ‚Person' nennt" (Rahner 1962b, S. 131). „Das Personsein im menschlichen Sinn muß man von Gott leugnen." (Schmaus 1969, S. 273).

[9] Natürlich ist dies kein durchschlagendes Argument: Auch Geheimnisvolles und als unaufhebbar geheimnisvoll Akzeptiertes kann Ausgangspunkt eines Klärungsprozesses (gewesen) sein.

[10] Vgl. oben Fn. 2

[11] Contra Eutychen et Nestorium 3, Migne, Patrologia Latina 64, 1343; lat.-dt. in: Boethius 1988, 74 f.; vgl. Thomas v. Aquin, S. theol. I, qu. 29 a. 1. Der Abschnitt 2 von Boethius' Traktat zeigt deutlich das Bemühen um einen Personbegriff, der auf körperliche wie auf unkörperliche vernünftige Substanzen (Gott, Engel, Menschen) zutrifft. Bezeichnenderweise verweigert Thomas von Aquin den vom Leib getrennten menschlichen Seelen den Titel der Person, S. theol. I, qu. 29 a. 1 ad 5.

zweigte und facettenreiche Tradition dieses (inzwischen weitgehend säkularisierten und ontologisch wieder entsubstantialisierten[12]) Personbegriffs, die von Boethius über Descartes zu Locke und seine modernen Schüler[13] ihre Wirkungen entfaltet.

Demgegenüber scheint es aus Gründen der Klärung von Gegebenheiten und Erfahrungen, die uns allen in natürlicher und gleicher Weise zugänglich sind, angebracht, den Begriff der (natürlichen) Person nur auf Menschen zu beziehen. Personsein kennzeichnet dann ein lebendiges, leibhaft Seiendes, das ein letztes, unhintergehbares, individuell-einmaliges, um sich selbst wissendes und sich zu sich selbst verhaltendes, für sein Tun verantwortliches Aktzentrum darstellt.

Wenn wir uns auf die Selbstverständlichkeiten unserer Lebenswelt und Alltagspraxis besinnen, einmal, daß wir nur Körper, und zum anderen, daß wir unter diesen nur lebende Menschen (natürliche) Personen nennen und als solche kennen, dann lohnt es sich, den Ursprüngen des Personbegriffs in der stoischen Philosophie etwas genauer nachzugehen.[14] Denn hier sind Personen körperliche Dinge, die etwas bestimmtes und zwar ausgezeichnetes sind und (werden) können.

II.

Ciceros Schrift *De officiis* bietet in den Abschnitten *I, 107–121* den ältesten (auf uns gekommenen) zusammenhängenden philosophischen Text, in dem das Wort *persona* eine zentrale Rolle spielt. Ciceros Schrift orientiert sich in den ersten beiden

---

12 Diese Entsubstantialisierung wurde insbesondere von J. Locke und D. Hume vollzogen.

13 Lockes in der angelsächsischen philosophischen Gegenwartsliteratur ungemein wirksamer Personbegriff „A thinking intelligent being, that has reason and reflection, and can consider itself as itself, the same thinking thing, in different times and places; which it does only by that consciousness which is inseparable from thinking, and, as it seems to me, essential to it" (Locke 1961, I, 280) steht in seiner isolierenden Beschränkung auf Bewußtseinsfunktionen in christlich-theologischer Tradition. Dieser Tradition sind, ohne daß sie dies möglicherweise wissen und wünschen, auch moderne Autoren wie D. Parfit und P. Singer verpflichtet.

14 In diesem Sinn hat Henrich recht, wenn er meint, die Herkunft des Begriffs der Person werde sich „wohl aufklären lassen müssen, ohne daß in irgend einer gewichtigen Weise auf die christliche Tradition Bezug genommen werden muß. Das Syndrom der Reden von Selbstbewußtsein, Gewissen, Individualität, Subjektivität und vernünftiger Verantwortlichkeit hat seine Wurzeln in der antiken und damit der philosophischen und dann auch der juridischen Tradition und in der Entwicklung von Lebensverhältnissen und lebendigen Erfahrungen, die teils nur von ihnen artikuliert, teils aber auch wirklich von ihnen in Gang gesetzt worden sind. So verdanken ja auch die Wörter ‚Selbstbewußtsein' und ‚Gewissen' über ihre griechischen Äquivalente ihre Existenz dem stoischen Denken." (Henrich 1979, S. 614). Es ist wohl unnötig, zu betonen, daß mit der Erinnerung an die Herkunft „unseres" Begriffs der Person aus der stoischen Philosophie nicht auch schon die Übernahme ihres metaphysischen Weltbilds gemeint sein kann, in das der Begriff der Person dort eingebettet war. Zur Frage, inwieweit dieser Begriff aus seinem metaphysischen Rahmen gelöst werden kann, ohne an Attraktivität und Plausibilität zu verlieren, (Forschner 1998, Kap. V–VII).

Büchern an Panaitios' Traktat Περὶ τοῦ καθήκοντος; sie hat die Beantwortung der Frage zum Inhalt, welches Verhalten in der Welt das dem einzelnen Menschen angemessene ist. Die in jüngster Zeit mehrfach diskutierte sogenannte *Theorie der vier personae*[15] *steht in einem noch spezielleren Kontext; sie ist Teil einer längeren Diskussion darüber, was im Verhalten eines Menschen decorum* (schicklich, geziemend, sittlich schön und erfreulich) *ist*. Cicero unterscheidet im Anschluß an Panaitios vier Gesichtspunkte, die wir uns vor Augen halten müssen, wenn wir vor der Frage stehen, was zu tun sich jeweils für uns schickt (*quid deceat*). Diese vier leitenden Gesichtspunkte bei sittlich relevanten praktischen Entscheidungen nennt er *personae*.

Das griechische Äquivalent für *persona* war πρόσωπον. Das Wort begegnet zuerst bei Homer, bezeichnet dort das Gesicht, das Antlitz des Menschen,[16] und ist von da ab in dieser Grundbedeutung (bis in die neutestamentlichen Schriften hinein) kontinuierlich belegt. Der Grieche verwendete πρόσωπον üblicherweise nur für das menschliche Antlitz, gelegentlich auch für das Antlitz der Götter, nicht aber für die Gesichter von Tieren.[17]

Zur ersten Bedeutung gesellt sich mit den Anfängen des kunstmäßig entwickelten Dramas eine zweite, wonach es das *künstliche* Gesicht bezeichnet, das der Mensch durch Aufsetzen einer Maske sich selber verleiht.[18] In der Vorstellungswelt des Theaters bezeichnet πρόσωπον demnach zunächst die Maske, dann auch (nach Aristoteles, in der Zeit des Hellenismus) im übertragenen Sinn die Rolle, den Charakter, den ein Schauspieler in einem Stück in Wort und Tat in Szene setzt.[19] *Von hier aus, also über den Begriff des (menschlichen) Charakters (im Theater) entwickelt sich die Bedeutung von prosopon als sprechender und handelnder Person.*

Die Stoa hat wohl sehr früh, jedenfalls in der mittleren Phase ihrer Schulgeschichte, die Metaphorik des Theaters zur Erläuterung des Menschen und seiner Stellung in der Welt benützt, wobei die bildhaft-analogen Elemente für der Sache selbst zugehörig genommen und ihres bloßen Vergleichscharakters entledigt wurden: Das Weltgeschehen ist ein Drama, das vom künstlerisch planenden und gestaltenden göttlichen Weltgrund inszeniert wird, und in dem jedem Menschen eine bestimmte Rolle zu spielen zugedacht ist.[20]

---

[15] Vgl. Lacy 1977, S. 163–171; Fuhrmann 1979, S. 83–106; Gill 1988, S. 169–199; Forschner 1993, S. 45–79.

[16] Odyssee 19, 361; 20, 352; Ilias, 18, 414; 7, 211.

[17] Vgl. Friedrich, Bd. VI, 770; Hirzel 1914.

[18] Vgl. Hirzel 1914, S. 40.

[19] Vgl. Nedoncelle 1948, S. 277–299.

[20] Vgl. De Vogel 1963, S. 20–60; Kranz 1960, S. 389f. Einen *locus classicus* für den Vergleich bietet Cicero in De fin. III, 24: Ut enim histrioni actio, saltatori motus non quivis, sed certus quidam est datus, sic vita agenda est certo genere quodam, non quolibet; quod genus conveniens consentaneumque dicimus. Vgl. dann später Epiktet, Encheiridion 17: „Bedenke, Du bist Schauspieler in einem Stück, wie der Autor/Inszenator (διδάσκαλος) es will: wenn kurz, dann kurz, wenn lang, dann lang; wenn

Den Philosophen schließen sich in ihrem Sprachgebrauch die Rhetoren an, „indem sie von den verschiedenen Rollen sprechen, die dem Redner zugeteilt sind und denen gemäß er seine Rede einzurichten hat".[21] Im Rahmen der (vor allem von der Stoa ausgebildeten) Grammatik dient es dann, wie ja auch heute noch üblich, zur Bezeichnung der drei Personen des Verbums.[22] Von der Rhetorik und Grammatik geht das Wort schließlich in die Gerichtssprache über, wo insbesondere ab dem 2. nachchr. Jahrhundert von den Parteien in einem Gerichtsverfahren (immer häufiger) als von πρόσωπα gesprochen wird.

In der Stoa der Kaiserzeit steht πρόσωπον/*persona* häufig für den Charakter, und zwar für den herausragenden Charakter eines Menschen, für seine Persönlichkeit. Ab wann das Wort ganz generell und präzise für den Menschen (im Unterschied zum Tier) als Träger von Rechten verwendet wird, ist unklar und, soweit ich sehe, noch zu wenig erforscht.[23] Eine unlösbare Verbindung von ἄνθρωπος mit dem nomen dignitatis πρόσωπον über den Begriff der προαίρεσις, die, wie zu zeigen sein wird, den Menschen im Unterschied zum Tier zum Bürger und Mitspieler des Kosmos macht, ist jedenfalls bei Epiktet bereits gegeben.[24]

Von πρόσωπον bzw. *persona* ist durch die gesamte verzweigte Geschichte des Begriffs hindurch nur in bezug auf vernunftfähige Wesen die Rede. Vernunft zu haben ist die Voraussetzung dafür, ein Antlitz zu haben, sich einer Maske zu bedienen, (selbst) einen Charakter zu entwickeln, als Subjekt von Handlungen angesprochen zu werden, Partei vor Gericht zu sein, überhaupt eine Rolle zu spielen im Weltgeschehen und nicht bloßes Ausstattungsstück zu sein. Eine vorgegebene Rolle zu übernehmen, zu interpretieren und in Szene zu setzen, setzt voraus, sich über seine Stellung im Ganzen und über die zu erbringende Leistung wenigstens prinzipiell und umrißhaft im klaren zu sein.

---

er will, daß Du einen Bettler spielst, dann (will er), daß Du auch diesen gut spielst; wenn einen Krüppel, einen Herrscher, einen Privatmann, (dann auch diese). Denn Deine Sache ist dies, den gegebenen Charakter/die gegebene Rolle gut zu spielen; ihn/sie auszuwählen, ist Sache eines andern (Σὸν γὰρ τοῦτ᾽ ἔστιν, τὸ δοθὲν ὑποκρίνασθαι πρόσωπον καλῶς· ἐκλέξασθαι δ᾽ αὐτὸ ἄλλου). Vgl. Marc Aurel, Selbstgespräche, XII, 36.

[21] Hirzel 1914, S. 41.

[22] Dion. Hal. De Lys. 8 f., Hirzel 1914, S. 41.

[23] Im Rahmen der mittelstoischen (?) Oikeiosislehre findet sich der Gedanke, daß der Mensch dem Menschen eben deshalb, weil er Mensch ist, nichts Fremdes, Feindliches ist und sein darf, sondern als etwas Eigenes und Befreundetes zu behandeln ist (ex hoc nascitur ut etiam communis hominum inter homines naturalis sit commendatio, ut oporteat hominem ab homine ob id ipsum, quod homo sit, non alienum videri, Cicero, De fin. III, 63); deshalb sind auch die Feinde und die sozial Geringsten (die Sklaven) als Menschen und damit als Subjekte anzusehen, denen gegenüber Gerechtigkeits- und Rechtsprinzipien zu wahren sind (Meminerimus autem etiam adversus infimos iustitiam esse servandam. Est autem infima condicio et fortuna servorum, quibus non male praecipiunt, qui ita iubent uti, ut mercennariis, operam exigendam, iusta praebenda, De off. I, 41). Nur: in *diesem* Rahmen ist nicht von *persona*, sondern allenthalben von *homo* die Rede.

[24] Vgl. Diss. II, 10, 1–6 in Verbindung mit Diss. I, 2.

Der philosophische Begriff der *persona*, wie er von Cicero im Anschluß an Panaitios verwendet wird, steht von Anfang an in einem metaphysisch-theologischen und ethischen Zusammenhang. Die ethische Grundfrage, die sich dem einzelnen stellt: „Wie soll man leben?", wird für den Stoiker beantwortbar nur über die Frage, welches die bestimmte Rolle ist, die der göttliche Dramaturg für den Menschen im allgemeinen und für einen selbst im besonderen zu spielen vorgesehen hat. Und die *formale* Grundantwort auf diese Frage versteht sich im Rahmen des skizzierten Ansatzes von selbst: Man soll in völliger Übereinstimmung mit dem Urheber und Inszenator des Weltgeschehens leben, in Erkenntnis und Anerkennung der eigenen Rolle im Rahmen des Ganzen. Dies ist der primäre Sinn der altstoischen Formel für das Ziel menschlichen Lebens: ὁμολογουμένως ζῆν – In Übereinstimmung leben. [25]

Die Stoiker waren, wie andere griechische Philosophen auch, an der Analyse verschiedener Lebensformen und Karrieren interessiert. Dies mag Panaitios' Theorie der vier *personae* angeregt haben. [26] Deren Kern besteht in dem Gedanken, daß die bestimmten Aufgaben und Funktionen (καθήκοντα, *officia*), die ein Mensch in der Welt zu erfüllen hat (um ein gutes Leben zu führen und glücklich zu sein), identifizierbar sind über vier Rollen, die jedem Menschen vorgezeichnet sind, die er zu übernehmen und *zu einer Einheit seiner Lebensrolle* zu verbinden hat. [27] So gesehen steht der Plural der Rede von *personae* immer im Kontext der Vorstellung von numerisch *einem* Subjekt, das die verschiedenen Rollen annimmt, interpretiert und mehr oder weniger gelungen zu einer stimmigen Persönlichkeit verbindet. [28]

Die Rolle 1 bezieht sich auf die Vernunftfähigkeit, die der Mensch mit allen Menschen teilt, die Rolle 2 auf die physische, mentale und temperamentale Natur des Individuums: „Man muß […] verstehen, daß wir von der Natur gleichsam mit zwei Rollen (*personae*) versehen sind; die eine ist uns gemeinsam aufgrund des Umstands, daß wir alle Anteil haben an der Vernunft und ihrer Vorzüglichkeit, aufgrund deren wir aus dem Tierreich herausgehoben sind, von der alles sittlich Gute und Schöne sich herleitet und über die wir einen Weg zur Auffindung des uns Zukommenden finden; die andere aber ist jene, die ganz speziell den einzelnen zugewiesen ist." [29] Der Mensch ist mit allen anderen Dingen und Ereignissen Teil des Ganzen; aber seine Beziehung zum Ganzen hat einen normativen Aspekt, den

---

[25] Stob. Ecl. II, 71, 15 W. = SVF III, 106.

[26] Vgl. Long/Sedley 1987, S. 427.

[27] Vgl. Long/Sedley 1987, S. 427 f.

[28] Dies wird besonders deutlich bei Epiktet in Diss. I, 2: Πῶς ἄν τις σώζοι τὸ κατὰ πρόσωπον ἐν παντί;

[29] Intelligendum etiam est duabus quasi nos a natura indutos esse personis; quarum una communis est ex eo, quod omnes participes sumus rationis praestantiaeque eius, qua antecellimus bestiis, a qua omne honestum decorumque trahitur et ex qua ratio inveniendi officii exquiritur, altera autem quae proprie singulis est tributa, De off. I, 107.

er erfassen kann, dem er zu entsprechen hat und entsprechen kann. Dazu befähigt
ihn seine Vernunft.

Zunächst ist hier die Rede davon, daß *wir alle Anteil haben* an der Vernunft
und daß diese Gemeinsamkeit des Anteil-Habens eine uns allen gleiche Rolle
bedingt, und dann ist die Rede davon, daß diese Teilhabe an der Vernunft uns
einen ausgezeichneten Status verleiht: Wir sind aus dem Bereich des bloß Lebendigen herausgehoben durch die Möglichkeit der Welterkenntnis, des Einblicks in
den Aufbau des Gesamtdramas und der vernunftbestimmten Lebensführung in
Entsprechung zum Ganzen. Durch sie ist die Dimension des *honestum et decorum*
eröffnet. Ein weiterer Aspekt wird mit der Formel *quod omnes participes sumus rationis praestantiaeque eius* nur implizit angedeutet: der Gedanke einer durch Wesens-
verwandtschaft konstituierten gemeinsamen und gemeinschaftsbezogenen Rolle
vernünftiger Subjekte, die sich in Begriffen der traditionellen Kardinaltugenden als
eines integrierten Komplexes von Einstellungen, Fähigkeiten und Handlungszielen
interpretieren läßt.

Die erste Rolle liefert die *allgemeine* Struktur jenes harmonischen Ganzen,
in dem die sittliche Schönheit eines menschlichen Lebens besteht. Gleichwohl
erreichen wir diese Harmonie für uns selbst nur, wenn wir auch die zweite *persona*
realisieren, die die Natur uns zugedacht hat, eine Rolle, die für uns als Individuen
spezifisch ist. Wie der Text dieser Rolle zu sein hat, eröffnet sich einem genau
beobachtenden und teleologisch interpretierenden Blick auf unsere naturgegebene,
nichtdepravierte Eigenart (vgl. I, 107–110).

Cicero versteht das *decorum* als den Außenaspekt der Exzellenz eines Menschen, als eine Art Schönheit, die dem Leben des menschlich Tüchtigen Glanz
verleiht (vgl. I, 94–98). Definiert ist es auf eine allgemeine altstoische Art in Begriffen der *aequabilitas universae vitae, tum singularum actionum*, der Gleichförmigkeit
der gesamten Lebensführung wie der einzelnen Handlungen (I, 111); gedacht
ist offensichtlich an eine charakterliche und thematische Einheit der Biographie;
gedacht ist auch und ineins damit an die εὔροια βίου der altstoischen Telosfor-
meln;[30] diese meint den objektiv harmonischen Fluß eines Lebens, eine Qualität,
die öffentlich erkennbar ist.

Der entscheidende Punkt nun, den Cicero namhaft macht, ist der, daß man das
decorum umso leichter erreicht, je mehr man in seiner Lebensführung seine naturgegebene Eigenart respektiert. Ja, diese These steigert sich noch zur Behauptung,
daß man eine konsistente und gleichförmige Gestalt des Lebens nicht erreicht,
„wenn man die Natur anderer nachahmt und die eigene aufgibt" (I, 111). „Wir
haben nämlich so zu handeln, daß wir nichts gegen die allgemeine Natur anstren-
gen, daß wir aber – in ihrem Rahmen – unserer eigenen Natur folgen, so daß wir,
auch wenn andere Ziele gewichtiger und besser sind, unsere Bestrebungen doch

---

[30] εὔροια βίου war eine von Zenons Definitionen des Glücks, vgl. Stobaeus, II. 77. 21 Wachsmuth =
Long/Sedley 1987, 63A.

am Maßstab unserer eigenen Natur ausrichten" (I, 110). Was hier angesprochen wird, ist – in modernen Worten – das Problem *personaler Identität* in praktischer Hinsicht. Der Mensch ist in seinem Personsein hinsichtlich seiner sozialen Rolle nicht nur Gattungswesen, sondern auch eigen- wenn nicht einzigartiges Individuum; er muß, wenn er seinem Leben im ganzen eine harmonische Einheit geben will, zu seiner naturalen Eigenart stehen und ihr in seinem Lebensplan Gestalt und Ausdruck verleihen.

Das Erreichen des *decorum* hängt ab von einem Handeln, das unserer Rolle als Mensch und unserer Rolle als besonderem Individuum gerecht wird, und dies auf eine bruchlose, das gesamte Leben bestimmende Weise (I, 107; 110–111; 114).

Diesen beiden *personae* fügt Cicero nun noch zwei weitere hinzu: „Zu den beiden *personae*, die ich oben nannte, gesellt sich eine dritte, die uns irgendwelche Zufälle oder die Zeitumstände zuweisen; und auch noch eine vierte, die wir uns selbst nach eigener Entscheidung zufügen. Denn Dinge wie Königtum, militärischer Oberbefehl, Adel, Ämter, Reichtum und Einfluß und ihr Gegenteil sind zufallsbedingt und von den Zeitumständen abhängig. Welche *persona* wir aber selbst spielen wollen, das geht aus unserem eigenen Willen hervor. So wenden sich die einen der Philosophie, die anderen dem bürgerlichen Recht, wieder andere der Redekunst zu; und selbst im Falle der Tugenden will der eine in dieser, der andere in jener herausragen". [31]

Die dritte *persona*, das belegen die genannten Beispiele, hat die gesellschaftliche und politische Position zum Inhalt, in die wir, durch Zufall und Zeitumstände bedingt, gelangen oder in der wir uns vorfinden. Mit dieser Position sind bestimmte Handlungsweisen als angemessen und schicklich bzw. als unangebracht und unschicklich verbunden. Ihre vernünftige Interpretation bringt für den Einzelnen bestimmte Verpflichtungen, aber auch Möglichkeiten und Grenzen der selbsttätigen und selbst zu verantwortenden Lebensführung zum Vorschein.

Mit der vierten *persona* ist offensichtlich das alte Motiv der Lebenswahl angesprochen. An ihr sind zwei Aspekte zu unterscheiden. Sie ist einmal das Ergebnis einer Entscheidung (nostro iudicio, a nostra voluntate proficiscitur), deren vorangehende Überlegung und Beratung sich orientiert an den anderen *personae*. Sie ist zum anderen, einmal getroffen, eine weitere sittliche Determinante. Wir haben sie dann zu berücksichtigen, wenn wir uns fragen, was zu tun für uns jeweils angemessen ist. Cicero spricht hier vom *genus vitae*, der *via vitae*, dem *cursus vitae*. Gemeint ist damit die Antwort auf die Frage, welche Art von Mensch man sein will (quos nos et quales esse velimus); gemeint ist auch die Antwort auf die Frage, mit

---

[31] Ac duabus iis personis, quas supra dixi, tertia adiungitur, quam casus aliqui aut tempus imponit, quarta etiam, quam nobismet ipsi iudicio nostro accomodamus. nam regna, imperia, nobilitas, honores, divitiae, opes eaque quae sunt his contraria, in casu sita temporibus gubernantur; ipsi autem genere quam personam velimus, a nostra voluntate proficiscitur. Itaque se alii ad philosophiam, alii ad ius civile, alii ad eloquentiam applicant, ipsarumque virtutum in alia alius mavult excellere. (I, 115).

welcher Art von Tätigkeit in der Welt man primär sein Leben verbringen möchte. Und beides steht offensichtlich in engem Zusammenhang. Denn die Antwort auf die zweite Frage befindet auch darüber, welchem menschlichen Tugendbereich man für sich selbst praktisch den Vorrang gibt. Cicero empfiehlt bei dieser schwierigsten aller Entscheidungen, vorrangig seiner unverdorbenen Naturanlage, also Talent, Neigung und Temperament, Rechnung zu tragen. Nur so könne man für die Dauer des Lebens sich selbst treu bleiben. Kommt man, was durchaus sein kann, im Erwachsenenleben bei eingehender Selbstprüfung zu dem Ergebnis, sich in der Wahl seines Lebenswegs geirrt zu haben, dann muß man auf möglichst undramatische Weise Profession und Verhaltensweisen ändern und sein Leben neu ordnen (facienda morum institutorumque mutatio est, I, 120).

Das *decorum*, so die implizite Kernthese Ciceros, setzt eine Einheit von Selbstwahl und Wahl der äußeren Lebenslaufbahn voraus. Die Beschaffenheit, die man sich selbst zu geben entschließt, muß ihren stimmigen Ausdruck finden im bevorzugten Tätigkeitsbereich in der Welt.

Ciceros *personae* beziehen sich, in typisierter Form, auf elementare Gegebenheiten, die als Gegebenheiten der Natur, der gesellschaftlichen Umstände, der eigenen zurückliegenden Entscheidungen im Verein das vorgeben, was und wer wir als Menschen sind.

Im Gedanken der Lebenswahl, die man im Fluß des Lebens aktualisiert, der man treu zu bleiben versucht, verbinden und verdichten sich die *personae* zur einen sittlichen Persönlichkeit. [32] Die Lebenswahl bildet, als Vor- und Grundentscheidung, die alle konkreten situationsbezogenen Entscheidungen trägt, die Grundlage der Integration aller Lebensvollzüge in ein stimmiges Gesamtbild. Die stoische Leitvorstellung dabei ist: Um als Mensch auf genuin menschliche Weise das zu sein, was man in Vollendung sein kann, muß man, was man aufgrund von Gegebenheiten ist, als Rollen verstehen, die man erfassen, annehmen, zu einer Gesamtrolle verbinden, in ihren verschiedenen Aspekten normativ auszeichnen und nach internalisierten Grundsätzen und Regeln als gelebtes „Spiel des Lebens" interpretieren kann. [33]

III.

Die Theorie der vier *personae* nennt vier elementare Gegebenheiten, die die *conditio humana* jedes einzelnen ausmachen und die leitenden Gesichtspunkte liefern für die Beantwortung der Frage, über welche Rollen und ihnen entsprechende Aktivitäten in der Welt jeder einzelne sein Sein als Mensch unter Menschen am besten vollzieht. Diese auf das Sein in der Welt und mit Anderen hin orientierte, *aus primär sozialer*

---

[32] Vgl. dazu vor allem auch Epiktet, Diss I, 2.
[33] Vgl. dazu auch Long 1996, S. 164ff.; 283.

Perspektive[34] konzipierte Theorie der vier *personae* wird gestützt von einer natur-
philosophischen Theorie des Menschen und (jedenfalls in der Stoa der Kaiserzeit)
ergänzt durch eine psychologisch-ethische Theorie seines Selbst. Letztere konzentriert sich auf die Frage, wie sich, was wir als Menschen sind und sein können,
aus der Perspektive der 1. Person ausnimmt. Die Verbindung der sozialen Perspektive der Rollentheorie (persona, πρόσωπον) mit der Perspektive der 1. Person, die
im Gedanken der Lebenswahl (προαίρεσις), der Einheit des Charakters bzw. der
Persönlichkeit (πρόσωπον) und der damit verbundenen Selbstschätzung[35] in den
Vordergrund tritt, zeigt sich besonders deutlich bei Epiktet.[36] Bei ihm verschwimmen denn auch die Bedeutungen von πρόσωπον und προαίρεσις.[37]

Die individuelle und artspezifische Beschaffenheit eines Dinges (seine ἰδία und
κοινὴ ποιότης) verdankt sich nach stoischer Vorstellung einer ihm immanenten
Kraft, die Teil und Modifikation der einen göttlichen Weltgestaltungskraft (πνεῦμα)
ist, und die den einzelnen Körper spezifizierend und individuierend für die Dauer
seiner Existenz zu dem macht, was er ist und als was er angesprochen werden
kann. Dabei scheint die Stoa sowohl im ontologischen als auch im erkenntnistheo-
retischen Kontext besonderes Gewicht auf die ἰδία ποιότης gelegt zu haben.[38]
Individuierende Qualität meint ein dem Gegenstand immanentes Gestaltungsprinzip, das einen Teil der bestimmungslosen Materie für die Dauer seiner Existenz zu
einem individuell qualifizierten und als solchen identifizierbaren Gegenstand macht
und es erlaubt, ihn trotz seiner Veränderungen in der Zeit als ein und denselben
anzusprechen. Es gibt nicht zwei identische Dinge; jeder existierende Gegenstand
ist einmalig.[39]

Im Menschen ist das qualifizierende göttliche Pneuma als belebende und vernunftfähige Seele präsent. Das seelische Kraft-, Organisations- und Leitungszen-
trum befindet sich im Herzen. Schon die alte Stoa unterschied 8 Teile bzw. Funktionen der menschlichen Seele: das leitende Zentralorgan (Hegemonikon), die 5 Sinne,
die Sprachkraft und die Zeugungskraft.[40] Von Seelen*teilen* spricht sie nur insofern,
als bestimmte Funktionen des Hegemonikon an bestimmte Organe des Körpers
gebunden sind. Im übrigen vertritt sie gegen Platon und Aristoteles einen strengen

---

[34] Die soziale Perspektive der Prosopon-Theorie ist auch bei Epiktet noch manifest; vgl. Diss. IV, 2; I,
2.

[35] Σὺ γὰρ εἶ ὁ σεαυτὸν εἰδώς, πόσον ἄξιος εἶ σεαυτῷ καὶ πόσου σεαυτὸν πιπράσκεις – denn Du
bist es, der von sich selbst weiß, wie viel Du Dir selbst wert bist und um wieviel Du dich verkaufst,
Epiktet, Diss. I, 2. 11.

[36] Vor allem in Diss. I, 2.

[37] Dies geht bis in die Ähnlichkeit der Satzformeln hinein: Μόνον σκέψαι, πόσου πωλεῖς τὴν σεαυτοῦ
προαίρεσιν – Prüfe nur, um wieviel Du Deine Prohairesis verkaufst, Diss. I, 2. 33. Vgl. Diss. I, 2. 11.

[38] Vgl. dazu DL VII, 58; Cicero, Acad. prior. Luc. 55f., 85; Sext. Emp. Adv. Math. VII, 248f., 252;
Sedley 1982, S. 155–175; Ricken 1994, S. 44ff.

[39] Cicero, Ac. pr. Luc. 85: Omnia sui generis esse, nihil esse idem quod sit aliud.

[40] Vgl. Aetius IV, 21 = SVF II, 836 = Long/Sedley 53 H.

Seelenmonismus: „Einheitlich ist die Kraft der Seele, derart daß sie je nach ihrem jeweiligen Sichverhalten bald denkt, bald zürnt, bald begehrt".[41] Allerdings spielt die Vernunftfähigkeit des Logos auf der Ebene des Bewußtseins als Bildner und Gestalter aller anderen Funktionen[42] im Hegemonikon des Erwachsenen die alles entscheidende Rolle. Im Logos des Menschen ist das göttliche Pneuma in seiner höchsten Form präsent. Das formende Pneuma wird materiell gedacht. Es ist mit dem Körper in einer vollständigen Mischung (κρᾶσις δι' ὅλου)[43] verbunden und konstituiert durch diese Verbindung das Sein und Sosein eines Menschen, seinen Bestand (σύστασις, status, constitutio). Er löst sich auf, wenn das zusammenhaltende, gestaltende und organisierende Pneuma den Leib verläßt. Der Mensch ist also ein Ganzes aus Leib und Seele. Seine Verfassung und seine Identität ist dadurch definiert, daß sich das leitende Prinzip seiner Seele auf bestimmte Weise zum Leib verhält[44]. *Das Verhältnis zum Leib gehört zum Wesen des menschlichen Selbst.*

Diese hier nur grob skizzierte[45] naturphilosophische Theorie des menschlichen Geistes wird nun (jedenfalls in der kaiserzeitlichen Stoa)[46] ergänzt durch eine Analyse aus der Reflexionsperspektive der ersten Person, die klären soll, wie ein einzelner Mensch sich selbst in seinem Sein wahrnimmt und in seinen Möglichkeiten zielorientiert versteht. Diese reflexiven Analysen sind vor allem in den von seinem Schüler Arrian überlieferten Diskursen Epiktets für uns greifbar[47].

Entscheidend ist, so das Leitmotiv von Epiktets in altstoischem Geist verfaßten Diatriben, sich klarzumachen, was das beste und herrscherliche Vermögen unter allen Vermögen ist. Es ist, so die Antwort, die Vernunft (ἡ δύναμις ἡ λογική), die sich selbst und alles andere betrachtend erkennt (ἡ καὶ αὐτὴν θεωροῦσα καὶ τἆλλα πάντα), die die Eindrücke gebraucht (ἡ χρηστικὴ δύναμις ταῖς φαντασίαις), die alle anderen Vermögen beurteilt, ihren Gebrauch bewertet und über ihren situationsgemäßen Einsatz befindet (τὰς ἄλλας δυνάμεις διακρῖνον, δοκιμάζον τὰς χρήσεις αὐτῶν καὶ τοὺς καιροὺς παραδεικνύον). „So war es denn durchaus

---

[41] Alexander von Aphrodisias, De anima CAG 118, 6 = SVF II, 823: μία ἡ τῆς ψυχῆς δύναμς, ὡς τὴν αὐτὴν πως ἔχουσαν ποτὲ μὲν διανοεῖσθαι, ποτὲ δὲ ὀργίζεσθαι, ποτὲ δὲ ἐπιθυμεῖν […].

[42] Vgl. etwa die Formel vom λόγος als τεχνίτης τῶν ὁρμῶν DL VII, 86.

[43] Gemeint ist eine vollständige Durchdringung zweier materieller Entitäten zu einem Ganzen (mit neuen Eigenschaften), derart, daß in keinem noch so kleinen Teil des Ganzen nur das Substrat der einen Entität präsent wäre, aber so, daß die Entitäten sich auch wieder trennen können. Beliebtes Beispiel für eine derartige Mischung war ein Stück glühendes Eisen, in dem Eisen und (materiell gedachtes) Feuer vollständig vermischt sind. Vgl. Alexander v. Aphrodisias, De Mixtione 216. 14–218. 6 Bruns = SVF II, 473.

[44] Constitutio est principale animi quodam modo se habens erga corpus, Seneca, Ep. mor. 121, 10. Zum Ganzen vgl. Hierokles, Ethische Elementarlehre, III, 56 – IV, 53; Chang-Uh Lee 1999, S. 52 ff.

[45] Vgl. dazu ausführlicher Forschner 1995, S. 58 ff.

[46] Was im Folgenden über Epiktet ausgeführt wird, ließe sich bestätigen und ergänzen durch Ausführungen über Seneca und Hierokles.

[47] Mit ihnen spielte die Stoa zweifellos eine gewichtige Rolle in der Bewußtseinsgeschichte, die zur Konstituierung des modernen Selbst führt. Vgl. dazu Taylor 1989, S. 137; Long 1991, S. 102–120.

der Götter würdig, daß sie uns nur das Beste von allem und das Herrscherliche (τὸ κράτιστον ἁπάντων καὶ κυριεῦον) in unsere Hand gegeben haben, den richtigen Gebrauch der Eindrücke, alles andere aber nicht"[48]. In der rechten Aktualisierung seiner Vernunft kommt der Mensch den Göttern gleich. „Weißt du nicht, wie winzig du im Verhältnis zum Weltganzen bist? Das gilt jedenfalls für deinen sterblichen Körper. Was jedoch deinen Geist angeht, so bist du den Göttern nicht unterlegen und nicht kleiner als sie. Denn die Größe des Geistes wird nicht nach Länge und Höhe gemessen, sondern nach seinen Überzeugungen."[49]

Das menschliche Hegemonikon, das als Vernunftvermögen alles, auch sich selbst betrachtet, erfährt sich als Bewußtsein eines einzigen und einheitlichen Selbst im Fluß der Eindrücke, in denen sich das eigene Leben und die äussere Welt bekundet. Dabei entdeckt es an sich das, was man später die unendliche Freiheit der Person genannt hat. Es erfaßt sich als Vernunftwesen, *das sich über seine Überzeugungen in vernünftiger oder unvernünftiger Freiheit zu seinen Eindrücken und dem, was sich darin bekundet, verhält.*

Eine Schlüsselrolle in der stoischen Bestimmung dieses Verhältnisses spielen zwei Begriffe, der der φαντασία und der der προαίρεσις.

Der Begriff der φαντασία benennt, was für alles sich selbst und anderes erlebendes, für bewußtes Leben konstitutiv ist. Seine Erklärungsformel lautet: „Eine φαντασία ist ein in der Seele auftretendes Widerfahrnis, das sich und seine Ursache enthüllt"[50]. Gängigerweise übersetzt man heute, im Anschluß an stoische Metaphorik[51], φαντασία mit „Eindruck". Über die Sinne drückt sich in der Seele, genauer in deren Zentralorgan (Hegemonikon) auf unwillkürliche Weise die eigene und fremde (gegebene) Wirklichkeit ein und gibt sich als solche kund. Eindrücke haben so gesehen reflexive Struktur und verweisen auf Anderes. Im Eindruck als seelischem Ereignis sind die Aspekte des Empfindens, des Strebens und des Vorstellens verbunden. Tiere konzeptualisieren und synthetisieren ihre Eindrücke nicht. Das leistet nur das menschliche Hegemonikon[52]. Die Art des Eindrucks ist bedingt durch die Art des affizierenden Objekts und die Natur des affizierten Subjekts. Da entsprechend stoischer Ontologie alle Subjekte, die Eindrücke (von sich selbst und anderem) haben, unverwechselbare Individuen (einer bestimmten Art) sind, besitzen diese Eindrücke für diese Individuen auch individuellen Inhalt. Dies besagt nicht, daß es zwischen den Eindrücken einer Gruppe von Individuen nicht Typus-Identität geben kann.[53] Eindrücke der *menschlichen* Seele haben die

---

[48] Epiktet, Diss. I, 1. 4ff.

[49] Epiktet, Diss. I, 12. 26: [...] λόγου γὰρ μέγεθος οὐ μήκει οὐδ᾽ ὕψει κρίνεται, ἀλλὰ δόγμασιν.

[50] Aetius IV, 12 = SVF II, 54 = Long/Sedley 39 B: φαντασία μὲν οὖν ἐστι πάθος ἐν τῇ ψυχῇ γιγνόμενον, ἐνδεικνύμενον αὐτό τε καὶ τὸ πεποιηκός.

[51] Vgl. SVF I, 64: τύπωσις. Vgl. I, 484: zunächst ist der Ausdruck nicht metaphorisch, sondern wörtlich gemeint.

[52] Vgl. Sext. Emp. Adv. Math. VIII, 275–6 = SVF II, 223 = Long/Sedley 53 T.

[53] Vgl. Long 1991, S. 104.

Eigenart, daß ihr Träger ihren Inhalt sprachlich artikulieren und ausdrücken kann; es sind λογικαί φαντασίαι;[54] sie haben propositionalen Gehalt; in ihnen wird der Gegenstand mittels eines Begriffs vorgestellt.[55] Die menschliche Vernunftseele steht ferner im Unterschied zum Tier in einem prinzipiell freien Verhältnis zu ihnen. Sie kann sich um die rechte Vernunft dieses Verhältnisses bemühen, d.h. sie kann sich über Bildungsprozesse in den Stand versetzen, den Inhalt der Eindrücke auf Distanz zu halten und zu prüfen und nur dem Geprüften und adäquat Interpretierten die Zustimmung zu geben oder zu verweigern.[56] Durch die Zustimmung wird der Eindruck „angeeignet"; durch sie wird er zur Einstellung, zur eigenen Überzeugung bzw. zum eigenen Wollen von etwas und zum eigenen Gefühl und damit zum Teil der Person. Die Zustimmung (συγκατάθεσις), das einzige, was uneingeschränkt in unserer Hand ist, bedingt, daß unsere Eindrücke nicht, wie bei Tieren, unser Streben, unser Fühlen und unser Verhalten unserer vorgegebenen Natur entsprechend von selbst regulieren, sondern daß wir sie im prägnanten Sinn des Wortes „gebrauchen".[57] Im erwachsenen Menschen mit entwickeltem Vernunftvermögen implizieren alle theoretischen Überzeugungen, alle Emotionen und alle verhaltensbestimmenden Impulse (ὁρμαί) Akte der Zustimmung; wir sind für sie verantwortlich.[58]

Der Begriff der φαντασία markiert, dies hat vor einiger Zeit A. A. Long deutlich gemacht, eine Konzentration der Stoa auf die Individualität des wahrnehmenden Subjekts.[59] Phantasiai sind als solche individuelle Eindrücke; es sind Widerfahrnisse dieser und nur dieser Person; sie zeigen die Welt und die eigene Verfassung in subjektiver Perspektive, in der Perspektive der 1. Person. Der sprachfähig gewordene Mensch ist in der Lage, den Inhalt seiner Eindrücke, der durch seine Natur und seine Erfahrungen (mit)geprägt ist, sprachlich zu fassen und, weil Sprache etwas Gemeinsames und Öffentliches ist, so auszudrücken, daß er anderen einsichtig und zugänglich wird. Aber dieser in eine gemeinsame, öffentliche Welt von Gesagtem und intersubjektiv Verständlichem übersetzte Inhalt der Erfahrung des Einzelnen beseitigt nicht, sondern stützt sich auf die irreduzible Subjektivität der Phantasiai. Eine Phantasia ist stets die Phantasia für dieses Individuum. Was es heißt, diesen

---

[54] Vgl. SVF II, 187 = Sextus Empiricus, Adv. Math. VIII, 70; SVF II, 52 = DL VII, 49; Seneca, Ep. mor. 117, 13 = Long/Sedley 33 E; DL VII, 63 = Long/Sedley 33 F.

[55] Vgl. DL VII, 51; Cicero, Acad. Pr. II, 21; Sextus Emp. Adv. Math. VII, 345. Vgl. dazu Frede 1987, S. 150–176.

[56] Vgl. etwa Epiktet, Diss. II, 18: Πῶς ἀγωνιστέον πρὸς τὰς φαντασίας;; ebd. II, 18, 23: „Wenn Du derartige Gedanken (sc. einer *phantasia*) entgegensetzst, wirst Du die *phantasia* besiegen und nicht von ihr fortgerissen werden. Zunächst, laß Dich nicht von ihrer Schnelligkeit entführen, sondern sag: ,Laß mich ein wenig los, Eindruck, laß mich sehen, wer Du bist und wovon Du kündest, laß mich Dich prüfen' ". Vgl. Diss. III, 8 und Encheiridion I, 5.

[57] Vgl. etwa Plutarch, Stoic. rep. 1057 A = SVF III, 177 = Long/Sedley 53 S.

[58] Vgl. Stobaeus II, 88 = SVF III, 171 = Long/Sedley 33 I.

[59] Long 1991, S. 102–120.

oder jenen partikulären Eindruck zu haben, erlebt unmittelbar, unhintergehbar und in konkreter Fülle nur der, der ihn hat. Insofern der Inhalt einer Phantasia individuell-einmalige Züge hat, kann er nicht vollständig in den mitteilbaren, vielen auf gleiche Weise zugänglichen (konzeptionalisierten) Inhalt einer Aussage eingehen.[60]

Ferner erfährt das menschliche Hegemonikon sich nicht nur als Rezeptor einer kontinuierlichen Abfolge von Eindrücken und Vorstellungen. Es wird schrittweise seiner selbst inne als Instanz, die die unwillkürlichen Eindrücke und Impulse distanzieren, die den entsprechenden Aussagen und Aufforderungen die Zustimmung und Gefolgschaft verweigern oder geben kann. Ja, es erfährt und weiß sich schließlich als ein Selbst, das in der Interpretation, der Annahme und Ablehnung der Eindrücke und in der Gestaltung seiner Impulse das verwirklicht, *was es in fundamentaler Selbstwahl und Lebensentscheidung als ein und dasselbe im Fluß des Lebens sein will.*

Epiktet nennt diese fundamentale (implizit oder explizit vollzogene) Entscheidung der Lebenswahl, die sich über Prozesse der Gewöhnung, Übung und Bildung in einen sittlichen Charakter ausprägt[61] und alle einzelnen Zustimmungen

---

[60] Dieser Punkt ist in der Stoa-Forschung umstritten bzw. noch nicht ausdiskutiert. A. A. Long vertritt die von mir dargestellte Position: „There will, in many cases, be an objectively true proposition that a person assents to in assenting to this or that representation. Yet, what it is for that person to assent to this or any other proposition will remain something unique; nor will the individual content of anyone's representation be fully specifiable in any proposition." A.a.O. S. 111. Ganz anders T. Engberg-Pedersen 1990, S. 109–136, bes. S. 122: „The Stoics stressed the importance of the notion of the self to such an extent that one may be tempted to claim that they even discovered it. But they did not allot to it any ineradicably subjective content. On the contrary, whatever content it has was thought by them to be in principle public and accessible to rational discourse."; ebd S. 125: „In Stoicism the subjective viewpoint is not allotted any *content* that cannot in principle be taken over by the objective view. Here what is radically subjective is nothing beyond the sheer fact, the importance of which cannot admittedly be overstated, of the indexicality of the objective view, i. e. its being ineradicably bound up with a given individual." Diese antithetischen Positionen werden bei beiden Autoren nicht aus Textbelegen, sondern aus systematischen Überlegungen entwickelt. Sie signalisieren, wie mir scheint, eine Spannung im stoischen System, die letztlich auf das ungeklärte ontologische Verhältnis von göttlicher Weltvernunft und individuellem endlichem Lebewesen, das ein Vernunftsubjekt unter Vernunftsubjekten ist, zurückverweist. Longs Position hat die Logik des stoischen Begriffs der Phantasia und der Kategorie der ἰδία ποιότης für sich, Engberg-Pedersen kann sich auf den (pantheistischen) Logizismus der stoischen Philosophie und auf das damit verbundene Ideal einer aller Subjektivität und Partikularität ledigen Gemeinschaft bzw. Einheit der nur noch numerisch verschiedenen (weisen) Vernunftwesen berufen (vgl. dazu etwa Cicero, Tusc. Disp. IV, 51: numquam privatum esse sapientem), die sich zudem in den Phasen der Weltverbrennung in die auch numerisch nicht mehr differenzierte Einheit des Gottes zurücknimmt (vgl. dazu Seneca, Ep. mor. IX, 16; zum Tod des einzelnen Menschen vgl. Epiktet, Diss. III, 13. 19).

[61] Unter dem Gesichtspunkt göttlicher Weltverwaltung, in deren Rahmen das Leben des Einzelnen steht, gilt Epiktet die Rolle (πρόσωπον), die man im Leben zu spielen hat, als „vorgegeben" (σὸν γὰρ τοῦτ' ἔστι, τὸ δοθὲν ὑποκρίνασθαι πρόσωπον καλῶς· ἐκλαξασθαι δ' αὐτὸ ἄλλου. Ench. 17); unter dem Gesichtspunkt der Einheit des Charakters (πρόσωπον), den man auszubilden, und der

und Stellungnahmen einer Person trägt, προαίρεσις, wörtlich: Vor-Wahl, Grundentscheidung.

Epiktet neigt dazu,[62] (im Unterschied zu Aristoteles) mit dem Ausdruck προαίρεσις nicht nur und primär das Vermögen, sich zu etwas zu entschließen, oder den einzelnen Entschluß zu bezeichnen; er bezieht sich damit häufig ganz umfassend auf den Geist, den Logos eines Menschen und meint mit προαίρεσις *seine intellektuelle und charakterliche habituelle Verfassung, die Persönlichkeit, die man ist.* Dabei soll der Terminus entsprechend der ursprünglichen Bedeutung des Wortes offensichtlich an die wesentliche kausale Rolle erinnern, die die Fähigkeit zur freien, vernünftigen Selbstbestimmung und die einzelnen Entschlüsse bei der Konstitution, der Erhaltung und Veränderung dieser Verfassung spielen.[63]

Die Prohairesis ist, was das verantwortliche Selbst des Menschen ausmacht. Sie wird nicht mit irgendeinem Organ des Leibes oder einer Leistung des Körpers, sondern mit dem Leib selbst in Parallele und Antithese gesetzt.[64] Und in der Verfassung des Geistes liegt, wenn sie denn durch die Entfernung der φαῦλα δόγματα, d.h. durch die Beseitigung falscher Einstellungen[65] schön gemacht[66] und in den richtigen Zustand versetzt ist, das eigentliche, das wahre Gut des Menschen beschlossen: „Wenn dieses wahr ist und wir nicht dumm sind oder (wie Schauspieler) übertreiben, wenn wir sagen, daß das Gute des Menschen in der Prohairesis ist ebenso wie das Schlechte, alles andere aber uns nicht betrifft, was sind wir dann noch beunruhigt, warum noch in Furcht? Über das, womit wir uns ernsthaft befassen, darüber hat niemand (anderer) Macht; und an dem, worüber die anderen Macht haben, nehmen wir nicht ernsthaft Interesse."[67]

Derjenige ist frei, dem alles im Einklang mit seiner Persönlichkeit ist; und dies ist der Fall, wenn die Prohairesis, das Selbst des Menschen eine göttliche Souveränität erreicht hat. Ein Tyrann mag drohen: „Sage deine Geheimnisse!" Ich sage kein Wort; denn dies ist in meiner Macht. „Ich will dich fesseln." „Was sagst du da? *Mich* fesseln? Meine Beine kannst du fesseln, aber meine Prohairesis kann nicht einmal Zeus besiegen" [...] „Ich werde dich enthaupten!" „Wann habe ich dir

---

Treue zu sich selbst, die man zu wahren hat (τὸν αὐτὸν εἶναι τῷ ποτέ), spricht Epiktet von Wahl und Entscheidung (ἑλοῦ οὖν πότερον θέλεις) (vgl. dazu v. a. Diss IV, 2).

[62] Vgl. zum folgenden v. a. Bonhöffer 1890, S. 118f., 259ff.; Hershbell 1996, S. 193ff.

[63] Vgl. dazu Diss. I, 2. 33.

[64] Vgl. Epiktet, Diss. III, 22. 10; III, 1. 40.

[65] Vgl. Epiktet, Diss. III, 5. 4: „Wenn Du Dich aber selbst verstehst, nämlich daß Du bestimmte falsche Überzeugungen fortwirfst und andere an ihrer Stelle aufnimmst und daß Du (damit) Deinen eigenen Stand von den Dingen, die außerhalb Deiner Persönlichkeit liegen (ἀπὸ τῶν ἀπροαιρέτων) in den Bereich der Dinge verlegt hast, die Deine Persönlichkeit ausmachen (ἐπὶ τὰ προαιρετικά), [...] warum stellst Du dann noch Deine Krankheit in Rechnung?"

[66] Vgl. Epiktet, Diss. III, 1. 40: „Weil Du nicht Fleisch noch Haar bist, sondern Prohairesis (deshalb gilt): wenn Du sie in einem schönen Zustand hast, dann wirst Du schön sein."

[67] Diss. I, 25. 1-2. Vgl. I, 29. 47; II, 1, 6-7.

gesagt, ich allein hätte einen Hals, den man nicht vom Rumpf trennen kann?"
Damit müssen die Philosophierenden sich beschäftigen."[68]

Epiktet identifiziert die Verfassung des Logos eines Menschen mit seiner Prohairesis und beschreibt diese als „einen Teil Gottes, den er von sich genommen und uns gegeben hat".[69]

Seinen Frieden findet der Mensch hinsichtlich dessen, was in der Welt durch ihn unverfügbar geschieht, im bewußten Einklang mit dem Willen Gottes. Diesen versucht er in seinen „weltlichen" Vorhaben unter Vorbehalt zu antizipieren; diesem fügt er sich, wenn das tatsächliche Ergebnis seines Bemühens seinem Vorhaben nicht entspricht. „Prüfe, wer du bist. Zunächst ein Mensch; das aber heißt, etwas, das nichts Höheres hat als die Prohairesis; dieser ist alles andere untergeben, sie selbst aber ist frei von Knechtschaft und Unterordnung. Erwäge nun, von was du aufgrund der Vernunft getrennt und unterschieden bist. Du bist getrennt von den wilden Tieren, getrennt von den Schafen. Überdies bist du Bürger des Kosmos, und Teil von ihm, nicht eines der dienenden, sondern eines der führenden; denn du bist jemand, der der göttlichen Weltverwaltung verstehend folgen und das Kommende erschließen kann."[70] „In allem will ich das eher, was eintritt. Für stärker und besser nämlich halte ich diesbezüglich, was Gott will als was ich möchte. Ich werde mich ihm als Diener und Nachfolgender anpassen; ich werde mit ihm streben, mit ihm wünschen, ich werde schlicht mit ihm wollen."[71]

Mit seinem Begriff der Prohairesis, dies hat vor kurzem Charles Kahn überzeugend aufgewiesen,[72] prägt Epiktet eine neue Idee. In der altstoischen Handlungstheorie kontrolliert der Mensch über die Zustimmung (συγκατάθεσις) die Annahmen (ὑπολήψεις, δόγματα) und Impulse (ὁρμαί), die zu äusserem Handeln führen. Epiktet weitet mit seinem Konzept der Prohairesis den Begriff der Zustimmung in den Begriff des geistigen Charakters und sittlichen Profils eines Menschen aus. Dieses beruht auf einer fundamentalen Selbstwahl, prägt sich aus und manifestiert sich in unseren alltäglichen Stellungnahmen und Entscheidungen hinsichtlich unserer inneren Gefühle und äußeren Beziehungen. Es ist das wahre Selbst, der innere Mensch, das Ich der personalen Identität.

Epiktet geht damit einen entscheidenden Schritt in der Entwicklung der Idee der Person und des Selbstseins. Denn bei Platon und Aristoteles wird das Eigentliche des Menschen in den νοῦς gesetzt; und dieser aktualisiert sich im Vollsinn in theoretischer Erkenntnis. Theoretische Erkenntnis aber ist wesentlich unpersönlich. Die

---

[68] Diss. I, 1, 23–25.

[69] Diss. I, 17, 27: εἰ γὰρ τὸ ἴδιον μέρος, ὃ ἡμῖν ἔδωκεν ἀποσπάσας ὁ θεός [...]

[70] Diss. II, 10, 1–3.

[71] Diss IV, 7, 20: [...] ἀεὶ μᾶλλον ἐκεῖνο θέλω τὸ γινόμενον. κρεῖττον γὰρ ἡγοῦμαι ὃ ὁ θεὸς θέλει ἢ ὃ ἐγώ. προσκείσομαι διάκονος καὶ ἀκόλουθος ἐκείνῳ, συνορμῶ, συνορέγομαι, ἁπλῶς συνθέλω.

[72] Kahn 1996, S. 251 ff.

klassische Noῦς-Theorie bietet keinen Ansatz für eine Metaphysik der Person in irgend einem individuellen Sinn; darin hat die eingangs zitierte Auffassung recht. Epiktet hingegen identifiziert das Eigentliche des Menschen mit etwas wesentlich Personalem und Individuellem; nicht mit Vernunft als solcher, sondern mit einer Vernunft, die als Vernunft eines Einzelnen ihrer selbst inne und gewiß ist, und die praktisch ist in dem Sinne, daß sie sich bzw. ihm selbst eine geistige Form des Lebens vorgibt, die in jeder Überzeugung, in jedem Gefühl, in jedem Impuls im Spiel und am Werk ist, sich bewährt, sich fortgestaltet, und die den Bereich dessen definiert, was uneingeschränkt in seiner Hand ist, den Bereich seines Wollens und seiner inneren Freiheit.

Das Leben des überzeugten Stoikers ist so gesehen ein kontinuierlicher Prozeß der Identifikation mit der eigenen, inneren Welt des Geistes, der Loslösung des Befindens und Schätzens dieses Geistes von allem, was ihm vorgegeben und von ihm nicht hinreichend kontrollierbar ist (von seinem Leib und der äußeren Welt) und der gegenläufigen (über Theoria erzielten) Einigung und des Gleichklangs mit dem Willen des Gottes, der diese äussere Welt und das Universum verwaltet.

IV.

Soweit wir sehen, hat erstmals die Stoa in prägnanter philosophischer Begrifflichkeit von der Individualität des menschlichen Bewußtseins und von der Struktur seines Selbstverhältnisses gesprochen. Die Phantasiai sind mentale Affektionen dieser und nur dieser Person; was es für diese Person ist, der einen oder der anderen Phantasia zuzustimmen, ist und bleibt etwas einmaliges und einzigartiges.[73] Die zentrale ethische Frage, die einen Epiktet beschäftigt, richtet sich auf das, was uneingeschränkt in unserer Hand ist. Und die Antwort, die sich aus einer reflexiven Analyse dessen ergibt, was wir als Menschen sind und können, lautet: Nichts ist uneingeschränkt in unserer Hand als der Gebrauch unserer Vorstellungen. Mit dem Begriff der Vorstellung und der Zustimmung zum propositionalen Gehalt unserer Vorstellungen lenkt sie die philosophische Aufmerksamkeit auf den willentlichen Aspekt menschlicher Vernunft. Vom Gedanken freier, vernünftiger Selbstbestimmung und Selbstgestaltung aus versucht sie zu klären, wie der einzelne Mensch die Gegebenheiten seines Lebens zu verstehen und wie er mit ihnen umzugehen hat, um seinem Leben eine Einheit zu geben, die als gut, erfreulich, vollkommen zu bezeichnen ist. Es scheint mir indessen nicht uninteressant, daß die Stoa das Ziel dieser vollendeten Einheit mit sich selbst nur über die expansive Identifikation mit einem pantheistisch gedachten göttlichen Willen für erreichbar hält, und daß sie diese Identifikation dann gegenläufig zur Betonung von Individualität und Subjektivität mit dem Ideal

---

[73] Vgl. Long 1991, S. 111.

einer Gemeinschaft bzw. Einheit aller nur noch numerisch verschiedenen (weisen) Vernunftwesen und der Vorstellung einer periodischen Auflösung der Vernunftwesen in die undifferenzierte Einheit des Gottes verbindet. Es ist, als habe sie in der ἰδία ποιότης, dem principium individuationis, auch den leiderzeugenden Grund menschlichen Lebens ausgemacht und ihm im Gedanken der willentlichen Übereinstimmung mit und der letztendlichen Auflösung in die göttliche Weltvernunft das nötige Gegengewicht zur Seite gestellt.

Die Stoa hat im eigentlichen Sinn nur Körperliches als existent betrachtet; alles Seelische hat für sie auch eine materielle, in Begriffen der „Physik" beschreibbare Seite. Und in allem Seelischen des Menschen drückt sich ein bestimmtes Verhältnis zu seinem Leib und der Erfahrungswelt aus. Dies schützt sie vor den Fallstricken eines Leib-Seele-Dualismus; dies schützt sie nicht zuletzt davor, den menschlichen Geist zu „verdinglichen" und als Substanz in und neben seinem Leib zu behandeln. Wenn sie vom Logos des Menschen, von seinem Hegemonikon und seiner Prohairesis spricht, dann spricht sie von dem, was in bestimmten Lebewesen aufgrund ihrer besonderen physischen Organisation keimhaft angelegt ist, und was diese Lebewesen, wenn sie entwickelt sind, tun können und tun und wie sie, aufgrund dieses Tuns, Wirklichkeit erfahren. Ihre Theorie der vier Rollen und ihr Konzept der Prohairesis, die den zentralen Gedanken der Selbstgestaltung (des Gebrauchs der Vorstellungen, des Bildens der Impulse) tragen, schützen die Stoa allerdings auch vor den Paradoxa eines nivellierenden Naturalismus. Denn sie sieht in der Sprachfähigkeit, der mit ihr gegebenen Form der Erfahrung von Leben und Wirklichkeit und der mit ihr verbundenen Freiheit des Selbst- und Weltverhältnisses ein Privileg, das den Menschen vom Tier unterscheidet und das ihn zu dem macht und zu dem befähigt, was wir meinen, wenn wir ihn, im Unterschied zum Tier, eine Person oder gar eine Persönlichkeit nennen und als solche behandeln.

Literatur

Boethius, Anicius Manlius Severinus 1988: Die Theologischen Traktate. Hg. v. M. Elsässer, Hamburg.

Bonhöffer, A. 1890: Epictet und die Stoa, Stuttgart 1890 [Faksimile-Neudruck: Stuttgart 1968].

Chang-Uh Lee 1999: Oikeiosis: Über die naturphilosophische Grundlage der stoischen Ethik, Diss. Ms. Erlangen.

De Vogel, C. J. 1963: The Concept of Personality in Greek and Christian Thought. In: Studies in Philosophy and the History of Philosophy II.

Dihle, A. 1985: Die Vorstellung vom Willen in der Antike, Göttingen.

Dillon, J. M./Long, A. A. (Hg.) 1996: The Question of „Eclecticism". Studies in Later Greek Philosophy, Berkeley/Los Angeles/London.

Dreyer, M./Fleischhauer, K. (Hg.) 1998: Natur und Person im ethischen Disput, Freiburg/ München.

Engberg-Pedersen, T. 1990: Stoic Philosophy and the Concept of the Person. In: Gill, Ch. (Hg.).

Everson, St. (Hg.) 1991: Companions to ancient thought 2: Psychology, Cambridge.

Forschner, M. 1993: Glück als personale Identität. Die stoische Theorie des Endziels. In: Ders., Über das Glück des Menschen. Aristoteles, Epikur, Stoa, Thomas von Aquin, Kant, Darmstadt.

Forschner, M. 1995: Die stoische Ethik, Darmstadt.

Forschner, M. 1998: Über das Handeln im Einklang mit der Natur. Grundlagen ethischer Verständigung, Darmstadt.

Frede, M. 1987: Stoics and Skeptics on Clear and Distinct Impressions. In: Ders.: Essays in Ancient Philosophy, Oxford.

Friedrich, G. (Hg.) 1933–79: Theologisches Wörterbuch zum Neuen Testament, 10 Bde. (begr. v. G. Kittel), Stuttgart.

Fuhrmann, M. 1979: Persona. Ein römischer Rollenbegriff. In: Marquard/Stierle (Hg.).

Gill, Ch. (Hg.) 1990: The Person and the Human Mind. Issues in Ancient and Modern Philosophy, Oxford.

Gill, Ch. 1988: Personhood and Personality: The Four-Personae Theory in Cicero, De Officiis. I. In: Oxford Studies in Ancient Philosophy VI.

Halder, A. 1963: Stichwort: Person I. Philosophisch. In: Lexikon für Theologie und Kirche, Bd. 8, Freiburg.

Heinzmann, R. 1994: Thomas von Aquin, Stuttgart.

Henrich, D. 1979: Die Trinität Gottes und der Begriff der Person. In: Marquard/Stierle (Hg.).

Hershbell, J. P. 1996: Epiktet. In: Ricken (Hg.).

Hirzel, R. 1914: Die Person. Begriff und Namen derselben im Altertum. SB d. Königl. Bayer. Akad. d. Wiss., Philos.-philol. u. hist. Kl., Jhg. 1914, 10. Abhandlg., München.

Kahn, Ch. H. 1996: Discovering the will. From Aristotle to Augustine. In: Dillon/Long (Hg.).

Kobusch, Th. 1993: Die Entdeckung der Person. Metaphysik der Freiheit und modernes Menschenbild, Freiburg.

Kranz, W. 1960: Geschichte der griechischen Literatur, Bremen.

Lacy, Ph. H. de 1977: The Four Stoic Personae. In: Illinois Classical Studies II.

Locke, J. 1961 If.: An Essay Concerning Human Understanding. Hg. v. J. W. Yolton, 2 Bde. London/New York.

Long, A. A./Sedley, D. N. 1987: The Hellenistic Philosophers, vol. I, Cambridge.

Long, A. A. 1991: Representation of the self in Stoicism. In: Everson (Hg.).

Long, A. A. 1996: Stoic Studies, Cambridge.

Marquard, O./Stierle, K. (Hg.) 1979: Identität. Poetik und Hermeneutik VIII, München.

Nedoncelle, M. 1948: Prosopon et persona dans l'Antiquité Classique. In: Revue des Sciences Religieuses XXII.

Rahner, K. 1962: Bemerkungen zum dogmatischen Traktat ‚De Trinitate'. In: Ders.: Schriften zur Theologie, Bd. IV, 3. Aufl., Einsiedeln/Zürich/Köln.

Rehbock, Th. 1998: Zur gegenwärtigen Renaissance und Krise des Personbegriffs in der Ethik – ein kritischer Literaturbericht. In: Allgemeine Zeitschrift für Philosophie 23.

Ricken, F. (Hg.) 1996: Philosophie der Antike II, Stuttgart.

Ricken, F. 1994: Antike Skeptiker, München.

Schmaus, M. 1969: Der Glaube der Kirche. Handbuch katholischer Dogmatik Bd. I, München.

Sedley, D. 1982: The Stoic Criterion of Identity. In: Phronesis XXVII.

Spaemann, R. 1996: Personen. Versuche über den Unterschied zwischen ‚etwas‘ und ‚jemand‘, Stuttgart.

Strasser, P./Starz, E. (Hg.) 1997: Personsein aus bioethischer Sicht (ARSP-Beiheft 73), Stuttgart.

Taylor, Ch. 1989: Sources of the Self. The Making of the Modern Identity, Cambridge.

Johann Kreuzer

DER BEGRIFF DER PERSON IN DER PHILOSOPHIE DES MITTELALTERS

I.

Der Begriff der Person ist keine Erfindung mittelalterlichen Denkens. Vielmehr knüpft das Verständnis von Person in der Philosophie des Mittelalters an antik-spätantike Vorgaben, insbesondere in der Stoa, an.[1] Freilich zeichnet es die Entwicklung im Zeitraum zwischen Augustinus und Nikolaus v. Kues (der im folgenden als Zeitraum mittelalterlicher Philosophie verstanden wird) aus, daß eine Verlagerung von der typologischen Geltung der Vorstellung der Person zur individuell-lebensgeschichtlichen Entfaltung des Begriffs der Person stattfindet. Spezifisch neu dabei ist, daß ‚Person' über das Verständnis eines rechtsfähigen und rechtsverantwortlichen Subjekts in einem intersubjektiv-vergesellschafteten Rechtsraum hinaus begriffen wird. Der Begriff der Person meint nicht mehr nur den Rollenträger im Kontext einer zwischenmenschlichen res publica.[2] Er definiert sich vielmehr in Beziehung zur Vorstellungsgewißheit eines ‚einen' Gottes, der die Relativierung von Gottheiten, die eine jeweilige polis oder res publica kultisch überhöhen, transzendiert. Diese Beziehung zu einem ‚überzwischenmenschlichen' Gott konstituiert ein Verständnis von Person, das sich mit dem Begriff individuellen Daseins aufs engste berührt. ‚Person' reduziert sich nicht auf die Bündelung ethischer Verbindlichkeiten im zwischenmenschlichen Raum und den damit verbundenen Lebensführungsansprüchen typologischer Art, sondern verweist auf eine Sphäre, der gegenüber sich die konkrete Individualität bewußten Daseins verantwortlich versteht. Als Identität eines handelnden Bewußtseins, das sich in seiner Kreatürlichkeit, d.h. einer Instanz gegenüber verantwortlich begreift, die dem Bestimmungsbereich menschlicher Macht entzogen ist, erfährt der Begriff der Person eine Transformation, die ihn in rechtlich-zwischenmenschlicher, individuell-geschichtlicher und bewußtseinstheoretisch-selbstreflexiver Hinsicht neu definiert.

---

[1] Vgl. Forschner 2001 (Beitrag in diesem Band).
[2] Vgl. Fuhrmann 1979 u. 1989.

Diese Transformation von der typologischen Geltung zum individuellen Lebensführungsanspruch hängt in der Epoche mittelalterlicher Philosophie mit einem zentralen Punkt des christlichen Mythos zusammen: dem der Trinität. Die Trinitätslehre bzw. Trinitätsspekulation ist der Versuch einer rationalen (sowohl ontologischen wie bewußtseinstheoretischen) Rekonstruktion des biblischen Mythos. Dabei wird vor allem Gen. 1,26 in doppelter Hinsicht bedeutsam: 1) wird der Plural „Laßt uns" als Beleg einer in sich differenzierten (= personenhaften) schöpferischen Natur Gottes genommen, 2) wird der Satz „Laßt uns den Menschen als unser Abbild machen" zum Ausgangspunkt dafür, die menschliche Natur als Bild der göttlichen zu denken. Die Dialektik dessen, was ein Bild ist, wird gerade für den Begriff der Person virulent, der als Bild der Trinität, die eine Beziehung von Personen ist, entfaltet werden soll. Zur philosophischen Aufgabe wurde dadurch, die (neu-)platonische Einheitsmetaphysik mit dem christlichen Vermittlungsgedanken der Einheit von göttlicher und menschlicher Natur zu verbinden.[3] Die Lösung dieser Aufgabe hat Bedeutung auch und gerade im Hinblick auf das Verständnis von Person – und zwar ausgehend von der Frage a) nach der Dreiheit der göttlichen Personen in der einen Natur Gottes und b) der nach der Einheit von göttlicher und menschlicher Natur in der Person Jesu. Die Antwort auf die zweite Frage wird zum Grund der Transposition der trinitätstheologischen (Re-)Konstruktion der Einheit von göttlicher und menschlicher Natur im Begriff der Person in die Dimension individuellen Daseins. Die Gestalten dieser Transposition sind die Stationen der Geschichte des Begriffs der Person in der mittelalterlichen Philosophie.

Einsatzpunkt ist das Symbolon von Nizäa „μία οὐσία, τρεῖς ὑποστάσεις", das mit „una substantia (bzw. essentia), tres personae" übersetzt wird. Der Begriff der Person dient als begriffliches Instrument des Denkens innertrinitarischer Relation(en). Er wird Ausdruck einer Unterscheidung (bzw. Andersheit), deren Sinn sich erst in Beziehung auf eine Einheit, der gegenüber das Distinkte als deren Differenzierung aufgefaßt wird, verstehen läßt. Die (neu)-platonische Dialektik von Einheit und Vielheit transformiert sich in den Gedanken der Vermittlung.[4] Diese logische Binnenstruktur betrifft zunächst nur die göttlichen Personen und den Begriff der Person als des Gemeinsamen ihrer Beziehung. Doch setzt mit Augustinus die bewußtseinstheoretische Wende ein, die die trinitarischen Strukturen von der Analyse des sich in seiner Endlichkeit begreifenden menschlichen Bewußtseins her versteht.[5] Damit wird der Prozeß der Einbeziehung des Begriffsgehaltes der

---

[3] Hegel wird im Hinblick auf diesen Gedanken der Vermittlung vom „ungeheuren Moment im Christentum, in dem die Einheit von göttlicher und menschlicher Natur zum Bewußtsein gekommen" sei, sprechen (vgl. Hegel 1971, S. 493–508).

[4] Dies beginnt in der Begründung des nizäischen Symbolons mit philosophischen Argumenten bei Marius-Victorinus, zur Problemlage vgl. z.B. Hadot 1967, S. 5–71.

[5] In „De trinitate" heißt es lapidar, daß das, was wir als Geist denken „sowohl der Gottes ist, der gibt, wie der unsere, die wir empfangen": „Spiritus ergo et *dei* qui dedit et noster qui accepimus." (Augustinus 1968, S 223: De trin. V,14,15)

göttlichen Person(en) in die Erfahrung der Endlichkeit menschlich-kreatürlichen Daseins in Gang gesetzt. Ausgehend vom göttlichen Begriff der Person ergibt sich daraus sowohl im Hinblick auf die Identität menschlichen Bewußtseins wie im Hinblick auf die Natur des schöpferischen Prinzips, dem gegenüber sich menschliches Bewußtsein als veränderliche Natur (Kreatur) erfährt, die Spannung zwischen einem substanzialen und einem relationalen Verständnis von Person.

Grundlegend sind dabei drei Zugangsweisen. Nach Ansätzen bei Tertullian und Marius-Victorinus und anknüpfend an die kappadokischen Theologen setzt sich Augustin mit dem Wort ‚Person' auseinander. Er geht von dem Eingeständnis aus, daß dieses Wort aus der Not gewählt wurde, über die Sache, die es bezeichnet („was heißt drei?"), nicht schweigen zu müssen.[6] Es dient zur Erläuterung der innertrinitarischen Relationen. Person wird zum Begriff für eine Differenz in der Einheit, die sich nur als Beziehung („relative") denken läßt.[7] Bestimmend für die weitere (nicht nur mittelalterliche) Tradition ist jedoch nicht Augustins bewußtseinstheoretische Auffassung von Person, die diese zugleich als Beziehung denkt. Bestimmend für die weitere Tradition wird die zum Standard gewordene Definition, die ihr Boethius gibt. Person sei „die unteilbare Substanz einer verständigen Natur".[8] Nicht nur rücksichtlich des Begriffs der Person tritt damit ein substanzontologisches Modell in Spannung und Konflikt mit einem relationstheoretischen. Diese Spannung wird die begriffliche Entfaltung und Diskussion des Begriffs der Person bei Anselm v. Canterbury, Abaelard, Gilbert v. Poitiers, Richard v. St. Viktor, Alexander v. Hales, Bonaventura bis hin zu Thomas v. Aquin und Duns Scotus bestimmen. Insbesondere Richard v. St. Viktors Definition versteht sich als Kritik der boethianischen: als ‚Substanz' werde Person wie ein Ding (ein „aliquid") gedacht. Dieser substanzialistischen Personendefinition setzt Richard seine ‚Existenzdefinition' entgegen: „Person wird die ungeteilte und unmitteilbare Existenz (einer intellektuellen Natur) genannt."[9] Dem relationstheoretischen und dem substanzontologischen Ansatz tritt damit ein dritter Ansatz hinzu. Seiner selbst bewußtes existere ist etwas, was zur Natur hinzukommt. Daß Person kein Naturding im Sinne der aristotelischen Kategorienlehre ist, bereitet die „Entdeckung der Person" als „ens morale" im 13. Jahrhundert vor.[10]

Neben dem relationstheoretischen, dem substanzontologischen und dem an der Singularität von Existenz ausgerichteten Modell für Verständnis und Begriff von Person gibt es schließlich noch einen vierten Ansatz. Dieser Ansatz geht aus vom

---

[6] „(Q)uid tres [...] Dictum est tamen *tres personae* non ut illud diceretur sed ne taceretur." (Ebd., S. 217: De trinitate V,9,10) – Vgl. auch VII,4,7.

[7] Vgl. z. B. ebd., S. 220/221 (De trin. V,13,14); Augustinus 1955, S. 330 (De civitate dei 11,10).

[8] „(P)ersona vero rationabilis naturae individua substantia (est)." (Boethius 1988, S. 80: Contra Eutychen et Nestorium IV)

[9] „Individua vel incommunicabilis exsistentia rationalis naturae dicatur persona." (Vgl. Richard v. St. Viktor 1959, S. 280–286: De trinitate IV,22–24; Patrologia Latina 196 (Paris 1855), 945C–946D)

[10] Vgl. Kobusch 1997.

Gewissen, das sich als Bewußtsein kreatürlichen, d.h. endlichen Daseins und als Resultat seiner Geschichte begreift. Grundlegend für diese Auffassungsweise sind Augustins „Confessiones" und seine Überlegungen zur „memoria" als Grund oder „Abgrund des Bewußtseins" in „De trinitate". Hier gewinnt der Begriff der Person einen nicht bloß reflexionstheoretischen Zusammenhang mit dem Verständnis von Subjektivität, Selbstbewußtsein, Bewußtsein und Gewissen („conscientia"). Der Begriff der Person wie der personaler Identität stehen für etwas, was sich durch die Geschichte eines Bewußtseins und durch den Sinn der Erinnerung erst bildet.[11] Diese Denkweise, die den Begriff der Person mit dem Verständnis und der Selbstauslegung der Geschichte individuellen Daseins verknüpft, bekommt nach dem Höhepunkt der Scholastik in der Krisenzeit des 14. Jahrhunderts neue Bedeutung. Wiederum ausgehend von Gen 1,26 (und der impliziten Dialektik dessen, wie Bewußtsein sich als Bild und als Bild wovon es sich begreift) gewinnt der Begriff der Person in der ‚rheinischen Mystik' (bei Meister Eckhart und Seuse vor allem) Zusammenhang mit dem Begriff der ‚Bildung'. „Bildung" ist eine in der Krisenzeit des 14. Jahrhunderts entstandene Wortschöpfung, die die Würde, Zurechenbarkeit und Verantwortung faktischen Verhaltens mit lebensgeschichtlicher Dynamik verbindet. Wenn es bei Eckhart heißt, daß es gelte, alles Persönliche und Eigene zu verleugnen, so fordert er damit einen Bildungsprozeß, in dem das, was in der Person Jesu exemplarisch geglaubt wird, lebensgeschichtlich eingeholt werden soll (vgl. III.2). Nikolaus v. Kues verknüpft und forciert das Verständnis von Person im und mit dem Begriff „singularitas". Er bringt in diesem Begriff zugleich die platonische Dialektik von Einheit und Andersheit mit der Selbstreflexion konkreter Individualität zusammen, die Person aus der Geschichte und Kontingenz kreatürlichen Bewußtseins bzw. Gewissens begreift. Diese Tradition geht von Augustin aus und reicht über die Epochengrenze Mittelalter hinaus etwa zu Pascal oder zu Kierkegaard. Spricht Nikolaus v. Kues am Ende dieser Epoche davon, daß „nur das Einzelne wirklich ist" – „solum enim singulare actu est"[12] –, so zeigt sich als Resultat mittelalterlichen Denkens die Transformation der Rede von den göttlichen Personen in die Selbstreflexion kreatürlichen Daseins, das sich in seiner personalen Einzigartigkeit begreift.

---

[11] Vgl. Kreuzer 1995a, insbes. S. 31–83; Kreuzer 1998.
[12] Vgl. De docta ignorantia II,6, in: Nik. v. Kues 1982, I, S. 352.

II.

Die Entfaltung des Begriffs der Person bei Augustin, Boethius, Gilbert v. Poitiers, Richard v. St. Viktor und seine moralische Deutung ab dem 13. Jahrhundert verläuft über folgende Stationen:

II.1) *Der relationstheoretische Ansatz* (Augustin, De trinitate):[13] Augustin gesteht, daß das Wort Person als Übersetzung für „hypóstasis" nur eingeführt sei, um nicht schweigen zu müssen, weil die Übersetzung „una essentia, tres substantiae" für „μία οὐσία, τρεῖς ὑποστάσεις" unsinnig wäre, da „ousia" essentia und substantia zugleich bedeute.[14] Wenn von drei Personen die Rede sei, so müsse den dreien (solle nicht von drei Göttern die Rede sein) gemeinsam sein, was Person bedeute: nämlich der allgemeine Name für die verschiedenen Aspekte (Funktionen) einer Wesenheit (essentia). Von der Sache her denkt Augustin – auch wenn er gelegentlich Person und Substanz terminologisch ineinssetzt[15] – persona als funktionalen Begriff einer sich in sich differenzierenden Einheit, d.h. als Relation. Es ist die gemeinsame Natur der Personen, wesenhafte Beziehung zu sein. Die Feststellung, daß, „wenn es drei Personen gibt, das ihnen Gemeinsame Person ist", leitet die Frage ein, was dieser Name, der so sehr Gattungsbezeichnung, daß er auch vom Menschen ausgesagt werden könne, bedeute.[16] Welche Verschiedenheit der einen gemeinsamen „essentia" bringt die Vokabel „persona" zum Ausdruck? Augustin gerät mit der Antwort in Schwierigkeiten. Immerhin heißt es, daß Person eine Beziehung besage und die Rede von den ‚drei Personen' die Momente einer Beziehungsstruktur aussage. ‚Person' ist nicht die Eigenschaft eines zugrundeliegenden Substanz, sondern die Art, wie diese jeweils als Subjekt erscheint. Dies gilt insbesondere für die innertrinitarischen Relationen (von der Person des Vaters zu sprechen macht nur Sinn in Beziehung auf die Person des Sohns usw.).[17] Was hier als Relation der Personen gedacht wird, ist kein Akzidens. Person meint also, jedenfalls ihrer göttlichen Bestimmung nach, wesenhafte Beziehung.[18]

II.2) *Der substanzontologische Ansatz* (Boethius): Boethius' Argumentation erfolgt vor dem Hintergrund der Definition des Konzils von Chalkedon, daß in Christus „zwei Naturen (physeis) eine Person (prósopon) und eine Substanz (hypóstasis) seien. Die Bestimmung des Begriffs der Person beruht auf der Übernahme des Sub-

---

[13] Zu Augustin vgl. Schmaus 1966, S. 144 ff.; Benz 1932, S. 364–396.

[14] Vgl. De trinitate V,9,10 (vgl. Anm. 6).

[15] Vgl. z. B. De trin. VII,6,11.

[16] Vgl. Augustinus 1968, S. 257 (De trin. VII,4,7). „Person kann auch vom Menschen ausgesagt werden": Die Transposition vom theologischen in den anthropologischen Bereich ist also schon und gerade bei Augustin angelegt.

[17] Vgl. ebd., S. 210f. (De trin. V,5,6); S. 260f. (VII,5,10–6,11).

[18] Was als „unus deus" geglaubt wird, ist (im Sinne von: ist wirklich als) „die Dreieinigkeit der aufeinander bezogenen Personen": „trinitatem relatarum ad invicem personarum" (ebd., S. 293: De trin. IX,1,1).

stanz-Akzidens-Schemas für die Bestimmung von Gegenständen und hängt mit der daraus folgenden Vorstellung von Natur zusammen. Diese wird ihrer wesentlichen Bestimmung nach verstanden als „motus principium per se non per accidens".[19] Daraus folgt a) die Definition, daß Natur die ein jedes Ding (res) bestimmende spezifische Differenz sei.[20] Nicht jede Natur sei b) aber schon Person, wenn „der Person die Natur zugrundeliegt und Person nicht außerhalb von Natur ausgesagt werden kann" [21]. Daraus folgt, daß nur bestimmte Naturen Personen seien. Das aber heißt, daß Person als etwas dem Begriff der Natur logisch Untergeordnetes gedacht wird. Im Bereich der Natur unterscheidet Boethius nun c) zwischen Substanzen und Akzidenzien. Da von den Naturen die einen Substanzen, die anderen Akzidenzien sind und Person keine Eigenschaft sein könne, folgt, daß „Person in Substanzen seiend ausgesagt wird".[22] Innerhalb dieser Substanzen wird dann d) unterschieden. Person beziehe sich auf keine universale Substanz, sondern auf eine einzelne, partikulare.[23] Daraus folgt die klassische Definition: „Wenn folglich Person nur in Substanzen und zwar in vernünftigen ist, wenn jede Substanz Natur ist und nicht im Universalen, sondern im Individuellen ihren Bestand hat, ist die Definition der Person gefunden: ‚einer verständigen Natur unteilbare Substanz‘ ".[24]

Diese Definition hatte nachhaltigen Erfolg: Boethius begreift Person als vernünftige Individualität ohne die Verquickung und Verkomplizierung des Begriffs der Person mit trinitarischen Theologumena. Boethius selbst schien gelungen, daß er damit den „Unterschied zwischen Natur und Person, d.h. zwischen οὐσία und ὑπόστασις" gezeigt habe. Schließlich gelte die Definition auch vom Menschen, der als „vernünftiges Individuum prósopon und Person ist."[25]

Freilich steckt Boethius' Definition voller Aporien. So bleibt etwa zu fragen, wie der Begriff der Person dem der Natur logisch untergeordnet ist und gleichwohl als zwei Naturen in sich vereinigt habend gedacht werden soll. Vor allem jedoch bedient sich Boethius jener Denkfigur, die eine Substanz von ihren Akzidenzien, d.h. das ‚substantielle‘ Sein eines Dinges von der Art, wie es erscheint, trennt. Diese Übersetzung in ein Ding der Natur gibt den Sinn von οὐσία nicht wieder. Das hat Auswirkungen für den Begriff der Person, die dem Insgesamt körperlicher

---

[19] Vgl. Boethius 1988, S. 70 (Contra Eutychen et Nestorium = Tract. V,1). – Zu Boethius vgl. Lutz-Bachmann 1983.

[20] Vgl. Boethius 1988, S. 70 (Tract. V,1).

[21] Manifestum „est personae subiectam esse naturam nec praeter naturam personam posse praedicari." (V,2, ebd., 72)

[22] „[...] personam in substantiis dici conveniat." (V,2, ebd., S. 72)

[23] Vgl. ebd., S. 74 (Tract. V,2).

[24] „Quocirca si persona in solis substantiis est atque in his rationabilibus substantiaque omnis natura est nec in universalibus sed in individuis constat, reperta personae est definitio: ‚naturae rationabilis individua substantia.‘ " (V,3, ebd., S. 74)

[25] Vgl. ebd., S. 80 (Tract. V,3; V,4).

Dinge logisch untergeordnet wird: Person wird wie ein Objekt unter anderen Naturobjekten gedacht.

Der Fortschritt, Person als vernunftbegabte Individualität ohne Rückbezug auf die relationale Natur der Trinität zu definieren, wird durch den Rückschritt erkauft, daß Person wie ein Ding im geschlossenen Kosmos von Substanzen gedacht wird. [26] Die Spannung zwischen dem relationstheoretischen und dem substanzontologischen Verständnis von Person bestimmt die weitere Diskussion des Begriffs der Person im Mittelalter.

II.3) *Anselm v. Canterbury* argumentiert wie Augustin, daß das Wort Person ein sprachlicher Notbehelf für das Verständnis einer sich in sich differenzierenden Einheit sei, die nicht mit dem Schema Substanz-Akzidens erklärt werden könne, und definiert Person als „individuelle vernünftige Natur". [27]

Gewichtige Transformationen von Sinn und Verständnis von Person bringt die Renaissance des 12. Jahrhunderts. Für Abaelard ist Person durch die „Besonderheit ihres Eigenwesens" definiert. [28] Im Rahmen dieser am proprium singulären Daseins orientierten Definition wird zwischen einer theologischen, grammatischen und rhetorischen Definition von Person unterschieden. Die theologische hat rein ‚innergöttliche' Bedeutung, wobei Abaelard einräumt, daß die Begründung für die dreifache Distinktion der göttlichen Personen fehle. [29] Die grammatische Definition denke Person als funktionale Differenzierung des Menschen als Sprachwesen – der Mensch sei „drei Personen, eine erste demgemäß, daß er spricht, eine zweite insofern, als die Rede an ihn gerichtet ist, und endlich eine dritte, wenn einer zum andern über ihn spricht." Das Eigentümliche (proprium) von Person besteht somit in einer funktionalen Beziehung. Die rhetorische Definition schließlich beziehe sich nicht auf die als „rationale Substanz" vorgestellte Person, sondern auf ein rechtsverantwortliches Subjekt. [30]

Gilbert v. Poitiers nimmt Korrekturen am Personbegriff vor, die dessen Neudefinition durch Richard v. St. Viktor (vgl. II.4) vorbereiten. Er geht dabei davon aus, daß Name und Zahl der göttlichen Personen „unaussprechlich und unbegreiflich" sind. [31] Der Begriff Person stamme aus dem Bereich des Natürlichen. Die Rede von göttlichen Personen sei eine Übertragung gemäß der Analogie. [32] Damit ist der ursprüngliche Vorbehalt, der der Rede von Personen Geltung nur im trinitarischen Rahmen zuspricht und die Anwendung auf menschliche Personen als bloße Analo-

---

[26] Vgl. Lutz-Bachmann 1983, S. 66ff.

[27] Vgl. Anselm v. Canterbury, Monologion, Kap. 79, 1964, S. 212.

[28] Vgl. Peter Abaelard, Theologia summi boni II, 4, 1989, S. 146.

[29] „[...] haec nobis ratio desit" (ebd., S. 154: Theol. summi boni V,5).

[30] Vgl. ebd., S. 148 (Theol. s.b. II,5; Übers. ebd., S. 149).

[31] Vgl. Gilbert v. Poitiers 1966, S. 148 (De trinitate I,5, 44).

[32] Vgl. ebd., S. 143 (De trin. I,5,21).

gie versteht, umgedreht. Gilbert differenziert zwischen natürlichen und göttlichen Personen anhand der Unterscheidung, ‚was' etwas („id quod est") und ‚woher' es ist („id quo est"). Im Punkt der „personalitas" stimme die Bestimmung natürlicher Personen mit der der göttlichen zum Teil überein, zum Teil differierten sie. Bei den natürlichen Individuen, zu denen Personen gerechnet werden, gelte, daß dasjenige, was etwas ist, zu unterscheiden sei von dem, woher es ist. Für die göttlichen seien das „id quod est" und das „id quo est" nicht unterschieden.[33] Gemeinsam sei, daß „natürliche Personen" sowohl wie göttliche sich durch etwas, was ihrem Wesen oder ihrer Natur hinzukomme („extrinsecus affixa predicamenta") auszeichnen.[34] Was immer eine Person sei, ist einzigartig und individuell. Festzuhalten ist damit zweierlei: 1) spricht Gilbert von „natürlichen Personen", 2) begreift er „personalitas" als Singularität, die sich durch ein Verhalten von Natur unterscheidet und eine Natur ‚hat'.

II.4) Nach Boethius hat *Richard v. St. Viktor* die Bestimmung des Begriffs der Person in entscheidender Weise variiert. Er geht dabei vom alltäglichen Sprachgebrauch aus: Der Begriff der Person sei in aller Munde. Nicht den künstlichen Begriff Subsistenz wolle er deshalb erläutern, sondern die Bezeichnung Person.[35] Um zu erläutern, was mit dem Wort Person gemeint wird, kritisiert Richard die substanzontologischen Implikate der boethianischen Definition. Er geht dabei wieder vom normalen Sprachgebrauch aus: mit Person werde eine „individuelle, einzigartige und unmitteilbare" Eigenschaft gemeint.[36] Diese könne nicht als Substanz begriffen werden. Die Kategorie der Substanz bezeichne ein etwas (ein „was" = quid), mit Person hingegen werde jemand (ein „wer" = quis) gemeint: „Was" fragt nach gemeinsamer Eigenheit (proprietas communis), „wer" nach einmaliger (proprietas singularis). „Was" fragt nach dem Gemeinsamen, durch das ein Gegenstand definiert werden kann, „wer" hingegen nach einem Eigennamen oder Ähnlichem. „Was" fragen wir, wenn wir uns der Eigenschaft einer Substanz, „wer", wenn wir uns der Identität einer Person versichern wollen.[37] Bei der mit dem Begriff der Person gemeinten „individuellen, einzigartigen und unmitteilbaren" Eigenheit (proprietas) gelte es zu unterscheiden zwischen ihrer Beschaffenheit (qualitas) und

---

[33] Vgl. ebd., S. 144 (De trin. I,5,22/23).

[34] Vgl. ebd., S. 147f. (De trin. I,5,42/43). – Die Übertragung der These, daß Person zur Natur hinzukommt, d.h. daß eine Person seine Natur ‚hat', auf die göttlichen Personen hat Gilbert v. Poitiers (auf dem Konzil von Reims 1148) die Anklage eingebracht, er denke Person bloß als hinzukommende Eigenschaft (während er Person denkt als etwas, was wesenhaft Verhalten ist).

[35] Vgl. Richard v. St. Viktor 1959, S. 236–238 (De trin. IV,4, PL 933B/C).

[36] „Ad nomen autem personae proprietas individualis, singularis, incommunicabilis." (Ebd. S. 242: De trin, IV, 5, PL 934B/C).

[37] Vgl. ebd., S. 244 (De trin. IV,7, PL 934D–935A; zur Übersetzung vgl. Richard v. Sankt-Viktor 1980, S. 120f.). Vgl. auch den Untertitel von Spaemann 1996.

ihrem Ursprung (origo). [38] Im Begriff der „exsistentia" könnten beide Betrachtungsweisen zusammengeführt werden, da „exsistere" ein „ex aliquo sistere" bedeute. [39] Der Begriff der Existenz entspreche so der Semantik des Sprachgebrauchs von Person, durch die nicht ein dinghaftes Etwas gemeint sei.

Nicht eine Substanz im Kosmos der Naturdinge meint Person, sondern das selbst substantielle Hervorgehen von Differenz aus diesem geschlossenen Kosmos. Wie dieses Hervorgehen von Differenz (der Personen) zu denken ist, unterscheide göttliche, engelhafte und menschliche Natur. Das Gemeinsame der Unterscheidung der Personen aber ist in allen drei Hinsichten das Hervorgehen von Person als „exsistere". Das Eigentümliche (proprium) dieses Hervorgehens besteht in seiner Unmitteilbarkeit. „Existenz ist unmittelbar überall dort, wo sie nur einer einzigen Person zukommen kann." Person wird mit Existenz durch das Kriterium der Unmitteilbarkeit identifiziert. Diese „persönliche Eigentümlichkeit ist es, wodurch jeder das Sein hat, das er selbst ist. Persönliche Eigentümlichkeit nennen wir, durch die ein jeder einer ist und von allen anderen unterschieden. Wir sprechen nämlich von Personen nur, wenn jemand von allen übrigen sich durch eine einzigartige Eigenschaft unterscheidet." [40] „Incommunicabile", d.h. weder mitteilbar noch kopierbar, ist Existieren als jenes Kriterium, durch das sich das Person-Sein von Substanz oder Substanz-Sein unterscheidet: Personen werden „besser als Existenzen, denn als Substanzen oder Subsistenzen bezeichnet." [41] Das wird zur Basis der Kritik an Boethius' Definition von Person. Sie sei nicht umfassend genug und treffe das Kriterium für Person nicht. [42] Das Wesentliche von Person sei nicht, daß sie eine Substanz in der Art eines Trägers von Eigenschaften ist, die ihr wie einem Subjekt inhärierten. Wesentlich sei vielmehr, daß Person ein derartig Seiendes ist, das aus sich selber besteht und in keinem fremden Träger wie in einem Subjekt inhäriert. [43] Daraus folgt dann die Definition, daß „Person die individuelle und unmitteilbare (nicht vervielfältigbare) Existenz einer intellektuellen Natur" ist. [44] Diese Definition wird zu der Bestimmung erweitert: „Person ist ein durch sich selbst Existierendes gemäß einer einzigartigen Weise vernünftiger Existenz". [45] Richard erklärt sie anhand ihrer vier Begriffsmomente: a) ‚existieren', b) ‚durch sich selbst und von allen anderen unterschieden', c) ‚gemäß vernünftiger Substanz' und

---

[38] Um Personen unterscheiden zu können, müsse man wissen, wie beschaffen das ist, was eine Person ist, und woher sie dieses Sein habe (vgl. ebd., S. 250 [De trin. IV, 11, PL 937 A]).

[39] Vgl. ebd., S. 254 (De trin. IV,12, PL 938A). – Vgl. auch Hofmann 1984, insbes. S. 223 ff.

[40] Vgl. ebd., S. 262 (De trin. IV,16, PL 940B, Übersetzung: Richard v. St. Viktor 1980, S. 129); S. 266 (De trin. IV,17, PL 941A/B, Übersetzung, S. 131).

[41] Vgl. ebd., S. 274 (De trin. IV,20, PL 943D).

[42] Vgl. ebd., S. 278–280 (De trin. IV,21, PL 945A/B).

[43] Vgl. ebd., S. 284 (De trin. IV,23, PL 946A/B).

[44] Vgl. ebd., S. 282–284 (De trin. IV,23, PL 946A–C).

[45] „[…] dicimus quod persona sit exsistens per se solum, juxta singularem quemdam rationalis exsistentiae modum." (Ebd., S. 284: De trin. IV,24, PL 946C).

dies d) auf ‚einzigartige Weise'. Zusammenfassend heißt es dann, daß vernunfthafte
Existenz mehrerer Naturen oder mehreren Substanzen gleicher Natur oder mehreren Personen derselben Substanz gemeinsam sein könne: „Aber die personale
Eigentümlichkeit erfordert eine einmalige Weise vernunfthafter Existenz, ohne die
es Person nicht geben kann."[46]

II.5)   Das 12. Jahrhundert mit seiner Entwicklung städtischer Kultur ist der
Zeitraum eines entschiedenen Wandels in Begriff und Verständnis von Person.
Das beginnt mit Abaelards rollentheoretischer Differenzierung des Menschen als
Sprachwesens, setzt sich mit der Umdrehung der Übertragungsverhältnisse zwi-
schen göttlicher Trinität und der Selbstreflexion menschlicher Personalität bei Gil-
bert v. Poitiers fort und kulminiert in der an faktisch-singulärer Existenz orientierten
Bestimmung von Person als einem ‚aliquis existens' bei Richard v. St. Viktor. In
der Diskussion der viktorinischen wie der boethianischen Definition setzt sich
ab dem 12. Jahrhundert die Einsicht durch, daß Person als etwas von Natur aus
Seiendes nicht hinreichend verstanden werden kann. Als eine „res iuris" gehöre
Person vielmehr in den Bereich der Moralphilosophie. Durch die Übersetzung der
Nikomachischen Ethik war der Begriff der moralischen Tugend in die Diskussion
gebracht.[47] In Anknüpfung an die Fragen der Christologie (Einheit von göttlicher
und menschlicher Natur in einer Person) und an die Neuerungen des 12. Jahrhunderts wird in diesem Kontext als Wesen von Person das moralische Sein verstanden.[48] Das von Richard v. St. Viktor vorgedachte ens existens der Person ist ein ens
morale. Alexander v. Hales unterscheidet zwischen „subiectum, individuum" und
„persona". Person beziehe sich dabei auf den Bereich des Moralischen und sei ein
moralischer Name, Individuum gehöre zum Vernunft-, Subjekt seinem Begriff nach
zum Naturhaften.[49] Dieses moralische Sein – die ‚Natur' des Menschen als Wesen,
das Subjekt von Rechten ist und keinem geschlossenen Naturkosmos unterliegt,
weil ihm Freiheit eignet – begründet die der Person eigene, nicht wie ein Ding
der Natur aufzufassende und deshalb in spezifischer Weise ‚moralische' Würde:
„Persona res moris est quia dicit proprietatem dignitatis".[50] Daraus folgt dann die
Definition – nach Boethius und Richard v. St. Viktor die dritte –, daß Person so
bestimmt werden könne: „Person ist eine Hypostasis, die durch eine die Würde

---

[46] Vgl. ebd., S. 284–286 (De trin. IV,24, PL 946C/D).

[47] Vgl. Wieland 1984, S. 153–56; vgl. auch Wieland 1981.

[48] Zum Ganzen vgl. Kobusch 1997.

[49] Vgl. Kobusch 1997, S. 23 (Alexander v. Hales, Glossa in I Sent., d25, S. 244). Was als Subjekt gedacht
    wird, sei in erster Linie Gegenstand der „philosophia naturalis", was als Individuum der „philosophia
    rationalis", Person hingegen sei Gegenstand der „philosophia moralis" (vgl. I, d.24 (Anm.), S. 237;
    vgl. Hufnagel 1957, S. 165).

[50] Alex. v. Hales, Glossa in III Sent., d.6, S. 87. – Alexander kritisiert sowohl die boethianische Definition
    der Person – die sie nur wie ein Ding der Natur konzipiert – wie ihre Bestimmung durch Richard v.
    St. Viktor (vgl. Principe 1967, S. 68; Hufnagel 1957, S. 153 ff.).

betreffende Eigentümlichkeit unterschieden ist."[51] Das proprium des moralischen Seins der Person ist nicht der Gegenbegriff zur natur- und vernunfthaften Bestimmung des Menschen. Es beruht (sozusagen natürlich) auf beidem und überragt Natur und Vernunft allein durch die Würde. Philipp der Kanzler resumiert: „Esse personae est morale et respicit dignitatem."[52] Wenn hier Würde für das moralische Sein der Person reklamiert wird, und zwar eine Würde, die weder mit der natur- noch mit der vernunfthaften Bestimmtheit des Menschen identisch ist, so schließt das Freiheit und Selbstbestimmung als moralphilosophisches Konstituens von Person ein. – Bonaventura folgt der Definition seines Lehrers Alexander v. Hales und definiert Person durch „Einzigartigkeit, Unmitteilbarkeit und herausragende Würde" (vgl. 3 Sent. 5,II,2 ad 1). Die bonaventurianisch-franziskanische Tradition wird so zum zentralen Ausgangspunkt der im 13. Jahrhundert einsetzenden „Personenmetaphysik", die Person als moralisches Sein und als Akt der Freiheit in Differenz zur geschlossenen ordo der Naturdinge begreift.

II.6) *Thomas v. Aquin* greift Boethius' Formel auf und verteidigt sie gegen die Kritik an deren substanzontologischen Implikationen. Die Definition „individua substantia rationalis naturae" scheine unzutreffend, da sie sich auf kein einzelnes Wesen beziehen würde, Person aber ein solches singulare meine.[53] Diese Kritik verwandelt Thomas in eine Neubestimmung der Formel von Boethius: eben weil im Bereich vernünftiger Natur das Individuum „eigentümlich und wahrhaft durch sich selbst handele (ipsius est proprie et vere per se agere)", bedürfe es einer eigenen Bezeichnung (des „speciale nomen persona") hierfür.[54] Thomas versucht eine Synthese der ihm vorliegenden Person-Definitionen. Er interpretiert das „individua substantia" in Boethius' Definition mittels der Unmitteilbarkeit sowie dem „per se existens" der Bestimmung von Richard v. St. Viktor, dem er die moralische Würde (vgl. 2.5) einbegreift. Person und Natur unterscheiden sich.[55] Personales Sein eigne jenen vernünftigen Substanzen, die Herrschaft haben über ihr Tun und nicht bloß zum Tun getrieben werden wie die anderen. Diese Tätigkeiten und die Freiheit des Handelns aber gehören den Einzelwesen zu („in singularibus sunt"). Daraus folgt die Bestimmung: „Und so haben unter den übrigen Substanzen die Einzelwesen von vernunftbegabter Natur auch einen besonderen Namen, und dieser Name ist Person."[56] Was mit der Definition ,Einzelwesen vernunftbegabter Natur'

---

[51] Glossa I, d. 23, 9 a/b.

[52] Philipp Cancellarius, Quaestiones de incarnatione, q.2, n. 30, zit. nach: Kobusch 1997, S. 24.

[53] Vgl. Thomas v. Aquin 1963, S. 155 (Summa theol. I, quaestio. 29, art. 1,1).

[54] Vgl. Thomas v. Aquin 1965, S. 228 (De potentia dei, q. 9, a. 2, corp. art.)

[55] Vgl. Thomas v. Aquin 1934, S. 41 (Summa theol. III, q. 2, art. 2, c.).

[56] Diese Definition enthalte den Ausdruck ungeteilte Substanz, der das einzelne Wesen in der Gattung der Substanz bezeichne. Vernunftbegabte Natur werde insofern hinzugefügt, als sie das einzelne Wesen im Bereich vernünftiger Substanzen bezeichne: Vgl. Thomas v. Aquin 1963, S. 156 (Summa theol. I, q. 29, a. 1, c.).

gemeint sei, zeichne die Fähigkeit des „subsistere" und „per se existere" aus. An folgender Zusammenfassung wird Thomas' Versuch der Synthese der drei ihm vorliegenden Definitionen deutlich: „Person bezeichnet eine gewisse Natur mit einer gewissen Weise des Existierens. Die Natur aber, die Person in seiner Bestimmung einschließt, ist die würdigste aller Naturen, nämlich die verständige Natur, gemäß ihrer Gattung. Ähnlich ist die durch die Person eingeführte Weise des Existierens die würdigste, deshalb nämlich, weil sie etwas durch sich Existierendes ist."[57] Daraus folgert er in der „Summa contra gentiles": „Die der menschlichen Natur entsprechende Individuation ist die Personalität", und in der „Summa theologica" heißt es, daß „Person das Vollkommenste in der ganzen Natur bezeichnet."[58] Signifikant an Thomas' Person-Auffassung sind noch zwei (in der Summa theologica I, q. 29, art. 4) gezogene Folgerungen. Zum einen hält Thomas – wenn auch eingeschränkt auf die Bestimmung der divina persona – fest, daß der Begriff der Person eine Beziehung bedeute und zwar nicht „sicut accidens inhaerens in subiecto", sondern wesenhaft. Die Beziehung (der göttlichen Personen) sei das göttliche Wesen selbst: „relatio est ipsa divina essentia". Damit geht er nicht nur auf den relationstheoretischen Ansatz Augustins zurück, sondern wendet zugleich auf Begriff und Verständnis von Person eine der zentralen Einsichten aus dem (1225 verbotenen) Hauptwerk von Johannes Scottus Eriugena an: „In ipsa vera ousía relatio est".[59] Zum anderen stellt Thomas fest, daß die allgemeine Bedeutung des Namens Person noch nicht deren Bestimmung in concreto ist. „Im Allgemeinen bezeichnet Person die individuelle Substanz vernünftiger Natur. Individuum aber ist das, was in sich ununterschieden, von anderen aber unterschieden ist. Person also in irgendeiner Natur bezeichnet das, was in jener Natur je individuell das Unterschiedene ist: dergestalt bezeichnet es in der menschlichen Natur dieses Fleisch und diese Knochen und diese Seele, die die den Menschen individuierenden Prinzipien sind. Sind diese auch nicht gegeben in der Bezeichnung Person, so sind sie doch gegeben in der Bezeichnung der menschlichen Person."[60] Auch hier wird deutlich, wie Thomas die Substanzdefinition von Boethius mit der Existenzdefinition personalen Daseins bei Richard v. St. Viktor zu verknüpfen versucht. – Verteidigt Thomas v. Aquin die Definition von Boethius gegen die Kritik an ihren substanzontologischen Implikaten durch den Versuch einer Synthese, so übernimmt Johannes Duns Scotus die Formel von Richard v. St. Viktor und sucht sie logisch zu explizieren sowohl wie zu präzisieren. Richards Negation der Mitteilbarkeit bzw. Vervielfältigbarkeit

---

[57] Vgl. Thomas v. Aquin 1965, S. 230 (De potentia dei, q. 9, art. 3, c.).

[58] Vgl. Thomas v. Aquin 1961, S. 330 (Summa contra Gentiles IV,41 (3792); vgl. Oeing-Hanhoff 1976, S. 307); „[...] dicendum quod persona significat id quod est perfectissimum in tota natura" (Thomas v. Aquin 1963, S. 158: Summa theol. I, q. 29, art. 3, c.; vgl. auch Thomas v. Aquin 1939, S. 52).

[59] Vgl. Johannes Scottus Eriugena, Periphyseon I, 1978, S. 104.

[60] Vgl. Thomas v. Aquin 1963, S. 159 (Summa theol. I, q. 29, art. 4, c.; vgl. auch Thomas v. Aquin 1939, S. 58).

wird als dreifache Negation von Abhängigkeit, als „negatio depedentiae actualis, potentialis et aptitudinalis" interpretiert.[61] Die (Re-)Konstruktion der Negationen, die der Personalität zukommen, erbringt freilich als zusätzliche oder neue Bestimmung des Begriffs der Person nur, daß menschliche Personalität die Negation der Abhängigkeit von allen anderen Personen fordere. Dies bedeute für eine jede Person radikale Vereinsamung („ultima solitudo"). Der aus diesem transzendentalen Solipsismus gefolgerten radikalen Vereinsamung personaler Existenz könne nur durch die Kraft sich unterwerfenden Gehorsams begegnet werden.[62] Damit ist die Aporie formuliert, die sich ergibt, wenn man den relationstheoretischen Ansatz, der Person als Beziehung denkt, mit dem substanzlogischen Ansatz, der die Person als unabhängige Substanz, d. h. als autarkes Ding konzipiert, zu synthetisieren strebt.

III.

III.1) In der Betonung der Existenz des nicht-naturhaften Seins der Person und der Exposition ihrer Würde gelangt ab dem 13. Jahrhundert eine Tradition zur Geltung, die im mittelalterlichen Denken neben den Distinktionen des Begriffs Person, die in Pro und Contra aristotelisch-boethianischer Begrifflichkeit verpflichtet sind, präsent war. Es ist jene Tradition, die die ‚Sache', die mit dem Begriff der Person definiert und diskutiert werden sollte, nicht als substantielle Voraussetzung, sondern als Resultat der Geschichte (und Kontingenz) individuellen Bewußtseins begreift. Prototyp für dieses Verständnis von Person ist Augustin mit seinen „Confessiones".

Wird Richard v. St. Viktor Person als „individuelle und nicht-mitteilbare Existenz einer vernünftigen Natur" definieren, so sind die „Confessiones" die exemplarische Darstellung der Geschichte einer solchen „individuellen, nicht-mitteilbaren Existenz einer vernünftigen Natur".[63] Augustin verknüpft das faktische Dasein individuell-endlichen Bewußtseins mit dem Erfahrungsgehalt der Erinnerung. Was als Person gedacht bzw. zum Gegenstand kategorialer Rekonstruktion gemacht wird, ist die Geschichte eines sich erinnernden Bewußtseins. Macht es das Theologumenon der Trinität zur Aufgabe, den Begriff der Person als Beziehung zu denken, so bringen die „Confessiones" die exemplarische Narration der (Bildung

---

[61] Vgl. J. Duns Scotus 1639 (ND 1968ff.), VII,1, S. 15 (3 Sent. 1,1,3, n. 9), XII, S. 508 (Quodl., XIX, a.3, n. 18/19). – Vgl. Kible 1989, S. 293–296, insbes. S. 295.

[62] Vgl. Mühlen 1954, insbes. S. 95, 107 f.

[63] In den Confessiones, „die zum ersten Mal die körperliche Identität bis hin zu ihren unbewußten Vorgängen, Verdrängungen und sexuellen Phantasien" thematisieren, kommt „das Ganze einer Selbstdarstellung des *individuum ineffabile*" zu Wort (vgl. Jauß 1984, S. 238). Vgl. auch Sommer 1979, S. 699 ff.

der) Identität individuellen Bewußtseins zur Sprache. Sie erzählen die Geschichte einer Person. Was für Bewußtsein (als „conscientia") gilt – Bewußtsein reicht, soweit Erinnern reicht –, gilt auch für den Begriffsgehalt des Selbsts, das mit Person gemeint wird: Person-Sein reicht, soweit Erinnern reicht. Das Subjekt dieses durch Erinnern sich bildenden Seins ist kein gleich einer Substanz voraussetzbarer „unus ego animus".[64] Wäre das Subjekt personalen Seins gleich einer Substanz voraussetzbar, unterschiede es sich nicht von Naturdingen. Es bliebe gedacht wie die (möglichen) Gegenstände der memoria. Es wäre nicht gedacht als die davon unterschiedene Fähigkeit des Erinnerns selbst, die ein Zusammenbringen von zeitlich Verschiedenem bedeutet und dadurch Identität konstituiert. Der „Geist ist hierfür zu eng".[65] Diese Fähigkeit oder Kraft des Erinnerns, durch die sich die Identität bewußten Seins erst bildet, nennt Augustin die „Kraft des Lebens im sterblich lebenden Menschen".[66]

Person ist etwas, was sich durch Erinnern und in der Kontingenz faktischen Daseins, dessen kreatürliche Bedingung Zeit und Endlichkeit ist, erst bildet. Personale Identität steht für die gelingende Geschichte eines Individuums. Diese lebensgeschichtliche Dimension wird zum Motor für die Umwandlung der typologischen Geltung von Begriff und Verständnis der Person in einen individuellen Lebensführungsanspruch. Die gelingende Geschichte personaler Identität, die der existenziell-praktische Ausdruck dieses Lebensführungsanspruchs ist, vermag individuelles Dasein nicht aus sich bzw. aus eigener Macht heraus. In diesem Zusammenhang hat auch Augustins Gnadenlehre ihre Bedeutung.[67] In ihr meldet die Gewißheit um eine Transzendenz, die das faktische Dasein gleichsam begütigend umfängt, Konkurs an. Die Erfahrung von Transzendenz ist keine Rahmenhandlung endlichen Daseins, sondern seine innere Bestimmung. Gerade in seiner Endlichkeit wird personales Dasein zur Erfahrung seiner selbst als Mitte: zum „experimentum suae medietatis".[68] Es erfährt sich in seiner Freiheit, die es vom Sein der Naturobjekte unterscheidet und als personales Sein definiert. Gerade in dieser für Freiheit,

---

[64] Um zu begreifen, was Erinnern ist, fordert Augustin: „Transibo et istam vim meam (quae diversa per eos ago unus ego animus, JK) [...] et venio in campos memoriae" (Augustinus 1981, S. 161: Conf. X,7,11–8,12). Was wir als Identität des Ich denken, ist nicht Voraussetzung, sondern Produkt oder Resultat des Erinnerns. Die Zurechnung Augustins zu einem Denker der „Innerlichkeit" zwischen Platon und Descartes (vgl. Taylor 1996, S. 235 ff.) wird Augustin nicht gerecht, vgl. z. B. Berlinger 1962 (insbes. S. 141 ff.), Kreuzer 1998. Über die Vorstellung, Erinnern sei das Instrument, durch die aus einer dinglichen Außenwelt etwas in die logische Innenwelt des Bewußtseins gelangt, geht Augustin hinaus. Er denkt die memoria als Zeitsinn (vgl. Kreuzer 1995a, insbes. S. 49–72, 183–205). Als Zeitsinn liegt die Erinnerung der Bildung personaler Identität zu Grunde.

[65] Vgl. Augustinus, a. a. O., S. 162 (Conf. X,8,15).

[66] Zur memoria als „vis vitae in homine vivente mortaliter" vgl. Augustinus, ebd., S. 168 (Conf. X,17,26); vgl. Kreuzer 1995a, S. 49–83, 192–223.

[67] Zu dieser Gnadenlehre vgl. Flasch 1990; Kreuzer 1995 b.

[68] Vgl. Augustinus 1968, S. 370 (De trinitate XII,11,16); vgl. Berlinger 1962, S. 37 ff., 184–216.

Würde und Verantwortung individuellen Daseins zentralen Frage wird wiederum das Verständnis von Person als Beziehung und damit der trinitarische Grundgedanke der Vermittlung zentral. Etwas als Beziehung zu begreifen heißt gerade nicht, die Relation auf eines der Relata zurückzuführen. Person als Beziehung zu verstehen bedeutet vielmehr, Relation als Einheit von Gegensätzen zu begreifen. Person ist etwas, was sich durch (s)eine Geschichte erst bildet.

III.2) Meister Eckhart scheint auf den ersten Blick mit seinem Theorem von der Gottesgeburt im Grunde der Seele zu Begriff und Verständnis individueller Personalität nicht beizutragen. Dieses Theorem verlangt die Destruktion aller (göttlicher wie menschlicher) Personalität. Soll „Gott in den Grund der Seele blicken", so koste dies ihm „alle seine göttlichen Namen und seine personenhafte Eigenheit".[69] Im Schema von Substanz und Akzidens wird unter Person partikulares Dasein verstanden. Dieser Partikulariät entgegen heißt es, daß „Gott als das Wort die menschliche Natur, nicht Person angenommen hat." Um des Allgemeinen der Annahme der menschlichen Natur willen, von der im Prolog des Johannesevangeliums die Rede ist, gelte es, „das Persönliche und Eigene zu verleugnen".[70] Doch zielt die geforderte Negation des Personenhaften allein auf die Auffassung personalen Seins als einer Eigenschaft (‚Weise'), die einer davon zu unterscheidenden gleichsam autarken ‚Subjektsubstanz' nur hinzukäme und als bloßes Akzidens beliebig gewechselt werden könnte. Diesem Personverständnis gilt Eckharts Kritik.[71] Er begreift personales Bewußtsein als Dynamik von „Bildung" und „Entbildung". Insofern hat er auf den zweiten Blick mit dem Verständnis von Person doch Einiges zu tun.

Im neuplatonischen Schema von ‚Einheit-Hervorgang-Rückgang in die Einheit' kommt konkrete Individualität nicht vor. Eckhart bezieht sie in dieses Schema ein. Er geht dabei auf den trinitarischen Grundgedanken der Einheit von göttlicher und menschlicher Natur zurück und radikalisiert ihn. Ist Person der Ausdruck innertrinitarischer Beziehung, so wendet Eckhart diese Beziehungshaftigkeit nach außen und faßt sie als integrales Moment seiner selbst bewußter und damit menschlich-personaler Geschichte auf. Das beruht auf der im Denken der Trinität angelegten Dialektik sich selbst als Bild begreifender Schöpfung. Individuelles Dasein ist als Einheit von Leib und Seele ein sich in seiner Endlichkeit begreifendes Bild dessen, was es als göttliche Trinität denkt. Dieses Bewußtsein sich als Bild begreifenden Daseins gewinnt wegen der in der Person Jesus geglaubten Einheit von göttlicher und menschlicher Natur als gleichsam einem eschatologischen Regulativ enorme lebensgeschichtliche Dynamik. Bild ist nicht Abbild (Kopie), sondern die erscheinende Wirklichkeit dessen, wovon es als Bild gedacht wird. Wenn personales Sein sich als kreatürliches (d.h. der Bedingung von Endlichkeit unterliegendes) Bild der

---

[69] Vgl. Eckhart 1993, I, S. 34 (Pr. 2).

[70] „[…] abnegare personale, abnegare proprium" (vgl. Eckhart 1994, S. 241 f.: In Joh. nr. 289/290).

[71] Vgl. Haas 1996; Mojsisch 1983.

göttlichen Natur und in Differenz zu ihr begreift, dann ist „Gott auf viel edlere Weise in dem Bilde, als das Bild in Gott ist".[72] Begreift sich individuelles Dasein in seiner Endlichkeit, dann begreift es sich in Differenz zu dem, was es als göttliches ‚Urbild' denkt bzw. in sich findet. Was diese Differenz markiert (das jeweils partikulär Eigene oder Gebildete) muß immer von neuem ‚weg' oder entbildet werden.[73] Erst dadurch ‚bildet' sich jene Identität des Ich, die keine autarke Substanz ist. Die Geschichte einer Person ist die je individuelle Geschichte solcher Bildung und Entbildung.[74] In der Predigt über „Ego elegi vos de mundo" hält Eckhart fest: „Mir kam einmal der Gedanke […]: Daß ich Mensch bin, das hat auch ein anderer Mensch mit mir gemein; daß ich aber sehe und höre und esse und trinke, das tut auch das Vieh; aber was *ich* bin, das gehört keinem Menschen sonst zu als mir allein, keinem Menschen noch Engel noch Gott, außer soweit ich *eins* mit ihm bin". Die Singularität, die jeweils ‚ich bin', begründet als Verhältnis wechselseitiger Beziehung die Intersubjektivität, die das ‚ihr' von Joh. 15,16 aussagt und in der das „Ego" der Einheit Gottes als regulative Idee erfahren ist.[75]

III.3) Nikolaus v. Kues schließt die mittelalterliche Tradition des Denkens der Trinität (und damit implizit des Begriffs der Person, mit dem die innere Form der trinitarischen Natur gedacht wird) in doppelter Hinsicht ab. Erstens führt er sie auf die Dialektik von Einheit und Andersheit (Vielheit) im Begriff der Gleichheit zurück: Als Grund des Unterschieds der (göttlichen) Personen finde man die „Gleichheit, die vor der Andersheit steht".[76] Zweitens verknüpft er Inhalt und Geltungsbereich des im Begriff der Person Gedachten mit dem Begriff der „singularitas".[77] Singularität, die Formbestimmung des „existere" von Person, wird zugleich transzendentalisiert: „Die Einzigkeit macht alles einzig […]. Alles Allgemeine, Gattungshafte und Eigengestaltliche ist in Dir, Iulianus, Julianus, so wie die Harmonie in der Laute Laute, in der Kithara Kithara ist, usw. Und in keinem anderen Ding kann es so sein wie in dir. Das aber, was in dir, Iulianus, das „Julianus-Sein" ist, ist in allen Menschen das Menschsein […] usw."[78] Jedes Seiende ist in concreto, was als Einheit gedacht wird, denn, sofern „das Eine nichts anderes sei als das Eine, ist es jeweils einzeln, weil es in sich ungeteilt und von allem andern verschieden

---

[72] Vgl. Eckhart 1993, I, S. 191 (Pr. 16B).

[73] Vgl. Eckhart, ebd., S. 560–562 (Pr. 52).

[74] Seuse hat (im Unterschied zu Eckhart auch terminologisch) Personalität als Formbestimmung individueller Geschichte(n) gedacht, wenn er vom „persönlichen Menschen" als dem Höchsten in den Stufen bewußten Seins spricht (vgl. Seuse 1961, S. 334f.)

[75] Vgl. Eckhart 1993, I, S. 320f. (Pr. 28). – Zu Eckharts Deutung der Relation zwischen dem „Ego" – das niemanden eigen sei als Gott allein, weil menschliches Sein immer ein ‚ihr' ist – und dem „vos", das wir sind, vgl. ebd., S. 322–24.

[76] Vgl. De aequalitate, in: Nikolaus v. Kues 1982, III, S. 406.

[77] Grund der Differenz ist die „Einzigartigkeit der Person": „[…] unde hoc? […] A singularitate personae." (Idiota de mente, ebd., II, S. 580)

[78] Vgl. ebd., II, S. 98 (De coniecturis II,3), Übers. ebd., S., 99.

ist. Das Einzelne umfaßt nämlich alles; denn alles ist einzeln und unwiederholbar. Da die Einzelnen alles und unwiederholbar sind, zeigen sie, daß es das Eine gibt, das dieses in jeder Beziehung ist, und das der Grund von jedem Einzelnen und durch sein Wesen das Einzelne und Unwiederholbare ist. Denn das Eine ist das, was es sein kann und die Einzigartigkeit alles Einzelnen."[79] Unwiederholbar ist jedes kreatürlich Einzelne gerade in seiner Endlichkeit: „Das Gewordene aber ist immer einzig und unwiederholbar wie jedes Individuum."[80] In der „Einzigartigkeit des Einzelnen" erscheint unter der Bedingung kreatürlichen Daseins im vielfältig Einzelnen und insbesondere im personal sich verstehenden ‚Einzel-Einzelnen', was als das göttlich Eine gedacht wird. Die unabschließbare Vielfältigkeit kreatürlichen Erscheinens und die Einzigartigkeit (= Unvervielfältigbarkeit) jedes Einzelnen sind zwei Aspekte ein- und derselben Struktur. „Wie daher der einzigste Gott am unwiederholbarsten ist, so ist es nach ihm die Einzigkeit der Welt, dann die der Arten und anschließend die der Individuen, von denen keines wiederholbar ist: es freut sich also ein jedes über seine Einzigkeit, die in ihm so groß ist, daß es unwiederholbar ist, nicht in Gott noch in der Welt".[81] Das Begreifen unwiederholbarer Einzigartigkeit zeichnet insbesondere jenes Dasein aus, das sich dieser Unwiederholbarkeit bewußt ist: das der Person. Das Begreifen unwiederholbarer Einzigartigkeit wird so zum Resultat des Begriffs der Person im mittelalterlichen Denken.

LITERATUR

Abaelard, Peter 1997: Theologia Summi boni. Hg. v. U. Niggli, Hamburg

Alexander de Hales 1951–57: Glossae in quatuor libros sententiarum Petri Lombardi. Ed. Patres Collegii S. Bonaventurae, Quaracchi.

Anselm v. Canterbury 1964: Monologion. Hg. v. P. F. S. Schmitt, Stuttgart-Bad Cannstatt.

Augustinus 1955: De civitate dei, ed. B. Dombart/A. Kalb (= CCL 47/48), Turnhout.

Augustinus 1968: De trinitate, ed. W. J. Mountain/F. Glorie (= CCL 50/50A), Turnhout.

Augustinus 1981: Confessiones, ed. L. Verheijen (= CCL 27), Turnhout.

Benz, E. 1932: Marius Victorinus und die Entwicklung der abendländischen Willensmetaphysik, Stuttgart.

Berlinger, R. 1962: Augustins dialogische Metaphysik, Frankfurt am Main.

---

[79] Vgl. ebd., I, S. 102 (De venatione sapientiae 22).

[80] „Factum autem semper est singulare et implurificabile, sicut omne individuum." (Ebd., S. 168: De ven. sap., 37)

[81] „Unde sicut singularissimus Deus est maxime implurificabilis ita post eum mundi singularitas maxime implurificabilis et deinde specierum post individuorum, quorum nullum plurificabile. Gaudet igitur unum quodque de sua singularitate, quae tanta in ipso est quod non est plurificabilis, sicut nec in Deo nec mundo." (ebd., S. 104: De ven. sap. 22).

Boethius, Anicius Manlius Severinus 1988: Die Theologischen Traktate. Hg. v. M. Elsässer, Hamburg

Elsässer, M. 1973: Das Person-Verständnis des Boethius, Münster.

Eriugena, Johannes Scottus 1978: Periphyseon I. Hg. v. I. P. Sheldon-Williams/L. Bieler, Dublin.

Flasch, K. 1990: Logik des Schreckens, Mainz.

Fuhrmann, M. 1979: Persona. Ein römischer Rollenbegriff. In: Marquard/Stierle (Hg.).

Fuhrmann, M. 1989: Person. I. Von der Antike bis zum Mittelalter. In: Ritter (Hg.).

Gilbert v. Poitiers 1966: The Commentaries on Boethius. Hg. v. N. M. Häring, Toronto.

Haas, A. M. 1996: »… das Persönliche und Eigene verleugnen«. In: Ders., Mystik als Aussage, Frankfurt am Main.

Hadot, P. 1967: Einleitung. In: Marius Victorinus.

Hegel, G. W. F. 1971: Vorlesungen über die Geschichte der Philosophie II (= Theorie-Werkausgabe Bd. 19), Frankfurt am Main.

Heinrichs, J. 1996: Person. I. Philosophisch. In: Theologische Realenzyklopädie Bd. 36.

Henrich, D. 1979: Die Trinität Gottes und der Begriff der Person. In: Marquard/Stierle (Hg.).

Hofmann, P. 1984: Analogie und Person. Zur Trinitätsspekulation Richards v. St. Viktor. In: Theologie und Philosophie 59.

Hufnagel, A. 1957: Die Wesensbestimmung der Person bei Alexander von Hales. In: Freiburger Zeitschrift für Philosophie und Theologie 2.

Jauß, H. R. 1984: Ästhetische Erfahrung und literarische Hermeneutik, Frankfurt am Main.

Johannes Duns Scotus 1639: Opera omnia, Bde. V, VII, XII, Lyon [Nachdruck: Hildesheim 1968 ff.].

Kible, B. 1989: Person. II. Hoch- und Spätscholastik, Meister Eckhart, Luther. In: Ritter (Hg.).

Kobusch, Th. 1976: Individuum/Individualität. I. Antike und Frühscholastik. In: Ritter (Hg.).

Kobusch, Th. 1997: Die Entdeckung der Person. Metaphysik der Freiheit und modernes Menschenbild, Darmstadt.

Kreuzer, J. 1995a: Pulchritudo. Vom Erkennen Gottes bei Augustin, München.

Kreuzer, J. 1995b: Augustinus-Einführung, Frankfurt am Main/New York.

Kreuzer, J. 1998: Der Abgrund des Bewußtseins. In: N. Fischer/C. Mayer (Hg.): Die Confessiones des Augustinus von Hippo. Einführung und Interpretationen zu den dreizehn Büchern, Freiburg/Basel/Wien.

Lutz-Bachmann, M. 1983: Person und Natur in den Opuscula Sacra des A. M. S. Boethius. In: Theologie und Philosophie 58.

Marius Victorinus 1967: Christlicher Platonismus. Übers. v. P. Hadot/U. Brenke, eingel. v. P. Hadot, Zürich/Stuttgart.

Marquard, O./Stierle, K. (Hg.) 1979: Identität. Poetik und Hermeneutik VIII, München.

Meister Eckhart 1993: Werke I u. II. Hg. v. N. Largier, Frankfurt am Main.

Meister Eckhart 1994: Expositio Sancti Evangelii Secundum Iohannem (= Die lateinischen Werke, Bd. 3). Hg. v. A. Zimmermann/L. Sturlese, Stuttgart.

Mojsisch, B. 1983: Meister Eckhart. Analogie, Univozität, Einheit, Hamburg.

Mühlen, H. 1954: Sein und Person nach Johannes Duns Scotus, Werl.

Müller, M. 1961/62: Person und Funktion. In: Philosophisches Jahrbuch 69.

Nikolaus v. Kues 1982: Philosophisch-Theologische Schriften I–III. Hg. u. eingef. v. L. Gabriel, übers. u. komm. v. D. u. W. Dupré, Wien.

Oeing-Hanhoff, L. 1976: Individuum/Individualität. II. Hoch- und Spätscholastik. In: Ritter (Hg.).

Pannenberg, W. 1979: Person und Subjekt. In: Marquard/Stierle (Hg.).

Principe, W. H. 1967: Alexander of Hales' Theology of the Hypostatic Union, Toronto.

Richard v. St. Viktor 1980: Die Dreieinigkeit. Übers. u. Hg. v. H. U. v. Balthasar, Einsiedeln.

Richardus a Sancto Victore 1958: De trinitate. Hg. v. J. Ribaillier, Paris.

Richardus a Sancto Victore 1959: La trinité. Hg. v. G. Salet, Paris.

Ritter, J. et al. (Hg.) 1971 ff.: Historisches Wörterbuch der Philosophie, Darmstadt.

Schmaus, M. 1966: Die psychologische Trinitätslehre des heiligen Augustinus, Münster. [Nachdruck der Ausgabe von 1927].

Seuse, H. 1961: Deutsche Schriften. Hg. v. K. Bihlmeyer, Frankfurt am Main [Nachdruck der Ausgabe von 1907].

Sommer, M. 1979: Zur Formierung der Autobiographie aus Selbstverteidigung und Selbstsuche (Stoa und Augustinus). In: Marquard/Stierle (Hg.).

Spaemann, R. 1996: Personen. Versuche über den Unterschied zwischen ‚etwas' und ‚jemand', Stuttgart.

Stock, K. 1996: Person. II. Theologisch. In: Theologische Realenzyklopädie Bd. 36.

Taylor, Ch. 1996: Quellen des Selbst. Übers. v. J. Schulte, Frankfurt am Main.

Theunissen, M. 1966: Skeptische Betrachtungen über den anthropologischen Personbegriff. In: H. Rombach (Hg.), Die Frage nach dem Menschen, Freiburg/München.

Thomas v. Aquin 1934: Summa theologica (dt.-lat. Ausgabe), Bd. 25, Salzburg/Leipzig.

Thomas v. Aquin 1939: Summa theologica (dt.-lat. Ausgabe), Bd. 3, Salzburg/Leipzig.

Thomas v. Aquin 1961: Summa contra Gentiles, Vol. III. Hg. v. C. Pera, Turin.

Thomas v. Aquin 1963: Summa theologiae (Pars Prima et Prima Secundae). Hg. v. P. Caramello, Turin.

Thomas v. Aquin 1965: De potentia (in: Quaestiones disputatae II). Hg. v. P. Bazzi, M. Calcaterra, T. S. Centi, E. Odetto, P. M. Pession, Turin.

Wieland, G. 1981: Ethica – Scientia practica. Die Anfänge der philosophischen Ethik im 13. Jahrhundert, Münster.

Wieland, G. 1984: Moral, moralisch, Moralphilosophie. C. 12. Jahrh., Hoch- und Spätscholastik. In: Ritter (Hg.).

Udo Thiel

PERSON UND PERSÖNLICHE IDENTITÄT IN DER PHILOSOPHIE DES 17. UND 18. JAHRHUNDERTS

Der Begriff der Person und die Frage nach der Identität der Person entwikkeln sich besonders in der zweiten Hälfte des 18. Jahrhunderts zu zentralen Themen der philosophischen Diskussion. Es gibt eine Unmenge von Material aus dieser Zeit, wovon bislang nur ein Bruchteil studiert und analysiert worden ist. Aus Raumgründen kann auch der vorliegende Beitrag diese Entwicklung nicht erschöpfend behandeln und nur die wichtigsten Positionen und Argumente berücksichtigen.

I. Das 17. Jahrhundert: Lockes Revolution

Das Problem der persönlichen Identität geht in der Form, in der es so ausgiebig im 18. Jahrhundert (und noch heute) diskutiert wird, auf John Lockes Kapitel ‚Of Identity and Diversity‘ zurück, das er der zweiten Auflage seines *Essay concerning Human Understanding* (von 1694) hinzufügte[1]. Lockes Behandlung des Themas wird häufig und zu Recht als revolutionär bezeichnet. Locke stellte traditionelle Auffassungen über die Begriffe von Person und Identität radikal in Frage, und er wies mit seiner neuen Theorie den Weg für die Auseinandersetzungen des 18. Jahrhunderts, in denen man sich fast ausnahmslos auf seine Theorie bezog. Diese stellt gewissermaßen die Geschäftsgrundlage für die Diskussionen der Folgezeit dar. Locke war jedoch keineswegs der erste Philosoph, der sich mit diesem Thema ernsthaft und ausführlich beschäftigte. Im 17. Jahrhundert entwickelte beispielsweise auch Leibniz Gedanken zum Problem der persönlichen Identität, die zum Teil vor der Publikation von Lockes *Essay* niedergeschrieben wurden und die

---

[1] Lockes *Essay* wird nach der kritischen Ausgabe von Peter H. Nidditch zitiert (Locke 1979). Dabei wird wie üblich dreigliedrig nach Buch, Kapitel und Paragraphen auf den Text verwiesen. Beispielsweise bezieht sich ‚II.xxvii.10‘ auf den 10. Paragraphen im 27. Kapitel des zweiten Buches des *Essay*. Für Zitate sind die Übersetzungen von Th. Schultze (Locke 1898) und Carl Winckler (Locke 1981) benutzt worden.

durchaus Ähnlichkeiten mit Lockes Ausführungen erkennen lassen. Letztlich sind die Unterschiede jedoch signifikanter als die Ähnlichkeiten. Und es war nicht Leibniz', sondern Lockes Theorie, die im Zentrum der Auseinandersetzungen über die Identitätsfrage im 18. Jahrhundert stand. Dies gilt keineswegs nur für die britische Philosophie. Auch in Deutschland und insbesondere in Frankreich wurde Lockes Theorie rezipiert und lebhaft diskutiert. Darüber hinaus war sein Einfluß nicht auf philosophische Dispute beschränkt. Zusammenfassungen seiner Lehre erschienen in führenden Enzyklopädien der Zeit,[2] und sogar die schöne Literatur eignete sich das neue Verständnis von persönlicher Identität an (etwa bei Jonathan Swift und Laurence Sterne).

Es muß betont werden, daß der Ursprung des metaphysischen Problems der persönlichen Identität nicht in der Metaphysik selbst liegt, sondern in moralischen und theologischen Fragen. Beispielsweise ist gezeigt worden, daß Locke seine neue Theorie ganz konkret vor dem Hintergrund einer Kontroverse über die Trinität ausarbeitete – einer Kontroverse, die Anfang der neunziger Jahre des 17. Jahrhunderts die philosophische und theologische Szene in England geradezu beherrschte.[3] Freilich erwähnt Locke selbst die Trinität in seinem berühmten Kapitel mit keinem Wort. Für Locke und viele seiner philosophierenden Zeitgenossen ergibt sich die Frage nach der persönlichen Identität aus einem anderen theologischen Problem: der christlichen Lehre vom Leben nach dem Tode. Wenn der Gedanke eines zukünftigen Lebens überhaupt sinnvoll erscheinen soll, dann müssen wir annehmen (oder argumentieren), daß wir nach dem Tode dieselben Personen sein werden wie jetzt, in diesem Leben. Mit anderen Worten, es muß das erfüllt sein, was in der Literatur gelegentlich als die ‚Identitätsbedingung von Unsterblichkeit' bezeichnet wird.[4] Diese Bedingung der Identität ist auch insofern von Bedeutung, als wir laut christlicher Lehre von Gott in bezug auf Handlungen aus diesem Leben verurteilt und bestraft oder belohnt werden: denn die göttliche Strafe kann nur dann gerecht sein, wenn es sich bei der bestraften Person um dieselbe Person handelt, die in diesem irdischen Leben jene strafwürdigen Handlungen ausgeführt hat. Das heißt, die christliche Lehre setzt hier eine Annahme oder ein Urteil über Identität voraus.

Aber ebenso offensichtlich muß die Identitätsbedingung nicht nur in bezug auf das göttliche Urteil, sondern auch in bezug auf menschliche Gerichtshöfe erfüllt werden. Noch allgemeiner läßt sich sagen, daß die alltägliche Sorge, die ich mir um meine eigene Zukunft (und zwar in diesem Leben) mache, die Überzeugung voraussetzt, daß ich in zehn Jahren (oder morgen) dieselbe Person wie heute sein werde. Kurz, es sind moralische, rechtliche und theologische Probleme, die auf die grundlegendere metaphysische Frage danach führen, wodurch eine Person und deren Identität über die Zeit hinweg konstituiert wird. Vor Locke wurde jedoch

---

[2] Vgl. Chambers 1728, II, S. 370.
[3] Vgl. hierzu Thiel 1983, S. 62–64 und 105–116.
[4] Vgl. Perrett 1987, S. 93–96.

häufig das, was man als die ‚richtige Antwort' auf diese metaphysische Frage ansah, einfach vorausgesetzt, ohne eigens begründet zu werden.

Lockes Theorie ist sehr komplex, und was sie wirklich besagt, wird noch heute von Philosophiehistorikern kontrovers diskutiert. In der Tat ist so mancher Passus in dem berühmten Kapitel recht undurchsichtig. Aber Locke geht hier neue Wege, und es ist daher nicht erstaunlich, daß seine Darstellung nicht so klar und einfach ist, wie es Philosophen des 20. Jahrhunderts genehm sein mag. Es können jedoch drei zentrale Charakteristika seiner Theorie hervorgehoben werden, durch die letztere sich von Auffassungen des 17. Jahrhunderts abhebt und im 18. Jahrhundert fortwirkt:

(1) Lockes neutrale Haltung zur Frage nach dem Wesen oder der realen Essenz der denkenden Substanz oder Seele. Obwohl er meint, ‚die wahrscheinlichere Auffassung' sei die, nach der das Denken einer immateriellen Substanz inhäriert,[5] sagt er ausdrücklich, daß er eine denkende Materie (‚thinking matter') für möglich halte – damit ist gemeint, daß der Begriff der denkenden Materie keinen Widerspruch enthält. [6]

(2) Lockes Bestimmung der persönlichen Identität durch den Begriff des Bewußtseins (*consciousness*). Dabei wird das Bewußtsein in einem selbstbezüglichen Sinn aufgefaßt. Der Ausdruck ‚consciousness' bezeichnet bei Locke ein unmittelbares Gewahrsein dessen, „was im eigenen Geiste vorgeht".[7] Das so verstandene Bewußtsein bezieht sich nach Locke auf unsere je eigenen gegenwärtigen und vergangenen Gedanken und Handlungen – es verbindet oder verknüpft auf diese Weise unsere jeweilige Gegenwart mit unserer Vergangenheit und konstituiert durch diese Verknüpfungsleistung allererst unsere persönliche Identität. Diese ist uns demnach nicht unabhängig von unseren eigenen Bewußtseinsleistungen vorgegeben. Locke sagt: „Dasjenige, womit sich das *Bewußtsein* dieses gegenwärtig denkenden Wesens vereinigen kann, macht dieselbe *Person* aus und bildet mit ihm, und mit nichts anderem, dasselbe *Ich*".[8]

(3) Lockes Unterscheidung der persönlichen Identität von der Identität des Ich, als Seele oder denkender Substanz, und von der Identität des Menschen. Die Identität des Ich als eines Menschen besteht in der Identität desselben organischen Körpers über die Zeit hinweg; die Identität des Ich als Person dagegen wird, wie angedeutet, durch das Bewußtsein von unseren Gedanken und Handlungen gestiftet (II.xxvii.16): Demnach bin ich gegenwärtig dieselbe Person wie vor zehn

---

[5] „I agree the more probable Opinion is, that this consciousness is annexed to, and the Affection of one individual immaterial Substance" (II.xxvii.25).

[6] *Essay* IV.iii.6. John Yolton hat bekanntlich den Einfluß dieses Lockeschen Gedankens auf die materialistischen Lehren des 18. Jahrhunderts untersucht, ohne freilich auf das Problem der persönlichen Identität einzugehen. Vgl. Yolton 1983 und 1991.

[7] „Consciousness is the perception of what passes in a Man's own mind" (II.i.19).

[8] „That with which the *consciousness* of this present thinking thing can join it self, makes the same *Person*, and is one *self* with it, and with nothing else" (II.xxvii.17).

Jahren, nicht weil ich denselben Körper habe, und auch nicht, weil dieselbe Substanz
in mir denkt, sondern nur weil meine gegenwärtige bewußte Erfahrung mit meiner
vergangenen bewußten Erfahrung verknüpft ist: sie gehören zu einem bewußten
Leben, und das heißt nach Locke zu einer identischen Person.[9]

Historisch betrachtet setzt sich Locke mit diesen Thesen sowohl von der Scholastik als auch vom Cartesianismus ab. Lockes Theorie ist gerade dadurch ‚revolutionär‘, daß sie den damals vorherrschenden ontologischen Begriff der Person
als einfacher, durch Rationalität charakterisierter Substanz verabschiedet.[10] Für
Locke ist die Person das Ich, dem wir täglich durch Bewußtsein Handlungen,
Gefühle und Gedanken zuschreiben und um dessen Zunkunft wir uns sorgen
(II.xxvii.16-7). Die Frage nach dem ohnehin nicht erkennbaren Wesen der Seele
sei für das Verständnis des Ich als Person völlig unwichtig. Und selbst wenn wir
genau wüßten, welche Auffassung vom Wesen der denkenden Substanz zutreffe,
so müßte die persönliche Identität dennoch weiterhin durch das Bewußtsein erklärt
werden. Locke sagt, es sei klar „daß die *persönliche Identität* in jedem Fall durch
das Bewußtsein bestimmt werden würde, ganz unabhängig davon, ob dieses an
eine individuelle immaterielle Substanz gebunden ist oder nicht“.[11] Während die
persönliche Identität in den Augen der Cartesianer schon durch die unveränder-
liche, immaterielle Natur der Seele gewährleistet ist, argumentiert Locke, daß die
Frage, „ob wir dasselbe denkende Ding, das heißt dieselbe Substanz sind oder
nicht“ gar nicht die *persönliche* Identität betreffe.[12] Cartesianismus und Scholastik
betrachten das menschliche Subjekt bei allen Unterschieden, die zwischen diesen
beiden Traditionen bestehen, als Substanz, deren Individuation ganz unabhängig
von den kognitiven Leistungen des Subjekts konstituiert wird. Nach Locke hingegen ist die Identität der Person nicht wie die Identität einer Substanz vorgegeben,
sondern besteht nur vermittels der Konstitution durch Bewußtsein.[13]

Lockes Begriff der Person steht eher solchen traditionellen Auffassungen nahe,
die unter ‚Person‘ einen Aspekt oder eine bestimmte Eigenschaft verstehen. Daher
benutzt er für den Terminus ‚Person‘ auch gelegentlich den Ausdruck ‚Personalität‘

---

[9] Auch Hobbes und Pufendorf unterscheiden bereits zwischen Mensch und Person (Hobbes 1968,
S. 217-22; Pufendorf 1672, I.i. 12-13). Während der Begriff des Menschen metaphysisch bestimmt
wird (materialistisch bei Hobbes, dualistisch bei Pufendorf), sind für den Personbegriff Handlungs-
zuschreibung und moralische Verantwortlichkeit zentral. Aber eine ausgeführte Theorie der Person
und ihrer Identität gibt es weder bei Hobbes noch bei Pufendorf. Hobbes kommt es vor allem auf
den Begriff der künstlichen Person an, den er für seine Staatstheorie benötigt.

[10] Vgl. zum historischen Kontext die ausführlicheren Darstellungen in Thiel 1998a und 1998b.

[11] „'tis evident the *personal Identity* would equally be determined by the consciousness, whether that
consciousness were annexed to some individual immaterial Substance or no“ (II.xxvii.23).

[12] „doubts are raised whether we are the same thinking thing, *i.e.* the same substance or no. Which
however reasonable, or unreasonable, concerns not *personal Identity* at all“ (II.xxvii.10).

[13] Zum Bewußtseinsbegriff in der Philosophie des 17. und frühen 18. Jahrhunderts vgl. Thiel 1983,
S. 67-104 sowie Thiel 1991 und 1994.

(‚personality‘). Näherhin handelt es sich dabei um eine *moralische* Qualität. Mit ‚Person‘ oder ‚Personalität‘ wird demnach die Eigenschaft des menschlichen Subjekts bezeichnet, mit Bezug auf welche es moralisch und rechtlich verantwortlich ist. Darum sagt Locke auch, der Terminus ‚Person‘ sei ein ‚juristischer Terminus‘ (II.xxvii.26). Es stellt sich die Frage, wie dieser Aspekt von Lockes Lehre mit seiner Bestimmung des Personbegriffes durch den des Bewußtseins zusammenhängt.

Wie schon angedeutet, bezieht sich Bewußtsein nach Locke nicht nur auf Gegenwärtiges (II.xxvii.10, 24) und auf den unmittelbar vorhergehenden Zeitpunkt (II.xxvii.16), sondern es erstreckt sich auch, durch eine ‚Erinnerung an vergangenes Bewußtsein‘ (II.xxvii.23; auch 16 und 25) über Zeiträume hinweg in die Vergangenheit. Locke sagt: „es ist jedoch klar, daß das Bewußtsein [...] zeitlich sehr fernliegende Existenzen und Handlungen ebensogut zu ein und derselben Person vereinigt wie die Existenzen und Handlungen des unmittelbar voraufgehenden Zeitpunktes. Somit ist das, was immer das Bewußtsein gegenwärtiger und vergangener Handlungen hat, dieselbe Person, der beiderlei Handlungen angehören“.[14]

Locke betont, daß vergangene Handlungen nur dann zu meiner personalen Einheit in der Gegenwart gehören, wenn ich sie mir durch gegenwärtiges Bewußtsein zuschreiben kann. Handlungen, die ich in der Vergangenheit zwar ausgeführt habe, die ich mir aber nicht durch mein gegenwärtiges Bewußtsein zurechnen kann, gehören nicht zur Identität meines Ich als Person. Folglich bin ich für solche Handlungen auch nicht verantwortlich und kann für sie, wenn es sich bei ihnen um Vergehen handelt, auch nicht bestraft werden; denn: „die Strafe ist an die Persönlichkeit und die Persönlichkeit an das Bewußtsein geknüpft“.[15]

Diese Theorie wirft eine Reihe von Problemen auf, die nicht zuletzt gerade den praktischen Aspekt betreffen, den Locke so sehr betont. Aus Lockes Sicht können sie jedoch durch Verweis auf die Unterscheidung zwischen der Identität des Menschen und der Identität der Person gelöst werden. Locke weiß natürlich, daß wir uns zu keinem Zeitpunkt aller von uns begangenen Handlungen bewußt sind; er gesteht zu, daß dies ein Problem für seine Auffassung von der persönlichen Identität darzustellen scheine (II.xxvii.10). Denn gemäß seiner Theorie wäre ich jetzt nicht dieselbe Person wie vor zehn Jahren, wenn ich mich nicht mehr an meine damaligen Handlungen und Gedanken erinnern könnte. Diese These, daß ich durch Amnesie zu einer anderen Person werde, mag absurd erscheinen. Aber nach Locke handelt es sich hier um ein Scheinproblem, das durch eine Verwechslung der Ausdrücke ‚Mensch‘ und ‚Person‘ entsteht.

---

[14] „'tis plain consciousness [...] unites Existences, and Actions, very remote in time, into the same Person, as well as it does the Existence and Actions of the immediately preceding moment: So that whatever has the consciousness of present and past Actions, is the same Person to whom they both belong“ (II.xxvii.16).

[15] „punishment [...] [is] annexed to personality, and personality to consciousness“ (II.xxvii.22).

Wie wir bereits sahen, ist für Locke der Begriff des Menschen der Begriff eines Wesens, das durch eine bestimmte Art der Organisation materieller Teile charakterisiert ist (II.xxvii.8). Daher besteht für ihn die transtemporale *Identität* eines Menschen in der Erhaltung einer solchen organischen Einheit über die Zeit hinweg. Locke ist sich selbstverständlich darüber im klaren, daß es auch andere Begriffe vom Menschen gibt (etwa den cartesischen, der den Menschen als eine Einheit zweier Substanzen ganz unterschiedlicher Art auffaßt) und daß der von ihm favorisierte Begriff nur eine nominale Essenz ausdrückt. Darum entscheidet er sich nicht definitiv gegen die cartesische Lehre. Und er bevorzugt die nicht-dualistische Position, die den Menschen einfach als einen ‚lebenden organisierten Körper‘ begreift, nur insofern, als es um die Idee vom Menschen ‚nach der Auffassung der meisten Leute‘ geht (II.xxvii.8). Aber wie läßt sich das angesprochene Problem mittels der Unterscheidung zwischen Mensch und Person lösen?

Für Locke stellt sich dies ganz einfach dar. Man müsse lediglich an den von ihm vorgeschlagenen begrifflichen Unterscheidungen festhalten, dann gebe es das Problem gar nicht: „Wir müssen hier beachten, worauf das Wort *Ich* angewandt wird. In diesem Fall ist damit offenbar nur der Mensch gemeint. Da nun angenommen wird, daß derselbe Mensch auch dieselbe Person sei, so wird ohne weiteres vorausgesetzt, daß *Ich* hier auch dieselbe Person bezeichne. Wenn es jedoch für denselben Menschen möglich wäre, zu verschiedenen Zeiten je ein besonderes, unübertragbares Bewußtsein zu haben, dann würde zweifellos derselbe Mensch zu verschiedenen Zeiten verschiedene Personen darstellen".[16] Ich bin demnach weiterhin derselbe Mensch wie vor der Amnesie, denn meine Identität als Mensch erfordert nicht ein Bewußtsein von meiner Vergangenheit; aber ich bin nicht dieselbe Person wie vorher, obwohl ich zu beiden Zeitpunkten sowohl Mensch als auch Person bin. Die Termini ‚Mensch‘ und ‚Person‘ bezeichnen unterschiedliche Artbegriffe, oder, wie heute präziser gesagt wird, sortale Prädikate, die auf das menschliche Subjekt angewendet werden können. Das bedeutet, daß unterschiedliche Antworten auf die Frage nach der Identität des menschlichen Subjekts möglich sind – je nachdem welchen Begriff wir anwenden. Das heißt: ein und dasselbe Individuum, das wir mit dem Namen ‚Udo Thiel‘ bezeichnen, kann sowohl unter den Begriff des Menschen als auch unter den Begriff der Person gefaßt werden. Und es ist möglich, daß ein Individuum über die Zeit hinweg derselbe Mensch bleibt, aber nicht dieselbe Person, obwohl es zu verschiedenen Zeiten sowohl Mensch als auch Person ist. Wenn diese Interpretation zutrifft, entspricht Lockes Theorie der heute

---

[16] „we must here take notice what the word *I* is applied to, which in this case is the Man only. And the same Man being presumed to be the same Person, *I* is easily here supposed to stand also for the same Person. But if it be possible for the same Man to have distinct incommunicable consciousness at different times, it is past doubt the same Man would at different times make different Persons" (II.xxvii.20).

kontrovers und mit expliziter Bezugnahme auf Locke diskutierten These von der Relativität der Identität.[17]

II. Locke und das 18. Jahrhundert: Kritiker und Anhänger

Eingangs wurde darauf hingewiesen daß Lockes Theorie die Diskussion über die Identitätsfrage im 18. Jahrhundert dominierte. Schon bald nach der Publikation des Identitätskapitels im Jahr 1694 enstand in der Tat eine lebhafte Kontroverse über Lockes Theorie, die bis weit ins 18. Jahrhundert andauerte. Es gab zwar durchaus Philosophen, die Lockes Theorie zu verteidigen suchten, aber die kritischen Stimmen überwogen deutlich. Die Kritik bezog sich nicht selten auf moralische und rechtliche Implikationen von Lockes Theorie, im Vordergund standen jedoch metaphysische (und damit verknüpfte theologische) Argumente. So wurden Lockes begriffliche Unterscheidungen zwischen Seele, Mensch und Person meist entweder nicht ausreichend berücksichtigt oder ausdrücklich zurückgewiesen. Ein bis heute oft wiederholter Einwand ist der Vorwurf der Zirkularität. Demnach setzt Bewußtsein persönliche Identität voraus und kann diese daher nicht konstituieren. Dieses Argument wurde zuerst im 17. Jahrhundert von dem der scholastischen Tradition verpflichteten John Sergeant vorgebracht. Es wurde im 18. Jahrhundert oft wiederholt und gelangte durch Joseph Butlers Formulierung zu klassischer Berühmtheit.[18] Freilich arbeitet dieses Argument mit einer Annahme, die Locke gerade in Frage stellt, nämlich, daß die Person eine Substanz ist, auf die sich Bewußtsein als auf eine bereits individuierte Entität bezieht.

Einen einschlägigeren Einwand als den populären Vorwurf der Zirkularität bringt Berkeley in seinem Dialog *Aliciphron* von 1732 vor: Berkeley argumentiert hier, daß Lockes Theorie nicht mit der Transitivität der Identitätsrelation vereinbar sei. Dieses Argument wurde gegen Ende des Jahrhunderts von Thomas Reid aufgenommen und durch sein Beispiel vom 'tapferen Offizier' berühmt.[19] Es geht dabei um einen General, der sich zwar an seine Handlungen als Offizier erinnert, aber nicht an das, was ihm als Schuljunge zustieß (er wurde verprügelt, nachdem er Obst aus einem Garten gestohlen hatte), obwohl er sich als Offizier noch an die jugendlichen Erlebnisse erinnern konnte. Laut Reid muß man nach Lockes Theorie diese Situation folgendermaßen verstehen: der Offizier ist dieselbe Person wie der Schuljunge, und der General ist dieselbe Person wie der Offizier, aber der

---

[17] John L. Mackie und Nicholas Griffin sind der Auffassung, daß Locke die Relativitätsthese vertrete (Mackie 1976, S. 160; Griffin 1977, S. 131). Vgl. dagegen aber Chappell 1989 und Uzgalis 1990.

[18] Sergeant 1697, S. 267; Butler 1897, I, S. 317–325. Butlers 'Dissertation' über persönliche Identität erschien zuerst 1736.

[19] Berkeley 1948–57, III, S. 296–299. Reid 1969, S. 357–358.

General kann nicht dieselbe Person wie der Schuljunge sein, da er sich nicht der
Erlebnisse des Schuljungen bewußt ist. Nun argumentiert Reid aber, es folge aus der
Logik der Identitätsrelation, daß General und Schuljunge identisch seien (und sein
müssen), wenn General und Offizier, und Offizier und Schuljunge identisch seien.
Nach Reid und Berkeley muß Lockes Theorie, die persönliche Identität durch
Bewußtsein bestimmt sein läßt, zurückgewiesen werden, weil die Identitätsrelation
im Gegensatz zur Bewußtseinsbeziehung transitiv ist.[20]

Zu den philosophisch bedeutenden Verteidigern von Lockes Theorie gehören
im 18. Jahrhundert außer einigen Materialisten insbesondere Étienne Bonnot de
Condillac in Frankreich und der heute kaum noch bekannte Edmund Law.[21]
Condillac setzt sich nicht zum Ziel, Locke gegen Kritiker zu verteidigen, aber er
eignet sich Lockes Theorie an und baut sie in seine genetische Analyse der geistigen
Vermögen ein. Wie Locke unterscheidet Condillac zwischen dem Ich als Person,
das auf Bewußtsein und Erinnerung basiert, und der Seele, deren Wesen uns unbe-
kannt bleibt. Er benutzt das Bild einer Statue, die nach und nach zum Leben
erweckt wird, und er verknüpft ausdrücklich die Erinnerung mit dem Ich oder der
Personalität: „Ihr Ich [i.e. das der Statue] ist nur die Sammlung der Empfindungen, die sie erfährt, und derer, die ihr das Gedächtnis zurückruft".[22] Allerdings
behauptet Condillac die Existenz einer ihrem Wesen nach unerkennbaren Seele,
die diesem erfahrungsmäßigen und personalem Ich zu Grunde liegt.[23] An anderer
Stelle argumentiert Condillac, daß wir von der Seele wenigstens so viel wissen, daß
sie eine einheitliche, einfache und vom Körper verschiedene Substanz sei.[24]

Anders als Condillac konzentriert sich Edmund Law auf die moralischen und
rechtlichen Aspekte von Lockes Theorie. In seiner Verteidigungsschrift von 1769
betont Law denn auch die juristische Bedeutung von ‚Person'. Wenn dieser Terminus auf ein menschliches Subjekt angewendet werde, dann beziehe man sich
nicht auf den Menschen im ganzen, sondern nur hinsichtlich derjenigen Eigenschaft, durch die es ein moralisches und verantwortliches Wesen sei: Der Terminus
‚Person' stehe für die (in Lockes Terminologie) abstrakte Idee von einem moralischen und für seine Handlungen verantwortlichen Wesen.[25] Law betont also die
für Locke in der Tat zentrale Unterscheidung zwischen Mensch und Person. Er
argumentiert, daß der Ausdruck ‚Person' bei Locke nicht für die Idee von einer
Substanz stehe, sondern für eine Idee, die zu den ‚Modi' gehöre. Dieser Interpre-

---

[20] Kenneth Winkler unternimmt einen beachtenswerten Versuch, Lockes Theorie gegen diese Kritik zu
verteidigen. Siehe Winkler 1991, S. 207–208.

[21] Zu materialistischen Konzeptionen von persönlicher Identität siehe unten Abschnitt V, ausführlicher
Thiel 1998c.

[22] Condillac 1947–51, I, S. 239. Übers. nach Condillac 1983, S. 37–38.

[23] Condillac 1947–51, I, S. 313.

[24] Condillac 1947–51, I, S. 7.

[25] Law 1769, S. 165f.

tation ist zuzustimmen.[26] Lockes Theorie steht, wie angedeutet, jener Tradition nahe, die von ‚Person' im Sinne von ‚Rolle' oder ‚Qualität' spricht. Lockes Leistung besteht in der Erneuerung dieses Verständnisses von ‚Person', das bei ihm durch die entscheidende Rolle, die er dem selbstbezüglichen Bewußtsein zuspricht, einen deutlich subjektivistischen Charakter bekommt. Es ist gerade dieser subjektivistische Charakter von Lockes Begriff der Person, über den in der Folgezeit so heftig gestritten wurde und der alternative Antworten provozierte.

III. Immaterialistische Philosophie des Geistes und persönliche Identität

Lockes Reflexionen über die ‚denkende Materie' wurden oft fälschlich für Materialismus gehalten; und dementsprechend wurde er von Materialisten gepriesen und von Immaterialisten scharf kritisiert.[27] In Wahrheit verhält sich seine Theorie neutral gegenüber den rivalisierenden Lehren vom Wesen der menschlichen Seele. Welche Position man zu dieser Frage einnimmt, ist nach Locke für das Problem der persönlichen Identität schlicht irrelevant. Seine Theorie könnte prinzipiell sowohl in eine materialistische als auch in eine immaterialistische Lehre von der Seele eingebaut werden. Dennoch machen die Diskussionen der Folgezeit deutlich, daß die unterschiedlichen Antworten auf die Frage, was Grund der persönlichen Identität sei, zu einem beträchtlichen Teil von den Auffassungen über das Wesen des menschlichen Geistes oder der Seele abhängen. Und bei dieser Frage ist die Auseinandersetzung zwischen materialistischen und immaterialistischen Positionen natürlich von zentraler Bedeutung.

Für die meisten derjenigen Philosophen (sowohl des 17. als auch des 18. Jahrhunderts), die glauben, daß die Seele eine immaterielle Substanz sei, gibt es gar kein genuines Problem der persönlichen Identität. Es wird einfach wie folgt argumentiert: persönliche Identität besteht in der Identität einer geistigen Substanz oder Seele, und die Identität einer geistigen Substanz ist eine direkte Folge ihrer immateriellen Natur. Da die Seele immateriell ist, ist sie nicht der Veränderung unterworfen und bleibt schon aus diesem Grund über die Zeit hinweg dieselbe Substanz. Und es gibt sogar ein wichtiges Argument für das immaterielle Wesen der Seele, das sich direkt auf die Frage nach der transtemporalen persönlichen Identität bezieht[28]:

---

[26] Gegen diese Interpretation wenden sich Ayers 1991, II, S. 269–72 und Winkler 1991, S. 214–16.

[27] Wenn hier von ‚Immaterialismus' die Rede ist, so ist damit nicht die Position Berkeleys gemeint, gemäß der es gar keine von geistiger Substanz unabhängige Materie gibt, sondern lediglich die These, daß die menschliche Seele eine immaterielle Substanz sei.

[28] Freilich gab es weitere anti-materialistische Argumente, die sich auf die Natur von Subjektivität, aber nicht auf das spezielle Problem der transtemporalen Identität beziehen. Beispielsweise wurde gesagt, daß das selbstbezügliche Bewußtsein (eine einfache Vorstellung) nicht mit der komplexen

Eingangs wurde darauf hingewiesen, daß man die Identität des Ich als notwendig
für die Möglichkeit gerechter göttlicher Strafen und Belohnungen im Leben nach
dem Tode ansah. Es wurde nun weiter argumentiert: wenn die Seele nicht immateriell wäre, dann könnte diese ‚Identitätsbedingung' der Unsterblichkeit nicht erfüllt
werden; denn die Materie sei ständig Veränderungen unterworfen. Exemplarisch
sei auf den Cambridger Platoniker Ralph Cudworth verwiesen, der dieses Argument in seinem riesigen anti-materialistischen Buch von 1678 vortrug, das er *The
True Intellectual System of the Universe* nannte. Cudworth betont, daß Immaterialität zwar nicht eine hinreichende, aber doch eine notwendige Bedingung für
Unsterblichkeit sei, und zwar genau darum, weil die Immaterialität die Einheit und
transtemporale Identität der Seele garantiere. Wäre die Seele nicht immateriell, sagt
Cudworth, könnte sie nicht einmal innerhalb dieses irdischen Lebens über die Zeit
hinweg identisch bleiben.[29] Denn da Körper aus einer Vielzahl materieller Teilchen
bestünden, die nie dieselben blieben, könnten Seelen, wären sie materiell, nicht für
die Dauer ihres Lebens numerisch identisch bleiben. Dies sei auch als Beweisgrund
dafür anzuführen, daß die Seele überhaupt nicht materiell sei.[30] Es wird demnach
folgendes gesagt: wenn man die Immaterialität der Seele leugne, verunmögliche
man damit ihre Identität über die Zeit hinweg ebenso wie gerechte göttliche Strafen
und Belohnungen und einen kohärenten Begriff vom Leben nach dem Tode. Also,
wird geschlossen, könne die Seele nicht materiell sein. Dieses Argument bzw. verschiedene Versionen davon wurden im 18. Jahrhundert immer wieder vorgebracht,
um den mehr und mehr erstarkenden materialistischen Tendenzen in der Philosophie zu begegnen. Nach dieser Auffassung ist für die persönliche Identität ein
immaterieller Kern des Ich erforderlich, der nicht der Veränderung unterliegt.

Diese Auffasung der traditionellen Metaphysik bildet auch die Grundlage für
die Argumentation des im England des 18. Jahrhunderts einflußreichen Samuel
Clarke, die er 1708 in einer Auseinandersetzung mit Anthony Collins vorträgt.
Clarke sagt, daß mein Bewußtsein von einer vergangenen Handlung nur dann ein
Bewußtsein davon sein kann, daß *ich* diese Handlung ausgeführt habe, wenn die

---

Natur materieller Wesen vereinbar sei. Der Materialist Joseph Priestley versuchte, dieses Argument
zu entkräften (Priestley 1777, S. 86–87). Vgl. zu diesem Problemkomplex auch Cramer 1988, S. 136–
143.

[29] Vgl. Cudworth 1678, S. 830. Ähnliche Argumente sind bei anderen Vertretern der Cambridger Schule
zu finden, etwa bei Henry More und John Smith, aber auch bei Denkern wie Richard Bentley, die
nicht dieser Schule zuzurechnen sind. Vgl. More 1662, I, S. 34.; Bentley 1699, S. 47. John Smith
beruft sich auf die „knowledge which the soul retains in itself of things past, and in some sort [of]
prevision of things to come"; und er argumentiert, nur eine immaterielle Seele „can thus bind up past,
present, and future time together" (Smith 1821, S. 88–89).

[30] Vgl. Cudworth 1678, S. 46: „They could not be Numerically the same throughout the whole space
of their Lives [...] Which Reason may be also extended further to prove the Soul to be no Body at
all" Vgl. auch S. 799: „it is certain, that we have not all the same Numerical Matter, and neither more
nor less, both in *Infancy* and in Old Age, though we be for all that the self Same Persons".

Substanz, die die Handlung ausgeführt hat, numerisch identisch mit der Substanz ist, die sich jetzt dieser Handlung bewußt ist. Mit anderen Worten, ein genuines Bewußtsein davon, daß *ich* es war, der eine Handlung ausgeführt hat, erfordert die transtemporale Identität meines Ich als Substanz.[31] Wenn die Substanz nicht über die Zeit hinweg identisch wäre, dann würde meine Erinnerung an die besagte Handlung nicht eine Erinnerung daran sein, daß *ich* die Handlung ausgeführt habe, sondern die Erinnerung an die Handlung einer anderen Person (= Substanz).[32] Dabei macht Clarke den immaterialistischen Hintergrund seiner Argumentation deutlich: eine Substanz könne nur dann über die Zeit hinweg identisch bleiben, wenn sie immateriell und unteilbar sei, denn materielle Dinge seien immer der Veränderung unterworfen. Nach Clarke ist eine Person darum über die Zeit hinweg numerisch identisch, weil eine Person ein unteilbares immaterielles Wesen ist.[33] Ein genuines *Problem* der persönlichen Identität gibt es für Clarke daher nicht. Entsprechendes gilt für Berkeley; denn auch Berkeley bestimmt das Ich als eine immaterielle geistige Substanz.[34] Er geht denn auch auf die Frage nach persönlicher Identität kaum ein, und seine wenigen Äußerungen zum Thema sind knapp und hauptsächlich gegen Locke gerichtet. Auf Berkeleys wichtigsten Einwand gegen Locke wurde oben schon hingewiesen.

Die Auseinandersetzungen um die Natur und die Bedingungen der persönlichen Identität in der Nachfolge Lockes lassen sich jedoch nicht auf den einfachen Gegensatz von Materialismus und Immaterialismus reduzieren. Im weiteren Verlauf unserer Abhandlung wird noch gezeigt werden, daß die materialistische Antwort auf die Frage nach der persönlichen Identität keinesewegs darin besteht, daß einfach behauptet wird, die persönliche Identität werde durch die materielle Basis des Denkens garantiert. Und es gibt natürlich Philosophen, die sich weder auf die materialistische noch auf die immaterialistische Seite schlagen wollen. Dabei folgen einige Lockes Auffassung, daß Bewußtsein persönliche Identität stifte, während andere eine skeptische Haltung zu dieser Frage einnehmen. Des weiteren gibt es mehrere Möglichkeiten, von einer immaterialistischen Position aus das Problem der persönlichen Identität zu behandeln. Einige Philosophen, die zwar den Begriff einer immateriellen geistigen Substanz akzeptieren, unterscheiden dennoch zwischen der Identität der mentalen Substanz und der Identität der Person. Ein prominentes Beispiel für diese Position ist die Theorie von Leibniz.

Wie eingangs angedeutet, hatte Leibniz als wichtigster zeitgenössischer Kritiker von Locke seine eigene Theorie der persönlichen Identität unabhängig von Locke und schon vor der Niederschrift der *Nouveaux Essais* (1704) ausgearbeitet.

---

[31] Clarke 1708b, S. 56.
[32] Clarke 1708a, S. 61f.
[33] Clarke 1708a, S. 64.
[34] Berkeley 1948–57, II, S. 104–105. Siehe auch II, S. 41–42 und II, S. 231.

Obwohl Leibniz mehrmals die Leiblichkeit des Ich betont,[35] kann kein Zweifel
daran bestehen, daß auch für ihn die immaterielle Seele das Wesen des Ich ausmacht.[36] Die Identität der Seele oder des Ich über die Zeit hinweg ist für Leibniz
apriori durch ihre individuelle Natur oder ihren ‚vollständigen Begriff‘ gesichert.
Leibniz behauptet, daß alles, was dem Ich zustoßen kann „virtuell schon in seiner
Natur oder seinem Begriff enthalten ist, wie die Eigenschaften des Kreises in seiner
Definition".[37] Daher könne man sagen, „daß es zu jeder Zeit in der Seele Alexanders Nachwirkungen von allem gibt, was ihm zugestoßen ist, und Zeichen dessen,
was ihm zustoßen wird".[38] Mein Bewußtsein oder ‚meine subjektive Erfahrung‘
könne mich lediglich aposteriorisch von meiner Identität überzeugen.[39] Gegen
Locke weist Leibniz darauf hin, daß das Bewußtsein von vergangenen Handlungen und Zuständen lediglich ‚die reale Identität‘ erscheinen lasse.[40]

Aber in einem gewissen Sinne scheint Leibniz dennoch dem Bewußtsein eine
konstitutive Funktion für persönliche Identität zuzuschreiben, denn er sagt, daß
Bewußtsein die Identität des Ich als Person oder moralischer Entität konstituiere.[41]
Er unterscheidet also zwischen der metaphysischen Identität des Ich (als immaterieller Substanz) und der moralischen Identität des Ich (als Person), die durch
Bewußtsein konstituiert werde, „denn es ist die Erinnerung oder die Kenntnis
dieses *Ich,* wodurch es zu Strafe und Belohnung befähigt wird".[42] Leibniz weist
allerdings Lockes Ansicht zurück, wonach persönliche oder moralische Identität
ausschließlich durch das innere Bewußtsein bestimmt wird. Die Identität des Ich als
Person könne auch durch das Zeugnis anderer etabliert werden.[43] Der hauptsächliche Unterschied zwischen Locke und Leibniz besteht darin, daß es für Locke
persönliche Identität ohne Identität der Substanz geben kann, oder in Leibniz’
Umschreibung, „daß diese erscheinende Identität ohne reale Identität erhalten werden könnte".[44] Nach Leibniz wäre so etwas jedoch ‚ein Wunder‘.[45] Denn gemäß
der ‚Ordnung der Dinge‘ setze die erscheinende, phänomenale Identität die reale
oder substantielle Identität voraus.[46] Obwohl Leibniz also (ähnlich wie Locke)

---

[35] Vgl. beispielsweise das Vorwort zu den *Nouveaux Essais*, in Leibniz 1923–, vi.6, S. 58.

[36] Leibniz 1923–, vi.6, S. 239.

[37] *Discours de métaphysique*, in Leibniz 1875–90, IV, S. 437.

[38] Leibniz 1875–90, IV, S. 433.

[39] Remarques sur la lettre de M. Arnauld, in Leibniz 1875–90, II, S. 43.

[40] *Nouveaux Essais*, in Leibniz 1923–, vi.6, S. 239.

[41] *Discours de métaphysique*, in Leibniz 1875–90, IV, S. 462. Vgl. auch Leibniz’ Brief an Arnauld vom 9.
Okt 1687, in Leibniz 1875–90, II, S. 125.

[42] *Discours de métaphysique*, in Leibniz 1875–90, IV, S. 460. Vgl. auch *Nouveaux Essais*, in Leibniz 1923–,
vi.6, S. 235.

[43] *Nouveaux Essais*, in Leibniz 1923–, vi.6, S. 237.

[44] Leibniz 1923–, vi.6, S. 236.

[45] Leibniz 1923–, vi.6, S. 245.

[46] Leibniz 1923–, vi.6, S. 242.

persönliche Identität nicht mit der Identität der denkenden Substanz oder Seele gleichsetzt, besteht er (im Gegensatz zu Locke) darauf, daß erstere von letzterer abhängt. Während Locke dafür argumentiert, persönliche Identität und Identität der Substanz zu trennen, behauptet Leibniz, was auch von den Cartesianern angenommen wurde, nämlich, daß die moralisch relevante persönliche Identität nur durch die metaphyische Identität des Ich als immaterieller Seele erhalten werden könne.[47]

Aufgrund des Einflusses von Christian Wolff, der Leibniz' Theorie der persönlichen Identität im wesentlichen übernahm (ohne diese jedoch ausführlich zu diskutieren), dominierte diese Auffassung an den deutschen Universitäten bis etwa zur Jahrhundertmitte. Wolff definiert die menschliche Seele als einfache Substanz, die durch ein wesentliches Vermögen charakterisiert ist, nämlich das Vermögen, das Universum vorzustellen.[48] Allerdings läßt Wolff die Seele auch durch das Bewußtsein bestimmt sein: denn er sagt, die Seele sei eine solche Substanz, die ihrer selbst und anderer Dinge bewußt sei.[49] Wolff argumentiert, daß wir durch das Bewußtsein von unserer transtemporalen Identität zu Personen bzw. moralischen Entitäten würden. Es ist wichtig zu beachten, daß Wolffs Auffassung trotz der Betonung des Bewußtseinsbegriffs nicht Locke, sondern Leibniz folgt. Nach Locke *konstituiert* das Bewußtsein von Gedanken und Handlungen persönliche Identität. Wolff dagegen sagt, durch das Bewußtsein von unserer *Identität* würden wir zu Personen.[50] Im Gegensatz zu Locke meint Wolff, daß die Identität der Seele, als Substanz, für persönliche Identität vorausgesetzt werden müsse.

IV. Hume und die Schottische Schule

Als prominentes Beispiel für die oben erwähnte skeptische Position gilt natürlich David Hume. Hume knüpft anders als Leibniz in positivem Sinne an Lockes Diskussion an und weist die noch bei Wolff wirksame traditionelle cartesianische Vorstellung einer einheitlichen, über die Zeit hinweg identischen seelischen Substanz gerade zurück. Denn, so argumentiert Hume im *Treatise of Human Nature* von 1739, es gibt keinen Eindruck (*impression*), von der die Vorstellung (*idea*) eines identischen substantiellen Ich abgeleitet werden könnte.[51] Für Hume ist der menschliche Geist bloß ,ein Bündel oder eine Ansammlung verschiedener Perzep-

---

47 Vgl. zu Leibniz' Theorie der persönlichen Identität auch Scheffler 1976, Vailati 1985, Jolley 1984, Thiel 1998a und 1998b.

48 Wolff 1740, S. 42 und 35. Vgl. auch Wolff 1751, S. 464–469.

49 Wolff 1751, S. 107–108; 1738, S. 9 und 15–16; 1740, S. 9–10.

50 Vgl. Wolff 1751, S. 570: „Weil die Menschen sich bewust sind, daß sie eben diejenigen sind, die vorher in diesem oder jenem Zustande gewesen; so sind sie Personen". Vgl. auch Wolff 1740, S. 660–661.

51 Hume 1978, S. 251. Vgl. auch S. 66.

tionen', die in bestimmten Relationen zueinander stehen.[52] Hume gesteht jedoch
zu, daß wir unserem Ich dennoch Einheit und Identität zuschreiben. Diese Vorstellung lasse sich philosophisch zwar nicht rechtfertigen. Man könne aber eine
genetisch-psychologische Erklärung dafür geben, wie wir zu dieser Überzeugung
von einem identischen Ich gelangen. Eine solche Erklärung zu liefern, ist das
hauptsächliche Anliegen in Humes Kapitel über persönliche Identität.

Hume argumentiert, daß sich die Vorstellung von einem einheitlichen und identischen menschlichen Geist der Einbildungskraft verdankt: die engen Beziehungen,
die zwischen den verschiedenen Perzeptionen bestehen, bewirken, daß die Einbildungskraft so disponiert ist, daß sie Identität mit Verschiedenheit konfundiere.[53]
Wenn wir demnach die Vorstellung eines einheitlichen Geistes erwerben, kommt
dies keineswegs einem Bewußtsein von einer *realen* Einheit unserer Perzeptionen gleich. Vielmehr ist diese Vorstellung von Einheit und Identität lediglich eine
Bestimmung, die wir den verschiedenen Perzeptionen aufgrund derjenigen Einheit
zuschreiben, die unsere Ideen von diesen Perzeptionen durch die Aktivität der
Einbildungskraft erhalten.[54] Letztlich sei unsere Alltagsüberzeugung von einem
einheitlichen und identischen Ich eine Fiktion der Einbildungskraft. Hume betont
in diesem Zusammenhang die Rolle der Kausalitätsrelation.[55] Denn es sei insbesondere die Tatsache, daß zwischen unseren Perzeptionen kausale Beziehungen
bestehen, die die Einbildungskraft dazu verleite, den Glauben an ein einheitliches
und identisches Ich zu konstruieren. Der Kausalitätsbegriff hängt wiederum von
der Erinnerung ab: durch sie entdecken wir kausale Relationen unter unseren Perzeptionen. Da die Erinnerung diese kausalen Verknüpfungen entdeckt, ist sie in
einem indirekten Sinne auch Quelle der fiktiven Idee von persönlicher Identität.
Denn durch das Aufdecken kausaler Beziehungen zwischen Perzeptionen sind wir
in die Lage versetzt, uns Perzeptionen zuzuschreiben, zu denen wir keinen direkten
Zugang durch Bewußtsein oder Erinnerung haben.

Nun unterscheidet Hume allerdings zwischen der fiktiven Identitätsidee, die
von der Einbildungskraft produziert wird, und der persönlichen Identität in prakti-
scher Hinsicht, d. h. in bezug auf unsere Affekte und unsere Sorge um uns selbst.[56]
Im Identitätskapitel des ersten Buches des *Treatise* behandelt er nur die durch die
Einbildungskraft fingierte Idee der persönlichen Identität. Im zweiten Buch des
Treatise, das die Affekte zum Thema hat, setzt sich Hume nicht noch einmal mit
dem Problem der persönlichen Identität auseinander. Anders als im ersten Buch sagt
Hume hier, daß die Vorstellung bzw. der Eindruck von unserem Ich uns ständig

---

52 Hume 1978, S. 252: „a bundle or collection of different perceptions". Vgl. auch S. 253 und 207.
53 Hume 1978, S. 256.
54 Hume 1978, S. 260.
55 Hume 1978, S. 261.
56 Hume 1978, S. 253.

unmittelbar gegenwärtig sei.[57] Denn ohne die Annahme, daß wir immer einen Eindruck von unserem Ich haben, könnte Hume seine Theorie vom Mechanismus der Affekte nicht plausibel machen: Wenn uns das eigene Ich nicht vermittels eines Eindrucks unmittelbar gegenwärtig wäre, könnten gemäß Hume die Affekte des Stolzes und der Niedergedrücktheit (*humility*) gar nicht entstehen.[58] In der Literatur wird das Verhältnis von Humes Konzeption der persönlichen Identität in praktischer Hinsicht zu der persönlichen Identität, die laut Buch I des *Treatise* Resultat der Aktivität der Einbildungskraft ist, kontrovers diskutiert. Hume selbst unterscheidet zwar, wie angedeutet, zwischen den beiden Konzeptionen, erklärt aber nicht, ob und wie die Annahme eines unmittelbar gegebenen Eindrucks vom Ich mit der Ich-Lehre aus Buch I vereinbar ist. Allerdings weist er darauf hin, daß die persönliche Identität in praktischer Hinsicht die Einbildungskraft bei der Konstruktion der fiktiven Identitätsidee unterstütze, da sie die kausalen Beziehungen unter unseren Perzeptionen offenbar mache.[59] Mit anderen Worten: die offensichtlich kausalen Verknüpfungen unter unseren Affekten verstärken unsere Überzeugung von der kausalen Natur der Verknüpfungen unter unseren Perzeptionen überhaupt, und dadurch verstärken sie die fiktive Identitätsidee der Einbildungskraft.

Humes Analyse im ersten Buch des *Treatise* stützt sich, wie bereits dargelegt, auf den Kausalitätsbegriff, einen Begriff, den Hume bekanntlich in vorausgehenden Kapiteln einer extrem kritischen Analyse unterzieht und von dem er meint, er könne rational nicht gerechtfertigt werden. Im Anhang zum dritten Buch des *Treatise*, das ein Jahr nach den ersten zwei Büchern erschien (also 1740), wendet sich Hume kritisch gegen seine eigene Analyse der persönlichen Identität.[60] In der Literatur ist umstritten, wie Humes Selbstkritik im Anhang aufzufassen ist. Hume macht jedoch klar, daß er mit seiner Theorie aus Buch I vor allem darum unzufrieden ist, weil es ihm dort nicht gelinge zu erklären, *wie* Perzeptionen zu einer Einheit gebracht werden könnten. Und diese Selbstkritik scheint durchaus gerechtfertigt zu sein. Denn der Verweis auf die kausalen Verknüpfungen unter Perzeptionen kann nicht das Zustandekommen der fiktiven Idee von der Einheit des Ich erklären, zumal auch Perzeptionen, die *unterschiedlichen* ,Bündeln' angehören, kausal verknüpft sein können. Im Anhang zu Buch III nimmt Hume eine radikale skeptische Position zu diesem Problem ein, und er behandelt die persönliche Identität nicht mehr in seiner *Enquiry concerning human understanding* von 1748 (die sonst Buch I des *Treatise* thematisch weitgehend entspricht). Aber der Anhang ist

---

[57] Hume 1978, S. 317: „'Tis evident, that the idea, or rather impression of ourselves is always intimately present with us, and that our consciousness gives us so lively a conception of our own person, that 'tis not possible to imagine, that any thing can in this particular go beyond it". Vgl. auch S. 320, 339, 340, 354 und 427.

[58] Hume 1978, S. 277.

[59] Hume 1978, S. 261.

[60] Hume 1978, S. 633–636.

nicht Humes letztes Wort zum Thema. An Henry Home (Lord Kames) schreibt er 1746, also noch vor der Publikation der *Enquiry*: „I like exceedingly your method of explaining personal identity, as being more satisfactory than anything that had ever occurred to me".[61] Hume sagt nicht, auf welchen Text er sich bezieht. Wahrscheinlich handelt es sich um eine frühe Manuskriptfassung von Kames' Buch *Essays on the Principles of Morality and Natural Religion* (publiziert 1751), in dem auch das Problem der persönlichen Identität besprochen wird.[62] Wenn man Humes Bemerkung nicht als bloße Höflichkeitsfloskel auffassen will, stellt sich die Frage, was ihm so sehr an Kames' Behandlung des Identitätsproblems gefällt. Denn nach Kames ist es eine unzweifelbare Wahrheit, daß wir ‚ein ursprüngliches Gefühl, oder Bewußtsein' von unserem eigenen Ich haben. Es bedürfe keines Beweises für die Identität einer Person, denn es gebe ‚ein Gefühl der Identität, das mich durch all meine Veränderungen begleitet'. Indem Kames den Gedanken eines Beweises für das Vorhandensein persönlicher Identität zurückweist und statt dessen zu einem nicht weiter erklärten ‚Gefühl' Zuflucht sucht, beruft er sich offensichtlich auf eine Art Common Sense als Evidenz für persönliche Identität. Es kann jedoch argumentiert werden, daß Kames' Position mit der Theorie des *Treatise* durchaus vereinbar ist, insbesondere dann, wenn man Buch II gebührend berücksichtigt. Hume scheint sich zumindest in diesem Fall der Auffassung seiner schottischen Kritiker anzunähern.[63]

Wie Kames weisen auch die anderen Vertreter der Schottischen Schule Lockes Theorie zurück. James Beattie wiederholt nochmals den Vorwurf der Zirkularität, und er wendet sich ebenfalls, wie Kames, ausdrücklich gegen Humes ‚Bündel'-Theorie. Nach Beattie ist es evident, daß das denkende Wesen in uns über die Zeit hinweg identisch bleibt.[64] Von Thomas Reids Locke-Kritik war schon die Rede. Wie Beattie ist Reid der Auffassung, daß wir unmittelbar und ‚unwiderstehlich' von unserer persönlichen Identität überzeugt seien. Die Identität des denkenden Wesens ist ein Prinzip, das wir ohne Beweis akzeptieren müßten.[65]

---

[61] Greig 1932, I, S. 94.

[62] Vgl. Home, Lord Kames 1751, Teil II, Essay ii, ‚Of the Idea of Self and of Personal Identity', S. 231–236. Alle folgenden Verweise auf Kames' Buch beziehen sich auf diesen Abschnitt.

[63] Vgl. zu einer anderen Beurteilung des Verhältnisses von Hume und Kames Tsugawa 1961. Tsugawas Aufsatz ist meines Wissens der einzige ausführliche Beitrag zu diesem Thema. Ansonsten ist die Literatur zu Humes Behandlung des Identitätsproblems überaus umfangreich. Hier seien nur einige der wichtigsten Arbeiten genannt: Penelhum 1955, Stroud 1977, S. 118–140, McIntyre 1989, Pears 1990, S. 120–151; Waxman 1994, S. 203–237; Wilson 1994.

[64] Beattie 1773, S. 81: „That the thinking principle, which we believe to be within us, continues the same through life, is […] self-evident, and […] agreeable to the universal consent of mankind".

[65] Reid 1969, S. 35: „I take it for granted, that all the thoughts I am conscious of, or remember, are the thoughts of one and the same thinking principle, which I call *myself* or my *mind*." Vgl. ausführlicher zu Reid Gallie 1989, Kap. 8.

V. Materialismus und Materialismus-Kritik

Wir sahen in Abschnitt IV, daß Philosophen, die an die Existenz einer immateriellen seelischen Substanz glauben, Lockes Theorie auch dann zurückweisen, wenn sie dem Bewußtsein eine positive Funktion bei der Konstitution persönlicher Identität zuschreiben. Wie oben angedeutet sind zum Materialismus neigende Denker dagegen eher bereit, Lockes Lehre zu akzeptieren. Die Kritiker des materialistischen Ansatzes berufen sich häufig auf hergebrachte Argumente, die schon im 17. Jahrhundert bei Autoren wie Cudworth zu finden sind. Aber gelegentlich wird subtiler gegen den Materialismus argumentiert, wie beispielsweise bei Tetens, dessen Argumentation teilweise auf Kant vorverweist.

Im Laufe des 18. Jahrhunderts gab es mehrere Debatten zur materialistischen Auffassung vom menschlichen Geist. Letztere erhielt etwa ab der Jahrhundertmitte zumindest stillschweigende Unterstützung durch die verstärkt auftretenden Versuche, die Wirkungen des menschlichen Geistes rein mechanistisch und auf Grundlage einer (freilich sehr spekulativ verfahrenden) Physiologie zu erklären. Besonders einflußreich waren in diesem Zusammenhang die Arbeiten von Charles Bonnet und David Hartley, obwohl sich beide ausdrücklich vom Materialismus distanzierten.[66] Denn ihre mechanistisch-physiologische Erklärungsweise mentaler Phänomene tendiert trotz aller Beschwörungen einer immateriellen Seele deutlich zum Materialismus. Joesph Priestley, einer der wichtigsten materialistischen Denker der zweiten Jahrhunderthälfte, beruft sich denn auch ausdrücklich auf Hartleys Theorie, der er eine begründende Funktion für seine eigene Theorie des Geistes zuspricht.

Hartley geht in seinem umfangreichen Werk auf das Problem der persönlichen Identität jedoch gar nicht ein. Bonnet behandelt es zwar recht ausführlich, aber er macht dabei keinen Gebrauch von physiologischen Theorien und Hypothesen, sondern arbeitet im Anschluß an Locke mit dem Begriff der Erinnerung.[67] Freilich ist für Bonnet nicht allein die Erinnerung für persönliche Identität zuständig. Er unterscheidet u.a. zwischen der Persönlichkeit, die sich durch die Erinnerung Perzeptionen aneigne, und der Persönlichkeit, wie sie vom Standpunkt eines allwissenden Wesens, d.i. Gott, betrachtet werde. Nur in bezug auf die Persönlichkeit im ersten Sinne würde ein gänzlicher Erinnerungsverlust die Vernichtung der Personalität herbeiführen. Vom Standpunkt Gottes aus gesehen sei dieser subjektive Aspekt der Persönlichkeit keineswegs wesentlich: Ich könnte durchaus jegliches Selbstgefühl verlieren und würde dennoch für Gott dieselbe Person bleiben. Des weiteren brauchen wir nach Bonnet kein Wissen draüber zu haben, was in den Seelen anderer Menschen vorgeht, um ihre persönliche Identität festzustellen: wir können sie auch durch physische und moralische Eigenschaften identifizieren. Wir

---

[66] Hartley 1749; Bonnet 1760.
[67] Vgl. zum folgenden Bonnet 1760, S. 457–462.

sahen oben, daß Leibniz in seiner Auseinandersetzung mit Locke ähnlich argumentiert.

Da sich Bonnet trotz seiner physiologischen Erklärung der Funktionsweisen des menschlichen Geistes nicht zum Materialismus bekennt, überrascht es nicht, daß er die persönliche Identität nicht in materialistischer Weise behandelt. Aber von materialistischer Seite könnte man erwarten, daß in Umkehrung des immaterialistischen Prinzips nun die materielle Basis des Denkens für die persönliche Identität verantwortlich gemacht würde. Und heute gibt es in der Tat viele Philosophen, die davon überzeugt sind, daß sich persönliche Identität in der einen oder anderen Weise auf körperliche Identität oder die Identität einer materiellen Struktur reduzieren lasse. Aber dies wurde von Materialisten des 18. Jahrhunderts gerade nicht vertreten.

Insgesamt wird die Frage der persönlichen Identität in der materialistischen Diskussion des 18. Jahrhunderts kaum oder nicht sehr ausführlich behandelt. Dies überrascht zunächst, zumal auch den Materialisten die Bedeutung dieses Problems bewußt gewesen sein muß; denn im allgemeinen war ihnen sehr daran gelegen, ihren Materialismus als mit der christlichen Lehre vereinbar darzustellen; und diese setzt, wie wir eingangs feststellten, die Wahrheit einer Identitäts-Aussage über die Person in diesem irdischen Leben und im Leben nach dem Tode voraus. Aber in der Auseinandersetzung etwa zwischen dem Materialisten William Coward und John Turner zu Beginn des 18. Jahrhunderts wird die Identitätsfrage gar nicht angesprochen. Auch später, beispielsweise in Holbachs berühmtem und recht umfassenden materialistischen System, in dem Buch *Système de la nature* (von 1770), wird kaum auf das Thema eingegangen. Ebenso halten sich diesbezüglich andere französische Materialisten, wie etwa La Mettrie, sehr zurück. Das oben erwähnte immaterialistische Argument, das sich auf die Identitätsfrage beruft, wird einfach übergangen. Man muß daher annehmen, daß Materialisten zu dieser Zeit noch keine angemessene Erwiderung auf dieses Argument parat hatten.

Wenn Materialisten gelegentlich auf die Identitätsproblematik eingehen, so sind ihre Bemerkungen hierzu meist recht knapp, und nicht selten führen ihre Überlegungen zu einer negativen Bewertung des Problems: Beispielsweise argumentieren Michael Hißmann und Christoph Meiners in Deutschland und ganz unabhängig von diesen Thomas Cooper in England, ähnlich wie Hume, daß die Überzeugung von unserer persönlichen Identität philosophisch nicht gerechtfertigt werden könne. Dabei gehen diese Autoren allerdings über Hume hinaus und behaupten, daß es so etwas wie Identität im strengen Sinne für Personen und andere materielle Wesen gar nicht geben könne, da diese ständig Veränderungen unterworfen seien.[68] Es liegt auf der Hand, daß diese radikale Position keineswegs eine notwendige Folge des materialistischen Ansatzes ist, zumal sie auf der falschen Annahme

---

[68] Vgl. Hißmann 1777, S. 151; Meiners 1775 f., II, S. 38–40; Cooper 1789, S. 365–373. Vgl. ausführlicher zu Hißmann und Meiners Thiel 1997, bes. S. 72–78, zu Cooper Thiel 1998c.

beruht, Identität über die Zeit hinweg schließe jegliche Veränderung des Wesens aus, um dessen Identität es geht.

Am häufigsten berufen sich Materialisten jedoch auf Lockes Theorie, auf die Auffassung also, daß persönliche Identität durch das selbstbezügliche Bewußtsein konstituiert werde. Dabei bedienen sie sich nicht einmal einer materialistischen Erklärung des selbstbezüglichen Bewußtseins, sondern geben sich mit einer Beschreibung des Bewußtseinsphänomens zufrieden. Exemplarisch seien hier Anthony Collins und Joseph Priestley erwähnt.[69] Collins macht sich die materialistische Lehre allerdings eher zögernd zu eigen und argumentiert lediglich, daß die persönliche Identität durchaus auch dann erhalten bliebe, wenn das Substrat des Denkens und Handelns materiell und damit veränderlich wäre. Denn persönliche Identität werde durch das Bewußtsein konstituiert, und die Identität der denkenden Substanz, sei sie nun materiell oder immateriell, sei zur Erhaltung der persönlichen Identität nicht erforderlich.[70] Mit anderen Worten: Collins behauptet ganz wie Locke, daß die Identität der zugrundeliegenden ‚ontologischen' Basis des Bewußteins für die Identität der Person nicht relevant sei.

Diese Vorliebe für Lockes Theorie der persönlichen Identität läßt sich dadurch erklären, daß die zum Materialismus neigenden Denker stillschweigend das (keineswegs überzeugende) Argument der Immaterialisten akzeptieren, wonach materiellen Wesen nicht Identität zugeschrieben werden könne, weil materielle Wesen sich ständig verändern. Daher sehen sie sich gezwungen, über den Begriff einer materiellen Seele hinauszugehen und beim Lockeschen Begriff des Bewußtseins Zuflucht zu suchen, zumal der Gedanke eines immateriellen Wesens, das Identität garantieren könnte, für sie natürlich nicht akzeptabel ist. Diese Antwort auf die Frage nach dem Grund der persönlichen Identität ist zwar nicht sonderlich innovativ, aber sie ist ohne Zweifel mit einer materialistischen Metaphysik vereinbar – was ja schon von Lockes eigener Theorie galt. Freilich hätten Materialisten sich statt Lockes Theorie der *persönlichen* Identität seine Theorie von der Identität des Menschen zu eigen machen können. Wenn das Ich als rein materielle Struktur aufgefaßt wird, ergäbe es doch Sinn, seine Identität in der kontinuierlichen Existenz dieser materiellen Struktur bestehen zu lassen. Aber viele Materialisten (wie beispielsweise Collins) unterscheiden ganz wie Locke zwischen der Identität des Menschen und der Identität der Person, und letztere wird dabei mit Mitteln erklärt, die im Grunde gar nicht genuin materialistisch sind.

Kritiker des Materialismus wie Richard Price und John Whitehead verwenden, sofern sie sich mit der Frage nach der transtemporalen Identität der Person beschäftigen, hauptsächlich die hergebrachten anti-materialistischen Argumente,

---

[69] Vgl. Priestley 1777, S. 157–159. Vgl. ausführlicher zu Collins und Priestley Thiel 1998c.

[70] Vgl. Collins 1708, S. 67: „[…] Self or Personal Identity consists solely in Consciousness; since when I distinguish my *Self* from others, and when I attribute any past Actions to my *Self*, it is only by extending my Consciousness to them". Vgl. auch Collins 1707, S. 29.

die bereits im dritten Abschnitt erwähnt wurden.[71] In Deutschland richtet sich
u.a. auch Tetens gegen den Materialismus. Seine Kritik unterscheidet sich jedoch
in wesentlichen Punkten von der Prices und Whiteheads. Anders als die meisten
Kritiker des Materialismus argumentiert Tetens, daß das Wesen der Seele von uns
nicht erkannt werden könne. Dennoch meint er, wir könnten immerhin dies wissen, daß sowohl das Gehirn als auch die immaterielle Seele zum Ich als ganzem
gehörten, das fühlt, denkt und will.[72] Nach Tetens zeigt unser *Selbstgefühl* an, daß
das Ich mehr ist als bloß ein Zusammenspiel von Gehirn-‚Fasern‘, nämlich, daß es
ein einheitliches Wesen ist, und nicht ein ‚Haufen von verschiedenen Dingen‘.[73]
Das Ich, das sieht, ist dasselbe, welches schmeckt, denkt, will usw. Es gibt ein
einheitliches Wesen, das in allen mentalen Operationen präsent ist. Tetens betont,
daß in jedem Akt des Urteilens die Einheit des Ich vorausgesetzt sei. Schon um
die elementarsten Aussagen formulieren zu können, müssen wir Subjektsbegriff,
Prädikatsbegriff und die Beziehung zwischen beiden kombinieren bzw. zu einer
Einheit bringen können. Dieser Akt der Synthesis wäre nicht möglich, wenn es
kein einheitliches Ich gäbe, dem diese verschiedenen zu synthesierenden Begriffe
angehören.[74] Dieser Gedanke, daß ein einheitliches und identisches Ich Voraussetzung der Urteilshandlung sei, wird von Kant, freilich in einem ganz anderen
systematischen Zusammenhang, weiterentwickelt.[75]

VI. Schluss

Wenn man die Entwicklung vom 17. bis zum Ende des 18. Jahrhunderts im ganzen
betrachtet, so wird deutlich, daß sich das Identitätsproblem von der Peripherie
ins Zentrum der philosophischen Auseinandersetzung bewegt. Vor Locke wurde
mit bestimmten metaphysischen Annahmen gearbeitet (etwa der einer immateriellen Seele), die die moralisch, rechtlich und theologisch relevante persönliche
Identität garantieren sollten. Ein genuines *Problem* der Identität war nicht sichtbar.
Locke stellte diese Annahmen radikal in Frage und sah sich gezwungen, eine neue
Antwort zu geben, die dem selbstbezüglichen Bewußtsein eine konstituierende
Funktion zuspricht. Dies führte in der Folgezeit zu lebhaften Kontroversen, die
meist von metaphysischen Standpunkten aus geführt wurden (des Immaterialismus bzw. des Materialismus). Die persönliche Identität und die Rolle des selbstbezüglichen Bewußtseins entwickelten sich dabei zu Themen, die nun als zentral
im Für und Wider der metaphysischen Argumente angesehen wurden. Skeptische

---

[71] Price 1778, S. 10; Whitehead 1778, S. 77–88.
[72] Tetens 1777 II, S. 169ff.
[73] Tetens 1777 II, S. 178 und 183.
[74] Tetens 1777 II, S. 195.
[75] Zu Tetens und Kant vgl. besonders Carl 1989, S. 119–126.

Antworten auf die Frage nach der persönlichen Identität, wie bei Hume, lenkten die Aufmerksamkeit stärker auf erkenntistheoretische Fragestellungen. Zum Ende des Jahrhunderts, insbesondere bei Kant und seinen Nachfolgern, wird die Frage nach der Einheit und Identität des Ich zu einer fundamentalen Frage nicht nur der Erkenntnistheorie, sondern der Philosophie überhaupt.

LITERATUR

Ayers, M. 1991 If.: Locke. Epistemology and Ontology. 2 Bde. (The Arguments of Philosophers), London/New York.

Beattie, J. 1773: An Essay on the Nature and Immutability of Truth. 4. Aufl., London.

Bentley, R. 1699: The Folly and Unreasonableness of Atheism. 4. Aufl., London.

Berkeley, G. 1948–57 Iff.: The Works of George Berkeley. 9 Bde. Hg. v. A. A. Luce und T. E. Jessop, Edinburgh/London.

Bonnet, C. 1760: Essai analytique sur les facultés de l'âme, Kopenhagen. [Nachdruck: Hildesheim 1973].

Butler, J. 1897 If.: The Works of Joseph Butler. 2 Bde. Hg. v. W. E. Gladstone, Oxford.

Carl, W. 1989: Der schweigende Kant. Die Entwürfe zu einer Deduktion der Kategorien vor 1781, Göttingen.

Chambers, E. 1728 II: Cyclopaedia: Or, An Universal Dictionary of Arts and Sciences. 2 Bde., London.

Chappell, V. 1989: Locke and Relative Identity. In: History of Philosophy Quarterly 6.

Clarke, S. 1708a: A Third Defense of an Argument made use of in a Letter to Mr. Dodwell, to prove the Immateriality and Natural Immortality of the Soul, London.

Clarke, S. 1708b: A Fourth Defense of an Argument made use of in a Letter to Mr. Dodwell, to prove the Immateriality and Natural Immortality of the Soul, London.

Collins, A. 1707: Reflections on Mr Clark's Second Defence of his Letter to Mr. Dodwell, London.

Collins, A. 1708: An Answer to Mr. Clark's Third Defence of his Letter to Mr. Dodwell, London.

Condillac, É. Bonnot de 1947–51 Iff.: Œuvres philosophiques. 3 Bde. Hg. v. G. Le Roy, Paris.

Condillac, É. Bonnot de 1983: Abhandlung über die Empfindungen. Hg. v. L. Kreimendahl, Hamburg.

Cooper, Th. 1789: Tracts, Ethical, Theological, and Political, Warrington/London.

Cramer, K. 1988: Die Stunde der Philosophie. Über Göttingens ersten Philosophen und die philosophische Theorielage der Gründungszeit. In: J. v. Stackelberg (Hg.): Zur geistigen Situation der Zeit der Göttinger Universitätsgründung 1737, Göttingen.

Cudworth, R. 1678: The True Intellectual System of the Universe, London.

Gallie, R. D. 1989: Thomas Reid and the Way of Ideas, Dordrecht.

Greig, J. Y. T. 1932 If.: The Letters of David Hume. 2 Bde., Oxford.

Griffin, N. 1977: Relative Identity, Oxford.

Hartley, D. 1749 If.: Observations on Man. 2 Bde., London.

Hißmann, M. 1777: Psychologische Versuche, ein Beytrag zur esoterischen Logik, Frankfurt/ Leipzig.

Hobbes, Th. 1968: Leviathan, or the Matter, Forme, & Power of a Commonwealth Ecclesiasticall and Civill. Hg. v. C. B. MacPherson, Harmondsworth.

Home, H., Lord Kames 1751: Essays on the Principles of Morality and Natural Religion, London.

Hume, D. 1978: A Treatise of Human Nature. Hg. v. L. A. Selby-Bigge, neu bearbeitet v. P. H. Nidditch, Oxford.

Jolley, N. 1984: Leibniz and Locke. A Study of the New Essays on Human Understanding, Oxford.

Law, E. 1769: A Defence of Mr. Locke's Opinion Concerning Personal Identity, Cambridge.

Leibniz, G. W. 1875-90 Iff.: Die Philosophischen Schriften. 7 Bde. Hg. v. C. I. Gerhardt, Berlin.

Leibniz G. W. 1923- Iff.: Sämtliche Schriften und Briefe. Hg. Deutsche [vor 1945: Preußische] Akademie der Wissenschaften, Berlin.

Locke, J. 1897 If.: Über den menschlichen Verstand. 2 Bde. Übers. v. Th. Schultze, Leipzig.

Locke, J. 1979: An Essay Concerning Human Understanding. Hg. v. P. H. Nidditch, Oxford.

Locke, J. 1981 If.: Versuch über den menschlichen Verstand. 2 Bde., Übers. v. C. Winckler, 4. Aufl., Hamburg.

Mackie, J. L. 1976: Problems from Locke, Oxford.

McIntyre, J. L. 1989: Personal Identity and the Passions. In: Journal of the History of Philosophy 27.

Meiners, C. 1775f. Iff.: Vermischte Philosophische Schriften. 3 Bde., Leipzig.

More, H. 1662: A Collection of Several Philosophical Writings of Dr Henry More. Bd. I., London. [Nachdruck: New York 1978].

Pears, D. 1990: Hume's System. An Examination of the First Book of his Treatise, Oxford.

Penelhum, T. 1955: Hume on Personal Identity. In: Philosophical Review 64.

Perrett, R. W. 1987: Death and Immortality, Dordrecht.

Price, R. 1778: A Free Discussion of the Doctrines of Materialism and Philosophical Necessity in a Correspondence between Dr. Price and Dr. Priestley, London.

Priestley, J. 1777: Disquisitions relating to Matter and Spirit, London.

Pufendorf, S. von 1672: De jure naturae et gentium, Lund.

Reid, Th. 1969: Essays on the Intellectual Powers of Man. Einl. v. B. Brody, Cambridge, Mass.

Scheffler, S. 1976: Leibniz on Personal Identity and Moral Personality. In: Studia Leibnitiana 8.

Sergeant, J. 1697: Solid Philosophy Asserted against the Fancies of the Ideists. London. [Nachdruck: New York/London 1984].

Smith, J. 1821: Select Discourses. 3. Aufl., London.

Stroud, B. 1977: Hume (The Arguments of Philosophers), London.

Tetens, J. N. 1777 If.: Philosophische Versuche über die menschliche Natur und ihre Entwicklung. 2 Bde., Leipzig. [Nachdruck: Hildesheim 1979].

Thiel, U. 1983: Lockes Theorie der Personalen Identität, Bonn.

Thiel, U. 1991: Cudworth and Seventeenth-Century Theories of Consciousness. In: S. Gaukroger (Hg.): The Uses Of Antiquity. The Scientific Revolution and the Classical Tradition, Dordrecht.

Thiel, U. 1994: Hume's Notions of Consciousness and Reflection in Context. In: British Journal for the History of Philosophy 2.

Thiel, U. 1997: Varieties of Inner Sense. Two Pre-Kantian Theories. In: Archiv für Geschichte der Philosophie 79.

Thiel, U. 1998a: Individuation. In: D. Garber/M. Ayers (Hg.): The Cambridge History of Seventeenth-Century Philosophy.

Thiel, U. 1998b: Personal Identity. In: D. Garber/M. Ayers (Hg.): The Cambridge History of Seventeenth-Century Philosophy.

Thiel, U. 1998c: Locke and Eighteenth-Century Materialist Conceptions of Personal Identity. In: Locke Newsletter 29.

Tsugawa, A. 1961: David Hume and Lord Kames on Personal Identity. In: Journal of the History of Ideas 22.

Uzgalis, W. L. 1990: Relative Identity and Locke's Principle of Individuation. In: History of Philosophy Quarterly 7.

Vailati, E. 1985: Leibniz's Theory of Personal Identity in the New Essays. In: Studia Leibnitiana 17.

Waxman, W. 1994: Hume's Theory of Consciousness, Cambridge.

Whitehead, J. 1778: Materialism Philosophically Examined, London.

Winkler, K. 1991: Locke on Personal Identity. In: Journal of the History of Philosophy 29.

Wilson, F. 1994: Substance and Self in Locke and Hume. In: G. Barber/J. J. E. Gracia (Hg.): Individuation and Identity in Early Modern Philosophy, Albany, NY.

Wolff, Ch. 1738: Psychologia empirica. [Nachdruck hg. v. J. École, Hildesheim 1978].

Wolff, Ch. 1740: Psychologia rationalis. [Nachdruck hg. v. J. École, Hildesheim 1972].

Wolff, Ch. 1751: Vernünfftige Gedancken von Gott, der Welt und der Seele des Menschen, auch allen Dingen überhaupt. [Nachdruck hg. v. Ch. A. Corr, Hildesheim 1983].

Yolton, J. W. 1983: Thinking Matter. Materialism in Eighteenth-Century Britain, Minneapolis.

Yolton, J. W. 1991: Locke and French Materialism, Oxford.

Georg Mohr

DER BEGRIFF DER PERSON BEI KANT, FICHTE UND HEGEL

I. IMMANUEL KANT

In der *Anthropologie in pragmatischer Hinsicht* stellt Kant gleich zu Beginn, in § 1, fest: „Daß der Mensch in seiner Vorstellung das Ich haben kann, erhebt ihn unendlich über alle andere auf Erden lebende Wesen. Dadurch ist er eine *Person* und, vermöge der Einheit des Bewußtseins, bei allen Veränderungen, die ihm zustoßen mögen, eine und dieselbe Person, d.i. ein von *Sachen*, dergleichen die vernunftlosen Tiere sind, mit denen man nach Belieben schalten und walten kann, durch Rang und Würde ganz unterschiedenes Wesen“.[1] In diesem Passus wird der Personbegriff anhand von zwei Fähigkeiten eingeführt: Selbstbezüglichkeit („das Ich haben können“) und diachrone Identität („Einheit des Bewußtseins bei allen Veränderungen“). Diese beiden kognitiven Dispositionen werden außerdem als hinreichende Bedingung für die moralische Dignität der als „Person“ qualifizierten Wesen gekennzeichnet. Wenn Kant am Ende der *Anthropologie* im Zusammenhang der „moralischen Anlage“ des Menschen wieder auf den Personbegriff zurückkommt, scheint er die Eingangsbestimmungen zu ergänzen, indem er neben die kognitiven Dispositionen das moralische Pflichtbewußtsein als Definiens von Personalität stellt. Dort heißt es: „ein mit praktischem Vernunftvermögen und Bewußtsein der Freiheit seiner Willkür ausgestattetes Wesen (eine Person) sieht sich in diesem Bewußtsein, selbst mitten in den dunkelsten Vorstellungen, unter einem Pflichtgesetze und im Gefühl (welches dann das moralische heißt), daß *ihm*, oder durch ihn *anderen* recht oder unrecht geschehe.“[2] Nimmt man schließlich noch einige Stellen aus der *Grundlegung zur Metaphysik der Sitten* hinzu, so scheint sich das Bild abzurunden. Danach werden „vernünftige Wesen *Personen* genannt [...], weil ihre Natur sie schon als Zwecke an sich selbst, d.i. als etwas, das nicht bloß als Mittel gebraucht werden darf, auszeichnet, mithin so fern alle Willkür

---

[1] AA VII, S. 127.
[2] AA VII, S. 324.

einschränkt (und ein Gegenstand der Achtung ist)".[3] Die vielzitierte Stelle aus der
Einleitung in die *Metaphysik der Sitten* liest sich dann wie eine bündige Zusammenfassung der aufgeführten Gesichtspunkte: „*Person* ist dasjenige Subjekt, dessen
Handlungen einer *Zurechnung* fähig sind. Die *moralische* Persönlichkeit ist also
nichts anders, als die Freiheit eines vernünftigen Wesens unter moralischen Gesetzen (die psychologische aber bloß das Vermögen, sich der Identität seiner selbst in
den verschiedenen Zuständen seines Daseins bewußt zu werden)".[4] Die Sachlage
ist aber weitaus komplizierter, als es zunächst den Anschein hat.

Der Begriff der Person steht bei Kant im Zusammenhang einer ebenso grundlegenden wie konsequenzenreichen Revision der Metaphysik und ihrer Zielbegriffe.
Entgegen dem von Kant offenbar gewünschten Anschein, mit einem Schlag die
neue Theorie zur Verfügung zu haben, unterliegen seine Revisionsbemühungen
ihrerseits einem Prozeß der Klärung und Präzisierung. In dem Maße, in dem
Kant seine Theorie über Sinn und Geltung nicht-empirischer Begriffe, vor allem
der „Ideen" der reinen Vernunft als Grundbegriffen der Metaphysik, immer wieder erneut zu klären und zu präzisieren versucht, erfährt auch der Personbegriff,
selbst nach 1781, noch systematisch aufschlußreiche Modifikationen. Bis etwa 1778
deuten einige Notizen Kants (in den *Reflexionen*) noch darauf hin, daß Kant Personalität auf der Grundlage ontologisch-dualistischer Annahmen und einer „pri-
vileged access"-Theorie bestimmt. Exemplarisch hierfür ist eine *Reflexion*, in der
das Bewußtsein unserer Persönlichkeit, durch das wir „uns frei finden", auf „intellektuale Anschauungen" gegründet wird: „Wir sehen uns durch das Bewußtsein
unserer Persönlichkeit in der intellektualen Welt und finden uns frei. [Wir haben]
intellektuale Anschauungen vom freien Willen."[5] Reste dieser Bewußtseinstheorie
finden sich vereinzelt sogar noch in der *Kritik der reinen Vernunft*, die jedoch von
ihrer Grundkonzeption her mit einer solchen Theorie nicht mehr vereinbar ist.[6]
Seit 1787 hingegen (in der zweiten Auflage der *Kritik der reinen Vernunft* und in der
Kritik der praktischen Vernunft) weisen zahlreiche Textstellen eher in die Richtung
einer Abkoppelung der Persontheorie nicht nur von der Ontologie, sondern auch
von der Bewußtseins- und Erkenntnistheorie. Seither thematisiert Kant den Personbegriff fast ausschließlich im Zusammenhang moral- und rechtsphilosophischer
Konzeptualisierungen.

Kants Entdeckung, daß das Prinzip der Ethik, insofern es Allgemeingültigkeit
beansprucht, ein formaler und kategorischer Imperativ sein muß, geht bis in die

---

[3] Grundlegung zur Metaphysik der Sitten, Zweiter Abschnitt, A 65/AA IV 428.

[4] Metaphysik der Sitten, Einleitung, AB 22/AA VI, S. 223.

[5] Reflexion 4228, AA XVII, S. 467. Zu Kants „vorkritischen" Versuchen, Persönlichkeit und Freiheit
aus der Apperzeption abzuleiten, vgl. Heimsoeth 1924/1956, Henrich 1960 und 1965.

[6] Vgl. Kritik der reinen Vernunft, A 545/B 574: „der Mensch, der die ganze Natur sonst lediglich nur
durch Sinne kennt, erkennt sich selbst auch durch bloße Apperzeption, und zwar in Handlungen
und inneren Bestimmungen, die er gar nicht zum Eindrucke der Sinne zählen kann".

1770er Jahre zurück und kündigt sich bereits in Texten aus den 1760er Jahren an. Das Problem einer „Deduktion der Freiheit" und der Begründung der Anerkennung eines kategorischen Imperativs wird Kant hingegen noch lange beschäftigen. Die Lösung dieses Problems, wie sie sich in der *Kritik der praktischen Vernunft* darstellt, verdankt sich im wesentlichen einer Klärung der Beziehung zwischen Metaphysik und Ethik und damit auch des methodologischen Status, den der Personbegriff in den beiden philosophischen Disziplinen hat. Diesbezüglich kann man in der Entwicklung des Kantischen Denkens Modifikationen und Präzisierungsbemühungen bis in die letzten Monate vor der Veröffentlichung der *Kritik der praktischen Vernunft* beobachten. Im Vergleich mit der *Grundlegung zur Metaphysik der Sitten* enthält die *Kritik der praktischen Vernunft* wesentliche Änderungen, und zwar gerade in bezug auf den methodologischen Status des Personbegriffs.

Die Fragen, anhand derer ich Kants Verwendung der Begriffe der Person und der Persönlichkeit in der *Kritik der praktischen Vernunft* interpretieren möchte, sind die folgenden:

– Inwieweit ist eine theoretisch-metaphysische (ontologische) Bestimmung der Begriffe der Person und der Persönlichkeit möglich und welches sind die Grenzen einer solchen Bestimmung?
– Welches sind die Konsequenzen der Limitierung des theoretischen Personbegriffs?
– Wie bestimmt Kant die Begriffe der Person und der Persönlichkeit in der *Kritik der praktischen Vernunft*?

Für die ersten beiden Fragen beziehe ich mich auf das Paralogismen-Kapitel in der zweiten Auflage der *Kritik der reinen Vernunft*, für die dritte Frage vorrangig auf die „Tafel der Kategorien der Freiheit" und eine den Pflichtbegriff betreffende Passage in der *Kritik der praktischen Vernunft*.

I.1. Kants Kritik des theoretischen (ontologischen) Personbegriffs

Ein Jahr vor Erscheinen der *Kritik der praktischen Vernunft* veröffentlicht Kant eine zweite Auflage der *Kritik der reinen Vernunft*. Eine der wesentlichen Modifikationen gegenüber der ersten Auflage betrifft das Kapitel über die „Paralogismen der reinen Vernunft", also Kants Kritik der rationalen Psychologie.[7] Kant hat dieses Kapitel völlig neu geschrieben. Dies nicht, um zu grundsätzlich anderen Ergebnissen zu kommen als 1781, auch nicht einfach um der Kürze willen – wenn so auch Kants lapidare Auskunft in B 406 lautet –, sondern vor allem, um auf Kritiken zu antworten, die eine grundlegende Unvereinbarkeit zwischen der *Kritik der*

---

[7] Zum Paralogismenkapitel in den beiden Auflagen der *Kritik der reinen Vernunft*, vgl. Ameriks 1998 und Sturma 1998.

reinen Vernunft und der *Grundlegung zur Metaphysik der Sitten* moniert hatten –
das ist jedenfalls die Vermutung, die sich nahelegt, wenn man die beiden Versionen des Paralogismen-Kapitels vergleicht. Das Vorwort zur *Kritik der praktischen
Vernunft*[8] bestätigt diese Vermutung. Die Unvereinbarkeit besteht dieser Kritik
zufolge zwischen – einerseits – der insbesondere in der ersten Version des Paralogismen-Kapitels der *Kritik der reinen Vernunft* vertretenen These, daß das Subjekt
sich selbst nur als Erscheinung des inneren Sinns erkennt, und – andererseits – der
vor allem im dritten Abschnitt der *Grundlegung zur Metaphysik der Sitten* vertretenen These, das Subjekt der Moral sei ein intelligibles Wesen, ein *Noumenon*, und
sich als eines solchen auch bewußt.

In der zweiten Fassung des Paralogismen-Kapitels[9] widmet Kant mehrere Seiten der Abgrenzung des metaphysischen vom praktischen Gebrauch des Begriffs
der Persönlichkeit, wohingegen er sich in der ersten Fassung zu dieser Frage nur
einmal und knapp äußert.[10] Das ist ein Hinweis darauf, daß Kant nach 1785 und
insbesondere seit 1787 diesem Problem eine größere Bedeutung zumaß. Es scheint
sogar, daß dieses Problem, neben dem der Deduktion der Freiheit und des Sittengesetzes, einen Hauptgrund darstellt, warum Kant nach der Veröffentlichung der
Grundlegung zur Metaphysik der Sitten noch eine „Kritik der praktischen Vernunft"
geschrieben hat. Das Abgrenzungsproblem hat offensichtlich auch bei der Revision
der Kritik der rationalen Psychologie für die zweite Auflage der *Kritik der reinen
Vernunft* eine entscheidende Rolle gespielt.

Das Ergebnis seiner kritischen Diagnose der rationalpsychologischen Seelen-
metaphysik faßt Kant in der zweiten Fassung des Paralogismen-Kapitels selbst
kurz zusammen. Die Systematik der Kritik orientiert sich nach wie vor an den
vier Eigenschaften, die die rationale Psychologie der Seele per Beweis aus Begriffen
zusprechen möchte: Substantialität, Simplizität, Personalität, reale Verschiedenheit
der Seele vom Körper.[11] Jede dieser vermeintlichen Eigenschaften der Seele, die
die Rationalpsychologie aus bloßen Begriffen demonstrieren will, entlarvt Kant als
unbeweisbar. Seine Argument lauten im einzelnen:

(1) Gegen den vermeintlichen Beweis der Substantialität der Seele: „In allen Urteilen
bin ich […] immer das *bestimmende* Subjekt desjenigen Verhältnisses, was das
Urteil ausmacht. Daß aber Ich, der ich denke, im Denken immer als *Subjekt*, und
als etwas, was nicht bloß wie Prädikat dem Denken anhänge, betrachtet werden

---

[8] Vgl. Kritik der praktischen Vernunft, A 9 ff./AA V, S. 6.

[9] Vgl. Kritik der reinen Vernunft, B 406–432.

[10] Vgl. Kritik der reinen Vernunft, A 365.

[11] In der ersten Auflage nennt Kant den vierten Paralogismus den der „Idealität des äußeren Verhältnisses" (A 366). Die dort von Kant vorgetragenen Argumente finden sich in der zweiten Auflage (in
modifizierter Form) in dem in die „Postulate des empirischen Denkens" eingeschobenen Abschnitt
„Widerlegung des Idealismus" wieder. In der B-Fassung der Paralogismenkritik wird deutlich, daß
Kant unter Nummer 4. (vgl. B 409) sich auf den ontologischen Dualismus bezieht.

kann, gelten müsse […] bedeutet nicht, daß ich, als *Objekt*, ein, für mich, selbst *bestehendes Wesen*, oder *Substanz* sei."[12]

(2) Gegen den vermeintlichen Beweis der Simplizität der Seele: „Daß das Ich der Apperzeption […] ein *Singular* sei […] mithin ein logisch einfaches Subjekt bezeichne […] bedeutet nicht, daß das denkende Ich eine *einfache* Substanz sei".[13]

(3) Gegen den vermeintlichen Beweis der Personalität der Seele: Die „Identität des Subjekts, deren ich mir in allen seinen Vorstellungen bewußt werden kann, betrifft nicht die Anschauung desselben, dadurch es als Objekt gegeben ist, kann also auch nicht die Identität der Person bedeuten, wodurch das Bewußtsein der Identität seiner eigenen Substanz, als denkenden Wesens, in allem Wechsel der Zustände verstanden wird". Denn ein Beweis der Identität der Person kann nicht „mit der bloßen Analysis des Satzes, ich denke, ausgerichtet sein".[14]

(4) Gegen den vermeintlichen Beweis der realen Verschiedenheit (ontologischen Dualität) der Seele vom Körper: Zu sagen „Ich unterscheide meine eigene Existenz, als eines denkenden Wesens, von anderen Dingen außer mir (wozu auch mein Körper gehört), ist […] ein analytischer Satz; denn *andere* Dinge sind solche, die ich als von mir *unterschieden* denke." Aber dadurch weiß ich nicht, „ob dieses Bewußtsein meiner selbst ohne Dinge außer mir, dadurch mir Vorstellungen gegeben werden, gar möglich sei, und ich also bloß als denkend Wesen (ohne Mensch zu sein) existieren könne".[15]

Der allgemeine und grundlegende Fehler der rationalen Psychologie liegt nach Kant darin, daß die „logische Erörterung des Denkens überhaupt […] fälschlich für eine metaphysische Bestimmung des Objekts gehalten" wird.[16] In den vier von Kant überprüften Fällen scheitert die spekulative Vernunft, „weil es ihr am Merkmal der Beharrlichkeit fehlte, um den psychologischen Begriff eines letzten Subjekts, welcher der Seele im Selbstbewußtsein notwendig beigelegt wird, zur realen Vorstellung einer Substanz zu ergänzen".[17] Da der Beweis der Persönlichkeit der Seele sich nur als „eine Folge aus dem unmöglichen Beweis", daß „alle denkenden Wesen an sich einfache Substanzen sind", präsentieren kann, ist es ebenso unmöglich zu beweisen, daß „alle denkende Wesen […] als solche […] Persönlichkeit unzertrennlich bei sich führen, und sich ihrer von aller Materie abgesonderten Existenz bewußt sind."[18]

---

[12] Kritik der reinen Vernunft, B 407.
[13] Kritik der reinen Vernunft, B 407 f. H. v. m.
[14] Kritik der reinen Vernunft, B 408 f. H. v. m.
[15] Kritik der reinen Vernunft, B 409.
[16] Kritik der reinen Vernunft, B 409.
[17] Kritik der praktischen Vernunft, A 239/AA V, S. 133.
[18] Kritik der reinen Vernunft, B 409.

Kant illustriert die Sackgasse, in der sich der Metaphysiker befindet, der behauptet, über die „abgesonderte Existenz" der personalen Seele unabhängig von ihrer Verbindung mit dem Körper im menschlichen Leben etwas sagen zu können, an einem Bild: „man müßte denn etwa den Versuch zu machen sich getrauen, die Seele noch im Leben außer den Körper zu versetzen, welcher ohngefähr dem Versuche ähnlich sein würde, den jemand mit geschlossenen Augen vor dem Spiegel zu machen gedachte, und auf Befragen, was er hiermit wolle, antwortete: ich wollte nur wissen, wie ich aussehe, wenn ich schlafe."[19]

Wir finden also schon bei Kant eine „Auflösung" des Leib-Seele-Problems. Sowohl der „Materialismus" als auch der „Spiritualismus" sind zur „Erklärungsart meines Daseins untauglich".[20] Keine dieser beiden Doktrinen ist in der Lage, mehr über die Beschaffenheit meines Subjekts positiv zu erkennen, als die andere.[21]. Die „Quellen dieses Unvermögens [müssen] jeden Gegner gerade demselben Gesetze der Entsagung aller Ansprüche auf dogmatische Behauptung unterwerfen".[22]

Damit ist jede Möglichkeit, die Begriffe der Person und der Persönlichkeit auf einen ontologischen Dualismus zu gründen, ausgeschlossen. Wenn es erlaubt ist, den Begriff der Persönlichkeit auf theoretischer Ebene (im „spekulativen Gebrauch der Vernunft") zu verwenden, so wird man ihm einzig und allein einen logischen oder „transzendentalen" Sinn geben können. Er bezeichnet dann aber lediglich die „identische Apperzeption"[23], d.h. die „bloße logische qualitative Einheit des Selbstbewußtseins im Denken überhaupt".[24] Genauso gut kann man dann aber den Begriff der Persönlichkeit auf dieser Ebene auch verabschieden, was Kant tatsächlich tut.[25]

---

[19] Fortschritte der Metaphysik, A 146 f./AA XX, S. 309.

[20] Kritik der reinen Vernunft, B 420.

[21] Vgl. Kritik der reinen Vernunft, A 384.

[22] Kritik der reinen Vernunft, B 424. Vgl. auch Kritik der reinen Vernunft, A 395, sowie Fortschritte der Metaphysik, AA XX, S. 296.

[23] Kritik der reinen Vernunft, A 365.

[24] Kritik der reinen Vernunft, B 413.

[25] Das vernachlässigen die Monographien von Heimsoeth 1924/56, Zeltner 1967 und Siep 1984. Der Verzicht auf den Begriff der „transzendentalen Persönlichkeit", den man noch in einigen früheren Texten findet (siehe oben), ist jedoch gerade eine der signifikantesten Änderungen der zweiten Version des Paralogismen-Kapitels. Aber bereits in der ersten Auflage der Kritik der reinen Vernunft drückt sich Kant so aus, daß man diesen Begriff durch den der „transzendentalen Apperzeption" ersetzen muß. Die „transzendentale Apperzeption" wird verstanden als die notwendige Bedingung einer „durchgängigen Verbindung" in den Bestimmungen des Subjekts. Als solche ist die transzendentale Apperzeption zugleich eine notwendige (nicht hinreichende) Bedingung allen Selbstbewußtseins eines Subjekts. Dazu vgl. Strawson 1966, S. 103 f., 107 f., 162 ff., sowie Becker 1984, Sturma 1985, Mohr 1988a. – Zwar findet man in der Kritik der reinen Vernunft von 1781 Passagen, wo Kant in der Terminologie nicht hinreichend konsequent ist. Vgl. z. B. A 362. Es ist aber klar, daß in dem Satz „Die Identität der Person ist also in meinem eigenen Bewußtsein unausbleiblich anzutreffen" das Wort „also" (dem Kontext entsprechend) signalisiert, daß Kant diese Aussage nur als wahr gelten läßt, wenn man das Bewußtsein der numerischen Identität seiner selbst in verschiedenen Zeiten ein „Bewußtsein

Allerdings verbergen sich hinter den metaphysischen Anstrengungen – wenn sie nicht sogar offen zugegeben werden – andere als theoretische Absichten. Ihr Ziel ist nicht die einfache Wahrheit in bezug auf das Subjekt und seine Seele. Es handelt sich vielmehr darum, eine Theorie zu konzipieren, die die Menschen davor bewahrt, sich „dem seelenlosen Materialismus in den Schoß zu werfen".[26] Kant erkennt dieses Ziel und akzeptiert es auch. Aber, so Kant, da seine eigene Kritik zeige, daß die Vernunft in ihrem spekulativen Gebrauch *keine* Antwort geben kann, *weder* zugunsten des Spiritualismus, *noch* zugunsten des Materialismus, erreiche man genau dasselbe Ziel auf der Grundlage der Kritik, ohne jedoch den Preis einer unausweisbaren Doktrin zahlen zu müssen. Die „Strenge der Kritik (tut) dadurch, daß sie zugleich die Unmöglichkeit beweist, von einem Gegenstande der Erfahrung über die Erfahrungsgrenze hinaus etwas dogmatisch auszumachen, der Vernunft bei diesem ihrem Interesse den ihr nicht unwichtigen Dienst [...], sie ebensowohl wider alle möglichen Behauptungen des Gegenteils in Sicherheit zu stellen".[27]

Wir verfügen nicht nur über keine Möglichkeit, apodiktische Beweise in dieser Frage zu liefern, sondern wir haben nicht einmal Bedarf an solchen Beweisen, weder um uns vor dem „seelenlosen Materialismus" zu schützen – was das negative Ziel der rationalen Psychologie war –, noch um uns zu legitimieren, irgend einen möglichen Gebrauch der Idee einer „Existenz über die Grenzen der Erfahrung und des Lebens hinaus" zu bewahren[28] – was die positive Absicht der Metaphysik war. Die „Weigerung unserer Vernunft, den neugierigen über dieses Leben hinausreichenden Fragen befriedigende Antwort zu geben",[29] hat ihren guten Sinn.

---

der Identität der Person" nennt (vgl. A 361). Denn der weitere Verlauf des Textes zeigt, daß dieses Bewußtsein der numerischen Identität seiner selbst in verschiedenen Zeiten nur ein Bewußtsein der „logischen Identität des Ich" und als solches nur eine „formale Bedingung meiner Gedanken und ihres Zusammenhanges" ist (A 363, H. v. m.). Dieses Bewußtsein „beweist aber gar nicht die numerische Identität meines Subjekts, in welchem, ohnerachtet der logischen Identität des Ich, doch ein solcher Wechsel vorgegangen sein kann, der es nicht erlaubt, die Identität desselben beizubehalten" (ebd.).

[26] Kritik der reinen Vernunft, B 421. Vgl. Prolegomena, § 46 f., AA IV 334 f.: Die Idee des „denkenden Selbst (die Seele) [...] als das letzte Subjekt des Denkens", das als Gegenstand in einer besonderen inneren Erfahrung gegeben ist, dient „gar wohl dazu [...], als regulatives Prinzip alle materialistische Erklärungen der innern Erscheinungen unserer Seele gänzlich zu vernichten". Aus dem „Begriffe eines Subjekts, was selbst nicht als Prädikat eines andern Dinges existiert", ist aber nicht zu beweisen, „daß es, weder an sich selbst, noch durch irgend eine Naturursache entstehen, oder vergehen könne" (ebd., § 47). Zum „Interesse" – nämlich moralischen Interesse – des Spiritualisten am „Bewußtsein der immateriellen Natur unseres denkenden Subjekts" heißt es KrV A 690/B 718: „So erklärt der dogmatische Spiritualist die durch allen Wechsel der Zustände unverändert bestehende Einheit der Person aus der Einheit der denkenden Substanz, die er in dem Ich unmittelbar wahrzunehmen glaubt, das Interesse, was wir an Dingen nehmen, die sich allererst nach unserem Tode zutragen sollen, aus dem Bewußtsein der immateriellen Natur unseres denkenden Subjekts usw." Vgl. dazu auch A 828/ B 856.

[27] Kritik der reinen Vernunft, B 424.

[28] Kritik der reinen Vernunft, B 425.

[29] Kritik der reinen Vernunft, B 421.

Sie ist ein „Wink", daß wir unsere Selbsterkenntnis nicht auf der „fruchtlosen überschwenglichen Spekulation" zu gründen versuchen sollen, sondern auf einen möglichen „fruchtbaren praktischen Gebrauch"[30] des Begriffs der Persönlichkeit.

I.2. PERSON UND PERSÖNLICHKEIT ALS „KATEGORIEN DER FREIHEIT"

Am Ende der Paralogismen-Kritik der zweiten Auflage der *Kritik der reinen Vernunft* schreibt Kant zusammenfassend und überleitend zur *Kritik der praktischen Vernunft*, durch die Verabschiedung des Unternehmens einer rationalen Psychologie würde nicht ausgeschlossen, daß wir „in gewissen (nicht bloß logischen Regeln, sondern) a priori feststehenden, unsere Existenz betreffenden Gesetzen des reinen Vernunftgebrauchs, Veranlassung [finden könnten], uns völlig a priori in Ansehung unseres eigenen *Daseins* als *gesetzgebend* und diese Existenz auch selbst bestimmend vorauszusetzen". Dadurch würde sich „eine Spontaneität entdecken, wodurch unsere Wirklichkeit bestimmbar wäre, ohne dazu der Bedingungen der empirischen Anschauung zu bedürfen; und hier würden wir innewerden, daß im Bewußtsein unseres Daseins a priori etwas enthalten sei, was unsere nur sinnlich durchgängig bestimmbare Existenz, doch in Ansehung eines gewissen inneren Vermögens in Beziehung auf eine intelligible (freilich nur gedachte) Welt zu bestimmen, dienen kann."[31] Dies ist aber nicht mehr der Bereich der Begründung von theoretischem Wissen, sondern bereits die Dimension der praktischen Vernunft.

Die Begriffe der Person und der Persönlichkeit nun tauchen in Kants praktischer Philosophie zum ersten Mal in einem systematischeren Kontext im Zweiten Hauptstück der „Analytik der praktischen Vernunft" unter der Überschrift „Von dem Begriffe eines Gegenstandes der reinen praktischen Vernunft" auf. In diesem Textabschnitt geht es um die „Vorstellung eines Objekts als einer möglichen Wirkung durch Freiheit" und damit um die „Beziehung des Willens auf die Handlung".[32] Er enthält eine „Tafel der Kategorien der Freiheit".[33] Sie ist der Systematik der Kategorientafel in der *Kritik der reinen Vernunft* entsprechend aufgebaut, die Kant analog auch „Tafel der Kategorien der Natur" nennt. „Person" und „Persönlichkeit" figurieren in der Tafel der Kategorien der Freiheit unter dem Titel der „Relation". „Persönlichkeit" nimmt die Stelle der Kategorie der Substanz („Inhärenz und Subsistenz", „substantia et accidens") ein, „Person" die der Kausalität („Kausalität und Dependenz", „Ursache und Wirkung"). Da Kant zu den einzelnen Kategorien keinerlei Erläuterungen hinzufügt, weder vorher noch in der unmittelbaren Folge des Textes, muß man die Bedeutung dieser Kategorien rekon-

---

[30] Kritik der reinen Vernunft, B 421.
[31] Kritik der reinen Vernunft, B 430f.
[32] Kritik der praktischen Vernunft, A 100/AA V, S. 57.
[33] Kritik der praktischen Vernunft, A 117/AA V, S. 66.

struieren.[34] Zu diesem Zweck kann man sich einerseits auf die entsprechenden Kategorien der *Kritik der reinen Vernunft* und andererseits auf das Ensemble der in der *Kritik der praktischen Vernunft* dargelegten Theorie beziehen.

Jede der drei Kategorien kann nach zwei Gesichtspunkten interpretiert werden. Sie können verstanden werden in einer *moralneutralen* Bedeutung als begriffliche Bedingungen dafür, daß wir eine Folge von Erscheinungen (ein Ereignis) als Handlung verstehen.[35] Als solche sind sie Elementarbegriffe einer Handlungstheorie.[36] Außerdem haben sie eine *moralische* Bedeutung als begriffliche Bedingungen dafür, daß wir die moralischen Prädikate „gut" und „böse" auf Handlungen anwenden können. Obwohl Kant selbst in seinem Text nur von der moralphilosophischen Bedeutung zu sprechen scheint, haben wir gute Gründe, diese durch eine handlungstheoretische Lesart zu ergänzen.

(1) Die *erste* Kategorie unter dem Titel der Relation, die der „Relation auf die *Persönlichkeit*", nimmt den Platz ein, den die Substanz-Kategorie in der Kategorien-Tafel der *Kritik der reinen Vernunft* hat. Sie ist (1.1) – in der moralneutralen Bedeutung – der Begriff von etwas, dem man ein Ereignis (eine Folge von Erscheinungen) zuschreibt, so daß dieses Ereignis als auf Absichten zurückgehend betrachtet wird, die ihrerseits als „Akzidenzien" eines Subjekts begriffen werden. Die Möglichkeit, ein Ereignis auf ein Subjekt zu beziehen, eine Relation zu einem Urheber herzustellen, ist notwendige Bedingung dafür, dieses Ereignis als eine Handlung zu verstehen. Das Subjekt, soweit es ein Urheber von Handlungen ist und durch alle seine wechselnden Absichten und Handlungen beharrt, ist eine Persönlichkeit. Die Persönlichkeit ist die Instanz, die über die Maxime entscheidet, die die Handlung bestimmen soll. Hinzu kommt, daß mit dieser Maxime die Intention des Subjekts gleichsam fixiert wird. Die Persönlichkeit ist daher auch insofern „Substanz von Handlungsereignissen", als sie „Träger einer gleichbleibenden Intention des Handelnden" ist.[37] – Durch die Zuschreibung zu einer Persönlichkeit deute ich eine Handlung als „Ausdruck der Freiheit". Dadurch gewinnt die Kategorie der Persönlichkeit (1.2) eine moralische Bedeutung, insofern nämlich, als die Prädikate „gut" und „böse" nur auf die „Handlungsart" angewandt werden, d. h. auf die „Maxime des Willens und mithin die handelnde Person selbst als guter

[34] Es handelt sich hier um ein von der Kant-Forschung arg vernachlässigtes Kapitel. Es gibt nur wenige Interpretationsversuche. Vgl. aber Beck 1960, S. 136–154, insbes. S. 147 ff.; Schönrich 1986, S. 246–270, S. 262–264 u. 268; Bobzien 1988, S. 193–220, insbes. S. 204–212; Mohr 1988b, S. 289–319; Haas 1997, S. 41–76, insbes. S. 64–72; Bobzien 1997, S. 77–80.

[35] Von einer „moralneutralen Bedeutung" der Kantischen Kategorien der Freiheit zu sprechen, schließt nicht die Behauptung ein, es gebe laut Kant moralneutrale Handlungen.

[36] Vgl. Schönrich 1986.

[37] Vgl. Siep 1992, S. 94.

oder böser Mensch".[38] Eine Handlung ist gut *durch* eine Persönlichkeit. In diesem Sinne benutzt Kant später den Ausdruck „moralische Persönlichkeit".[39]

(2) Gemäß der *zweiten* Kategorie, die der Kategorie der Kausalität entspricht, muß jede Handlung als in einer „Relation auf den *Zustand der Person*" betrachtet werden können. (2.1) Damit ein Ereignis als Handlung interpretiert werden kann, muß es als Folge bzw. „Wirkung" des Zustands einer Person erklärt werden können, ob dieser Zustand nun eine physische oder psychische Bedingung sei. Ein Wechsel des Zustands der Person geht jeglichem Wechsel in Handlungen und Absichten ursächlich voraus. – (2.2) Um eine Handlung als moralisch gut oder böse zu bewerten, muß man darauf rekurrieren, daß die Handlung eine „Wirkung" des Zustands einer Person ist.

(3) Gemäß der *dritten* Kategorie ist jede Handlung in eine „*wechselseitige* Relation einer Person auf den Zustand der anderen" involviert. Jede Handlung ist Teil eines Ensembles der wechselseitigen Beziehungen zwischen den Handlungen aller Personen. (3.1) Ein Ereignis kann nur dann als eine Handlung betrachtet werden, wenn es als in einer Relation auf den Zustand und die Handlungen anderer gleichzeitig lebender Personen begriffen wird. Dies nicht nur insofern, als jede Person durch ihre Handlungen den Zustand und die Handlungen anderer Personen (kausal) beeinflussen kann, was bereits durch die Kategorie der Gemeinschaft in der Tafel der *Kritik der reinen Vernunft* ausgedrückt wird („Wechselwirkung zwischen dem Handelnden und Leidenden").[40] Sondern die hier thematisierte Wechselseitigkeit betrifft vor allem die Tatsache, daß es eine begriffliche Bedingung der Anerkennung eines Ereignisses als einer Handlung (eine Implikation des Handlungsbegriffs) ist, daß dieses Ereignis von einer anderen Person als aus den Absichten eines Akteurs hervorgegangen interpretiert werden kann. Der Handlungsbegriff impliziert die Idee einer interpersonalen Akteur-Gemeinschaft, die in der Wechselseitigkeit zweier Aktivitäten besteht: (a) Ereignisse initiieren, die Absichten (Maximen) verwirklichen sollen und damit Handlungen sind, und (b) Ereignisse als die phänomenale Seite von Absichten und damit als Handlungen interpretieren. – (3.2) In der moralischen Bewertung einer Handlung betrachtet man diese in Relation auf das Ensemble der Akteure. Eine Handlung ist moralisch gut, wenn die Idee der Vereinbarkeit der Verwirklichung der Freiheit einer Person mit der Verwirklichung der Freiheit aller der Bestimmungsgrund der Maxime ist.

In diesen Erläuterungen werden die Termini „Person" und „Persönlichkeit" offensichtlich nicht synonym verwendet. „Person" scheint hier das menschliche Individuum zu bezeichnen, so wie es sich in der alltäglichen Welt präsentiert und dem

---

[38] Kritik der praktischen Vernunft, A 106/AA V, S. 60.

[39] Vgl. Metaphysik der Sitten, AA VI, S. 223.

[40] Vgl. Kritik der reinen Vernunft, A 80/B 106.

wir physische und psychische Eigenschaften zuschreiben. „Persönlichkeit" hingegen bezeichnet *einen* bestimmten Aspekt der Person, namentlich die Fähigkeit, seinen Willen nach Maßgabe einer Überlegung über Absichten und einer Entscheidung, welche Absicht aus welchen Gründen handlungswirksam werden soll, zu bestimmen. Der Begriff der Persönlichkeit zielt auf der Seite des Akteurs, der als Urheber von Maximen betrachtet wird, auf den Aspekt der Willensbestimmung, die der Handlung als eines Phänomens der Sinnenwelt vorhergeht. Die Kategorien-Tafel liefert also wesentliche Hinweise für ein genaueres Verständnis dessen, was Kant unter „Person" und „Persönlichkeit" versteht. Die moralphilosophische Rekonstruktion dieser Begriffe erfolgt schließlich über deren Ankopplung an die Begriffe von Pflicht und Autonomie.

I.3. PERSÖNLICHKEIT ALS AUTONOMIE: DER „URSPRUNG DER PFLICHT"

Ein späteres Kapitel, das Dritte Hauptstück der „Analytik" mit der Überschrift „Von den Triebfedern der reinen praktischen Vernunft",[41] bestätigt die hier anhand nur weniger Textindizien herausgearbeitete Interpretation und fügt ergänzende Bestimmungen hinzu. Das betreffende Kapitel ist in seinem letzten Teil der Frage des „Ursprungs" der Anerkennung des verpflichtenden Charakters des moralischen Gesetzes (bzw. der Pflicht) gewidmet. Ich zitiere die für den vorliegenden Zusammenhang einschlägige Passage ganz, weil sie wesentliche begriffliche Festlegungen im Zusammenhang entwickelt:

Der Ursprung der Pflicht „kann nichts Minderes sein, als was den Menschen über sich selbst (als einen Teil der Sinnenwelt) erhebt, was ihn an eine Ordnung der Dinge knüpft, die nur der Verstand denken kann, und die zugleich die ganze Sinnenwelt, mit ihr das empirisch-bestimmbare Dasein des Menschen in der Zeit und das Ganze aller Zwecke (welches allein solchen unbedingten praktischen Gesetzen, als das moralische, angemessen ist) unter sich hat. Es ist nichts anders als die *Persönlichkeit*, d.i. die Freiheit und Unabhängigkeit von dem Mechanism der ganzen Natur, doch zugleich als ein Vermögen eines Wesens betrachtet, welches eigentümlichen, nämlich seiner eigenen Vernunft gegebenen reinen praktischen Gesetzen, die Person also, als zur Sinnenwelt gehörig, ihrer eigenen Persönlichkeit unterworfen ist, so fern sie zugleich zur intelligibelen Welt gehört".[42]

Halten wir zunächst drei Elemente der Bestimmung des Begriffs der Persönlichkeit fest, die diese Textpassage angibt: (a) Die Persönlichkeit impliziert Freiheit und Unabhängigkeit vom „Mechanismus der ganzen Natur". (b) Sie ist das Vermögen eines Wesens, das „reinen praktischen Gesetzen unterworfen" ist, die ihm von seiner eigenen Vernunft gegeben werden. (c) Als zur Sinnenwelt gehörig ist die Person ihrer eigenen Persönlichkeit unterworfen, aufgrund derer die Person zugleich zur

---

[41] Kritik der praktischen Vernunft, A 126 ff./AA V, S. 71 ff.
[42] Kritik der praktischen Vernunft, A 155/AA V, S. 86 f.; 2. H. v. m.

intelligiblen Welt gehört. Der Begriff der Persönlichkeit wird also zunächst (a) mit dem negativen Freiheitsbegriff, dann (b) mit dem positiven Freiheitsbegriff, d. h. mit dem Begriff der Autonomie, und schließlich (c) mit der Idee einer „intelligiblen Welt" in Verbindung gebracht. (a) und (c) legen den Verdacht nahe, Kant falle hier in einen ontologischen Dualismus als theoretische Grundlegung seiner Ethik zurück. Dieser Verdacht kann ausgeräumt werden. Die („nur gedachte"[43]) „intelligible Welt" ist für Kant ein Inbegriff von Relationen zwischen vernünftigen Subjekten, die ihre Zwecke nach Gesetzen praktischer Vernunft bestimmen und unter der Forderung der allgemeinen und unbedingten Verbindlichkeit solcher Gesetze koordinieren können.

In der zitierten Passage wird vor allem die *moralische* Bedeutung des Persönlichkeitsbegriffs näher erläutert. Hier besteht die Persönlichkeit nicht mehr schlicht in der Instanz der überlegenden Bestimmung der Handlung im allgemeinen, sondern in der Instanz einer *bestimmten Art und Weise der Willensbestimmung*. Diese bezieht sich in der Wahl der Maximen auf ein *Kriterium eines gewissen Typs*. Dieses Kriterium ist das moralische Gesetz. Die Persönlichkeit besteht demnach darin, daß ein Mensch einem von der Vernunft selbst gegebenen reinen praktischen Gesetz unterworfen ist. Die „intellektuelle Bestimmbarkeit des Willens", d. h. die Möglichkeit, „unmittelbar durch ein reines Vernunftgesetz zu Handlungen bestimmt zu werden", ist *die* „Eigenschaft unserer Persönlichkeit" par excellence.[44] Die Tatsache, daß ein solches Gesetz durch die Vernunft des Menschen gegeben ist, bedeutet, daß der Mensch selbst das Subjekt dieses Gesetzes ist. Die Anerkennung des moralischen Gesetzes als verbindliches Kriterium der Willensbestimmung, die ein „Faktum der Vernunft" ist, ist die *ratio cognoscendi* der Autonomie des Menschen. Und wenn Kant später, in der *Metaphysik der Sitten*, die „moralische Persönlichkeit" als die „Freiheit eines vernünftigen Wesens unter moralischen Gesetzen" definiert,[45] wird der Begriff der moralischen Persönlichkeit als synonym mit dem Begriff der Autonomie bestimmt. So wie die Freiheit nur als Autonomie, so kann Persönlichkeit nur im Ausgang vom Begriff eines selbstgegebenen praktischen Gesetzes verständlich gemacht werden. Moralität ist die *ratio cognoscendi* der Persönlichkeit, während diese von Kant als dasjenige eingeführt wird, was auf seiten der über die Maximen ihres Handelns reflektierenden Akteure in der Idee der (möglichen) Anerkennung eines moralischen Gesetzes begrifflich impliziert ist.

Dieser methodische Status des Persönlichkeitsbegriffs zeigt an, daß er nach Kant seinen Sinn allein in einer Reflexion darüber erlangen kann, was man als begriffliche Bedingungen der Idee einer Willensbestimmung annehmen muß, die im Bewußtsein von der Verbindlichkeit eines moralischen Gesetzes (wenn auch nicht notwendigerweise in Übereinstimmung mit diesem) erfolgt. Die Metaphysik

---

[43] Vgl. Kritik der reinen Vernunft, B 430f.

[44] Kritik der praktischen Vernunft, A 210f./AA V, S. 117.

[45] Metaphysik der Sitten, Rechtslehre, „Einleitung in die Metaphysik der Sitten", A 22/AA VI, S. 223.

des ontologischen Dualismus ist nicht länger konstitutiv für den Personbegriff. Und weder die diachrone Identität des Subjekts noch die Fähigkeit, „ich" zu sagen, sind hinreichende Bedingungen, ein Wesen als Person zu bezeichnen, zumal wenn damit die Zuschreibung moralischer Dignität begründet werden soll. Diese liegt nach Kant in der Möglichkeit vernünftiger Selbstbestimmung und der Achtung vor dem Sittengesetz. Hierin gründet die Selbstzweckhaftigkeit und die Würde des Menschen. Diese nennt Kant die „Persönlichkeit", und aus dieser folgt unmittelbar die Pflicht der wechselseitigen Achtung.[46]

II. Johann Gottlieb Fichte

Wie wirkungsvoll Kants Metaphysik-Kritik auch durch die Verabschiedung des ontologischen Personbegriffs und dessen moral- und rechtsphilosophische Rekonstruktion am Ende des 18. Jahrhunderts war, zeigt sich sehr deutlich an Fichtes Begriff von Individualität und Personalität. Sein „ursprüngliches System"[47] versteht Fichte als Fortschreibung und Vollendung der Kantischen Transzendentalphilosophie, sowohl was ihre allgemeinen begründungstheoretischen Voraussetzungen als auch was ihre bereichsphilosophischen Folgerungen angeht. Die „Resultate der WißenschaftsLehre sind mit denen der Kantischen Philosophie dieselben, nur die Art sie zu begründen ist in jener eine ganz andere. Die Gesetze des menschlichen Denkens sind bei Kant nicht streng wißenschaftlich abgeleitet, dieß soll aber in der WißenschaftsLehre geschehen."[48] Sein eigenes „System" versteht Fichte als „echten, durchgeführten Kritizismus".[49]

So bedenklich solche Selbstcharakterisierungen, mit denen sich Philosophen als „Vollender" in die Nachfolge anderer Philosophen stellen, oft sein mögen, gerade im Fall von Fichtes Personbegriffs in bezug auf den Kantischen läßt sie sich gut rechtfertigen. Genauer besehen schließt Fichte in mehreren Hinsichten auf je verschiedene Weise an Kant an. Die wichtigsten Schriften sind in diesem Zusammenhang: die *Grundlage der gesamten Wissenschaftslehre* (1794), die an diese anschließenden Schriften zur praktischen Philosophie: *Grundlage des Naturrechts nach Prinzipien der Wissenschaftslehre* (1796/97) und *System der Sittenlehre nach den Prinzipien der Wissenschaftslehre* (1798), sowie ergänzend die Vorlesungen über die

---

[46] Vgl. *Metaphysik der Sitten*, Tugendlehre, § 38, A 140/AA VI, S. 462.

[47] Die drei Hauptschriften von 1794 bis 1798. Vgl. Baumanns 1972.

[48] Wissenschaftslehre nova methodo, 1. Einleit., Nachschrift Krause S. 7; vgl. auch etwa Über den Begriff der Wissenschaftslehre, SW I 30 f.; Grundlage der gesamten Wissenschaftslehre, § 3, SW I 114, Abs. 5; Zweite Einleitung in die Wissenschaftslehre, SW I 469 und 478.

[49] Grundlage der gesamten Wissenschaftslehre, Vorrede, SW I 89.

Bestimmung des Gelehrten (1794/95), die *Zweite Einleitung in die Wissenschaftslehre*
(1797) und die Vorlesung *Wissenschaftslehre nova methodo* (1796–99[50]).

II.1. TATHANDLUNG, ICH

Für eines der bedeutendsten Ergebnisse der Kantischen Philosophie hält Fichte
dessen Entdeckung der „ursprünglich-synthetischen Einheit der Apperzeption"
als des höchsten Punkts des gesamten Verstandesgebrauchs und somit der Logik
und der Transzendentalphilosophie insgesamt.[51] Fichte ist wie der frühe Schelling
der Auffassung, daß Kant insbesondere mit der Apperzeptionstheorie ein richtiges
Resultat geliefert habe, es aber noch der genauen Bestimmung von deren Funktionen und bewußtseinstheoretischen Konkretionsweisen bedürfe. Fichte knüpft
positiv vor allem an die in Kants Entdeckung beschlossene Einsicht an, daß das
Bewußtsein aus einer ursprünglichen Handlung des Ich zu erklären sei, die für
alle epistemischen (kognitiven) Bewußtseinsleistungen konstitutiv ist. Er nennt
diese Handlung „Tathandlung" und charakterisiert sie als eine „in sich zurückgehende Tätigkeit" des Ich.[52] Fichtes Theorie der „Tathandlung" ist seit der ersten
Wissenschaftslehre von 1794 (aber auch noch in seinen späteren Neubegründungs-
versuchen) ganz wesentlich von der Intention geleitet, die bei Kant unexpliziert
gebliebene Genese der Selbstkonstitution der Vernunft, des Selbstbewußtseins, im
Ausgang von der als Tathandlung gedeuteten transzendentalen Apperzeption zu
eruieren. Diese hat Kant „nie *als* Grundsatz bestimmt aufgestellt".[53] Fichtes Wissenschaftslehre soll den „absolut-ersten, schlechthin unbedingten Grundsatz alles
menschlichen Wissens *aufsuchen*".[54] Dieser Grundsatz „soll diejenige Tathandlung
ausdrücken, die […] allem Bewußtsein zum Grunde liegt".[55] Er lautet: „Das Ich
setzt ursprünglich schlechthin sein eigenes Sein."[56] Dieses „Setzen des Ich durch
sich selbst" ist die „Tathandlung" oder „reine Tätigkeit".[57] Es steht seinerseits in
einem komplexen Konstitutionszusammenhang mit weiteren Akten des Ich. Sie
werden zunächst im zweiten und dritten Grundsatz der *Wissenschaftslehre* festgehalten. Zweiter Grundsatz: Dem Ich wird ein Nicht-Ich schlechthin (durch sich

---

[50] Im folgenden wird die Wissenschaftslehre nova methodo, wo nicht auf GA IV/2 verwiesen wird,
stets nach der Nachschrift Krause zitiert.

[51] Vgl. Kant, Kritik der reinen Vernunft, B 134 Anm.; bei Fichte z. B. Zweite Einleitung in die Wissenschaftslehre, SW I 469 ff., sowie zahlreiche weitere Belege.

[52] Vgl. Grundlage der gesamten Wissenschaftslehre, § 1, SW I 91; Wissenschaftslehre nova methodo,
§ 1, S. 29; Grundlage des Naturrechts, § 1, SW III 20.

[53] Grundlage der gesamten Wissenschaftslehre, § 1, SW I 99.

[54] Grundlage der gesamten Wissenschaftslehre, § 1, SW I 91.

[55] Grundlage der gesamten Wissenschaftslehre, § 1, SW I 91.

[56] Grundlage der gesamten Wissenschaftslehre, § 1, SW I 98.

[57] Grundlage der gesamten Wissenschaftslehre, § 1, SW I 96.

selbst) entgegengesetzt.[58] Dritter Grundsatz: „Ich setze im Ich dem teilbaren Ich ein teilbares Nicht-Ich entgegen."[59]

Die Aufgabe der Wissenschaftslehre ist es, „die Bedingungen des Bewustseins [...] zusammen zu setzen, und das Bewustsein vor unseren Augen gleichsam zu construiren".[60] Sie ist eine „Beobachtung des menschlichen Geistes im ursprünglichen Erzeugen aller Erkenntniß, [...] die WißenschaftsLehre giebt aufs Thun selbst acht".[61] Fichtes Verfahren ist demnach das einer „genetischen Ableitung" dessen, was in unserem Bewußtsein vorkommt, eine „intellektuell-anschauliche Selbstvergegenwärtigung der Ich-Leistungen", die insofern als eine „transzendentale Phänomenologie" bezeichnet werden kann.[62]

II.2. PERSONALITÄT OHNE SUBSTANZMETAPHYSIK

Die ontologische Frage der Personalität einer Ich-Substanz ist für Fichte durch Kant erledigt. „Das Ich ist nicht Seele, die Substanz ist", heißt es in der *Wissenschaftslehre nova methodo* gleich zu Beginn.[63] Kants Kritik der Paralogismen der rationalen Psychologie und die daraus resultierende Verabschiedung einer Metaphysik der Seelensubstanz ist stichhaltig. Der Fehler liegt laut Fichte jedoch nicht erst bei der rationalen Psychologie, sondern schon beim „gemeinen Menschenverstand", der zu einer Hypostasierung des Ich neigt: „jeder denkt sich bei dem Ich noch etwas im Hinterhalte. Man denkt[:] ehe ich so ⟨und⟩ so es machen kann, muß ich sein. [...] Wer dieß behauptet, behauptet daß das Ich unabhängig von seinen Handlungen sei." Genau diese Vorstellung ist es laut Fichte, die „gehoben werden" muß.[64] Das Ich ist kein Ding, das handelt, keine Substanz, die hinter den Tätigkeiten steht, kein Wesen, das Vermögen hat. Das Ich ist selbst nichts anderes als seine Handlungen, Tätigkeiten, Vermögen. „Das Ich ist nicht etwas, *das Vermögen hat*, es ist überhaupt kein Vermögen, sondern es ist *handelnd*; es ist, was es handelt, und wenn es nicht handelt, so ist es nichts."[65] Das Ich *ist* Tathandlung, es *ist* „in sich zurückgehende Tätigkeit", nicht eine Entität als Träger dieser Handlungen. Eine rationalpsychologische Metaphysik der Person als Substanz kann unter diesen Voraussetzungen aus systematischen Gründen keinen Platz mehr in Fichtes Neubegründung der

---

58 Vgl. Grundlage der gesamten Wissenschaftslehre, § 2, SW I 104.
59 Grundlage der gesamten Wissenschaftslehre, § 3, SW I 110.
60 Wissenschaftslehre nova methodo, § 17, S. 178.
61 Wissenschaftslehre nova methodo, § 17, S. 192.
62 Vgl. Baumanns 1974, S. 12, 79, u. ö.
63 Wissenschaftslehre nova methodo, § 1, S. 29.
64 Wissenschaftslehre nova methodo, § 1, S. 29.
65 Grundlage des Naturrechts, § 1, Coroll., SW III 22. Die Identität von Handlung und Tat, von Anschauung und Angeschautem, Subjekt und Objekt, Begriff und Anschauung im Ich faßt Fichte im Begriff der intellektuellen Anschauung. Vgl. dazu Stolzenberg 1986. Zur intellektuellen Anschauung in der Wissenschaftslehre nova methodo, vgl. ebd. S. 185 ff.

Philosophie haben. Aus deren Perspektive ist es nicht mehr möglich, einer Substanzmetaphysik der Person überhaupt noch irgendeinen positiven Sinn zu geben. Hinter Kants Deontologisierung des theoretisch-deskriptiven Personbegriffs kann nicht mehr zurückgegangen werden, sie folgt in Fichtes Darlegungen jedoch nicht aus einer Kritik der metaphysischen Seelenontologie, sondern unmittelbar aus der Analyse des Ich in der Erklärung von Bewußtsein.

Zwei wichtige Konsequenzen, die Kant aus seiner metaphysikkritischen Diagnose zieht, akzeptiert auch Fichte. Zum einen wird der deskriptive Gehalt des Personbegriffs der empirischen Anwendung auf Individuen als raumzeitlich existierender, endlicher vernünftiger Wesen vorbehalten. Zum anderen ist ein nicht-empirischer Gehalt des Begriffs der Persönlichkeit auch nach Fichte nur im Begründungskontext des Praktischen, in Moral und Recht, zu rekonstruieren. Die nicht-empirische Bedeutung, die seit der Spätantike und durch das Mittelalter hindurch im Personbegriff mitgedacht und noch bis in die Rationalpsychologie des 18. Jahrhunderts substanzmetaphysisch hypostasiert wurde, situiert Fichte, wie Kant, im Bereich des Handelns und dessen moralischen Grundsätzen. Personen sind nicht nur empirisch-deskriptiv zugängliche Bewußtseinssubjekte, sie sind vor allem auch Subjekte moralischer Selbstbestimmung.

II.3. Einheit der Vernunft

Fichte verankert allerdings die theoretische und die praktische Philosophie in einem sie beide aus *einem* Prinzip begründenden Theoriezusammenhang der Einheit der Vernunft. Das von Kant sogenannte „Primat des Praktischen" wird von Fichte weitergedacht in der These, daß theoretische und praktische Vernunft Ausdifferenzierungen *einer* Vernunft sind, die aus einem einheitlichen Prinzip zu rekonstruieren ist. Kant „dringt auf den Primat der praktischen Vernunft, nur hat er das praktische nicht entscheidend zur Quelle des theoretischen gemacht".[66] In diesem Sinne vertritt Fichte die These: „Das Wesen des Ich besteht in seiner Thätigkeit.".[67] Insofern ist das Ich seinem Wesen nach praktisches Ich. Das „praktische Ich ist das Ich des ursprünglichen Selbstbewußtseins". Damit wird einer quasi-additiven Auffassung widersprochen, nach der theoretische und praktische Vernunft zwei nebeneinander stehende Vermögen wären. „Intelligenz" (theoretische Vernunft) ist nach Fichte hingegen ohne „Wollen" (praktische Vernunft) gar nicht möglich. Das vernünftige Wesen, so stellt Fichte in der *Grundlage des Naturrechts* pointiert fest, wäre „nicht einmal Intelligenz [...], wenn es nicht ein praktisches Wesen wäre".[68] Das Wollen ist der „eigentliche wesentliche Charakter der Vernunft"; das „praktische Vermögen"

---

[66] Wissenschaftslehre nova methodo, § 5, S. 61.
[67] Grundlage der gesamten Wissenschaftslehre, § 5, SW I 272.
[68] Grundlage des Naturrechts, § 1, Coroll., SW III 20.

ist die „innigste Wurzel des Ich".[69] Durch die „stete notwendige Wechselwirkung" von „Wollen und Vorstellen", „Anschauen und Wollen", „wird erst das Ich
selbst"; weder „bloße Intelligenz" noch das „bloße praktische Vermögen" machen
ein vernünftiges Wesen aus, sondern „beide vereinigt vollenden erst dasselbe".[70]
Die Fichtesche Bestimmung des Verhältnisses von theoretischer und praktischer
Vernunft, wenn man diese Terminologie überhaupt noch so bei Fichte verwenden
darf, ist daher besser als die einer Strukturidentität und Gleichursprünglichkeit zu
charakterisieren.[71] Seine Methodik zielt insgesamt darauf ab, vermeintliche Dua-
lismen zugunsten einer „doppelten Ansicht", einer „Duplizität der Ansicht" zu
überwinden. „Duplizität des Geistes"[72] statt Dualismus der Vermögen. „Alles in
der WißenschaftsLehre besteht auf Duplicität der Ansicht."[73]

II.4. PERSON: FICHTES BEGRIFFSBESTIMMUNG

Fichtes Personbegriff steht im Kontext einer Terminologie, die im Ausgang vom
Prinzip der Tathandlung und im Zuge einer subtilen argumentativen Entfaltung
der Implikationen von Bewußtsein und Selbstbewußtsein eingeführt wird. Eine
erschöpfende und dem systematischen Tiefgang der Ausführungen Fichtes adäquate Darstellung hätte seine Theorie über die Beziehung zwischen reinem und
empirischem Ich, zwischen transzendentaler Ich-Struktur (reiner Tätigkeit, Selbst-
Setzen) und konkretem, „wirklichem" Selbstbewußtsein, zwischen sich selbst pro-
duzierender, sich auf sich beziehender reiner Tätigkeit und der Erfahrung des Ich
als Bewußtseinssubjekts von sich als Wissend-Bewußtem im einzelnen zu interpretieren. Auf eine zusammenfassende Begriffsbestimmung gebracht ist eine Person
laut Fichte ein *durch seinen Willen in der Sinnenwelt wirksames, leibhaft-vernünfti-*
ges Individuum, das sich eine begrenzte Sphäre der Freiheit im Handeln zuschreibt,
in reziproken Anerkennungsbeziehungen mit anderen Personen steht und diesen nach
einem allgemeinen Rechtsgesetz ebenso jeweils begrenzte Freiheitssphären einräumt.
Die wichtigsten hierin enthaltenen Begriffe und Thesen, die den theoretischen

---

[69] Grundlage des Naturrechts, § 1, Coroll., SW III 21.

[70] Grundlage des Naturrechts, § 1, Coroll., SW III 22. Vgl. auch Wissenschaftslehre nova methodo,
§ 16, S. 178, u. GA IV/2 178: „Das Bewußtseyn hebt mit einem Momente an, wo Erkenntniß und
wollen vereinigt ist."

[71] Vgl. Neuhouser 1990, S. 29 ff.; Breazeale 1996.

[72] Wissenschaftslehre nova methodo, § 17, S. 184 f.

[73] Wissenschaftslehre nova methodo, § 17, S. 211. In verschiedenen Zusammenhängen kommt Fichte
nachdrücklich darauf zurück. Vgl. ebd., § 14, S. 162: reiner Wille als Wollen und Beschränktheit;
§ 17, S. 197: Leib als Absicht meiner Kausalität als Intelligenz; S. 211: Leib und Welt, Ich als Seele
und Leib; § 18, S. 222: Erscheinung und Noumen, Hinschauen und reines Denken; § 19, S. 227:
„originäre Duplizitaet des Ich", S. 234: Leib und Seele. Gesamtsystematisch ist bei Fichte grundlegend
der doppelte Gesichtspunkt des Transzendentalen und des Empirischen. Vgl. dazu insbes. ebd.,
Einteilung, S. 242 ff.

Gehalt von Fichtes Personbegriff mit profilieren, sind der Freiheitsbegriff, der Begriff des Individuums bzw. der Individualität, der Leibbegriff, die Interpersonalitätsthese und die These vom Recht („Urrecht") als wechselseitige Anerkennung. In dieser Reihenfolge und unter Bezugnahme auf die oben genannten Schriften wird das Begriffsfeld von Fichtes Personbegriff im folgenden nachgezeichnet. Es stellt sich heraus, daß zwischen ihnen aufschlußreiche Implikationsbeziehungen bestehen.

II.5. FREIHEIT

Fichtes Philosophie ist von Anfang an und durch alle Systemteile und Entwicklungsstadien seines Werkes getragen von der Überzeugung, daß der Mensch frei ist und daß die Freiheit die fundamentale Bestimmung des Menschen ist. Alle Vernunft, alles Selbstbewußtsein beruht auf Freiheit.[74] Dies aufzuzeigen und zu begründen, ist für Fichte die Aufgabe der Philosophie. Fichtes Philosophie ist Freiheitsphilosophie. Sie kann als eine rationale Selbstverständigung über den vorphilosophischen Freiheitsglauben verstanden werden.[75] Fichte selbst spricht von seinem „System der Freiheit", charakterisiert seine Philosophie als „Idealismus der Freiheit". „Mein System ist vom Anfang bis zu Ende nur eine Analyse des Begriffs der Freiheit".[76] Dies gilt nicht nur auf der Ebene der allgemeinen, transzendentalen Ich-Struktur, an die Fichte im *System der Sittenlehre* wieder anknüpft, wenn er schreibt: das „Bewußtsein meiner Freiheit bedingt die Ichheit".[77] Freiheit ist grundlegend auch für die Person als das „bestimmte, materiale Ich"[78], das individuelle endliche Vernunftwesen. „Die Person ist frei".[79] Die Selbstzuschreibung freier Wirksamkeit ist eine Bedingung des Selbstsetzens eines endlichen vernünftigen Wesens. Im ersten Lehrsatz des *Naturrechts* heißt es dementsprechend: „Ein endliches vernünftiges Wesen kann sich selbst nicht setzen, ohne sich eine freie Wirksamkeit zuzuschreiben."[80] Dazu, daß sich eine Person dieser Freiheit bewußt werden kann, gehört nicht nur, daß „dem Begriffe von [ihrer] Wirksamkeit der dadurch gedachte Gegenstand in der Erfahrung entspreche; daß also aus dem Denken [ihrer] Tätigkeit etwas in der Welt außer ihm erfolge".[81] Es liegen hierin weitere wesentliche Momente des Personseins. Vor allem zwei Thesen Fichtes sind hier wichtig: daß ich mich nur als leibliches Wesen als frei erfahre und daß Selbstzuschreibung von Freiheit nur reziprok mit deren Fremdzuschreibung möglich ist.

---

[74] Vgl. z.B. Wissenschaftslehre nova methodo, § 3, S. 46 u. 49.

[75] Vgl. Baumanns 1974, S. 12 u. ö.

[76] Briefwechsel, II, S. 206; zit. nach Baumanns 1972, S. 31.

[77] System der Sittenlehre, § 10, SW IV 138.

[78] Grundlage des Naturrechts, § 5, SW III 57.

[79] Grundlage des Naturrechts, § 5, SW III 59; vgl. ebd., § 8, SW III 93 u. 94.

[80] Grundlage des Naturrechts, § 1, SW III 17.

[81] Grundlage des Naturrechts, Einleitung, SW III 8.

Im Zuge der Begründung dieser beiden Thesen erhält Fichtes Personbegriff seine Konturen.

II.6. Zwei Desiderate

An den Persontheorien seiner Vorgänger, einschließlich der Kantischen, diagnostiziert Fichte insbesondere zwei Desiderate. Es fehlt eine Analyse zweier für unser Personsein konstitutiver Relationen: zu unserem eigenen Leib (Leiblichkeit) und zu anderen Personen (Interpersonalität). In seinen Jenaer Vorlesungen über die *Bestimmung des Gelehrten* von 1794/95 nennt Fichte zwei Fragen, deren Beantwortung für die theoretische und die praktische Philosophie, in Fichtes Worten: für die „Wissenschaftslehre" und das „Naturrecht", grundlegend seien: „zuvörderst die: mit welcher Befugniß nennt der Mensch einen bestimmten Theil der Körperwelt *seinen* Körper? wie kömmt er dazu, diesen seinen Körper zu betrachten, als seinem Ich angehörig, da er doch demselben gerade entgegengesetzt ist? und dann die zweite: wie kömmt der Mensch dazu, vernünftige Wesen seines Gleichen ausser sich anzunehmen, und anzuerkennen, da doch dergleichen Wesen in seinem reinen Selbstbewußtseyn unmittelbar gar nicht gegeben sind?"[82] Zwei Jahre später, in der *Grundlage des Naturrechts*, bilden dann diese beiden Fragen einen roten Faden durch die ersten sechs Paragraphen. In der kurz darauf entworfenen und bis 1799 gehaltenen Vorlesung *Wissenschaftslehre nova methodo* bindet Fichte die betreffenden Argumente noch enger in die „fundamenta philosophiae transscendentalis (die Wissenschaftslehre)"[83] ein. Unter den Neuerungen, die Fichte im Kontext seines „ursprünglichen Systems" explizit auch als kritische Ergänzung zu Kant vorträgt, haben seine Theorie der Leiblichkeit und seine Interpersonalitätstheorie (mit der Theorie der Anerkennung) auf seine Nachfolger (Hegel, Schopenhauer, Feuerbach) und bis in die gegenwärtige philosophische Theoriebildung besonders gewirkt.

II.7. Leiblichkeit

Als frei erfahre ich mich nur in meinen Handlungen. Als meine freien Handlungen und somit als Realisierungen meiner Freiheit schaue ich nur solche Handlungen an, deren Ursache ich selbst (mein Wille) bin. Die Identität der Person ist die Identität der Sphäre ihrer möglichen freien Handlungen.[84] Handeln ist eine reine Wirksamkeit in der äußeren, materiellen Sinnenwelt und muß deshalb vermittels

---

[82] Einige Vorlesungen über die Bestimmung des Gelehrten, 2. Vorlesung, SW VI 302.

[83] So lautete die Vorlesungsankündigung. Vgl. GA IV/2, S. 4f.

[84] Vgl. *Grundlage des Naturrechts*, § 5, SW III 58.

eines materiellen Körpers realisiert werden. Die Sphäre der Freiheit wird daher „notwendig gesetzt, als ein im Raume ausgedehnter, und seinen Raum erfüllender beschränkter Körper".[85] Derjenige Körper, in dem die Person durch ihren Willen Ursache wird, ist ihr Leib.[86] Der Leib ist der „Umfang aller möglichen freien Handlungen der Person".[87] Die Meinigkeit meines Körpers als *mein Leib* besteht darin, daß „er durch meinen Willen in Bewegung gesetzt ist, außerdem ist er nur Masse; er ist als mein Leib tätig, lediglich inwiefern *ich* durch ihn tätig bin."[88] Er ist insofern „Repräsentant des Ich in der Sinnenwelt: und, wo nur auf die Sinnenwelt gesehen wird, selbst das Ich".[89] Der Leib ist die „sinnliche Kraft", in der mein „reines Wollen […] anschaulich dargestellt" ist; er ist eine „gewiße Ansicht meiner Causalität als Intelligenz"[90]. Unter dem Gesichtspunkt seiner materiellen Organisation ist der Leib Teil der Natur. Demgegenüber ist der artikulierte Leib Ausdruck des Wollens. Die „Materie, worin durch den bloßen Willen etwas geschieht[,] ist mein Leib[,] in wiefern er artikulirt, nicht in wiefern er organisirt ist".[91] Daher gilt: „Alle Tätigkeit der Person ist eine gewisse Bestimmung des artikulierten Leibes."[92]

Leiblichkeit ist nach Fichte nicht bloß eine äußerliche Existenzform des Menschen, sondern essentielle Bedingung für das Selbstbewußtsein eines endlichen Vernunftwesens. Leiblichkeit gehört zur konstitutiven Verfassung von Personen, die als erkennende und handelnde Wesen tätig sind.[93] Er macht dies durch die Unterscheidung zwischen einem empirischen und einem transzendentalen Begriff vom Leib deutlich. „Der scharf bestimmte empirische Begriff des Leibes ist: Mein Leib ist das was in der bloßen Gewalt der Will⟨kühr⟩ steht (in wiefern er artikulirt ist)[.] Der transc[endentale] Begriff des Leibes ist: er ist mein ursprüngliches Wollen, aufgenommen in die Form der äuseren Anschauung."[94] Es geht Fichte also nicht in erster Linie darum, den materiellen Leib als *principium individuationis* von Personen einzuführen.[95] Nicht auf den Körper als physikalisches Referenz-

---

85 *Grundlage des Naturrechts*, § 5, SW III 59.
86 Vgl. *Grundlage des Naturrechts*, § 5, SW III 61.
87 *Grundlage des Naturrechts*, § 5, SW III 59; vgl. 75.
88 *Grundlage des Naturrechts*, § 6, SW III 75.
89 *Grundlage des Naturrechts*, § 11, SW III 113 f.
90 *Wissenschaftslehre nova methodo*, § 14, S. 163, u. § 17, S. 197; vgl. auch § 19, S. 235 f.
91 *Wissenschaftslehre nova methodo*, § 11, S. 120.
92 *Grundlage des Naturrechts*, § 5, SW III 63.
93 Vgl. dazu auch Frischmann/Mohr i. Ersch.
94 *Wissenschaftslehre nova methodo*, § 14, S. 160.
95 Vgl. dazu Düsing 1991.

objekt von Identifikation und Reidentifikation[96] zielen Fichtes Ausführungen zum Leibbegriff ab. Die genuin Fichtesche Neuerung ist der transzendentale Leibbegriff, mit dem Fichte an Kants Schematismus-Theorie[97] anknüpft: der Leib als ein „Schema"[98], eine Versinnlichung, „Verbildlichung" der Selbsttätigkeit des Ich in Raum und Zeit.[99]

II.8. INDIVIDUALITÄT

Nur als leibliches Individuum, als individueller Leib erfahre ich mich als Ich. Leiblichkeit und Individualität verweisen wechselseitig aufeinander als Bedingungen für Personalität und Selbstbewußtsein. Die Person ist das „vernünftige Individuum"[100], das „bestimmte materiale Ich".[101] Als deskriptiver Begriff unseres theoretischen Selbstverständnisses ist der Personbegriff ein empirischer Begriff, mit dem wir uns auf konkrete, sinnlich-vernünftige Wesen hinsichtlich ihrer raumzeitlichen Individualisierung und ihrer Handlungen und dem darin zum Ausdruck kommenden Willen beziehen. Er bezeichnet das menschliche Individuum, das empirisches Selbstbewußtsein von sich als in Raum und Zeit existierend hat und das „Subject dieses Willens", Bestimmtheit meines Willens ist.[102] Hier kann Fichte wieder an Kant anknüpfen. Dieser hatte gegen die rationale Psychologie festgestellt, daß der Begriff der Person eine legitime theoretisch-deskriptive Anwendung auf die „Beharrlichkeit der Seele" im Leben des Menschen habe, wo Körper und Seele aber geeint seien. Dementsprechend existiert laut Fichte das endliche Vernunftwesen und wird sich bewußt als *Individuum*, d.h. als raumzeitlich und voluntativ individualisierte, leibhafte Person. Sofern ich mich erkenne, erkenne ich mich als Individuum.[103] Das Ich kann „nur als Individuum sich setzen"; es ist eine

---

[96] Dieser Aspekt tritt später in der analytischen Philosophie in den Vordergrund. Seinen erklärtermaßen anticartesianischen Personbegriff definiert Strawson (1959) als Begriff eines Typs von Entitäten, die gleichermaßen Referenzobjekt physikalischer wie psychologischer Prädikate sind. Dabei reduziert auch Strawson den Körper nicht auf ein Identifikations- und Reidentifikationskriterium; dadurch würde die Erste-Person-Perspektive auf eine Dritte-Person-Perspektive reduziert und damit verfehlt. Vielmehr ist für Strawson entscheidend, daß Personen nur aufgrund der für sie charakteristischen Einheit von Bewußtsein und Körper Identitätsbewußtsein (aus der Perspektive der Person selbst) haben können. Vgl. dazu Mohr 1988a.

[97] Vgl. Kant, Kritik der reinen Vernunft, A 137/B 176–A 147/B 187.

[98] Vgl. Grundlage des Naturrechts, § 5, SW III 58; Wissenschaftslehre nova methodo, § 10, S. 110; § 11, S. 121 f.; § 12, S. 130 u. 132.

[99] Vgl. Siep 1985, S. 57.

[100] Grundlage des Naturrechts, Einleitung, SW III 8; § 5, SW III 56; § 6, SW III 62.

[101] Grundlage des Naturrechts, § 5, SW III 57; vgl. System der Sittenlehre, § 19, SW IV 255: „das empirische oder individuelle Ich [...]. Wenn ich von nun an dieses Wort gebrauche, bedeutet es immer die Person."

[102] Wissenschaftslehre nova methodo, § 13, S. 152, u. § 14, S. 154.

[103] Wissenschaftslehre nova methodo, § 16, S. 177.

„Bedingung der Ichheit, sich als Individuum zu setzen".[104] Als Individuum ist es Person.[105] Nur als individuelle Person erfährt sich ein Ich: „das Ich das in der Erfahrung vorkommt, ist die Person".[106]

Selbstbewußtsein und Willen hat das Individuum zwar (aus den von Kant dargelegten Gründen und gemäß Fichtes „doppelter Ansicht"; siehe oben) nur insofern, als in seinem Bewußtsein kraft seiner Verfassung als Vernunftwesen auch die ursprünglich-identische, reine „Tathandlung" instantiiert ist. Eine Person ist ein endliches Ich im Bezug zum reinen, „absoluten" Ich, ist endliches Wollen als „Ausdruck" des reinen Wollens. Als Individuum ist die Person („die *bestimmte Person, das Individuum, als solches*"[107]) ein durch Gegensatz gegen andere(s) Unterschiedenes (nicht Allgemeines), Individualisiertes und Eines unter mehreren seinesgleichen. Diese Unterscheidung und Individualisierung ist im *Naturrecht* die Abgrenzung der Freiheitssphären. „Ich setze mich als Individuum im Gegensatze mit einem anderen bestimmten Individuum, indem *ich mir* eine Sphäre für meine Freiheit zuschreibe, von welcher ich den anderen, und *dem anderen* eine zuschreibe, von welcher ich mich ausschließe".[108] Der Begriff des Individuums bzw. der Individualität ist ein „Wechselbegriff".[109]

Bei aller konkreten, empirischen Bestimmtheit der Person, die im Begriff der Individualität gedacht ist, ist das Individuum-sein dem Vernunftwesen jedoch nicht akzidentell. Das Bewußtsein der Individualität, der „Begriff des Individuums",[110] ist Bedingung der Möglichkeit des Selbstbewußtseins. Individuum zu sein und von mir Selbstbewußtsein als Individuum zu haben, ist nach Fichte die Bedingung dafür, daß ich mich als ein Ich begreife. „Ich erscheine mir nicht etwan als Ich überhaupt im Gegensaz der Natur sondern als Individuum im Gegens[atz] mit einer vernünft[igen] Welt auser mir, als solches finde ich mich nun, d.i. ich finde mein sein, nicht ein Sein des Dinges, sondern nur Bestimmtheit der moralischen Handelnsmöglichkeiten".[111] Das „Vernunftwesen kann sich […] nicht etwa als Vernunftwesen überhaupt, es kann sich nur als Individuum setzen".[112] Als Individuum bin ich „ein durch sich selbst herausgegriffener Theil aus den Vernunftwesen; […] Hervorgehen der Individualität aus der Vernunft".[113] Vernunft ist für Fichte wie für Kant eine allgemeine, identische Vernunft. Durch Vernunft allein unterscheiden sich Individuen, Personen, nicht voneinander. Aufgrund der

---

[104] System der Sittenlehre, § 18, SW IV 218 u. 221.
[105] Vgl. Grundlage des Naturrechts, § 6, SW III 62.
[106] Wissenschaftslehre nova methodo, 2. Einleit., S. 23.
[107] Grundlage des Naturrechts, § 6, SW III 62.
[108] Grundlage des Naturrechts, § 4, SW III 51; vgl. auch ebd., S. 42.
[109] Grundlage des Naturrechts, § 4, Coroll., SW III 47.
[110] Grundlage des Naturrechts, § 4, Coroll., SW III 46 u. 52.
[111] Wissenschaftslehre nova methodo, § 19, S. 228.
[112] Grundlage des Naturrechts, § 6, SW III 62.
[113] Wissenschaftslehre nova methodo, § 16, S. 177.

allgemein-identischen Vernunft allein kann sich ein Vernunftwesen seiner selbst nicht bewußt werden. Es kann dies nur als individualisiertes. Es muß sich aus der allgemeinen Vernunft „herausgreifen". „Das Selbstbewustsein hebt also an von meinem herausgreifen aus einer Maße vernünftiger Wesen überhaupt",[114] „ich bin ein Individuum im Reiche der Vernünftigkeit".[115] An dieser Stelle setzt die Deduktion der Interpersonalität ein. Bevor diese im folgenden Abschnitt (II.9) behandelt wird, ist – neben dem Leib und der Interpersonalität – ein weiterer Aspekt der Fichteschen Theorie der Individualisierung einer Person zu nennen.

Die Individualität von Personen ist nach Fichte auch und insbesondere durch deren Wollen bestimmt. Unser Wollen ist es, was unsere „reale Tätigkeit" ausmacht. „Die Individualität ist bestimmt nicht durch ein Sein, sondern durch ein Gesetz, es ist vorgeschrieben für alle Zeit was ich werden soll. [...] es liegt in meinem ganzen Sein, ein Gesetz des Wollens (Sittengesetz) [...] es ist ein Gesetz[,] das ich selbst ⟨mir⟩ mache."[116] Aber auch hier ist, ähnlich wie bei Fichtes Leibbegriff, nicht vorrangig an den relativ trivialen Umstand zu denken, daß Personen anders handeln, je nachdem, was sie wollen. Fichte hat auch hier eine fundamentalere Dimension „ursprünglicher Selbstwahl" des – Kantisch – „intelligiblen Charakters" im Auge, ein „zeitloses sich Individualisieren" als Wollender.[117] „Mein Wille ist ursprünglich bestimmt, diese Bestimmtheit meines Willens, macht meinen wahren Charakter als Vernunftwesen aus. [...] In diesem Wollen nun in der lezten Rücksicht ist nun mein ganzes Sein und Wesen bestimmt für einmal auf alle Ewigkeit; ich bin nichts als ein so wollendes, und mein Sein ist nichts als ein so wollen. Dieß ist die ursprüngliche Realität des Ich".[118] Die Identität der Person ist Einheit von allgemeiner Vernunft und individuellem Charakter.

II.9. Interpersonalität

Der Begriff des Individuums führt bei Fichte zu einer weiteren Implikation des Personseins. Eine Person ist als Individuum „auf andere Individuen bezogen".[119] Individuum sein heißt, sich „als Eins, unter mehreren vernünftigen Wesen" bewußt zu sein.[120] Als Individuum bin ich das „durch Entgegensetzung mit einem ande-

---

114 Wissenschaftslehre nova methodo, § 16, S. 177.

115 Wissenschaftslehre nova methodo, § 19, S. 228.

116 Wissenschaftslehre nova methodo, § 15, S. 169; vgl. auch S. 156.

117 Vgl. Siep 1993, S. 114f. Düsing 1991, S. 46, diagnostiziert in Fichtes ursprünglichem System im Zusammenhang mit dem Begriff der Individualität „drei Begründungsrichtungen": „die Leiblichkeit der Person, die Freiheit [...] und die intersubjektive Anerkennung". Letztere wird im vorliegenden Beitrag im Zusammenhang der Fichteschen Interpersonalitätsanalyse (Abschn. II.9) behandelt.

118 Wissenschaftslehre nova methodo, § 14, S. 154.

119 Grundlage des Naturrechts, § 9, SW III 111.

120 Grundlage des Naturrechts, Einleitung, SW III 8.

ren vernünftigen Wesen bestimmte Vernunftwesen".[121] Es ist eine „Bedingung des
Selbstbewußtseins, der Ichheit, ein wirkliches vernünftiges Wesen außer sich anzunehmen".[122] Nur „als Individuum unter mehr[er]en geistigen Wesen" werde ich
mir meiner selbst bewußt.[123] Die Annahme vernünftiger Wesen außer mir ist daher
gleichursprünglich mit der Annahme meiner eigenen Existenz als Individuum. Der
„Begriff der Selbstheit als Person" impliziert notwendig den „Begriff von einer
Vernunft auser uns" und ist ohne diesen nicht möglich.[124] Dies wird von Fichte in
mehreren Hinsichten näher ausgeführt.

(a) Im zweiten Lehrsatz des *Naturrechts* formuliert Fichte das Intersubjektivitäts-
prinzip: „Das endliche Vernunftwesen kann eine freie Wirksamkeit in der Sinnenwelt sich selbst nicht zuschreiben, ohne sie auch anderen zuzuschreiben, mithin,
auch andere endliche Vernunftwesen außer sich anzunehmen."[125] Hiermit wird
festgestellt, daß Intersubjektivität Bedingung für die Erfahrung der eigenen Freiheit
ist. Einer allein kann sich nicht als frei erfahren.[126] „Der Mensch (so alle endlichen
Wesen überhaupt) wird nur unter Menschen ein Mensch; und da er nichts anderes
sein kann, denn ein Mensch, und gar nicht sein würde, wenn er dies nicht wäre
– *sollen überhaupt Menschen sein, so müssen mehrere sein.* [Dies ist eine] aus dem
Begriff des Menschen streng zu erweisende Wahrheit".[127]

(b) Gemäß dem Grundprinzip der Wissenschaftslehre, daß Selbstbewußtsein nur
durch das Wechselverhältnis von Setzen und Entgegensetzen, von Tätigkeit und
Begrenzung möglich ist, kann ein vernünftiges Wesen seine freie Wirksamkeit nur
erfahren, wenn es dieser „in einem ungeteilten Momente [...] etwas entgegensetzen kann".[128] Dieses Wechselverhältnis von Tätigkeit und Begrenzung wird
zu einer „synthetischen Vereinigung"[129] der beiden Momente, wenn das Subjekt
durch einen „äußeren Anstoß" zur Selbstbestimmung bestimmt werden kann.
Dies ist der Fall in der „Aufforderung" an das Subjekt, „sich zu einer Wirksamkeit
zu entschließen". Sofern dem Subjekt hierbei die „völlige Freiheit zur Selbstbestimmung" gelassen wird, [130] handelt es sich um eine „Aufforderung zur freien
Selbsttätigkeit".[131] Eine solche ist nur dann realisiert, wenn sie als solche auch

---

121 Grundlage des Naturrechts, § 4, SW III 42.
122 System der Sittenlehre, § 18, SW IV 221.
123 Wissenschaftslehre nova methodo, § 13, S. 150.
124 Wissenschaftslehre nova methodo, § 16, S. 177
125 Grundlage des Naturrechts, § 3, SW III 30.
126 Vgl. Rohs 1991, S. 81; Mohr 1995, S. 39ff.
127 Grundlage des Naturrechts, § 3, SW III 39.
128 Grundlage des Naturrechts, § 3, SW III 30.
129 Grundlage des Naturrechts, § 3, SW III 32.
130 Grundlage des Naturrechts, § 3, SW III 33.
131 Grundlage des Naturrechts, § 3, Coroll., SW III 39. Vgl. auch System der Sittenlehre, § 18, SW IV
    218–222.

verstanden und begriffen wird. [132] Sie muß verstanden werden können als auf eine Ursache zurückgehend, die selbst vernünftig ist. Es muß sich um eine Intelligenz handeln, ein „der Begriffe fähiges Wesen". Damit von diesem eine Aufforderung zur Selbsttätigkeit ausgehen kann, die darauf abzweckt, daß sie vom Adressaten *als* Aufforderung zur freien Selbsttätigkeit *verstanden* wird, muß dieses (auffordernde) Wesen selbst „notwendig den Begriff der Vernunft und Freiheit" haben. [133] Die so verstandene Aufforderung ist wiederum Bedingung des Selbstbewußtseins. „Ich [kommt] gar nicht zum Selbstbewußtsein, und könn[t]e nicht dazu kommen, außer zufolge der Einwirkung eines vernünftigen Wesens außer mir auf mich." [134] Die Aufforderung durch eine andere Intelligenz ist Bedingung der Erfahrung eines Ich als frei, selbstbestimmend. „Die erste Vorstellung[,] die ich haben kann[,] ist die Aufforderung meiner als Individuum zu einem freien Wollen." [135]

(c) Daß der Adressat der Aufforderung zur freien Selbsttätigkeit diese als eine solche versteht, setzt demnach voraus, daß er den Absender als vernünftiges Wesen erkennen kann, das seinerseits eine solche Aufforderung bezweckt. Ich muß andere Vernunftwesen außer mir als vernünftig erkennen können. Hier sieht Fichte eine weiteres gravierendes Desiderat der Philosophie seiner Vorgänger, auch der Kants. „Bei K[ant] kommt das Prinzip der Annahme vernünftiger Wesen auser uns nicht vor als ein Erkenntnißgrund, sondern als ein praktisches Prinzip, wie er es in der Formel seines Moralprinzips aufgestellt hat: ich soll so handeln, daß meine Handlungsweise Gesez für jedes vernünftige Wesen werden könne; aber da muß ich doch schon vernünftige Wesen auser mir annehmen, denn wie will ich sonst dieß Gesez auf sie beziehen?" [136] Laut Fichte können wir zwar Vernunft und freien Willen anderer Personen nicht wahrnehmen, aber wir schließen „darauf aus einer Erscheinung in der Sinnenwelt". [137] Wenn eine solche „Erscheinung in der Sinnenwelt" menschliche Gestalt [138] hat, so ziehen wir den Analogieschluß, daß wir es mit einem vernünftigen Wesen zu tun haben.

(d) Interpersonalität als die Annahme anderer Personen außer mir ist die Voraussetzung für die Selbstzuschreibung meines Leibes. Dabei genügt nun nicht mehr die bloße Annahme anderer Vernunftwesen außer mir. Für das Individuum ist der

---

132 Grundlage des Naturrechts, § 3, SW III 36.

133 Grundlage des Naturrechts, § 3, SW III 36.

134 Grundlage des Naturrechts, § 6, SW III 74.

135 Wissenschaftslehre nova methodo, § 16, S. 177. Vgl. ebd., § 17, S. 179: „Meine Individ[ualität] geht heraus aus der Maße der ganzen Vernunft[;] daraus geht wieder hervor eine Thätigkeit in einem Momente, diese Individ[ualität] erscheint als Aufforderung zum freien Handeln, die Indiv[idualität] wird mir gegeben eben durch diese Aufforderung. Indiv[idualität] = der Aufforderung zum freien Handeln."

136 Wissenschaftslehre nova methodo, § 13, S. 150f.

137 Wissenschaftslehre nova methodo, § 13, S. 150.

138 Grundlage des Naturrechts, § 6, SW III 84f.

Leib die „umfassende Sphäre seiner Tätigkeit".[139] Die Begrenzung der Tätigkeit,
die ihrerseits Bedingung des Freiheitsbewußtseins der Person ist, geschieht dadurch,
daß „auf den Leib der Person eingewirkt"[140] wird. Die Einwirkung auf meinen
Leib durch andere Personen ist die Bedingung dafür, daß ich mir meines Leibes als
der Sphäre meiner Freiheit bewußt werden kann. Fichtes Interpersonalitätsprinzip
lautet dementsprechend: „Die Person kann sich keinen Leib zuschreiben, ohne ihn
zu setzen, als stehend unter dem Einflusse einer Person außer ihr, und ohne ihn
dadurch weiter zu bestimmen."[141]

(e) Ein daran anknüpfender letzter Aspekt leitet über zu Fichtes Begründung des
Rechtsbegriffs. Diese steht im Mittelpunkt der *Grundlage des Naturrechts*. Der
Personbegriff nimmt hier eine besonders exponierte Stellung ein. Die Entgegensetzung von Personen als Individuen erfolgt durch Zuschreibung, Begrenzung und
wechselseitigen Ausschluß von Freiheitssphären. „Ich setze mich als Individuum
im Gegensatze mit einem anderen bestimmten Individuum, indem *ich mir* eine
Sphäre für meine Freiheit zuschreibe, von welcher ich den anderen, und *dem anderen* eine zuschreibe, von welcher ich mich ausschließe".[142] Diese wechselseitige
ausschließende Zuschreibung einer jeweiligen Sphäre personaler freier Wahl liegt
im Begriff der Individualität und also im Begriff der Person. Hieran schließt dann
Fichtes Rechtsbegründung an.

In dieser Interpersonalitätsanalyse zeigt Fichte erneut, daß es ihm nicht um die
Rekapitulation eines empirischen Faktums geht, sondern darum, zu zeigen, daß
wir uns überhaupt nur als vernünftige, freie und selbstbestimmte Wesen erfahren, sofern wir Personen unter Personen, Personen in interpersonalen Kontexten
sind. Interpersonalität ist nach Fichte eine Bedingung des Selbstbewußtseins eines
endlichen Vernunftwesens. Dieses Ergebnis ist nicht zu verwechseln mit der soziologischen These, daß Personen ihre biographische Identität nur in gesellschaftlichen
Kontexten ausbilden und daher Selbstbilder stets gesellschaftlich-symbolisch vermittelte narrative Identitäten sind.[143]
    Selbstverständlich hatte auch Kant weder Leiblichkeit noch Interpersonalität
als wesentliche Bestimmungen menschlicher Existenz geleugnet. Er hat sie aber
nicht zum Gegenstand einer philosophischen Erörterung gemacht. Sie werden
gegebenenfalls vorausgesetzt. Nach Fichte hat die Transzendentalphilosophie (als
Wissenschaftslehre) aber gerade die Aufgabe, die mit solchen Begriffen bezeichneten Grundkonstellationen personaler Existenz aus einer umfassend bewußt-

---

139 Grundlage des Naturrechts, § 6, SW III 62.
140 Grundlage des Naturrechts, § 6, SW III 62.
141 Grundlage des Naturrechts, § 6, SW III 61.
142 Grundlage des Naturrechts, § 4, SW III 51; vgl. auch 42 u. 46.
143 Zu G. H. Meads soziologischem Intersubjektivismus im Vergleich mit Fichtes Interpersonalitätstheo-
     rie, vgl. Düsing 1986.

seinsbegründenden Deduktion aufzuhellen. Entgegen dem Klischee von Fichte als dem „Ich-Philosophen", der die Welt und andere Personen zu Produkten eines alles erzeugenden Ich mache, finden wir bei Fichte erstmals ein systematisch ausgeführtes Argument, das die konstitutive Funktion von Leiblichkeit und Interpersonalität für die Existenz und das Handeln von Personen als selbstbewußter und selbstbestimmter Wesen darlegt.

II.10. Persönlichkeit und Recht

Fichtes Analysen haben ergeben, daß der Begriff der Person die wechselseitige Anerkennung begrenzter personaler Freiheitssphären impliziert. Personen erkennen sich als ihresgleichen an, indem sie ihre Freiheit und deren Begrenzung reziprok anerkennen. Aus dem so verstandenen Personbegriff entwickelt Fichte die gesamte Rechtsphilosophie. Das Recht wird aus dem „bloßen Begriffe der Person, als einer solchen" deduziert; es ist der Inbegriff dessen, was dazugehört, „daß jemand überhaupt frei, oder Person sei".[144] Der Rechtsbegriff wird also an den Grundgedanken geknüpft: „Jeder soll überhaupt nur auch frei, eine Person sein können".[145] Dieser Grundgedanke enthält zwei Momente: die Idee fundamentaler Rechte der Person als solcher und lediglich für sich betrachtet, sowie die Idee der Kompatibilität von gegenseitig eingeräumten Sphären freier Handlungen.

(a) Ein Recht, das unmittelbar Bedingung der Möglichkeit des Personseins ist, nennt Fichte ein „Urrecht".[146] Ein Urrecht ist ein Recht, „das jeder Person, als einer solchen, absolut zukommen soll."[147] Nun bezieht sich das Recht, anders als die Moral, ausschließlich auf das, „was in der Sinnenwelt sich äußert".[148] Daher sind die Bedingungen der Persönlichkeit genau insofern als Rechte zu denken, als sie „in der Sinnenwelt erscheinen, und durch andere freie Wesen, als Kräfte in der Sinnenwelt, gestört werden könnten."[149] Die Frage der Gewährleistung personaler Freiheitssphären betrifft die Regelung von Freiheitsäußerungen in der Sinnenwelt, denn nur in der Sinnenwelt kann „die Freiheit durch die Freiheit eingeschränkt werden".[150] In bezug auf jede Person für sich betrachtet ist das Urrecht das „absolute Recht der Person, in der Sinnenwelt *nur Ursache* zu sein. (Schlechthin nie Bewirktes.)"[151] Das Urrecht ist das Recht auf eine „fortdauernde,

---

144 Grundlage des Naturrechts, § 8, SW III 94.
145 Grundlage des Naturrechts, § 8, SW III 93.
146 Grundlage des Naturrechts, § 8, SW III 94.
147 Grundlage des Naturrechts, § 10, SW III 112f.
148 Grundlage des Naturrechts, § 4, SW III 55.
149 Grundlage des Naturrechts, § 10, SW III 112.
150 Grundlage des Naturrechts, § 10, SW III 113.
151 Grundlage des Naturrechts, § 10, SW III 113.

lediglich vom Willen der Person abhängige, Wechselwirkung derselben mit der Sinnenwelt außer ihr".[152]

(b) Neben der Idee eines Urrechts der Person, das „durch die bloße Analyse des Begriffes der Persönlichkeit"[153] zu gewinnen ist, steht die Idee der interpersonalen Kompatibilität der Freiheitssphären. Da es nach Fichtes Interpersonalitätsprinzip eine Bedingung personalen Selbstbewußtseins ist, daß die Person auch anderen vernünftigen Wesen Personalität zuerkennt, müssen interpersonale Beziehungen die Bedingungen der Möglichkeit des „Beisammenseins freier Wesen"[154] erfüllen. Daher fordert das allgemeine Rechtsgesetz, daß jede Person als freies vernünftiges Wesen ihre Freiheit, als Umfang ihrer freien Handlungen, „durch den Begriff der Freiheit aller übrigen einschränke".[155] Im Ergebnis dem Grundgedanken von Kants Rechtsphilosophie[156] folgend, ist für Fichte die „Freiheit und Persönlichkeit eines anderen" die Grenze meiner Freiheit.[157] Daher ist das „Rechtsverhältnis zwischen bestimmten Personen" durch deren „wechselseitige Anerkennung" bedingt und bestimmt.[158]

(c) Dies bedeutet, daß das für sich betrachtet „absolute" und „unendliche" Urrecht der Person durch die Bedingung der interpersonalen Kompatibilität der Freiheits-sphären eingeschränkt werden muß. Das Urrecht (a) erhält durch das allgemeine Rechtsgesetz (b) eine „bestimmte Quantität"; es legt die „Quantität der Freiheit" eines jeden fest.[159] Realisiert wird dies dadurch, daß der „Umfang der Urrechte sich in den der Rechte in einem gemeinen Wesen verwandle."[160] Dieses gemeine Wesen ist der Staat, der sich in einem „Staatsbürgervertrag" konstituiert. Im „Eigentums-vertrag", als dem ersten Teil des Staatsbürgervertrags, wird jedem Einzelnen als

---

[152] Grundlage des Naturrechts, § 18, SW III 210.

[153] Grundlage des Naturrechts, § 8, SW III 94.

[154] Grundlage des Naturrechts, § 8, SW III 94. Vgl. § 8, SW III 92: „Beisammenstehen der Freiheit mehrerer".

[155] Grundlage des Naturrechts, § 8, SW III 92. Vgl. den „Rechtssatz" in § 4, SW III 52: „Ich muß das freie Wesen außer mir in allen Fällen anerkennen als ein solches, d. h. meine Freiheit durch den Begriff der Möglichkeit seiner Freiheit beschränken." Nach § 10, SW III 112, lautet der „Grundsatz aller Rechtsbeurteilung": „Jeder beschränke seine Freiheit, den Umfang seiner freien Handlungen durch den Begriff der Freiheit des anderen (so daß auch der andere, als überhaupt frei, dabei bestehen könne)".

[156] Vgl. Kant, Metaphysik der Sitten, Rechtslehre, Einleitung, § C: „Also ist das allgemeine Rechtsgesetz: handle äußerlich so, daß der freie Gebrauch deiner Willkür mit der Freiheit von jedermann nach einem allgemeinen Gesetze zusammen bestehen könne" (AA VI 231).

[157] Grundlage des Naturrechts, § 8, SW III 94.

[158] Grundlage des Naturrechts, § 12, SW III 123.

[159] Grundlage des Naturrechts, § 12, SW III 120.

[160] Grundlage des Naturrechts, § 9, SW III 111.

Verwirklichung der Kompatibilität der Freiheitssphären ein „bestimmter Teil der Sinnenwelt, als Sphäre dieser seiner Wechselwirkung ausschließend zugeeignet".[161]

Die Begründung des Rechts aus dem Personbegriff führt Fichte konsequent fort in der Staatstheorie. Auch hier ist der Personbegriff grundlegend. „Der Inbegriff aller Rechte ist die Persönlichkeit; und es ist die erste und höchste Pflicht des Staats, diese an seinen Bürgern zu schützen."[162] Zwei fundamentale, aus dem Urrecht resultierende Rechte leibhafter Personen sind das Recht auf Unantastbarkeit des menschlichen Körpers und das Recht auf Selbsterhaltung durch eigene Tätigkeit. Die „Erhaltung unseres gegenwärtigen Leibes, welches auf dem Gebiete des Naturrechts soviel heißt, als die *Selbsterhaltung*, ist Bedingung alles unseren Handelns, und aller Äußerung der Freiheit."[163] Für Fichte haben daher Personen an den Staat einen Rechtsanspruch auf Arbeit und gesichertes Existenzminimum. „Es ist Grundsatz jeder vernünftigen Staatsverfassung: Jedermann soll von seiner Arbeit leben können."[164] Für den Fall, wo dies nicht mehr gewährleistet ist, „müssen Alle von Rechtswegen [...] abgeben von dem Ihrigen, bis er leben kann".[165]

III. Georg Wilhelm Friedrich Hegel

Bei Hegel ist der Personbegriff vor allem in der Logik (*Wissenschaft der Logik*, 1812/1831) und in der Rechtsphilosophie (*Grundlinien der Philosophie des Rechts*, 1820/21) einschlägig. Hegels Logik ist (dem Anspruch nach) eine dialektische Entfaltung des kategorialen Systems aller Denkbestimmungen. Sie ist der Versuch, „die Kategorien, logischen Formen, Reflexionsbestimmungen und Grundbegriffe der Wissenschaften als ein System der Implikationen von Bedeutungen zu entfalten".[166] Hegels Rechtsphilosophie versteht sich als eine Analyse des Begriffs des Willens, seiner Bestimmungen und Formen. Im Zuge einer begrifflichen Entwicklung der Konkretionen des Willens, einer „Teleologie der Willensformen"[167], entwickelt Hegel die Institutionen des Rechts („abstraktes Recht"), der Moral („Moralität") und des Staates („Sittlichkeit"). Zwar trägt Hegel auch in anderen Systemteilen Überlegungen vor, die leicht mit seinem Personbegriff in Zusammenhang gebracht werden können. So enthält seine Philosophie des „subjektiven Geistes" – in der *Enzyklopädie der philosophischen Wissenschaften im Grundrisse* von 1830 (§§ 387–

---

[161] Grundlage des Naturrechts, § 18, SW III 210. Vgl. § 12, SW III 126: „ein endliches Quantum der Sinnenwelt".

[162] Grundlage des Naturrechts, Anhang I, § 10, SW III 318.

[163] Grundlage des Naturrechts, § 11, SW III 118.

[164] Grundlage des Naturrechts, § 18, SW III 212.

[165] Grundlage des Naturrechts, § 18, SW III 213.

[166] Siep 1992, S. 109.

[167] Siep 1992, S. 101.

482) die Anthropologie („Die Seele"), die Phänomenologie („Das Bewußtsein")
und die Psychologie („Der Geist") – Ausführungen zu Leiblichkeit, Selbstgefühl,
Erinnerung und Sorge um die Zukunft, die im Zusammenhang einer umfassen-
deren Philosophie der Person noch über Hegel hinaus von erheblicher Bedeutung
sind.[168] Hegel selbst aber bezieht diese Ausführungen nicht, zumindest nicht terminologisch, auf den in seiner Logik und vor allem in seiner Rechtsphilosophie
so zentralen Personbegriff. Im folgenden wird daher nur auf diese letzteren Bezug
genommen.

III.1. Rechtsphilosophie

In bezug auf den Personbegriff kann Hegel an grundlegende Einsichten Kants und
Fichtes anschließen. Dies gilt vor allem für Fichtes These, daß Subjektivität nicht
ohne Intersubjektivität, Personalität nicht ohne Interpersonalität möglich ist. Auch
für Hegel ist Selbstbewußtsein, zumindest im Sinne des (empirischen) Bewußtseins, das wir von uns als Personen haben, untrennbar von dem Bewußtsein, daß
die Vernunft, die wir uns selbst zuschreiben, eine allen selbständigen Individuen
gemeinsame Vernunft ist. Hegels Personbegriff ist wie der Fichtes in eine Theorie
interpersonaler Anerkennung eingebunden. Dies wiederum impliziert für Hegel ein
„bestimmtes Verhalten wechselseitiger Selbstbeschränkung und Anerkennung".[169]
Für den deutschen Idealismus kann insgesamt gesagt werden, die Forderung, daß
„selbstbewußte Vernunftwesen einander als solche ‚anerkennen' müssen", habe
den Rang eines Prinzips für Moral und Recht.

Hegel bleibt aber nicht bei den Einsichten Kants und Fichtes stehen, sondern
erweitert deren Personbegriff zu einem systematischen Grundbegriff der Rechtsphilosophie und sogar der Logik. Die „Persönlichkeit des Willens", sowohl des
individuellen als auch des allgemeinen Willens, wird zum Ausgangspunkt der
Entwicklung des Systems der Rechte. Die zentralen Stellen zum Personbegriff in
Hegels Rechtsphilosophie finden sich in den *Grundlinien* im „abstrakten Recht" in
§§ 35–37 und §§ 39–41 sowie im „inneren Staatsrecht" in § 279.

Das „abstrakte", „formelle Recht" und dort die „Rechtsfähigkeit" werden aus
dem Begriff der Persönlichkeit des Willens begründet. In § 36 schreibt Hegel:
„Die Persönlichkeit enthält überhaupt die Rechtsfähigkeit und macht den Begriff
und die selbst abstrakte Grundlage des abstrakten und daher *formellen* Rechtes
aus."[170] Eine rechtliche Welt wird durch die reziproke Anerkennung von Personen
als Personen konstituiert. Personalität ist die Grundverfassung und Grundnorm
aller Rechtlichkeit. Aus ihr erfolgt die Begründung der Rechtsfähigkeit: *„jede* Art

---

[168] Vgl. dazu Siep 1990, Sturma 1990, Sturma 1997.
[169] Siep 1992, S. 11.
[170] Grundlinien der Philosophie des Rechts, § 36, TW VII, S. 95.

von Rechten kommt nur einer Person zu".[171] Und sie ist der Gegenstand des
Rechtsgebots: „Das Rechtsgebot ist daher: *sei eine Person und respektiere die anderen
als Personen*".[172] Gleichzeitig ist Personalität auch eine Leitidee der Rechtsordnung,
denn diese muß so verfaßt sein, daß sie Personalität ermöglicht.[173]

Person bzw. Persönlichkeit ist in Hegels Rechtsphilosophie aber nicht nur
Grundbegriff des „abstrakten Rechts" und insofern Teilprinzip, sondern auch „Uni-
versalprinzip"[174] der Hegelschen Rechtsphilosophie insgesamt als einer „Teleologie der Willensformen" vom abstrakten Recht bis zur Sittlichkeit (Staat). Aber was
heißt „Persönlichkeit" in diesem Zusammenhang? Hegels Rechtsphilosophie ist
systematisch betrachtet eine spekulative begriffslogische Entfaltung aller Rechtsin-
stitutionen aus dem Begriff des Willens. Auch der Rechtsbegriff selbst soll im Zuge
der kategorialen Selbstentfaltung des Willensbegriffs entwickelt werden. Der Begriff
der Persönlichkeit wird hier als das wesentliche Strukturmerkmal des Willens eingeführt. Das abstrakte Recht (Eigentumstheorie, Vertragsrecht und Strafrecht) werden im Ausgang von der „Persönlichkeit des Willens" entwickelt. Diese bestimmt
Hegel zunächst als „einfache Selbstbeziehung" und Individualitätsbewußtsein. Laut
§ 35 der *Grundlinien der Philosophie des Rechts* bezeichnet der Terminus „Person"
die „formelle, die selbstbewußte, sonst inhaltslose *einfache* Beziehung auf sich in
seiner Einzelheit". „Persönlichkeit" soll nach dieser Stelle den Sachverhalt bezeichnen, „daß ich als *Dieser* vollkommen nach allen Seiten (in innerlicher Willkür, Trieb
und Begierde, sowie nach unmittelbarem äußerlichen Dasein) bestimmte und endliche, doch schlechthin reine Beziehung auf mich bin und in der Endlichkeit mich
so als das *Unendliche, Allgemeine* und *Freie* weiß".[175] Ähnlich wie Kant verwendet auch Hegel die Termini „Person" und „Persönlichkeit" stellenweise, aber nicht
durchgängig, im Sinne einer terminologischen Unterscheidung. Die Struktur, die
Hegel hier offenbar aber mit beiden Termini im Auge hat, kann als die Fähigkeit des
Individuums charakterisiert werden, „sich zu allen seinen Eigenschaften und Trieben distanziert zu verhalten, von ihnen gedanklich abstrahieren und sich zu ihnen
willentlich verhalten zu können".[176] Hegel nennt dies auch ein „Selbstbewußtsein
von sich als vollkommen abstraktem Ich, in welchem alle konkrete Beschränktheit und Gültigkeit negiert und ungültig ist".[177] Der Dialektik des Willens zu
Beginn der *Grundlinien* (§§ 5–7) entsprechend ist dies aber nur *ein* Moment des
Willens, das für sich selbst unzureichend ist. Hier hat der Wille als abstrakt freier
Wille, „Negativität", „noch gar keinen eignen Inhalt, der aus sich selbst bestimmt

---

[171] Grundlinien der Philosophie des Rechts, § 40, TW VII, S. 100.
[172] Grundlinien der Philosophie des Rechts, § 36, TW VII, S. 95.
[173] Siep 1992, S. 101.
[174] Quante 1997, S. 74.
[175] Grundlinien der Philosophie des Rechts, § 35, TW VII, S. 93.
[176] Siep 1992, S. 100.
[177] Grundlinien der Philosophie des Rechts, § 35, TW VII, S. 93.

wäre".[178] Hinzutreten muß eine Intention (eine „Richtung des Willens auf etwas"; § 6) und eine Entscheidung, die „*Selbstbestimmung* des Ich" (§ 7). Erst durch das „Beschließen setzt der Wille sich als Willen eines bestimmten Individuums".[179] Wie schon bei Kant liegt auch bei Hegel die „Wahrheit" des Willens nicht schon in der Distanzierung von besonderen Antrieben, sondern erst in der Selbstbestimmung zu einer vernünftigen Handlung.

Der systematisch grundlegenden Dreier-Struktur der spekulativ-dialektischen Kategorien-Logik entsprechend analysiert Hegel auch den personalen Willen als eine Struktur, die drei Momente umfaßt: (1) das Selbstverhältnis einer Person in der Tätigkeit, ein „Dasein als das ihrige zu setzen", d.h. Besitz als Manifestation meines Willens, Eigentum als „Dasein der Freiheit";[180] (2) das interpersonale Verhältnis von Personen als Eigentümer im Vertrag: „Die Person, sich von sich unterscheidend, verhält sich zu einer *anderen Person*";[181] (3) das Verhältnis der Person zwischen sich als Rechtsperson, die als solche die reziproke Anerkennung der Personalität aller und somit Rechtsgleichheit will, und ihrem besonderen Willen, der sich auch in rechtsbrüchigen Taten (Unrecht) manifestieren und somit Rechtsgleichheit negieren kann.[182]

Den Willen zur Rechtsgleichheit repräsentiert bei Hegel die Person des Monarchen. Sie tut dies in zweierlei Hinsicht. Zum einen ist das natürliche Individuum, trotz seiner abstrakten Willensfreiheit im Sinne des ersten Moments des Willens, stets dem Risiko ausgesetzt, daß ihr jeweils besonderer Wille von der Forderung allgemeiner Gleichheit als Rechtspersonen abweicht und somit Unrecht begeht. Daher eignet es sich auch nicht zum rechtsprechenden Willen. Zum anderen ist das natürliche Individuum unfähig zur Rechtsdurchsetzung. Der Wille zur Rechtsgleichheit ist ein überindividueller und wird nur durch eine überindividuelle Person repräsentiert, die zudem mit der erforderlichen Souveränität ausgestattet ist. Daraus schließt Hegel: „Die Persönlichkeit des Staates ist nur als eine *Person, der Monarch* wirklich."[183] Dies ist die staatstheoretische Anwendung eines Grundsatzes, den Hegel zu Beginn desselben Paragraphen nennt: „Die Subjektivität aber ist in ihrer Wahrheit nur als *Subjekt*, die Persönlichkeit nur als *Person*".[184] Dabei versteht Hegel unter *Persönlichkeit* den „wissenden und wollenden Selbstbezug",[185] die

---

[178] Grundlinien der Philosophie des Rechts, § 34 R, TW VII, S. 92.

[179] Grundlinien der Philosophie des Rechts, § 13, TW VII, S. 64. Zur Bedeutung dieser Bestimmungen des Willens für die philosophische Begründung des Strafrechts, vgl. Mohr 1997.

[180] Vgl. dazu dann Grundlinien der Philosophie des Rechts, § 41, TW VII, S. 102.

[181] Grundlinien der Philosophie des Rechts, § 40, TW VII, S. 98.

[182] Grundlinien der Philosophie des Rechts, § 39–40, TW VII, S. 98. Vgl. dazu Hegels Strafrechtstheorie, ebd., §§ 82–104; dazu Mohr 1997.

[183] Grundlinien der Philosophie des Rechts, § 279, TW VII, S. 445.

[184] Grundlinien der Philosophie des Rechts, § 279, TW VII, S. 444.

[185] Vgl. Siep 1992, S. 106.

„Gewißheit seiner selbst",[186] das „Ich will", das alles Abwägen „beschließt" und handelt.[187] Insofern ist Persönlichkeit zunächst nur eine Struktur, ein „Begriff". Wirklichkeit erlangt die Persönlichkeit aber erst dadurch, daß sie in *einer Person* realisiert wird. Person ist das „für sich seiende Subjekt", *Individualität*. „Persönlichkeit drückt nur den Begriff als solchen aus, die Person enthält zugleich die Wirklichkeit desselben, und der Begriff ist nur mit dieser Bestimmung *Idee*, Wahrheit."[188] Der Staat ist eine politisch-rechtliche Einheit durch seine Souveränität. Diese „existiert" als „*Selbstbestimmung* des Willens, in welcher das Letzte der Entscheidung liegt".

Damit gewinnt Hegels aus § 35 bekannte Verwendung der Ausdrücke „Person" und „Persönlichkeit" hier im Staatsrecht den Charakter einer terminologischen Unterscheidung. Während die Persönlichkeit die Struktur des einfachen Selbstbezugs ist, ist die Person das numerisch identische Individuum, in dem diese Struktur zur Existenz kommt. In ihrer (rechtsphilosophisch entwickelten) höchsten Form ist die Persönlichkeit die Souveränität des Staates und die Person der letztentscheidende Monarch. Hegels Resultat lautet hier: Im Staat kommt die Persönlichkeit des Willens im Individuum des Monarchen „zur Wahrheit ihrer Existenz".[189]

An dieser Stelle wird ein wesentliches Merkmal der Methode und der Architektonik der Hegelschen Philosophie deutlich. Hegel selbst macht darauf in § 279 explizit aufmerksam: „Die immanente Entwicklung einer Wissenschaft, die *Ableitung ihres ganzen Inhalts* aus dem einfachen *Begriffe* (sonst verdient eine Wissenschaft wenigstens nicht den Namen einer philosophischen Wissenschaft) zeigt das Eigentümliche, daß der eine und derselbe Begriff, hier der Wille, der anfangs, weil es der Anfang ist, abstrakt ist, sich erhält, aber seine Bestimmungen, und zwar ebenso nur durch sich selbst, verdichtet und auf diese Weise einen konkreten Inhalt gewinnt. So ist es das Grundmoment der zuerst im unmittelbaren Rechte abstrakten Persönlichkeit, welches sich durch seine verschiedenen Formen von Subjektivität fortgebildet hat und hier im absoluten Rechte, dem Staate, der vollkommen konkreten Objektivität des Willens, die *Persönlichkeit des Staats* ist, seine *Gewißheit seiner selbst*".[190] In der „Person des Monarchen" gelangt die „Persönlichkeit des Ganzen", die Souveränität des Staates, zu der „ihrem Begriffe gemäßen Realität".[191] Der Staat ist die Einheit von abstraktem Selbstbezug und vollständiger Individuierung.[192] Er ist das Volk als eine „in sich entwickelte, wahrhaft organische Totalität gedacht".[193] Im Staat gelangen die „Momente des Begriffs [des Willens]

---

186 Grundlinien der Philosophie des Rechts, § 279, TW VII, S. 445.

187 Vgl. Grundlinien der Philosophie des Rechts, § 279, Zusatz, TW VII, S. 449.

188 Grundlinien der Philosophie des Rechts, § 279, TW VII, S. 445.

189 Grundlinien der Philosophie des Rechts, § 279, TW VII, S. 444, 445.

190 Grundlinien der Philosophie des Rechts, § 279, TW VII, S. 445.

191 Grundlinien der Philosophie des Rechts, § 279, TW VII, S. 447.

192 Vgl. Siep 1992, S. 108.

193 Grundlinien der Philosophie des Rechts, § 279, TW VII, S. 447.

zur Wirklichkeit nach ihrer eigentümlichen Wahrheit".[194] Damit erweist sich die
Rechtsphilosophie insgesamt als eine Entfaltung und sukzessive Konkretisierung
des Begriffs der Persönlichkeit des Willens.

III.2. LOGIK

Anders als bei Kant und Fichte, bei denen der Personbegriff zwar bereits eine
grundlegende Rolle in der Moral- und Rechtsphilosophie spielt, gewinnt bei Hegel
darüber noch hinausgehend der Persönlichkeitsbegriff, mit dem der Subjektivität,
einen insgesamt systemstrukturierenden Status. Dem liegt Hegels These von der
„Personalität des ‚Logos' " zugrunde: „der Begriff" selber ist „Persönlichkeit".
Während in der Rechtsphilosophie die Begriffe der Person und der Persönlichkeit sich noch weitgehend im Rahmen der Kant-Fichteschen Semantik bewegen,
ist Hegels These, „der Begriff" selber sei „Persönlichkeit", nur im Rahmen der von
Hegel entwickelten spekulativ-dialektischen Logik zu verstehen. In der *Wissenschaft der Logik* sind Selbstbewußtsein und Personalität nicht (nur) Eigenschaften
oder Fähigkeiten vernunftbegabter, menschlicher Individuen, wie dies bei noch
bei Kant und Fichte (in weitgehender Übereinstimmung mit Grundzügen unseres allgemeinsprachlichen Vokabulars) der Fall ist. Selbstbewußtsein, Subjektivität,
Personalität sind in der spekulativen Logik das wesentliche Strukturmerkmal der
„Selbstexplikation der Grundbegriffe des Denkens und Seins".[195]. Die *Wissenschaft
der Logik* soll das System der Kategorien als ein „System der Implikationen von
Bedeutungen" entfalten.[196] Diese Entfaltung soll verstanden werden als ein Prozeß
der Selbsterkenntnis der Vernunft. „Subjektivität ist der Prozeß, das ‚Gesetz' *und*
die Selbstexplikation (‚Selbstbewußtsein') des Ganzen der Begriffe."[197] Was hat das
mit „Personalität" zu tun?

Die grundlegende Stelle hierzu findet sich in der Einleitung zur *Lehre vom
Begriff*, dem Zweiten Teil der *Wissenschaft der Logik*. Dort schreibt Hegel: „Der
Begriff [...] ist nichts anderes als *Ich* oder das reine Selbstbewußtsein".[198] Hegel
grenzt diese These gegen die gängige Vorstellung vom Ich als dem Wesen, das
Begriffe *hat* (dem empirischen Subjekt hinsichtlich seiner psychsisch-kognitiven
Fähigkeiten), ab und fährt fort: *„Ich* aber ist diese *erstlich* reine sich auf sich bezie-
hende Einheit, und dies nicht unmittelbar, sondern indem es von aller Bestimmtheit
und Inhalt abstrahiert und in die Freiheit der schrankenlosen Gleichheit mit sich
selbst zurückgeht. So ist es *Allgemeinheit*; Einheit, welche nur durch jenes *negative*
Verhalten, welches als das Abstrahieren erscheint, Einheit mit sich ist, und dadurch

---

194 Grundlinien der Philosophie des Rechts, § 279, TW VII, S. 445.
195 Siep 1992, S. 99.
196 Siep 1992, S. 109.
197 Siep 1992, S. 109.
198 Wissenschaft der Logik, Zweiter Teil, TW VI, S. 253.

alles Bestimmtsein in sich aufgelöst enthält. *Zweitens* ist Ich ebenso unmittelbar als die sich auf sich selbst beziehende Negativität *Einzelheit, absolutes Bestimmtsein* welches sich Anderem gegenüberstellt und es ausschließt; *individuelle Persönlichkeit.*" Und von diesen beiden Struktur-Momenten, der „absoluten Allgemeinheit" und der „absoluten Vereinzelung", sagt Hegel im direkten Anschluß hieran, sie machten „ebenso die Natur des *Ich* als des *Begriffes* aus". Hegels These, Persönlichkeit gelange erst in einer Person zu der ihrem Begriff gemäßen Realität und Wahrheit (im Staatsrecht verwendet Hegel diese These als Argument für die Monarchie), hat ihre Begründung in der spekulativ-logischen These: „von dem einen und dem anderen [d. h. Ich und Begriff] ist nichts zu begreifen, wenn nicht die angegebenen beiden Momente zugleich in ihrer Abstraktion und zugleich in ihrer vollkommenen Einheit aufgefaßt werden".[199]

Die Beziehungen zwischen diesen Ausführungen und denen in der Rechtsphilosophie sind leicht zu erkennen. Das erste Moment, der Abstraktion, Allgemeinheit, inhaltsgleichgültigen Selbstgewißheit, korreliert der Persönlichkeit im abstrakten Recht. Das zweite Moment, die Einzelheit, Individualität, entspricht dem Entschluß und der Individualität des Monarchen. Personalität ist bei Hegel nicht nur, wie schon bei Fichte, eine implizite Bedingung individuellen und kollektiven Selbstbewußtseins, sondern, noch grundlegender, eine Eigenschaft aller Formen des Selbstbewußtseins, „auch der Selbstexplikation der Begriffe",[200] und es ist aufgrund dessen auch eine Eigenschaft individueller Rechtssubjekte und kollektiver Souveränität.

III.3. Zusammenfassung

Hegels Begriff von Person und Persönlichkeit umfaßt mehrere Merkmale, die er einesteils aus der etablierten Moralsprache sowie philosophischen Vorgängertheorien, vor allem Kants und Fichtes, übernimmt, die er aber andernteils im Zusammenhang seiner spekulativen Logik einführt und unter deren begriffssystematischen Grundvoraussetzungen in der Rechtsphilosophie von einer Theorie der abstrakten Rechtsperson bis zur Theorie vom Monarchen als dem adäquaten Repräsentanten des Staates fortentwickelt. Zusammenfassend können folgende Merkmale festgehalten werden: Selbstbewußtsein qua einfache und unmittelbare Selbstbezüglichkeit, die Fähigkeit der Selbstdistanzierung von konkreten, gegebenen Willensinhalten (Zwecken), raum-zeitliche Individuierung als konkrete Person, Manifestation einer Gesamtordnung von Gesetzen und Begriffen.[201]

---

[199] Wissenschaft der Logik, Zweiter Teil, TW VI, S. 253.

[200] Siep 1992, S. 98.

[201] Bärbel Frischmann danke ich für Kritik und hilfreiche Hinweise sowie für viele, erhellende und perspektivenreiche Gespräche, insbesondere über Fichte.

LITERATUR

Ameriks, K. 1998: The Paralogisms of Pure Reason in the First Edition. In: Mohr/Willaschek (Hg.).

Baumanns, P. 1972: Fichtes ursprüngliches System. Sein Standort zwischen Kant und Hegel, Stuttgart-Bad Cannstatt.

Baumanns, P. 1974: Fichtes Wissenschaftslehre. Probleme ihres Anfangs. Mit einem Kommentar zu § 1 der „Grundlage der gesamten Wissenschaftslehre", Bonn.

Baumanns, P. 1991: J. G. Fichte. Kritische Gesamtdarstellung seiner Philosophie, Freiburg/ München.

Beck, L. W. 1960: A Commentary on Kant's Critique of Practical Reason, Chicago/London [dt.: Kants „Kritik der praktischen Vernunft". Ein Kommentar. Übers. v. K.-H. Ilting, München 1974].

Becker, W. 1984: Selbstbewußtsein und Erfahrung. Zu Kants transzendentaler Deduktion und ihrer argumentativen Rekonstruktion, Freiburg/München.

Bobzien, S. 1988: Die Kategorien der Freiheit bei Kant. In: Oberer/Seel (Hg.).

Bobzien, S. 1997: Kants Kategorien der Freiheit. Eine Anmerkung zu Bruno Haas. In: Oberer (Hg.).

Breazeale, D. 1996: The Theory of Practice and the Practice of Theory: Fichte and the ‚Primacy of Practical Reason'. In: International Philosophical Quarterly 36.

Düsing, E. 1986: Intersubjektivität und Selbstbewußtsein. Behavioristische, phänomenologische und idealistische Begründungstheorien bei Mead, Schütz, Fichte und Hegel, Köln.

Düsing, E. 1991: Das Problem der Individualität in Fichtes früher Ethik und Rechtslehre. In: Fichte-Studien, Bd. 3: Sozialphilosophie, Amsterdam.

Fichte, J. G.: Briefwechsel, 2 Bde. Hg. v. H. Schulz, 2. Aufl., Leipzig 1930.

Fichte, J. G.: Das System der Sittenlehre nach Prinzipien der Wissenschaftslehre, Jena und Leipzig 1798. In: SW IV, S. 1–366; GA I/5, S. 1–317; sowie: Hg. v. M. Zahn, 2. Aufl., Hamburg 1969.

Fichte, J. G.: Die Bestimmung des Menschen, Berlin 1800. In: SW II, 165 ff.; sowie: Hg. v. Th. Ballauf/I. Klein, Stuttgart 1993.

Fichte, J. G.: Einige Vorlesungen über die Bestimmung des Gelehrten, Jena 1794/95. In: SW VI, S. 289 ff.; GA I/3; sowie in: J. G. Fichte, Von den Pflichten der Gelehrten. Jenaer Vorlesungen 1794/95. Hg. v. R. Lauth u. a., Hamburg 1971.

Fichte, J. G.: Gesamtausgabe der Bayerischen Akademie der Wissenschaften. Hg. v. R. Lauth/H. Gliwitzky, Stuttgart-Bad Cannstatt 1962 ff. [zit. als GA mit römischer Band- und arabischer Seitenzahl].

Fichte, J. G.: Grundlage der gesammten Wissenschaftslehre als Handschrift für seine Zuhörer, Jena und Leipzig 1794; In: SW I, S. 83–328; GA I/2, S. 173–461; sowie: Hg. v. W. G. Jacobs, Hamburg ³1979.

Fichte, J. G.: Grundlage des Naturrechts nach Prinzipien der Wissenschaftslehre, Jena und Leipzig 1796 (Erster Teil) und 1797 (Zweiter Teil). In: SW III, S. 1–385; GA I/3; sowie: Hg. v. M. Zahn, Hamburg 1967.

Fichte, J. G.: Über den Begriff der Wissenschaftslehre oder der sogenannten Philosophie, Weimar 1794; In: SW I, S. 27–81; GA I/2, S. 91–167; sowie: Hg. v. W. G. Jacobs, Hamburg ³1979.

Fichte, J. G.: Wissenschaftslehre nova methodo, Hallesche Nachschrift, ca. 1796–1799. In: GA IV/2, S. 17–266.

Fichte, J. G.: Wissenschaftslehre nova methodo, Kollegnachschrift von Karl Christian Friedrich Krause 1798/99. Hg. v. E. Fuchs, Hamburg 1982.

Fichte, J. G.: Zweite Einleitung in die Wissenschaftslehre, 1797. In: SW I u. GA I/4.

Fichtes Werke, 11 Bde. Hg. v. I. H. Fichte, Berlin 1971; [zit. als SW mit Angabe der römischen Band- und arabischen Seitenzahl] (Nachdruck der Sämmtlichen Werke, 8 Bde. Hg. v. I. H. Fichte, Berlin 1845/46, und der Nachgelassenen Werke, 3 Bde. Hg. v. I. H. Fichte, Bonn 1834/35).

Frischmann, B./Mohr, G. i. Ersch.: Leib und Person bei Descartes und Fichte. In: V. Schürmann (Hg.): Menschliche Körper in Bewegung Frankfurt am Main/New York.

Haas, B. 1997: Die Kategorien der Freiheit. In: Oberer (Hg.).

Hegel, G. W. F.: Enzyklopädie der philosophischen Wissenschaften im Grundrisse, Dritter Teil: Die Philosophie des Geistes, Erstausgabe Heidelberg 1817, Berlin 1830, in: TW VIII–X.

Hegel, G. W. F.: Grundlinien der Philosophie des Rechts, Berlin 1821. In: TW VII.

Hegel, G. W. F.: Werke in zwanzig Bänden, auf der Grundlage der Werkausgabe von 1832–1845. Hg. v. E. Moldenhauer/K. M. Michel, Frankfurt am Main 1969ff. [zit. als TW I ff.]

Hegel, G. W. F.: Wissenschaft der Logik, Zweiter Band: Die subjektive Logik oder die Lehre vom Begriff, Nürnberg 1816. In: TW VI, 241ff.; sowie: Hg. v. F. Hogemann, Hamburg 1994.

Heimsoeth, H. 1924/1956: Persönlichkeitsbewußtsein und Ding an sich in der kantischen Philosophie. In: Ders., Studien zur Philosophie Immanuel Kants. Metaphysische Ursprünge und ontologische Grundlagen, Köln.

Henrich, D. 1960: Der Begriff der sittlichen Einsicht und Kants Lehre vom Faktum der Vernunft. In: Prauss (Hg.) 1973.

Hunter, Ch. K. 1973: Der Interpersonalitätsbeweis in Fichtes früher angewandter praktischer Philosophie, Meisenheim.

Ivaldo, M. 1989: Transzendentale Interpersonalitätslehre nach den Prinzipien der Wissenschaftslehre in Grundzügen. In: A. Mues (Hg.): Transzendentalphilosophie als System. Die Auseinandersetzung zwischen 1794 und 1806, Hamburg.

Kant, I.: Anthropologie in pragmatischer Hinsicht, Königsberg 1798. In: AA VII.

Kant, I.: Grundlegung zur Metaphysik der Sitten, Riga 1785. In: AA IV.

Kant, I.: Kritik der praktischen Vernunft, Riga 1788. In: AA V.

Kant, I.: Kritik der reinen Vernunft, 1. Aufl., Riga 1781 (A), 2. Aufl., Riga 1787 (B)

Kant, I.: Metaphysik der Sitten, Königsberg 1797. In: AA VI.

Kant, I.: Prolegomena zu einer jeden künftigen Metaphysik, die als Wissenschaft wird auftreten können, Riga 1783. In: AA IV.

Kant, I.: Reflexionen aus dem handschriftlichen Nachlaß. In: AA XV ff.

Kant, I.: Welches sind die wirklichen Fortschritte, die die Metaphysik seit Leibnizens und Wolffs Zeiten in Deutschland gemacht hat? Hg. v. D. F. Th. Rink, Königsberg 1804. In: AA XX.

Kant, I. 1900ff.: Kants gesammelte Schriften. Hg. v. der Preußischen Akademie der Wissenschaften, Berlin [zit. als AA I ff.].

Lauth, R. 1962: Le problème de l'interpersonnalité chez J. G. Fichte. In: Archives de Philosophie 25.

Mohr, G. 1988a, Vom Ich zur Person. Die Identität des Subjekts bei Peter F. Strawson. In: M. Frank u. a. (Hg.): Die Frage nach dem Subjekt, Frankfurt am Main.

Mohr, G. 1988b: Personne, personnalité et liberté dans la Critique de la Raison pratique. In: Revue Internationale de Philosophie, 166.

Mohr, G. 1995: Freedom and the Self: From Introspection to Intersubjectivity. In: K. Ameriks/D. Sturma (Hg.): The Modern Subject: Conceptions of the Self in Classical German Philosophy, Albany, NY.

Mohr, G. 1997: Unrecht und Strafe (§§ 82–104). In: Siep (Hg.).

Mohr, G./Willaschek, M. (Hg.) 1998: Immanuel Kant, Kritik der reinen Vernunft, Berlin.

Neuhouser, F. 1990: Fichte's Theory of Subjectivity, Cambridge.

Oberer, H. (Hg.) 1997: Kant. Analysen – Probleme – Kritik, Band III, Würzburg.

Oberer, H./Seel, G. (Hg.) 1988: Kant. Analysen – Probleme – Kritik, Würzburg.

Prauss, G. (Hg.) 1973: Kant. Zur Deutung seiner Theorie von Erkennen und Handeln, Köln.

Prauss, G. (Hg.) 1986: Handlungstheorie und Transzendentalphilosophie, Frankfurt am Main.

Quante, M. 1993: Hegels Begriff der Handlung, Stuttgart-Bad Cannstatt.

Quante, M. 1997a: „Die Persönlichkeit des Willens" als Prinzip des abstrakten Rechts. Eine Analyse der begriffslogischen Struktur der §§ 34–40 von Hegels ‚Grundlinien der Philosophie des Rechts'. In: Siep (Hg.).

Rohs, P. 1991: Johann Gottlieb Fichte, München.

Schöndorf, H. 1982: Der Leib bei Fichte und Schopenhauer (Münchener Philosophische Studien, Bd. 15), München.

Schönrich, G. 1986: Die Kategorien der Freiheit als handlungstheoretische Elementarbegriffe. In: Prauss (Hg.) 1986.

Siep, L. 1979: Anerkennung als Prinzip der praktischen Philosophie. Untersuchungen zu Hegels Jenaer Philosophie des Geistes, Freiburg/München.

Siep, L. 1984: Person and Law in Kant and Hegel. In: The Graduate Faculty Philosophy Journal, New School für Social Research, New York, 10.

Siep, L. [2]1985: Johann Gottlieb Fichte (1762–1814). In: O. Höffe (Hg.): Klassiker der Philosophie, München.

Siep, L. 1990: Leiblichkeit, Selbstgefühl und Personalität in Hegels Philosophie des Geistes. In: Eley, L. (Hg.): Hegels Theorie des subjektiven Geistes in der „Enzyklopädie der philosophischen Wissenschaften im Grundrisse", Stuttgart-Bad Cannstatt [wiederabgedruckt in und zitiert nach: Siep 1992a].

Siep, L. 1992a: Praktische Philosophie im Deutschen Idealismus, Frankfurt am Main.

Siep, L. 1992b: Personbegriff und praktische Philosophie bei Locke, Kant und Hegel. In: Siep 1992a.

Siep, L. 1993: Leiblichkeit bei Fichte. In: K. Held/J. Hennigfeld (Hg.): Kategorien der Existenz. Festschrift für Wolfgang Janke, Würzburg.

Siep, L. (Hg.) 1997: G. W. F. Hegel, Grundlinien der Philosophie des Rechts, Berlin.

Stolzenberg, J. 1986: Fichtes Begriff der intellektuellen Anschauung. Die Entwicklung der Wissenschaftslehre von 1793/94–1801/02, Stuttgart.

Strawson, P. F. 1966: The Bounds of Sense. An Essay on Kant's Critique of Pure Reason, London.

Sturma, D. 1985: Kant über Selbstbewußtsein. Zum Zusammenhang von Erkenntniskritik und Theorie des Selbstbewußtseins, Hildesheim u. a.

Sturma, D. 1990: Hegels Theorie des Unbewußten. Zum Zusammenhang von Naturphilosophie und philosophischer Psychologie. In: Hegel-Jahrbuch.

Sturma, D. 1997: Philosophie der Person. Die Selbstverhältnisse von Subjektivität und Moralität, Paderborn.

Sturma, D. 1998: Die Paralogismen der reinen Vernunft in der zweiten Auflage. In: Mohr/ Willaschek (Hg.).

Verweyen, H. 1975: Recht und Sittlichkeit in J. G. Fichtes Gesellschaftslehre, Freiburg/ München.

Zeltner, H. 1967: Kants Begriff der Person. In: W. Arnold/H. Zeltner (Hg.): Tradition und Kritik. Festschrift für Rudolf Zocher zum 80. Geburtstag, Stuttgart/Bad-Cannstatt.

Annemarie Pieper

„PERSON" IN DER EXISTENZPHILOSOPHIE

I. Einleitung

Obwohl der Ausdruck „Person" in der Existenzphilosophie weder unter theoretischem noch unter praktischem Aspekt eine zentrale Bedeutung hat, ist der damit
angesprochene Problembereich dennoch kein Randthema, sondern gehört zum
Kern eines Philosophierens, dem es um das *existere,* das Dasein des Menschen als
Individuum geht. Erinnert man sich an die ursprüngliche Bedeutung von *persona*
als Maske, durch deren Mundöffnung der Schauspieler sich artikulierte, so spricht
die Vielfalt von Figuren, die die existenzphilosophischen Denker erfunden haben,
um durch die Selbstdarstellung konkreter Individuen Typen von Lebensformen
zu charakterisieren, für die These, daß die Existenzphilosophie sich als eine Philosophie der Person lesen läßt. Kierkegaards Pseudonyme, Nietzsches Zarathustra,
Camus' Sisyphos – sie alle verkörpern Persönlichkeiten, die in ihren Selbstverwirk-
lichungsprozessen danach streben, autonom zu werden. Aufgrund ihrer Einbindung in einen sozialen Kontext vermögen sie ihr Autonomiestreben jedoch nicht als
eine rein private Identitätssuche durchzuführen, sondern müssen es in Form einer
Rolle umsetzen, die das Handlungsspektrum durch allgemeine – ethische, rechtliche, religiöse u. a. – Spielregeln bestimmt. Man könnte vom Fluchtpunkt „Person"
aus die Entwicklung von der Metaphysik und der Transzendentalphilosophie (qua
Wesensphilosophie) über die Existenzphilosophie bis hin zur Postmoderne als eine
Geschichte der fortschreitenden Fragmentarisierung des Subjekts erzählen, in deren
Verlauf der abstrakte Begriff des autonomen Subjekts zunächst in die individuellen
Rollensubjekte zerfällt, die sich dann ihrerseits in der kontextuellen Vielfalt ich-
und rollenlos agierender Anti-Subjekte auflösen. Die Maske und das durch sie hindurch sprechende Individuum fallen ununterscheidbar zusammen. Von dort ist es
nur noch ein Schritt zum postmodernen Feminismus, der für eine Vervielfältigung
des Subjekts plädiert, die durch Inszenierung von Travestien erreicht werden soll.

Kierkegaard und Nietzsche haben mit ihren Ansätzen bei einer Philosophie des
Selbst das Fundament gelegt, auf welchem sich nicht nur ihre Philosophie der Person
im Umriß rekonstruieren läßt, sondern auch die der deutschen Existenzphilosophie

und des französischen Existentialismus. Entsprechend werden im folgenden die Thesen der beiden Philosophen des 19. Jahrhunderts den Ausgangspunkt für die Erstellung einer Folie personalen Selbstseins bilden, auf welcher dann die Konturen der von den Philosophen des 20. Jahrhunderts vorgelegten Varianten eingezeichnet werden.

II. SØREN KIERKEGAARD

Kierkegaard betrachtete sich als philosophierenden Schriftsteller im Dienst des Christentums. Entsprechend bemüht er sich in allen seinen Schriften darum, die christliche Lebensform als die einzige, dem modernen Menschen angemessene Existenzweise herauszustellen. Daher verwundert es nicht, daß er das Christwerden unter Bezugnahme auf den christlichen Gott als Personwerden auffaßt. Diesen Prozeß kontrastiert er mit dem Ideal der Unpersönlichkeit, das seine Zeitgenossen hochhalten, die als anonyme Bauchredner die Masse als Maske benutzen, hinter der sie sich unkenntlich machen, so daß sie für ihre gehässigen Reden nicht zur Rechenschaft gezogen werden können.

> [...] das Unpersönliche gefällt eben dem Menschen, das will heißen, persönlich un-persönlich zu sein, aber ohne alle Gefahr oder Verantwortung, vielleicht eine boshafte, gehässige Person zu sein, all seine Gehässigkeit zu ergießen – aber anonym oder durch Bauchrednerei.
> Und die Rettung für einen Menschen liegt eben darin, daß er Person wird. Ja, man könnte wohl als Regel aufstellen: Wer Persönlichkeit wird, wem es gelingt, jemanden so weit zu bringen, oder wer so weit kommt, der ist gewöhnlich gerettet. Und weshalb? Weil es so licht um ihn wird, daß er sich vor sich selbst nicht verstecken kann, ja so licht, als sei er durchsichtig. Und im bürgerlichen Leben meint man ja schon, die Gasbeleuchtung am Abend helfe vielem Bösen vorzubeugen, weil Licht, da es hell ist, das Böse abschreckt: und nun stell dir die Durchleuchtung vor, daß man Persönlichkeit ist, überall Licht.
> Aber der Mensch liebt natürlich die Dämmerung, das Unpersönliche; wenn es allzu licht wird, wird es ihm leicht zu feierlich, besonders wenn das nicht wechselnd sein soll, son-dern stehend, nicht stundenweise licht und dann Dämmerung und Dunkelheit, sondern unablässig licht und mit dem höchsten Maß an Klarheit. {Am Rande: ‚Persönlichkeit' ist gebildet in Richtung eines Tönens (personare); in einem andern Sinne könnte man Persönlichkeit ‚Durchsichtigkeit' nennen.}[1]

Worüber sich Kierkegaard hier mokiert, ist ein Selbstverständnis, das der Haltung des von Heidegger später so genannten „Man" nahekommt. Das Individuum verschwindet in der Gleichförmigkeit der Masse, schleift sich bis zur Ununter-scheidbarkeit ab und wird gleichsam unpersönlich in der dritten Person, denn: „Die meisten Menschen sind abgestumpfte Iche; was von der Natur angelegt war

---

[1] Kierkegaard 1962–74, 5, S. 317.

als Möglichkeit, zu einem Ich zugespitzt werden zu können, das wird rasch zu einer dritten Person abgestumpft (wie Münchhausens Hund, ein Windhund, der sich die Beine abnutzte und zum Dackel wurde)."[2] Persönlichkeit ist zum Schimpfwort geworden: „Bemerkenswert dieser Sprachgebrauch: ‚persönlich werden' im Sinne einer beleidigenden Äußerung. So weit sind wir vom Persönlichen entfernt (und doch ist dies das Geheimnis des ganzen Daseins), daß das Sprechen zu einer Person und persönlich ein ‚Persönlich-Werden' ist, d.h. eine Beleidigung."[3] Kierkegaard erklärt sich diese Einstellung damit: „Man scheint zu fürchten, daß ein Ich eine Art Tyrannei wäre, und deshalb soll jedes Ich gleichgemacht, hinter eine Objektivität zurückgedrängt werden."[4] Man betrachte es als Fortschritt, die Persönlichkeit abgeschafft zu haben[5] – im Namen einer Gleichheit, die um der Gerechtigkeit willen alle Unterschiede einebnen möchte.

Dagegen setzt Kierkegaard seine vor diesem Hintergrund ‚unzeitgemäße' These, daß es gerade die Aufgabe des Menschen sei, Person zu werden und sich persönlich gegenüber allem zu verhalten, was ihm in seinem Leben begegnet. Er stützt diese These auf die christliche Trinitätslehre, wobei er allerdings in einem bissigen Seitenhieb auf Hegel dessen spekulative Deutung karikiert:

> Lange, lange Zeit mühte das menschliche Geschlecht sich ab mit der Frage nach Gottes Persönlichkeit. Könnte man sie endlich begreifen, dann, so meinte man, könne man die Sache mit der Dreieinigkeit dahingestellt sein lassen.
> Was geschah? Dann kamen Hegel und das Hegeltum. Sie verstanden die Sache besser: sie bewiesen, daß Gott gerade deshalb persönlich sei, weil er dreieinig ist. Ja, besten Dank, nun ist uns geholfen. Die ganze Sache mit der Dreieinigkeit war eine Spiegelfechterei, es war die alte logische Trilogie (Thesis – Antithesis – Synthesis), und die ‚Persönlichkeit', die sich daraus ergab, war ungefähr das X, mit dem man in jenen Zeiten begonnen hatte, da man meinte, wenn man Gottes Persönlichkeit nur endlich begreifen könnte, so könne man die Sache mit der Dreieinigkeit dahingestellt sein lassen.[6]

Kierkegaard will die Persönlichkeit Gottes existentiell in die Person des Individuums transformiert wissen, und so rekonstruiert er das menschliche Selbst als ein dreigliedriges Verhältnis, das nicht statisch, sondern beweglich ist. In der Tätigkeit des Sichverhaltens bringt sich der Mensch als er selbst zur Existenz, indem er sich ineins zu sich selbst, zum anderen seiner selbst und schließlich zu Gott verhält.

> Der Mensch ist Geist. Was aber ist Geist? Geist ist das Selbst. Was aber ist das Selbst? Das Selbst ist ein Verhältnis, das sich zu sich selbst verhält, oder ist das an dem Verhältnisse, daß das Verhältnis sich zu sich selbst verhält; das Selbst ist nicht das Verhältnis, sondern daß das Verhältnis sich zu sich selbst verhält. [...] indem es sich zu sich selbst verhält,

---

[2] Kierkegaard 1962–74, 5, S. 313.
[3] Kierkegaard 1962–74, 3I, S. 156.
[4] Kierkegaard 1962–74, 4, S. 20.
[5] Vgl. Kierkegaard 1962–74, 5, S. 179.
[6] Kierkegaard 1962–74, 4, S. 103 f.

und indem es es selbst sein will, gründet sich das Selbst durchsichtig in der Macht, welche es gesetzt hat.[7]

Von Durchsichtigkeit als Kennzeichen der Persönlichkeit war schon oben im Tagebuch die Rede. Durchsichtig ist einer, der als er selbst offenbar wird, so wie Gott sich durch seine Offenbarung als Gott zu erkennen gegeben hat. Entsprechend heißt es in *Entweder/Oder:* „es ist eines jeden Menschen Pflicht, anderen offenbar zu werden"[8]. Unter ethischem Aspekt besteht das Verpflichtende in dem, was Individuen als Personen miteinander verbindet, und das ist jenes Allgemeine, das der eine im anderen als seine unverletzliche Würde und Freiheit respektiert. Jedes Individuum konstituiert sich als Person, indem es andere Individuen als Personen anerkennt und diese Anerkennung in seinen Handlungen so zum Ausdruck bringt, daß sie für die Mitmenschen einsichtig ist. Durchsichtigkeit ist deshalb ein ethisches Postulat, weil die Menschen nicht auf einer abstrakten Ebene miteinander zu tun haben, sondern einander als Individuen begegnen, und als Individuen sind sie konkrete Persönlichkeiten, deren Verschiedenheit ihre Handlungen zu besonderen macht, aus denen das sie als Personen Verbindende nicht ohne weiteres zu ersehen ist.

> Wenn man [...] daran denkt, daß in der Bestimmung von ‚Seelenhaftigkeit' die Einheit mit der unmittelbaren Naturbestimmung beachtet ist, so hat man, indem man alles dies zusammennimmt, eine Vorstellung von der konkreten Persönlichkeit.[9]

Person ist man nicht von Natur aus, man muß sich dazu machen. Kierkegaard rekurriert immer wieder auf das Sichverhalten als eine Leistung, durch die eine Synthese hervorgebracht wird – nicht im Sinne einer begrifflichen Vermittlung, sondern eines Zusammenhaltens und Aushaltens von Gegensätzen (wie des Gegensatzes von Seele und Körper) im Akt des Existierens. „Die Persönlichkeit ist eine Synthese aus Möglichkeit und Notwendigkeit. Es ist daher mit ihrem Bestehen wie mit der Atmung (der *Re*spiration), die ein Ein- und Ausatmen ist."[10] Der Determinist vermag nicht einzuatmen, weil er alle Zusammenhänge als notwendig begreift und keinen Freiraum mehr für mögliche Selbstentwürfe sieht. Der Phantast hingegen vermag nicht auszuatmen, weil er sich im Entwurf von Möglichkeiten verausgabt, ohne ihre reale Umsetzung in Angriff zu nehmen. Beiden Lebensformen spricht Kierkegaard Persönlichkeit ab; in der ersteren erstarrt das Selbst im Fatalismus, in der letzteren verflüchtigt es sich wie bei Hegel, der sein System als ungeheures Bauwerk errichtet habe, diesen Palast jedoch „nicht persönlich bewohnt, sondern einen Schuppen daneben, oder eine Hundehütte, oder zuhöchst das Pförtnerstübchen"

---

[7] Kierkegaard 1950–66, 24/25, S. 8, 10 [Die Krankheit zum Tode].

[8] Kierkegaard 1950–66, 2/3, S. 344 [Entweder/Oder II].

[9] Kierkegaard 1950–66, 11/12, S. 154 [Der Begriff Angst].

[10] Kierkegaard 1950–66, 24/25, S. 37 [Die Krankheit zum Tode].

bevorzugt.[11] Das gleiche widerfährt dem „Ästhetiker", der dem Genußprinzip verfallen ist, in der Meinung, damit voll und ganz auf seine Kosten zu kommen. Als Dichter verdoppelt er die Welt und seinen Genuß, wie für den Verfasser des Tagebuchs des Verführers konstatiert wird:

> [...] daß das Tagebuch einen dichterischen Anstrich empfangen hat [...], läßt sich erklären aus der dichterischen Natur, die dem Schreiber eigen ist, und die, je nachdem wie man will, nicht reich genug oder nicht arm genug ist, um Poesie und Wirklichkeit voneinander zu scheiden. Das Poetische ist das Mehr gewesen, das er seinerseits mitbrachte. Dies Mehr war jenes Poetische, das er in der poetischen Situation der Wirklichkeit genoß; und dies Mehr empfing er wieder zurück in der Gestalt dichterischer Reflexion. Dies war der zweite Genuß, und auf Genuß ist sein ganzes Leben berechnet gewesen. In der ersten Stellung genoß er persönlich das Ästhetische, in der zweiten Stellung genoß er ästhetisch seine Persönlichkeit. In der ersten Stellung war es die Pointe, daß er egoistisch persönlich das genoß, womit teils die Wirklichkeit ihn beschenkte, teils er die Wirklichkeit geschwängert hatte; in der zweiten Stellung verflüchtigte sich seine Persönlichkeit, und er genoß also die Situation und sich selbst in der Situation.[12]

Unter dem Diktat des Genußprinzips ist man nicht Person, denn der Ästhetiker verhält sich nicht zu sich selbst, wenn er dies auf die Weise des Genusses tut. Das Genußprinzip ist ein Naturprinzip, das er nicht gewählt hat; insofern ist sein Begehren in den Kategorien des Sinnlichen heteronom bestimmt, und was er für seine Persönlichkeit hält, erweist sich von daher als das Ensemble wechselnder Phantasiegestalten, die nur fiktiv existieren.

Ob jemand eine Persönlichkeit ist oder nicht, läßt sich also nicht aus dem Verhalten des Betreffenden ersehen, der auch als Gescheiterter ein gelungenes Selbstverhältnis vorspiegeln und damit seine Mitmenschen täuschen kann. Die von ihm geforderte Durchsichtigkeit macht es ihm zur Pflicht, sich zu offenbaren, schlimmstenfalls als ein Verzweifelter, der sein Selbst verfehlt und es nicht geschafft hat, Person zu werden. Das Offenbarwerden als der, der man ist, ist eine Form der Kommunikation, die beide Partner in die Pflicht nimmt, sowohl denjenigen, der sich eröffnet, als auch denjenigen, dem er sich mitteilt, dessen Durchsichtigkeit vielleicht dazu beiträgt, daß der Gescheiterte sich an ihm ein Beispiel nimmt, um in einem neuen Anlauf er selbst zu werden. Der Ethiker in *Entweder/Oder*, der den in den Kategorien des Sinnlichen existierenden Ästhetiker dazu bewegen möchte, sich selbst unbedingt zu wählen und die Heteronomie des Genußprinzips durch freie Selbstbestimmung zu überwinden, greift auf die Metapher der Maske zurück, um das ästhetische Verständnis der Person als einem vielfältig fragmentarisierten, in seinen Rollen sich auflösendem Selbst gegen das ethische und als solches normative Verständnis personalen Selbstseins abzugrenzen.

---

11 Kierkegaard 1950–66, 24/25, S. 41 [Die Krankheit zum Tode].
12 Kierkegaard 1950–66, 1, S. 327 [Entweder/Oder I].

[...] weißt Du es denn nicht, es kommt eine Mitternachtsstunde, da jedermann sich demaskieren muß, glaubst Du etwa, daß man sich kurz vor Mitternacht wegschleichen könne, um dem Fallen der Masken zu entgehen? Oder erschreckt Dich das etwa nicht? Ich habe im Leben Menschen gesehen, welche andre so lange betrogen, daß zuletzt ihr wahres Wesen sich nicht mehr zu offenbaren vermochte; ich habe Menschen gesehen, welche so lange Versteck spielten, daß zuletzt der Wahnsinn durch ihren Mund auf ebenso widerwärtige Weise andern ihre heimlichsten Gedanken aufdrängte, die sie ihnen bis dahin stolz verborgen hatten. Oder kannst Du Dir etwas Entsetzlicheres denken, als daß es damit endete, daß Dein Wesen sich in eine Vielfältigkeit auflöste, daß Du wirklich zu mehreren würdest, [...] und Du solchermaßen des Innersten, des Heiligsten in einem Menschen verlustig gegangen wärest, der bindenden Gewalt der Persönlichkeit? [...] Es ist in einem jeden Menschen etwas, das ihn bis zu einem gewissen Maße daran hindert, sich selber völlig durchsichtig zu werden; und dies kann der Fall sein in so hohem Maße, [...] daß er es beinahe nicht vermag, sich zu offenbaren. [13]

Die Kennzeichnung der Persönlichkeit als das »Heiligste« in einem Menschen, wodurch das Individuum seine Freiheit als das schlechthin Verbindliche, es mit seinem Wesen als Mensch und zugleich mit anderen Individuen Verbindende weist darauf hin, daß das Selbstverhältnis eine religiöse Wurzel hat. Das Individuum, das sich durchsichtig in der Macht gründen soll, die es gesetzt hat, sieht sich unter christlichem Aspekt mit der Aufforderung konfrontiert, einen Weg aus der Verschlossenheit zu finden, in der es sich als Sünder immer schon vorfindet. Die Schwierigkeit, die es dabei zu bewältigen hat, hängt mit dem Mensch gewordenen Gott zusammen, der eine zugleich ewige und historische Figur ist, was für den Menschen ein absolutes Paradox darstellt. Jemand kann nicht sowohl außerhalb von Raum und Zeit in ewiger Präsenz wesen als auch unter Raum-Zeit-Bedingungen existieren. Nichtsdestotrotz soll sich das Individuum aus christlicher Perspektive zu dem Menschen Jesus Christus als Gott verhalten, um den durch den Sündenfall erlittenen Verlust seiner Persönlichkeit wettzumachen. Indem es sich im Glauben an die Person Jesu Christi dessen Verhältnis zur Welt einerseits, zu Gottvater andererseits aneignet, wird es selbst wieder zur Person.

In einer Predigt eifert Luther aufs heftigste gegen den Glauben, der sich an die Person hält, anstatt sich an das Wort zu halten; der wahre Glaube hält sich an das Wort, gleichgültig, wer die Person ist. Ja, ganz richtig, im Verhältnis zwischen Mensch und Mensch. Aber ansonsten ist ja das Christentum durch diese Theorie abgeschafft. Wir bekommen dann eine Lehre im üblichen Sinne, wo die Lehre mehr ist als der Lehrer, anstatt daß das Christliche das Paradox ist, wonach das Wichtige: die Person ist. [...] Das Paradox besteht darin, daß die Persönlichkeit höher ist als die Lehre. Es ist deshalb auch Unsinn, wenn ein Philosoph Glauben fordert. [14]

---

[13] Kierkegaard 1950–66, 2/3, S. 170f. [Entweder/Oder II].
[14] Kierkegaard 1962–74, 4, S. 67.

Diese Stelle macht noch einmal deutlich, daß Kierkegaard im zwischenmenschlichen Verhältnis unter Persönlichkeit eine ethische Qualität versteht, die vom einzelnen autonom erbracht werden muß. Zwar kann ihm ein anderer als sokratischer Maieutiker bei der Selbstfindung assistieren, aber insofern jeder er selbst und nicht der andere oder irgendein anderer werden soll, muß bei der Selbstgeburt von der Person des anderen abgesehen werden. Im christlichen Glauben indessen erfolgt nach Kierkegaard die Selbstwerdung gerade durch Verinnerlichung der Person Christi, die als Gott gleichsam individuell einverleibt und in diesem bestimmten Individuum persönlich zur Existenz gebracht wird. Aus diesem Individuum ‚tönt' von nun an die Stimme Gottes; es dient als Maske, aus welcher Gott spricht und sich als Gott offenbart.

Kierkegaard, der stets die Gefahr sah, daß der Leser sich mit ihm als Verfasser identifizieren könnte, was aus seiner Sicht wie jede Imitation zu einem Selbst- und Persönlichkeitsverlust führen würde, schob eine Unzahl von Pseudonymen zwischen sich und seine Leser. Diese sollten sich, abgelenkt von den persönlichen Überzeugungen des Verfassers, mit den ästhetischen, ethischen und religiösen Lebensformen auseinandersetzen, die die Pseudonyme aus ihrem Selbstverständnis heraus repräsentativ vorführen. Das Provozierende dieser intellektuellen Travestie liegt in der Zumutung, sich selbst in den Figuren wiederzuerkennen und unter all den Verkleidungen die Person zu entdecken, die man sein wollte und hätte sein sollen, aber allen äußerlichen Erfolgen zum Trotz nicht geworden ist. Letztlich geht es dann gar nicht mehr um die Person Kierkegaards, der vielleicht auch ein Gescheiterter war; es geht auch nicht um die pseudoymen Prototypen konkreter Existenz und ihre Auffassung eines guten Lebens, sondern nur noch um einen selbst und den existentiellen Anspruch, der sich in den Schriften Kierkegaards zu Gehör bringt. Man wird für sich selbst durchsichtig als die Person, die man ist und sein will.

III. Friedrich Nietzsche

Obwohl Nietzsche wegen des Ausbruchs seiner Krankheit nicht mehr dazu gekommen ist, sich „mit dem psychologischen Problem Kierkegaard zu beschäftigen", wie er es in einem Brief an den dänischen Literaturkritiker Georg Brandes ankündigte[15], besteht eine erstaunliche Nähe beider Philosophen in bezug auf ihre Polemik gegen einen Typus von Ethik, der Selbstlosigkeit und Unpersönlichkeit zu moralischen Grundtugenden erhebt. Wenn das Individuum durch den entpersönlichenden Verstand im abstrakten Begriff des Menschen zum Verschwinden gebracht wird, geht das Eigentliche des Menschen verloren.

---

[15] Nietzsche 1986, 8, 259.

Der Mangel an Person rächt sich überall; eine geschwächte, dünne, ausgelöschte, sich selbst leugnende und verleugnende Persönlichkeit taugt zu keinem guten Dinge mehr, – sie taugt am wenigsten zur Philosophie. Die ‚Selbstlosigkeit' hat keinen Werth im Himmel und auf Erden; die grossen Probleme verlangen alle die *grosse Liebe,* und dieser sind nur die starken, runden, sicheren Geister fähig, die fest auf sich selber sitzen. Es macht den erheblichsten Unterschied, ob ein Denker zu seinen Problemen persönlich steht, so dass er in ihnen sein Schicksal, seine Noth und auch sein bestes Glück hat, oder aber ‚unpersönlich': nämlich sie nur mit den Fühlhörnern des kalten neugierigen Gedankens anzutasten und zu fassen versteht.[16]

Nietzsche wundert sich, daß ihm weder in der Realität noch in Büchern je einer begegnet sei, der „die Moral als Problem und dies Problem als *seine* persönliche Noth, Qual, Wollust, Leidenschaft kennte"[17]. Die Person ist für Nietzsche das Ganze des Menschen, nicht bloß sein Verstand, sondern auch der komplette affektive ‚Unterbau', aus dem er seine Antriebskräfte bezieht. Eine rein rationale, asketische Moral, die nur das unpersönliche Geistige hochschätzt, hat ihre Bodenhaftung verloren, doch kommt die verdrängte Sinnlichkeit unversehens zur Hintertür wieder herein:

[Die Keuschen] enthalten sich wohl: aber die Hündin Sinnlichkeit blickt mit Neid aus Allem, was sie thun. Noch in die Höhen ihrer Tugend und bis in den kalten Geist folgt ihnen diess Gethier und sein Unfrieden. Und wie artig weiss die Hündin Sinnlichkeit um ein Stück Geist zu betteln, wenn ihr ein Stück Fleisch versagt wird![18]

Die Haltung der von Nietzsche als die »Unpersönlichen« Bezeichneten ist eine Form von Verlogenheit, die darin besteht, daß die Unterdrückung des Affektiven und damit aller persönlichen Neigungen, Wünsche, Interessen zugunsten einer als überindividuell ausgegebenen Tugend unter der Hand schmackhaft gemacht wird durch eine Belohnung für die geleistete Enthaltsamkeit: Man züchtet sich heimlich „ein kleines Laster von Affect" und holt sich damit den verleugneten Teil der Persönlichkeit wieder zurück. „*Persönlichwerden* – die Tugend des ‚Unpersönlichen' " merkt Nietzsche hierzu ironisch an.[19]

Schon der junge Nietzsche interessiert sich nicht aus systematischen Gründen für die Geschichte der Philosophie, insbesondere der von den Griechen entwickelten Gedankengebäude, sondern weil er „an großen Menschen überhaupt seine Freude hat":

[Deren Systeme] haben doch einen Punkt an sich, der ganz unwiderleglich ist, eine persönliche Stimmung, Farbe, man kann sie benutzen, um das Bild des Philosophen zu gewinnen: wie man vom Gewächs an einem Orte auf den Boden schliessen kann. *Die Art zu leben und die menschlichen Dinge anzusehn ist jedenfalls einmal dagewesen und*

---

[16] Nietzsche 1980, 3, S. 577 [Fröhliche Wissenschaft].

[17] Nietzsche 1980, 3, S. 578 [Fröhliche Wissenschaft].

[18] Nietzsche 1980, 4, S. 69 [Zarathustra].

[19] Nietzsche 1980, 6, S. 129 [Götzen-Dämmerung].

also möglich: das ‚System' ist das Gewächs dieses Bodens, oder wenigstens ein Theil dieses Systems, – Ich erzähle die Geschichte jener Philosophen vereinfacht: ich will nur den Punkt aus jedem System herausheben, der ein Stück *Persönlichkeit* ist und zu jenem Unwiderleglichen Undiskutirbaren gehört, das die Geschichte aufzubewahren hat.[20]

Was Nietzsche an den antiken Denkern fasziniert, ist demnach die Besonderheit ihrer Persönlichkeit, ihre Individualität, die – obwohl perspektivisch – zugleich das Ganze einer mit den anderen geteilten Lebensform und Weltanschauung widerspiegelt. Zum Beispiel liest Nietzsche den Satz des Thales „alles ist Wasser" als eine naturalistische Aussage, die der mythischen Auffassung der Griechen widerspricht, welche die Natur „als Verkleidung Maskerade und Metamorphose" der Götter betrachteten und deshalb Mühe hatten, Begriffe als solche zu fassen: „umgekehrt wie bei den Neueren auch das Persönlichste sich zu Abstraktionen sublimirt, rann bei ihnen das Abstrakteste immer wieder zu einer Person zusammen"[21].

Wie Kierkegaard Lebensformen schildert, so stellt Nietzsche Menschentypen dar: den Typus des décadent, des Herden- und des Herrenmenschen, des letzten Menschen, des Asketen usf. „Person" ist für ihn jedoch nicht eigentlich ein Typus, sondern das große Individuum, das aus eigener Kraft Werte schafft und damit seiner selbst mächtig ist.

Die Rangordnung der Menschen-Werthe.

(a) man soll einen Menschen nicht nach einzelnen Werken abschätzen. *Epidermal-Handlungen*. Nichts ist seltener als eine *Personal*-Handlung. Ein Stand, ein Rang, eine Volks-Rasse, eine Umgebung, ein Zufall – Alles drückt sich eher noch in einem Werke oder Thun aus, als eine Person.

(b) man soll überhaupt nicht voraussetzen, daß viele Menschen ‚Personen' sind. Und dann sind Manche auch *mehrere* Personen, die Meisten sind Keine. Überall, wo die durchschnittlichen Eigenschaften überwiegen, auf die es ankommt, daß ein Typus fortbesteht, wäre Person-Sein eine Vergeudung, ein Luxus, hätte es gar keinen Sinn, nach einer ‚Person' zu verlangen. Es sind Träger, Transmissions-Werkzeuge.

(c) die ‚Person' ein relativ *isolirtes* Faktum; in Hinsicht auf weit größere Wichtigkeit des Fortflusses und der Durchschnittlichkeit somit beinahe etwas *Widernatürliches*. Zur Entstehung der Person gehört eine zeitige Isolirung, ein Zwang zu einer Wehr- und Waffen-Existenz, etwas wie Einmauerung, eine größere Kraft des Abschlusses; und, vor Allem, eine viel geringere Impressionabilität, als sie der mittlere Mensch, dessen Menschlichkeit contagiös ist, hat.[22]

Für Nietzsche ist der »heerdenhafte« Mensch ebenso notwendig wie die „Solitär-Person", aber eine Annäherung oder Vermischung beider führt aus seiner Sicht

---

[20] Nietzsche 1980, 1, S. 801 [Zeitalter der Griechen].
[21] Nietzsche 1980, 1, S. 815 [Zeitalter der Griechen].
[22] Nietzsche 1980, 12, S. 491 [Nachlaß].

zur Entartung[23], weil das Resultat ein Durchschnittstypus wäre, dem zwar das Vulgäre, aber auch das Elitäre abgehen würde. Nietzsches Lehre vom Übermenschen zielt also keineswegs auf eine Gesellschaft, die aus lauter Personen besteht. So sehr er den Herdentypus immer wieder als gehorsames Menschenvieh verächtlich macht, das sich widerstandslos den Gemeinschaftsregeln fügt und keinen eigenen Willen hat, so sehr bedarf es doch seiner, um den Fortbestand der Menschheit zu sichern und den Nährboden bereitzustellen, aus dem die „Solitäre" hervorgehen. Daher spricht Nietzsche auch jenen Individuen, die auf der Ebene der Selbstgefühle repräsentativ für ein Kollektiv sind, den Status der Person zu. Ein „Personal-Selbstgefühl" entwickelt sich im einzelnen als eine Art Gruppenstolz, aus dem heraus ein Mitglied des Clans im Bewußtsein dessen, daß es „die Gemeinschaft in Person darstellt", handelt. Die gleiche Selbstachtung erfüllt ein Individuum, das „sich als Werkzeug und Sprachrohr der Gottheit fühlt".[24] Diese Selbstwertgefühle entschädigen die Kollektivpersonen gleichsam dafür, daß sie ihre Bedeutung nicht wie die Solitär-Personen sich selbst, ihrer Einzigartigkeit verdanken, sondern einer „Entselbstung"[25], durch die sie sich gewissermaßen ‚entkernen' und die Lücke durch die Moral als verinnerlichtem Sinn- und Wertkodex des Wir bzw. eines Gottes füllen.

Die Frage, wie sich Personen als starke Individuen herausbilden, klärt Nietzsche am Beispiel der Entstehung des Schuldgefühls[26]. „Das Gefühl der Schuld, der persönlichen Verpflichtung [...] hat [...] seinen Ursprung in dem ältesten und ursprünglichsten Personen-Verhältniss, das es giebt, gehabt, in dem Verhältniss zwischen Käufer und Verkäufer, Gläubiger und Schuldner"[27]. Nietzsche leitet *Schuld* in der ursprünglichen Bedeutung des Wortes von *Schulden* ab. Der eine steht bei einem anderen in der Schuld, wenn er sich gleichsam verschätzt hat. Der Mensch „als das Wesen, welches Werthe misst, werthet und misst, als das ‚abschätzende Thier an sich' "[28], mißt im Vorgang des Schätzens auch sich selbst und schreibt sich einen Wert als Person zu, einen Schätzwert, welcher der Macht äquivalent ist, die ein Individuum im direkten Vergleich mit anderen Individuen demonstriert hat. Der Verlierer wird zum Schuldner, der dem Gläubiger im Sinne einer ausgleichenden Gerechtigkeit Macht gegen sich einräumt. Wer sich durchzusetzen vermag, versammelt immer mehr Macht auf sich und autorisiert sich als Gesetzgeber, der anderen ihr Handeln vorschreiben kann. Dessen Persönlichkeit ist jedoch keineswegs notwendigerweise die des Raubtiers, der „blonden Bestie", sondern desjenigen, der Herr auch über sich selbst geworden ist, indem er in den

---

23 Nietzsche 1980, 12, S. 492 [Nachlaß].

24 Nietzsche 1980, 13, S. 111 [Nachlaß].

25 Nietzsche 1980, 13, S. 111 [Nachlaß].

26 Vgl. Nietzsche 1980, 5, S. 305 ff. [Genealogie der Moral].

27 Nietzsche 1980, 5, S. 305 f. [Genealogie der Moral].

28 Nietzsche 1980, 5, S. 306 [Genealogie der Moral].

vielfältigen Prozessen des Schätzens und Sichmessens mit anderen seine Urteilskraft ausgebildet hat, die ihn dazu bringt, alle seine Fähigkeiten – die rationalen ebenso wie die emotionalen und affektiven – sich miteinander messen und aneinander abarbeiten zu lassen, so daß daraus ein gesteigertes Ganzes hervorgeht.

> Es ist der *Reichthum an Person*, die Fülle in sich, das Überströmen und Abgeben, das instinktive Wohlsein und Jasagen zu sich, was die großen Opfer und die große Liebe macht: es ist die starke und göttliche Selbstigkeit, aus der diese Affekte wachsen, so gewiß wie auch das Herr-werden-wollen, Übergreifen, die innere Sicherheit, ein Recht auf Alles zu haben.[29]

Nietzsche beklagt immer wieder die zunehmende Instinktlosigkeit, die im Gefolge der christlichen Mitleidsmoral mit einer Verarmung des Individuums und einem Verlust an Persönlichkeit einhergeht. „Wie hat man diese Instinkte so *umdeuten* können, daß der Mensch als werthvoll empfindet, was seinem Selbst entgegengeht? wenn er sein Selbst einem andern Selbst preisgiebt?"[30] Es ist geradezu gegen die menschliche Natur, sich unpersönlich zu verhalten:

> Nichts wird dem Menschen schwerer, als eine Sache unpersönlich zu fassen: ich meine, in ihr eben eine Sache und *keine Person* zu sehen; ja man kann sich fragen, ob es ihm überhaupt möglich ist, das Uhrwerk seines personenbildenden, personendichtenden Triebes auch nur einen Augenblick auszuhängen. Verkehrt er doch selbst mit *Gedanken,* und seien es die abstractesten, so, als wären es Individuen, mit denen man kämpfen, an die man sich anschliessen, welche man behüten, pflegen, aufnähren müsse.[31]

Der Mensch personifiziert demnach alles, womit er denkend, fühlend, wollend, handelnd umgeht, so daß Nietzsche behaupten kann: „Das *Unpersönlich-nehmen* des Denkens ist überschätzt! Ja es ist bei den stärksten Naturen das Gegentheil wahr! So aber hat man eine *Brücke zur Moral* gemacht."[32] Das moralische Urteil ist demzufolge nach dem Modell des Erkenntnisurteils gebildet, das seinen Wahrheitsanspruch vor einem unbestechlichen Richter mittels abstrakter, durch keine Persönlichkeitsfärbung ,verunreinigter' Begriffe begründen muß. Entsprechend wurde in der abendländischen Tradition auch das moralische Urteil dadurch legitimiert, daß es vom Standpunkt eines neutralen Beobachters ,ohne Ansehen der Person' gefällt wurde. Dagegen wendet sich Nietzsche mit seinem Votum: „Aus sich eine ganze *Person* machen und in Allem, was man thut, deren *höchstes Wohl* in's Auge fassen"[33]. Damit plädiert er nicht für einen kruden Egoismus, wohl aber für das natürliche Recht des Individuums, sich ganzheitlich zu entwickeln, seinen Leib als „grosse Vernunft" auszubilden, anstatt den „Verächtern des Leibes" zu gehorchen, die die Unterdrückung der Triebe und damit die Entselbstung der

---

[29] Nietzsche 1980, 12, S. 530 [Nachlaß].

[30] Nietzsche 1980, 12, S. 530 [Nachlaß].

[31] Nietzsche 1980, 2, S. 389 [Menschliches, Allzumenschliches].

[32] Nietzsche 1980, 9, S. 346 [Nachlaß].

[33] Nietzsche 1980, 2, S. 92 [Menschliches, Allzumenschliches].

Person predigen[34]. Den Gewinn der vollumfänglichen Selbstverwirklichung sieht
Nietzsche darin, daß man nicht nur Person, sondern viele Personen wird.

> Aufgabe: die Dinge *sehen, wie sie sind! Mittel:* aus hundert Augen auf sie sehen können, aus
> *vielen* Personen! Es war ein falscher Weg, das Unpersönliche zu betonen und das Sehen
> aus dem Auge des Nächsten als moralisch zu bezeichnen. *Viele* Nächste und aus *vielen*
> Augen und aus lauter persönlichen Augen sehen – ist das Rechte. Das ‚Unpersönliche' ist
> nur das *geschwächt*-Persönliche, Matte – kann hier und da auch schon nützlich sein, wo
> es eben gilt, die Trübung der Leidenschaft aus dem Auge zu entfernen. *Die* Zweige der
> Erkenntniß, wo **schwache** Persönlichkeiten nützlich sind, am *besten* angebaut (Mathe-
> matik usw.). Der beste *Boden* der Erkenntniß, die starken mächtigen Naturen, werden
> erst spät für das Erkennen erobert (urbar gemacht usw.) – Hier sind die treibenden Kräfte
> am größten: aber das gänzliche Verirren und Wildwerden und Aufschießen in Unkraut
> (Religion und Mystik) ist immer noch das *Wahrscheinlichste* (die ‚*Philosophen*' sind solche
> *mächtigen* Naturen, die für die Erkenntniß noch nicht urbar sind; sie erbauen, tyrannisi-
> ren die Wirklichkeit, legen sich *hinein*. Überall, wo Liebe, Haß usw. **möglich** sind, war
> die Wissenschaft noch ganz **falsch:** hier sind die ‚Unpersönlichen' *ohne* Augen für die
> wirklichen Phänomene, und die starken Naturen sehen nur *sich* und messen alles nach
> *sich*. – Es müssen sich *neue* Wesen bilden.[35]

Die Vervielfältigung der Person durch perspektivisches Sehen läßt zugleich die
Dinge in ihren vielfältigen Aspekten vor zahlreichen Augen Revue passieren und sie
damit als sie selber, so wie sie sind, hervortreten. Anders als das Objektivitätsideal
der unpersönlichen Wissenschaften und der Metaphysik, das die Mannigfaltigkeit der Dinge auf Begriffe und Formeln reduziert und so im Konzentrat ihres
Wesens zum Verschwinden bringt, wird die persönliche Aneignung von Welt dieser gerechter, eben weil sie ihr nicht Gewalt antut, indem sie sie rigide unter ihnen
unangemessene Konzepte subsumiert, sondern sie in ihrer ganzen Fülle vielen
Blicken aussetzt.

Nietzsche selber hoffte anscheinend für seine Person, zu den Philosophen der
Zukunft zu gehören, die die Phänomene nicht blind in vorgefertigte Schablonen
hineinpressen, sondern perspektivisch zur vollen Blüte bringen:

> Seltsam! Ich werde in jedem Augenblick von dem Gedanken beherrscht, daß meine
> Geschichte nicht nur eine persönliche ist, daß ich für Viele etwas thue, wenn ich so lebe
> und mich forme und verzeichne: es ist immer als ob ich eine Mehrheit wäre, und ich rede
> zu ihr traulich-ernst-tröstend.[36]

Von daher wird verständlich, daß Nietzsche in seinem Philosophieren nicht auf
die traditionelle Sprache der Philosophen zurückgreifen konnte, die alles zu syste-
matisieren und in Form eines Einheitskonstrukts verfügbar zu machen trachteten.
Aber auch seine aphoristische, metaphernreiche Sprache, die mit ihrer Vieldeutig-

---

[34] Vgl. Nietzsche 1980, 4, S. 39 ff. [Zarathustra].
[35] Nietzsche 1980, 9, S. 466 [Nachlaß].
[36] Nietzsche 1980, 9, S. 339 [Nachlaß].

keit die Vielfalt der Phänomene zur Erscheinung bringen will, hat gegenüber der Musik einen gravierenden Nachteil: „Im *Verhältniß zur Musik* ist alle Mittheilung durch *Worte* von schamloser Art: das Wort verdünnt und verdummt; das Wort entpersönlicht: das Wort macht das Ungemeine gemein."[37] Das Wort abstrahiert bereits von der Verschiedenheit der Dinge, die es bezeichnet, und löscht auch die Persönlichkeit des Sprechers aus, der weder die Gesamtheit der sinnlichen Empfindungen, mit denen er auf die Dinge reagiert, noch die Besonderheit ihrer individuellen Färbungen sprachlich angemessen zu artikulieren vermag.

IV. Karl Jaspers und Martin Heidegger

Jaspers ist über die Psychologie zur Philosophie gelangt; insofern verwundert es nicht, daß er sich zeit seines Lebens zu Kierkegaard und Nietzsche besonders stark hingezogen fühlte, deren Schriften für sein existenzphilosophisches Anliegen von größter Bedeutung waren. Dies trifft auch auf Heidegger zu, der jedoch in *Sein und Zeit* den unübersehbaren Einfluß Kierkegaards auf seine existenziale Daseinsanalyse leugnete und in seinen späteren Werken Nietzsche in den Vordergrund rückte, während „man das Werk von Jaspers als einen einzigen Kommentar zu Kierkegaard lesen" kann[38]. Beide Denker haben sich mit dem Begriff der Person nur marginal beschäftigt, Jaspers in einem positiven, Heidegger in einem negativen Verständnis. Dennoch enthalten ihre jeweiligen anthropologischen und ethischen Ausführungen zur menschlichen Existenz Überlegungen, die für eine Philosophie der Person grundlegend sind.

Jaspers hat sich bereits in seinen Arbeiten zur Psychopathologie mit dem Problem der Persönlichkeit beschäftigt, dort zwar noch nicht in einem genuin philosophischen Sinn, aber doch in einer ersten Annäherung an ein theoretisches Konzept der Person. Anhand von Fallbeispielen zum „Eifersuchtswahn" geht er der Frage nach, ob im Verlauf eines durch vielfältige Faktoren gestörten Menschenlebens von „‚Entwicklung einer Persönlichkeit' oder ‚Prozeß'?" gesprochen werden soll[39]. Im Grunde ist es die klassische Frage nach der Identität des Subjekts, die er meint, wenn er davon ausgeht, daß auch bei einer „wahnhafte[n] Verrückung" die Persönlichkeit unverändert bleibt und weiterhin „mit den alten Gefühlen und Trieben arbeitet"[40]. Der Psychologe hat zwei Möglichkeiten, das Seelenleben einer Person zu erforschen: (1) unter der Kategorie „Entwicklung" das einfühlend-intuitive Verstehen durch Sich-Hineinversetzen in den anderen, (2) unter der Kategorie „Prozeß" die Rekonstruktion der Ereignisabfolge und Lebenszusammenhänge von einem objek-

---

[37] Nietzsche 1980, 12, S. 493 [Nachlaß].
[38] Theunissen/Greve 1979, S. 62.
[39] Siehe Jaspers 1963, S. 85–141.
[40] Jaspers 1963, S. 111.

tiv-wissenschaftlichen Standpunkt aus[41]. Für Jaspers gehören beide Möglichkeiten zusammen, doch hat die erstere seine größere Sympathie.

> Wir erfassen den ganzen Menschen, sein Wesen, seine Entwicklung und sein Zugrunde-gehen als ‚Persönlichkeit', wir erfassen in ihr bei genauer Kenntnis des Menschen eine Ein-heit, die wir nicht definieren, sondern nur erleben können. Wo wir diese Persönlichkeit, diese Einheit finden, ist sie uns ein wesentliches Merkmal, das uns das Individuum aus der engeren Gruppe der Psychosen herausstellen läßt. [...] Würden wir eine vollendete psy-chologische Kenntnis haben, würden wir der begrifflichen Bezeichnung der Einheit näher sein. Wir würden die tausend Beziehungen der psychologischen Erscheinungen zueinan-der, ihre zweckmäßige Verbindung, ihre Widersprüche als Entwicklungsfolgen aufzeigen können und würden so eine teleologische Einheit der Persönlichkeit als Begriffsgebilde haben.[42]

Jaspers deutet demnach die Entwicklung der Persönlichkeit mittels Unterstel-lung eines entelechialen Modells, demzufolge man „das ganze Leben aus einer Persönlichkeitsanlage ableiten" kann[43], wobei die sich herausbildende Identität zwar in ihrer Entfaltung durch auf sie einwirkende „Prozesse" (z.B. Gehirn-vorgänge) gehindert, aber nicht zerstört werden könne. Eine „Veränderung der Persönlichkeit" betrifft entsprechend „nur den empirischen Habitus eines Men-schen, sein gesamtes Gebaren in allen Dingen des Lebens"[44].

In seiner Philosophie, die Jaspers unter den Titel „Existenzerhellung" gestellt wissen will[45], geht es ihm um das Selbstwerden des Menschen, der als kontingentes Wesen in seinem Dasein immer nur *mögliche* Existenz ist[46] und sich in der Erfah-rung von „Grenzsituationen" mit der Endlichkeit seines Daseins auseinandersetzen muß. Im Durchleben der Angst, die die Begegnung mit dem Tod nahestehender Personen hervorruft, in der Verzweiflung vor dem Abgrund des Nichts eröffnet sich dem Menschen seine eigentliche Freiheit und mit ihr der Grund, aus welchem ihm die Möglichkeit der Freiheit als „Geschenk" zuwächst: die Transzendenz[47]. Doch anstatt sich persönlich auf die situativ verfaßte Faktizität seines Daseins einzulassen und darin die Transzendenz, die sich immer nur in codierter Form – durch „Chiffern" – mitteilt, als eine der vielfältigen Weisen des „Umgreifenden" zur Grundlage der Existenz zu machen, strebt der moderne Mensch nach einem Ideal der Unpersönlichkeit:

> Es wird der neue, unpersönliche, von der Idee des technischen Daseins geprägte Mensch gesehen. Dieser weiß sich als Typus, nicht als Einzelnen, als unüberbietbare Geschicklich-

---

[41] Siehe Jaspers 1963, S. 113.
[42] Jaspers 1963, S. 115.
[43] Jaspers 1963, S. 121 (Tabelle).
[44] Jaspers 1963, S. 122.
[45] Vgl. Jaspers 1956, 2 [Existenzerhellung].
[46] Siehe Jaspers 1956, 2, S. 2.
[47] Siehe Jaspers 1956, 2, S. 198.

keit und Sicherheit seines Funktionierens, als gehorsam, weil ohne jedes Begehren eines privaten Daseins, als groß und allem Persönlichen überlegen, weil es sein Bewußtsein steigert, durch andere beliebig ersetzbar zu sein. Er verabscheut die Einsamkeit, lebt bei offenen Türen, kennt keinen Raum für sich, ist stets zur Verfügung, immer wirkend und immer gehalten vom Typus, zwar verloren, wenn allein sich selbst überlassen, aber unverwüstlich, weil die, die an seine Stelle treten, ständig nachwachsen. Persönlichkeit ist ein altmodischer, lächerlich gewordener Begriff. Das Typussein gibt Stärke, Zufriedenheit und das Bewußtsein der Vollendung. Es gibt andere Mythen, die in der Preisgabe des Selbstseins die große sittliche Tat sehen: So den Mythus von der fortschrittlichen Bewegung der Geschichte, ihrer unerbittlichen Notwendigkeit [...] Der Einzelne hat keinen Wert außer im Dienste der Geschichte [...].[48]

Jaspers hält gegenüber diesem Verzicht des modernen Menschen auf Persönlichkeit an der These fest: „Existenz ist Selbstsein als Personsein"[49]. Deshalb dränge es ihn, das, was er an sich selbst am höchsten schätzt, auf ein höchstes Wesen zu übertragen, d.h. die Transzendenz unter der Chiffer „Gott" zu personifizieren. „Durch das, was der Mensch selber als Person ist, wird er hingewiesen auf das, was mehr als Person, nämlich Ursprung des Personseins des Menschen, keineswegs weniger als Person ist."[50] Da Jaspers eine Verabsolutierung des christlichen Offenbarungsglaubens ablehnt, indem er diesen als eine Möglichkeit unter unzähligen anderen, die Transzendenz als Bedingung der Freiheit zu verinnerlichen, begreift, möchte er den Personbegriff ausschließlich auf das Selbstverhältnis im Kontext des Zwischenmenschlichen bezogen wissen.

> Nur im Menschen kennen wir Persönlichkeit. Das Personsein ist in der Welt eine einzige, nur menschliche, allem anderen Weltsein gegenüber ausgezeichnete Realität. Personsein aber ist nur als Beschränktsein möglich. Sie bedarf einer anderen Person. Denn Person ist nur mit Person. Allein für sich kann sie gar nicht zu sich selbst kommen. Die Transzendenz aber ist Ursprung der Persönlichkeit, selber mehr als sie und nicht wie sie beschränkt. Sie als Persönlichkeit gleichsam einzufangen, nimmt ihr, das Umgreifende alles Umgreifenden zu sein.[51]

Damit plädiert Jaspers für einen „philosophischen Glauben", der nicht religiös fundiert ist, sondern ethisch.

Heideggers Kritik des Personbegriffs, wie er sie in *Sein und Zeit* durchführt, hat zwei Spitzen. Die erste zielt ganz allgemein auf die „Seinsvergessenheit" der neuzeitlichen Philosophie insgesamt, die nach der kopernikanischen Wende ihren Ausgangspunkt bei den erkenntnis- und handlungsbegründenden Leistungen des denkenden Ich nahm, von dem als archimedischem Punkt aus die Objektivität einer Erscheinungswelt qua Bewußtseinswelt begründet wurde. Über der Beschäftigung

---

[48] Jaspers 1996, S. 177.
[49] Jaspers 1962, S. 220.
[50] Jaspers 1962, S. 220.
[51] Jaspers 1962, S. 224.

mit dem Apriori der Subjektivität ist nach Heidegger das noch grundlegendere
Apriori des Seins auch der Subjekte selber „vergessen" worden, das die Selbst- und
Fremderfahrung eines Subjekts in einem fundamentalontologischen Sinn allererst
entspringen läßt, indem es sie zur Eksistenz bringt. Die zweite Spitze richtet sich
in einem engeren Sinn gegen die phänomenologischen Ansätze, die zwar einen
„Personalismus" vertreten haben, demzufolge auch der Seinsvollzug des Subjekts
mitreflektiert wurde, aber eben nicht in einem existenzialen Sinn.

> Auch die grundsätzlich radikalere und durchsichtigere phänomenologische Interpretation
> der Personalität kommt nicht in die Dimension der Frage nach dem Sein des Daseins. Bei
> allen Unterschieden des Fragens, der Durchführung und der weltanschaulichen Orientie-
> rung stimmen die Interpretationen der Personalität bei *Husserl* und *Scheler* im Negativen
> überein. Sie stellen die Frage nach dem Person*sein* selbst nicht mehr.[52]

Heidegger räumt ein, daß die Phänomenologen die Person weder als Substanz
noch als Gegenstand begriffen haben, sondern als Vollzug der intentionalen Akte.
Aber, so fragt er, selbst wenn die Person als Aktvollzieher bestimmt wird, „welches
ist der ontologische Sinn von ,vollziehen', wie ist positiv ontologisch die Seinsart
der Person zu bestimmen?"[53] Ihm geht es um das „Sein des ganzen Menschen, den
man als leiblich-seelisch-geistige Einheit zu fassen gewohnt ist"[54], dessen Seinsart
durch den Personbegriff unterbestimmt ist.

Im *Brief über den Humanismus* wendet er sich noch einmal gegen traditionelle
Bestimmungen des Wesens des Menschen, die er von seiner eigenen Umschreibung,
der gemäß das „wesen" (aktivisch verstanden) des Menschen im „eksistieren"
aufgeht, abgrenzt.

> Der Satz: ,Der Mensch eksistiert', antwortet nicht auf die Frage, ob der Mensch wirklich
> sei oder nicht, sondern antwortet auf die Frage nach dem ,Wesen' des Menschen. Diese
> Frage pflegen wir gleich ungemäß zu stellen, ob wir fragen, was der Mensch sei, oder ob
> wir fragen, wer der Mensch sei. Denn im Wer? oder Was? halten wir schon nach einem
> Personhaften oder nach einem Gegenstand Ausschau. Allein das Personhafte verfehlt und
> verbaut zugleich das Wesende der seinsgeschichtlichen Eksistenz nicht weniger als das
> Gegenständliche.[55]

Heidegger kommt es darauf an zu zeigen, daß vorgängig zu allen Definitionen des
Menschen allererst geklärt werden muß, worin dasjenige, was den Menschen zum
Menschen macht, seinen Grund hat, woraus es entspringt.

> […] die Weise, wie der Mensch in seinem eigenen Wesen zum Sein anwest, ist das
> ekstatische Innestehen in der Wahrheit des Seins. Durch diese Wesensbestimmung des
> Menschen werden die humanistischen Auslegungen des Menschen als animal rationale, als

---

52 Heidegger 1963, S. 47.
53 Heidegger 1963, S. 48.
54 Heidegger 1963, S. 48.
55 Heidegger 1967, S. 324.

‚Person', als geistig-seelisch-leibliches Wesen nicht für falsch erklärt und nicht verworfen. Vielmehr ist der einzige Gedanke der, daß die höchsten humanistischen Bestimmungen des Wesens des Menschen die eigentliche Würde des Menschen noch nicht erfahren.[56]

Redewendungen wie die: „die Sprache ist das Haus des Seins" und der Mensch deren „Hirt", der in der Nähe des Seins „wohnt", es „hütet" und für es „sorgt", der in der „Lichtung des Seins" das Sein „entbirgt", der sich selbst entwirft nach Maßgabe des Seins[57] – sie sollen darauf aufmerksam machen, daß der Mensch in seinem Grunde Freiheit ist, die – wie es in *Vom Wesen des Grundes* entfaltet wird – Transzendenz ist[58]: „im Überstieg und durch ihn kann sich erst innerhalb des Seienden unterscheiden und entscheiden, wer und wie ein ‚Selbst' ist und was nicht. Sofern aber das Dasein als Selbst existiert – und nur insofern – kann es ‚sich' verhalten *zu* Seiendem, das aber vordem überstiegen sein muß."[59]

Heidegger wurde verschiedentlich vorgeworfen, daß er keine Ethik verfaßt habe. Im *Brief über den Humanismus* greift er die Frage einer Ergänzung der „Ontologie" durch die „Ethik" auf[60] und weist darauf hin, daß seine Fundamentalontologie alle ontologischen und ethischen Erörterungen erst ermögliche. Sein Denken sei „weder theoretisch noch praktisch. Es ereignet sich vor dieser Unterscheidung"[61]. Insofern sind seine Existenzialanalysen gleichsam vorethisch, was hinsichtlich des Verständnisses personalen Selbstseins bedeutet, daß auch dieses ebenso wie ein unpersönliches Selbstverhältnis nur vor dem Hintergrund jenes ursprünglichen Selbst- und Weltentwurfs transparent wird, in welchem sich das Selbst als geworfenes und entwerfendes erfährt. Auch Heidegger kritisiert eine Lebensform, die – obwohl er sie nicht ausdrücklich als unpersönliche kennzeichnet – dem nahekommt, was von Kierkegaard über Nietzsche bis Jaspers als eine Fehlform menschlichen Existierens beschrieben wird. „Das Man", von Heidegger allgemein als Weise „des Mitseins und Selbstseins" charakterisiert[62], kann im positiven Sinn als interpersonales, im negativen Sinn als unpersönliches Verhältnis in Erscheinung treten. Wenn das Man sich verselbständigt und zum Diktator aufspielt, der das Selbst auf die anonyme Masse reduziert, so bedeutet dies: „die Anderen haben ihm das Sein abgenommen", es verkommt zur Durchschnittlichkeit und weist alle Verantwortlichkeit von sich[63]. „Man ist in der Weise der Unselbständigkeit und Uneigentlichkeit."[64] Der mit der Verfallenheit an „das Man" verbundene

---

[56] Heidegger 1967, S. 327.

[57] Heidegger 1967, S. 328, 330, 348.

[58] Siehe Heidegger 1967, S. 161.

[59] Heidegger 1967, S. 137.

[60] Siehe Heidegger 1967, S. 349 ff.

[61] Heidegger 1967, S. 354.

[62] Heidegger 1963, S. 129.

[63] Heidegger 1963, S. 126 f.

[64] Heidegger 1963, S. 128.

Selbstverlust kann nur wettgemacht werden, indem man sich wieder auf das Sein einläßt, es – und sich selbst – *sein* läßt.

V. Jean-Paul Sartre und Albert Camus

Was die beiden französischen Existentialisten miteinander verbindet, obwohl Camus nicht als solcher, ja nicht einmal als Existenzphilosoph bezeichnet werden wollte[65], ist der Ausgangspunkt bei einer Existenz ohne Gott, wodurch dem Menschen die ganze Last der Sinnstiftung in einer sinnentleerten Welt aufgebürdet wird. Daß bei Sartre der Begriff der Person nur beiläufig vorkommt, bei Camus überhaupt keine Rolle spielt, mag damit zusammenhängen, daß dieser Begriff im Französischen keine terminologische Bedeutung hat. Dennoch lassen sich bei beiden Philosophen Ansätze zu einer Philosophie der Person ausmachen, wenn auch weniger dem Wort als der Sache nach.

Sartre vertritt einen „atheistischen Existentialismus", dem die These zugrundeliegt, daß die Existenz der Essenz vorausgeht[66]. Der Mensch muß erst einmal dasein, bevor er sein Wesen wählen kann. Und durch diese Selbstwahl, in welcher er sich als der bestimmt, der er sein will, wird er zur Person. Das Individuum ist dadurch Person, daß es als Selbstentwurf seine eigene Tat ist, für die es persönlich verantwortlich ist. „Der Mensch ist nichts anderes als sein Entwurf, er existiert nur in dem Maße, in welchem er sich verwirklicht, er ist also nichts anderes als die Gesamtheit seiner Handlungen, nichts anderes als sein Leben."[67] Sartre legt Wert darauf, „daß der Mensch eine Totalität und keine Kollektion ist"[68]. Als „Kollektion" wäre er nämlich nur das kontingente Ensemble zerstreuter individueller Handlungen, die durch nichts zusammengehalten würden und keine Identität begründeten. Als „Totalität" hingegen stellt sich der Mensch dar, wenn seine individuellen Handlungen vor dem Hintergrund jenes Selbstentwurfs gesehen werden, der es erlaubt, sie in die Einheit eines bestimmten Wesens (Essenz) zu integrieren, und die Identität der Person begründet.

> Die Frage heißt also etwa so: Wenn wir annehmen, daß die Person eine Totalität ist, können wir nicht hoffen, sie durch eine Addition oder Organisation der verschiedenen, empirisch in ihr entdeckten Triebe zusammensetzen zu können. Sondern in jeder Neigung, in jedem Trieb drückt sie sich vielmehr ganz und gar aus, wenn auch unter verschiedenem Gesichtswinkel, so wie etwa die spinozistische Substanz sich in jedem ihrer Attribute ganz und gar ausdrückt.[69]

---

65 Vgl. Camus 1970, S. 52.
66 Sartre 1983, S. 9.
67 Sartre 1983, S. 22.
68 Sartre 1991, S. 975.
69 Sartre 1991, S. 966 f.

Sartre führt jede empirische Besonderheit und Einstellung eines Individuums, ange-
fangen von Minderwertigkeitskomplexen und Eifersucht bis hin zu heroischen
Leistungen auf die „Wahl des intelligiblen Charakters"[70] zurück, durch die es sein
Selbst als jene Totalität der Person konstituiert, die sich in allem, was es denkt,
fühlt, begehrt und tut, als sie selbst zur Erscheinung bringt.

> In der empirischen Begierde kann ich eine Symbolisierung einer grundlegenden konkreten
> Begierde erkennen, die die *Person* ist und die die Art darstellt, in der sie entschieden hat,
> daß es in ihrem Sein um das Sein geht; und diese grundlegende Begierde drückt wiederum
> konkret und in der Welt, in der die Person umschließenden besonderen Situation, eine
> abstrakte bedeutende Struktur aus, die die Seinsbegierde im allgemeinen ist und als die
> *menschliche-Realität in der Person* betrachtet werden muß, was ihre Gemeinsamkeit mit
> Anderen ausmacht und die Behauptung ermöglicht, daß es eine Wahrheit des Menschen
> gibt und nicht bloß unvergleichbare Individualitäten. Die absolute Konkretisierung und die
> Vollständigkeit, die Existenz als Totalität gehören also der freien grundlegenden Begierde
> oder *Person* an.[71]

„Seinsbegierde" als die „grundlegende *menschliche* Struktur der Person"[72] ist für
Sartre eine ontologische Bestimmung, die die Freiheit der ursprünglichen Selbstwahl nicht beeinträchtigt, insofern sie gleichsam deren Natur ist: Freiheit drängt auf
Existenz, „ist Existenz"[73]. Die einzige Determination liegt darin, daß der Mensch
zur Freiheit verurteilt ist, doch wie und als was er sich wählt, ist ausschließlich
ihm selbst überantwortet; er ist Urheber seiner Person, die als die Totalität seines
Selbstentwurfs in seinen sämtlichen empirischen Äußerungen auf besondere Weise
zum Ausdruck gelangt.

Da das Individuum mit den anderen Individuen den Ausgangspunkt teilt,
nämlich sich als ein Selbst bestimmen und damit zu einer Person machen zu
müssen, ist es nicht gleichgültig, wie es sich entwirft. In seiner Phänomenologie
des Blicks[74] entwickelt Sartre, daß die Fremderfahrung ein Konstituens der Selbst-
erfahrung ist. Der Andere, der zunächst nicht als Person, sondern als fremdes
Objekt begegnet, wird zum Subjekt-Anderen, sobald ich mich als von ihm gesehen erfahre und mich durch seine Augen als Objekt betrachte. Die Scham, der zu
sein, als der der Andere mich erblickt, entfremdet mich von mir und bringt mich
zugleich dazu, den Anderen als Subjekt anzuerkennen, das unter meinem Blick
ebenso verletzlich ist wie ich unter dem seinen.

Die Fremderfahrung begründet Intersubjektivität in Gestalt einer Wir-als-Perso-
nen-Erfahrung, die dem Einzelnen seine Ohnmacht, aber auch seine Verbundenheit

---

[70] Sartre 1991, S. 967.
[71] Sartre 1991, S. 972f.
[72] Sartre 1991, S. 973.
[73] Sartre 1991, S. 974.
[74] Siehe Sartre 1991, S. 457–538.

mit den Anderen zum Bewußtsein bringt. Es ist die Erfahrung des Objekt-Wir[75], die mich zur Anerkennung des Anderen als Gegenstand meiner Verantwortung und Solidarität nötigt. Doch erst die Anerkennung des Subjekt-Wir[76] kann als Symbol einer Gemeinschaft von Personen betrachtet werden, d.h. als eine Gemeinschaft von freien Individuen, die sich unbeschadet der je verschiedenen Konkretionen ihrer Selbstentwürfe wechselseitig respektieren. „Gewiß hängt die Freiheit als Definition des Menschen nicht vom anderen ab, aber sobald ein Sichbinden vorhanden ist, bin ich verpflichtet, gleichzeitig mit meiner Freiheit die der andern zu wollen, und ich kann meine Freiheit nicht zum Ziel nehmen, wenn ich nicht zugleich die Freiheit der andern zum Ziel nehme."[77] Die Integration in ein intersubjektives Wir hebt die Fremdheit der Anderen als solche nicht auf, wohl aber vermittelt sie dem einzelnen Subjekt im Horizont der allen gemeinsamen personalen Freiheit eine Anschauung von Humanität, die dem Konkreten und Kontingenten eine unverletzliche Würde zuschreibt.

Camus hält gegen Sartre (und gegen die traditionelle Metaphysik) fest: „Zwei gewöhnliche Irrtümer: Die Existenz geht der Essenz voraus oder die Essenz der Existenz. Sie gehen und erheben sich beide im gleichen Schritt."[78] Mit dieser These der Gleichursprünglichkeit von Dasein und Wesen wehrt er zwei Extreme ab: Der Mensch ist weder durch ein ihm vorgegebenes Wesen determiniert, noch ist er der Urheber seines Wesens. Vielmehr ist er Künstler, dazu aufgerufen, aus sich selbst als vorhandenem Material ein Kunstwerk zu formen. Camus setzt an beim Verlangen des Menschen nach einem absoluten Sinn und der Unerfüllbarkeit dieses Verlangens, weil es nichts Absolutes in der Welt gibt. Diesen Befund bezeichnet Camus als das Absurde. Dazu verurteilt, nach Sinn zu streben, und zugleich zu wissen, daß diesem Streben von vornherein kein Erfolg beschieden sein wird – das ist die verzweifelte Situation des Menschen, wie Camus sie am Schicksal des Sisyphos exemplarisch vorführt[79]. Es ist nichts Widersinnigeres vorstellbar als die nutz- und zwecklose Tätigkeit des Steinewälzens, für die kein Ende absehbar ist. Man könnte sagen, daß auf diese Weise der Mensch daran gehindert wird, Person zu werden, sich mit sich selbst zu einer Einheit zusammenzuschließen. Alle Anstrengungen, seine Ziele durchzusetzen und dadurch er selbst zu werden, gehen ins Leere, weil die Mittel zur Erreichung des Zieles ungeeignet sind und keine anderen Mittel zur Verfügung stehen.

Doch Camus bezeichnet Sisyphos am Schluß seiner Abhandlung als einen glücklichen Menschen. Ihm ist es trotz seiner scheinbar ausweglosen Lage geglückt, sich als er selbst zu verwirklichen. Wenn Camus sagt, Sisyphos mache „aus dem

---

[75] Siehe Sartre 1991, S. 723 ff.

[76] Siehe Sartre 1991, S. 736 ff.

[77] Sartre 1983, S. 32.

[78] Camus 1991, S. 95.

[79] Camus 1959, S. 98 ff.

Schicksal eine menschliche Angelegenheit, die unter Menschen geregelt werden muß. Darin besteht die ganze verschwiegene Freude des *Sisyphos*. Sein Schicksal gehört ihm. Sein Fels ist seine Sache"[80], dann kann dies nur bedeuten, daß er doch *ein* Ziel und damit seinen unbedingten Sinnanspruch hat durchsetzen können, indem er das einzige ihm zur Verfügung stehende Mittel als seinen eigenen Weg wählt. Die Einstellung zu seiner Tätigkeit des Steinewälzens hat sich geändert und damit auch das Ziel. Er will nun nicht mehr, daß der Stein auf dem Gipfel des Berges liegen bleibt, denn er hat eingesehen, daß gerade diese ihm von den Göttern als Teil seiner Strafe auferlegte Zielsetzung nicht die seine ist. Die Transzendenz ist für menschliche Wesen kein erstrebbares Ziel und kann daher auch nicht erstrebens*wert* sein. Wenn also Sisyphos dieses Ziel aufgibt (und damit die Götter leugnet), dann bekommt auch der Weg eine andere Qualität. Ohne eine transzendente Zielvorgabe ist er nicht mehr das ungeeignete Mittel, sondern wird nun selber zum Ziel erhoben. Indem Sisyphos von allem abstrahiert, was außerhalb seiner Macht liegt, und sich auf das konzentriert, was vor ihm liegt als seine selbst gesetzte Aufgabe, wird der Stein, der zuvor nichts als ein schmerzhafter Störfaktor in seinem Selbstverständnis war, tatsächlich zu seiner Sache. Er vermag diesen Felsblock zu bewegen, und er wälzt ihn den Berg hinauf, weil *er* es will. Dadurch wird er er selbst: Er wird Person vermittels des Steins, über den er seine Identität findet.

Und dennoch ist diese Identität eine gebrochene, insofern sie sich in jedem Augenblick von neuem gegen das Absurde behaupten muß. Der Gewinn dieser ununterbrochenen Anstrengung ist eine Vervielfältigung der Persönlichkeit. Camus propagiert eine »Ethik der Quantität«, die dem absurden Menschen gebietet, sein Leben durch die Erprobung möglichst vieler Rollen und Identitäten zu erweitern und auszuschöpfen. Don Juan, der Schauspieler, der Eroberer, der Künstler[81] – sie alle stehen ebenso wie Sisyphos für Lebensformen, die gelingen, weil durch den Verzicht auf die als unmöglich eingesehene qualitative Befriedigung des Strebens nach dem Absoluten (nach der ‚großen' Liebe, nach einem erfüllten Leben, nach Unsterblichkeit, nach einer harmonischen Welt) der Blick frei wird für eine andere, menschenmögliche Ganzheitsvorstellung. Ungleich höher als Kierkegaard schätzt Camus aus diesem Grund den Schrifsteller ein, da dieser die Liebe, das Leben, die Geschichte, die Welt immer wieder neu erschafft und in dieser bunten Vielfalt von Möglichkeiten der in sich zerrissenen, durch das Absurde entstellten Wirklichkeit etwas entgegensetzt, das als Qualitatives nur in der Sehnsucht der Person existiert. „Die Gefühle, die Bilder verzehnfachen die Philosophie"[82] und erinnern an ein Glück, das nicht in Denkkonstrukten eingefangen werden kann, sondern im Einsatz der ganzen Person erlebt wird.

---

[80] Camus 1959, S. 100.
[81] Vgl. Camus 1959, S. 61–97.
[82] Camus 1972, S. 127.

Camus behauptet nicht, daß im Glück des Sisyphos das Absurde sein Ende gefunden hätte, im Gegenteil: Daß der Mensch seine Autonomie und Würde auf quantitative Weise herstellen muß, bleibt ein Skandal, gegen den er fortgesetzt protestieren muß. Und die Empörung über die conditio humana verbindet ihn mit den anderen Menschen, die ebenfalls ihre Steine wälzen. Diese Verbundenheit aller Menschen durch die ihnen gemeinsame Natur ist ein Wert, der ebenfalls nicht dem Sinnlosigkeitsverdikt des absurden Widerspruchs zum Opfer fällt, weil er kein vertikaler, transzendenter Wert ist, sondern ein horizontaler Wert, der ausschließlich von den Menschen hochgehalten wird und mit deren Zusammenhalt steht und fällt. Daher plädiert Camus immer wieder eindringlich für Solidarität, da sie durch den gemeinsamen Protest das Personsein des Menschen ermöglicht.

> In der Erfahrung des Absurden ist das Leid individuell. Von der Bewegung der Revolte ausgehend, wird ihm bewußt, kollektiver Natur zu sein; es ist das Abenteuer aller. [...] In unserer täglichen Erfahrung spielt die Revolte die gleiche Rolle wie das ‚Cogito‘ auf dem Gebiet des Denkens: sie ist die erste Evidenz. Aber diese Evidenz entreißt den einzelnen seiner Einsamkeit. Sie ist ein Gemeinplatz, die den ersten Wert auf allen Menschen gründet. Ich empöre mich, also sind wir.[83]

Westlichen und östlichen Ideologien wirft Camus vor, dieses zwischenmenschliche Band vollständig zerrissen zu haben:

> Der irrationale Terror [...] strebt nach der Zerstörung nicht allein der Person, sondern auch der universellen Möglichkeit der Person, des Denkens, der Solidarität, des Rufs nach absoluter Liebe. [...] Das russische System der Konzentrationslager hat in der Tat den dialektischen Übergang von der Regierung der Personen zur Verwaltung von Sachen verwirklicht, aber indem es die Person und die Sache gleichsetzte.[84]

Demgegenüber klagt Camus ein Reich der Freundschaft ein, denn: „Die Freundschaft mit Personen ist, eine andere Definition gibt es nicht, die besondere Solidarität bis zum Tod, gegen das, was nicht zum Herrschaftsbereich der Freundschaft gehört."[85] Person kann man nur unter anderen Personen sein, die sich miteinander verbündet haben, um sich und die anderen vor der persönlichkeitsvernichtenden Gewalt des Absurden zu schützen.

VI. „Person" und Existenzphilosophie

Es ist nicht leicht, aus den dargestellten Ansätzen ein Fazit zu ziehen. „Person" ist aus existentieller Sicht jedenfalls nichts Statisches oder Substantielles, das ontologische Qualität im alten metaphysischen Verständnis besitzt. „Person" ist vielmehr

---

[83] Camus 1969, S. 21.
[84] Camus 1969, S. 149, 194.
[85] Camus 1969, S. 194.

ein ganzheitlicher Vollzug, der unter einer Bedingung steht, die dem Vollzug seine Richtung und damit einen Sinn gibt. Dabei handelt es sich um eine Bedingung, über die der Mensch entweder nicht verfügt, sei es, weil sie als personifizierter Gott (Kierkegaard), sei es, weil sie als quasigöttliche Transzendenz bzw. als vorgängiges Sein unterstellt wird (Jaspers, Heidegger); oder es ist eine Bedingung, über die er als sich selbst zur Freiheit aufrufendes Wesen (Nietzsche) bzw. als zur Freiheit verurteiltes, sich selbst zur Freiheit autorisierendes Wesen verfügt (Sartre, Camus). Zur Person macht man jedoch selbst – in Gemeinschaft mit anderen Personen, von denen man sich zugleich abgrenzt. Insofern vereinigt der existentielle Personbegriff in sich sowohl die Besonderheit des Individuums als einer konkreten (‚zusammengewachsenen'), unteilbaren Ganzheit als auch die Allgemeinheit der die verschiedenen Individuen zu einer Menschheit zusammenschließenden interpersonalen Einheit. Im personalen Selbstvollzug vermittelt demnach das Individuum sich mit sich selbst über die Menschheit. Es entwirft sich im Kontext solidarischer Verbundenheit als es selbst und stellt damit nicht nur seine persönliche Identität her, sondern auch die aller Personen. „Person" ist somit ein normativer Begriff, der Verpflichtungscharakter hat. Man kann nicht beliebig Person sein, aber man ist auch nicht unausweichlich gezwungen, Person zu sein. Da mit „Person" ein Freiheitsvollzug angemahnt wird, der autonom erfolgen soll, muß sich das Individuum einem Gesetz unterstellen, dem es personbildende Kraft zuschreibt. Doch anders als beim Theater inszeniert es sich im Welttheater selbst und gibt sich als sein eigener Regisseur Anweisungen, wie es seine ebenfalls selbst gewählten Rollen spielen soll. Aber es spielt immer im Bewußtsein dessen, daß es Mitspieler unter anderen Spielern ist in einem Stück, dessen Autor die Spielergemeinschaft als solche ist, die auch die Spielregeln für die Akteure einvernehmlich festlegt.

LITERATUR

Camus, A. 1959: Der Mythos von Sisyphos. Ein Versuch über das Absurde, Reinbek.

Camus, A. 1969: Der Mensch in der Revolte, Reinbek.

Camus, A. 1970: Fragen der Zeit, Reinbek.

Camus, A. 1972: Tagebücher 1935–1951, Reinbek.

Camus, A. 1991: Tagebuch 1951–1959, Reinbek.

Heidegger, M. 1963: Sein und Zeit, Tübingen.

Heidegger, M. 1967: Wegmarken, Frankfurt am Main.

Jaspers, K. 1963: Gesammelte Schriften zur Psychopathologie, Berlin u.a.

Jaspers, K. 1956: Philosophie, 3 Bde., 3. Aufl., Berlin u.a.

Jaspers, K. 1962: Der philosophische Glaube angesichts der Offenbarung, München.

Jaspers, K. 1996: Das Wagnis der Freiheit. Gesammelte Aufsätze zur Philosophie, München/Zürich.

Kierkegaard, S. 1950–66 Iff.: Gesammelte Werke. 36 Abteilungen. Hg. v. E. Hirsch/M. Junghans/H. Gerdes, Düsseldorf.

Kierkegaard, S. 1962–74 1ff.: Die Tagebücher. 5 Bde. Ausgew. u. übers. v. H. Gerdes, Düsseldorf.

Nietzsche, F. 1980 1ff.: Sämtliche Werke. Kritische Studienausgabe. 15 Bde., München/Berlin/New York.

Nietzsche, F. 1986, 1ff.: Sämtliche Briefe. Kritische Studienausgabe. 8 Bde., München/Berlin/New York.

Sartre, J.-P. 1983: Ist der Existentialismus ein Humanismus? In: Drei Essays, Frankfurt am Main.

Sartre, J.-P. 1991: Das Sein und das Nichts. Versuch einer phänomenologischen Ontologie, Reinbek.

Theunissen, M./Greve, W. (Hg.) 1979: Materialien zur Philosophie Søren Kierkegaards, Frankfurt am Main.

Martina Herrmann

DER PERSONBEGRIFF IN DER ANALYTISCHEN PHILOSOPHIE

I.

Eine geläufige Form, analytische Philosophie von anderer Philosophie zu unterscheiden, ist zeitlich-geographischer Art: analytische Philosophie ist systematisch orientierte Philosophie, die im angelsächsischen Sprachraum im 20. Jahrhundert entstand und sich bis heute ausdifferenziert und weiterentwickelt. Der komplementär gedachte Gegenbegriff – im angelsächsischen Sprachraum gebildet – wäre dann „Kontinentalphilosophie", die eher historisch orientierte, und nur gelegentlich aktualisierende Auseinandersetzung mit den neuzeitlichen Heroen Resteuropas, Descartes, Spinoza, Leibniz, Kant, Hegel, Nietzsche, Husserl, Heidegger. Diese Philosophen galten den Angelsachsen als mindestens schwierig, wenn nicht dunkel. Anders steht es mit Großbritannien und dessen philosophischen Protagonisten, insbesondere Hobbes, Locke und Hume, die bevorzugte Bezugspunkte für die analytischen Philosophen selber sind und wie Zeitgenossen gelesen und in die systematische Diskussion einbezogen werden.

Diese Art der Unterscheidung ist bloß formal und nicht einmal streng durchgehalten. Philosophische Rekonstruktionen von frühneuzeitlichen Philosophen Europas durch bekannte analytische Philosophen wie Strawson oder Bennett wurden Grundlage für deren Wiedereinführung in systematische Themen der Gegenwart. Wo z.B. früher in der analytischen Ethik Positionen als „deontologisch" klassifiziert wurden, heißen sie heute „kantisch", und Autoren wie Barbara Herman, Thomas Hill oder Susan Wolf betrachten sich selbst als Verteidiger und Weiterentwickler Kants. In neuester Zeit wird darüber hinaus die Beschäftigung mit großen Philosophen der Vergangenheit mehr und mehr von dem Bemühen geprägt, das Fremdartige und gerade nicht Überzeitliche an ihnen zu verstehen.[1]

---

[1] Vgl. Skinner 1998, Kap. 3; ebenfalls in dieser Richtung wird in der Reihe „Cambridge Philosophical Texts in Context" der Cambridge University Press gearbeitet.

In der ersten Hälfte des 20. Jahrhunderts war analytische Philosophie dasselbe wie Sprachanalytische Philosophie. Ihre Vertreter arbeiteten, in einer Darstellung von Ansgar Beckermann, auf der Grundlage einer der drei folgenden Thesen:

(1) *Ziel* der Philosophie ist die Überwindung der Philosophie durch Sprachanalyse.

(2) Die einzige (legitime) *Aufgabe* der Philosophie ist die Analyse der (Alltags- oder Wissenschafts-)Sprache.

(3) Die einzige *Methode*, die der Philosophie zur Verfügung steht, ist die Methode der Sprachanalyse.[2]

Die erste These könnte man Wittgenstein zuschreiben, die zweite dem Wiener Kreis (in der Wissenschaftsvariante) und Gilbert Ryle (in der Alltagsvariante). Die dritte Auffassung war in den 50gern weit verbreitet und bis heute ist Sprachanalyse eine beliebte Methode, wenn auch mittlerweile nur eine unter anderen. Aber auch die Verwendung von Sprachanalyse als einem Mittel, zu grundlegenden Auffassungen über die Welt zu kommen, unterscheidet die analytische Philosophie bloß formal von anderen Strömungen. Es schränkt die Palette möglicher Standpunkte und Positionen prima facie betrachtet nicht ein.

Was analytische Philosophen ihrem Selbstverständnis nach am ehesten von anderen abhebt, ist, neben ihrer Orientierung an systematischer Philosophie, daß sie glauben, ein bestimmtes argumentatives Ideal, nämlich so genau und präzise wie möglich zu sein, besser zu verwirklichen als andere. Zwar kann man nicht unbedingt alles, worüber man sprechen kann und möchte, in unmißverständlicher Eindeutigkeit vorbringen, aber man kann zumindest versuchen, die eigenen Fragestellung, die benutzten Begriffe, die eigenen Thesen und die vertretenen Argumente wie auch die gegnerische Position so deutlich wie möglich darzulegen. Natürlich produzieren auch analytische Philosophen unverständliche Texte, aber „Dunkelheit" gilt unter ihnen als Vorwurf, als Mangel an Qualität und nicht als Synonym für philosophische „Tiefe". Um diese formale Gemeinsamkeit zu betonen, scheint mir Beckermanns Rede vom Philosophieren in „analytischer Einstellung" gut zu passen.[3]

Analytische Philosophie läßt sich meiner Meinung nach tatsächlich nicht, auch nicht in ihren Anfängen, ihrem Inhalt nach von anderen philosophischen Strömungen oder Schulen abgrenzen. Am Anfang hat es natürlich ein besonderes Interesse an Sprache und Metaphysik gegeben, aber keine systematische Ausgrenzung irgendeines Themas aus dem klassichen Kanon philosophischer Probleme[4]. Das Interesse am Begriff der Person war zunächst gering und entstand unter den analytischen Philosophen erst in der zweiten Hälfte des Jahrhunderts im Rahmen des

---

[2] Vgl. Beckermann 1999, S. VII.

[3] A.a.O.

[4] Außer bei Anhängern der radikalen These (1), die gleich alle philosophischen Probleme ausgrenzen wollen.

Interesses an Philosophie des Geistes, besonders durch den Einfluß von Gilbert Ryle.[5] Auch was Thesen und Positionen angeht gibt es keine Beschränkungen. Es gibt also keine ihr eigene Art und Weise, über Personen zu denken. Man könnte höchstens sagen, daß der Blick auf Personalität sich ändert, je nachdem welche Themen und Positionen gerade Konjunktur haben. Interessiert sich die Zunft besonders für Metaphysik, so interessiert an Personen, was sie von Dingen unterscheidet. Geht es um Handlungstheorie, Freiheit und Determinismus sowie Verantwortung im allgemeinen, richtet sich die Aufmerksamkeit auf die innere Struktur des Wünschens und Wollens von Personen. Geht es um die Philosophie des Geistes, so interessiert an Personen ihr Bewußtsein, ihre besondere Perspektive auf ihre innerpsychischen Zustände oder ihre Identität. Geht es um Ethik und Politik, so wendet sich die theoretische Anstrengung dem praktischen Selbstverhältnis von Individuen mit einer Wertorientierung und den notwendigen Eigenschaften von Subjekten moralischen Handelns zu, bzw. bemüht sich um Eigenschaften, die Personen zu besonderen Gegenständen moralischer Fürsorge machen. Es wird mir hier entsprechend dieser Einschätzung um einflußreiche Positionen zum Personbegriff aus verschiedenen Gebieten des Philosophierens in analytischer Einstellung gehen, jede steht dabei für einen Schwerpunkt des philosophischen Interesses in den Jahrzehnten der Nachkriegszeit: Peter Strawson für die noch weitgehend sprachanalytische Beschäftigung mit Metaphysik der 60er (auch wenn sein Buch während der 50er entstanden und an ihrem Ende erschienen ist), Harry Frankfurt für die Diskussion um Handlungstheorie und Freiheit in den 70ern, und Derek Parfit für das verstärkte Interesse an der Philosophie des Geistes in den 80ern. Im letzten Abschnitt wird es um die Gegenwart seit den 90ern gehen, die Situation des Personbegriffs in einer Ethikdiskussion, die sehr stark auf politisch drängende normative Fragen reagiert.

II.

Immer noch – wie gesagt – ist ein häufig in der analytischen Philosophie verwandtes Mittel die Sprachanalyse. Der Zusammenhang zwischen Analyse unserer Sprache und philosophischer Position ist dabei allerdings heute sehr viel lockerer als zu Beginn der analytischen Philosophie. Sprachanalyse dient häufig dazu, ein Problem zunächst in klare Begriffe zu fassen. Wer in analytischer Einstellung z. B. fragt, was eine Person ist, stützt sich häufig zunächst auf den allgemeinen Gebrauch des Begriffs „Person", oder auf dessen Verwendung in speziellen, u. U. auch wissenschaftlichen Kontexten. Aus dieser Verwendung lassen sich Rückschlüsse darauf ziehen, was jemand für Überzeugungen haben muß, wenn er den Begriff so

---

5 Ryle 1949, dazu von Savigny 1974, S. 91–125.

verwendet. Diese Überzeugungen können dann zu einer philosophischen Position zum Personbegriff zusammengezogen werden, die durch geeignete Argumente vertreten, weiterentwickelt, kritisiert oder revidiert wird.

In exemplarischer Weise sehen wir ein sprachanalytisches Vorgehen alter Schule bei der sehr einflußreichen Theorie der Person von Sir Peter Strawson. In seinem Buch „Individuals" verfolgt er das Ziel einer Rekonstruktion unseres Sprechens über Dinge in der Welt. Der Untertitel heißt „An Essay in Descriptive Metaphysics". Strawson redet nicht über die Dinge direkt, sondern er untersucht das Begriffsschema („conceptual scheme"), das wir benutzen, um über die Dinge zu reden. Dabei versucht er herauszufinden, was für grundlegende Meinungen wir haben müssen, um in solchen Begriffen über sie reden zu können, wie es üblich ist. Personen sind dabei spezielle Dinge in der Welt, denen er ein eigenes Kapitel widmet[6].

Strawson beginnt sein Kapitel „Persons" mit einem Phänomen, das es aufzuklären gilt: Wir alle, das sind mindestens Strawson und die Leser seines Buches, wahrscheinlich aber alle sprechenden Menschen, wir alle unterscheiden zwischen uns bzw. Zuständen (states), in denen wir uns befinden, und anderem und dessen Zuständen. Es gilt nun die Basis dieser Unterscheidung zu finden (S. 87). Und der Weg, den Strawson jetzt einschlägt ist ein typisch sprachanalytischer:

„Let us now think of some of the ways in which we ordinarily talk of ourselves, of some of the things which we do ordinarily ascribe to ourselves" (S. 89). Hier werden wir zu einer Art empirischer Beobachtung aufgefordert. Beobachtet werden soll aber nicht beispielsweise ein innerpsychisches Erleben beim Unterscheiden zwischen uns und der Außenwelt, es wird auch nicht versucht, so etwas wie ein unspezifisches Wahrnehmen unserer Selbst und der Dinge um uns herum zu imaginieren, um anschließend zu Differenzierungen zu kommen. Beobachtet soll werden, wie wir normalerweise sprechen und was wir uns beim Sprechen zuschreiben. Direkt im Anschluß an die zitierte Stelle fährt er fort:

> They are of many kinds. We ascribe to ourselves *actions* and *intentions* (I am doing, did, shall do this); *sensations* (I am warm, in pain); *thoughts* and *feelings* (I think, wonder, want this, am angry, disappointed, contented); *perceptions* and *memories* (I see this, hear the other, remember that). We ascribe to ourselves, in two senses, position: *location* (I am on the sofa) and *attitude* (I am lying down). And of course we ascribe to ourselves not only temporary conditions, states, situations like these, but also relatively enduring characteristics, including physical characteristics like height, colouring, shape and weight (S. 89).

Strawson fährt also mit einer Klassifikation sprachlicher Äußerungen fort. Er teilt uns die Ergebnisse seiner Sprachbeobachtung mit. Die „Sprachdaten" werden in schon geordneter Form präsentiert, wobei für jede Klasse von Zuständen ein oder

---

[6] Strawson 1959, Kap. 3.

mehrere Typen von Äußerungen angegeben werden, die wir „normalerweise" verwenden. Die Unterordnung bestimmter Typen von Äußerungen unter allgemeine Begriffe ist schon ein erster Schritt sprachlicher Analyse, aber einer, der zu selbstverständlich und unkontrovers ist als daß er der Rechtfertigung bedarf. Erst jetzt beginnt die eigentlich philosophische Aufgabe: Strawson formuliert, was an diesen Selbstzuschreibungen erklärungsbedürftig ist, vor dem Hintergrund dessen, was ihm unproblematisch zu sein scheint. Unproblematisch ist die Zuschreibung von allem, was sich jedem beliebigen materiellen Körper zuschreiben läßt, das sind die zuletzt genannten Zustände und Eigenschaften. Die Individuation, Identifikation und Beschreibung von materiellen Körpern wurde bereits in seinem ersten Kapitel behandelt, und gilt für menschliche Körper genauso wie für alle anderen. Was ihm erklärungsbedürftig erscheint ist der Umstand, daß sowohl materielle Eigenschaften wie auch Bewußtseinszustände, d. s. Gedanken und Empfindungen, *ein und demselben Ding* zugeschrieben werden. Es fehlt an einer Begründung, warum wir uns – jede sich – Bewußtseinszustände zuschreiben können, und an einer Begründung dafür, warum wir Bewußtseinszustände und körperliche Eigenschaften *gemeinsam* zuschreiben können (S. 94).

Zwei mögliche Erklärungen werden zurückgewiesen, eine wird den Cartesianern zugeschrieben, die andere vorsichtig mit Wittgenstein in Zusammenhang gebracht. Beide leugnen, daß dasselbe Ding tatsächlich körperliche Eigenschaften wie psychische Zustände hat. Für beide ist es eine durch unsere Sprache bzw. durch unser Sprechen erzeugte Illusion. Für die Cartesianer sind psychische Zustände in Wirklichkeit einer geistigen Substanz zuzuschreiben, für die Wittgensteinianer gibt es in Wirklichkeit niemanden, der sie hat (S. 94). Strawson prägt für den letzteren Standpunkt den Ausdruck ‚no-ownership-view' (S. 95). Ihm zufolge sind es eigentlich die materiellen Körper, die die psychischen Zustände haben, denn die psychischen Zustände sind von körperlichen Zuständen direkt abhängig.

Ich möchte jetzt nichts zum sachlichen Gehalt der Zurückweisungen sagen. Interessant ist seine eigene Position und die Diagnose der Quelle des Fehlers der Gegenpositionen, mit der er seine Position einführt und als überlegen darstellt. Die Diagnose ist wiederum sprachanalytisch.

> I have in mind a very simple, but in this question a very central, thought: viz. That it is a necessary condition of one's ascribing states of consciousness, experiences, to oneself, in the way one does, that one should also ascribe them, or be prepared to ascribe them, to others who are not oneself. [...] This means no less than it says: It means, for example, that the ascribing phrases are used in just the same sense when the subject is another as when the subject is oneself (S. 99).

In Wirklichkeit ist es nicht so, daß wir zuerst lernen, uns selbst Gedanken und Gefühle zuzuschreiben und dann sekundär auch anderen, sondern umgekehrt, wir können uns nur deshalb selbst Gedanken und Gefühle zuschreiben, weil wir gelernt haben, sie beliebigen anderen zuzuschreiben. Diese Zustände sind vom

selben logischen und das heißt hier grammatisch-sprachlichen Typ, egal ob ich sie
mir oder andern zuschreibe. Ich weiß in meinem Fall gar nicht, ob ich z.B. an einer
depressiven Verstimmung leide (S. 108f.), wenn ich nicht diese Verstimmung auch
an anderen diagnostizieren kann. Die Depression eines Individuums ist etwas, was
das Individuum fühlt und nicht an sich beobachtet, und was gleichzeitig andere an
dem Individuum beobachten, an dessen Verhalten sehen, aber nicht fühlen. Beides
verweist aufeinander. Und Strawson fährt fort: „To refuse to accept this is to refuse
to accept the *structure* of the language in which we talk about depression" (S. 109).

Damit Bewußtseinszustände etwas sind, was man im eigenen Fall erlebt und
bei anderen beobachtet, können Bewußtseinszustände nur ganz bestimmten Wesen
zugeschrieben werden. Es sind Wesen, die einerseits denken und empfinden
können, an denen man aber andererseits dieses Denken und Empfinden auch
beobachten können muß. Beobachten kann man es nur an Wesen, die sich verhalten. Und wer beobachten und sich verhalten kann, muß einen Körper haben, mit
dem er beobachtet und an dem andere sein Verhalten beobachten können (S. 104).
Man muß diesen Wesen beides zuschreiben können, Bewußtseinszustände und
körperliche Eigenschaften. Und diese besonderen Wesen sind – *Personen*.

Weder sind Personen primär körperliche Wesen, denen Bewußtseinszustände
höchstens epiphänomenal zukommen, wie Strawsons Wittgensteinianer, die Vertreter des no-ownership-view, meinen, noch sind Personen primär geistige Substanzen mit Bewußtseinszuständen, die mit einem Körper verbunden sind. Vielmehr
ist der Begriff der Person, wie Strawson sich ausdrückt, logisch einfach („primitive" (S. 104)), nicht weiter analysierbar. Personen sind genau solche Wesen, denen
körperliche Eigenschaften und Bewußtseinszustände in gleicher Weise zugeschrieben werden können.

Bei allen Problemen, die Strawsons Auffassung haben mag[7], sie hat zwei beste-
chende Vorzüge: Das Leib/Seele-Problem ist aus ihrer Perspektive gelöst, oder
besser gesagt: aufgelöst, denn über das Verhältnis oder die Interaktion zwischen
Physischem und Psychischem läßt sich nichts mehr sagen. Wir brauchen dementsprechend auch dualistischen Intuitionen über eine geistige Substanz nicht weiter
nachzuspüren, bzw. uns keine Sorgen mehr zu machen, daß wir Körper ohne jede
Seele sind. Zum anderen aber ergibt sich aus Strawsons Auffassung ein begrifflicher
Zusammenhang, eben ein „conceptual scheme", der nahtlos an unsere Art, über
Physisches und Psychisches zu sprechen, anschließt. Wir sitzen keinen „linguisti-
schen Illusionen" auf.

---

[7] Vgl. besonders Williams 1973. Gegen Williams' Kritik verteidigen Strawson Hanjo Glock und John
Hyman (1994).

III.

Zwölf Jahre später (1971) läßt Harry Frankfurt in der Einleitung zu seinem Aufsatz „Freedom of the will and the concept of a person"[8] keinen Zweifel daran, was er für die philosophische Standardauffassung zum Personbegriff hält: Er zitiert aus Strawsons „Individuals". Aber er läßt gleich im ersten Satz ebenso wenig Zweifel daran, was er von dieser Analyse hält: „What philosophers have lately come to accept as analysis of the concept of a person is not actually *analysis* of that concept at all" (S. 11). Eine Analyse des Begriffs würde uns Einschluß- und Ausschlußkriterien liefern. Strawson tut das nicht. Auch vielen Tieren, und nicht einmal nur unseren nächsten Verwandten im Tierreich, schreiben wir neben körperlichen Eigenschaften psychische Zustände zu, glauben aber nicht, daß sie Personen sind. Aber das mag ein Nebenpunkt der Kritik sein. Viel schlimmer dünkt es Frankfurt, daß es Strawson so nicht gelingt, einen philosophisch interessanten Personbegriff zu entwickeln. Es sollte primär nicht darum gehen, Personen von anderen Dingen zu unterscheiden, sondern um etwas ganz anderes: „the criteria for being a person are [...] designed to capture those attributes which are the subject of our most humane concern with ourselves and the source of what we regard as most important and most problematical in our lives" (S. 12). Wenn es schon um Unterschiede zwischen Personen und anderen Dingen inklusive Tieren geht, dann sollten es essentielle Unterschiede sein, solche an denen Personen wirklich etwas liegt. Und hier stellt Frankfurt die Weichen für mehrere Diskussionszusammenhänge in der analytischen Philosophie neu, wenn er sagt:

> It is my view that one essential difference between persons and other creatures is to be found in the stucture of a person's will. Human beings are not alone in having desires and motives, or in making choices [...] It seems to be peculiarly characteristic of humans, however, that they are able to form what I shall call ‚second-order desires' or ‚desires of the second order' (S. 12).

Was diese Wünsche zweiter Stufe sind, und warum Frankfurt sie für so wesentlich hält, dazu gleich mehr. Zunächst möchte ich die Aufmerksamkeit auf seine Strawsonkritik lenken. Frankfurt setzt sich bewußt über Strawsons Problemexplikation hinweg, dessen explizit metaphysisches Interesse. Strawson wollte eine befriedigende Erklärung dafür finden, warum ein und demselben bestimmten Ding, genannt Person, Attribute zweier ganz unterschiedlicher Klassen – körperliche Eigenschaften und psychische Zustände – zugeschrieben werden können. Das findet Frankfurt einfach nicht so wesentlich, jedenfalls wenn es um Personalität geht. Statt dessen möchte er uns Antworten auf Fragen geben, die sich innerhalb des menschlichen Lebens jedem und jeder stellen: was für ein Wesen bin ich? Damit verläßt er den sprachanalytischen Rahmen. Der Gegenstand ist nämlich nicht mehr

---

[8] Frankfurt 1988, S. 11–25.

unser Sprechen über uns, sondern direkt unsere Sorge um uns selbst. Er verläßt auch den primären Bezug zur theoretischen Philosophie. Selbst wenn er etwas zur inneren Strukur des Willens sagen will, so doch aus Gründen des praktischen Selbstverhältnisses.[9]

Frankfurts Vorgehen orientiert sich, auf den ersten Blick betrachtet, wie das von Strawson an unserem Sprechen. Da seine Antwort auf die Frage, was für ein Wesen eine Person ist, lauten soll, eine Person ist ein Wesen mit einer besonderen Willensstruktur, legt die sprachanalytische Methode nahe, die Verwendung von „Wille" oder „Wollen" zu untersuchen. Allem Anschein nach hat Frankfurt genau das vor und beginnt nach seiner Einleitung mit Bemerkungen zu sprachlichen Äußerungen der Form „A will X tun":

> The concept designated by the verb „to want" is extraordinarily elusive. A statement of the form „R wants to X" – taken by itself, apart from a context that serves to amplify or to specify its meaning – conveys remarkably little information (S. 13).

Er illustriert daraufhin die Vielfalt der Bedeutungen. Es kommt ihm im folgenden aber nicht darauf an, korrekte Bedeutung und Verwendungsweise als Voraussetzung für weitere Überlegungen herauszufinden, sondern es kommt anders.

> [...] someone who states that A wants to X may mean to convey that it is this desire that is motivating or moving A to do what he is actually doing or that A will in fact be moved by this desire (unless he changes his mind) when he acts. It is only when it is used in the second of these ways that, given the special usage of „will" that I propose to adopt, the statement identifies A's will. [...] But the notion of a will, as I am employing it, is not coextensive with the notion of a first-order desire. It is not the notion of something that merely inclines an agent in some degree to act in a certain way. Rather it is the notion of an *effective* desire – one that moves (or will or would move) a person all the way to action. Thus the notion of the will is not coextensive with the notion of what an agent intends to do. For even though someone may have a settled intention to do X, he may nonetheless do something else instead of doing X because, despite his intention, his desire to do X proves to be weaker or less effective than some conflicting desire (S. 14).

Wendungen wie „ the usage that I propose to adopt" und „the notion, as I am employing it" weisen darauf hin, daß Frankfurt sich einfach auf einen Begriff von Willen festlegt, der seinen Zwecken dienlich ist. Frankfurt greift sich dazu eine

---

[9] Eine schöne Darstellung der Elemente eines praktischen Selbstverhältnisses gibt Tugendhat in seiner vorläufigen Bestimmung von „praktischem Sichzusichverhalten" im Unterschied zu einem „epistemischen Selbstverhältnis" in Tugendhat 1979, S. 28–33. „Personen sind nicht nur, wie es nach dem vorhin betrachteten Schema des epistemischen Selbstbewußtseins schien, Substanzen mit Zuständen, inneren und äußeren, sondern handelnde Wesen, wobei es für ihr Handeln charakteristisch ist, daß es erstens in intersubjektiven Zusammenhängen steht und daß es zweitens innerhalb dieser Zusammenhänge die Möglichkeit der Selbstbestimmung hat. [...] Wie dieses Selbstverhältnis zu verstehen ist, ist zunächst völlig unklar" a. a. O. S. 29. Für Tugendhat ist beides zusammen kennzeichnend für Personen.

mögliche Bedeutung von „A wants to X" heraus und grenzt sie gegen bloßes Wünschen und gegen Beabsichtigen ab. Sowohl Wünschen als auch Beabsichtigen können sprachlich durch „A wants to X" ausgedrückt werden. Für die Festlegung werden keine unabhängigen Gründe angegeben. Sie ist erst gerechtfertigt, wenn dieser Begriff von Wille zu theoretisch interessanten Ergebnissen führt, wenn also ein Begriff der Person, in dem Personalität an eine bestimmte Willensstruktur geknüpft ist, fruchtbar und/oder überzeugend ist. Obwohl Frankfurt sich in seiner Begriffsbestimmung weitgehend am common sense orientiert, hat er die sprach-analytische Methode verlassen. Er arbeitet begriffsanalytisch, d.h. er verwendet zentrale Begriffe nach einer ausführlichen abgrenzenden Klärung dessen, was unter sie fallen soll, orientiert sich dabei aber nicht oder wenigstens nicht ausschließlich am Sprachgebrauch, sondern an deren Dienlichkeit für die eigenen philosophischen Interessen.

Was sind nun Wünsche *zweiter Stufe*? Menschen und Tiere haben Wünsche *erster Stufe*. Das heißt nicht mehr, als daß sie sich viele und sehr verschiedene Dinge wünschen. Tiere folgen einfach ihren Wünschen. Sind zwei Wünsche unvereinbar, wollen sie etwa gleichzeitig fliehen und trinken, so setzt sich einer von beiden durch. Menschen haben die Fähigkeit, sich diesen Wünschen erster Stufe gegenüber zu verhalten. Sie können über sie nachdenken, sie in eine Rangfolge nach Wichtig-keit bringen, sie abschwächen oder verstärken, ihnen nachgeben oder Widerstand leisten. Für Frankfurt entscheidend ist an dieser Fähigkeit: Menschen können Wünsche haben, die sich auf ihre Wünsche erster Stufe richten. Ein Mensch kann den Wunsch haben, eine Zigarette zu rauchen. Er bemerkt diesen Wunsch und kann sich nun mit ihm identifizieren oder ihn ablehnen. Er kann sich sagen, ja, ich rauche gern und das soll auch so bleiben, oder er kann davon loskommen wol-len. Dieses Wünschen oder Ablehnen eigener Wünsche nennt Frankfurt Wünsche *zweiter Stufe*, „desires of the second order" oder, wenn Menschen ihre Wünsche erster Stufe nicht nur haben wollen, sondern auch wollen, daß sie handlungswirk-sam werden, „second-order volitions". Sie sind das Kriterium für Personalität.

Warum sind Wünsche zweiter Stufe für Personen wesentlich? Sie sind nicht für sich genommen wichtig, sondern als Bedingung für das Selbstverständnis von Personen als frei Handelnde.[10]

There is a very close relationship between the capacity for forming second-order volitions and another capacity that is essential to persons – one that has often been considered a distinguishing mark of the human condition. It is only because a person has volitions of the second order that he is capable both of enjoying and of lacking freedom of the will (S. 19).

---

[10] Zum Zusammenhang von Begriff der Person und Handlungstheorie vgl. den Beitrag von Ralf Stoecker in diesem Band.

Freiheit ist zunächst Handlungsfreiheit, das ist die Freiheit, tun zu können, was man will. Wer seine Wünsche erster Stufe realisieren kann, ist in diesem Sinne frei. Personen können darüber hinaus auch noch in ihrem Willen frei sein, eben weil sie Wünsche zweiter Stufe ausbilden können.

Eine bestimmte Verfassung der Wünsche zweiter Stufe, eine bestimmte Willensstruktur, ist nach Frankfurt das Kriterium der Freiheit von Personen. Willensfreiheit ist ganz parallel zur Handlungsfreiheit zu denken. Eine Person ist willensfrei, wenn sie frei ist zu wollen, was sie wollen will (S. 20). „More precisely, it means that he is free to will what he wants to will, or to have the will he wants" (ebd.). Nur wer den Wünschen erster Stufe, die das Handeln bestimmen, auch zustimmt, sich mit ihnen identifiziert, sie haben will, ist willensfrei. Wer eine Zigarette raucht und gleichzeitig den Wunsch nach einer Zigarette nicht haben möchte, ist nicht willensfrei, er kann seine Wünsche zweiter Stufe nicht handlungswirksam werden lassen, er hat – in Frankfurts leicht paradoxer Formulierung – nicht den Willen, den er will.

Frankfurt macht hier einen sehr einfachen und attraktiven Vorschlag zum praktischen Selbstverhältnis. Personen sind Wesen, die Wünsche zweiter Stufe haben. In ihrem Selbstverhältnis kommt es ihnen darauf an, ob sie willensfrei handeln oder nicht. Willensfrei sind sie, wenn sie sich mit dem, was sie wünschen und aufgrund dieser Wünsche tun, ohne Vorbehalte identifizieren. Dieser Vorschlag war und ist extrem einflußreich; und er ist folgenreich, wenn man ihn akzeptiert.[11]

– Er löst das Freiheits- und Determinismusproblem zugunsten einer kompatibilistischen Position. Wir sind, einige manchmal, andere häufiger, in diesem Sinne willensfrei, egal ob wir determiniert sind, so zu sein, oder nicht. Wann immer wir willensfrei handeln, sind wir für dieses Handeln laut Frankfurt auch verantwortlich, wir haben es ja so gewollt. Diese *normative* Folgerung zieht Frankfurt selbst und hält sie für selbstverständlich.[12]

– Zum anderen gab er der Sozialwahltheorie ein Kriterium für die Beurteilung und das Aussortieren von Präferenzen. Ein rational Handelnder sollte nur willensfreie Präferenzen berücksichtigen. Frankfurts deskriptive Bestimmung von Personalität erweist sich auch hier anschlußfähig für ein normatives Kriterium. Es ist kein Kriterium für eine moralische Norm, wie bei der Verantwortung, sondern für eine Norm der *Rationalität*.

– Und als drittes wurde Frankfurts Theorie der Willensfreiheit dazu benutzt, ein Problem liberaler Wohlfahrtspolitik zu lösen, nämlich das der Bestimmung des Guten für ein Individuum auf subjektiver Basis. Eine Person realisiert ihre Werte,

---

[11] Frankfurts Analyse von Willensfreiheit ist in vielerlei Hinsicht kritisiert worden. Ein besonders naheliegender Einwand ist der, daß die Übereinstimmung von Wünschen erster und zweiter Stufe auch durch Manipulation zustande gekommen sein kann, und man das an der inneren Struktur allein nicht ablesen kann. Vgl. dazu etwa Christman 1991.

[12] Inkompatibilisten würden das allerdings bestreiten, vgl. Guckes 1999a, b.

wenn und soweit sie willensfrei handelt. Eine politische Maßnahme verbessert die Wohlfahrt einer Person genau dann, wenn sie deren Möglichkeiten steigert, willensfrei zu handeln. Hier dient Frankfurts Personbegriff dazu, eine *politische* Norm, nämlich die der Verbesserung des Allgemeinwohls, näher zu bestimmen.

IV.

Die philosophischen Überzeugungen Derek Parfits in „Reasons and Persons" von 1984 als Beispiel für eine analytische Theorie der Person zu präsentieren, mag auf den ersten Blick künstlich erscheinen. Er fragt sich zentral nicht, was Personen sind, sondern, was personale Identität ausmacht. Aber dazu braucht er natürlich einen Begriff der Person, eine Auffassung darüber, was Personen sind. Und diese Auffassung trifft sich durchaus mit der Strawsons. Personen sind für Parfit Wesen mit psychischen und physischen Eigenschaften; der Unterschied zu Tieren interessiert ihn dabei ebenso wenig wie die Leib/Seele-Problematik bzw. die Verbindung zwischen psychischen und physischen Eigenschaften und Zuständen. Dafür interessiert er sich für das Verhältnis einer Person zu ihren Eigenschaften, denn Personen sind für ihn, anders als für Strawson, nicht logisch einfache und unanalysierbare Wesen, die körperliche und mentale Eigenschaften haben, sie bestehen aus diesen körperlichen und mentalen Eigenschaften. Er knüpft also einerseits an den von Frankfurt „Standard" genannten Begriff der Person wieder an, entwickelt ihn aber andererseits in eine völlig andere Richtung weiter, und zwar in einer Form, die nicht nur ganz erstaunlich ist, sondern die auch noch Frankfurts Forderung erfüllt, nämlich unsere tiefste menschliche Sorge um uns selbst zu betreffen.

Bei Parfit schlägt sich eine weitere Entwicklung analytischen Vorgehens besonders deutlich nieder: Parfit arbeitet wie Frankfurt begriffsanalytisch, ist dabei aber noch weiter von Strawsons sprachlich orientierter Analyse entfernt. Er benutzt verbreitete Meinungen bzw. vortheoretische Intuitionen als Ausgangspunkte seiner Überlegungen, die als Motivation für Begriffsexplikationen genutzt werden, ein seit den 70ern verbreitetes Vorgehen in der analytischen Philosophie. Neu im Vergleich zu Frankfurt und anderen ist die Art und Weise, wie er verbreitete Meinungen auf ihre Qualität und Haltbarkeit testet. Er konstruiert dazu fiktive Beispiele, um einzelne Aspekte der Realität für sich betrachten zu können, ohne die Komplexität anderer Faktoren mit berücksichtigen zu müssen. Was etwa, wenn ein Scanner mein Gehirn und meinen Körper zerstört und alle Details über deren Aufbau zu einem Computer auf dem Mars leitet, wo aus anderem Material ein Körper mit einem Gehirn genau nach diesen Informationen zusammengesetzt wird? Was wenn die so konstruierte Person aussieht wie ich, denkt, sie sei ich, und auch sonst genau so ist wie ich? Bin ich dann nur sehr schnell zum Mars gereist? Und was, wenn der Scanner mich nicht zerstört, sondern ich anschließend eine Doppelgängerin auf dem Mars habe, die denkt, sie sei ich?[13]

Nach Parfit kommen Personen physische und psychische Eigenschaften gleichermaßen zu. Für die Identität von Personen favorisiert er ein Kriterium psychophysischer Kontinuität. Psychophysische Kontinuität liegt vor, wenn eine Person P_2 zum Zeitpunkt t_2 aus einer Person P_1 zu einem Zeitpunkt t_1 durch Prozesse psychischer und körperlicher Veränderungen mit beliebigen Ursachen hervorgegangen ist. Nur dann ist P_2 eine gute Kandidatin für Identität mit P_1. Wir wissen nun, daß – wenn auch selten – Personen dramatische Veränderungsprozesse durchlaufen. Was garantiert uns, daß es sich bei psychophysischer Kontinuität immer um dieselbe Person handelt?

Die Position, *gegen* die Parfit sich wendet, gibt darauf eine sprachanalytisch vertretbare Antwort. Die Person ist dasjenige, von dem wir sagen, daß es ihren Veränderungen zugrunde liegt, etwas Einfaches und Unanalysierbares. Identität ist nur möglich, wenn es ein unveränderliches Substrat gibt, das bei allen Veränderungen unverändert dasselbe bleibt, der Kern der Person, ein Etwas, dessen Attribute sich ändern mögen. Nur das wir eben nicht angeben können, was dieses Etwas ist. Diese Ansicht nennt Parfit die „simple view". Sie erklärt, warum uns die eigene Identität selbstverständlich ist. Psychophysische Kontinuität kann als ein Kriterium dafür gelten, weil sie normalerweise mit Identität einhergeht.[14]

Ein liberaler Gebrauch von science fiction liefert Parfit Gegenbeispiele wie Gehirnaustausch oder Personenteilung, bei denen psychophysische Kontinuität vorliegt, die aber unseren Glauben an die Identität der kontinuierlich verbundenen Personen schwanken machen, weil wir keine Ahnung haben, was mit dem Substrat passiert. Für Parfit ist damit der simple view unhaltbar, nur psychophysische Kontinuität bleibt. Letztlich hält Parfit personale Identität für eine der vielen Illusionen, die wir uns aufgrund unserer religiösen Traditionen machen. Das Etwas, das der Veränderung zugrunde liegt, könnte höchstens die Seele sein. Ein Rückgriff aber auf eine cartesische Seelensubstanz gilt seit Wittgenstein, Ryle und Strawson in der Philosophie als nicht erlaubt.

Parfit tut viel dafür, Kontinuität als vollwertigen Ersatz für Identität anzupreisen, und meiner Meinung nach kann man in dieser Richtung noch mehr tun.[15] Aber er sieht selbst, daß es prima facie große Probleme mit verbreiteten normativen Selbstverständlichkeiten gibt und Gründe, sie völlig umzustrukturieren, wenn

---

[13] Parfit 1984, S. 199 ff. Parfit ist ausgiebig dafür kritisiert worden, aus Geschichten, die so ohne weiteres gar nicht passieren können, weitreichende begriffliche Folgerungen zu ziehen, z.B. von Kathleen Wilkes (1988) in ihrem Buch „Real people" mit dem bezeichnenden Untertitel „Personal identity without thought experiments".

[14] Für eine Verteidigung der „simple view" vgl. Martine Nida-Rümelin in diesem Band. Für eine Theorie personaler Identität, die versucht, die Stärken beider Positionen zu bewahren, siehe Michael Quante ebenfalls in diesem Band.

[15] Meine Versuche in dieser Richtung finden sich in Herrmann 1995.

man seinen Ansatz akzeptiert. Wenn es keine personale Identität im herkömmlichen Sinn gibt, so auch keine überlegende und handelnde einheitliche Person, so wie wir sie kennen. Es wird fraglich, ob es sinnvoll ist, für die Zukunft zu planen, es gibt keinen selbstverständlichen Grund mehr für Klugheit. Es ist kein stabiles Selbst da, es ist sozusagen niemand zu Hause, dem man Willensfreiheit zu- oder absprechen könnte. Eine Person ist nach Parfit ein außerordentlich instabiles Gebilde aus psychischen und physischen Eigenschaften, die aufeinander einwirken. Stabilität wird innerhalb des Gebildes und durch Außeneinflüsse erst erzeugt und ist nicht garantiert. Aber nicht nur die Rationalität unseres gewohnten Selbstverhältnisses ist gefährdet, auch moralische Prinzipien, wie die der ausgleichenden Gerechtigkeit, der Vertragssicherheit und der Zuständigkeit für die eigene Vergangenheit, bedürfen der Überprüfung.

Parfit vertritt in Sachen personaler Identität einen radikalen Standpunkt und kommt in der Konsequenz zu einigen ebenso radikalen Forderungen, was das für uns bedeuten sollte. Es ist sein Revisionismus, der ihn weiter noch als Frankfurt von der sprachanalytischen Tradition entfernt. Strawson sucht eine zum Sprachgebrauch passende Theorie, die unser Denken erklärt. Frankfurts Willensstruktur steht immer in Einklang mit selbstverständlichen vortheoretischen Meinungen. Parfit möchte uns dagegen liebgewordene Meinungen austreiben und andere an deren Stelle setzen. (Diese anderen sind nicht einmal unbedingt naturwissenschaftlicher Herkunft, wie es die logischen Positivisten noch begrüßt hätten). Das hat möglicherweise etwas mit seiner Bevorzugung von Gedankenexperimenten und Intuitionen zu tun. Die Interpretation von Intuitionen fördert häufig zu Tage, daß wir viele Meinungen haben, die durchaus nicht miteinander in Einklang stehen. In diesem Fall ist Revisionismus unvermeidlich, wenn an dem Ideal der Widerspruchsfreiheit festzuhalten ist. Diese Situation war vom größten Teil der sprachanalytischen Tradition nicht vorgesehen, dem Teil, dem es um die beste Erklärung für unser Sprechen ging. Die Erklärung sollte unser Sprechen weitgehend konsistent machen, indem für dieses Sprechen konsistente Überzeugungen unterstellt wurden. Der Streit um die beste Erklärung ist jetzt einem neuen Streit gewichen: An welchen unserer Intuitionen bzw. vortheoretischen Meinungen sollten wir festhalten, welche müssen wir aufgeben? Wie radikal kann und darf eine Neuerung sein? Ist die Identität einer Person über die Zeit nicht doch eine Selbstverständlichkeit, die keiner weiteren Rechtfertigung bedarf? Parfit hat dem Personbegriff in der analytischen Philosophie eine quasi poststrukturalistische Wende gegeben. Eine Person wird als zusammengesetzt aus ihren physischen und psychischen Eigenschaften gedacht. Deren Stabilität wiederum ist nicht garantiert, sondern kann von vielen Faktoren auch außerhalb der Person erschüttert werden. Ganz so wie der Begriff des Subjekts, in der traditionellen Kontinentalphilosphie mit transzendentaler Permanenz ausgestattet, im Poststrukturalismus in historische und damit flüchtigere Bestandteile aufgelöst wird.

V.

Ich habe drei Beiträge zum Personbegriff aus der analytischen Philosophie her-
ausgegriffen und dargestellt. Obwohl es besonders einfußreiche Beiträge waren
und sind, ist ihre Auswahl nicht ohne Willkür. Andere wären möglich gewesen.
Hätte ich etwa Arbeiten von Bernhard Williams oder Richard Wollheim zum
praktischen Selbstverhältnis dargestellt, wäre eine andere Facette des Personbegriffs hervorgetreten. Diese Autoren sind wie Harry Frankfurt der Auffassung,
daß für die Bestimmung des Personbegriffs nur Bestimmungsmomente taugen,
an denen uns in unserem Leben besonders liegt. Allerdings denken beide dabei
nicht als erstes an einen freien Willen. Bernard Williams[16] Hauptinteresse gilt der
Sorge um das eigene Leben. Dazu gehört eine positive Identifikation mit eigenen
Plänen und deren aktive Gestaltung in Gegenwart und Zukunft, sowie die Arbeit
an der Integration des eigenen Charakters[17]. Richard Wollheim[18] hält etwas sehr
Ähnliches für das Hauptcharakteristikum unserer allermenschlichsten Besorgnis,
nämlich das Bedürfnis, das eigene Leben in eine erzählbare, anderen mitteilbare
Form zu bringen. Vom jeweiligen Punkt der eigenen Existenz ist es Wollheims
Meinung nach Personen ein besonderes Anliegen, die Vergangenheit als eine die
Gegenwart aufklärende Vorgeschichte zu betrachten und die Zukunft aus dieser
Geschichte heraus zu entwerfen.

Auch in der Philosophie des Geistes hätte es Alternativen gegeben, z.B. Daniel
Dennetts Eingliederung von Personen in die sehr heterogene Menge der „intentionalen Systeme". Dennett läßt die traditionelle Annahme fallen, daß Person nur
etwas sein kann, das geistige Eigenschaften hat. An die Stelle dieser Annahme setzt
er ein funktionales Kriterium: Wenn sich das Verhalten eines Wesens erfolgreich
dadurch vorhersagen läßt, daß man ihm Wünsche und Meinungen *zuschreibt*, dann
handelt es sich um ein intentionales System, egal ob es die unterstellten Wünsche
und Meinungen wirklich hat. Ein intentionales System ist dann eine Person, wenn
man ihm erfolgreich besonders komplexe Meinungen und Wünsche zuschreiben
kann. Die Personen, die wir kennen, sind Menschen, aber das mag zufällig so sein.
Andere biologische Spezies könnten Personen sein, es könnte eines Tages sogar
Maschinen geben, die Personen sind. Und last not least: auch bei Strawson findet
sich bereits eine funktionalistische Wendung, nämlich in seinem Aufsatz „Freedom and resentment"[19]. Dort hat der Personbegriff seinen Platz durch die sozial
eingeführte Praxis der „personal reactive attitudes" der Anerkennung und des Übel-
nehmens. Diese besonderen Haltungen, die wir Personen gegenüber einnehmen,

---

[16] Williams 1985.
[17] Williams 1973.
[18] Wollheim 1984.
[19] Strawson 1974, S. 1–25.

sind nach Strawson nicht aufgebbare Bestandteile eines sozialen Zusammenlebens von Menschen.

Schon aus dem bisher präsentierten Ausschnitt wird deutlich, daß in der analytischen Philosophie auf eine Vielfalt von Eigenschaften oder Charakteristika zurückgegriffen wird, um den Personbegriff zu erläutern. Auch wenn die Eigenschaften, von denen bisher die Rede war, deskriptiv sind, so haben sie doch normative Anklänge. Ein Wesen, das z.B. nur Wünsche erster Stufe haben kann, ist nach Frankfurts Kriterium keine Person. Ein Wesen, das die Fähigkeit hat, sich um die Struktur seines Willens zu sorgen, sich darum aber nicht schert, ist ebenfalls keine Person, jedenfalls nicht im vollen Sinn. Die von Frankfurt für wesentlich gehaltene Eigenschaft ist soweit deskriptiv, sie kann als Kriterium dienen, Personen von anderen Dingen zu unterscheiden. Einen normativen Anklang bekommt das Kriterium für alle, die mit Frankfurt der Meinung sind, daß ein Wesen mit der Fähigkeit zu Wünschen zweiter Stufe, das mit dieser Fähigkeit nichts macht und sich nicht um seinen Willen sorgt, sein Leben irgendwie verfehlt, weil es versäumt, Person zu werden.

Die deskriptiven Eigenschaften, die nicht nur Philosophen an Personen besonders ins Auge stechen, haben traditionellerweise diesen normativen Anklang. Eine brachliegende Vernunft, ein unkultiviertes Bewußtsein, eine mangelnde Sprachbeherrschung, ein Leben ohne Ziel, das sind für viele nicht einfach Kennzeichen fehlender Personalität, sondern Defizite bei der Verwirklichung eines Ideals menschlichen Lebens. Für besonders charakteristisch an Personen gilt eher, was Menschen vor dem Rest der Schöpfung auszeichnen kann, als was sie einfach nur unterscheidet oder gar zur Sünde prädestiniert. Dabei war von moralischem Wert im engeren Sinn bisher noch gar nicht die Rede.

Der Personbegriff kommt aber wesentlich auch in normativen Theorien vor, nämlich bei der Frage, welche Individuen mit moralischen Eigenschaften wie Rechten und Pflichten ausgestattet sind.[20] Es ist zwar umstritten, ob moralische Gebote und Verbote überhaupt eine Berechtigung haben. Aber wenn sie eine Berechtigung haben, dann sind Personen diejenigen, an die sich Ansprüche richten und deren Ansprüche an andere Personen zu berücksichtigen sind. Aufgrund dieser Querverbindung zur Moral und Moraltheorie bekommen auch die deskriptiven Eigenschaften, durch die Personen von anderen Wesen unterschieden werden, ein besonderes Gewicht. Es ist ja in der Regel eines ihrer Merkmale, wie etwa ihre

---

[20] Diesen Zusammenhang zwischen Personbegriff und Moralphilosophie stellt auch Herlinde Pauer-Studer in ihrem Beitrag zu diesem Band her. Auf welche Eigenschaften von Personen besonderer Wert gelegt wird hat, wie sie im Zusammenhang mit der Diskussion um Geschlechterethik zeigt, auch Einfluß auf den Typ von Moraltheorie, der entwickelt wird. Einseitige Auffassungen darüber, worauf es bei Personen ankommt, führen nach ihrer Diagnose zu Defiziten in der Moraltheorie, an deren Verbesserung sie arbeitet. Ein ähnlicher Zusammenhang von weiblicher oder männlicher Moral und unterschiedlichem Personbegriff wird auch in Herrmann 1999 hergestellt.

Fähigkeit zur Einsicht von Regeln oder ihre Zukunftsorientierung, auf die sich eine Begründung des besonderen normativen Anspruchs oder der besonderen moralischen Verantwortung von Personen stützt.[21]

Wenn die spezifischen Merkmale, die Personen zugeschrieben werden können, so verschieden sind, was folgt daraus für den Personbegriff? Am Anfang habe ich nahegelegt, daß diese Verschiedenheit durch einen Wechsel der Perspektive auf Personen zustandekommt, je nachdem, in welchem philosophischen Teilgebiet ein Autor oder eine Autorin arbeitet. In diesem Abschnitt habe ich darauf hingewiesen, daß auch innerhalb der Teilgebiete die Eigenschaften, die Autoren zur Kennzeichnung von Personen heranziehen, je nach Kontext andere sind. Jetzt habe ich noch angefügt, daß man fast jedes der beschriebenen Kennzeichen für Personalität benutzen kann, um daraus eine Grundlage für den moralischen Wert von Personen zu machen. Da all diese Kennzeichen nicht miteinander in Widerspruch stehen, sondern im Gegenteil ganz gut koexistieren können, entsteht zunächst kein besonderes Problem daraus, daß Philosophen und andere Verschiedenes an Personen mit gutem Grund für wichtig halten.

Betrachten wir aber zusätzlich den anhaltenden „Ethikboom" der späten achtziger Jahre und die durchaus exponierte Funktion, die dem Personbegriff dabei immer wieder zugeschrieben wird. Das erklärte Ziel besteht darin, Entscheidungshilfen für neue oder sich verschärfende ethische Probleme in Medizin und Technik auszuarbeiten. In der Politik muß zwischen verschiedenen Alternativen entschieden werden, die umstritten sind, weil sie unterschiedlichen Werten den Vorzug geben. Dabei wurde und wird „die Person" zum Bezugspunkt, eben weil sie in westlichen Gesellschaften die relevante Einheit für die Zuschreibung von moralischem Wert ist. Der moralische Wert einer Person soll helfen, ihren Anspruch auf Berücksichtigung bzw. die Grenzen der Zulässigkeit des Umgangs mir ihr abzustecken. Wenn es z.B. in der medizinischen Ethik um Abtreibung, Embryonenforschung, Sterbehilfe, Patiententestamente, Zustimmung zu medizinischer Behandlung geht, wäre es sehr hilfreich, nicht nur zu wissen, was eine Person ist, sondern auch, was sie so wertvoll macht, daß ihr besondere Berücksichtigung zukommt. Da aber auf allen diesen Problemfeldern heftig gestritten wird und es verschiedene Merkmale in den philosophischen Diskussionen gibt, die sich anbieten, ist es eigentlich keine Überraschung, daß die Vorschläge, welche Merkmale von Personen in einem gegebenen Kontext moralisch wertvoll sind, weit divergieren.

---

[21] Ebenfalls umstritten ist, wer außer Personen sonst noch und in welchem Maße Anspruch auf moralische Berücksichtigung hat. Die im vorliegenden Zusammenhang wichtige Übereinkunft, daß immerhin Personen moralischen Schutz verdienen, ist durch diesen Streit zwar nicht berührt. Aber es liegt in der philosophischen Erörterung (bei Daniel Dennett oder Peter Singer) der Frage, ob nur Menschen und alle Menschen Personen sind, oder ob einige Menschen keine Personen aber etliche Säugetiere, viel Zündstoff – auch für die öffentliche Diskussion.

Dabei zeigt sich nebenbei, daß auf eine integrierte Theorie der Person bisher wenig Wert gelegt worden ist. Die Diskussion auf den verschiedenen Feldern der Philosophie in analytischer Einstellung hat, scheint mir, bis zum neuen Interesse an praxisbezogener Ethik auch keiner integrierten Diskussion bedurft. Das öffentliche Interesse an einem kritischen normativen Diskurs hat eher Rückwirkungen auf die akademische Philosophie, als daß es von der philosophischen Diskussion ausgegangen und auf die Öffentlichkeit übergeschwappt wäre.

Wenn man meiner Diagnose folgt, daß es zur Zeit keine Diskussion in analytischer Einstellung um einen integrierten Begriff der Person gibt, so können wir derzeit zwar aus einer Liste von Eigenschaften auswählen, die geeignet dafür sind, Personen Wert zuzuschreiben. Aber wir haben keine Theorien darüber, ob und wie diese Eigenschaften einen inneren Zusammenhang bilden können. Es stehen also keine plausiblen Kandidaten für einen geschlossenen Begriff der Person zur Verfügung, die in der Ethikdiskussion die beschriebene Funktion eines Bezugspunktes übernehmen könnten. Es gibt darauf aus der Perspektive der praktischen Philosophie zwei mögliche Reaktionen. Die erste besteht darin, die Suche nach einer Theorie der Person für diese Funktion aufzugeben. Träger moralischen Wertes und damit von Rechten werden Individuen, egal ob Personen oder nicht, aufgrund dafür relevanter Eigenschaften, wie etwa der Empfindungsfähigkeit. Es bliebe für jeweils anstehende spezifische moralische Probleme zu diskutieren, welche Eigenschaften herangezogen werden sollten. Dafür plädiert z.B. Dieter Birnbacher in diesem Band. Ähnlich spricht sich Barbara Merker aus, die ein Ausweichen auf andere moralisch gehaltvolle Begriffe empfiehlt und den Bezug auf diese oder jene (deskriptive) Eigenschaft von Menschen vermeiden möchte, weil sonst der Verdacht auf Willkür bei der Auswahl besteht. Ich möchte mit einem Plädoyer für die andere Alternative schließen, nämlich weiter an Theorien der Person zu arbeiten.

Der erste Grund ist ein formaler. Es ist unumstritten, daß mindestens Personen alle moralischen Rücksichten zukommen, wenn auch möglicherweise darüber hinaus noch anderen Wesen. In bisherigen Versuchen wurde, um den Zusammenhang zwischen Personalität und moralischer Rücksicht zu klären, im wesentlichen nur die Liste der Eigenschaften von Personen durchgegangen und nach einer oder mehreren gesucht, aufgrund derer diese moralischen Rücksichten verdient werden. Diese Versuche, moralischen Wert an einzelne Eigenschaften zu knüpfen, sind angreifbar.[22] Aber trotzdem wäre es äußerst wünschenswert, einen Begriff der Person zu haben, der diese moralischen Rücksichten wenigstens plausibel macht, gerade weil Personen intuitiv so naheliegende Träger von Wert sind. Man sollte, anders gesagt, bestehende Übereinkünfte im moralischen Urteil nicht ohne Not oder zwingendes Argument aufgeben. So viele Fixpunkte im moralischen Diskurs haben wir

---

[22] Vgl. dazu Stoecker 1997, der zu dem Ergebnis kommt, daß deskriptive bzw., wie er sie nennt, metaphysische Eigenschaften von Personen nicht dazu taugen, ihren Anspruch auf moralische Berücksichtigung zu begründen.

nicht, aber wir haben sie nötig. Der Personbegriff könnte durch Untersuchungen zum inneren Zusammenhang der bereits diskutierten Eigenschaften von Personen gewinnen. Die intuitiv selbstverständliche Meinung, daß Personen Träger moralischen Wertes sind, könnte so doch durch den Hinweis auf deren Eigenschaften gestützt werden.

Zum zweiten scheint es mir in gewisser Weise eine Scheinlösung zu sein, den Personbegriff aufzugeben. Einen Gewinn kann man sich daraus nur bei der Diskussion spezieller ethischer Probleme erwarten, etwa wenn man die Zulässigkeit bestimmter medizinischer Forschung von der Empfindungsfähigkeit der Probanden abhängig machen möchte. Sobald es aber um die Integration verschiedener Einzelfragen geht oder gar um eine umfassende Moraltheorie, so geht es um Ausschluß und Einschluß in die moralische Gemeinschaft als Objekt moralischer Fürsorge und als Subjekt moralischer Forderungen. Wenn man beim umfassenden Einschluß in die moralische Gemeinschaft nicht einfach darauf verweisen will, daß es sich bei einem Individuum um einen Menschen handelt, dem rein aufgrund seines Menschseins moralische Berücksichtigung zukommt, so wird man immer auf einzelne oder mehrere deskriptive Eigenschaften von Individuen verweisen. Damit grenzt man aber eine Gruppe von Individuen aus, die diese relevanten Eigenschaften nicht haben. Ob man nun die einen Personen nennt oder ob man sie Individuen mit den Eigenschaften ABC nennt, scheint mir eine rein terminologische Entscheidung zu sein. Es ist schließlich das Individuum, dem Rechte und Pflichten zukommen, und nicht seine Eigenschaften. Da der Personbegriff für diesen Zusammenhang bereits gut eingeführt ist, scheint mir alles dafür zu sprechen, ihn beizubehalten. Man muß nur im Auge behalten, daß, wenn Personen moralische Rechte und Pflichten haben, daraus nicht folgt, daß *nur* Personen moralische *Rechte* haben. Spezifische Rechte können anderen Wesen auch durch ihre Eigenschaften zukommen.

Noch einen letzten Grund möchte ich nennen. Ich habe darauf hingewiesen, daß die deskriptiven Eigenschaften, durch die Personen bestimmt werden, in der Regel denjenigen, die sich mit dem Personbegriff beschäftigen, erstrebenswert und wertvoll scheinen. In den verschiedenen Vorschlägen zum Personbegriff drücken sich nicht nur Interessen an bestimmten Teilgebieten der Philosophie aus, sondern auch Persönlichkeitsideale: wie viele Menschen sein möchten, was sie an sich und anderen für wertvoll halten, was die Grundlage für ein gutes Leben ist. Diese Ideale sind sehr allgemein und es stellt sich z.B. sofort das Problem, wo eine Theorie der Eigenarten von Personen aufhört und Auffassungen zum guten Leben beginnen. Ich möchte mich mit all den Abgrenzungsproblemen, die sich dabei auftun, hier nicht beschäftigen, sondern auf etwas anderes hinweisen. Der Wert, den eine Eigenschaft für eine Person hat, ist nicht isolierbar von anderen Eigenschaften, auf die es ihr ankommt. Ebenso schätzen wir an anderen Personen eine ganze Reihe positiver Eigenschaften, die in der Regel im Verbund auftreten. Kommunikationsfähigkeit etwa ist wertvoll für gute Beziehungen zu anderen. Wer sich mit anderen austauschen und mit ihnen zusammenarbeiten will, braucht Bewußtsein, Sprache und Handlungsfähigkeit. Sprachkompetenz und Handlungsfähigkeit sind abhängig von einem gewissen Maß an Rationalität und der Fähigkeit, den eigenen Willen zu kontrollieren. Der Personbegriff bewahrt solche Zusammenhänge, wenn auch nur auf assoziative Weise. Eine integrative Theorie der Person könnte sie explizit machen.[23]

LITERATUR

Beckermann, A. 1999: Analytische Einführung in die Philosophie des Geistes, Berlin.

Christman, J. 1991: Autonomy and personal history. In: Canadian Journal of Philosophy 21.

Dausien, B. et al. (Hg.) 1999: Erkenntnisprojekt Geschlecht: Feministische Perspektiven verwandeln Wissenschaft, Opladen.

Dennett, D. C. 1978: Brainstorms. Philosophical Essays on Mind and Psychology, Hassocks.

Frankfurt, H. G. 1971: Freedom of the will and the concept of a person. In: Journal of Philosophy 68, [zit. nach: Ders.: The importance of what we care about: philosophical essays, Cambridge 1988].

Guckes, B. 1999a: Anmerkungen zum Prinzip alternativer Möglichkeiten und verwandter Prinzipien. In: Logos 5.

Guckes, B. 1999b: Bemerkungen zu Frankfurts und Dennetts Interpretation von „x hätte anders handeln können". In: Zeitschrift für philosophische Forschung 54.

Herrmann, M. 1995: Identität und Moral. Zur Zuständigkeit von Personen für ihre Vergangenheit, Berlin.

Herrmann, M. 1999: Geschlechterethik und Selbstkonzept. In: Dausien et al. (Hg.).

Hyman, J./Glock, H. 1994: Persons and their Bodies. In: Philosophical Investigations 17.

Parfit, D. 1984: Reasons and Persons, Oxford.

Ryle, G. 1949: The concept of mind, London.

Singer, P. 1984: Praktische Ethik, Stuttgart.

Skinner, Q. 1998: Liberty before liberalism, Cambridge.

Stoecker, R. 1997: Metaphysische Personen als moralische Personen. In: Allgemeine Zeitschrift für Philosophie 22.

Strawson, P. F. 1959: Individuals: An Essay in descriptive metaphysics, London.

Strawson, P. F. 1974: Freedom and Resentment, London.

Tugendhat, E. 1979: Selbstbewußtsein und Selbstbestimmung, Frankfurt am Main.

von Savigny, E. 1974: Die Philosophie der normalen Sprache. Eine kritische Einführung in die ‚Ordinary Language Philosophy', Frankfurt am Main.

Wilkes, K. V. 1988: Real People. Personal Identity without Thought Experiments, Oxford.

Williams, B. 1973: Are Persons Bodies? In: Ders.: Problems of the Self, Cambridge.

Williams, B. 1985: Ethics and the Limits of Philosophy, London.

Wollheim, R. 1984: The Thread of Life, Cambridge.

---

[23] Für Kritik und Anregungen danke ich den Teilnehmern der Tagung „Person" vom 11.–13.2.1999 in Essen, sowie Rüdiger Bittner, Hanjo Glock, Michael Quante und Ralf Stoecker.

II
THEORETISCHE PHILOSOPHIE

Michael Quante

EINLEITUNG:
DER BEGRIFF DER PERSON IM KONTEXT
DER THEORETISCHEN PHILOSOPHIE

Die Erinnerung an einige philosophiegeschichtliche Hauptstationen läßt zwei zentrale thematische Stränge sichtbar werden, welche die Rolle des Begriffs der Person in der theoretischen Philosophie bis heute prägen.[1] Da ist zum einen die Verbindung von Person, individueller Substanz und Seele, die sich im Kontext metaphysischer Kontroversen wie dem Körper-Geist-Problem, der Unsterblichkeit der Seele oder auch der Personalität Gottes bis in die Gegenwart fortsetzt. Und da ist zum anderen die Besonderheit, daß der Begriff der Person, obwohl in seiner theoretischen Bedeutung als deskriptiver Begriff zur Bezeichnung einer Liste von Fähigkeiten verwendet, immer auch mit einem Bezug auf die praktische Philosophie von Interesse gewesen ist. Selbst dort, wo es nicht primär um moral- oder rechtsphilosophische Fragen im engeren Sinne geht, wird der Begriff der Person zumeist mit Blick darauf verwendet, welche moralischen oder rechtsphilosophischen Konsequenzen sich daraus ergeben, eine Entität als Person anzuerkennen. Darüber hinaus kann festgehalten werden, daß in beiden Diskussionssträngen vor allem eine Fähigkeit von Personen herausragende Bedeutung gewonnen hat: das Selbstbewußtsein. Wenn man nach der Rolle des Begriffs der Person im Kontext der theoretischen Philosophie fragt, dann wird man auch die Kontexte der klassischen Selbstbewußtseins- und Subjektivitätstheorien als Bereiche hinzuzählen können, in denen die für Personen wesentliche Fähigkeit, über Selbstbewußtsein sowohl in synchroner wie auch in diachroner Form zu verfügen, zur Grundlage von Erkenntnistheorie und Ontologie geworden ist.[2]

---

[1] Für eine umfassende Darstellung der verschiedenen Themen und Problemstellungen, die im folgenden angesprochen werden, vgl. Sturma (1997) sowie die Einleitungen von Sturma und Mohr in diesem Band.

[2] Bekanntlich hat Peter F. Strawson (1966) die auf Kant zurückgehende Trennung zwischen dem Selbstbewußtsein als transzendentalem Prinzip und der empirischen Person wieder rückgängig gemacht und an die Stelle des transzendentalen Ich die empirische Person gesetzt; vgl. dazu auch Cassam (1997). Hilfreiche Überblicke zu und Weiterentwicklungen von Selbstbewußtseins- oder Subjektivitätstheorien liefern Düsing (1997) und Wetzel (1997).

I.

Nimmt man noch einmal die Definition des Begriffs der Person von Boethius zum Ausgangspunkt, dann sind – zusammengenommen mit der Erweiterung durch Thomas von Aquin – bereits nahezu alle Aspekte versammelt, welche die Bedeutung des Begriffs der Person für die theoretische Philosophie der Gegenwart ausmachen. Eine Erweiterung erfährt diese Konzeption dann zum einen durch die Hinzufügung einer sozialen oder intersubjektivitätstheoretischen Dimension, wie sie vor allem in den philosophischen Ansätzen von Johann Gottlieb Fichte und Georg Wilhelm Friedrich Hegel entwickelt worden ist.[3] Eine zweite Erweiterung muß dann in phänomenologischen und philosophisch-anthropologischen Konzeptionen gesehen werden, die vor allem das Phänomen der Leiblichkeit, Emotionalität und Affektivität der menschlichen Person ins Zentrum ihrer Analysen stellen.[4]

Die Definition der Person als eine individuelle Substanz vernunftbegabter Natur verweist, zusammen mit dem von Thomas hinzugefügten Kriterium, Handlungen initiieren zu können, *erstens* auf die Frage nach dem Status der Person als einem ontologischen Einzelding, wie es in der Erfahrung für andere als re-identifizierbares Objekt gegeben ist. Diesen Strang der Diskussion hat vor allem Peter F. Strawson im dritten Kapitel seines Buches *Individuals* weiterverfolgt. Dort verteidigt er die These, daß Personen eine für unsere alltägliche Weltauffassung unverzichtbare Grundkategorie von Entitäten sind, denen physische wie mentale Prädikate gleichermaßen zugeschrieben werden.[5] Aber auch die mittlerweile klassische Diskussion um die Bedingungen, unter denen eine Person über die Zeit hinweg mit sich identisch bleibt, knüpft an die Vorstellung der Person als eine individuelle Substanz an.[6]

Die Definition des Boethius enthält *zweitens* die Bestimmung, daß Personen eine vernunftbegabte Natur haben. Damit wird auf den Subjektcharakter von Personen verwiesen, der sich in ihrem Wissen um die eigene Existenz und ihrem Verhalten dazu äußert. Hieran knüpfen zum einen alle Konzeptionen an, die über eine Analyse des Selbstbewußtseins von Personen versuchen, die Frage nach dem Status der individuellen Substanz und ihrer Existenz über die Zeit hinweg zu beantworten.[7] Zum anderen drückt sich in dieser erstpersönlichen Dimension der Person aus, daß Personen nicht einfach nur re-identifizierbare Objekte sind,

---

[3] Vgl. mit Bezug auf den Deutschen Idealismus Siep (1979) und Wildt (1982); gute Darstellungen der weiteren Entwicklung von Anerkennungstheorien finden sich bei Honneth (1994) und Ricoeur (1996).

[4] Vgl. zur neueren Diskussion die Beiträge in Barkhaus et al. (1996).

[5] Vgl. Strawson 1959.

[6] Klassische Beiträge dieser umfangreichen Diskussion finden sich in Quante (1999) und Siep (1983); für einen allgemeinen Überblick vgl. auch die Einleitungen zu diesen beiden Sammelbänden.

[7] Einen guten Überblick zu gegenwärtigen Analysen des Selbstbewußtseins, auch mit Bezügen zum Begriff der Person, liefern die Beiträge in Frank (1994) und Kienzle (1991).

sondern Subjekte, die sich zu ihrer eigenen Existenz verhalten und ihr eigenes Leben führen.[8]

Mit der Bestimmung, daß Personen eine vernunftbegabte Natur haben, wird *drittens* vorausgesetzt, daß Personen als eine besondere Art von Entitäten über bestimmte Fähigkeiten verfügen, aufgrund derer sie überhaupt Personen sind. Der Streit darum, welche Fähigkeiten eine Entität zur Personen machen, dauert bis heute an und wird zumeist in Hinblick auf Fragestellungen der praktischen Philosophie geführt. Denn sowohl in unserer Ethik als auch in unserem Rechtssystem kommt Personen ein besonderer Status zu. Sie genießen besondere Rechte und haben besondere Pflichten. Doch trotz dieser praktischen Orientierung ist festzuhalten, daß die Frage nach den Fähigkeiten, die den Status, eine Person zu sein, verleihen, eine Fragestellung der theoretischen Philosophie ist. Dies bleibt unbestreitbar, auch wenn die Antworten auf diesen Problemkomplex Konsequenzen für die praktische Philosophie und die gesellschaftliche Praxis haben können.

Mit der durch Thomas von Aquin hinzugefügten Bestimmung, daß Personen zu freiem Handeln in der Lage sind, kommt ein *vierter* Problemkontext hinzu, in dem der Begriff der Person eine entscheidende Rolle spielt. Es gibt einen engen systematischen Zusammenhang zwischen den Begriffen der Person und der Handlung sowie der philosophischen Konzeption von Freiheit, Autonomie und Verantwortung. Wie auch die Frage nach den spezifischen Fähigkeiten von Personen haben Analysen der Autonomie und Verantwortungsfähigkeit von Personen Konsequenzen für die praktische Philosophie. Diese ergeben sich jedoch als Konsequenzen aus Fragestellungen der theoretischen Philosophie: Wenn man die Fähigkeit zu verantwortlichem und autonomem Handeln als essentiell für Personen ansieht, dann ist zu klären, wie Personen überhaupt in der Lage sind zu handeln. Damit stellt sich das Körper-Geist-Problem in einer seiner Varianten und die Leiblichkeit der Person rückt in das Zentrum der Aufmerksamkeit. Darüber hinaus verweist eine weitergehende Analyse unserer Praxis der Verantwortungszuschreibung und der personalen Autonomie in zweifacher Weise auf die soziale und intersubjektive Dimension der Identität von Personen: Zum einen sind es soziale Kontexte, in denen Personen handeln und zur Verantwortung gezogen werden.[9] Und zum anderen sind Handlungen nicht einfach nur Ereignisse in Raum und Zeit, sondern zugleich auch sinnhafte Gebilde, die es zu verstehen bzw. zu interpretieren gilt.

---

[8] Auf den Unterschied zwischen der Auffassung einer Person als beobachtbare und re-identifizierbare Substanz einerseits und einem sich zu sich selbst verhaltendenden Subjekt andererseits hat unter anderem Paul Ricœur (1996) entschieden hingewiesen; vgl. zu der Dimension des Sich-zu-sich-verhaltens auch Tugendhat (1979).

[9] Zum Problemkontext von Autonomie und Verantwortung vgl. Baumann (2000); für eine Übersicht zur Handlungstheorie mit Bezug auf die praktische Rationalität von Personen vgl. die Beiträge in Gosepath (1999).

Insgesamt ist es sinnvoll, fünf untereinander auf vielfache Weise zusammenhängende Problembereiche zu unterscheiden, in denen der Begriff der Person für die theoretische Philosophie relevant ist:

- die Person als individuelles Einzelding in Raum und Zeit
- die Persönlichkeit bzw. Individualität der Person als Subjekt
- die Bedingungen der Personalität
- die Person als Handelnde: Leiblichkeit und Intersubjektivität
- die Person als Fundament der Moral.

Die fünf Beiträge, die im zweiten Teil versammelt sind und im folgenden noch etwas ausführlicher vorgestellt werden, greifen diese Problembereiche in teils kontroverser, teils sich ergänzender Form auf. So werden in den Beiträgen von *Martine Nida-Rümelin* und *Michael Quante* konträre Antworten auf die Frage entwickelt, wie die Identität der Person über die Zeit hinweg philosophisch zu analysieren ist. *Ralf Stoecker* geht es in seinem Beitrag um den Nachweis, daß eine befriedigende Handlungstheorie ohne die wesentlichen Merkmale von Personalität und Persönlichkeit nicht zu entwickeln sein wird. Den Zusammenhang von Leiblichkeit, Autonomie und Persönlichkeit greift *Reiner Wimmer* in der Absicht auf, die intersubjektive Konstitution personaler Autonomie aufzuzeigen. Und *Dieter Birnbacher* diskutiert die Frage nach den Bedingungen der Personalität, auf die man verwiesen wird, wenn man den Begriff der Person als Fundament oder Prinzip der praktischen Philosophie anzusetzen bereit ist.

II.

1. Im Beitrag von *Martine Nida-Rümelin* geht es um die Analyse der Identität einer Person über verschiedene Zeitpunkte hinweg. Ihre Überlegungen nehmen dabei nicht vom Begriff der Person ihren Ausgangspunkt, sondern beziehen sich allgemein auf Erfahrungssubjekte, die über Bewußtsein oder Selbstbewußtsein verfügen. Damit wird eine Fähigkeit Gegenstand der philosophischen Erörterung, die für Personen konstitutiv ist. Ihre Analyse setzt am begrifflichen Status von Urteilen bzw. Behauptungen transtemporaler Identität an. Ihre Kernthese lautet, daß Wesen, die selbst über Selbstbewußtsein verfügen, hinsichtlich der transtemporalen Identität von solchen Entitäten, die sie für Erfahrungssubjekte halten, Realisten sind. Eine nicht-realistische Einstellung erlaubt es, Fragen nach transtemporaler Identität z.B. in Fällen von Verschmelzungen, Teilungen oder Diskontinuitäten als konventionell entscheidbar anzusehen, während eine realistische Einstellung davon ausgeht, daß es eine – möglicherweise epistemisch nicht zugängliche – objektive Tatsache ist, welche transtemporären Identitätsaussagen wahr bzw. falsch sind. Wie Nida-Rümelin anhand diverser Gedankenexperimente zeigt, neigen wir intuitiv

dazu, im Falle von Subjekten den realistischen Standpunkt einzunehmen. Obwohl sie in ihren Ausführungen primär auf der Ebene der Überzeugungen und sprachlichen Intuitionen verbleibt, die in unsere Praxis transtemporärer Urteile involviert sind, deutet Nida-Rümelin in einem letzten Argumentationsschritt eine stärkere These an: der realistische Glaube bezüglich anderer Subjekte scheint ihr letztlich eine notwendige Bedingung dafür zu sein, daß ein Erfahrungssubjekt über sich selbst in erstpersönlicher Form transtemporäre Identitätsaussagen machen kann. Dieser gleichsam transzendentalphilosophische Begründungszusammenhang wird jedoch, wie auch die Frage nach möglichen substanzdualistischen Konsequenzen ihrer Resultate, von ihr in diesem Beitrag nicht mehr erörtert.

2. Auch der Beitrag von *Michael Quante* ist dem Problem der Identität von Personen über die Zeit hinweg gewidmet. Obwohl er den Begriff der Person zum Ausgangspunkt nimmt, kommt er zu dem Resultat, daß nicht der Begriff der Person, sondern der rein biologisch verstandene Begriff des Menschen geeignet ist, Kriterien für die Identität einer menschlichen Person über die Zeit hinweg zu liefern. Die Kernthese lautet, daß die Identität der Person über die Zeit hinweg zu analysieren ist als die Persistenz der jeweiligen natürlichen Art, der die jeweilige Person angehört. Die Voraussetzung dafür ist, daß die Persistenz eines Organismus als Kausalrelation gedeutet werden muß. Diese Kausalrelation wird von Kausalgesetzen gestützt, die sich aus der realen Beschaffenheit der jeweiligen natürlichen Arten empirisch erschließen lassen. Um diesen biologischen Ansatz zu plausibilisieren, diskutiert und kritisiert Quante die alternativen Strategien, die in der philosophischen Literatur entwickelt worden sind. Gegenüber einfachen Theorien, welche die Identität der Person über die Zeit hinweg auf die Besonderheiten des Selbstbewußtseins gründen, wird eingewendet, daß auf diese Weise Unterbrechungen des aktualen Stroms selbstbewußter Erlebnisse nicht befriedigend behandelt werden können. Und gegenüber den verschiedenen Varianten komplexer Theorien, in denen die Identität der Person unter Verwendung des Personbegriffs auf Kausalrelationen reduziert werden soll, wird der Einwand erhoben, daß der Begriff der Person aufgrund seines irreduzibel evaluativen Charakters nicht die für eine Persistenzanalyse notwendigen Kausalgesetze bereitstellen kann. Damit bleibt als erfolgversprechendste Alternative ein biologischer Ansatz über, der die Bedingungen der Persistenz zum einen nicht an die erstpersönliche Perspektive bindet und zum anderen den Begriff der Person aus der Analyse fernhält. Auch wenn somit in Bezug auf den Begriff der Person ein negatives Ergebnis erreicht wird, ergibt sich aus diesem Beitrag doch sowohl eine Klärung der Reichweite dieses Begriffs für bestimmte theoretische Fragestellungen als auch seine Freistellung für die Analyse von Personalität und Persönlichkeit. Eine solche Analyse bleibt jedoch, genau wie die genauere Erörterung der in Anspruch genommenen Kausalitätskonzeption, ein in diesem Beitrag nicht mehr thematisiertes philosophisches Folgeprojekt.

3. *Ralf Stoecker* geht in seinem Beitrag der Bedeutung des Begriffs der Person für die moderne Handlungstheorie nach. Auch wenn dieser Begriff an der Oberfläche der Beiträge zur modernen Handlungstheorie keine Rolle spielt, ist doch eine angemessene Analyse unseres Handlungsbegriffs ohne den impliziten Rückgriff auf den Begriff der Person unmöglich – so lautet zumindest die Kernthese dieses Aufsatzes. Um sein Beweisziel zu erreichen, stellt Stoecker zuerst das handlungstheoretische Standardmodell dar, welches verspricht, den Begriff der Person mittels des Handlungsbegriffs zu erläutern. Dieses Standardmodell besteht aus zwei Teilen: dem Meinungs-Wunsch-Modell des Handelns einerseits und einer großzügigen Praxis der Zuschreibung intentionaler Einstellungen andererseits. Das Resultat dieser beiden Prämissen ist, daß wesentlich mehr Entitäten zu handeln in der Lage sind als nur Personen. Die drei handlungstheoretischen Alternativen, die anschließend erörtert werden, binden dagegen die Fähigkeit zu handeln enger an Personalität an. Auch wenn Stoecker zufolge jedes dieser drei Alternativmodelle für sich genommen unvollständig und mit Schwächen behaftet ist, ergeben sie seiner Auffassung nach zusammen doch eine plausible und leistungsstarke Alternative zum handlungstheoretischen Standardmodell. Das erste dieser Alternativmodelle, die askriptivistische Handlungstheorie, bindet den Handlungsbegriff an die Fähigkeit zur Verantwortung und Rechtfertigung. Das zweite Alternativmodell, die Konzeption der Akteursverursachung, führt die handelnde Person selbst, und nicht nur etwaige in ihr stattfindende Ereignisse, als Ursache der Handlung ein. Dies läßt sich, so Stoecker, als Reminiszens an die Gottesebenbildlichkeit der Person begreifen, die gleichsam als unbewegter Beweger in das kausale Geschehen eingreift. Plausibel daran ist die Grundannahme, daß sich das Handeln von Personen nicht einfach als komplexer Fall der normalen Verursachung begreifen läßt, wie dies für das Verhalten von Nichtpersonen angemessen sein mag. Das dritte Alternativmodell baut auf der These auf, daß Sprachfähigkeit eine notwendige Bedingung für das Verfügen über und das Zuschreiben von Absichten ist. Damit wird ein gegenüber dem handlungstheoretischen Standardmodell deutlich strengeres Zuschreibungskriterium der für Handlungen notwendigen intentionalen Einstellungen vorgeschlagen, welches zugleich auf diejenigen Fähigkeiten abhebt, die auch für Personalität einschlägig sind. Insgesamt zeigen, so Stöckers Fazit, diese drei handlungstheoretischen Alternativmodelle auf unterschiedliche Weise, weshalb der Begriff der Person für eine angemessene Handlungstheorie unverzichtbar ist.

4. In typologischer Betrachtungsweise macht *Reiner Wimmer* in seinem Beitrag mit den Idealtypen von Autarkie und Hingabe in Bezug auf andere Personen zwei Erscheinungsweisen oder Typen des Personseins zum Thema, die als Extreme auf der Skala von Abhängigkeit und Unabhängigkeit von anderen Personen angesehen werden können. Das Ziel des Beitrags ist dabei keine Konstitutionsanalyse des Personseins an sich, sondern eine Analyse des genuinen Selbstverständnisses von Personen und der kulturellen Ausprägung solchen Sich-selbst-verstehens.

Dabei kommt der Liebe eine Sonderstellung zu: als eine ausgezeichnete Weise affektiven Betroffenseins und als interpersonale Beziehung, die es erlaubt, die Einseitigkeiten von Autarkie und Hingabe zu überwinden. Die zentrale These von Wimmer läßt sich so formulieren: In der erotisch-personalen Gegenseitigkeitsliebe sind Abhängigkeit und Unabhängigkeit auf mehrfache Weise so miteinander verschränkt, daß in der Liebe die Chance besteht, einander vermittels des vom anderen gewonnenen Leiteindrucks im Selbstverständnis und in der Entfaltung der eigenen Persönlichkeit zu fördern. Bei seinen Analysen und Phänomenbeschreibungen geht Wimmer auf Leiblichkeitserfahrungen und die affektiven bzw. emotionalen Dimensionen der Persönlichkeit ein, die sowohl in intra- wie auch in intersubjektiven Relationen als essentielle Aspekte des personalen Lebens ausgewiesen werden. So zeigt sich in der Konzeption des affektiven Betroffenseins, daß kognitive Prozesse der Identifikation ohne die Beachtung der leiblichen Dimension des Fühlens nur verkürzt in den Blick geraten können.

5. Mit seinen Grenzgängen am Rande des Personbegriffs geht *Dieter Birnbacher* zwei Problembereichen nach. Zum einen erörtert er die diversen Listen von Fähigkeiten, aufgrund derer eine Entität zur Art der Personen gehören soll. Zum anderen geht er der Frage nach, auf welche Weise Personalität und moralischer Status zusammenhängen. Obwohl sein Beitrag damit an die Thematik des dritten Teils angrenzt, betreffen seine Überlegungen doch den Begriff der Person im Kontext der theoretischen Philosophie, weil die mit Personalität einhergehenden Fähigkeiten als Fundament angesetzt werden für die Begründung evaluativer oder normativer Aussagen. Birnbacher verteidigt drei zentrale Thesen: Die erste besagt, daß sich der Begriff der Person, sofern er über Fähigkeiten definiert wird, weder aus sprachlogischen noch aus anderweitigen philosophischen Gründen auf Menschen einschränken läßt. Damit ist klar, daß sowohl einzelne nichtmenschliche Tiere wie auch komplexe Maschinen im Prinzip Personen sein können, selbst wenn dies faktisch nicht der Fall wäre. Ob letzteres aber der Fall ist oder nicht, hängt vor allem davon ab, wie anspruchsvoll die Liste der geforderten Fähigkeiten ausfällt. Hier plädiert Birnbacher, und dies ist seine zweite Kernthese, für eine wenig anspruchsvolle Liste rein kognitiver Fähigkeiten, so daß es seiner Ansicht nach auf der Erde zum gegenwärtigen Zeitpunkt auch nichtmenschliche Personen gibt. Seine dritte zentrale Annahme ist, daß der Begriff der Person keine notwendige Bedingung dafür ist, ethisch respektabel zu sein. Dabei knüpft Birnbacher an eine Ethiktradition an, in der nicht der Begriff der Person, sondern die Leidensfähigkeit als Fundament anerkannt wird. Vereinbar damit ist zwar, daß aus den Fähigkeiten von Personen besondere Rechte und Pflichten erwachsen. Die alleinige Eintrittskarte zum Bereich der moralisch beachtenswerten oder intrinsisch wertvollen Entitäten ist der Status, eine Person zu sein, jedoch nicht. Insgesamt nimmt Birnbacher mit dieser dritten These einen Einschnitt vor, der helfen kann, die Frage nach den Bedingungen der Personalität zu lösen von den Intuitionen, die den moralischen

Status von Tieren, Menschen und Maschinen betreffen. Bedenkt man, daß die Frage nach den Bedingungen der Personalität zur theoretischen Philosophie gehört, dann ist dies ein entscheidender Schritt zur weiteren Klärung des Begriffs der Person und zur Bestimmung, in welcher Form er auch für die praktische Philosophie von Bedeutung sein kann.

LITERATUR

Barkhaus, A. et al. (Hg.) 1996: Identität, Leiblichkeit, Normativität, Frankfurt am Main.

Baumann, P. 2000: Die Autonomie der Person, Paderborn.

Cassam, Q. 1997: Self and World, Oxford.

Düsing, K. 1997: Selbstbewußtseinsmodelle, München.

Frank, M. (Hg.) 1994: Analytische Theorien des Selbstbewußtseins, Frankfurt am Main.

Gosepath, St. (Hg.) 1999: Motive, Gründe, Zwecke. Theorien praktischer Rationalität, Frankfurt am Main.

Honneth, A. 1994: Kampf um Anerkennung, Frankfurt am Main.

Quante, M. (Hg.) 1999: Personale Identität, Paderborn.

Kienzle, B. (Hg.) 1991: Dimensionen des Selbst, Frankfurt am Main.

Ricœur, P. 1996: Das Selbst als ein Anderer, München.

Siep, L. 1979: Anerkennung als Prinzip der praktischen Philosophie. Untersuchungen zu Hegels Jenaer Philosophie des Geistes, Freiburg/München.

Siep, L. (Hg.) 1983: Identität der Person, Basel.

Strawson, P. F. 1959: Individuals: An Essay in descriptive metaphysics, London.

Strawson, P. F. 1966: The bounds of sense: an essay on Kant's Critique of Pure Reason, London.

Sturma, D. 1997: Philosophie der Person. Die Selbstverhältnisse von Subjektivität und Moralität, Paderborn.

Tugendhat, E. 1979: Selbstbewußtsein und Selbstbestimmung, Frankfurt am Main.

Wetzel, M. 1997: Prinzip Subjektivität: Spezielle Theorie, Freiburg.

Wildt, A. 1982: Autonomie und Anerkennung, Stuttgart.

Martine Nida-Rümelin

REALISMUS BEZÜGLICH TRANSTEMPORALER IDENTITÄT VON PERSONEN

I. Einleitung

Als ich kürzlich bei einem Glas Rotwein nach der Vorstellung in einem Münchner Kleinkunsttheater noch eine Weile sitzen blieb, tippte mir plötzlich jemand von hinten auf die Schulter. Ich sah mich um und blickte von sehr nahe in das Gesicht eines freundlich lächelnden Herrn mit Halbglatze und grauen Schläfen. „Hallo" sagte er und nannte mich bei einem Spitznamen, der schon lange nicht mehr im Gebrauch ist. Da erkannte ich ihn und hatte im Moment der Freude des Wiedersehens ein befremdliches Erlebnis: Der fremde Herr mit Halbglatze und grauen Schläfen verwandelte sich schlagartig in einen eigentlich noch immer jungen Mann mit vertrauten Zügen. Er gehörte vor ca. zwanzig Jahren zu meinem engsten Freundeskreis.

Die Erkenntnis, die meine Wahrnehmung dieses Menschen so radikal verwandelte, war eine Erkenntnis transtemporaler Identität. Der Mann, der mir da auf die Schulter tippte, war niemand anderer als jener, der mir von damals vertraut ist.

Ein anderes Beispiel: Am Eingang von der Maria-Theresiastrasse zu den Isarauen in München steht heute eine mächtige Buche. Als ich ein Kind war, war dieser Baum noch so klein, daß ich den untersten Ast mit beiden Händen umfassen und von dort aus auf den Baum klettern konnte. Jetzt ist der unterste Ast in unerreichbarer Höhe und auch sonst hat der alte Baum von heute mit dem jungen Baum von damals wenig gemeinsam. Dennoch sprechen wir von demselben Baum und fällen damit ein Urteil transtemporaler Identität: Der damals junge Baum steht immer noch dort. Er ist identisch mit dem Baum, der heute am Eingang zu den Isarauen einen großen Schatten wirft. – Ein weiteres Beispiel eines Urteils transtemporaler Identität: Das alte Auto, das Josef jetzt fährt, war einmal das neue Auto seines Vaters.

Was meinen wir genau genommen, wenn wir Behauptungen dieser Art, d.h. Behauptungen transtemporaler Identität aussprechen und was glauben wir in den genannten Fällen, wenn wir Behauptungen transtemporaler Identität für wahr halten? Was ist in Urteilen transtemporaler Identität begrifflich vorausgesetzt? Nicht immer dasselbe. Es kommt darauf an, von welchen Entitäten jeweils die Rede ist. Unser Verständnis dessen was es heißt, daß ein heute existierender Baum bzw. ein heute existierendes Auto mit einem früher existierenden Baum bzw. Auto identisch ist, unterscheidet sich von unserem Verständnis dessen, was es heißt, daß eine gewisse früher existierende Person niemand anderer ist als eine bestimmte Person, der wir in der Gegenwart begegnen. Diese These ist jedenfalls eine Konsequenz der Auffassung, die ich im Folgenden vorschlagen werde und die sich wie folgt zusammenfassen läßt:

(1) Es gibt zwei grundlegend verschiedene Auffassungen transtemporaler Identität bezüglich Individuen einer gewissen gegebenen Art, nämlich eine realistische und eine nicht-realistische Auffassung transtemporaler Identität (was mit dieser Unterscheidung gemeint ist, werde ich erläutern).

(2) Eine realistische Auffassung transtemporaler Identität ist angemessen, wenn die Individuen, von denen das Identitätsurteil handelt, bewußtseinsfähig sind. In allen anderen Fällen erscheint eine nicht-realistische Auffassung transtemporaler Identität adäquat.

(3) Unsere natürliche Auffassung transtemporaler Identität von Personen und anderer Wesen, die wir für bewußtseinsfähig halten, ist eine realistische.

(4) Die realistische Auffassung transtemporaler Identität bewußtseinsfähiger Wesen ist begrifflich in unserem Denken so tief verwurzelt, daß wir sie nicht ernstlich aufgeben können. Sie beruht letztlich auf begrifflichen Besonderheiten unseres Verständnisses der eigenen Identität über die Zeit.

Die eben genannten Thesen gewinnen erst einen verständlichen Inhalt, wenn erklärt ist, was eine realistische von einer nicht-realistischen Auffassung transtemporaler Identität unterscheidet, worauf ich sogleich eingehen werde. Zuvor ein paar Bemerkungen, die zur Vermeidung von Mißverständnissen dienen können.

In diesem Artikel geht es um den begrifflichen Status von Urteilen über die transtemporale Identität bewußtseinsfähiger Wesen im Allgemeinen, nicht nur von Personen. Personen sind Sonderfälle bewußtseinsfähiger Wesen. Unser Verständnis des Begriffs der Person setzt implizit ein Verständnis des allgemeineren Begriffs eines Subjekts von Erfahrung voraus. Ohne ein theoretisch befriedigendes Verständnis dieses allgemeineren Begriffs eines Subjekts von Erfahrung ist ein theoretisch befriedigendes Verständnis des spezielleren Begriffs der Person nicht zu gewinnen.[1] Eine

---

[1] Der Begriff des Subjekts von Erfahrung oder des bewußtseinsfähigen Wesens ist hier in einem sehr weiten Sinne gemeint. Bewußtseinsfähig im hier intendierten Sinne ist ein Wesen schon dann, wenn es irgendeine noch so vage Empfindung haben kann. Thomas Nagels bekannte metaphorische Redeweise kann zur Erläuterung dienen: Bewußtseinsfähig im hier gemeinten weiten Sinne ist ein Wesen schon dann, ,wenn es irgendwie ist, dieses Wesen zu sein' (vgl. Thomas Nagel 1974).

Analyse des begrifflichen Status von Urteilen (Behauptungen) transtemporaler Identität bezüglich bewußtseinsfähiger Wesen kann deshalb sowohl zum besseren Verständnis des Begriffs des Subjekts von Erfahrung als auch des Personenbegriffs beitragen.

Einem naheliegenden Mißverständnis möchte ich hier noch zuvorkommen. Es gibt keine besondere Relation transtemporaler Identität. Transtemporale Identität ist keine Unterform gewöhnlicher Identität. Vielmehr unterscheiden sich Behauptungen transtemporaler Identität von anderen Identitätsbehauptungen nur durch die Art und Weise der Bezugnahme auf die Individuen, deren Identität behauptet wird. Diejenige Beziehung, deren Bestehen in Urteilen transtemporaler Identität behauptet wird, ist aber die Relation gewöhnlicher, numerischer Identität zeitüberdauernder Individuen. In der Behauptung

(B)   Der Baum, der vor dreißig Jahren am Eingang zu den Isarauen stand, ist identisch mit jener mächtigen Buche, die heute dort steht.

wird zweimal auf einen Baum Bezug genommen. In der ersten Bezugnahme spielt eine Eigenschaft, die der Baum, den man bezeichnen möchte, zu einem gewissen Zeitpunkt t_1 (vor dreißig Jahren) hatte, eine wesentliche Rolle, in der zweiten Bezugnahme dagegen macht man von einer Eigenschaft Gebrauch, die der Baum, den man auf diese Weise kennzeichnet, gegenwärtig hat, wobei t_1 und t_2 verschieden sind. Damit ist – noch recht vage – angedeutet, was für die Art der Bezugnahme in Behauptungen transtemporaler Identität charakteristisch ist. Die Beziehung, die zwischen den so ‚herausgegriffenen‘ Pflanzen behauptet wird, ist aber – wie in anderen Identitätsaussagen auch – die Relation gewöhnlicher, numerischer Identität: Behauptet wird, daß jener Baum, der damals die Eigenschaft E_1 hatte, identisch ist mit jenem Baum, der heute die Eigenschaft E_2 hat.[2]

Es gibt eine verbreitete Verwendung von „Identität", bei der nicht von numerischer Identität die Rede ist. Ich denke an Verwendungen wie die folgenden: „Anton

---

[2] Für eine detailliertere Darstellung des Problems der logischen Analyse von Behauptungen transtemporaler Identität vgl. M. Nida-Rümelin 2000[1], Einleitung. Die knappen Bemerkungen hier lassen erkennen, daß ich für meine Untersuchung eine Vorentscheidung treffe: Die Sprache, die ich zur Beschreibung unseres gewöhnlichen Denkens über transtemporale Identität verwenden werde, ist die der Ontologie sogenannter persistierender Objekte und nicht eine Sprache zeitlich ausgedehnter Objekte (in der englischsprachigen Literatur findet man diese Unterscheidung u.a. unter den Bezeichnungen „ontology of perduring objects" und „ontology of enduring objects", vgl. zu dieser Unterscheidung z.B. Thomson 1983, und als Beispiel einer Auffassung von Personen als zeitlich ausgedehnte Individuen Lewis 1976). Dies ist jedoch keine ontologische Vorentscheidung, sondern nur Ausdruck der folgenden Arbeitshypothese: Zur Beschreibung unseres natürlichen Denkens ist eine Sprache, deren Individuenausdrücke auf persistierende Dinge Bezug nehmen, auf Objekte also, die zu unterschiedlichen Zeitpunkten existieren und zu unterschiedlichen Zeitpunkten verschiedene Eigenschaften haben, weit besser geeignet als eine Sprache, in der auf ‚zeitliche Schnitte raumzeitlich ausgedehnter Objekte‘ Bezug genommen wird.

hat seine Identität noch nicht so recht gefunden" oder „Er hat vieles von dem verloren, was seine Identität ausmachte". Da diese Verwendung in der psychologischen Fachsprache eine gewisse Rolle spielt, bezeichne ich „Identität" in diesem Sinne als P-Identität. Gegen die Verwendung des Wortes „Identität" im Sinne von P-Identität ist nichts einzuwenden, solange klar ist, daß man das Thema gewechselt hat. Dazu ein Beispiel: Wenn ein Künstler, der ein sicheres Urteil in ästhetischen Fragen hatte und für dessen Persönlichkeit diese besondere Fähigkeit sowohl nach eigener Auffassung als auch in den Augen seiner Mitmenschen charakteristisch war, seine Urteilskraft in ästhetischen Fragen im Verlauf einer schweren Gehirnerkrankung einbüßt, so ist dies ein Fall, in dem es nicht ungewöhnlich wäre bedauernd zu äußern: „Er hat etwas verloren, das für seine Identität wesentlich war." Mit einer solchen Äußerung ist aber offenbar nicht behauptet, daß der Künstler, den man von früher her kennt, nun nicht mehr existiere und der Erkrankte im wörtlichen Sinne jemand anderer wäre als diejenige Person, deren Urteilskraft man in früheren Jahren schätzte. Im Gegenteil: Schon in der Rede davon, daß der Betroffene etwas für seine Identität Wesentliches verloren habe, ist natürlich numerische Identität vorausgesetzt.

Identität im Sinne von P-Identität ist nicht Gegenstand dieses Artikels.[3] Es mag so scheinen als wäre damit ausgeklammert, was am Thema personaler Identität interessant ist und als wäre die Untersuchung damit auf eine rein akademische Frage beschränkt, die mit dem Selbstverständnis von Personen, ihrer wechselseitigen Auffassung und ihren Beziehungen zueinander nichts zu tun hat. Aber dieser Eindruck täuscht. Man kann nicht verstehen, was es heißt, einen Ast im Wasser *als gebrochen zu sehen*, wenn man nicht verstanden hat, was es heißt, daß ein Ast gebrochen *ist*. Ganz analog kann man begrifflich nicht erfassen, was es heißt sich selbst als über die Zeit identisch zu erleben und andere als identisch mit einer schon bekannten Person wahrzunehmen, wenn man keine theoretische Klarheit darüber gewonnen hat, was es nach unserem eigenen Verständnis heißt, daß eine Person mit einer früher existierenden identisch ist. Nun ist es aber gewiß wesentlich für unsere Selbstauffassung, daß wir uns als über die Zeit identisch erleben und wesentlich für unsere persönlichen Bindungen, daß wir einander als über die Zeit hinweg identisch wahrnehmen. Transtemporale Identität im scheinbar langweiligen Sinne numerischer Identität ist damit ein Thema, das für ein tiefer gehendes Verständnis unserer Selbstauffassung, unserer wechselseitigen Wahrnehmung und unserer Beziehungen zueinander von grundlegender Bedeutung ist.

---

[3]	Marya Schechtman hat u. a. in Schechtman 1996 eine philosophische Theorie dessen entwickelt, was ich hier P-Identität nenne.

II. Nicht-Realismus bezüglich transtemporaler Identität

Gewässer – Flüsse und Seen beispielsweise – sind ein besonders klarer Fall von Gegenständen, deren transtemporale Identität wir natürlicherweise nicht-realistisch auffassen und diese nicht-realistische Auffassung der transtemporalen Identität von Gewässern ist zweifelsohne angemessen. Die Frage der transtemporalen Identität eines künstlich verlagerten Sees ist deshalb besonders gut dafür geeignet, die abstrakten Merkmale einer nicht-realistischen Haltung gegenüber der transtemporalen Identität von Gegenständen anhand eines konkreten Falles zu beschreiben.

Beispiel 1: Der wandernde See

Das Wasser eines kleinen Gebirgssees wird abgeleitet, der Zufluß des Sees wird verlagert. Dort, wo ursprünglich ein See war, entsteht eine bewachsene Senke, an anderer Stelle wird das abgeleitete Wasser gestaut und es entsteht ein kleiner See vergleichbarer Größe, der aus dem verlagerten Bach gespeist ist.

Welche der nachfolgenden Beschreibungen ist in diesem Fall angemessen?

(B1)   Der Gebirgssee wurde verlagert. Er liegt jetzt an anderer Stelle, d.h.: Der ursprüngliche See existiert noch und ist identisch mit jenem, der nun an anderer Stelle entstanden ist.

(B2)   Der kleine Gebirgssee wurde zerstört. An anderer Stelle ist ein neuer See entstanden. Der ursprüngliche See existiert nicht mehr. Es besteht keine Identität zwischen dem alten und dem neuen See.

Wenn die nicht-realistische Auffassung für transtemporale Identität von Seen angemessen ist, so ist die obige Frage leicht zu beantworten: Man kann sich zwischen den beiden Beschreibungen so oder so entscheiden, denn es handelt sich in der Tat nur um unterschiedliche Beschreibungen derselben Situation. Wenn sich zwei Personen ernsthaft darüber streiten, welcher der obigen Beschreibungen der Vorzug zu geben ist, so besteht zwischen den beiden keine Uneinigkeit bezüglich irgendeiner die Beziehung der Seen zueinander betreffende Faktenfrage. Über die Beziehung der Seen zueinander sind sie in allen relevanten Hinsichten vollständig informiert, wenn sie nur wissen, wie der heutige See aus dem früheren entstanden ist. Die zusätzlich Aussage, es handle sich bei den Seen um denselben (Beschreibung B1) oder um numerisch verschiedene (Beschreibung B2) fügt den Annahmen über die Beschaffenheit der Situation nichts hinzu. Wenn man über die Art und Weise, wie der heutige See aus dem früheren entstanden ist, Bescheid weiß, so bleibt keine Frage über das reale Verhältnis der Seen zueinander offen, welche erst durch eine Antwort auf die Frage ihrer Identität zu klären wäre. Mit anderen Worten: Eine Entscheidung über die Frage transtemporaler

Identität beinhaltet in diesem Fall keine Antwort auf eine epistemisch offene Faktenfrage.

Ein erstes Charakteristikum der nicht-realistischen Haltung gegenüber der transtemporalen Identität von Entitäten eines bestimmten Typs kann man anhand dieses Beispiels nun schon etwas genauer abstrakt beschreiben. Wer eine nicht-realistische Haltung gegenüber Gegenständen eines gewissen Typs einnimt, der hält Aussagen transtemporaler Identität bezüglich Individuen dieser Art für epistemisch verzichtbar: Er stimmt dann der folgenden Meinung zu: Wer über die Lage, Verläufe und Zusammenhänge von Gewässern und deren Veränderung in einem gewissen Zeitraum zwischen t_1 und t_2 Bescheid weiß, der weiß alles, was es über die rein geographisch verstandene Geschichte der Gewässer dieses Gebiets bezüglich dieses Zeitraums zu wissen gibt. Wenn er weiß, auf welche Weise die zu t_2 existierenden Seen aus den zu t_1 existierenden Seen entstanden sind, so erübrigt sich die Frage, welcher zu t_2 existierende See mit welchem zu t_1 existierenden See identisch ist. Würde man nun noch transtemporale Seeidentitätsaussagen in der Beschreibung der geographischen Geschichte der Gewässer hinzufügen, so wäre damit keine Frage beantwortet, die in der ursprünglichen Beschreibung, in welcher von transtemporaler Seeidentität nicht die Rede war, epistemisch offen blieb. Eine Beschreibung der Gewässerentwicklung, in welcher weder transtemporale Identitätsaussagen in Bezug auf Seen explizit gemacht werden noch begrifflich vorausgesetzt sind, sei nun als ,identitätsneutrale' Beschreibung der Gewässerentwicklung bezeichnet. Die angedeutete These der epistemischen Verzichtbarkeit der Rede von transtemporaler Seeidentität kann man unter Verwendung dieser Redeweise dann wie folgt genauer fassen:

(S1)   *Epistemische Verzichtbarkeit von Aussagen transtemporaler Seeidentität:* In allen kohärent denkbaren Fällen gilt: Wenn eine detaillierte identitätsneutrale Beschreibung der Gewässerentwicklung in einem gegebenen Gebiet im Detail bekannt ist, so liefert die zusätzliche Angabe transtemporaler Identitäten zwischen zu t_1 existierenden Seen mit zu t_2 existierenden Seen keine Antwort auf eine dann noch epistemisch offene Tatsachenfrage.

Allgemein gesagt ist die Akzeptanz der folgenden These für eine nicht-realistische Haltung gegenüber der transtemporalen Identität von Individuen einer gewissen Art A charakteristisch:

(NR1)   *Epistemische Verzichtbarkeit von Aussagen transtemporaler Identität von Individuen der Art A:* In allen kohärent denkbaren Fällen gilt: Wenn eine hinreichend detaillierte identitätsneutrale Beschreibung der Beziehungen der zu t_1 existierenden Individuen der Art A zu den zu t_2 existierenden Individuen der Art A bekannt ist, so liefert die zusätzliche Angabe transtemporaler Identitäten zwischen den zu t_1 existierenden Individuen der fraglichen Art mit den zu t_2 existierenden Individuen der fraglichen

Art keine Antwort auf eine dann noch epistemisch offene Tatsachen-frage.[4]

Wenn die Entscheidung zwischen (B1) und (B2) keine Frage beantwortet, die bei Kenntnis der identitätsneutral beschreibbaren Beziehungen zwischen den fraglichen Seen noch epistemisch offen wäre (wenn also S zutrifft), so riskiert man bei einer Entscheidung zwischen (B1) und (B2) keine Fehlbeschreibung: Es kann dann nicht sein, daß z. B. die Beschreibung (B1) eine Behauptung über die reale Beschaffenheit der Situation beinhaltet, welche de facto nicht vorliegt. Eine konventionelle Entscheidung für eine der beiden Beschreibungen birgt in diesem Sinne kein epistemisches Risiko. Es gibt im Falle von Seen also mögliche Situationen, in denen eine konventionelle Entscheidung über die Frage der transtemporalen Identität ohne epistemisches Risiko getroffen werden kann. Die Akzeptanz dieser These ist ein weiteres Charakteristikum einer nicht-realistischen Haltung gegenüber der transtemporalen Identität von Seen. Dieses Charakteristikum ist in der folgenden These (S2) speziell für Seen und in der These (NR2) allgemein für Gegenstände einer gegebenen Art A festgehalten:

(S2) *Möglichkeit von unterdeterminierten Fällen transtemporaler See-Identität:* Es gibt kohärent denkbare Fälle, in denen die Frage, ob ein bestimmter zu einem Zeitpunkt t_1 existierender See mit einem bestimmten zu einem anderen Zeitpunkt t_2 existierenden See identisch ist, keine eindeutige Antwort hat. In diesen Fällen kann die Antwort auf die Frage der Identität ohne epistemisches Risiko konventionell entschieden werden.[5]

(NR2) *Möglichkeit von unterdeterminierten Fällen transtemporaler Identität von Individuen der Art:* Es gibt kohärent denkbare Fälle, in denen die Frage, ob ein bestimmtes zu einem Zeitpunkt t_1 existierendes Individuum der Art A mit einem bestimmten zu einem anderen Zeitpunkt t_2 existierenden

---

4 Identitätsneutrale Beschreibungen sollen hier Beschreibungen sein, die keine Aussagen transtemporaler Identität bezüglich Individuen der fraglichen Art A beinhalten oder präsupponieren. Analog ist die genaue Bedeutung von „identitätsneutral" auch im folgenden dem Zusammenhang zu entnehmen: Gemeint ist nicht, daß in der fraglichen Beschreibung keinerlei Identitätsbehauptungen vorkommen, ausgeschlossen sind nur Aussagen transtemporaler Identität bezüglich der Art von Individuen, um die es an der betreffenden Stelle geht.

5 Wer meint, daß der geschilderte Fall nicht konventionell geregelt werden kann, weil uns unsere gewöhnliche Auffassung von Seeidentität auf eine der beiden Beschreibungen festlege, kann das Beispiel leicht so abwandeln, daß es als Beleg für (S2) taugt. Es genügt auf der einen Seite an einen Fall geringfügiger Verlagerung zu denken (klarer Fall von Identität) und auf der anderen Seite an einen Fall der Rekonstruktion eines Sees mit Wasserteilen aus verschiedenen Gewässern (klarer Fall von Nichtidentität). Konventionell regelbare Fälle sind auf jeden Fall irgendwo zwischen diesen beiden Extremfällen zu finden. – Die nicht-realistische Auffassung transtemporaler Identität kann durch weitere Thesen genauer beschrieben werden (vgl. M. Nida-Rümelin 2000[1], Kapitel 2 und M. Nida-Rümelin 1997). Für die Ziele dieses Artikels genügt aber eine Charakterisierung durch (NR1) und (NR2).

Individuum der Art A identisch ist, keine eindeutige Antwort hat. In diesen Fällen kann die Antwort auf die Frage der Identität ohne epistemisches Risiko konventionell entschieden werden.

Wer eine nicht-realistische Haltung bezüglich der Identität von Entitäten einer gewissen Art einnimmt, hält unterdeterminierte Fälle transtemporaler Identität für kohärent denkbar (vgl. NR2) und meint, daß die Rede von transtemporaler Identität für eine epistemisch befriedigende Beschreibung der über die Zeit hinweg bestehenden Beziehungen zwischen Entitäten der fraglichen Art im Prinzip verzichtbar ist (vgl. NR1). Selbstverständlich kann man eine nicht-realistische Haltung in Bezug auf die transtemporale Identität von Individuen einer Art einnehmen, diese Haltung aber für Individuen einer anderen Art ablehnen. Angemessen ist eine nicht-realistische Haltung bezüglich transtemporaler Identität nach meiner Meinung bei allen künstlichen Gegenständen (Tische, Stühle, etc.), bei allen sozial oder teilweise sozial konstituierten Entitäten (Vereine, Parteien, Gasthäuser, etc.) und bei allen unbelebten natürlichen Gegenständen (Steine, Berge, Seen, Gestirne etc.). Bei belebten Organismen kommt es darauf an, ob es sich um bewußtseinsfähige Wesen oder aber um Lebewesen ‚ohne Innenperspektive' handelt. Eine nicht-realistische Auffassung transtemporaler Identität ist m. E. nur im Fall derjenigen Lebewesen angemessen, die keine ‚Innenperspektive' haben, also kein Bewußtsein im eingangs angedeuteten sehr weiten Sinne des Wortes.

Mit einer nicht-realistischen Auffassung der transtemporalen Identität von Individuen einer gegebenen Art ist natürlich die offenkundig zutreffende Meinung verträglich, daß Aussagen transtemporaler Identität bezüglich Individuen der betreffenden Art faktischen Gehalt haben können, d.h. daß sie unter Umständen eine echte Information über die reale Beschaffenheit der Welt beinhalten. Die These der epistemischen Verzichtbarkeit besagt nur, daß dieser faktische Gehalt im Prinzip auch anders und zwar in identitätsneutraler Weise formuliert werden kann. Wenn zwei rationale Personen gegenüber Entitäten einer gegebenen Art eine nicht-realistische Haltung einnehmen, kann es zwischen ihnen dennoch auch dann zu einer Meinungsverschiedenheit über die Frage kommen, ob man bestimmte Individuen der fraglichen Art als transtemporal identisch bezeichnen und auffassen sollte, wenn sie sich über alle Details der identitätsneutral beschreibbaren Beziehungen zwischen den fraglichen Gegenständen einig sind. Es handelt sich dann allerdings um eine Meinungsverschiedenheit, die sich nicht auf die reale Beschaffenheit der beschriebenen Situation bezieht. Sie kann sich in diesem Fall z.B. auf die angemessene Interpretation sprachlicher Konventionen beziehen oder auf die angemessene Deutung der in der Umgangssprache implizit vorausgesetzten Ontologie. Der Dissens kann auch von unterschiedlichen Auffassungen darüber herrühren, wie man die gegebene Situation auffassen sollte und kann in diesem Fall auf Unterschieden in den emotionalen Haltungen oder in den Werteinstellungen beruhen. (Die gelegentlich geäußerte Meinung, ein Dissens über transtemporale Identität könne, wenn er keine Faktenfrage betrifft, nur davon handeln, welche Beschreibung des betreffenden Falles unseren linguistischen Konventionen am besten entspricht, ist gewiß eine Vereinfachung der Sachlage).[6]

Weshalb gerade die Bewußtseinsfähigkeit von Individuen für die Frage der Angemessenheit einer nicht realistischen bzw. einer realistischen Auffassung ihrer transtemporalen Identität entscheidend ist, wird vielleicht intuitiv besonders klar, wenn man den Fall von Pflanzen genauer betrachtet und damit ein Beispiel von Lebewesen, denen wir üblicherweise jegliches Bewußtsein absprechen, für die aber immerhin kohärent denkbar wäre, daß sie irgend etwas erleben und daß sie somit bewußtseinsfähig sind im hier gemeinten weiten Sinne. Anhand dieses Beispiels kann deutlich werden, daß wir mit der Annahme der Bewußtseinsfähigkeit von Pflanzen auch unsere Haltung gegenüber ihrer transtemporalen Identität verändern würden und verändern sollten: Wer glaubt, daß Pflanzen bewußtseinsfähig sind, kann in Bezug auf Pflanzen weder die These der epistemischen Verzichtbarkeit transtemporaler Identitätsaussagen (NR1) noch die These der Existenz unterdeterminierter Fälle (NR2) akzeptieren. Zur Illustration ein konkretes Beispiel:

Beispiel 2: geteilte Pflanze

Bei dem Versuch, eine Kletterpflanze anders aufzuhängen, brach mir vor einigen Jahren der einzige Ast der Pflanze ab. Ich stellte ihn in ein Wasserglas und er bildete Wurzeln. Einige Wochen später pflanzte ich den Ast in einen zweiten Topf und der Versuch glückte. Doch auch der Rest der Pflanze, der unmittelbar nach dem Mißgeschick nur noch aus Wurzeln und ein paar Blättern bestand, überlebte und bildete neue lange Äste.

Welche der beiden Pflanzen ist identisch mit derjenigen, die ich damals anders aufhängen wollte? Vielleicht die, die aus dem langen Ast entstand, der ja immerhin vor der Teilung den Hauptteil der Pflanze bildete? Oder doch das andere Gewächs, denn immerhin war nur dieses zu jedem Zeitpunkt eine vollständige Pflanze? Es ist unmöglich, daß beide der fraglichen Pflanzen mit der ursprünglichen identisch sind, wenn man akzeptiert, daß es sich um numerisch verschiedene Pflanzen handelt.[7]

---

[6] Die Beschreibung (B2) würde vielleicht ein Umweltschützer bevorzugen und propagieren, weil die entsprechende Auffassung (man sieht den neuen See als anderen See und versucht nicht, ihn als identisch mit dem alten aufzufassen) psychologisch eher geeignet sein mag, Widerstand gegen die ‚Verlagerung‘ eines Sees zu wecken. – Was es heißt ein Individuum als transtemporal identisch mit einem früheren *aufzufassen*, kann ich hier nicht näher analysieren.

[7] Dies ist ein konkretes Beispiel für das bekannte Verdoppelungsproblem: Existiert mehr als ein Nachfolger eines Individuums, so kann man nicht von beiden annehmen, daß sie mit dem ursprünglichen identisch sind, weil sich sonst ein logischer Widerspruch ergibt: Aus der Identität beider Nachfolger mit dem ursprünglichen folgt mit der Transitivität der Identität, daß die nach Voraussetzung numerisch verschiedenen Nachfolger miteinander identisch sind.

Eine dritte Möglichkeit bestünde darin, beide Pflanzen zusammengenommen als ein Individuum aufzufassen und mit der ursprünglichen Pflanze zu identifizieren. Oder hat die ursprüngliche Pflanze (vierte Möglichkeit) mit dem Abbrechen ihres längsten Astes zu existieren aufgehört und an ihrer Stelle sind zwei neue Pflanzen entstanden?

Manche Menschen halten Pflanzen für bewußtseinsfähig und es wird von Experimenten berichtet, die diese These angeblich stützen. Wenn man solchen Berichten jedoch keinen Glauben schenkt und überzeugt ist, daß Pflanzen keinerlei Bewußtsein haben, so ist nach meiner These eine nicht-realistische Sicht transtemporaler Identität von Pflanzen angemessen: Die obigen Alternativen sind dann wiederum nur unterschiedliche Beschreibungen ein und der derselben Sachlage. Weiß eine Person darüber Bescheid, auf welche Weise die beiden Pflanzen aus der früheren entstanden sind, so kann man ihr keine zusätzliche Information mitteilen, wenn man eine bestimmte der möglichen Thesen bezüglich der Frage der transtemporalen Identität hinzufügt (epistemische Verzichtbarkeit von Aussagen transtemporaler Identität bezüglich Pflanzen). Ferner ist klar, daß bei einer Einigung auf eine der möglichen Thesen kein epistemisches Risiko im oben erklärten Sinne besteht (vgl. die These der Möglichkeit unterdeterminierter Fälle). Dieses Fehlen eines epistemischen Risikos zeigt sich auch darin, daß die Frage nach der wirklichen Identität der beiden späteren Pflanzen nach einer konventionellen Einigung auf eine der möglichen Beschreibungen der Situation keinen verständlichen Sinn hat. Wenn sich eine Gruppe von Personen darauf geeinigt hätte, die wieder eingewurzelte Pflanze als identisch mit der ursprünglichen zu bezeichnen und zu betrachten, so gäbe es keinen begrifflichen Raum für einen Zweifel an der Wahrheit dieser Identitätsthese. Die Bedenken von jemandem, der äußert „vielleicht ist doch – entgegen unserer Annahme – die andere Pflanze mit der ursprünglichen identisch" wäre nicht nachvollziehbar (d.h. es wäre nicht klar, welche Möglichkeit der Betreffende erwägt), solange man sich einig ist, daß Pflanzen nichts erleben.

Einen verständlichen Sinn erhielte dagegen ein solches Bedenken unter der Annahme der Bewußtseinsfähigkeit von Pflanzen. Man versuche also sich vorzustellen, daß Pflanzen in der Tat Empfindungen von Wohligsein und Unwohlsein kennen, daß sie Licht und angemessene Temperaturen genießen und daß sie unter Lichtmangel, Kälte und Hitze leiden können. Unter dieser Voraussetzung der Bewußtseinsfähigkeit von Pflanzen werden Aussagen transtemporaler Pflanzenidentität epistemisch unverzichtbar und unterdeterminierte Fälle transtemporaler Identität von Pflanzen undenkbar. Der Grund hierfür ist, daß wir nun bezugnehmend auf die ursprüngliche Pflanze die Frage stellen können, welches ‚Schicksal' sie zu einem späteren Zeitpunkt erlebte. Nehmen wir nun zusätzlich an, daß die wieder eingewurzelte Pflanze im weiteren Verlauf ihres Lebens immer gut gepflegt wurde, ausreichend Licht erhielt und bei für sie angenehmen Temperaturen gedeihen konnte. Die andere Pflanze dagegen sei vernachlässigt worden, es habe ihr an allem gemangelt, was für ein angenehmes Pflanzenleben wesentlich ist und sie habe insbesondere unter dem Mangel an Licht und Wasser gelitten. Unter dieser Voraussetzung ist jede der möglichen Identitätsthesen mit unterschiedlichen Annahmen über das ‚Schicksal' der ursprünglichen Kletterpflanze verbunden: Ist der eingewurzelte Pflanzenarm mit der ursprünglichen Pflanze identisch, so hatte sie seither ein angenehmes Leben und genießt noch heute täglich den Wechsel von Licht und Schatten. Ist sie dagegen identisch mit der anderen der beiden Pflanzen, so leidet sie (die ursprüngliche Pflanze) seit Jahren unter den Folgen der schlechten Behandlung. Ist sie mit keiner von beiden identisch, so fand ihr Erleben ein jähes Ende, als sich der lange Arm vom Rest der Pflanze löste. Ist sie dagegen identisch mit beiden Pflanzen zusammengenommen, so kann man das, unter Voraussetzung der Bewußtseinsfähigkeit, nur so verstehen: Sie erlebt den Genuß, der mit dem Schicksal der glücklicheren der beiden Pflanzen verbunden ist und zugleich auch das Leid der anderen Pflanze.

Das Beispiel der Kletterpflanzen macht deutlich, weshalb der Nichtrealismus bezüglich der transtemporalen Identität von Pflanzen nicht akzeptabel wäre, wenn man ernstlich annähme, daß Pflanzen Erlebnisse haben und damit Bewußtsein im hier gemeinten weiten Sinne. Wenn nämlich die Annahme der Bewußtseinsfähigkeit von Pflanzen zuträfe, so wären mit unterschiedlichen Thesen transtemporaler Identität unterschiedliche Annahmen darüber verbunden, was eine bestimmte individuelle Pflanze zu einem späteren Zeitpunkt erleben wird. In einer bloßen Beschreibung der Entwicklung der beiden späteren Pflanzen aus der früheren Pflanze ist aber nicht davon die Rede, welche Erlebnisse die ursprüngliche Pflanze nach der Teilung haben wird, ob es die Erlebnisse des eingewurzelten Arms oder die der Restpflanze oder gar die beider Pflanzen sind oder ob sie nach der Teilung nichts mehr erlebt. Auf die Frage, was ein bestimmtes Individuum (die ursprüngliche Pflanze) zu einem bestimmten späteren Zeitpunkt erlebt, geben unterschiedliche Identitätsthesen unterschiedliche Antworten. Thesen zur Pflanzenidentität beantworten also für denjenigen, der Pflanzen für bewußtseinsfähig hält, Fragen, die bei der bloßen Beschreibung der Entwicklungsgeschichte der fraglichen Pflanzen für ihn epistemisch offen bleiben und sind aus diesem Grund aus seiner Sicht epistemisch unverzichtbar. Aus demselben Grund sind unterdeterminierte Fälle aus der Sicht desjenigen, der Pflanzen für erlebnisfähig hält, unmöglich: Eine konventionelle Einigung könnte – unter Voraussetzung der Bewußtseinsfähigkeit – zu einer Fehlbeschreibung der Sachlage führen: Das Bedenken desjenigen, der Pflanzen für bewußtseinsfähig hält und der nach getroffener Einigung auf die Identität der ursprünglichen Pflanze mit dem eingewurzelten Arm die Möglichkeit eines Irrtums erwägt („vielleicht ist die ursprüngliche Pflanze doch mit der anderen identisch?") hat einen verständlichen Sinn: Der Betreffende erwägt die durchaus verständliche Möglichkeit, daß die ursprüngliche Pflanze heute unter Licht- und Wassermangel leidet. Diese Überlegung zeigt: Unter der Annahme der Bewußtseinsfähigkeit von Pflanzen ist eine konventionelle Regelung der Identitätsfrage mit einem epistemischen Risiko verbunden. Eine realistische Auffassung transtemporaler Pflanzenidentität ist angemessen, wenn man Pflanzen für bewußtseinsfähig hält.

III. Realismus bezüglich transtemporaler Identität

Für den Fall von Personen ist eine realistische Auffassung transtemporaler Identität in unserem gewöhnlichen Denken tief verwurzelt. Diese natürliche Auffassung wird klar sichtbar, wenn man Fälle betrachtet, in denen die Frage nicht leicht zu beantworten wäre, mit welcher der zu einem späteren Zeitpunkt existierenden Personen eine bestimmte zu einem früheren Zeitpunkt herausgegriffene Person identisch ist. Konkrete Beispiele dieser Art kommen glücklicherweise nicht vor, so daß man zum Zweck der Reflexion auf Science-fiction Beispiele zurückgreifen muß. Die Literatur zum Thema personale Identität ist voll von Beispielen dieser Art. Es geht dort z.B. um Menschen, deren Gehirn transplantiert oder geteilt und transplantiert wird, um die Übertragung von Informationen aus einem Gehirn in ein anderes oder um Teletransportationen, bei welchen – ähnlich wie beim ‚Beamen' in ‚Raumschiff Enterprise' –, eine oder auch mehrere exakte Kopien von Menschen angefertigt werden.[8] Philosophische Laien mißverstehen den Zweck solcher Gedankenexperimente oft und Philosophen haben häufig theoretische, meist sprachphilosophische Gründe, den Rekurs auf solche Gedankenexperimente für schlechtes Philosophieren zu halten. Mir scheint dagegen klar, daß Gedankenexperimente dieser Art sogar unerläßlich sind, wenn man den besonderen Status unseres Denkens über transtemporale Identität von Personen und anderer bewußtseinsfähiger Wesen begreifen möchte. Die Unterschiede in unserer Auffassung transtemporaler Identität im Falle bewußtseinsfähiger Wesen einerseits und anderer Objekte ‚ohne Innenperspektive' andererseits treten erst dann intuitiv deutlich zum Vorschein, wenn man über echte Zweifelsfälle transtemporaler Identität reflektiert, d.h. über solche Fälle, in denen die Frage der Identität auch dann noch offen ist, wenn alle relevanten empirischen Daten bekannt sind. Nur bei der Betrachtung von Beispielen dieser Art kann man deutlich erkennen, daß und inwiefern die Frage transtemporaler Identität in echten Zweifelsfällen dann und nur dann eine epistemisch offene Frage ist, wenn es sich bei den fraglichen Individuen um Wesen handelt, die man für bewußtseinsfähig hält. Ich werde den Realismus bezüglich transtemporaler Identität nun am Beispiel einer Gehirnhälftenteilung erläutern. Wer die Verwendung dieses Beispiels und ähnlicher Beispiele in der Literatur bislang kritisch oder ablehnend beurteilt hat, sollte nicht übersehen, daß die nun folgende science-fiction-Geschichte über Andrea hier anderen Zwecken dient als ähnliche Geschichten in der einschlägigen Debatte. Häufig dienen sol-

---

[8] Teletransportationen spielen bei Parfit 1984 eine zentrale Rolle.

che Phantasiegeschichten in der philosophischen Literatur dazu herauszufinden, welche empirischen Umstände uns geneigt machen, transtemporale Identität von Personen anzunehmen, um daraus Erkenntnisse über die Bedeutung von Aussagen transtemporaler Identität bei Personen zu gewinnen. Diese Vorgehensweise halte ich für fehlgeleitet und darum geht es hier nicht. Die Einsichten, die eine Reflexion über das Gehirnteilungsbeispiels provozieren kann, sind unabhängig davon zu gewinnen, welcher Antwort auf die Frage der transtemporalen Identität der Beispielspersonen man zuneigt.

Beispiel 3: Teilung eines menschlichen Gehirns

Im Jahr 3010 ist die Transplantationstechnik so weit fortgeschritten, daß man das Gehirn eines lebenden Menschen in den Schädel eines fremden Körpers implantieren kann. Bei einer solchen Operation werden alle Verbindungen des Gehirns mit dem alten Körper zertrennt und neue Verbindungen auf passende Weise mit dem neuen Körper geschaffen. Gehirntransplantationen gelten als indiziert, wenn das Gehirn einer Person gesund ist, ihr Körper aber unheilbar krank. Einige Jahre später werden auch Gehirnhälften erfolgreich transplantiert. Operationen dieser Art werden erwogen, wenn neben einer unheilbaren Erkrankung des Körpers eine Gehirnschädigung vorliegt, die sich auf eine der Hemisphären beschränkt. Nach spezieller Behandlung gelingt es meistens, daß die transplantierte Gehirnhälfte einige Zeit nach der Operation die Funktionen der anderen Hemisphäre übernimmt. Mit dem Fortschritt der Transplantationstechnik ist es nun allerdings auch möglich geworden, das Gehirn eines Menschen in zwei Hälften zu teilen und beide Hälften in je einen lebensfähigen Körper zu implantieren.

Im Jahre 3055 ist Andrea schwer erkrankt und stimmt einer Transplantation ihres Gehirns zu. Andrea gerät jedoch in die Gewalt einer Gruppe krimineller Chirurgen, die schon lange auf eine Gelegenheit gewartet haben, eine Gehirnteilung am Menschen zu realisieren, was gesetzlich untersagt ist. Als Andrea narkotisiert in den Operationssaal geschoben wird, beginnen sie mit der Ausführung ihres Plans. Sie zertrennen Andreas Gehirn in gemeinsamer Arbeit und reimplantieren die beiden getrennten Gehirnhälften in je einen dafür bereitliegenden Körper einer Verstorbenen. Einige Monate später sind nach intensiver postoperativer Behandlung zwei Nachfolgerinnen von Andrea am Leben, die beide in der Lage wären Andreas Ort im Leben einzunehmen. Beide erleben sich als jene Person, die sich für die Gehirntransplantation entschieden hat, ,erinnern sich' an ihr Leben, haben Andreas Persönlichkeitsmerkmale, Vorlieben und emotionale Haltungen.

Für das Folgende spielt es keine Rolle, ob die obige Geschichte realisierbar ist. Es mag aus der Sicht des Neurophysiologen gute Gründe für die These geben, daß die beschriebene Entwicklung der medizinischen Technik nie eintreten kann. Vielleicht ist es prinzipiell unmöglich, ein Gehirn mit den Nervenbahnen eines fremden Körpers auf passende Weise zu verbinden. Vielleicht ist eine Teilung in zwei

funktionsfähige Gehirnhälften, die beide Grundlage des Erlebens einer geistig-see-
lisch normalen Person sind, aufgrund der Asymmetrie des menschlichen Gehirns
und trotz der bekannten bemerkenswerten Plastizität menschlicher Gehirne völlig
ausgeschlossen.[9] Doch diese Bedenken müssen hier nicht diskutiert und nicht
ausgeräumt werden. Hier geht es nur darum anhand des geschilderten Falles zu
sehen, daß echte Zweifelsfälle transtemporaler Identität, wenn es sich bei den fraglichen Individuen um Personen handelt, einen anderen begrifflichen Status haben
als echte Zweifelsfälle transtemporaler Identität von Gegenständen, bei denen wir
kein Bewußtsein vermuten. Das Beispiel kann diesen Zweck erfüllen, wenn es nur
kohärent denkbar ist und es muß hierfür nicht angenommen werden, daß es sich
um eine nomologische Möglichkeit handelt, die im Prinzip technisch realisierbar
ist.

   Ich werde die Beispielsperson, die mit dem Körper erwacht, in den die linke
Hemisphäre transplantiert wurde, L-Andrea nennen und die andere Nachfolgerin
R-Andrea. Es erscheint fast unausweichlich anzunehmen, daß es sich bei L-Andrea
und bei R-Andrea um zwei verschiedene Personen handelt. Nach der Operation
führen sie getrennte Leben. Wer der numerischen Verschiedenheit der beiden Nachfolgerinnen widersprechen möchte, müßte annehmen, daß es eine einzige Person
gibt, die beide postoperativen Körper hat, mit beiden Körpern handelt und die
simultan sowohl das sieht, hört, riecht, schmeckt, empfindet, denkt und erlebt,
was seine physiologische Grundlage in dem einen der beiden Körper hat, als
auch das, was seine Grundlage in dem anderen der beiden Körper hat. Eine solche Möglichkeit der zweifachen Verkörperung wird man kaum ernstlich erwägen.
Andrea kann aber nur dann mit beiden Nachfolgerinnen identisch sein, wenn
sie nach ihrer Operation auf solche Weise doppelt verkörpert ist. Neben dieser
wenig plausiblen Möglichkeit verbleiben drei weitere: (1) Andrea ist identisch mit
R-Andrea oder (2) Andrea ist identisch mit L-Andrea oder (3) Andrea existiert
nicht mehr, an ihrer Stelle sind zwei neue Personen entstanden.

   Wer in Bezug auf Andreas transtemporale Identität eine nicht-realistische Haltung für angemessen hält, meint, daß man sich für eine der genannten Möglichkeiten ohne epistemisches Risiko konventionell entscheiden kann. Wenn etwa
die Freunde und Verwandten von Andrea beschließen, daß sie R-Andrea als die
ursprüngliche Andrea bezeichnen und auffassen wollen, so bestünde nach dieser These keine begriffliche Möglichkeit, mit dieser Beschreibung die Tatsachen
zu verfehlen. Mit anderen Worten: Wer sich nach einer solchen Entscheidung
darüber Gedanken machte, ob Andrea noch existiert und ob sie vielleicht nicht
– wie die Übereinkunft lautet – mit R-Andrea, sondern in Wahrheit mit L-Andrea
identisch ist, dessen Bedenken und Zweifel hätten (wäre die nicht-realistische Sicht

---

[9] Der Nachweis der nomologischen Möglichkeit einer Gehirnhälftenteilung der hier beschriebenen Art
   brächte den Realisten in Schwierigkeiten, die ich andernorts beschrieben habe (vgl. M. Nida-Rümelin
   1998 und 2000b, Kapitel 3).

adäquat) keinen verständlichen Sinn. Die Gegenthese des Realisten – die m. E. unser natürliches Verständnis wiedergibt – lautet dagegen: Es bestehen die folgenden sich wechselseitig ausschließenden kohärent denkbaren Möglichkeiten: (1) Andrea ist in Wahrheit mit dem Körper wiedererwacht, in den die linke Hemisphäre transplantiert wurde (d.h. Andrea ist identisch mit L-Andrea) oder (2) sie ist mit dem Körper wiedererwacht, in den die rechte Hemisphäre transplantiert wurde (d.h. Andrea ist identisch mit R-Andrea) oder (3) Andrea existiert nicht mehr (sie ist mit keiner der beiden postoperativen Personen identisch, sie ist nicht mehr zu Bewußtsein gekommen) oder (sofern diese letzte Möglichkeit wirklich kohärent gedacht werden kann) (4) Andrea hat jetzt zwei Körper.[10]

Wie natürlich und plausibel die genannte realistische Auffassung ist, wird besonders deutlich, wenn man eine Fortsetzung der Geschichte betrachtet:

Kurz bevor die Narkosespritze wirkt, erfährt Andrea aus einem Wortwechsel, was die kriminellen Operateure planen und kann aus den wenigen Worten erraten, welches Schicksal ihren beiden Nachfolgerinnen bevorsteht. Während R-Andrea ins gewöhnliche Leben entlassen werden soll und zu ihren Nächsten zurückkehren wird, soll niemand von L-Andreas Existenz erfahren. L-Andrea wird ein Leben in trostloser Gefangenschaft führen und wird Andreas Freunde und Verwandte niemals treffen. Andrea hört diese Nachricht mit Entsetzen und hofft inständig, daß sie R-Andrea sein wird. Sie fürchtet sich vor der Möglichkeit, daß L-Andreas Schicksal ihr Schicksal sein wird. Dann würde sie lieber keine der beiden sein und nie wieder erwachen.

Beschränken wir uns darauf, diese drei unterschiedlichen Zukunftsaussichten zu betrachten und lassen wir die Möglichkeit einer doppelten Verkörperung der Einfachheit halber beiseite. Andreas Hoffnung, ihre nächsten Freunde und Verwandten wiederzusehen, geht genau dann in Erfüllung, wenn R-Andrea identisch mit Andrea ist. Andrea wird dagegen ein schlimmes Schicksal erleiden, wenn sie L-Andrea ist. Ist sie keine von beiden, so steht ihr der Tod unmittelbar bevor. Man wird Andrea kaum einreden können, daß diese drei für sie so verschiedenen Möglichkeiten in Wahrheit gar keine echt unterschiedlichen Möglichkeiten sind. Doch genau dies behauptet der Nicht-Realist: Nach seiner Meinung sind unterschiedliche Behauptungen transtemporaler Identität in Bezug auf diesen Fall nur als verschiedene Beschreibungen einer objektiv gleichen Sachlage anzusehen. Nach Meinung des Nicht-Realisten kann alles, was es über Andreas Verhältnis zu ihren Nachfolgerinnen zu wissen gibt, im Prinzip auch gesagt werden, ohne dabei expli-

---

10 Andrea wäre in diesem letzten Fall sowohl mit L-Andrea, als auch mit R-Andrea identisch, wobei es sich dann bei L- und R-Andrea um ein und dieselbe Person handelt: diejenige Person, die nach der Operation den Körper mit der rechten Hemisphäre hat ist identisch mit jener die nach der Operation den anderen Körper hat. – Ein technisches Detail ist genau genommen wesentlich: „L-Andrea" und „R-Andrea" sind keine Namen, sondern Abkürzungen von Kennzeichnungen, die nicht referentiell, sondern attributiv zu lesen sind.

zit oder implizit Behauptungen transtemporaler Identität zwischen Andrea und einer später existierenden Person zu äußern. Transtemporale Identitätsaussagen über Andrea sind nach seiner Meinung in diesem Sinne epistemisch verzichtbar. Der Realist dagegen sieht, daß unterschiedliche Identitätsannahmen mit unterschiedlichen Annahmen über Andreas Schicksal verbunden sind. Wäre Andrea R-Andrea, so würde eine Erwartung wahr, die sie vor der Operation in die Worte fassen konnte „Ich werde meine Freunde wiedersehen", wäre Andrea L-Andrea, so würde eine Erwartung wahr, die sie in die Worte fassen konnte „Ich werde meine Freunde nie wiedersehen". Die Frage, welche der möglichen Zukunftserwartungen von Andrea eintreten, ist nach Meinung des Realisten eine Frage über die Beschaffenheit der ‚Welt' (der objektiv vorliegenden Situation), eine Faktenfrage also, die nicht ohne Irrtumsrisiko konventionell entschieden werden kann. Damit sind schon beide Charakteristika der realistischen Haltung genannt: Aussagen transtemporaler personaler Identität sind epistemisch unverzichtbar (Negation der auf Personen spezialisierten Version von NR1) und unterdeterminierte Fälle transtemporaler personaler Identität sind nicht kohärent denkbar (Negation der auf Personen spezialisierten Version von NR2).[11]

Allgemein läßt sich der Realismus bezüglich transtemporaler Identität von Individuen einer gewissen Art A wie folgt charakterisieren:

(R1)   *Epistemische Unverzichtbarkeit von Aussagen transtemporaler Identität von Individuen der Art A:* Es gibt kohärent denkbare Situationen, für die gilt: Auch wenn eine detaillierte identitätsneutrale Beschreibung der Beziehungen der zu t_1 existierenden Individuen der Art A zu den zu t_2 existierenden Individuen der Art A im Detail bekannt ist, liefert die zusätzliche Angabe transtemporaler Identitäten zwischen zu t_1 existierenden Individuen der fraglichen Art mit zu t_2 existierenden Individuen der fraglichen Art Antworten auf dann noch epistemisch offene Tatsachenfragen.

(R2)   *Unmöglichkeit von unterdeterminierten Fällen transtemporaler Identität von Individuen der Art A:* In jedem kohärent denkbaren Fall hat die Frage, ob ein bestimmtes zu einem Zeitpunkt t_2 existierendes Individuum der Art A mit einem bestimmten zu einem gewissen Zeitpunkt t_1 existierenden Individuum der Art A identisch ist, eine eindeutige Antwort. Die Frage der transtemporalen Identität von Personen kann in keinem kohärent denkbaren Fall ohne epistemisches Risiko konventionell entschieden werden.

---

[11] Eine nicht-realistische Auffassung transtemporaler Identität von Personen im hier erklärten Sinne vertritt z.B. Parfit (vgl. Parfit 1984), eine realistische Auffassung dagegen z.B. Chisholm und Swinburne (vgl. Chisholm 1970, Swinburne 1984).

IV. Die begrifflichen Wurzeln der realistischen Auffassung transtemporaler Identität von Personen und anderer bewusstseinsfähiger Wesen

Die realistische Sicht transtemporaler personaler Identität und allgemein transtemporaler Identität bewußtseinsfähiger Wesen beruht auf unserer Fähigkeit, uns in die Lage des betroffenen bewußtseinsfähigen Wesens zu versetzen und die Frage, welches der zukünftigen bewußtseinsfähigen Wesen es sein wird, gewissermaßen aus seiner Perspektive zu stellen. Diese sehr metaphorische Formulierung weist in die Richtung, die ich nun weiter verfolgen möchte: Unser realistisches Verständnis transtemporaler Identität anderer bewußtseinsfähiger Wesen, das wir nach meiner Meinung natürlicherweise haben, beruht auf unserem besonderen Verständnis unserer jeweils eigenen transtemporalen Identität und dieses wiederum auf unserem Verständnis der Selbstzuschreibung künftiger und vergangener Eigenschaften. Ich will nun versuchen diesen Gedanken genauer darzustellen.

Für das Folgende ist es hilfreich eine Abkürzung und ein paar Definitionen einzuführen. Ich hatte in der Einleitung darauf hingewiesen, daß sich Aussagen transtemporaler Identität von anderen Identitätsaussagen durch die besondere Art der Bezugnahme, in welcher jeweils ein bestimmter Zeitpunkt eine wesentliche Rolle spielt, unterscheiden. Sprachliche Ausdrücke, die dazu dienen, ein Individuum in dieser besonderen Weise unter wesentlicher Bezugnahme auf Eigenschaften, die es zu einem bestimmten Zeitpunkt t hat, herauszugreifen, seien nun als t-Designatoren bezeichnet. Die nachfolgenden Definitionen vereinfachen die Formulierung der begrifflichen Thesen, um die es in diesem Abschnitt gehen wird.

Definition 1:
Die Aussage „Ich habe zu t′ die Eigenschaft E" ist eine transtemporale Selbstzuschreibung einer Eigenschaft genau dann wenn der Zeitpunkt t der Äußerung dieser Aussage von dem Zeitpunkt t′ verschieden ist.
Beispiel: Ich werde morgen zum Skifahren gehen.

Definition 2:
Die Aussage „Ich bin identisch mit D" ist eine transtemporale Selbstidentifikation genau dann wenn es einen vom Zeitpunkt t der Äußerung dieser Aussage verschiedenen Zeitpunkt t′ gibt, derart daß „D" ein t′-Designator ist.
Beispiel: Ich bin identisch mit jener Person, die nach der Operation aus der Narkose erwachen wird.

Definition 3:
Die Aussage „Die Person D hat zu t′ die Eigenschaft E" ist eine transtemporale Fremdzuschreibung einer Eigenschaft genau dann wenn es einen Zeitpunkt

t gibt, so daß t und t′ verschieden sind und „die Person D" ein t-Designator ist.[12]

Beispiel: Diejenige Person, die heute aus der Narkose erwacht, ist identisch mit jener, die sich vor einem Jahr zu diesem Eingriff entschlossen hat.

Definition 4:

Die Aussage „Die Person D hat zu t die Eigenschaft E" ist eine kotemporale Fremdzuschreibung einer Eigenschaft genau dann wenn „die Person D" ein t-Designator ist.

Beispiel: Diejenige Person, die morgen nach der Operation untersucht wird, wird zu diesem Zeitpunkt an Kopfschmerzen leiden.

Definition 5:

Die Aussage „Die Person D ist identisch mit der Person D′„ ist eine transtemporale Fremdidentifikation genau dann wenn es verschiedene Zeitpunkte t und t′ gibt, so daß „die Person D" ein t-Designator und „die Person D′" ein t′-Designator ist.

Beispiel: Andrea ist identisch mit L-Andrea.[13]

Ich werde mich im Folgenden damit begnügen darzustellen, welche begrifflichen Zusammenhänge zwischen transtemporalen Fremdidentifikationen, transtemporalen Fremdzuschreibungen, transtemporalen Selbstidentifikationen und transtemporalen Selbstzuschreibungen nach meiner Meinung dafür verantwortlich sind, daß wir natürlicherweise eine realistische Haltung gegenüber der transtemporalen Identität von Personen und anderer bewußtseinsfähiger Wesen einnehmen.[14]

(T1)   *Begriffliche Priorität von transtemporalen Selbstzuschreibungen gegenüber transtemporalen Selbstidentifikationen:* Transtemporale Selbstzuschreibungen sind begrifflich primär gegenüber transtemporalen Selbstidentifikationen und sie sind begrifflich unabhängig von empirischen Kriterien transtemporaler Personen-Identität.

---

[12] Der Designator kann sich auch auf den Sprecher selbst beziehen (eventuell ohne, daß dieser es weiß). Die Bezeichnung „Fremdzuschreibung" ist insofern irreführend. Wesentlich ist, daß die Zuschreibung nicht in der ersten Person gemacht ist.

[13] „L-Andrea" ist eine Kennzeichnung, die von der Eigenschaft Gebrauch macht, zu einem Zeitpunkt t′ nach der Operation mit Andreas linker Hemisphäre zu leben und fällt daher klarerweise unter den hier nur knapp und intuitiv eingeführten Begriff des t′-Designators. Zur Bezeichnung eines Namens als t-Designator wäre mehr zu sagen. Es sollen Namen (in einer gegebenen Verwendung) als t-Designatoren gelten, wenn sie dazu dienen auf ein bestimmtes zum Zeitpunkt t existierendes Individuum Bezug zu nehmen (diese Formulierung ist intuitiv recht klar, bedürfte aber genauerer Erläuterung).

[14] Für eine argumentative Stützung dieser Diagnose vgl. M. Nida-Rümelin 2000 und 2001, Kapitel 2.

Der erste Teil dieser These besagt, daß wir Aussagen der Art „Ich werde die Person sein, die nach der Operation erwacht" nur aufgrund unseres Verständnisses transtemporaler Selbstzuschreibungen der Art „Ich werde zum späteren Zeitpunkt t' die Eigenschaft E" haben, verstehen können. Wenn die These zutrifft, so ist sie in gewisser Weise überraschend, weil ein naheliegendes Argument gerade das Gegenteil, d. h. die begriffliche Priorität transtemporaler Selbstidentifikationen gegenüber transtemporalen Selbstzuschreibungen zu zeigen scheint. Das Argument, an das ich denke, stützt sich auf den folgenden einfachen begrifflich-logischen Zusammenhang:

(BL1)   Die transtemporale Selbstzuschreibung

   (a) Ich werde zu t' die Eigenschaft E haben

   ist genau dann wahr, wenn gilt:

   (b) Es gibt zu t' eine Person P, welche die Eigenschaft E hat und mit mir identisch ist.

Man könnte meinen, daß ein Verständnis von (a) ein Verständnis von (b) implizit voraussetzt und dann wäre die obige These falsch, da in (b) eine transtemporale Selbstidentifikation vorkommt. Dieses Argument erscheint auf den ersten Blick schlüssig, weil der logisch komplexere Satz (b) wie eine begriffliche Analyse von (a) aussieht. Aber, wenn ich recht habe, so täuscht dieser Eindruck.

Wenn Andrea vor ihrer Operation aus welchen Gründen auch immer glaubt, daß sie diejenige Person ist, die nach der Operation den Körper haben wird, in den die rechte Gehirnhälfte implantiert wird, wenn sie also, kürzer gesagt, glaubt, daß sie identisch mit R-Andrea identisch ist, dann glaubt sie damit nichts anderes als dies (ausgedrückt in ihren Worten): Was auch immer R-Andrea nach der Operation widerfahren wird, das wird mir widerfahren. Wenn R-Andrea leiden wird, werde ich leiden, wenn R-Andrea sich entscheiden wird, einen Apfel zu essen, so werde ich diese Entscheidung treffen, usw. So gesehen ist die Behauptung „Ich bin identisch mit jener zukünftigen Person P" nur eine Kurzformel für die Behauptung: „Für jede Eigenschaft E gilt: Hätte jene Person P zum Zeitpunkt t' die Eigenschaft E, so hätte ich zu t' diese Eigenschaft und umgekehrt". Nach der Diagnose, die ich vorschlage, beruht also die begriffliche Priorität von transtemporalen Selbstzuschreibungen gegenüber transtemporalen Selbstidentifikationen auf dem folgenden einfachen logisch-begrifflichen Zusammenhang:

(LB2)   Ist „D" ein t'-Designator, dann ist das zu einem Zeitpunkt t gefällte Urteil

   (U1) Ich bin identisch mit D.

   genau dann wahr, wenn das zu t gefällte Urteil

(U2)   Für jede Eigenschaft E gilt: Ich hätte zu t′ die Eigenschaft E, sofern
       die Person D zu t′ die Eigenschaft E hätte und umgekehrt.

wahr ist.

(U2) ist also nach der hier vorgeschlagenen These begrifflich primär gegenüber
(U1). Wenn sich nun noch einsehen läßt, daß (U2) von empirischen Kriterien transtemporaler Identität begrifflich unabhängig ist, so ist damit schon ein wesentlicher
Schritt der Diagnose getan. Es ist dann nämlich bereits gezeigt, daß transtemporale Selbstidentifikationen von empirischen Kriterien transtemporaler Identität
begrifflich unabhängig sind. Nun kommen aber in (U2) neben transtemporalen
Selbstzuschreibungen nur kotemporale Fremdzuschreibungen vor. Der genannte
Schritt ist also getan, wenn sich einsehen läßt, daß transtemporale Selbstzuschreibungen von empirischen Kriterien transtemporaler Identität begrifflich unabhängig
sind. Aber diese Einsicht, so scheint mit, drängt sich nach kurzer Reflexion eigentlich auf. „Ich werde übermorgen Zahnschmerzen haben" kann nicht durch einen
Satz der Art „Übermorgen wird es eine Person geben, die Zahnschmerzen hat und
zu mir in einer bestimmten empirischen Relation R steht." reformuliert werden.
Unser Verständnis dessen, was eine Person mit einer solchen Selbstzuschreibung
behauptet, hängt nicht von unserer Kenntnis der von ihr akzeptierten Kriterien transtemporaler Identität von Personen ab. Eine genauere Formulierung und Stützung
der *These der begrifflichen Unabhängigkeit transtemporaler Selbstzuschreibungen von
empirischen Kriterien transtemporaler Identität* habe ich in anderen Arbeiten versucht.[15] Hier möchte ich mich darauf beschränken darzustellen, was sich weiter
ergibt, wenn man diese These einmal als korrekt voraussetzt. Eine Konsequenz
habe ich schon genannt: Wenn die genannte These begrifflicher Unabhängigkeit
zutrifft und wenn unser Verständnis von Urteilen der Art (U1) – wie behauptet –
auf unserem Verständnis von Urteilen der Art (U2) beruht, so folgt:

(T2)   *Kriterienlose Verständlichkeit transtemporaler Selbstidentifikationen:* Trans-
       temporale Selbstidentifikationen setzen keine implizite Anwendung em-
       pirischer Kriterien transtemporaler Identität voraus. Transtemporale
       Selbstidentifikationen sind von empirischen Kriterien transtemporaler
       Identität von Personen begrifflich unabhängig.

Mit diesem Zwischenresultat ist das Ziel einer Diagnose der begrifflichen Wurzeln des Realismus bezüglich transtemporaler Identität von Personen und anderer
bewußtseinsfähiger Wesen, den wir natürlicherweise akzeptieren, beinahe erreicht.
Die These (T2) erklärt, weshalb die Behauptung „R-Andrea ist Andrea" eine
Antwort auf eine Frage enthält, die für Andrea vor ihrer Operation auch dann
noch epistemisch offen war, als sie die relevanten identitätsneutral beschreibbaren
empirischen Beziehungen zwischen ihr und R-Andrea schon kannte. Die Aussage,

---

[15] Vgl. M. Nida-Rümelin 1997, 2000 und 2001.

daß Andrea mit R-Andrea identisch ist, beantwortet Andreas Frage „Werde ich R-Andrea sein?". Und diese Frage ist für Andrea trotz ihrer umfangreichen Kenntnis aller identitätsneutral beschreibbaren relevanten Fakten epistemisch offen, weil – wie (T2) aussagt – transtemporale Selbstidentifikationen von Aussagen über Fakten dieser Art begrifflich unabhängig sind.

Was aber aus Andreas Perspektive in der beschriebenen Situation eine noch offene Faktenfrage ist und sich in der Form „Werde ich die Person mit der rechten Gehirnhälfte sein?" stellt, ist auch für Andreas Freunde und andere Außenstehende, so sollte man meinen, eine offene die reale Beschaffenheit der Welt betreffende Frage. Mögliche Antworten auf Andreas Frage ihrer eigenen transtemporalen Identität sind auch für Dritte von empirischen Kriterien transtemporaler Identität begrifflich unabhängig. Diese begriffliche Unabhängigkeit transtemporaler Fremdidentifikationen von empirischen Kriterien transtemporaler Personenidentität ist analog zur entsprechenden begrifflichen Unabhängigkeit bei transtemporalen Selbstidentifikationen erklärbar. Die Erklärung basiert auf einem zu (LB2) analogen begrifflichen Zusammenhang:

(LB3)   Ist „D" ein t-Designator, „D'" ein t'-Designator und t und t' verschiedene Zeitpunkte dann ist das Urteil transtemporaler Identität

(U1) D ist identisch mit D'.

genau dann wahr, wenn Folgendes zutrifft:

(U2) Für jede Eigenschaft E gilt: Die Person D hätte zu t' die Eigenschaft E, wenn die Person D' zu t' die Eigenschaft E hätte und umgekehrt.

Wiederum ist (U2) m. E. begrifflich primär gegenüber (U1). Transtemporale Fremdidentifikationen der Art „R-Andrea ist Andrea" (geäußert zu einem Zeitpunkt vor der Operation) besagen: Was auch immer R-Andrea zustoßen wird (welche Eigenschaften sie auch immer zu einem gewissen Zeitpunkt t' nach der Operation haben mag), wird Andrea (der hier jetzt anwesenden Person) zum Zeitpunkt t' widerfahren (genau diese Eigenschaften wird sie, Andrea, zu t' haben). Unser Verständnis transtemporaler Fremdidentifikationen beruht nach dieser These auf unserem Verständnis transtemporaler Fremdzuschreibungen. Transtemporale Fremdzuschreibungen – diese kommen ja in U2 vor – sind demnach begrifflich primär gegenüber transtemporalen Fremdidentifikationen. Dieses Resultat ist Inhalt der dritten These:

(T3)   *Begriffliche Priorität transtemporaler Fremdzuschreibungen gegenüber transtemporalen Fremdidentifikationen:* Der Gehalt transtemporaler Fremdidentifikationen ist nur auf der Grundlage eines Verständnisses transtemporaler Fremdzuschreibungen erfaßbar. Transtemporale Fremdzuschreibungen sind begrifflich primär gegenüber transtemporalen Fremdidentifikationen.

Aus dieser These der begrifflichen Priorität ergibt sich, wenn man sie, wie ich vorgeschlagen habe, über den logisch-begrifflichen Zusammenhang LB3 erklärt, die begriffliche Unabhängigkeit transtemporaler Fremdidentifikationen von empirischen Kriterien transtemporaler Identität, sofern man zusätzlich einsehen kann: Transtemporale Fremdzuschreibungen sind so wie transtemporale Selbstzuschreibungen von empirischen Kriterien transtemporaler Identität begrifflich unabhängig. Ist diese vierte These (vgl. nachfolgend T4) auf die skizzierte Weise überzeugend begründbar, so ist die angestrebte begriffliche Diagnose abgeschlossen. Aus der nachfolgend als These T4 formulierten begrifflichen Unabhängigkeit wird verständlich, weshalb die Angabe identitätsneutral beschriebener empirischer Zusammenhänge zwischen einer früher existierenden und einer später existierenden Person in Zweifelsfällen transtemporaler Identität eine Faktenfrage epistemisch offen läßt (die Frage transtemporaler Identität und damit die Frage des Schicksals der ursprünglichen Person so wie die Frage nach der Vergangenheit der später existierenden Person, vgl. die realistische These RT1) und weshalb eine konventionelle Regelung in Zweifelsfällen nicht ohne epistemisches Risiko getroffen werden kann (vgl. die realistische These RT2).

(T5)   *Begriffliche Unabhängigkeit transtemporaler Fremdzuschreibungen von empirischen Kriterien transtemporaler Identität:* Unser Verständnis transtemporaler Fremdzuschreibungen setzt keine Kenntnis von empirischen Kriterien transtemporaler Personen-Identität begrifflich voraus. Was mit transtemporalen Fremdzuschreibungen behauptet ist, variiert nicht mit einem eventuellen Wechsel der akzeptierten empirischen Kriterien transtemporaler Identität. Transtemporale Fremdzuschreibungen sind begrifflich unabhängig von empirischen Kriterien transtemporaler Identität von Personen.

Wie eine Begründung von (T5) m. E. lauten müßte, kann ich hier nur andeuten: Wir haben als Außenstehende ein von empirischen Kriterien unabhängiges Verständnis der transtemporalen Selbstzuschreibungen anderer Personen (vgl. T1). So können z. B. Freunde von Andrea ohne implizite Bezugnahme auf empirische Kriterien transtemporaler Identität verstehen, welche unterschiedlichen Möglichkeiten Andrea erwägt, wenn sie sich fragt, ob sie die Leiden der L-Andrea oder aber die Freuden von R-Andrea erleben wird. Nun ist ihnen aber klar, daß Andreas transtemporale Selbstzuschreibung „Ich werde die Leiden von L-Andrea erleben" genau dann wahr ist, wenn die transtemporale Fremdzuschreibung „Andrea wird die Leiden von L-Andrea erleben" wahr ist. Außenstehende haben so einen von empirischen Kriterien transtemporaler Identität unabhängigen begrifflichen Zugang zum Inhalt von transtemporalen Fremdzuschreibungen (und damit aufgrund des Zusammenhangs LB3 zum Inhalt von Aussagen transtemporaler Identität anderer Personen, d.h. zum Inhalt transtemporaler Fremdidentifikationen), der auf ihrem Verständnis fremder transtemporaler Selbstzuschreibungen beruht.

Mein Vorschlag zur Diagnose der begrifflichen Grundlagen des Realismus bezüglich transtemporaler Identität von Personen und anderer bewußtseinsfähiger Wesen ist damit fast vollständig skizziert. Es fehlt nur noch ein Schritt: Die voran stehende Erklärung ist nur eine Erklärung dafür, daß wir natürlicherweise eine realistische Haltung in Bezug auf die transtemporale Identität anderer *Personen* einnehmen. Die obigen Thesen, die ich für transtemporale Fremdzuschreibungen und Fremdidentifikationen bezüglich Personen formuliert habe („transtemporale Fremdzuschreibungen" und „transtemporale Fremdidentifikationen" wurden der Einfachheit halber so definiert, daß sie sich auf Personen beziehen), gelten aber wie gesagt nach meiner Meinung allgemein für Urteile über bewußtseinsfähige Wesen. Bei einer analogen Begründung dieser allgemeineren Thesen träte nur an einer Stelle eine Schwierigkeit auf, nämlich dort, wo zu begründen ist, daß sich die Kriterienlosigkeit transtemporaler Selbstzuschreibungen auf transtemporale Fremdzuschreibungen überträgt. In meiner Skizze einer Begründung von (T5) hatte ich die Tatsache benutzt, daß die Selbstzuschreibung einer Person genau dann wahr ist, wenn die entsprechende Fremdzuschreibung in Bezug auf diese Person zutrifft und ich hatte angedeutet, daß unser Verständnis der fremden Selbstzuschreibung unserem Verständnis der entsprechenden Fremdzuschreibung zugrunde liegt. Einer analogen Begründung steht im allgemeinen Fall bewußtseinsfähiger Wesen entgegen, daß viele von ihnen (man denke an Tiere oder kleine Kinder) zu transtemporalen Selbstzuschreibungen nicht oder noch nicht in der Lage sind. Dennoch scheint mir ein analoges Argument auch für diese Fälle schlüssig. Auch in Bezug auf die Katze Anton haben wir ein von empirischen Kriterien unabhängiges Verständnis der transtemporalen Zuschreibung „Anton wird morgen Bauchschmerzen haben", das auf unserem kriterienlosen Verständnis transtemporaler Selbstzuschreibungen beruht, obgleich Anton selbst nicht fähig ist, eine solche Selbstzuschreibung zu denken oder zu äußern. Es ist nach meiner Meinung ein wesentlicher Teil unserer Auffassung anderer Individuen als bewußtseinsfähige Wesen, daß wir transtemporale Zuschreibungen in Bezug auf sie auf der Grundlage unseres ‚kriterienlosen' Verständnisses transtemporaler Selbstzuschreibungen interpretieren.

V. Schlussbemerkung

In diesem Artikel wurde eine rein begriffliche These vertreten: Ich habe versucht zu beschreiben, wie wir transtemporale Identität bewußtseinsfähiger Wesen natürlicherweise auffassen und auf welche Weise diese Auffassung in unserem Denken tief verwurzelt ist. Manche Autoren gestehen zu, daß eine realistische Auffassung transtemporaler Identität bewußtseinsfähiger Wesen intuitiv nahe liegt, schlagen aber vor, diese Auffassung aus theoretischen Gründen aufzugeben.[16] Eine solche Revision kommt m. E. nicht ernstlich in Frage. Wesen mit Selbstbewußtsein (genauer: mit der Fähigkeit zu transtemporalen Selbstzuschreibungen) haben, so scheint mir, notwendigerweise eine realistische Auffassung der transtemporalen Identität jener Individuen, die sie als Subjekte von Erfahrung auffassen. Diese weitergehende These wäre erst noch zu begründen, worauf ich hier nicht näher eingehen kann.[17] Einige zentrale Überlegungen einer solchen Begründung sind aus dem Dargestellten klar: Weder die begrifflichen Besonderheiten von Selbstzuschreibungen, von denen die Rede war, noch die logischen Zusammenhänge, auf die in der Diagnose Bezug genommen wurde, sind geeignete Kandidaten für eine theoretisch motivierte Revision unseres Denkens.

Eine realistische Haltung gegenüber der transtemporalen Identität von Personen wird von manchen Philosophen mit der Begründung abgelehnt, daß sie auf eine nicht haltbare dualistische Sichtweise verplichte, nach welcher Personen (Subjekte von Erfahrung) nicht-materielle Substanzen sind. Auch Befürworter des Realismus haben die Meinung vertreten, daß ein Realist bezüglich transtemporaler, personaler Identität zugleich Substanzdualist im angedeuteten Sinne sein müsse. Es ist hier kein Raum für eine Diskussion der Frage, welche weiteren Prämissen nötig sind, wenn man die genannten realistischen Thesen zur Begründung einer nichtmaterialistischen Position verwenden möchte und wie diese weiteren Prämissen zu beurteilen wären. Die hier vorgetragenen begrifflichen Thesen alleine haben jedenfalls zunächst einmal keine Implikationen für den ontologischen Status von Subjekten von Erfahrung und sollten somit sowohl für dualistisch als auch für materialistisch gesinnte Denker annehmbar sein.

LITERATUR

Chisholm, R. 1970: Identity through Time. In: Kiefer/Munitz (Hg.). [wiederabgedruckt in Chisholm 1989]

Chisholm, R. 1989: On Metaphysics. Minneapolis.

Hahn, L. E. (Hg.) 1997: The Philosophy of Roderick M. Chisholm. (The Library of Living Philosophers, Vol. 25), Chicago.

Kiefer, H. E./Munitz, M. K. (Hg.) 1970: Language, Belief, and Metaphysics, Albany.

Lewis, D. 1976: Survival and Identity. In: Rorty (Hg.).

Nagel, Th. 1974: What is it like to be a bat? In: The Philosophical Review 83.

Nida-Rümelin, J. (Hg.) 2000: Rationalität, Realismus, Revision. Vorträge des 3. internationalen Kongresses der Gesellschaft für Analytische Philosophie, Berlin/New York.

---

[16] Vgl. Parfit 1984.

[17] Vgl. hierzu M. Nida-Rümelin 2001, Kapitel 2.

Nida-Rümelin, M. 1997: Chisholm on Personal Identity and the Attribution of Experiences. In: Hahn (Hg).

Nida-Rümelin, M. 1998: Zur Abhängigkeit transtemporaler, personaler Identität von empirischen Beziehungen. In: Zeitschrift für philosophische Forschung 52.

Nida-Rümelin, M. 2000: Transtemporale personale Identität. Realismus oder Revision. In: J. Nida-Rümelin (Hg).

Nida-Rümelin, M. 2001: Bewußtsein und Identität, Paderborn. [im Erscheinen]

Parfit, D. 1984: Reasons and Persons, Oxford.

Rorty, A. O. (Hg.) 1976: The Identities of Persons, Berkeley.

Schechtman, M. 1996: The Constitution of Selves, Ithaca.

Shoemaker, S./Swinburne, R. 1984: Personal Identity, Oxford.

Swinburne, R. 1984: Personal Identity. The Dualist Theory. In: Shoemaker/Swinburne (Hg.).

Thomson, J. J. 1983: Parthood and Identity across Time. In: The Journal of Philosophy 80.

Michael Quante

MENSCHLICHE PERSISTENZ

> Um aber aus natürlichen Gründen zu dem Urteil zu gelangen,
> daß Gott allemal nicht nur unsere Substanz, sondern auch unsere
> Person erhalten wird, d.h. die Erinnerung und das Wissen um
> das, was wir sind (obwohl das deutliche Wissen manchmal im
> Schlafe und in Ohnmachten ausgeschaltet wird), muß man die
> Moral mit der Metaphysik verbinden.
>
> (G. W. Leibniz)

I. Einleitung

Seitdem Locke seinem *Essay Concerning Human Understanding* in der zweiten
Auflage ein Kapitel über die Identität von Personen hinzugefügt hat, steht dieses
Thema auf der Tagesordnung. In der zweiten Hälfte des zwanzigsten Jahrhun-
derts entwickelte sich, entscheidend initiiert durch die Arbeiten von Wiggins und
Williams, im Rahmen der analytischen Philosophie eine umfangreiche Diskussion
dieses Problems.

Zu Beginn wurde die Auseinandersetzung zwischen Anhängern eines im Anschluß an Lockes Erinnerungskriterium entwickelten Kriteriums psychischer Kontinuität und Anhängern eines Körperkriteriums, welches schnell zu einem Gehirn-
kriterium weiterentwickelt wurde, geführt. Bald aber beteiligten sich auch Philosophen wie Chisholm oder Swinburne an der Debatte, die diese gesamte Diskussion
für irregeleitet ansehen, weil sie auf der Prämisse beruht, es könne ein informatives
empirisches Kriterium für personale Identität über die Zeit hinweg geben. Somit
wurde ein Diskussionsstrang wiederbelebt, der die Einwände von Butler, Reid oder
Leibniz gegen den Vorschlag Lockes neu formulierte. Dabei werden die diversen in
der Literatur vorfindlichen Gedankenexperimente benutzt, um zu zeigen, daß jedes
informative empirische Kriterium für personale Identität über die Zeit hinweg zu
inakzeptablen Konsequenzen führen muß. Es stehen sich damit zwei fundamental
verschiedene Typen von Theorien gegenüber; und auch innerhalb beider Lager
weisen die Theorien zum Teil gravierende Unterschiede auf.[1]

---

[1] Zur Entwicklung dieser Diskussion und der für den Diskussionsgang zentralen Gedankenexpe-

Die verschiedenen Vorschläge lassen sich in einfache und komplexe Theorien unterteilen. Charakterisierendes Merkmal der einfachen Theorien sind folgende Annahmen:

(S-T)   Die Identität der Person über die Zeit hinweg ist nicht reduzierbar auf empirisch beobachtbare Relationen. Solche empirische Kriterien haben nur eine epistemologische Funktion. Konstitutiv für die Identität der Person über die Zeit hinweg sind synchrone und diachrone Einheitsrelationen, die ausschließlich aus der erstpersönlichen Perspektive beobachtbar sind. Die Identität der Person ist damit ein basales und essentiell an die erstpersönliche Perspektive gebundenes Faktum.

Dem gegenüber lassen sich komplexe Theorien durch folgende Annahmen charakterisieren:

(K-T)   Die Identität von Personen über die Zeit hinweg ist analysierbar und reduzierbar in dem Sinne, daß sie durch empirisch beobachtbare Kontinuitätsrelationen[2] konstituiert wird. Die Identität einer Person über die Zeit hinweg ist ein komplexer Anwendungsfall von Persistenz, d.h. der Identität raum-zeitlich ausgedehnter Entitäten über die Zeit hinweg, und nicht essentiell an die erstpersönliche Perspektive gebunden.

Die Klassifikation des einen Theorietyps als einfach ist nicht so zu verstehen, als ließen sich in diesen Theorien zur Identität der Person keine weiteren Ausführungen oder philosophischen Begründungen finden. Die Benennung soll vielmehr herausstellen, daß personale Identität über die Zeit hinweg gemäß dieses Theorietyps ein nicht reduzierbares, einfaches Faktum ist. Personale Identität läßt sich diesen Theorien zufolge zwar explizieren, nicht aber ohne Rekurs auf dieses Faktum selbst analysieren.

Die Klassifikation des anderen Theorietyps als komplex anstelle der in der Literatur auch gebräuchlichen Kennzeichnung „reduktionistisch" ist sinnvoll, weil letztere den Eindruck erwecken könnte, als müsse eine komplexe Position notwendigerweise personale Identität über die Zeit hinweg bestreiten oder ‚wegerklären'. Dies ist nicht der Fall: Es wird lediglich die Existenz eines nicht weiter analysierbaren speziellen Faktums, wie es von der einfachen Position angenommen wird, bestritten.[3]

---

rimente vgl. Quante 1999; für die Standarddefinitionen der verschiedenen Identitätskriterien vgl. Noonan 1991, Kap. 1.

[2] Damit ist nur die Kontinuität gemeint, die sich empirisch beobachten läßt. Die skeptische Möglichkeit, daß unterhalb der Beobachtbarkeit keine Kontinuität vorliegt, spielt für die folgenden Überlegungen keine Rolle.

[3] Eine von der einfachen und der komplexen Position zu unterscheidende Option besteht darin, eine Eliminationsthese zu vertreten. So schließt z.B. Unger in seinen früheren Arbeiten von der Vagheit

Komplexe Antworten erscheinen prima facie als kontraintuitiv, da sie gegen Intuitionen, die sich der erstpersönlichen Phänomenologie verdanken, verstoßen.[4] Einfache Positionen dagegen überzeugen auf den ersten Blick gerade deswegen, weil sie den erstpersönlichen Zugang zur Identität der Person über die Zeit hinweg zur Grundlage haben. Vertreter der komplexen Position sehen sich in der Debatte deshalb genötigt, ihren Ansatz zu entfalten und argumentativ ausführlich abzusichern, um dem Anschein der Unplausibilität zu begegnen. Verteidiger der einfachen Position reagieren darauf zumeist mit dem Versuch nachzuweisen, daß die komplexe Position dennoch kontraintuitive Konsequenzen hat. Dabei bedienen sie sich basaler Intuitionen, die der erstpersönlichen Phänomenologie entstammen, ohne diese selbst weiter zu problematisieren oder zu explizieren. Die einfache Position erscheint allein schon durch den Nachweis der Kontraintuitivität der komplexen Position als hinreichend begründet. Diese Annahme bezüglich der Beweislasten und die Inanspruchnahme basaler Intuitionen führt dazu, daß die Grundannahmen der einfachen Position selten expliziert werden. Um dieses Defizit zu beheben, wird im folgenden der Argumentationsgang umgedreht und mit einer Erörterung der Grundannahmen der einfachen Position begonnen. Dabei wird sich zeigen, daß diese Theorien nicht in der Lage sind, personale Identität über die Zeit hinweg befriedigend zu explizieren.

II. Personale Identität über die Zeit hinweg: die einfache Position

Einfachen Theorien zufolge sind die synchrone und diachrone Einheitsrelation einer Person einzigartige Fakten, die ausschließlich und vollständig in der erstpersönlichen Perspektive erfaßbar sind. Um in der Diskussion nicht gegen diese Grundannahme in petitiöser Weise zu verstoßen, wird im folgenden die etwas umständliche Redeweise von der Identität einer Person über die Zeit hinweg verwendet.

Eine Formulierung von Butler aufnehmend hat Chisholm zwischen einer strikten und philosophischen Verwendung des Identitätsbegriffs bei Personen und einer lockeren und alltäglichen Verwendung bei anderen raum-zeitlich ausgedehnten

---

des Personbegriffs darauf, daß es weder Personen noch personale Identität gibt (Unger 1979a und 1979b).

[4] Aus diesem Grunde kann man innerhalb des komplexen Lagers zwischen ‚reduktionistischen‘ Ansätzen, die das intuitive Verständnis personaler Identität über die Zeit hinweg philosophisch analysieren, und ‚revisionären‘ Ansätzen unterscheiden (vgl. Nida-Rümelin 1998). Letztere gehen davon aus, daß eine angemessene Theorie personaler Identität über die Zeit hinweg gegenüber dem intuitiven Alltagsbild revisionär sein muß, um philosophisch befriedigend sein zu können.

Entitäten in Bezug auf die Identität über die Zeit hinweg unterschieden.[5] Diese Unterscheidung kann man als die Grundidee der einfachen Position bezeichnen.

Während man bei Artefakten wie Schiffen (Chisholms Beispiel) oder Bäumen (Butlers Beispiel) in einer lockeren Weise von Identität über die Zeit hinweg spreche und nicht fordere, daß alle materiellen Bestandteile des Schiffes oder des Baumes zu den zwei Zeitpunkten dieselben sein müssen, sei dies bei Personen gerade anders. Außerdem sei, wie Butler und Reid betonen, jeder Versuch, die Identität einer Person über die Zeit hinweg durch Angabe von empirischen Kriterien philosophisch zu erweisen, zum Scheitern verurteilt, weil alle diese Kriterien epistemologisch schwächer sein müssen als die unmittelbare, im Selbstbewußtsein vorfindliche Evidenz des Faktums selbst. Diese historisch gegen die Theorie Lockes gerichteten Einwände werden von Vertretern einfacher Theorien heute in gleicher Weise gegen komplexe Theorien vorgebracht.

Auf den ersten Blick könnte man die Grundidee der einfachen Position so verstehen, als solle behauptet werden, daß wir mit Bezug auf Personen den Begriff der numerischen Identität anwenden, während wir mit Bezug auf materielle Objekte, die nicht dazu in der Lage sind, erstpersönliche Einstellungen zu haben, eine logisch schwächere Relation verwenden. Dieser Eindruck ist allerdings irreführend.

Zum einen sind der Hinweis auf die Austauschbarkeit materieller Bestandteile und die Veränderbarkeit von Eigenschaften zu verschiedenen Zeitpunkten kein Einwand gegen die Anwendbarkeit des Begriffs numerischer Identität. So gilt zwar, daß aus a = b folgt, daß jede Eigenschaft, die auf a zutrifft, auch auf b zutreffen muß (und umgekehrt).[6] Mit Bezug auf diachrone Relationen bedeutet dies aber nur, daß aus der unterstellten Identität von b zu t_1 mit a zu t_0 folgt, daß b zu t_0 genau die Eigenschaften hat, die a zu t_0 hat. Und bezüglich der materiellen Bestandteile von a und b folgt aus der unterstellten Identität beider mit Bezug auf diachrone Relationen lediglich, daß b zu t_0 genau aus den materiellen Elementen bestanden hat, aus denen a zu t_0 bestanden hat. Ohne weitere Zusatzannahmen läßt sich die These, numerische Identität könne auf andere Entitäten als Personen nicht angewendet werden, nicht aufrecht erhalten.

Zum anderen wäre die zumindest von Chisholm nahegelegte Lesart des Unterschieds zwischen strikter und philosophischer Verwendung von Identität als numerischer Identität und lockerer und alltäglicher Verwendung als einer logisch weniger anspruchsvollen Relation auch für viele einfache Theorien zu stark. Sie müßte unter Zuhilfenahme weiterer Thesen etabliert werden, die ausschließen, daß irgendwelche Bestandteile von Personen ohne Identitätsverlust austauschbar sind oder eine Person sich ändern kann.

---

[5] Vgl. dazu Butler 1975, Reid 1975a und 1975b, Leibniz 1958 und die Wiederaufnahme bei Chisholm 1969, 1970a und 1971a.

[6] Der umstrittene Fall intensionaler Kontexte spielt im folgenden keine Rolle, so daß diese zusätzliche Komplikation hier nicht beachtet wird.

Daher ist es sinnvoll, den von der einfachen Position anvisierten Unterschied in epistemologischer Weise zu formulieren, wie dies bei Butler und Reid ebenfalls getan wird. Auf diese Weise wird die im Selbstbewußtsein gegebene Evidenz der jeweils eigenen Identität über die Zeit hinweg entscheidend. Mit diesem erstpersönlichen Wissen ist eine Gewißheit verbunden, die prinzipiell durch keine auf empirisch beobachtbare Relationen bauende komplexe Analyse erreichbar ist. Somit verbindet sich die einfache Position mit der Cartesischen Perspektive[7] und der Annahme, daß im Selbstbewußtsein eine Basis unbezweifelbaren oder perfekten Wissens gegeben ist.

Von Vertretern der einfachen wie der komplexen Position wird gleichermaßen zugestanden, daß auf empirisch beobachtbare Relationen aufbauende Theorien die in diversen Gedankenexperimenten vielfach illustrierte logische Möglichkeit der ontologischen Unbestimmtheit einer Person über die Zeit hinweg nicht ausschließen können.[8] Ontologisch unbestimmt sind solche Fälle, in denen es gemäß der komplexen Theorie kein unabhängig von Konventionen oder menschlichen Wertungen bestehendes Faktum hinsichtlich der Identität einer Person über die Zeit hinweg gibt. Zum einen führt die Gradualität empirischer Relationen dazu, daß Grenzfälle auftreten können: Welche physischen oder psychischen Veränderungen mit der Weiterexistenz einer Person noch verträglich sind, und welche nicht, läßt sich nicht eindeutig ermitteln. Zum anderen ergibt sich die Unbestimmtheit auch durch die Möglichkeit von sogenannten Verdopplungsszenarien[9], d.h. solchen Fällen, in denen es zu einem Zeitpunkt t_1 zwei Kandidaten B und C gibt, die hinsichtlich der von der jeweiligen komplexen Theorie geforderten Kriterien in derselben Relation zu einer Person A zum Zeitpunkt t_0 stehen (im Falle eines reinen psychischen Kriteriums etwa die gleichzeitige zweifache Rematerialisierung von A an zwei verschiedenen Orten als B und C; im Falle des modifizierten Körperkriteriums die gleichzeitige Transplantation der beiden Gehirnhälften von A in zwei typidentische Ersatzkörper). Verwendet eine komplexe Theorie ein kombiniertes Identitätskriterium, kommen drittens die Situationen hinzu, in denen die enthaltenen Kriterien miteinander konfligieren.

---

[7] Ich unterscheide im folgenden zwischen der *Cartesischen Perspektive*, die ihren Zugang zum Problem über die erstpersönliche Perspektive und die besonderen epistemischen Verhältnisse im Selbstbewußtsein gewinnt, und der *Beobachterperspektive*, die das Problem aus der Einstellung des desengagierten, rein theoretisch interessierten Betrachters behandelt und lediglich unter Verwendung kausaler und funktionaler Bestimmungen empirisch beobachtbare Phänomene analysiert. Von beiden Perspektiven zu unterscheiden ist drittens die *Teilnehmerperspektive*, die in hermeneutisch-verstehender Weise sowohl evaluativ wie auch deskriptiv das Problem zu erfassen versucht (vgl. Quante 1996, S. 108 f.).

[8] Die philosophische Brauchbarkeit von Gedankenexperimenten sowie die Annahme, die Vorstellbarkeit eines Gedankenexperiments sei hinreichend für die logische Möglichkeit des Dargestellten, seien hier um der Argumente willen zugestanden.

[9] Den anderen, in der Literatur diskutierten Fall der Fusion zweier Personen ignoriere ich hier, da er für die im folgenden entwickelten Argumente keine zusätzlichen Probleme aufwirft.

Komplexe Theorien können diese Möglichkeiten logisch nicht ausschließen und müssen für die Probleme der Gradualität, der Verdopplung und konfligierender Identitätskriterien anerkennen, daß die Frage der Identität einer Person über die Zeit hinweg in den Grenzfällen letztlich eine Sache der Konvention ist. Diese Antwort wird von der einfachen Position aus zwei Gründen für inadäquat gehalten. Zum einen sei die Evidenz im Selbstbewußtsein, die konstitutiv ist für die Identität einer Person über die Zeit hinweg, keine Sache der Konvention. Zum anderen sei es inakzeptabel, daß auf diese Weise die Grundlage unserer ethischen Praxis der Zurechnung und Bewertung von Handlungen, die sich in Lob und Tadel, Belohnung und Strafe ausdrücke, nicht von Tatsachen abhänge, sondern auf konventionellen Entscheidungen beruhen soll.

Für das Verdopplungsproblem ergeben sich im Rahmen komplexer Theorien drei mögliche Lösungsstrategien: (i) Entweder man führt, analog zur Lösung des Gradualitätsproblem, weitere konventionelle Gesichtspunkte ein, aufgrund derer man einen der möglichen Kandidaten vorzieht (ist dies unmöglich, hat die ursprüngliche Person aufgehört zu existieren). (ii) Oder man behauptet, daß zum Zeitpunkt vor der Teilung nicht eine Person A, sondern eben schon zwei (oder mehrere) Personen in einem Körper existiert haben, die nach der Teilung eine auch räumlich separate Existenz weiterführen. (iii) Oder man schließt den Fall der Teilung definitorisch aus, indem man das Nichteintreten einer Teilung zu einer notwendigen Bedingung für die Identität einer Person erklärt, so daß in Teilungsfällen die ursprüngliche Person aufhört zu existieren (vgl. Quante 1995a und 1999).

Alle drei Antworten sind aus Sicht der einfachen Position inadäquat: Die Hinzunahme weiterer konventioneller Gesichtspunkte mache zum einen die Weiterexistenz einer Person davon abhängig, ob sich bei den Nachfolgern ein Kandidat auszeichnen läßt, und zum anderen führe sie wieder Gesichtspunkte ein, aufgrund derer die Identität einer Person über die Zeit hinweg zu einer Frage konventioneller Entscheidungen und Wertungen wird. Die These, daß auch schon vor der Teilung mehrere Personen existiert haben, verstoße gegen die erstpersönlich evidente Einheit des Selbstbewußtseins und werde daher den phänomenalen Sachverhalten nicht gerecht. Die dritte Lösung, das Nichteintreten eines Verdopplungsfalles zur notwendigen Bedingung für die Identität einer Person über die Zeit hinweg zu erklären, erscheine zum einen als bloße Ad-hoc-Antwort, zum anderen teile sie mit der ersten Lösung die inakzeptable Eigenschaft, das Bestehen der Identität zwischen a zu t_0 und b zu t_1 von weiteren Entitäten und diese betreffenden Sachverhalten abhängig zu machen.[10] Letzteres sei aber mit der für personale Identität konstitutiven erstpersönlichen Perspektive unvereinbar.

---

[10] Das bei dieser Kritik vorausgesetzte „Only-X-And-Y-Principle" besagt, daß die Frage, ob X mit Y identisch ist, nur von X und Y abhängen darf. Die Strategie, Verdopplungsfälle per definitionem auszuschließen, wird von Nida-Rümelin (1996) die „Ad-hoc-Antwort" genannt. Im Rahmen der

In ihrer Kritik an der Tatsache, daß komplexe Positionen Fälle von Unbestimmtheit zulassen und hierfür nur inadäquate Lösungen anzubieten haben, stützen sich einfache Positionen auf Besonderheiten der erstpersönlichen Perspektive, die sich in personalen Erinnerungen und der Antizipation zukünftiger eigener mentaler Zustände manifestieren. Zusammen mit der im präsentischen Selbstbewußtsein beobachtbaren synchronen Einheit machen diese in der erstpersönlichen Perspektive zugänglichen diachronen Einheitsrelationen das basale Faktum der personalen Identität aus.

Die Identität über die Zeit hinweg ist einer Person in erstpersönlicher Perspektive durch personale Erinnerungen (Vergangenheit) und Antizipationen (Zukunft) gegeben.

Wenn im Kontext personaler Identität von Erinnerungen die Rede ist, sind nahezu ausschließlich sogenannte personale Erinnerungen gemeint, d. h. Erinnerungen daran, zu einem früheren Zeitpunkt etwas getan oder erlebt zu haben. Für die einfache Position sind Erinnerungen in zweifacher Hinsicht entscheidend: Zum einen zeige sich in ihnen auf erstpersönliche Weise die Tatsache, daß eine jetzt existierende Person bereits zu einem früheren Zeitpunkt existiert habe. Zum anderen lasse sich dadurch auch erweisen, daß das von Locke vorgeschlagene Kriterium, wonach die Erinnerungen konstitutiv für die Identität einer Person über die Zeit hinweg sind, zirkulär ist. Der Inhalt meiner Erinnerung besteht nicht nur in der Tatsache, der ich mir bewußt bin. Zum Gehalt der Erinnerung gehört auch das ‚Wie-es-war-diese-Erfahrung-erlebt-zu-haben' (diese-Handlung-vollzogen-zu-haben), das mir in erstpersönlicher Weise gegeben ist.

Auf der Basis dieser Analyse wird gegen das Erinnerungskriterium personaler Identität der Vorwurf erhoben, es drehe die Sachlage fälschlicherweise um. Von einer mentalen Episode als *meiner* Erinnerung zu sprechen, setze voraus, daß *ich* mit der Person, die das damalige Erlebnis hatte bzw. die damalige Handlung ausführte, *identisch* bin.

Die Verteidigungsstrategie einer auf dem Erinnerungskriterium basierenden komplexen Theorie läuft in zwei Schritten. Zuerst wird zugestanden, daß unser normaler Begriff der Erinnerung das Bestehen personaler Identität über die Zeit hinweg wirklich voraussetzt. Dann wird ein dazu alternativer Begriff der ‚Quasi-Erinnerung' eingeführt, der diese Präsupposition nicht mehr enthält (Shoemaker 1984, S. 24 ff.). Erinnerungen sind dann die Teilmenge von Quasi-Erinnerungen, die die zusätzliche Bedingung der Identität über die Zeit hinweg erfüllen.[11] Die

---

Erörterung der komplexen Position wird sich allerdings zeigen, daß diese Antwort durch weitere theoretische Annahmen gestützt oder motiviert und somit nicht ad hoc ist.

[11] Die begriffliche Situation läßt sich folgendermaßen darstellen. Erinnerungen müssen folgende zwei Bedingungen erfüllen:

    (a.) vergangene Wahrnehmungen (oder Intentionen) verursachen gegenwärtige Quasi-Erinnerungen (auf die richtige Weise; direkt)

Tatsache, daß unser normaler Begriff der Erinnerung diese Bedingung enthalte, verdanke sich der Tatsache, daß in unserer Welt eben Erinnerungen und nicht Quasi-Erinnerungen der Standardfall seien. Dies sei aber ein kontingentes Faktum. Jedenfalls sei der Begriff der Quasi-Erinnerung nicht inkonsistent und aus der erstpersönlichen Perspektive wären Quasi-Erinnerungen und Erinnerungen nicht zu unterscheiden. Die Cartesische Perspektive sei daher inadäquat, um die diachrone Identität einer Person mit Bezug auf die Vergangenheit zu bestimmen.

Vertreter der einfachen Position reagieren darauf mit drei Einwänden: Der Begriff der Quasi-Erinnerung sei erstens zwar möglicherweise konsistent, wohl aber unvereinbar mit den phänomenal gegebenen erstpersönlichen Fakten. Zweitens könne der Unterschied zwischen Erinnerungen und Quasi-Erinnerungen selbst nicht so begründet werden, daß erstere die zusätzliche Bedingung der Identität der Person erfüllen, während dies bei letzteren nicht der Fall sei. Der Zirkelvorwurf ließe sich somit auf der nächsten Analyseebene doch wieder anbringen. Drittens lasse sich der Begriff der Quasi-Erinnerung nur derivativ, d.h. mit Bezug auf den der Erinnerung, einführen (dieses Argument läßt sich als Variante des zweiten Einwands verstehen).

Dem zweiten Einwand ist stattzugeben. Allerdings ist er nur stichhaltig, wenn sich die Differenz zwischen Erinnerungen und Quasi-Erinnerungen nicht auf andere Weise angeben läßt, als soeben skizziert. Wenn Vertreter der komplexen Position zwischen ‚wahren‘ Erinnerungen und ‚falschen‘ Quasi-Erinnerungen nur mittels des Vorliegens oder Nichtvorliegens von personaler Identität unterscheiden könnten, und – zum dritten Einwand – den Begriff der Quasi-Erinnerung nicht ohne Rekurs auf den der Erinnerung einführen könnten, dann wäre der Zirkelvorwurf berechtigt.[12] Der erste Einwand ist, obwohl petitiös gegenüber der komplexen Position, in folgender Hinsicht lehrreich: Hier zeigt sich, daß eine komplexe Position, die das Erinnerungskriterium verwendet, nicht den Aspekt der erstpersönlichen Perspektive in Anschlag bringen darf, sondern Erinnerungen und Quasi-Erinnerungen aus der Beobachterperspektive analysieren muß. Es ist daher kein Wunder, daß das Erinnerungskriterium gerade im Kontext funktionali-

---

(b.) Der Gehalt der Quasi-Erinnerung enthält:

    (i)   die Quasi-Erinnerung ist mein aktualer mentaler Zustand (zu t_1)

    (ii) es wird quasi-erinnert, daß ich zu t_0 X erlebt habe

    (iii) es wird quasi-erinnert, wie es war, zu t_0 X erlebt zu haben

    (iv) ich zu t_0 ist identisch mit ich zu t_1

Quasi-Erinnerungen unterscheiden sich von Erinnerungen darin, daß die Bedingung (b.iv) nicht erfüllt sein muß. Erinnerungen sind damit die Teilmenge von Quasi-Erinnerungen, die diese Bedingung auch noch erfüllen (in diesem Falle kann man in den Bedingungen „quasi-" eliminieren).

[12] Um dem Zirkelvorwurf zu entgehen, muß man eine Definition von Quasi-Erinnerungen angeben, die ohne den Erinnerungsbegriff und ohne das Faktum der Identität einer Person über die Zeit hinweg auskommt. Darüber hinaus muß die Bedingung (b.iv) im Rahmen einer komplexen Theorie expliziert werden, damit auch die Definition von „erinnern" nicht auf dieses Faktum angewiesen ist.

stischer Theorien der Philosophie des Geistes ‚wiederbelebt' worden ist.[13] Damit aber erweisen sich die beiden Modelle als wechselseitig petitiös gegeneinander: Während die komplexe Position die Beobachterperspektive einnehmen muß, um dem Zirkeleinwand zu entgehen, besteht die einfache Position darauf, die erstpersönliche Perspektive als konstitutiv anzuerkennen.

Die Inadäquatheit der komplexen Position, die zugestandenermaßen die logische Möglichkeit von unentscheidbaren Fällen zulassen muß, erweist sich für die Vertreter der einfachen Position auch darin, daß sie mit der Fähigkeit einer Person, zukünftige mentale Zustände als eigene zu antizipieren, unvereinbar ist. Wenn es, nach welchem verwirrenden Verlauf der Ereignisse auch immer (jeder wähle seinen Favoriten), zu der Situation kommt, daß ontologisch nicht festliegt, ob A zu t_0 gemäß der komplexen Position mit B zu t_1 identisch ist oder nicht, dann dürfte A auch nicht in der Lage sein, den mentalen Zustand von B als seinen eigenen zu antizipieren. Genau dies sei aber möglich. In Antizipationen nimmt, gemäß der einfachen Position, eine Person ihre eigenen zukünftigen mentalen Zustände vorweg. Dieses erstpersönliche Faktum sei aber evident und lasse weder Gradualisierungen zu noch epistemologisch unentscheidbare oder ontologisch unentschiedene Fälle.

Die einfache Position nimmt bei ihrer essentiell an die erstpersönliche Perspektive gebundenen Argumentation zwei Prinzipien in Anspruch, die man das „Prinzip der kriterienlosen Selbstreferenz im Selbstbewußtsein" und das „Prinzip des Primats diachroner Selbstzuschreibung" nennen kann.

Die erstpersönliche Bezugnahme im Selbstbewußtsein zeichne sich dadurch aus, daß dieser Selbstbezug nicht über Identitätskriterien bzw. eine vorgängige Identifikation hergestellt wird. Wer mit „ich" auf sich selbst referiere, hat nicht in einem ersten Schritt eine Entität unter Anwendung von Identitätskriterien mit sich selbst identifiziert, um sie dann als sich selbst auszuzeichnen. Die vielfach konstatierte Immunität gegen Fehlreferenz verdanke sich genau dieser Tatsache, daß

---

[13] Der Streit um das Verhältnis von „erinnern" und „quasi-erinnern" verweist damit letztlich zurück auf die Frage, ob sich personale Identität über die Zeit hinweg auf andere Relationen zurückführen läßt. Wichtig ist, nicht der Verführung zu erliegen, Quasi-Erinnerungen als falsche Erinnerungen einzuführen. Sowohl „erinnern" wie auch „quasi-erinnern" lassen sich als Erfolgsverben gebrauchen, deren Anwendung voraussetzt, daß die geforderten Bedingungen erfüllt sind. Sind diese beiden Begriffe in adäquater Weise eingeführt, kann man natürlich sagen, daß eine Quasi-erinnerung, die von einem Subjekt für eine Erinnerung gehalten wird, eine ‚falsche' Erinnerung ist.
Dafür steht exemplarisch die Theorie Shoemakers. Bei ihm wird neben der Beobachterperspektive auch die erstpersönliche Perspektive mit in die komplexe Position eingebaut: Er unterscheidet explizit zwischen Quasi-Erinnerungen „from the outside" und „from the inside" (1984, S. 27). Da er eine funktionalistische Analyse der erstpersönlichen Perspektive für möglich hält (Shoemaker 1996), ist dieses Vorgehen relativ zu seinen Prämissen konsistent. Hamilton (1995, S. 340f.), der das Prinzip des Primat diachroner Selbstzuschreibung unter der Kennzeichnung „Immunität gegen den Irrtum durch Fehlidentifikation" ähnlich wie Lund oder Madell als basales Faktum ansieht, kritisiert daher auch die funktionalistischen Voraussetzungen der von ihm diskutierten psychischen Theorien.

es sich bei der Selbstreferenz im Selbstbewußtsein gar nicht um eine Identifikation handelt.[14]

Dieses Prinzip besagt, daß die sich in „*mein* mentaler Zustand" manifestierende erstpersönliche Selbstzuschreibung primär gegenüber der Anwendung von Identitätskriterien personaler Identität ist. Ein mentaler Zustand werde von mir im Selbstbewußtsein nicht erst als ein Zustand, der zu mir gehört, identifiziert, um ihn dann als „meinen" bezeichnen zu können. Vielmehr gehöre es zu den irreduziblen Fakten des Selbstbewußtseins, daß die ‚Jemeinigkeit' mentaler Zustände unmittelbar evident sei. Zwar könne sich eine Person hinsichtlich der Typidentität eines selbstbewußten Zustands irren und zum Beispiel ein Gefühl der Eifersucht als berechtigte Empörung auffassen (oder gar eine Wunschvorstellung als gut begründetes Argument), nicht irren könne sie sich aber hinsichtlich der Frage, ob dieser selbstbewußte Zustand ihr eigener sei, oder nicht. Eine vorgängige Anwendung von Identitätskriterien zur Beantwortung dieser Frage sei nicht nur nicht notwendig, sondern unmöglich.[15]

Erinnerungen, Antizipationen und die beiden soeben genannten Prinzipien zeigen in den Augen von Vertretern der einfachen Position nicht nur, daß die Identität der Person über die Zeit hinweg essentiell erstpersönlicher Art ist, sondern auch, daß sie weder graduell oder ontologisch unbestimmt, noch durch extrinsische Fakten und schon gar nicht durch Konventionen irgendwelcher Art konstituiert ist. Jeder Versuch, dieses evidente einfache Faktum auf empirisch beobachtbaren Relationen zu gründen, müsse daher zum Scheitern verurteilt sein. Die Frage wird im folgenden allerdings sein, ob diese Analyse der einfachen Position wirklich zutrifft.

Gemäß einer von Kaplan vorgeschlagenen Analyse der Semantik von „ich" bestimmt die aktuale Äußerungssituation die semantische Belegung dieses indexikalischen Ausdrucks dort, wo er gebraucht und nicht nur erwähnt wird.[16] Weder in modalen, noch in solchen intensionalen Kontexten, in denen ein Sprecher einem anderen Sprecher eine propositionale Einstellung zuschreibt, kann der Sprecher mit „ich" auf etwas anderes verweisen als auf sich selbst in der aktualen Gesprächssituation. Mit einem technischen Slogan ausgedrückt: „ich" hat stets den weitesten Skopus (Castañeda 1982, S. 65).

Auch im Rahmen philosophischer Erörterungen des Selbstbewußtseins ist die Gebundenheit des Selbst an die Gegenwart, die Nunc-Zentrizität oder präsenti-

---

[14] Diese Besonderheit erstpersönlicher Einstellungen wird auch von vielen Vertretern komplexer Theorien akzeptiert (vgl. z.B. Shoemaker 1963 und 1996 oder Perry 1979 und 1983) und soll im folgenden nicht in Frage gestellt werden. Eine solche Analyse hat unter anderem den Vorteil, den epistemischen Sonderverhältnissen im Selbstbewußtsein gerecht werden zu können, ohne die unplausible These vertreten zu müssen, „ich" sei kein referierender Ausdruck (vgl. dafür Anscombe 1975).

[15] Die bisher ausführlichste und klarste Analyse der Intuitionen und Prinzipien, welche der einfachen Position zugrunde liegen, hat Nida-Rümelin (1996 und 1997) geliefert.

[16] Die folgenden Überlegungen folgen der Analyse von Kaplan 1989.

sche Struktur des Ich vielfach herausgestellt worden.[17] Die epistemischen Son-
derverhältnisse im Selbstbewußtsein, die sowohl hinsichtlich der kriterienlosen
Selbstreferenz wie auch der Evidenz des „mein" vielfach betont werden, gelten nur
für die Selbstzuschreibung aktualer mentaler Zustände erstpersönlicher Form wie
„Ich habe jetzt Schmerzen" oder „Ich glaube, daß p". Man kann diesen Befund die
„Ich-hier-jetzt"-Struktur des Selbstbewußtseins nennen.

Legt man diese semantischen und bewußtseinstheoretischen Einsichten zugrunde, dann geraten sowohl die Analyse des personalen Erinnerns wie auch die
der Antizipation, die von der einfachen Position vorgeschlagen werden, in ein
Dilemma.

Gemäß des gerade geschilderten Befundes ist eine *Erinnerung* ein aktualer erstpersönlicher mentaler Zustand, in dem eine Person sich daran erinnert, zu einem
früheren Zeitpunkt etwas getan oder erlebt zu haben. Wenn aber in dem Satz „Ich
erinnere mich, daß ich gestern ein Eis gegessen habe", erstens gilt, daß „ich" immer
den weitesten Skopus hat, und wenn zweitens die „Ich-hier-jetzt"-Struktur des
Selbstbewußtseins beachtet wird, dann muß der Satz folgendermaßen analysiert
werden: Ich (hier-jetzt) äußere, daß ich (hier-jetzt) mich erinnere, daß ich (hier-
jetzt) gestern ein Eis gegessen habe. Es wird hier nicht mit direkter Referenz auf
ein gestriges Ich Bezug genommen, vielmehr schreibe ich mir hier und jetzt die
Eigenschaft zu, gestern ein Eis gegessen zu haben.

Daß *diese* Selbstzuschreibung zutrifft, kann aus der von der einfachen Position zugelassenen erstpersönlichen Perspektive heraus nicht garantiert werden.
Zum einen ist der semantische Befund der direkten Referenz von „ich" zwar mit
der ontologischen Annahme vereinbar, daß es eine zu den zwei Zeitpunkten im
Sinne der einfachen Position identische Entität gibt, aber er liefert keine zusätzliche Stützung dieser These. Zum anderen wird damit der Bereich, in dem die
epistemischen Sonderverhältnisse des Selbstbewußtseins gelten, für genau einen
Fall über den Bereich aktualer erstpersönlicher Episoden hinaus ausgedehnt. Da
es sich dabei genau um den strittigen Fall der Identität einer Person über die Zeit
hinweg handelt, scheint ein solches Vorgehen lediglich ad hoc zu sein.[18] Außerdem
ist es zwei weiteren Einwänden ausgesetzt. *Erstens* kommt eine rein internale, auf
die erstpersönliche Perspektive beschränkte Analyse des Erinnerns nicht damit
zurecht, daß Erinnerungen in der geeigneten Weise verursacht sein müssen. Wie
jedes Erlebnis eines Déjà-vu zeigt, ‚fühlen' sich manche Wahrnehmungen so an als

---

[17] Vgl. dazu z. B. Foster 1979 und die im Anschluß an den Deutschen Idealismus entwickelten Theorien
von Rohs (1996 und 1998, Kap. 2 und 3).

[18] Zu diesem Ergebnis kommt auch Evans (1991, S. 213 ff. vgl. vor allem Anm. 19). Hamiltons Kritik
(1995, S. 343 f.) an diesen Überlegungen verfehlt ihr Ziel, weil er erstens „erinnern" als Erfolgsverb
auffaßt und zweitens auf dieser Grundlage den Schluß zieht, es gebe damit doch eine logische Garantie
für die diachrone Identität. Evans muß nicht bestreiten, daß im Falle einer korrekten Anwendung
von „erinnern" diachrone Identität vorliegt (wie Hamilton annimmt). Strittig ist vielmehr, worin diese
Identität besteht (vgl. dazu Anm. 13).

wären sie Erinnerungen. Um diese Phänomene von wirklichen Erinnerungen (oder auch Quasi-Erinnerungen) zu unterscheiden, muß man die richtige Verursachung als weitere Bedingung mit aufnehmen. Diese ist aber nicht in der erstpersönlichen Perspektive zu erfassen. Verteidigt sich der Vertreter der einfachen Position damit, daß in der Erinnerung erlebt werde, wie es gewesen sei, diese Erfahrung gehabt oder diese Handlung vollzogen zu haben, dann ergibt sich der *zweite* Einwand: Hier liegt eine Verwechslung von Typ und Einzelding vor. Weil mentale Episoden konkrete, datierbare Entitäten sind, kann die aktuale Erinnerung daran, wie es gewesen ist, gestern ein Eis gegessen zu haben, nicht die Wiederholung dieses vergangenen Erlebnisses sein (unabhängig davon, ob sich „ich" dabei auf das aktuale oder auf das vergangene Selbst bezieht).[19] In den Gehalt der aktualen Erinnerung geht das Wissen ein, wie es ist, derartige Handlungen zu vollziehen bzw. das Subjekt derartiger Erlebnisse zu sein. Das vergangene konkrete Erlebnis (Einzelding) ist in der aktualen Situation nicht existent.[20]

Entgegen dem ersten Anschein liegt damit im Falle des Erinnerns kein erstpersönlich unbezweifelbarer Rückbezug auf das jeweilige damalige Selbst und seine selbstbewußten mentalen Episoden vor. Entstehen kann dieser Eindruck nur, weil die Besonderheiten von „ich" und die darin sich zeigende nunc-zentrische Verfaßtheit des Selbstbewußtseins übersehen wurde und eine Typ-Einzelding-Verwechslung passiert ist. Erleichtert wird diese Täuschung zudem durch die Tatsache, daß in der aktualen Welt in der weitaus überwiegenden Mehrzahl von Erinnerungen die (gemäß komplexer Positionen) zusätzlich notwendigen Bedingungen dafür, daß eine aktuale mentale Episode eine Erinnerung ist, erfüllt sind. Diese Wahrheitsbedingungen für Erinnerungen, die in einer komplexen Position bestimmt werden können, transzendieren aber die Möglichkeiten der einfachen Position.

Auch im Fall der *Antizipation* steht die einfache Position letztendlich nicht besser da. Zum einen kann der Vertreter der einfachen Position Antizipationen nicht in dem Sinne verwenden, als würde dort ein aktuales präsentisches Selbst auf sich zu einem zukünftigen Zeitpunkt referieren. Eine derart unterstellte Gleichzeitigkeit eines gegenwärtigen mit einem zukünftigen Selbst läßt sich im Rahmen der für Selbstbewußtsein essentiellen modalen Zeitbestimmungen von „vergangen", „gegenwärtig" und „zukünftig" sowie dem für diese Bestimmungen wesentlichen

---

[19] Zwei Auswege sind denkbar: Zum einen kann man mentale Ereignisse als abstrakte Entitäten auffassen, die keine raum-zeitlich datierbaren Einzeldinge sind. Zum anderen kann man versuchen, sie als Universale zu konzipieren, die als numerisch identische an verschiedenen Raum-Zeit-Stellen instantiiert sind. In seiner Auseinandersetzung mit Davidsons Ereigniskonzeption scheint Chisholm etwas derartiges im Sinn zu haben, obwohl (mir) seine Konzeption nicht vollständig klar ist (vgl. Davidson 1982 und Chisholm 1970b, 1971b und 1985). Möglicherweise liegt ein systematisches Motiv Chisholms in dem oben dargelegten Sachzusammenhang begründet, da er die einfache Position vertritt.

[20] Der Gegeneinwand, damit werde die Möglichkeit von Erinnerungen an das vormalige Ausführen bzw. Erleben von Handlungen bzw. Erlebnissen geknüpft, hilft dem Verfechter der einfachen Position offensichtlich nicht weiter, verweist aber auf weitere Probleme für das Konzept der Quasi-erinnerung.

„zeitlichen Werden" nicht konsistent behaupten. Daher kann die ,Waffe' der Antizipation auch nur als Illustration der Intuition dienen, daß die ,Jemeinigkeit' des
Selbstbewußtseins jeweils unbezweifelbar evident und nicht auf der Anwendung
irgendwelcher Identitätskriterien beruht. Damit kommt das Prinzip des Primat der
Selbstzuschreibung zur Anwendung. Eingedenk der Nunc-Zentrizität muß aber
auch eine Antizipation als aktuale mentale Episode verstanden werden, in der ein
Selbst sich die Eigenschaft zuschreibt, in Zukunft in erstpersönlicher Weise Subjekt
einer bestimmten mentalen Episode zu sein. Es ist daher notwendig, das Prinzip
des Primats der Selbstzuschreibung in zwei Prinzipien zu differenzieren: das Prinzip des Primats *aktualer* Selbstzuschreibung und das Prinzip des Primats *diachroner*
Selbstzuschreibung. Letzteres kann angesichts obiger Überlegungen nicht aufrecht
erhalten werden

Die Plausibilität des Prinzips des Primats der Selbstzuschreibung verdankt sich
ausschließlich den epistemischen Besonderheiten des präsentischen Selbstbewußtseins und läßt sich nicht auf diachrone Verhältnisse ausdehnen. Damit scheitert
der Versuch der einfachen Position, auf diesem Wege die prima facie bestehende
Kontraintuitivität der Tatsache, daß komplexe Positionen ontologisch unbestimmte
Fälle von personaler Identität über die Zeit hinweg zulassen müssen, philosophisch
zu untermauern. Komplexe Positionen personaler Identität über die Zeit hinweg
können sowohl das Prinzip kriterienloser Selbstreferenz wie auch das Prinzip des
Primats aktualer Selbstzuschreibung zugestehen, solange die strikte Nunc-Zentrizität des Selbstbewußtseins nicht mißachtet wird. Dies ist möglich, weil diese
Zugeständnisse nur die synchrone Einheit der Person betreffen.[21]

Auf dieses Resultat antwortet die einfache Position mit zwei Einwänden: Zum
einen erheben ihre Verteidiger den Vorwurf, die Beschränkung der Prinzipien der
kriterienlosen Selbstzuschreibung und des Primats der Selbstzuschreibung auf die
synchrone Einheit der Person sei eine unzulässige Abstraktion. Zum anderen zeig-
ten die Daten der erstpersönlichen Phänomenologie, daß es im Selbstbewußtsein
sehr wohl das Erleben eines zeitlich ausgedehnten Selbst gebe. Beiden Einwänden
ist rechtzugeben. Die Beschränkung der im Selbstbewußtsein präsenten Einheit der
Person auf einen Zeitpunkt ist eine Abstraktion, da dieses Erleben immer das Erleben eines zeitlichen Intervalls ist. In Phänomenen wie dem Hören einer Melodie

---

[21] Mit Blick auf die hier interessierende Frage personaler Identität über die Zeit hinweg ist dieses
Zugeständnis, wie sich gleich zeigen wird, *möglich*, aber es ist nicht notwendig. Zu erinnern ist
zum einen daran, daß aus dem Zugeständnis epistemischer Besonderheiten nicht zwangsläufig auch
ontologische Konsequenzen in dem Sinne zu ziehen sind, daß eine Person eine von ihrem Körper
unterschiedene res cogitans ist. Zum anderen ist mit dem Zugeständnis der epistemischen Besonderheiten im Selbstbewußtsein nicht auch schon das Zugeständnis verknüpft, die Cartesische Perspektive sei für die Analyse dieser Phänomene angemessen. Darüber hinaus läßt sich mit Bezug
auf Persönlichkeitsstörungen die Exklusivität der erstpersönlichen Perspektive zur Bestimmung der
synchronen Einheit einer Person (und damit das Prinzip des Primats aktualer Selbstzuschreibung) mit
guten Gründen bezweifeln. Derartige Fragen sind jedoch nicht Thema dieses Beitrags.

oder dem Lesen eines philosophischen Textes ist die Einheit des Selbst über ein Zeitintervall hinweg auf erstpersönliche Weise gegeben. Außerdem ist das von Hume vermißte Selbst und damit die synchrone Einheit des Ich in dem Gewahrsein, zwei verschiedene mentale Zustände simultan zu erleben, ebenfalls erstpersönlich erfaßbar (vgl. z.B. Chisholm 1994, S. 198, Foster 1979, S. 172 ff., Swinburne 1986, S. 155). Zwar ist notorisch umstritten, welche ontologischen Konsequenzen aus diesen phänomenalen Erlebnisdaten zu ziehen sind. Doch ein Vertreter der komplexen Position bezüglich der Frage nach der Identität einer Person über die Zeit hinweg kann der einfachen Position an dieser Stelle ein Zugeständnis machen und die besondere erstpersönliche Gegebenheitsweise dieser Identität über einen Zeitpunkt hinaus als gegeben annehmen. Denn für die eigentliche Frage nach der Identität der Person über die Zeit hinweg ist damit letztlich nichts gewonnen.

Das Problem, das sich für die einfache Position trotz allem stellt, erwächst aus der Tatsache, daß die Identität einer Person über die Zeit hinweg auch Phasen einschließt, in denen keine selbstbewußten erstpersönlichen Episoden stattfinden. So gehört es beispielsweise ganz offensichtlich zu unserem Verständnis personaler Identität über die Zeit hinweg dazu, daß nach dem Erwachen aus einem Koma nicht eine neue Person zu existieren beginnt, sondern die vor dem Koma bereits existente Person wieder zu Bewußtsein gekommen ist (vor allem dann, wenn sie weiterhin über ihre Erinnerungen und Fähigkeiten verfügt).

Es ist diese Schwierigkeit, Phasen ohne selbstbewußte Episoden oder Unterbrechungen des aktualen selbstbewußten Bewußtseinsstroms während der Existenz einer Person mit den Mitteln der einfachen Position befriedigend zu integrieren, die das gesamte Projekt zum Scheitern bringt. Zwar ist die für die einfache Position entscheidende Annahme, daß es sich vor und nach der Unterbrechung des Bewußtseinsstroms um ein strikt identisches Ich handelt, logisch nicht ausgeschlossen. Diese Möglichkeit läßt sich aber, wie nun zu sehen sein wird, mit den Mitteln der einfachen Position nicht plausibel begründen, ohne die Annahme preiszugeben, daß die erstpersönliche Perspektive essentiell für die Identität einer Person über die Zeit hinweg ist.

Die meisten Vertreter der einfachen Position haben das aus der Unterbrechung des aktualen Stroms erstpersönlichen Erlebens erwachsende Problem gesehen und Lösungen vorgeschlagen, die sich zu verschiedenen Strategien zusammenfassen lassen.[22]

---

[22] Die in diesen Strategien vorfindlichen unterschiedlichen Gewichtungen der verschiedenen mit der einfachen Position verbundenen Ansprüche lassen sich verstehen, wenn man zwei zentrale Motive für die Einnahme einfacher Positionen unterscheidet. Während es manchen Philosophen primär um die Etablierung eines Dualismus in dem Sinne geht, daß die Person eine res cogitans ist, die mit einem Körper korreliert ist, wollen die meisten Verteidiger der einfachen Position die These verteidigen, daß personale Identität im Gegensatz zur bloßen Persistenz anderer Objekte „strikt" im Sinne von „ontologisch stets eindeutig bestimmt" ist. Diese Unterscheidung ist allerdings nicht zu stark aufzufassen: Einerseits mischen sich in vielen Theorien beide Motive, andererseits liegen häufig

Die *erste Strategie* besteht darin, das Prinzip des Primats der Selbstzuschreibung entgegen der obigen Kritik auch auf solche Fälle auszudehnen, die über einen aktualen ununterbrochenen Strom selbstbewußter Erlebnisse hinausgehen. So geht Madell (1981, S. 135) davon aus, daß die Besonderheiten der Selbstzuschreibung, die eine mentale Episode als „meine" auszeichnet, unfehlbar und unanalysierbar ist und auch für diachrone Fälle wie den der Erinnerung oder der Antizipation gilt, in denen Unterbrechungen des Selbstbewußtseinsstroms enthalten sind. Auch Lund (1994, S. 191) schließt sich, allerdings beschränkt auf den Fall der Erinnerungen, dieser Ausdehnung des Prinzips des Primats der Selbstzuschreibung an und erklärt diachrone Selbstzuschreibungen schlicht für unfehlbar. Obwohl es angesichts der Konsequenzen, welche die anderen Lösungsstrategien nach sich ziehen, gute Gründe für diese Position gibt, kann sie eingedenk der oben formulierten Einwände nicht überzeugen.

Die *zweite Strategie* hat Leibniz (1996, Buch II, Kap. 27) eingeschlagen. Sie besteht darin, mit den sogenannten petit perceptiones einen ununterbrochenen Strom selbstbewußtseinsanaloger Art zu postulieren, der aber unterhalb des erstpersönlichen Erlebens der Person verbleibt. Diese Konzeption, die sich aus der Gesamtanlage der Leibnizschen Metaphysik ergibt, reicht allerdings nicht hin, um die Identität der Person, die Leibniz zufolge in einem deutlichen Selbstbewußtsein besteht, zu konstituieren. Da er, anders als andere Vertreter der einfachen Position, gesehen hat, daß seine Fundierung strikter, nicht auf empirische Relationen reduzierbarer Identität für die Identität der Person über die Zeit hinweg nicht ausreicht, sieht er sich genötigt, auf Gottes Güte zurückzugreifen. Ob diese Verbindung von „Metaphysik und Moral" systematisch überzeugen kann, darf bezweifelt werden.

Die *dritte Strategie* besteht darin, das Verhältnis von Person und Selbstbewußtsein nach dem Modell von Ding und Eigenschaft bzw. Substanz und Äußerung zu konzipieren. Phasen der Unterbrechung des Stroms selbstbewußter mentaler Episoden seien keine Gefahr für die Identität, weil das Selbstbewußtsein als Tätigkeit einer basalen Seelensubstanz gedeutet wird, die diese ‚Lücken' als inaktive Substanz überdauert. Swinburne (1986, Kap. 8–10), der diese Konzeption vorgeschlagen hat, bindet damit letztlich die strikte Identität der Person nicht an das Selbstbewußtsein als die Äußerungen der Seele, sondern an ihre, diesen Tätigkeiten zugrundeliegende Substanz. Abgesehen davon, daß sich damit innerhalb des Mentalen alle Probleme, die auch für konkrete Gegenstände mit der Ding-Eigenschaft-Konzeption auftreten, wieder einstellen, und abgesehen von den Beweislasten einer solchen Theorie, lassen sich zwei Einwände formulieren. Der erste besagt, daß das philosophische Modell von Ding und Eigenschaft für die Analyse des Selbstbewußtseins inadäquat

---

weitere Motive im Hintergrund (Fundament für Moral, Unsterblichkeit der Seele, Ermöglichung von Handlungen oder Wissen etc.), für die eine dualistische Konzeption oder strikte Identität als notwendige Bedingung erachtet wird.

ist. Der zweite Einwand lautet, daß auf diese Weise die Identität der Person nicht mehr an das erstpersönliche Erleben gebunden ist. Daß diese Konzeption dabei zwar nicht empirisch beobachtbare Relationen an die Stelle des Selbstbewußtseins setzt, sondern die strikte Identität eines Seelenstoffes, ist zum einen letztlich die gleiche Strategie wie die der komplexen Position und macht sie zum anderen nicht gerade plausibler. [23]

Als *vierte Strategie* kann man transzendentalphilosophische Argumente anführen. Es wird versucht, die strikte Identität der Person über die Zeit hinweg als Bedingungen der Möglichkeit von Handlungen auszuweisen (Rohs 1996, Kap. 10). Gegen die transzendentale Begründungsstrategie läßt sich erstens folgender genereller Einwand erheben: Es kann nicht nachgewiesen werden, daß die fragliche Bedingung nicht nur hinreichend für das als gegeben vorausgesetzte Faktum ist, sondern auch notwendig. Zweitens läßt sich der für unseren Kontext spezielle Einwand formulieren, daß die zugestandenen epistemischen Besonderheiten innerhalb eines aktualen ununterbrochenen Stroms selbstbewußter Episoden hinreichend für Handlungen sind. [24] Außerdem muß auch die transzendentalphilosophische Strategie einräumen, daß die strikte Identität einer Person über die Zeit hinweg nicht ausnahmslos auf die erstpersönlich zugänglichen Daten gegründet werden kann, da transzendentale Bedingungsverhältnisse normalerweise kein Bestandteil der erstpersönlichen Perspektive sind.

---

[23] Chisholm (1986, S. 73 ff.) läßt, obwohl er auch diese Strategie einschlägt, offen, ob das unteilbare Substrat personaler Identität als Monade oder als materielles Subpartikel zu konzipieren ist. Offensichtlich geht es ihm primär um die Unteilbarkeit dieses Substrats, die strikte Identität ermöglichen soll, nicht aber um eine substanzdualistische Antwort auf das Problem.

[24] Vgl. dazu Quante 1997a. Bei Rohs (1996, Kap. 10 und 1997, S. 236 ff.) lassen sich zwei weitere transzendentalphilosophische Argumente finden. Zum einen soll die strikte Identität eine notwendige Bedingung für unsere Praxis der Zurechenbarkeit und Bewertung von Handlungen sein. Fraglich ist allerdings, ob eine derartige Rekonstruktion unserer ethischen Praxis wirklich angemessen ist (vgl. dazu Quante 1998a und 1998b). Zum anderen soll die strikte Identität eines „stehenden und bleibenden Selbst" eine notwendige Bedingung für Erfahrungen (im kantischen Sinne) und Kommunikation sein (Rohs 1988a). Die auf diachrone und intersubjektive Invarianz abhebende Inanspruchnahme selbstbewußter Leistungen geht aber nicht nur von einer sehr starken Konzeption von Erfahrung und Kommunikation aus, die man nicht teilen muß. Für die uns hier interessierende Frage nach der Identität der Person hat sie auch viel zu starke Konsequenzen, da der Rekurs auf ein transzendentales Ich die Frage aufkommen läßt, wie sich die empirisch vielen und das transzendentale Ich (oder die transzendentalen Iche?) zueinander verhalten (vgl. dazu Cassam 1997). Analog zu Chishoms Konzeption mentaler Ereignisse als Universalien/abstrakte Entitäten gibt es hier die vor allem im Deutschen Idealismus erwogene Möglichkeit, Selbstbewußtsein als Universale zu verstehen (vgl. Halbig/Quante i. E. sowie Quante 1997b und 1997c). Eine solche, mit Blick auf Invarianzfragen und intersubjektive Geltungsansprüche plausible Antwort ist aber für eine Analyse personaler Identität offenkundig unzureichend (vgl. Nagels Konzeption des objektiven Selbst (1986, Kap. 4) und die diesbezüglichen Überlegungen von Zuboff 1978 und 1990 oder Sprigge 1988).

Die *fünfte Strategie*, die von Foster (1979) und Nida-Rümelin (1996, Kap. 4 und 1998) eingeschlagen wird, überbrückt die Lücken im erstpersönlichen Erleben durch die Anbindung an Naturgesetze, welche die Persistenzbedingungen der jeweiligen Entität, mit der die Person korreliert ist bzw. durch die sie konstituiert wird, angeben. Im Falle von menschlichen Personen sind dies diejenigen nomologischen Bedingungen, welche die Persistenz des Menschen festlegen. Die Anbindung der Identität der Person über die Zeit hinweg an die jeweiligen nomologischen Gesetzmäßigkeiten wird mithilfe der Supervenienzrelation näher expliziert, die gemeinhin als nichtreduktive Abhängigkeitsrelation zweier eigenständiger Eigenschafts- oder Seinsbereiche aufgefaßt wird. Hauptmotiv dieser Strategie ist es, keine die Identität der Person konstituierenden Fakten postulieren zu müssen, die weder empirisch noch aus der erstpersönlichen Perspektive heraus erfaßbar sind. Vertreter der einfachen Position geraten hier in ein Dilemma: Lund (1994, S. 183f.) lehnt die Supervenienzthese gerade deshalb ab, weil auf diese Weise personale Identität letztlich doch an empirische Relationen angebunden wird, und nimmt dafür in Kauf, daß die Identität einer Person ein prinzipiell nicht erkennbares Faktum ist. Umgekehrt entscheiden sich Nida-Rümelin und Foster dafür, die Bedingungen personaler Identität über die Zeit hinweg an empirisch beobachtbare Relationen anzubinden, die im Rahmen der komplexen Position ebenfalls in Anspruch genommen werden. Damit wird die einfache Position als adäquate Antwort auf die Analyse der Identität menschlicher Personen über die Zeit hinweg aufgegeben und akzeptiert, daß es doch empirische Kriterien dafür gibt, ob eine menschliche Person zu einem Zeitpunkt identisch ist mit einer menschlichen Person zu einem anderen Zeitpunkt. Auch wenn sich eine Person nicht in erstpersönlicher Perspektive explizit auf diese Kriterien bezieht, wird die Persistenz der menschlichen Person dennoch durch diejenigen empirischen Relationen konstituiert, deren Vorliegen in der Supervenienzbedingung gefordert wird. So gesteht Nida-Rümelin (1996, S. 289ff. und 1998, S. 193) auch zu, daß die Frage nach dem Bestehen oder Nichtbestehen der Identität einer Person über die Zeit hinweg letztlich doch eine – zumindest im Prinzip – empirisch entscheidbare Frage ist. Damit ist der Theorierahmen der einfachen Position verlassen.[25]

Zusammenfassend bleibt festzuhalten, daß die Aussichten für die einfache Position angesichts des Faktums, daß die Identität der Person Phasen der Unterbrechung des aktualen Stroms selbstbewußter mentaler Episoden übergreift, schlecht

---

[25] Foster (1979) betont, daß diese Analyse für menschliche Personen gilt und sowohl mit der Annahme nicht körperlich existierender Selbste verträglich ist, als auch damit, daß eine menschliche Person nach dem Tod als rein geistige Entität weiterexistiert. Es zeigt sich bei ihm hierin ein deutliches Übergewicht der dualistischen Motivation gegenüber dem Bedürfnis, die Identität der menschlichen Person als nicht weiter analysierbare ‚strikte' Identität auszuweisen. Die Motivationslage bei Nida-Rümelin ist mir dagegen nicht ganz klar. Für sie scheint primär das Motiv leitend zu sein, keinen Reduktionismus zulassen zu müssen. Da die komplexe Position darauf aber auch gar nicht festgelegt ist, bleibt unklar, in wieweit ihr Vorschlag sich überhaupt von der Grundidee der komplexen Position unterscheidet.

sind. Einfache Theorien können zum einen die essentielle Anbindung an das erstpersönliche Erleben preisgeben und dann entweder prinzipiell nicht erkennbare Tatsachen (einen wahrlich „deep further fact") einführen oder sich doch auf empirische Relationen stützen. Oder sie postulieren, daß die Nunc-Zentrizität des Ich und die daraus resultierenden semantischen Besonderheiten von „ich" im Falle von Erinnerungen nicht gelten. Angesichts der vorgebrachten Einwände muß diese Antwort, auch wenn sie angesichts der Konsequenzen der alternativen Strategien gut motiviert ist, als ad hoc erscheinen. Da auch transzendentalphilosophische Fundierungen sich als nicht tragfähig erweisen, bleibt somit festzuhalten: Die unterschiedlichen Weisen von Vertretern der einfachen Position, mit dem Problem der ‚Lücken im Selbstbewußtsein' umzugehen, und die darin jeweils zum Ausdruck kommende Kritik an den alternativen Lösungsstrategien sprechen für die Annahme, daß die komplexe Position die erfolgversprechendere Weise ist, die Identität der Person über die Zeit hinweg zu analysieren.

III. Menschliche Persistenz: eine komplexe Position

Eine komplexe Antwort auf die Frage nach der Identität einer Person über die Zeit hinweg sollte, das legt die Diskussion der einfachen Position nahe, folgende *Adäquatheitsbedingungen* erfüllen:

- sie sollte möglichst weitgehend mit den Intuitionen verträglich sein, die von der einfachen Position abgerufen werden (vor allem die Unabhängigkeit des Bestehens personaler Identität von sozialen Normen oder sprachlichen Konventionen)
- sie sollte die Stabilität und Regelmäßigkeit des Bestehens dieser Relationen erfassen, um auf diese Weise verständlich zu machen, weshalb in der alltäglichen Praxis diachroner Selbstzuschreibungen erstpersönlicher mentaler Episoden die Erfülltheit der Wahrheitsbedingungen normalerweise implizit vorausgesetzt wird und somit diese Wahrheitsbedingungen selbst nicht thematisiert werden
- sie sollte das Phänomen konfligierender Intuitionen bezüglich der Gedankenexperimente und den Eindruck der Unentscheidbarkeit der Frage in diesen Kontexten erklären können
- sie sollte mit plausiblen Annahmen hinsichtlich des allgemeinen Problems diachroner Identität zusammenpassen und nicht Postulate formulieren müssen, die nur für den speziellen Fall gültig sind
- sie sollte die auch für die (biomedizinische) Ethik relevanten Intuitionen hinsichtlich des Beginns und des Endes der Existenz erfassen können
- sie sollte die Irritation angesichts realer „puzzle cases" (PVS, Hirngewebstransplantation, etc.) erklären können

- sie sollte (möglichst weitgehend) die intuitive Gleichsetzung von Mensch und Person erklären können
- sie sollte von den Schwächen der einfachen Position frei sein.

Der Grundidee der komplexen Position nach wird die Identität von Personen über die Zeit hinweg durch empirisch beobachtbare Relationen konstituiert, so daß die Wahrheit von Aussagen über die diachrone Identität von Personen vom Bestehen dieser Relationen abhängt. Eine solche Analyse ist gemäß der komplexen Position möglich, ohne auf die Identität einer Person über die Zeit hinweg als ein einzigartiges Faktum Bezug nehmen zu müssen, und sie ist nicht essentiell an die erstpersönliche Perspektive gebunden.

Mit dem Übergang zur komplexen Position sind einige Änderungen gegenüber dem Ansatz der einfachen Position verbunden, vor allem ein Wechsel der methodologisch-epistemologischen Zugangsweise: Die komplexe Position setzt an die Stelle der Cartesischen die Beobachterperspektive.[26] Die Anbindung an die Beobachterperspektive erfordert die Integration eines kausalen Elements, da sich diese Perspektive durch einen kausal- oder funktional-explanatorischen Zugriff auszeichnet. Ein solches kausales Element findet sich in den meisten Varianten komplexer Theorien und wird auch von der fünften Problemlösungsstrategie einfacher Positionen impliziert. Wenn man die weithin akzeptierte Annahme teilt, daß Kausalrelationen mit Gesetzen verbunden sind, dann liegt nahe, eine Abhängigkeit von Kausalgesetzen anzunehmen. Dieses Element der komplexen Theorie, deren Grundzüge im folgenden weiter skizziert werden, fängt die Intuitionen ein, daß die für die Identität der Person konstitutiven Relationen empirisch beobachtbare, stabile und nicht durch Konventionen oder Normen konstituierte ,reale' Fakten sind.

Da die Identität einer Person über die Zeit hinweg gemäß der komplexen Position ein spezieller Fall von Persistenz ist, der sich nicht prinzipiell von allen anderen unterscheidet, kann im folgenden die umständliche Redeweise von der Identität einer Person über die Zeit hinweg durch den Terminus der „Persistenz" abgelöst werden.[27]

---

[26] Diese, und nicht die Teilnehmerperspektive erweist sich als geeignet, das Bestehen der Identität einer Person über die Zeit hinweg als ein rein deskriptiv erfaßbares, von Normen, Wertungen und sprachlichen Konventionen unabhängiges Faktum zu bestimmen. Im Gegensatz dazu spielt in der Teilnehmerperspektive nicht nur die erstpersönliche Perspektive eine wichtige Rolle, sie zeichnet sich außerdem durch die konstitutive Funktion evaluativer Elemente wie Sinnerwartungen, Rationalitätsunterstellungen und Normen aus.

[27] Im Kontext der Erörterung der einfachen Position sollte die Rede von der Identität einer Person über die Zeit hinweg die Möglichkeit offen lassen, daß es sich hierbei um ein spezielles Phänomen handelt, welches sich nicht nach dem allgemeinen Muster der Persistenz konkreter, raum-zeitlich existierender Entitäten analysieren läßt. Die allgemeine Redeweise von der Persistenz der Person bedarf allerdings aus noch zu erörternden Gründen der Präzisierung (vgl. III.4).

Generell lassen sich zwei grundlegende Modelle, die Persistenz raum-zeitlich existierender Entitäten zu analysieren, unterscheiden: „endurance" und „perdurance" (Lewis 1986, S. 202 ff., Loux 1998, Kap. 6). Die zentrale These der *endurance* besagt, daß konkrete Einzeldinge zu jedem Zeitpunkt ihrer Existenz vollständig existieren und gleichsam als ganze durch die Zeit wandern. Dagegen sind raumzeitlich ausgedehnte Entitäten gemäß der Grundannahme der *perdurance* als vierdimensionale Entitäten zu begreifen, die aus zeitlichen Teilen bestehen. Zu jedem Zeitpunkt existiert nur der jeweils gegenwärtige zeitliche Teil, nicht aber das gesamte Objekt. Die im folgenden vorgeschlagene Variante einer komplexen Theorie bleibt gegenüber dieser Frage neutral, auch wenn es eine gewisse Affinität zwischen der komplexen Position und der Ontologie zeitlicher Teile gibt.

Da Kausalität in der im folgenden vorgeschlagenen komplexen Theorie eine zentrale Rolle spielt, seien die meiner Argumentation zugrundeliegenden Prämissen kurz benannt.[28] Hinsichtlich der für die Beobachterperspektive zentralen Konzeption der Kausalität gilt es, drei Ebenen zu unterscheiden: die Ebene der Kausalerklärungen, die Ebene der Kausalrelationen und die Ebene der Kausalgesetze.

In *Kausalerklärungen* wird ein Ereignis als Ursache eines anderen Ereignisses genannt. Dabei wird sowohl auf das verursachende wie auch auf das verursachte Ereignis mittels Kennzeichnungen Bezug genommen. Kausalerklärungen weisen eine in einem doppelten Sinne evaluative Dimension auf. Zum einen beruht die Auszeichnung eines Ereignisses aus einem komplexen Geflecht von kausal notwendigen Bedingungen als *die* Ursache auf pragmatisch-interessenrelativen Gründen und unserem Vorwissen. Zum anderen beruht die erklärende Kraft solcher Aussagen zum Teil darauf, wie die fraglichen Ereignisse gekennzeichnet werden. Darin drückt sich sowohl der Bezug zu unseren theoretischen Hintergrundannahmen wie auch zu unseren interessegeleiteten Relevanzkriterien aus.

Die erklärende Kraft dieser Aussagen beruht zum anderen darauf, daß die Ereignisse, auf die referiert wird, wirklich in dem behaupteten Zusammenhang von Ursache und Wirkung stehen. Die *Kausalrelationen* bestehen unabhängig von Erklärungsinteressen und Evaluationen. Sie sind rein deskriptiver Natur und unabhängig von theoretischen Hintergrundannahmen oder interessegeleiteten Kennzeichnungen.[29]

Eine bloße raum-zeitliche Sukzession von Ereignissen reicht aber nicht dafür aus, daß zwischen ihnen eine Kausalrelation besteht. Dafür ist vielmehr gefor-

---

[28] Die obigen Ausführungen sind keine Begründung dieser Thesen. Mit Bezug auf Kausalität gilt im besonderen, was für philosophische Thesen allgemein gilt: keine ist unumstritten. Die im folgenden skizzierte Position nimmt m. E. nichts in Anspruch, was außerhalb des Bereichs breiter Zustimmung liegt und ist darüber hinaus neutral gegenüber einigen strittigen Fragen (z. B. Ereignisontologie, Reduktion oder besondere Arten von Verursachung wie mental oder agent causation).

[29] Diese Überlegungen bleiben hinsichtlich des Streites um eine extensionale (Davidson 1982) oder intensionale Konzeption von Ereignissen (Kim 1993, Kap. 3, Rheinwald 1994) neutral, zumindest für solche Theorien, die die Identität von Ereignissen nicht von Evaluationen abhängig machen.

dert, daß die fragliche Kausalrelation ein Instantiierungsfall eines *Kausalgesetzes* ist. Daher müssen sich die in der Kausalrelation stehenden Ereignisse so beschreiben lassen, daß sie aufgrund des Ereignistyps in einem gesetzmäßigen Zusammenhang stehen. Auch für Kausalgesetze gilt, daß sie zu entdeckende, nicht von Evaluationen und Interessen abhängige Tatsachen sind. Mit der Fundierung der erklärenden Kraft von Kausalerklärungen und der Konstitution von Kausalrelationen ist es vereinbar, daß die fraglichen Kausalgesetze ceteris-paribus-Bedingungen enthalten. Dies bedeutet, daß nicht jede Instantiierung eines im Gesetz als Ursache genannten Ereignistyps auch eine Instantiierung des im Gesetz als Wirkung genannten Ereignistyps nach sich ziehen muß: Kausalgesetze können Ausnahmen haben, wobei die ceteris-paribus-Bedingungen darauf hinweisen, daß sich diese Ausnahmen durch im Gesetz nicht berücksichtigte Faktoren kausal erklären lassen. Dabei bleibt offen, ob diese weiteren Faktoren sich im gleichen Theorierahmen erfassen lassen, in dem das Gesetz formuliert ist, oder ob sie möglicherweise den Wechsel in eine andere Theorie (z.B. von der Biologie oder Chemie in die Physik) notwendig machen.

Diese Konzeption der Kausalität weist zwei für die folgenden Überlegungen relevante Merkmale auf: Zum einen gestattet die Unterscheidung zwischen Kausalerklärungen und Kausalrelationen es, die evaluativen Aspekte unserer Erklärungspraxis beizubehalten, ohne die ontologische Ebene der Persistenz selbst evaluativ ‚zu infizieren‘. Damit ist es möglich, der Intuition nachzukommen, das Bestehen und Nichtbestehen diachroner Identität von Personen könne keine Sache von Wertungen oder Konventionen sein. Zum anderen vermeidet die liberale Konzeption von Kausalgesetzen die unplausible Konsequenz, daß nur in der Physik wirklich kausale Erklärungen gegeben werden können. Mit dem obigen Modell ist zugestanden, daß z.B. die Biologie eine eigenständige explanatorische Relevanz besitzt. Da diese Konzeption nur für Kausalität gelten soll, soweit sie im Rahmen der an der Beobachterperspektive orientierten Naturwissenschaften in den Blick kommt, bleibt sie gegenüber den nicht in dieser Perspektive aufgehenden Aspekten von Kausalität (z.B. agent causality, mental causation) sowohl hinsichtlich deren Existenz wie auch deren Gesetzesartigkeit agnostisch.

Fragt man danach, ob eine Entität a zu einem Zeitpunkt mit einer Entität b zu einem anderen Zeitpunkt identisch ist, oder möchte man wissen, was als eine Entität zu zählen hat, dann helfen weder die Definition numerischer Identität noch das Prinzip der Ununterscheidbarkeit des Identischen weiter.[30] Erstere setzt bereits voraus, daß a und b Einzeldinge sind, letzteres liefert keine Antwort auf die Frage, worin die Persistenz einer Entität besteht. Um Fragen der Identifikation und Individuation beantworten zu können, muß der Bereich der Identitätslogik verlassen werden. Dies geschieht vielfach – wie auch im folgenden – unter Rückgriff

---

[30] Die folgende Darstellung verdankt der Untersuchung von Rapp (1995) sehr viel. Im Gegensatz zu Rapps an der Sprachpragmatik orientierten Überlegungen lege ich allerdings, zumindest für den Fall des Menschen, eine realistische Konzeption zugrunde.

auf Sortalbegriffe. Die Grundannahme ist dabei, daß eine Aussage „a ist der-/die-/dasselbe wie b" auf Sortalbegriffe angewiesen ist. Hier gilt es allerdings, zwei konkurrierende Ansätze zu unterscheiden: die These der Sortalrelativität und die These der Sortaldependenz.

Die maßgeblich auf Geach (1980) zurückgehende Konzeption *sortalrelativer* Identität läßt sich durch drei Annahmen charakterisieren (Rapp 1995, S. 158 ff. und 388 ff.):

(a.) Die Aussage „a ist der-/die-/dasselbe wie b" ist unvollständig und muß, um sinnvoll zu sein, um einen Sortalbegriff F ergänzt werden.

(b.) „a ist der-/die-/dasselbe F wie b" läßt sich nicht zerlegen in „a ist F & b ist F & a ist der-/die-/dasselbe wie b".

(c.) Es ist möglich, daß a und b relativ zu einem Sortale F dasselbe und relativ zu einem anderen Sortale G nicht dasselbe sind.

Im Gegensatz dazu enthält die maßgeblich auf Wiggins (1980) zurückgehende Konzeption *sortaldependenter* Identität folgende Annahmen[31]:

(d.) Die Aussage „a ist der-/die-/dasselbe wie b" verweist auf einen Sortalbegriff F, der unserer Individuations- und Identifikationspraxis implizit oder explizit zugrundeliegt. Die Aussage ist nicht sinnlos, sondern elliptisch.

(e.) Nicht alle Prädikate, die auf a und b zutreffen, bezeichnen Sortale, die für unsere Individuations- und Identifikationspraxis gleichermaßen grundlegend sind. Es läßt sich zwischen konstitutiven und nichtkonstitutiven Sortalen unterscheiden: „a ist der-/die-/dasselbe wie b" verweist auf ein konstitutives Sortale F, von dem die Aussage abhängig ist.

(f.) Es ist nicht möglich, daß es zwei konstitutive Sortale F und G gibt, die gleichermaßen auf a und b zutreffen und konfligierende Individuations- oder Identifikationsbedingungen liefern.

Zwischen diesen beiden Konzeptionen deutlich zu unterscheiden, ist wichtig, weil zumeist die zutreffende Kritik an den unplausiblen Konsequenzen der These der Sortalrelativität als hinreichend dafür angesehen wird, auch die Konzeption der Sortaldependenz zu widerlegen. Wie aber (e.) und (f.) zeigen, schließt die letztere Konzeption die Relativität der Identität gerade aus. Dabei geht sie allerdings Beweislasten ein, die gleich noch zu benennen sein werden.

Eine weitere Prämisse, die im folgenden in Anspruch genommen wird, besagt, daß zur Identität einer persistierenden Entität das konkrete Ereignis ihrer Entstehung notwendig dazugehört. Dies bedeutet, daß a nur dann der-/die-/dasselbe F wie b sein kann, wenn a und b durch das gleiche Ereignis entstehen (Forbes 1985, Kap. 6 und Kripke 1981).

---

[31] Diese Charakterisierung entspricht der im folgenden zugrundegelegten Konzeption und deckt sich weder mit der Konzeption von Wiggins noch mit der von Rapp vollständig.

Unabhängig voneinander haben Kripke (1981) und Putnam (1979) für Begriffe, die natürliche Arten bezeichnen, die These aufgestellt, daß deren Bedeutung external zu bestimmen sei. Dies bedeutet, daß z.B. der Begriff des Tigers in seinem semantischen Gehalt davon abhängt, wie wirkliche Tiger beschaffen sind. Was mit „Tiger" gemeint ist, hängt demzufolge davon ab, was wir mit Bezug auf diese Spezies entdecken. Wenn wir z.B. im Zuge des Erkenntnisfortschritts feststellen, daß Delphine keine Fische, sondern im Wasser lebende Säugetiere sind, dann haben wir nicht in der Vergangenheit einen anderen Begriff von Delphin gehabt, oder gar die Referenz auf Delphine systematisch verfehlt. Vielmehr haben wir uns mit dem Sortalbegriff „Delphin", gleichsam indexikalisch, die ganze Zeit über auf wirkliche Delphine bezogen.[32]

Während Putnam und Kripke nur eine externalistische Theorie für Begriffe natürlicher Arten vorschlagen, ohne die Frage zu beantworten, was natürliche Arten sind, geht die im folgenden dargestellte Theorie der Persistenz zusätzliche Beweislasten ein, indem sie eine realistische Position natürlicher Arten, zumindest für höherentwickelte Tiere, bezieht. Auch wenn es in der Biologie, bzw. der Philosophie der Biologie, keine Einigkeit darüber gibt, wie Spezies genau zu individuieren sind und welchen ontologischen Status sie innehaben, läßt sich doch ein weitgehender Realismus mit Bezug auf höherentwickelte Tiere feststellen.[33] Die Prämisse, die im folgenden vorausgesetzt wird, besagt, daß in der Biologie spezifische Gesetze entdeckt werden, welche die Organisation, die Funktionen und die normalen Entwicklungen der biologisch normalen Mitglieder dieser Spezies beschreiben.[34] Diese Gesetze sind, sofern sie die Prozesse von Entstehen, Wachstum, Altern und Vergehen betreffen, Kausalgesetze, die sich aus der Beobachterperspektive formulieren lassen.

Der Realismus bezüglich natürlicher Arten rechtfertigt sich zusätzlich durch folgendes: Zum einen wird auf diese Weise verständlich, weshalb bestimmte Sortalbegriffe für unsere Praxis der Identifikation und Individuation grundlegender sind als andere. Dies liegt daran, daß im einen Fall entdeckbare Gesetzmäßigkeiten diese Praxis implizit leiten, im anderen Fall nicht. Zum anderen wird auf diese Weise auch einsichtig, weshalb es keine konfligierenden Identitätskriterien geben kann. Da Kausalgesetze nicht im Widerstreit miteinander liegen, kann höchstens der Fall eintreten, daß es allgemeinere und speziellere Gesetze gibt, z.B. solche für Säugetiere und solche für Menschen.[35] In diesem Falle werden die Persistenzkriterien von den

---

[32] Mit der Übernahme der externalistischen Analyse von Begriffen für natürliche Arten ist nicht auch die vor allem von Kripke vorgeschlagene stärkere These akzeptiert, die Referenz lege allein die Bedeutung fest.

[33] Da es im folgenden nur um die Persistenz der menschlichen Person geht, reicht dies aus. Eine allgemeine Theorie biologischer Spezies ist für diese Zwecke nicht notwendig.

[34] Im Einzelfall vorkommende Fehlentwicklungen oder Abweichungen lassen sich aufgrund der ceteris-paribus-Klauseln mit diesen Gesetzen vereinbaren.

[35] Diese Formulierung setzt voraus, daß Kausalgesetze Tatsachen sind. Wenn man Kausalgesetze statt

die jeweilige Spezies betreffenden Gesetzen geliefert.[36] Die These, daß unsere Praxis der Individuation und Identifikation z.B. von Menschen die Gültigkeit aktualer Gesetzmäßigkeiten voraussetzt, erklärt darüber hinaus zum einen auch, weshalb die diversen Gedankenexperimente, die in der Diskussion um die Identität der Person erfunden worden sind, konfligierende Intuitionen hervorrufen: Diese Szenarien transzendieren den Anwendungsbereich unserer Persistenzkriterien. Zum anderen läßt diese These verständlich werden, weshalb es auch im Kontext theoretischer Überlegungen die Neigung gibt, die Begriffe „Mensch" und „Person" koextensiv zu verwenden: Es ist der erstere Begriff, der unsere Identitätsaussagen lenkt, wenn wir über menschliche Personen reden. Die allgemeine Redeweise von Persistenz muß daher präzisiert werden, indem der jeweilige Sortalbegriff benannt wird, aus dem sich die fraglichen Identitätskriterien gewinnen lassen. Daher geht es im folgenden um die Persistenz der menschlichen Person.[37]

Die Voraussetzung, Persistenz mittels empirisch beobachtbarer Relationen kausaler raum-zeitlicher Kontinuität, denen Kausalgesetze zugrunde liegen, zu analysieren, führt mit Bezug auf die menschliche Person zur These, daß hier der – rein biologisch verstandene – Begriff des Menschen und nicht der Begriff der Person in Anspruch genommen werden muß.

Unterstellt man einen anspruchsvollen Personbegriff, der auf eine Entität nur dann angewandt werden kann, wenn diese über bestimmte Eigenschaften und Fähigkeiten in hinreichendem Maße verfügt (Dennett 1978), dann ist offensichtlich, daß ein solcher Personbegriff nicht über die für eine Analyse der Persistenz geforderten Merkmale verfügt. Klarerweise sind bei der Charakterisierung einer Entität als Person Evaluationen und Normen im Spiel, so daß die geforderte Unabhängigkeit nicht gegeben ist. Deswegen ist auch nicht zu erwarten, daß der Begriff der Person ein Begriff für eine natürliche Art ist, durch den spezielle Kausalgesetze gewonnen werden können, die für die Persistenzanalyse erforderlich sind. Zum einen folgt dies aus der Möglichkeit, daß ganz heterogene Arten von Entitäten Personen sein können, so daß möglicherweise sogar konfligierende Kausalgesetze für die als Personen ausgezeichneten Entitäten einschlägig sind oder, im Falle arti-

---

dessen als Aussagen versteht, lautet die These, daß zwei wahre Kausalgesetze nicht miteinander im Widerstreit liegen können.

[36] Im Gegensatz zu der von Rapp vorgeschlagenen Anbindung an die Pragmatik unserer Identitätsaussagen geht dieser Vorschlag eine höhere metaphysische Hypothek ein. Diese rechtfertigt sich m.E. vor allem dadurch, daß sie die Nichtkonventionalität der Persistenz von Mitgliedern bestimmter biologischer Spezies zu begründen erlaubt. Zu beachten ist dabei allerdings, daß damit die im folgenden vorgeschlagene Analyse der Persistenz auf höherentwickelte Spezies eingeschränkt und an aktuale biologische Gesetze gebunden bleibt.

[37] Die These, daß die Persistenzbedingungen für menschliche Personen vom Begriff des Menschen her gewonnen werden müssen, wird auch vertreten von Ayers (1993, Kap. 22–25), Olson (1997), Snowdon (1990 und 1991) sowie Wiggins (1976 und 1980, Kap. 6). Wichtig ist zu beachten, daß die obige These nicht impliziert, nur Menschen könnten Personen sein.

fizieller Personen, gar keine einschlägigen Gesetze existieren. Zum anderen führt der evaluative Charakter des Personbegriffs dazu, daß die in der Beobachterperspektive erfaßbaren kausalen Zusammenhänge hinsichtlich der Personalität einer Entität eine Unterbestimmtheit aufweisen, da die evaluativen Aspekte nicht erfaßt werden. Für diesen Befund spricht auch, daß ein anspruchsvoller Personbegriff nur als ein sogenanntes Phasensortale funktioniert, d.h. als ein Sortalbegriff, der auf eine Entität zu bestimmten Abschnitten der diachronen Existenz zutreffen kann und zu anderen nicht. Es ist aber ganz offensichtlich nicht so, daß ein zwischenzeitlich komatöser Mensch, der die Bedingungen des anspruchsvollen Personbegriffs nicht mehr erfüllt, zu existieren aufhörte, oder daß nach der Genesung eine neue Entität zu existieren beginnt. Der anspruchsvolle Personbegriff kann daher nicht als ein konstitutives Sortale verstanden werden, welches die Persistenzbedingungen für die Entitäten dieser Art angibt. Denn ein konstitutives Sortale erfaßt diejenigen Eigenschaften und Fähigkeiten einer Entitäten, deren Erwerb und Verlust mit Anfang und Ende der Existenz dieser Entität einhergehen.

Wenn der in der Teilnehmerperspektive verortete anspruchsvolle Personbegriff, der unsere Vorstellungen von Personalität und Persönlichkeit einschließt, ungeeignet ist für eine Analyse der Persistenz, dann läßt sich vielleicht ein schwächerer Personbegriff bestimmen, der – frei von Evaluationen und Normen – ausschließlich in der Beobachterperspektive gebraucht wird. Versteht man aber z.B. unter einer Person nur eine Entität, der sowohl psychische wie auch physische Eigenschaften zugesprochen werden (Strawson 1972, Kap. 3), ohne auf die genaue Beschaffenheit dieser psychischen Eigenschaften und Fähigkeiten weiter einzugehen, verwendet man den Personbegriff nicht mehr in einem üblichen Sinne. Für die Frage nach der Persistenz der Person ist ein solcher anspruchsloser Personbegriff prima facie von Vorteil, da er am ehesten die an eine Analyse gestellten Bedingungen zu erfüllen erlaubt. Die Hauptfrage ist dann, ob es die psychischen Eigenschaften, die physischen Eigenschaften oder beide Eigenschaftsklassen zusammen sind, welche die Persistenz einer Person bestimmen. Unübersehbar ist in der Diskussion allerdings, daß die unterschiedlichen Theorien zwischen einem anspruchsvolleren und einem anspruchsloseren Personkonzept changieren. Dies schlägt sich vor allem darin nieder, welche psychischen Eigenschaften und Fähigkeiten in der Analyse berücksichtigt und welche Bedingungen letztlich als hinreichend für die Persistenz anerkannt werden. Durch das Festhalten am Personbegriff im Kontext der Analyse der Persistenz entsteht folgendes Dilemma: Je anspruchsvoller der unterlegte Personbegriff ist, desto problematischer wird es auf der einen Seite, mit ihm eine rein an der Beobachterperspektive ausgerichtete Persistenzanalyse aufzubauen, die das Phänomen nicht unterbestimmt. Auf der anderen Seite gelingt eine solche rein an der Beobachterperspektive ausgerichtete Analyse zunehmend besser, je anspruchsloser der zugrundegelegte Personbegriff ist. Allerdings ist nicht mehr zu sehen, was die auf diese Weise in ihren Persistenzbedingungen analysierte Entität mit Personalität zu tun hat (Quante 1995a).

Der Ausweg aus dem Dilemma besteht darin, für die Analyse der Persistenz nicht den Begriff der Person, sondern denjenigen Sortalbegriff heranzuziehen, der die natürliche Art der jeweiligen Entität benennt. Im Falle menschlicher Personen ist dies der biologische Begriff des Menschen. Der Streit innerhalb des Lagers komplexer Theorien wurde (und wird) primär zwischen Anhängern eines psychischen Kriteriums, die die Persistenz der Person mittels psychischer Eigenschaften bestimmen, und Verteidigern eines Körperkriteriums, die auf die physischen Eigenschaften setzen, geführt. In einem ersten Schritt soll nun gezeigt werden, weshalb diese beiden Varianten komplexer Theorien keine wirkliche Alternative darstellen. Im zweiten Schritt wird dargelegt, weshalb auch eine kombinierte psycho-physische Analyse defizitär bleiben muß und in einen biologischen Ansatz transformiert werden sollte.

Da für Personen ein komplexes psychisches ‚Innen'-leben charakteristisch und, wie die Diskussion der einfachen Position gezeigt hat, das erstpersönliche Wissen um die eigene Existenz über die Zeit hinweg spezifisch ist, liegt es nahe, die Persistenz der Person mittels der psychischen Eigenschaften und Fähigkeiten zu bestimmen. In historischer Perspektive geschieht dies durch die Anknüpfung an Lockes These, die diachrone Identität der Person werde durch Erinnerungen konstituiert.[38] Da sich psychische Theorien als komplexe Theorien verstehen, die eine informative Analyse vorlegen wollen, darf in ihnen die erstpersönliche Perspektive keine unverzichtbare Rolle bei der Analyse von Erinnerungen und den anderen für die Persistenz der Person relevanten psychischen Episoden spielen, denn sonst ließe sich ein Zirkelvorwurf erheben (Lund 1994, S. 197). Es muß, in Anlehnung an Shoemaker formuliert, eine Analyse psychischer Episoden geben, die den Innen- und den Außenaspekt von Erinnerungen gleichermaßen aus der Beobachterperspektive zu erfassen erlaubt. Insgesamt ergibt sich auf diese Weise der Versuch, die Persistenz der Person als kausale Kontinuität psychischer Episoden zu begreifen. Angesichts diverser Gedankenexperimente (Teilung und Verschmelzung etc.) geht es in den psychischen Varianten komplexer Theorien dann darum, die richtige Teilmenge von Verläufen kausaler Kontinuität anzugeben, die die Persistenz einer Person konstituiert (Quante 1999).

Auch wenn der Versuch, die Persistenz der Person über die psychischen Eigenschaften und Fähigkeiten zu bestimmen, naheliegt, ruft er doch innerhalb des Lagers komplexer Theorien die Gegenreaktion hervor, die zentrale Rolle des Körpers für

---

[38] Unterstützt wurde dieses Wiederkehr Neo-Lockescher Theorien durch die Entwicklung funktionalistischer Theorien in der Philosophie des Geistes. Der Funktionalismus weist zwei für die Entwicklung eines psychischen Kriteriums personaler Identität geeignete Merkmale auf: Zum einen ist er an der Beobachterperspektive orientiert und zum anderen löst er die psychischen Zustände von ihren materiellen Realisationsbasen ab. Damit erfüllt der Funktionalismus einerseits das für eine komplexe Position zentrale methodologische Ideal; andererseits kommt er dem Bemühen Lockes entgegen, die diachrone Identität der Person von Substanzvorstellungen zu befreien.

die Persistenz der Person in den Vordergrund zu stellen. Die *starke* These, die Persistenz der Person lasse sich auf die Bedingungen der Persistenz des Körpers dieser Person reduzieren, so daß man psychische Episoden nicht berücksichtigen müsse, ist aus zwei Gründen unplausibel. Erstens handelt es sich bei dem Körper einer Person um einen in bestimmter Weise organisierten Leib, und nicht einfach um ein Aggregat materieller Atome. Es ist aber nicht möglich, diese Organisiertheit allein mit den Mitteln eines physischen Kriteriums adäquat zu bestimmen.[39] Zweitens hat sich eine Analyse personaler Persistenz, die sich ausschließlich auf physische Eigenschaften beschränkt, offensichtlich von unserem Vorverständnis bezüglich Personen weit entfernt. Es gibt daher gute Gründe, die starke These als überzogene Reaktion auf den Alleinvertretungsanspruch des psychischen Kriteriums zurückzuweisen.

Die plausiblere Reaktion besteht darin, die *schwache* These zu formulieren, derzufolge das psychische Kriterium nicht ohne ein physisches Kriterium auskommen kann. Für diese These gibt es zwei entscheidende Argumente: Erstens verweist die in dem psychischen Kriterium enthaltene Kausalbedingung auf die Ebene der physischen Realisierung psychischer Zustände, da konkrete Ereignisse in Kausalrelationen stehen.[40] Zweitens müssen Anhänger des psychischen Kriteriums Lücken im Strom psychischer Episoden überbrücken. Dies geschieht unter Zuhilfenahme von Dispositionen, die ebenfalls auf die physische Realisationsbasis psychischer Zustände verweisen.

Es ist daher kein Wunder, daß auf der einen Seite Anhänger eines physischen Kriteriums dazu neigen, den für die Persistenz der Person relevanten Teil des Körpers auf das Gehirn zu reduzieren, während andersherum Verfechter des psychischen Kriteriums weitgehend anerkennen, daß sie für ihre Analyse auf das Gehirn und damit auf das physische Kriterium angewiesen sind.[41] Damit handelt es sich bei dem psychischen und dem physischen Kriterium gar nicht um echte Alternativen, sondern um partielle Rekonstruktionen dessen, was für die Persistenz der Person erforderlich ist. Auch eine kombinierte Theorie aber bleibt in dem bereits dargestellten Dilemma befangen, entweder einen anspruchslosen Person-

---

[39] Ob dazu der Bezug auf mentale Eigenschaften oder Fähigkeiten notwendig ist, wie die Vertreter des psychischen Kriteriums annehmen (Shoemaker 1985, S. 129), wird gleich noch zu diskutieren sein. Die Reminiszenz der Vertreter des Körperkriteriums an das psychische Kriterium kann man darin sehen, daß sie den für die Persistenz der Person relevanten Körper auf das Gehirn einschränken.

[40] Diesem Argument liegt die Prämisse zugrunde, daß die Unterscheidung zwischen Ereignistyp und konkretem Vorkommnis nur mittels raum-zeitlicher Individuation, d.h. physischer Realisation, zu treffen ist. Diese Annahme wird von Vertretern komplexer Theorien geteilt und auch hier als zutreffend vorausgesetzt. Da diese Annahme gegenüber einfachen Theorien petitiös ist, wurde von ihr in der Diskussion dieser Theorien kein Gebrauch gemacht.

[41] So akzeptieren Wiggins (1967) und Shoemaker (1971) die Konvergenz beider Varianten komplexer Theorien. Auch Unger (1990) hat, nachdem er die eliminative Strategie seiner früheren Beiträge preisgegeben hat, eine kombinierte Theorie vorgelegt.

begriff zu unterstellen, der mit unserem intuitiven Vorverständnis nicht mehr viel zu tun hat, oder einen anspruchsvollen Personbegriff zu unterlegen, der sich von der Beobachterperspektive aus nicht angemessen erfassen läßt. Will man an der methodologischen Vorgabe und damit an der These festhalten, daß die Beobachterperspektive für die Analyse der Persistenz angemessen ist, liegt es daher nahe, den ohnehin schon ausgedünnten Personbegriff durch den biologisch verstandenen Begriff des Menschen zu ersetzen. Es ist deshalb im folgenden sinnvoll, von menschlichen Individuen zu sprechen und die Frage, ob und zu welchen Zeitpunkten ihnen Personalität zukommt, auszublenden, da Personalität dem biologischen Ansatz zufolge kein konstitutives Sortale ist. Dies erlaubt, Schwierigkeiten zu bewältigen, die eine am Personbegriff ausgerichtete kombinierte Theorie nicht überwinden kann.

Gemäß des biologischen Ansatzes werden die Persistenzbedingungen für menschliche Personen von den biologischen Gesetzmäßigkeiten festgelegt, die für Mitglieder der Spezies Mensch einschlägig sind.[42] Gegenüber dem physischen Kriterium kann vom Standpunkt des biologischen Ansatzes aus gesagt werden, daß es nicht der Körper einer Person als Aggregat von Materie ist, der in die Bedingungen der Persistenz eingeht, sondern die kausale Kontinuität eines organisierten Leibes, dessen materielle Bestandteile ausgetauscht werden können, ohne die Persistenz des Organismus zu gefährdet. Auch bei dem Gehirn, welches im Kontext der Auseinandersetzung um die diachrone Identität der Person eine prominente Rolle spielt, handelt es sich nicht einfach nur um eine Ansammlung bestimmter Atome oder Zellen, sondern um ein funktional bestimmtes Organ, welches nicht nur durch die es konstituierenden Materieteile, sondern auch durch seine Organisiertheit, die auf den menschlichen Organismus als ganzes verweist, individuiert wird.[43]

Mit Bezug auf den psychischen Aspekt der kombinierten Theorie lassen sich ebenfalls Einwände formulieren, die für einen biologischen Ansatz sprechen. Gemäß komplexer Theorien sind psychische Eigenschaften und Fähigkeiten zwar nicht hinreichend, wohl aber notwendig für die Persistenz einer menschlichen Per-

---

[42] Für die Darstellung der generellen Strategie kann an dieser Stelle offen bleiben, ob „Mensch" eine natürliche Art bildet, oder ob die im Rahmen der Basis der Biologie formulierbaren Gesetze auch noch für andere Tiere (z.B. Menschenaffen) einschlägig sind. Es ist ja nicht gefordert, die Persistenz des Menschen im Unterschied zu allen anderen Lebensformen zu bestimmen. Ob „Mensch" eine natürliche Art bezeichnet, oder wie die Menschen einschließende natürliche Art exakt zu bestimmen ist, bleibt eine empirisch zu entscheidende Frage.

[43] Mit Bezug auf die Persistenz gilt also faktisch, daß die Identität des menschlichen Leibes nicht an die Identität der ihn konstituierenden Materie gebunden ist. Aber auch die Annahme, daß sich die Identität eines menschliches Individuums zu jedem Zeitpunkt mittels der Identität der es dann gerade konstituierenden Materie bestimmen läßt, gilt nur, wenn man modale Kontexte außer Betracht läßt. Da kontrafaktische Aussagen mit Bezug auf Identität oder Persistenz nicht erörtert werden sollen, ist eine Präzisierung an dieser Stelle nicht notwendig.

son. Auch wenn es im Rahmen einer kombinierten Theorie möglich ist, Unterbrechungen im Strom psychischer Ereignisse mittels Dispositionen zu überbrücken, bleiben doch zwei gravierende Probleme bestehen. Nimmt man den Fall, daß ein Mensch ab einem bestimmten Zeitpunkt in einem irreversiblen Koma liegt und aufgrund der Zerstörung der für psychische Zustände und Episoden erforderlichen Hirnareale nur noch ein vegetatives Leben führt, dann kann es sich bei dem Individuum in diesem Lebensabschnitt der komplexen Theorie zufolge nicht um dasjenige Individuum handeln, welches vor Eintritt des Komas existierte. Während dieser Fall am Lebensende vielleicht noch als Sonderfall angesehen werden kann, auf den man nicht eine Theorie aufbauen, oder aufgrund dessen man nicht eine ansonsten plausible Theorie aufgeben sollte, besteht die zweite Schwierigkeit bei jedem menschlichen Individuum: Gemäß der komplexen Analyse kann die Phase in der Entwicklung eines menschlichen Lebens, in der die Grundlagen für psychische Zustände und Ereignisse noch nicht ausgebildet sind, nicht zur Existenz des späteren Individuums gehören. Beide Konsequenzen sind hochgradig kontraintuitiv und verdanken sich lediglich dem Festhalten am Personbegriff. Akzeptiert man die Annahme, daß die fraglichen Persistenzbedingungen sich vom biologischen Begriff des Menschen herleiten, dann lassen sich sowohl die frühen Entwicklungsstadien des menschlichen Embryos wie auch irreversible Phasen bloß noch vegetativen Lebens als Abschnitte der Existenz eines persistierenden menschlichen Individuums begreifen.[44]

Der biologische Ansatz hat gegenüber der komplexen Theorie auch den Vorteil, nicht auf eine naturalistische Konzeption der für Personalität zentralen propositionalen Einstellungen (Erinnerungen, Intentionen etc.) angewiesen zu sein. Vielmehr reicht es im Rahmen dieser Konzeption aus, die für diese psychischen Episoden notwendige Basis im Rahmen einer an der Beobachterperspektive ausgerichteten Beschreibung biologischer Funktionen bereitzustellen. Da es dieser Konzeption gemäß gar nicht darum geht, einen anspruchsvollen Personbegriff mittels biologischer Begriffe zu rekonstruieren, reicht es aus, die biologischen Ermöglichungsbedingungen zu erfassen, die notwendig sind, damit menschliche Individuen Personalität haben können.[45] Personalität und Persönlichkeit selbst lassen sich nicht im Rahmen einer naturalistischen Konzeption erfassen, sondern gehören der evaluativen

---

[44] Die kontraintuitiven Konsequenzen, die der biologische Ansatz mit sich bringt, sind zum einen, daß ein Leichnam eine andere Entität ist als der Mensch, dessen Körper er einmal war (so auch Rosenberg 1983, S. 27f.). Zum anderen beginnt ein bestimmtes menschliches Individuum erst in dem Moment, in dem die nach der Verschmelzung von Ei und Samenzelle sich entwickelnden Zellen sich so organisieren, daß sie *einen* Organismus bilden, d.h. ihre Totipotenz verloren haben. Insgesamt gilt, daß sich der biologische Ansatz im Kontext der Fragen nach Lebensbeginn und Lebensende bewähren muß und bewährt (vgl. Olson 1997, Kap. 4–6, Quante 1995b sowie 1996).

[45] Die von Shoemaker (1985, S. 129) gegen Wiggins zu Recht geäußerte Kritik, dieser benötige einen funktionalen Begriff der Person, trifft den biologischen Ansatz deshalb nicht, weil die von Wiggins als notwendig erachteten psychischen Kriterien nicht in Anspruch genommen werden.

Teilnehmerperspektive an. Da gemäß der Gesamtanlage der hier vorgeschlagenen biologischen Theorie auf dieser Ebene aber keine Persistenzbedingungen zu ermitteln sind, kann dieser Bereich für Fragen der menschlichen Persistenz komplett ausgeblendet werden.[46] Umgekehrt gilt dagegen, daß die faktische Beschaffenheit des biologischen Organismus als Realisationsbasis für Personalität und Persönlichkeit eine zentrale Rolle spielt. Man denke nur daran, wie (das Wissen um) das spezifisch menschliche Heranwachsen, Altern, Krankheit oder Sterben unsere Begriffe von Personalität und Persönlichkeit prägen.

Der Ausgangspunkt des biologischen Ansatzes ist der menschliche Organismus als eine integrative Einheit. Diese Perspektive erlaubt es, die sowohl in der Auseinandersetzung um die Identität der Person wie auch in der Philosophie des Geistes beobachtbare Fixierung auf das Gehirn aufzulösen. Die Vorstellung, eine Person sei mit ihrem funktionierenden Gehirn identisch, kann nur Plausibilität gewinnen, wenn man drei Prämissen voraussetzt:

(a.) Die Identität der Person läßt sich als Sequenz psychischer Zustände und Episoden analysieren.
(b.) Für die Individuation dieser psychischen Sequenz benötigt man eine Realisationsbasis.
(c.) Psychische Zustände und Episoden sind im Gehirn realisiert.

Bezieht man sich nicht auf den Personbegriff und die damit verbundenen psychischen Eigenschaften und Fähigkeiten, sondern legt den biologischen Begriff des Menschen zugrunde, dann gewinnt die Reduktion des menschlichen Individuums auf sein Gehirn die Unplausibilität zurück, die sie verdient. Dies ist aus zwei Gründen unerläßlich: Zum einen ist ein Gehirn kein menschlicher Organismus (auch ein funktionierendes Gehirn im Tank nicht). Zum anderen werden psychische Zustände und Episoden nicht dem Gehirn, sondern dem Menschen als ganzem zugeschrieben: Auch wenn das Gehirn sowohl für die Existenz des menschlichen Organismus im allgemeinen, wie für das Haben psychischer Episoden im besonderen eine notwendige Bedingung im Sinne einer kausalen Ermöglichungsbedingung ist, bildet das Gehirn weder den gesamten Organismus, noch denkt es, nimmt etwas wahr oder will etwas. Der biologische Ansatz hat daher das Potential, die leibliche Einheit des Menschen und unsere alltägliche Praxis der Zuschreibung mentaler Prädikate angemessen zu rekonstruieren bzw. im Rahmen einer an der Beobachterperspektive ausgerichteten Analyse ‚bereitzustellen‘. Mithilfe welcher theoretischen Konzepte (z.B. Realisierung, Supervenienz, Emergenz) dieses Verhältnis zwischen der durch die Beobachterperspektive erfaßbaren biolo-

---

[46] Die ausschließliche Anbindung an die Beobachterperspektive verbietet es auch, die Einheit des Leibes als „meinen Körper", d.h. den Körper, den eine Person sich selbst zuschreibt, zu analysieren. Damit würde die erstpersönliche Perspektive wieder in die Analyse Einzug halten, so daß die Kritik von Hamilton (1995, S. 346) greifen könnte.

gischen Dimension des Menschen und seiner in der Teilnehmerperspektive konstituierten Personalität und Persönlichkeit philosophisch angemessen bestimmbar ist, bleibt eine sich daran anschließende Frage. Solange man nicht die naturalistische These vertritt, daß nur diejenigen Phänomene und Entitäten wirklich existieren, die sich im Rahmen der Beobachterperspektive vollständig erfassen lassen, ergeben sich aus der hier vorgeschlagenen komplexen Analyse keine reduktionistischen oder gar eliminativen Konsequenzen.[47]

IV. Fazit

Insgesamt erfüllt der hier vorgeschlagene biologische Ansatz die oben formulierten Adäquatheitsbedingungen: Die Anbindung an die biologischen Gesetzmäßigkeiten sorgt für die Unabhängigkeit des Bestehens der Persistenz von sozialen Normen oder sprachlichen Konventionen, erklärt die Stabilität und Regelmäßigkeit des Bestehens dieser Relationen und damit auch, weshalb in der alltäglichen Praxis diachroner Selbstzuschreibungen erstpersönlicher mentaler Episoden die Wahrheitsbedingungen für die Persistenz als normalerweise erfüllt vorausgesetzt werden können und diese Wahrheitsbedingungen selbst nicht thematisiert werden müssen. Zugleich wird damit auch verständlich, weshalb wir in Fragen der personalen Identität „Mensch" und „Person" intuitiv gleichzusetzen geneigt sind. Darüber hinaus erklärt die Anbindung an faktisch geltende Gesetze generell, weshalb die in der Literatur verhandelten Gedankenexperimente konfligierende Intuitionen und den Eindruck der Unentscheidbarkeit hervorrufen: Die Begriffe, mittels derer wir Fragen der Persistenz beantworten, sind zur Behandlung dieser Fälle schlichtweg ungeeignet, und der Personbegriff selbst, der in diesen Kontexten herangezogen wird, erlaubt keine eindeutigen Antworten.[48] Die Ausblendung der vom Personbegriff

---

[47] Die Absage an eine naturalistische Konzeption propositionaler Einstellungen erzwingt deshalb auch nicht die Anerkennung der Cartesischen Perspektive. Den einfachen Positionen ist vielmehr vorzuwerfen, daß sie den evaluativen und ‚hermeneutischen' Aspekt von Personalität genauso ausblenden wie die naturalistischen komplexen Theorien, indem sie die erstpersönliche Perspektive an die Beobachterperspektive angleichen. Dem gegenüber wird hier vorgeschlagen, Personalität und Persönlichkeit der Teilnehmerperspektive zuzuordnen, die erstpersönliche Einstellungen als einen Bestandteil enthält. Damit ist die These verbunden, daß Selbstbewußtsein immer auch evaluative und voluntative Aspekte enthält (Tugendhat 1979). Chisholm (1970a, S. 36f.) stimmt dem in einer Hinsicht zu, indem er für Personalität und Persönlichkeit eine ‚lockere' und nicht die strikte Verwendung des Identitätsbegriffs in Anschlag bringt. Damit trifft er, in den Begriffen meines Ansatzes formuliert, den Unterschied zwischen einer an der Beobachterperspektive und einer an der Teilnehmerperspektive orientierten Analyse. Worin aber personale Identität noch bestehen soll, wenn Personalität und Persönlichkeit ausgeblendet werden, bleibt unklar (diese Kritik trifft auch die Arbeiten von Nida-Rümelin).

[48] Die von der einfachen Position monierten extrinsischen Bedingungen (wie der Ausschluß von Verdopplungen), sind – pace Nida-Rümelin – keine Ad-hoc-Lösung, sondern ergeben sich daraus, daß die relevanten biologischen Gesetze ceteris-paribus-Bedingungen enthalten. Weder die Manipulation

nahegelegten Fixierung auf psychische Zustände und Episoden erlaubt darüber
hinaus auch, die alltäglichen Intuitionen hinsichtlich Lebensbeginn, Lebensende
oder Komazuständen einzufangen. Insgesamt läßt sich der biologische Ansatz
vollständig in der Beobachterperspektive formulieren und kommt ohne spezielle
Postulate aus, die ausschließlich zur Analyse der diachronen Identität von Personen
aufgestellt werden müssen.

Die Beweislasten des biologischen Ansatzes sind, obzwar geringer als die der
einfachen Position oder die der alternativen komplexen Theorien, dennoch beacht-
lich. Nicht nur wird eine durch die Biologie bzw. Philosophie der Biologie abge-
sicherte realistische Konzeption natürlicher Arten, zumindest mit Bezug auf den
Menschen, benötigt. In einer angemessenen Ausformulierung des biologischen
Ansatzes werden auch Kategorien in Anspruch genommen, die über den Rahmen
der Biologie selbst hinausgehen: vor allem die Begriffe des Organismus und der
Integration bzw. integrativen Leistung.

Die Reichweite des biologischen Ansatzes ist dabei beschränkt. Dies hat nicht
nur, wie bereits beschrieben, die begrüßenswerte Konsequenz, unentscheidbare
Gedankenexperimente mit guten Gründen in das Reich der ‚science fantasy‘ zu
verbannen, sondern auch zur Folge, daß die Persistenzbedingungen auf die normalen Rahmenbedingungen der für die jeweilige natürliche Art spezifischen einschlägigen Gesetze beschränkt sind. Damit kann über artifizielle Personen und
über die personale Identität von Gott oder Engeln im Rahmen dieser Theorie
nichts gesagt werden. Auch mit Bezug auf den Menschen ergibt sich daraus, daß
technische Eingriffe wie z.B. Transplantation von Hirngewebe (oder Hirnteilen)
sowie die artifizielle Ersetzung spezifischer organischer Funktionen des Gehirns
den normalen Anwendungsbereich dieser Theorie möglicherweise überschreiten.
Ob dies eventuell der Fall ist, und welche Konsequenzen aus einem derartigen
Befund gegebenenfalls zu ziehen sind, muß eine Erörterung der fraglichen Probleme erweisen. Angesichts der hohen Plausibilität, die der biologische Ansatz im
Kontext des entstehenden und vergehenden Lebens hat, scheinen mir die Aussichten für eine angemessene Behandlung dieser Fragen auf der Basis des biologischen
Ansatzes aber gut zu sein.[49]

---

durch technische Eingriffe noch das Vorliegen von Randbedingungen, die den normalen Entwick-
lungsgang eines menschlichen Organismus verhindern, werden von diesem Ansatz direkt erfaßt.

[49] Ich danke Ulrike Kleemeier, Matthias Paul, Rosemarie Rheinwald, Niko Strobach und Dieter Sturma
für wertvolle Hinweise und Verbesserungsvorschläge.

LITERATUR

Anscombe, G. E. M. 1975: The First Person. In: Guttenplan, S. (Hg.): Mind and Language, Oxford.

Ayers, M. 1993: Locke, London.

Butler, J. 1975: Of Personal Identity. In: Perry (Hg.).

Cassam, Q. 1997: Self and World, Oxford.

Castañeda, H.-N. 1982: Sprache und Erfahrung, Frankfurt am Main.

Chisholm, R. M. 1969: The Loose and Popular and the Strict and Philosophical Senses of Identity. In: Care, N. S./Grimm, R. H. (Hg.): Perception and Personal Identity, Cleveland.

Chisholm, R. M. 1970a: Identity through time. In: Kiefer, H. E./Munitz, M. K. (Hg.): Language, Belief, and Metaphysics, Albany.

Chisholm, R. M. 1970b: Events and Propositions. In: Nous 4.

Chisholm, R. M. 1971a: Problems of Identity. In: Munitz (Hg.).

Chisholm, R. M. 1971b: States of Affairs again. In: Nous 5.

Chisholm, R. M. 1976: Person and Object, London.

Chisholm, R. M. 1985: The structure of states of affairs. In: Vermazen, B./Hintikka, M. B. (Hg.): Essays on Davidson's Actions and Events.

Chisholm, R. M. 1986: Self-Profile. In: Bogdan, R. J. (Hg.): Roderick M. Chisholm, Dordrecht.

Chisholm, R. M. 1991: On the simplicity of the soul. In: Philosophical Perspectives 5.

Chisholm, R. M. 1994: On the Observability of the Self. In: Donnelly, J. (Hg.): Language, Metaphysics, and Death. 2 Aufl., New York.

Davidson, D. 1980: Essays on Actions and Events, Oxford.

Dennett, D. C. 1981: Conditions of Personhood. In: Dennett, D. C.: Brainstorms. Philosophical Essays on Mind and Psychology, Brighton.

Evans, G. 1991: The Varieties of Reference, Oxford.

Forbes, G. 1985: The Metaphysics of Modality, Oxford.

Foster, J. 1979: In Self-Defence. In: MacDonald (Hg.).

Geach, P. T. 1980: Reference and Generality, Dritte Auflage, Ithaca.

Halbig, C./Quante, M. i.E.: Absolute Subjektivität. In: Gniffke, F./Herold, N. (Hg.): Klassische Fragen der Philosophiegeschichte, Münster.

Hamilton, A. 1995: A new look at personal identity. In: Philosophical Quarterly 45.

Kaplan, D. 1989: Demonstratives. In: Almog et al. (Hg.): Themes From Kaplan, New York.

Kim, J. 1993: Supervenience and Mind, Cambridge.

Kripke, S. A. 1981: Name und Notwendigkeit, Frankfurt am Main.

Leibniz, G. W. 1958: Metaphysische Abhandlung, Hamburg.

Leibniz, G. W. 1996: Neue Abhandlungen über den menschlichen Verstand, Band 1 (= Philosophische Schriften Band 3.1). Hg. v. W. von Engelhardt und H. H. Holz, Frankfurt am Main.

Lewis, D. 1986: On the Plurality of Worlds, Oxford.

Loux, M. J. 1998: Metaphysics, London.

Lund, D. H. 1994: Perception, Mind and Personal Identity, Lanham.

MacDonald, G. F. (Hg.) 1979: Perception and Identity, London.

Madell, G. 1981: The Identity of the Self, Edinburgh.

Munitz, M. K. (Hg.) 1971: Identity and Individuation, New York.

Nagel, Th. 1986: The View From Nowhere, New York.

Nida-Rümelin, M. 1996: Identität von Personen über die Zeit. München [unv. Habilitationsschrift].

Nida-Rümelin, M. 1997: Chisholm on Personal Identity and the Attribution of Experiences. In: Hahn, L. E. (Hg.): The Philosophy of Roderick M. Chisholm, Chicago.

Nida-Rümelin, M. 1998: Zur Abhängigkeit transtemporaler, personaler Identität von empirischen Beziehungen. In: Zeitschrift für philosophische Forschung 52.

Noonan, H. W. 1991: Personal Identity, London.

Olson, E. T. 1997: The Human Animal, New York.

Perry, J. (Hg.) 1975: Personal Identity, Berkeley.

Perry, J. 1979: The Problem of the Essential Indexical. In: Nous 13.

Perry, J. 1983: Castañeda on He and I. In: Tomberlin, J. E. (Hg.): Agent, Language, and the Structure of the World, Atascadero.

Putnam, H. 1979: The meaning of ,meaning'. In: Putnam, H.: Mind, Language and Reality, Philosophical Papers, Vol. 2, Cambridge.

Quante, M. 1995a: Die Identität der Person: Facetten eines Problems. In: Philosophische Rundschau 42.

Quante, M. 1995b: ,Wann ist ein Mensch tot?' Zum Streit um den menschlichen Tod. In: Zeitschrift für philosophische Forschung 49.

Quante, M. 1996: Meine Organe und Ich. In: Zeitschrift für medizinische Ethik 42.

Quante, M. 1997a: Ist die diachrone Identität der Person infallibel? In: Willaschek, M. (Hg.): Feld – Zeit – Kritik, Münster.

Quante, M. 1997b: Personal autonomy and the structure of the will. In: Kotkavirta, J. (Hg.): Right, Morality, Ethical Life, Jyväskylä.

Quante, M. 1997c: Die Personalität des Willens. In: Siep, L. (Hg.): G. W. F. Hegel, Grundlinien der Philosophie des Rechts, Berlin.

Quante, M 1998a: Freiheit, Autonomie und Verantwortung in der neueren analytischen Philosophie. Teil I: die Intermundien der Freiheit. In: Philosophischer Literaturanzeiger 51.

Quante, M. 1998b: Freiheit, Autonomie und Verantwortung in der neueren analytischen Philosophie. Teil II: Kontrolle ist gut, Vertrauen ist besser. In: Philosophischer Literaturanzeiger 51.

Quante, M. 1999: Personale Identität als Problem der analytischen Metaphysik. In: Ders. (Hg.): Personale Identität, Paderborn.

Rapp, Ch. 1995: Identität, Persistenz und Substantialität, Freiburg.

Reid, Th. 1975a: Of Identity. In: Perry (Hg.).

Reid, Th. 1975b: Of Mr. Locke's Account of our Personal Identity. In: Perry (Hg.).

Rheinwald, R. 1994: Causation and Intensionality: a Problem for Naturalism. In: European Journal of Philosophy 2.

Rohs, P. 1988a: Die transzendentale Deduktion als Lösung von Invarianzproblemen. In: Forum für Philosophie Bad Homburg (Hg.): Kants transzendentale Deduktion und die Möglichkeit von Transzendentalphilosophie, Frankfurt am Main.

Rohs, P. 1988b: Über Sinn und Sinnlosigkeit von Kants Theorie der Subjektivität. In: Neue Hefte für Philosophie 27/28.

Rohs, P. 1996: Feld – Zeit – Ich, Frankfurt am Main.

Rohs, P. 1997: Entgegnungen. In: Willaschek, M. (Hg.): Feld – Zeit – Kritik, Münster.

Rohs, P. 1998: Abhandlungen zur feldtheoretischen Transzendentalphilosophie, Münster.

Rosenberg, J. F. 1983: Thinking Clearly About Death, Englewood Cliffs, NJ.

Shoemaker, S. 1963: Self-Knowledge and Self-Identity, Ithaca.

Shoemaker, S. 1971: Wiggins on Identity. In: Munitz (Hg.).

Shoemaker, S. 1984: Identity, Cause and Mind, Cambridge.

Shoemaker, S. 1985: Personal Identity: a Materialist's Account. In: Shoemaker, S./Swinburne, R.: Personal Identity, Oxford.

Shoemaker, S. 1996: The First-Person Perspective and Other Essays, Cambridge.

Shoemaker, S. 1997: Self and Substance. In: Philosophical Perspectives 11.

Snowdon, P. F. 1990: Persons, Animals, and Ourselves. In: Gill, Ch. (Hg.): The Person and the Human Mind, Oxford.

Snowdon, P. F. 1991: Personal Identity and Brain Transplants. In: Cockburn, D. (Hg.): Human Beings, Cambridge.

Sprigge, T. L. S. 1988: Personal and Impersonal Identity. In: Mind 97.

Strawson, P. F. 1972: Einzelding und logisches Subjekt (Individuals), Stuttgart.

Swinburne, R. 1973: Personal Identity. In: Proceedings of the Aristotelian Society 74.

Swinburne, R. 1984: Personal Identity: The Dualist Theory. In: Shoemaker, S./Swinburne, R.: Personal Identity, Oxford.

Swinburne, R. 1986: The Evolution of the Soul, Oxford.

Tugendhat, E. 1979: Selbstbewußtsein und Selbstbestimmung, Frankfurt am Main.

Unger, P. 1979a: I do not exist. In: MacDonald (Hg.).

Unger, P. 1979b: Why there are no people. In: Midwest Studies in Philosophy 4.

Unger, P. 1990: Identity, Consciousness, And Value, Oxford.

Wiggins, D. 1967: Identity And Spatio-Temporal Continuity, Oxford.

Wiggins, D. 1976: Locke, Butler and the Stream of Consciousness: And Men as a Natural Kind. In: A. O. Rorty (Hg.): The Identities of Persons, Berkeley.

Wiggins, D. 1980: Sameness and Substance, Oxford.

Zuboff, A. 1978: Moment Universals and Personal Identity. In: Proceedings of the Aristotelian Society 78.

Zuboff, A. 1990: One Self: The Logic of Experience. In: Inquiry 33.

Ralf Stoecker

DIE BEDEUTUNG DES PERSONENBEGRIFFS FÜR DIE MODERNE HANDLUNGSTHEORIE

I.

Welche Bedeutung hat der Personenbegriff für die moderne Handlungstheorie? Wenn man unter einem Begriff ein Wort versteht, dann ist diese Frage schnell beantwortet. Anders als etwa in der angewandten Ethik, spielt das Wort „Person" in der modernen Handlungstheorie keine prominente Rolle. Unter einem Begriff kann man aber auch die durch das Wort ausgedrückten charakteristischen Merkmale verstehen, und dann läuft die Frage, welche Bedeutung der Personenbegriff für die Handlungstheorie hat, darauf hinaus, zu klären, inwiefern man für ein Verständnis des Handelns auf charakteristische Merkmale der Personalität zurückgreifen muß. Das ist das Thema dieses Beitrags.

Auch in diesem Verständnis ist es allerdings zunächst unwahrscheinlich, daß der Personenbegriff eine Bedeutung für die Handlungstheorie hat. Dagegen spricht ein Bild des Handelns, das in der modernen Handlungstheorie und Philosophie des Geistes häufig als so selbstverständlich vorausgesetzt wird, daß es im folgenden als das „handlungstheoretische Standardmodell" bezeichnet werden wird.

Dieses Standardmodell besteht aus zwei Teilen:

I. dem Meinungs-Wunsch-Modell des Handelns, dem zufolge Handeln ein Verhalten ist, das sich durch die Wünsche, Meinungen, Absichten und weitere intentionale Einstellungen des Handelnden auf handlungsspezifische Weise erklären läßt, und

II. einem großzügigen Verständnis intentionaler Einstellungen, dem zufolge intentionale Einstellungen ungefähr so weit verbreitet sind, wie wir sie in unserer alltägliche Praxis zuschreiben.

Nach diesem Modell haben nicht nur halbwegs erwachsene Menschen, sondern auch Babys, Tiere, ja möglicherweise selbst Pflanzen und bestimmte ausgeklügelte

Maschinen die Fähigkeit zu handeln. Wenn aber die Eigenschaft zu handeln so weit verbreitet ist, dann steht nicht zu erwarten, daß dem Personenbegriff eine besondere Bedeutung für das Handlungsverständnis zukommt. Denn Personalität ist eine elitäre Eigenschaft, die wir mit den meisten Tieren, Pflanzen und Computern sicher nicht teilen.

Das heißt nicht, daß Personalität und Handeln gar nichts miteinander zu tun haben. Im Gegenteil, was das Standardmodell verspricht ist eine Erläuterung in die andere Richtung, also nicht des Handlungs- durch den Personenbegriff, sondern des Personen- durch den Handlungsbegriff. Das hat besonders klar und mit großer Resonanz Daniel Dennett in seinem Aufsatz „Conditions of Personhood" vorgeführt.[1] (Man könnte hier aber ebensogut auch Harry Frankfurt nennen.[2]) Nach Dennett ist es den Personen, wie auch den nichtpersonalen Akteuren gleichermaßen wesentlich, intentionale Systeme zu sein. Der Unterschied liegt allein darin, daß Personen nicht nur einfache, sondern komplexe, reflexiv ineinandergeschachtelte intentionale Einstellungen haben, und das heißt, daß sie die Fähigkeiten, die einen Handelnden überhaupt ausmachen, in herausragendem Maße besitzen. Der Handlungsbegriff dient damit zur Erläuterung der Personalität, und nicht die Personalität zur Erläuterung des Handelns.

Das Standardmodell bietet der Philosophie des Geistes große Vorteile. Erstens erklärt es, weshalb es sinnvoll sein kann, die komplexe menschliche Psyche auf dem Umweg über die Untersuchung einfacher intentionaler Systeme zu erforschen, z. B. dadurch, daß man versucht, solche einfachen intentionalen Systeme künstlich herzustellen. Und zweitens erklärt das Modell, weshalb wir im Alltag so großen Erfolg damit haben, wenn wir das intentionale Vokabular freizügig auf Tiere und andere Nichtpersonen anwenden.

Trotzdem stellt sich die Frage, ob unser ‚personales' Handeln wirklich nur eine besonders ausgefuchste Variante des tierischen, pflanzlichen oder robotischen Tuns ist. Ich werde im folgenden auf drei handlungstheoretische Konzeptionen eingehen, die dies bestreiten und statt dessen das Vorliegen einer Handlung deutlich enger an personale Eigenschaften des Handelnden knüpfen. Zwar ist keines dieser drei Alternativmodelle auf den ersten Blick überzeugend, aber wie ich am Ende kurz erläutern werde, ließe sich vielleicht trotzdem aus ihnen zusammen so etwas wie eine personenbezogene Alternative zum Standardmodell entwickeln.

II.

Die erste Konzeption knüpft Handlungen an ein Merkmal der Personalität, das Dennett irreführend als „moralische Personalität" bezeichnet, und das zweifellos

[1] Dennett 1976.
[2] Vgl. die Artikel in Frankfurt 1988, sowie Martina Herrmanns Beitrag in diesem Band.

einen zentralen Ort im Personalitätsverständnis einnimmt, die Eigenschaft, für sein Tun verantwortlich, rechenschaftspflichtig zu sein. Verantwortung zu tragen ist sicher etwas, was uns vor vielem anderen in der Welt auszeichnet. Weder Tieren noch Dennetts notorischem Schachcomputer würde man Verantwortung zuschreiben.

Die These, daß jedes Handeln Verantwortlichkeit voraussetzt, hat Ende der vierziger Jahre der Rechtsphilosoph Herbert L. A. Hart in seinem Artikel „The Ascription of Responsibility and Rights" vertreten. [3] Hart drückt darin seine Unzufriedenheit mit allen bis dahin unternommenen Versuchen aus, notwendige und hinreichende Bedingungen für das Vorliegen einer Handlung anzugeben, und er gibt eine Diagnose, weshalb diese Versuche scheitern mußten. Handlungszuschreibungen seien gar keine assertorischen, sondern performative Äußerungen, mit ihnen werde kein spezielles Merkmal eines Geschehens in der Welt beschrieben (nämlich daß ein Verhalten eine Handlung ist), in ihnen werde vielmehr ein Akteur für das Verhalten verantwortlich gemacht. Der Handlungsbegriff sei nicht deskriptiv, sondern askriptiv. Das ist die Kernthese der askriptivistischen Handlungstheorie.

Nach dieser Theorie muß jemand, der handelt, ein geeigneter Gegenstand für Verantwortungszuschreibungen sein, also eine Person im Verantwortungs-Sinn. Die askriptivistische Handlungstheorie löst damit das Handlungsverständnis aus dem psychologischen Umfeld des Standardmodells und bettet es ein in eine moralische bzw. rechtliche Terminologie. Handeln funktioniert für Hart analog solcher Begriffe wie Eigentum oder Vertrag. Harts These ist allerdings (anders als die parallele metaethische These, daß normative Begriffe präskriptiv seien) auf wenig Gegenliebe gestoßen. Kritisiert wurde sie sowohl auf der sprachphilosophischen Ebene, als auch auf der handlungstheoretischen.

Der sprachphilosophische Einwand, der auf Peter Geach zurückgeht, lautet, Hart habe nicht hinreichend zwischen der Bedeutung und dem Gebrauch des Handlungsvokabulars unterschieden, denn ob man mit der Äußerung eines Satzes einen bestimmten Sprechakt vollziehe, wie z. B. den, jemanden zur Rechenschaft zu ziehen, könne niemals Teil der Bedeutung des Satzes sein. [4]

Gegen diese sprachphilosophische Kritik ist nichts einzuwenden, aber sie läßt den eigentlich interessanten Teil des Askriptivismus unberührt, die These, daß Handlungszuschreibungen Verantwortungszuschreibungen sind. Man muß sie nur deskriptiv, statt performativ verstehen. Sie besagt dann, daß das Prädikat, eine Handlung von jemandem zu sein, das gleiche bedeutet wie das Prädikat, dieser Jemand sei für das betreffende Verhalten verantwortlich.

Doch auch diese zweite Komponente des Askriptivismus hat harschen Widerspruch provoziert. Es gibt zwei Einwände: Erstens ist nicht klar, ob man im

---

[3] Hart 1948/49.
[4] Geach 1960.

Rahmen des Askriptivismus an der wichtigen Unterscheidung festhalten kann zwischen etwas, was einem zustößt, ohne daß man es tut, und etwas, was man tut, wofür man aber nicht verantwortlich ist.[5] Und zweitens stimmt es für viele unspektakuläre alltägliche Handlungen einfach nicht, daß sich die Aussage, jemand tue etwas, in eine Zuschreibung von Verantwortung übersetzen läßt.[6] Es stimmt zumindest dann nicht, wenn man unter „Verantwortung" so etwas versteht wie einen Druck, sich zu rechtfertigen, die Angemessenheit von Lob und Tadel, Belohnung, Bestrafung und Wiedergutmachung. Wenn ich z.B. sage, der Kaufmann habe sein Gemüse in den Laden geräumt, es müsse also gleich sechs Uhr sein, dann bin ich weit davon entfernt, irgend etwas darüber zu sagen, ob der Kaufmann rechenschaftspflichtig ist oder nicht.

Hart geht auf solche alltäglichen Handlungen nicht ein, doch es kann ihm schwerlich entgangen sein, daß sein Vorschlag hier schlecht paßt. Joel Feinberg hat deshalb in einer ausführlichen Auseinandersetzung mit Hart in dem Aufsatz „Action and Responsibility" eine Lesart und Weiterentwicklung des Askriptivismus angeboten, die auf einem differenzierteren Verständnis des Verantwortungsbegriffs aufbaut und damit verspricht, beide Einwände auszuräumen.[7] Wichtig an Feinbergs Vorschlag ist vor allem die Feststellung, daß unser Verantwortungsbegriff deutlich weiter ist als der der Rechenschaftspflichtigkeit. Schließlich reden wir auch mit Bezug auf Kausalbeziehungen häufig von „Verantwortung" (z.B. wenn wir sagen, der Frost sei für den Wasserschaden im Keller verantwortlich gewesen). Vor dem Hintergrund eines solchen weiten Verantwortungsverständnisses wird aber Harts prima facie befremdliche These, daß Handeln heiße, für etwas verantwortlich zu sein, viel einleuchtender, denn kausal ist der Kaufmann sicher dafür verantwortlich, daß das Gemüse im Laden ist. Und auch dem Unterschied zwischen einem Geschehen, das gar kein Handeln ist, und einem Handeln, für das der Handelnde nicht verantwortlich ist, könnte man auf diesem Weg gerecht werden, indem man das jeweilige Tun auf verschieden starke Verantwortungsbegriffe (z.B. kausale vs. juristische oder moralische) zurückführt.[8]

Durch die Abkehr von dem engen, auf die Rechenschaftslegung ausgerichteten, hin zu einem kausalen Verantwortungsverständnis gewinnt der Askriptivismus deutlich an Plausibilität. Dafür wird aber unklar, inwiefern dann der Personenbegriff noch eine Bedeutung für die Handlungstheorie hat, denn zunächst scheint eine rein kausale Verantwortung ja weit davon entfernt zu sein, ein spezifisches Merkmal der Personalität zu sein. Anders wäre es nur dann, wenn es so etwas gäbe wie eine personenspezifische Form der Handlungsverursachung. Daß es tatsächlich eine solche

[5] Vgl. Taylor 1966, S. 101.

[6] Vgl. Pitcher 1960 und Geach 1960.

[7] Feinberg 1965.

[8] Ich habe an anderer Stelle ausführlicher für ein derartiges Handlungsverständnis geworben (Stoecker 1997).

Art der Verursachung gibt, ist die Kernthese der nächsten handlungstheoretischen Konzeption, der Doktrin der *Agent causality*, der Akteursverursachung.[9]

III.

Entwickelt wurde die Konzeption der Akteursverursachung in der modernen Handlungstheorie vor allem von Richard Taylor und Roderick Chisholm, häufig aber unter Berufung auf eine bis auf Platon zurückreichende philosophische Tradition.[10] Ausgangspunkt Taylors in seinem Buch „Action and Purpose" ist wie schon bei Hart seine Unzufriedenheit mit dem in den fünfziger Jahre verbreiteten volitionalistischen Handlungsverständnis, dem zufolge Handlungen Körperbewegungen sind, die durch einen Willensakt o. ä. im Handelnden verursacht worden sind. Taylor hält die Annahme, daß jede Handlung von einem solchen inneren Ereignis begleitet sei, für eine typische Philosophenfiktion, für deren Wahrheit es abgesehen vom philosophischen Wunschdenken keinen Beleg gebe. Vor allem glaubt er aber auch, daß der Volitionalismus das Wesentliche am Handeln nicht einfangen könne, daß wir nämlich unserem Handeln gegenüber nicht passiv, sondern aktiv sind. Aktiv zu sein, so Taylor, heißt, in die Welt einzugreifen, und das heißt, Ursache von Ereignissen in der Welt zu sein, anstatt nur passiv dem Strom der Geschehnisse ausgeliefert zu sein. Der Unterschied zwischen unserem Handeln und dem, was bloß mit uns geschieht, liegt für Taylor also darin, daß wir ersteres selbst verursachen, letzteres nicht.

Diese Annahme, daß Handelnde Ereignisse in der Welt verursachen, ist allerdings noch nicht charakteristisch für die Position der Akteursverursachung. Denn zunächst ist es ja kaum zu bestreiten, daß wir uns häufig mit kausalen Ausdrücken auf Menschen beziehen, z.B. indem wir sagen, ein Feldherr habe die feindliche

---

[9] Der Ausdruck „agent causality" wird im Deutschen häufig mit „Handlungsverursachung" übersetzt. Doch das ist irreführend, denn gemeint ist damit eine besondere Form der Verursachung durch Handelnde (*agents*). Deshalb spreche ich im folgenden von „Akteursverursachung". Eine Alternative ist Uwe Meixners (in meinen Augen allerdings etwas künstlich klingende) Bezeichnung „Agenskausalität" (Meixner 1999).

[10] Taylor 1966. Chisholm hat seine Konzeption ebenfalls in den sechziger Jahren entworfen (vor allem in Chisholm 1966), dann aber in den siebziger Jahren überarbeitet und seine älteren Arbeiten als teilweise irreführend verworfen. Die neuere Position findet sich im zweiten Kapitel von Chisholm 1976a und in abgekürzter Form in 1976b. Eine sorgfältige Darstellung der Positionen sowohl von Taylor wie von Chisholm gibt Irving Thalberg im siebten Kapitel von Thalberg 1983. Auf Thalberg geht anscheinend auch die Bezeichnung „agent causality" zurück. Chisholm hat dagegen ursprünglich von „immanent causality" geredet, dann aber auf diesen Ausdruck verzichtet und ebenfalls „agent causation" verwendet. Der Anknüpfungspunkt bei Platon ist Sokrates' Spott über Anaxagoras im „Phaidon", wo Sokrates sagt, es könne nicht an seinen Sehnen und Knochen liegen, daß er noch in Athen sitze, weil diese längst im sicheren Ausland wären, wenn er es nicht für richtiger gehalten hätte, sich dem Urteil der Athener Richter zu beugen.

Burg zerstört, ein Heiratsschwindler das Leben seines Opfers ruiniert etc., ebenso
wie wir ja auch von materiellen Gegenständen als Ursachen von Ereignissen reden
(der Vesuv hat Pompeji zerstört, der defekte Staubsauger den Teppich ruiniert).

Die Annahme steht, für sich gesehen, auch nicht im Widerspruch zum Volitionalismus. Im Gegenteil, die Beispiele kausal wirksamer Gegenstände zeigen gerade,
wie man überhaupt auf die Idee kommen kann, Volitionen als innere Handlungs-
ursachen anzunehmen. Der Vesuv hat Pompeji zerstört, weil sein Ausbruch die
Stadt begraben hat, der Staubsauger hat den Teppich ruiniert, weil er plötzlich
in Flammen aufgegangen ist. Die kausale Rolle dieser Gegenstände läßt sich also
darauf zurückführen, daß Ereignisse in oder an den Gegenständen die Wirkungen hervorgebracht haben. Kausalität durch Dinge ist in diesem Sinn reduzibel
auf Kausalbeziehungen zwischen Ereignissen. Entsprechendes kann man auch für
die Wirkungen annehmen, die ein Handelnder hervorruft, und eben das ist, so
Taylor, verantwortlich für die volitionalistischen Verrenkungen in der Handlungstheorie. Der Volitionalismus verbindet ein kausales Verständnis des Handelns mit
der Erwartung, daß sich dieses auf eine Beziehung zwischen der Handlung und
Ereignissen in oder an dem Handelnden zurückführen läßt.

Charakteristisch für die Konzeption der Akteursverursachung ist erst, daß diese
Reduktionsmöglichkeit bestritten wird. Für Taylor beruht Handeln auf einer irreduziblen (und auch sonst philosophisch nicht weiter analysierbaren) Kausalbezie-
hung zwischen einem Akteur und einem Ereignis. Wenn wir handeln, dann sind
wir selbst es, die das Geschehen verursachen, ohne daß sich diese kausale Ein-
flußnahme auf die Wirkung irgendwelcher Ereignisse in oder an uns zurückführen
ließe. Das ist die zentrale These der Konzeption der Akteurskausalität.

Chisholm teilt diese Auffassung, er gelangt zu ihr aber auf einem anderen
Weg. Sein Ausgangspunkt ist eine Variante des Freiheitsproblems. Weder die
Annahme, all unsere Handlungen seien durch andere Ereignisse determiniert,
noch die Annahme, sie seien durch gar nichts determiniert, würde es erlauben, so
Chisholm, uns für unsere Handlungen verantwortlich zu machen, doch offenkundig sind wir manchmal für sie verantwortlich. Wie ist das möglich? [11] Chisholms
Lösung besteht darin, die drei Annahmen als wahr aber nicht unvereinbar zu erweisen. Wir sind tatsächlich nicht verantwortlich für das, was kausal durch die Welt
der Ereignisse determiniert ist, aber nicht alles, was dadurch nicht determiniert ist,
ist in dem Sinn indeterminiert, daß es zufällig geschieht. Es gibt neben der Determiniertheit durch andere Ereignisse und der Zufälligkeit noch eine dritte Möglichkeit,
nämlich das Verursachtwerden durch einen Akteur. Ohne Akteurskausalität sind
Freiheit und Verantwortlichkeit nicht möglich.

Es ist nun leicht zu sehen, inwiefern auch die Konzeption der Akteurskausalität den Personen eine viel größere Bedeutung in der Handlungstheorie einräumt
als das Standardmodell. Die Fähigkeit, jenseits von kausaler Determiniertheit und

---

[11] Vgl. die Rekonstruktion von Peter van Inwagen (van Inwagen 1977).

Zufälligkeit, allein von sich aus, Kausalketten anzustoßen, ist sicher nicht weit verbreitet in der Welt. Weder Schachcomputer, noch Tiere haben sie. Sie ist traditionell eher ein Privileg Gottes, des unbewegten Bewegers. Insofern ist es Personalität im Sinne von Gottesebenbildlichkeit, die hier in der Handlungstheorie Verwendung findet.[12]

Die Gottesebenbildlichkeit des Handelnden, von der die Akteursverursachung letztlich ausgehen muß, erklärt allerdings auch, weshalb dieser Vorschlag, ganz unabhängig von seinem Widerspruch zum Standardmodell, auf massive Ablehnung gestoßen ist. Eine erste, grundsätzliche Skepsis betrifft die Frage, wie Akteurskausalität überhaupt funktionieren soll, d.h. wie man es sich vorstellen soll, daß Akteure etwas verursachen, ohne daß sich dies auf Kausalbeziehungen zwischen Ereignissen zurückführen ließe.

Auf diesen Einwand gibt es verschiedene Reaktionen. Erstens führt er häufig zu einer grundsätzlichen Debatte der argumentativen Beweislasten. Verfechter der Akteursverursachung weisen in der Regel darauf hin, daß ihre Kausalitätskonzeption zum einen historisch älter ist als die der Ereigniskausalität und daß es zum anderen prima facie erheblich einleuchtender sei, einem Menschen die Fähigkeit zuzuschreiben, etwas zu bewirken, als einem ‚seelenlosen‘ Ereignis. Das spricht dafür, die Frage, wie eine solche Kausalität funktionieren soll, zumindest an beide Kausalitätskonzeptionen gleichermaßen zu stellen, und dann stehe die Ereigniskausalität nach David Humes vernichtender Kritik jedenfalls keinen Deut besser da als die Akteurskausalität.[13]

Die Schwäche dieser Replik liegt darin, daß auch Vertreter der Akteursverursachung gewöhnlich einräumen, daß sie nicht mit der Akteursverursachung allein auskommen, sondern daß es daneben auch noch Ereigniskausalität in der Welt geben müsse, und zwar nicht nur außerhalb von Handlungskontexten, sondern auch beim Handeln selbst, nämlich immer dann, wenn der Handelnde etwas tut, um damit eine Wirkung zu erzielen. Wenn man trotzdem an der Akteursverursachung festhalten möchte, dann muß man also zumindest angeben können, an welcher Stelle die beiden zusammenkommen, wo also der Akteur in den kausalen Strom der Ereignisse eingreift und damit die Kausalgeschichte ändert.[14]

In dieser Frage sind Taylor und Chisholm unterschiedlicher Ansicht. Für Taylor verursacht der Akteur einfache Körperbewegungen, und zwar (anders als bei Chisholm) unabhängig davon, ob der Handelnde frei in seinem Handeln ist oder

---

[12] In seinen „Replies" auf verschiedene kritische Artikel betont Chisholm ausdrücklich die Sonderrolle der Personen: „I grant, of course, that what I have said does imply something rather special about persons. They have far-reaching properties that we don't know any non-persons to have." (Chisholm 1977, S. 627)

[13] Darauf weist besonders Meixner hin (Meixner 1999).

[14] Vgl. Davidson 1971.

nicht.[15] Chisholms Konzeption ist komplizierter. Er unterscheidet zwischen den Ereignissen, auf die der Handelnde in seinem Tun abzielt (*undertake, endeavour*), und den Ereignissen, die er verursacht, um dieses Ziel zu erreichen.[16] Wer einen Stein wirft, um die Fensterscheibe zu zerstören, der zielt auf die Zerstörung der Scheibe ab, unabhängig davon, ob er trifft, und er zielt auch auf das Werfen des Steins ab (als Mittel, die Scheibe zu zerstören). Die Bemühungen sind ineinander verschachtelt (man bemüht sich, das eine zu erzielen, um so das nächste zu erzielen). Das aber setzt voraus, das irgendein Bemühen basal ist, daß man auf irgend etwas direkt abzielt, z. B. darauf, den Arm zu bewegen. Wenn ein solches direktes Bemühen Erfolg hat und man also den Arm tatsächlich bewegt, dann vollzieht man eine Basishandlung (in Arthur Dantos Sinn).

Nach Taylor hätte diese basale Armbewegung, wie gesagt, keine Ereignis-, sondern nur eine Akteursursache. Chisholm gesteht dagegen zu, daß das Armheben sehr wohl eine Ereignisursache hat, und zwar in dem Handelnden (vermutlich irgendwo in seinem Gehirn), er behauptet dann aber, daß es eben diese innere physiologische Ursache des Armhebens ist, die der Handelnde durch sein Bemühen, den Arm zu heben, kraft Akteursverursachung hervorbringt. Das ist der Kern von Chisholms Theorie der Akteursverursachung: Durch das Bemühen um ein Handlungsziel bringt der Handelnde ein (ihm zweifellos unbekanntes) Ereignis in seinem Inneren hervor, das, wenn die Handlung Erfolg hat, das beabsichtigte Handlungsziel (z. B. die Armbewegung) verursacht. Akteure verursachen also etwas in sich selbst und das verursacht dann (wenn alles gut geht), was immer die Akteure verursachen wollen. Das innere Ereignis ist der Punkt, an dem die Kette der kausal verbundenen Ereignisse ansetzt, es allein hat keine Ereignisursache.

Aber auch wenn dieses Ereignis tief im Inneren des Menschen stattfindet, ist die Annahme, daß es der naturwissenschaftlichen Suche nach einer Kausalerklärung prinzipiell weniger zugänglich sein soll als andere Ereignisse in der Welt, ein harter metaphysischer Brocken. Dazu kommt ein weiterer Einwand, daß nämlich im Rahmen der Akteursverursachung nicht mehr klar ist, weshalb die uns vertrauten Handlungserklärungen, also durch Gründe, Motive, Absichten des Akteurs, das Handeln erklären können sollen, wenn doch die Handlung geschieht, weil der Handelnde sie akteursverursacht.

Taylor und Chisholm sehen beide die Notwendigkeit, den Status von Gründe-Erklärungen aufzuhellen, verfolgen dabei aber unterschiedliche Wege. Für Taylor sind es teleologische Erklärungen, die seines Erachtens nicht in Konkurrenz zu kausalen Erklärungen stehen.[17] Für Chisholm sind Gründe dagegen Teilursachen des Verhaltens.[18] Das ist vor allem deshalb interessant, weil es ein milderes Licht

---

[15] Vgl. Taylor 1966, S. 60 und 140.

[16] Vgl. Chisholm 1976a, S. 73 ff.

[17] Vgl. Taylor 1966, Kap. 16.

[18] Vgl. Chisholm 1977, S. 629–30.

auf Chisholms These wirft, es gäbe im Inneren des Menschen ein Ereignis ohne Ereignisursache. Chisholm meint nicht, daß dieses erste, direkt akteursverursachte Ereignis gar keine Ursachen in anderen Ereignissen hat, er behauptet nur, daß diese Ereignisursachen nicht hinreichend für dieses Ereignis seien. Sie sind nicht hinreichend, weil der Akteur trotz der Ereignisursachen anders hätte handeln können. Neben dem Akteur kann dieses Ereignis aber weitere Ursachen in Ereignissen haben, die zwar, wie gesagt, zusammen nicht hinreichend, für sich gesehen aber jeweils notwendig sind. Und dazu zählen nach Chisholm die Gründe, aus denen der Akteur handelt.

Damit ist dieser Einwand allerdings noch nicht ausgeräumt. Was bleibt, ist auch hier die Suggestivität des modernen Standardmodells. Wenn Gründerklärungen bei Katze, Maus und Schachcomputer funktionieren, weshalb sollte man dann annehmen, daß trotzdem eigentlich nur Personen handeln können? Harry Frankfurt hat diesen Einwand sehr deutlich formuliert: „Whenever a person performs a free action, according to Chisholm, it's a miracle. [...] Chisholm says nothing that makes it less likely that a rabbit performs a miracle when it moves its leg, than that a man does so, when he moves his hand."[19]

Daß dieser Einwand, so naheliegend er scheinen mag, wirkungsvoll sein kann, zeigt sich besonders drastisch daran, daß Richard Taylor in einem kurzen Artikel viele Jahre nach dem Erscheinen von „Action and Purpose" aufgrund eben dieses Einwands seine Konzeption der Akteursverursachung als durch und durch verfehlt zurückgezogen hat.[20] Chisholm hat dagegen meines Wissens nichts zu dem Verhältnis seiner Konzeption zu Tieren gesagt, aber ich glaube nicht, daß ihn dieser Einwand sonderlich beeindruckt hätte. Er hätte vermutlich gar nicht bestritten, daß auch bei Tieren Gründe Teilursachen des Verhaltens sind. Der signifikante Unterschied zwischen tierischem Verhalten und menschlichem Handeln besteht eben nur darin, daß die Tiere allein aufgrund der Gründe handeln, während es uns menschlichen Handelnden darüber hinaus frei steht, ob wir das, wozu wir Gründe hätten, auch wirklich tun. Die Annahme freien, verantwortlichen Handelns zwingt aus Chisholms Sicht die Handlungstheorie, das Handeln von Personen nicht einfach nur als komplexere Variante des Verhaltens von Nichtpersonen anzusehen, sondern als etwas fundamental anderes.

IV.

Daß es einen fundamentalen Unterschied zwischen dem Handeln von Personen und dem Verhalten anderer Wesen gibt, besagt auch die dritte Alternative zum Stan-

---

[19] Frankfurt 1988, S. 23.
[20] Taylor 1982, S. 223 f. Im weiteren Verlauf weist er auch die Akteursverursachung als „strange kind of causation" zurück (S. 225).

dardmodell, die insofern erstaunlich ist, als sie auf einen Philosophen zurückgeht, der erheblich zum Aufbau eben dieses Standardmodells beigetragen hat, auf Donald Davidson. Vor allem Davidsons Artikel „Actions, Reasons and Causes" hat viel argumentative Pionierarbeit für das Standardmodell geleistet, genauer gesagt für den ersten Teil des Standardmodells. Vergleichsweise wenig Beachtung haben dagegen andere Arbeiten Davidsons gefunden, insbesondere „Thought and Talk" und „Rational Animals"[21], in denen sich Davidson gegen den zweiten Teil des Standardmodells wendet, also gegen die Annahme, daß auch viele Nichtpersonen intentionale Einstellungen haben können. Dem stellt er die These entgegen, daß nur solche Systeme denken und handeln können, die in der Lage sind, Sprache zu verstehen. Unsere Personalität, weder verstanden als Verantwortlichkeit, noch als kausale Gottesebenbildlichkeit, sondern als Sprachfähigkeit, macht uns zu Handelnden. Das ist der Aspekt des Personenbegriffs, der in Davidsons Handlungstheorie Bedeutung hat.

Davidson erschließt seine Behauptung aus drei Prämissen:

I. Nur jemand, der Sprache versteht, verfügt über den Begriff von Meinungen (*beliefs*).
II. Nur jemand, der über den Begriff der Meinung verfügt, hat Meinungen.
III. Nur jemand, der Meinungen hat, hat auch andere intentionale Einstellungen.

Also: Nur jemand, der Sprache versteht, hat intentionale Einstellungen.

Der Schluß ist zweifellos gültig, aber nicht alle Prämissen sind gleichermaßen einleuchtend. Die dritte kann man Davidson kommentarlos zugestehen. Ein Wesen, das keine Meinungen über die Welt hat, will auch nichts. Die Plausibilität der beiden restlichen Prämissen scheint sich dagegen hin und her schieben zu lassen. Entweder man hat einen gehaltvollen Begriff davon, was ein Begriff ist, dann ist die erste These recht einleuchtend, dafür ist aber völlig offen, warum beispielsweise ein Kaninchen wirklich einen Begriff von einem Fuchs haben muß, um überzeugt zu sein, daß gerade einer vor ihm steht. Oder man akzeptiert ein schwächeres Verständnis von „Begriff", dann wird die Verbindung zur Sprachfähigkeit brüchig. Im folgenden möchte ich versuchen, Davidsons Argumente für die erste und dann die zweite These so weit darzustellen, daß klar wird, warum sie sich nicht gleich in dieser argumentativen Zwickmühle verheddern und insofern einen ernsthaften Gegenentwurf für das Standardmodell menschlichen Handelns versprechen.

Im Rahmen von Davidsons Philosophie gibt es ein deutliches argumentatives Übergewicht für die erste Prämisse. Sie läßt sich unmittelbar aus Davidsons gene-

---

[21] Davidson 1975 und 1982. Davidson hat das Thema in neueren Artikeln wieder aufgenommen, vgl. z.B. Davidson 1995 und 1999.

reller Erklärung sprachlichen Verstehens herleiten.[22] Sprachverstehen impliziert für Davidson immer die Fähigkeit zur mehr oder minder radikalen Interpretation, und das setzt wiederum voraus, daß man das sprachliche Verhalten eines Menschen auf zwei Faktoren zurückführt, erstens auf den Besitz eines endlos mächtigen Repräsentationssystems für die Welt, nämlich die Sprache, und zum anderen auf die epistemische Situation des Sprechers in der Welt. Man erklärt sich das, was er sagt, daraus, was seine Worte bedeuten und welche Meinung er hat. Sprachverstehen ist nun wiederum kein Selbstzweck, es ist eingebunden in eine allgemeine Strategie, das Handeln des Sprechers zu verstehen (bei der ihm über die Meinungen hinaus noch andere intentionale Einstellungen zugeschrieben werden). Die Elemente dieser explanatorischen Strategie aber, die Begriffe der Bedeutung und Sprache, vor allem aber auch der Begriff der Meinung und anderer intentionaler Einstellungen rechtfertigen sich allein aus ihrem Beitrag zu dieser Strategie, es sind theoretische Begriffe unserer intentionalistischen Strategie. Das ist Davidsons Begründung für die erste Prämisse: Weil der Begriff der Meinung ein theoretischer Begriff der interpretativen Strategie ist, kann nur ein Interpret, ein ‚Sprachversteher‘, ihn haben.[23]

Damit ist allerdings noch nicht gesagt, daß auch die zweite Prämisse wahr ist. Schließlich kann man einen Begriff, selbst wenn dieser ursprünglich aus dem Umgang mit sprachfähigen Wesen stammt, trotzdem auch auf andere Wesen anzuwenden versuchen, und im Fall der Meinungen offenkundig mit gutem Erfolg. Es ist nicht nur üblich, sondern häufig sogar unerläßlich, das Verhalten von Tieren und manchmal auch von Artefakten dadurch zu erklären und vorherzusagen, daß man ihnen Meinungen und Wünsche zuschreibt. Das weiß Davidson natürlich, trotzdem hält er daran fest, daß ‚eigentlich‘ nur solche Wesen Meinungen haben, die über den Begriff der Meinung verfügen, und folglich, nach der ersten Prämisse, Sprache verstehen können. Die Frage ist also, welchen Grund Davidson hat, auf dieser kategorialen Unterscheidung zu bestehen.

Ein erstes Indiz dafür, nichtsprachfähigen Wesen Meinungen abzusprechen, findet sich auf der Ebene der Meinungszuschreibungen. Sätze, mit denen Meinungen (wie auch andere intentionale Einstellungen) zugeschrieben werden, sind referentiell undurchsichtig, d.h. wenn man in ihnen Ausdrücke durch andere Ausdrücke ersetzt, die sich auf dasselbe beziehen, dann kann es geschehen (anders als bei normalen, referentiell durchsichtigen Sätzen), daß sich der Wahrheitswert des Satzes insgesamt ändert. Auch wenn z.B. der örtliche Feuerwehrhauptmann zugleich der einzige FDP-Bürgermeister Frankens ist, kann man durchaus glauben, daß

---

[22] Für einen etwas ausführlicheren Versuch, Davidsons philosophisches Projekt zusammenzufassen, vgl. Stoecker 1995.

[23] Davidson leitet die Auffassung, der Begriff der Meinung sei an die Fähigkeit zur Interpretation gebunden, also nicht aus der These her, ohne diese Fähigkeit könne man überhaupt keine Begriffe haben.

der Feuerwehrhauptmann nach Hause kommt, ohne zu glauben, daß der einzige FDP-Bürgermeister Frankens nach Hause kommt (z.B. weil man fälschlicherweise annimmt, er sei längst zur CSU übergetreten). Referentiell undurchsichtig sind aber nicht nur Meinungszuschreibungen an Menschen, sondern auch an nichtsprachfähige Wesen (angenommen, sie können überhaupt wahr sein). Auch der Hund des Bürgermeisters kann glauben, sein Herrchen komme nach Hause, ohne zu glauben, daß der einzige FDP-Bürgermeister Frankens nach Hause kommt. Der gravierende Unterschied zwischen uns und dem Hund liegt allerdings in der Begründung für die referentielle Undurchsichtigkeit. Bei uns ist die Substitution koreferentieller Ausdrücke deshalb nicht unbedingt wahrheitswerterhaltend, weil wir uns gelegentlich darin irren, worauf sich unsere Meinungen beziehen, beim Hund dagegen liegt es daran, daß er viele Meinungen gar nicht haben kann. Wir scheuen uns ja nicht deshalb, ihm die Meinung zuzuschreiben, der einzige FDP-Bürgermeister Frankens komme nach Hause, weil er vielleicht glauben könnte, sein Herrchen sei nicht mehr bei der FDP (oder er sei nicht mehr Bürgermeister, oder es gäbe mittlerweile zwei FDP-Bürgermeister), sondern deshalb, weil Hunde überhaupt keine Meinungen über politische Ämter und Parteien haben können.

Das ist mehr als ein quantitativer Unterschied. Wir haben nicht nur sehr viel mehr Meinungen als ein Hund, die Meinungen des Hundes stehen auch sehr viel ‚isolierter‘ nebeneinander als unsere Meinungen. Unsere Meinungen sind Teil eines dichten Netzes weiterer Meinungen, die sie stützen und ergänzen. Wenn wir z.B. glauben, daß der Bürgermeister nach Hause kommt, dann kennen wir zwar nicht unbedingt dessen Parteizugehörigkeit, aber wir müssen zumindest wissen, was ein Bürgermeister ist und was es heißt, irgendwo zu wohnen. Und zudem haben wir, selbst wenn wir manche Dinge nicht wissen, eine Vorstellung davon, daß man sie wissen kann und wie man dieses Wissen erlangen könnte. Ein solches Meinungsnetz haben Hunde dagegen sicher nicht. Selbst wenn sie glauben können, daß ihr Herrchen vor der Tür steht, so haben sie generell keine Ahnung von Türen und Menschen, und erst recht haben sie keine Ahnung davon, was sie sonst noch alles nicht wissen.

Der Hinweis auf die bruchstückhaften, isolierten Meinungen, die man nichtsprachfähigen Wesen bestenfalls zuschreiben könnte, ist, wie gesagt, ein erstes Indiz dafür, wo nach Davidson die Begründung für die zweite Prämisse zu suchen ist, es ist aber selbst noch kein stichhaltiges Argument. Denn natürlich bestreitet niemand die gewaltigen kognitiven Unterschiede zwischen uns und einem Hund, die Frage ist nur, ob sie Grund genug sind, dem Hund ganz und gar die Fähigkeit abzusprechen, Meinungen zu haben. (Schließlich gibt es auch innerhalb der sprachfähigen Wesen gewaltige Unterschiede im Sophistikationsgrad der Meinungsnetze.)

Ein anderes, verwandtes Indiz für Davidsons zweite Prämisse findet sich in Davidsons Sprachphilosophie, in seiner semantischen Analyse von Meinungszuschreibungen.[24] Das Phänomen der referentiellen Undurchsichtigkeit spielt nicht nur eine Rolle für das philosophische Verständnis von Meinungen, es ist auch ein sprachphilosophisches Problem für jeden Versuch, eine Bedeutungstheorie natürlicher Sprachen zu erstellen. Davidson löst dieses Problem, indem er Meinungszuschreibungen als bestehend aus zwei ‚parataktisch' nebeneinanderstehenden Sätzen analysiert, die nicht logisch verknüpft sind, sondern dadurch zusammenhängen, daß der eine auf den anderen hinweist. Der Satz „Ich glaube, daß der Bürgermeister heimkommt" hat demnach die Form: „Ich glaube folgendes. Der Bürgermeister kommt heim." Ihrer logischen Form nach sind Meinungszuschreibungen also nicht einzelne Sätze, sondern spezielle Satzfolgen. Dieser semantische Vorschlag hat nun eine intentionalitätstheoretische Pointe. Er stützt Davidsons These, daß wir die Sätze unserer Sprache als Maß für die Zuschreibung intentionaler Zustände verwenden (so wie Zahlen als Maß für Gewichte).[25] Wenn ich von meinem Nachbarn sage, daß er glaube, daß der Bürgermeister nach Hause kommt, dann sage ich (ungefähr) so etwas wie: Er glaubt das, was ich glauben würde, wenn ich behaupten würde, daß der Bürgermeister nach Hause kommt. Das aber, könnte man nun weiter überlegen, geht nur, wenn der Nachbar ebenfalls in der Lage zu einer solchen Behauptung wäre, und also könnten sprachfähige Wesen nicht wirklich Meinungen haben.

Auch dieses Indiz deutet, Davidson zufolge, in die richtige Richtung, weil es abermals unterstreicht, wie fremd uns Meinungszuschreibungen sind, die sich gar nicht durch sprachliche Äußerungen klären lassen, aber für sich gesehen ist es eine Petititio principii. (Wenn der Hund glauben kann, daß sein Herrchen kommt, dann glaubt er eben das, was ich glaube, wenn ich sage, daß sein Herrchen kommt.)

Davidson ist sich darüber im klaren, daß die genannten Indizien nicht hinreichen, um die zweite Prämisse plausibel zu machen. Sein eigentliches Argument hat er aber leider nur sehr skizzenhaft angedeutet. In „Thought and Talk" lautet seine Begründung: Um Meinungen zu haben, müsse man wissen, daß man sich irren kann, und das setze wiederum den Begriff der Meinung voraus (Davidson 1984, S. 170). In „Rational Animals" illustriert er diese Idee dann am Beispiel des Überraschtseins (Davidson 1982, S. 325); wir akzeptieren, so Davidson, daß jemand Meinungen hat, wenn er überrascht sein kann, und das heißt, wenn er sich nicht einfach erst situationsunangemessen und dann ihr angemessen verhält, sondern wenn er z.B. verharrt, prüft und ähnliches tut, bevor das neue, angemessene Verhalten auftritt.[26]

Das ist zunächst eine seltsame Begründung, um so mehr als natürlich auch Tiere verblüfft sein können, etwas suchen können, etwas ausprobieren können etc. Der

---

[24] Vgl. vor allen Dingen Davidson 1968.

[25] Vgl. Davidson 1999.

[26] Vgl. auch Davidson 1995.

Hinweis auf das Überraschtsein unterstreicht eher den unplausiblen Eindruck der zweiten Prämisse, anstatt ihn auszuräumen. Und, wie gesagt, Davidson bietet auch nicht mehr an als diese Illustration. Aber ich glaube, er könnte mehr bieten, und das würde dann auch zeigen, inwiefern tatsächlich ein wesentlicher Unterschied zwischen dem Handeln sprachfähiger Personen und dem Verhalten anderer Wesen besteht. Eine Skizze, wie man Davidsons Überlegungen weiterführen könnte, ist Gegenstand des fünften und letzten Abschnitts.

V.

Davidson betont immer wieder, daß Sprachverstehen ein zentraler Teil des Verstehens von Verhalten ist. Das liegt aber nicht etwa daran, daß ein großer Teil unseres Verhaltens Sprechen ist (was ja sicher nicht stimmt), es liegt vielmehr daran, daß dem Sprechen eine besondere Bedeutung für unser Verhalten insgesamt, also auch das nichtsprachliche Verhalten zukommt. Diese Bedeutung besteht darin, daß wir uns sprachlich darüber verständigen können, was wir tun sollen. Sprachverstehen ist für das Handlungsverstehen so wichtig, weil wir gelernt haben, unser Sprechen für unsere Bedürfnisse einzusetzen. Wir können uns informieren, uns beraten und vor allem können wir nachdenken.

Nachdenken ist die solipsistische Ausübung einer wesentlich an Kommunikation gebundene sozialen Fähigkeit. Natürlich können wir viele Dinge tun, ohne einen Gedanken daran zu verschwenden, und bestimmte Fertigkeiten leben sogar davon, daß wir nicht extra darüber nachdenken müssen, was wir zu tun haben. (Schließlich ist Nachdenken eine sehr langsame Form der Entscheidungsfindung.) Aber auch wenn wir über die meisten alltäglichen Verrichtungen nicht nachdenken, so gilt doch, erstens daß wir darüber nachdenken könnten, wenn wir wollten, zweitens daß wir manchmal durch besondere Umstände dazu gezwungen sind, darüber nachzudenken, und drittens, daß wir anderen Menschen gegenüber deutlich machen können, welche Überlegungen eben dieses Handeln veranlaßt hätten, hätten wir es für nötig gefunden, uns Gedanken zu machen. Kurz: Wir sind Wesen, die (im Großen und Ganzen!) so handeln, als würden sie dauernd über ihr Handeln nachdenken.

Deshalb und nur deshalb wird man schlau aus uns, wenn man uns mit einem System virtueller Gedanken versieht, d.h. mit logisch zusammenhängenden Meinungen, Wünschen, Absichten etc. Wenn ich z.B. an der Straßenbahnhaltestelle eine Münze in den Automaten werfe, dann läßt sich das deshalb problemlos aus dem Wunsch erklären, mir eine Fahrkarte zu kaufen, und der Meinung, dazu müsse man zwei Mark in den Automaten werfen, weil ich mir (wenn ich es mir hätte überlegen müssen) gedacht hätte, daß ich die zwei Mark wohl in den Schlitz werfen muß, um die Fahrkarte zu bekommen.

Das ist, glaube ich, der Kern einer Davidsonschen Begründung für die zweite Prämisse. Die menschliche Fähigkeit zu sprachlicher Kommunikation ist nicht nur der Anlaß dafür, daß sich das intentionale Vokabular als Teil der interpretativen Einstellung herausgebildet hat, sie bildet auch eine wesentliche Rechtfertigung dafür, daß wir es überhaupt zur Verhaltenserklärung und Verhaltensprognose heranziehen können. Die Zuschreibung von Meinungen hat bei Wesen, die über sich selbst nachdenken können, eine prinzipiell andere Legitimationsgrundlage als die mehr oder minder gut funktionierende Zuschreibung an nicht sprachfähige Systeme. Deshalb muß man einen Begriff von Meinungen haben, um wirklich Meinungen zu haben.

Das Vokabular, in dem von Handeln, Meinen, Wünschen etc. die Rede ist, ist eben viel anthropozentrischer als es im Standardmodell den Anschein hat. Es ist maßgeschneidert auf Wesen, wie wir es sind, die sich auf ganz besondere Weise (insofern hatten Taylor und Chisholm Recht) durch die Welt bewegen, nämlich mit Hilfe der Sprache am Leitfaden gegenseitiger Verständigung sowie auch gegenseitiger Verantwortungszuschreibung (das war der zutreffende Kern des Askriptivismus), und vor allem aufgrund der internen Simulation solcher Verständigungen im Nachdenken. In diesem Sinn, kann man, glaube ich, zurecht behaupten, daß Handeln allein Sache von Personen ist und daß man verstehen muß, was Personen sind, um Handeln zu verstehen. Hierin liegt die aktuelle Bedeutung des Personenbegriffs für die Handlungstheorie.[27]

LITERATUR

Binkley, R. et al. (Hg.) 1971: Agent, Action, and Reason, Toronto.

Black, M. (Hg.) 1965: Philosophy in America, London.

Brand, M./Walton, D. (Hg.) 1976: Action Theory, Dordrecht.

Chisholm, R. 1966: Freedom and Action. In: Lehrer (Hg.).

Chisholm, R. 1976a: Person and Object, London.

Chisholm, R. 1976b: The Agent as Cause. In: Brand/Walton (Hg.).

Chisholm, R. 1977: Replies. In: Philosophia (Isr.) 7.

Davidson, D. 1968: On Saying That. In: Synthese 19; [wiederabgedruckt in Davidson 1984].

Davidson, D. 1971: Agency. In: Binkley et al. (Hg.); [wiederabgedruckt in Davidson 1980].

Davidson, D. 1975: Thought and Talk. In: Guttenplan (Hg.); [wiederabgedruckt in Davidson 1984].

Davidson, D. 1980: Essays on Actions and Events, Oxford.

Davidson, D. 1982: Rational Animals. In: Dialectica 36.

[27] Diese Arbeit ist im Rahmen eines Projekts der Deutschen Forschungsgemeinschaft über „Handeln als Verantwortlichsein" entstanden. Für hilfreiche Kritik und Ergänzungen möchte ich Rüdiger Bittner, Martina Herrmann, Jens Kulenkampff, Christian Nimtz, Eike von Savigny, Markus Stepanians sowie den Teilnehmer(inne)n des Bielefelder Philosophischen Klubs danken.

Davidson, D. 1984: Inquiries into Truth and Interpretation, Oxford.

Davidson, D. 1995: The Problem of Objectivity. In: Tijdschrift voor Filosofie 57.

Davidson, D. 1999: The Emergence of Thought. In: Erkenntnis 51.

Dennett, D. C. 1976: Conditions of Personhood. In: Rorty (Hg.).

Feinberg, J. 1965: Action and Responsibility. In: Black (Hg.).

Frankfurt, H. G. 1988: The importance of what we care about: philosophical essays, Cambridge, Mass.

Geach, P. 1960: Ascriptivism. In: Philosophical Review 69.

Guttenplan, St. (Hg.) 1975: Mind and Language, Oxford.

Hart, H. L. A. 1949: The Ascription of Responsibility and Rights. In: Proceedings of the Aristotelian Society 49.

van Inwagen, P. 1977: A Definition of Chisholm's Notion of Immanent Causation. In: Philosophia (Isr.) 7.

Lehrer, K. (Hg) 1966: Freedom and Determinism, New York.

Meggle, G./Nida-Rümelin, J. (Hg.) 1997: Analyomen 2, Bd. 3, Berlin/New York.

Meixner, U. 1999: Kausalität der Ereignisse oder Kausalität der Personen. In: Metaphysica 0.

Pitcher, G. 1960: Hart on Action and Responsibility. In: Philosophical Review 69.

Quine, W. V. O. 1953: From a Logical Point of View, Harvard.

Rorty, A. O. (Hg.) 1976: The Identities of Persons, Berkeley/Los Angeles/London.

Stoecker, R. 1995: Donald Davidson. In: Metzlers Philosophenlexikon (2. Aufl.), Stuttgart/Weimar.

Stoecker, R. 1997: Handlung und Verantwortung – Mackie's rule put straight. In: Meggle/Nida-Rümelin (Hg).

Taylor, R. 1966: Action and Purpose, Englewood Cliffs.

Taylor, R. 1982: Agent & Patient: Is There a Distinction? In: Erkenntnis 18.

Thalberg, I. 1983: Misconceptions of Mind and Freedom, Boston/London.

Reiner Wimmer

AUTARKIE UND HINGABE

Zur Phänomenologie zweier personaler Leitbilder

I. Methodische Vorbemerkung

Fragt man weder nach der Struktur noch nach den Bedingungen menschlichen Personseins, sondern nach seinen Erscheinungsweisen, mag einen die Mannigfaltigkeit seiner Ausprägungen in der Vielfalt der klassen-, schichten- und kulturspezifischen Lebensformen der Gegenwart und der Vergangenheit zunächst überwältigen. Doch in einer typologischen Betrachtungsweise reduziert sich die Mannigfaltigkeit gelebten Personseins auf wenige sogenannte ‚Idealtypen'. Sie sind aus der Realität abstrahiert, ohne sich von ihr zu lösen. Sie machen sie vielmehr durchsichtiger und helfen dem Verstehen dadurch, daß sie Vergleiche ermöglichen und die Rekonstruktion von Genesen bestimmter Ausprägungen erleichtern. Um auch mit den Möglichkeiten einer notgedrungen kleinen Untersuchung zu interessanten Ergebnissen zu kommen, die eine genauere philosophische Analyse lohnen, sei die Betrachtung auf zwei Typen des Personseins konzentriert, die, in möglichst eindeutiger, ja extremer Ausprägung vorgestellt, einander als polar-konträr gegenüberstehen, d.h.: „Die beiden Prädikatoren befinden sich je am Ende einer Skala derart, daß es einen kontinuierlichen Übergang von einem Ende zum anderen gibt"[1].

Eine der für unsere europäische Zivilisation im Hinblick auf Personalität wichtige Dimension – und zwar nicht nur für die Neuzeit, sondern, wie sich zeigen wird, schon für die Antike – ist die von personaler Abhängigkeit und personaler Unabhängigkeit. Die beiden Termini ‚Autarkie' und ‚Hingabe' im Haupttitel dieses Beitrags stehen für die Extreme einer solchen Abhängigkeitsskala für das Personsein. Sie deuten darüber hinaus aber noch eine Spezifizierung bzw. Einschränkung der Untersuchung an: Personen können faktisch von vielerlei abhängig sein oder sich jedenfalls als abhängig verstehen: von physischen (z.B. genetischen), psychischen (z.B. emotionalen), intellektuellen (z.B. weltanschaulich-ideologischen)

---

[1] Kamlah/Lorenzen 1967, S. 74.

und sozialen (z. B. ökonomischen) Faktoren; und diese Faktoren können mehr oder weniger vorübergehend bzw. dauerhaft bestehen oder so eingeschätzt werden. Mit ‚Hingabe' und entsprechend mit ‚Autarkie' ist aber hier in erster Linie psychische Abhängigkeit bzw. Unabhängigkeit gemeint, und zwar – wiederum einschränkend – von einer bestimmten Art, nämlich der einen Person von einer (oder mehreren) anderen Person(en). Man könnte das Thema also auch so umschreiben, daß man davon spricht, es gehe um Phänomene monadischen und dyadischen (oder auch triadischen usf.) Personseins, eines Personseins also, das sich entweder als von anderen Personen unabhängig setzt oder als von mindestens einer anderen Person abhängig setzt. Deutlich ist mit dieser Formulierung auch, daß hier keine Konstitutionsanalyse des (monadischen, dyadischen usf.) Personseins an sich angestrebt wird, sondern lediglich eine Analyse des genuinen Selbstverständnisses von Personen bzw. der kulturellen Ausprägung solchen Sich-selbst-verstehens. Dabei werden für den Abhängigkeitspol die Phänomene der personalen erotisch-sexuellen Liebe im Vordergrund stehen. Für den Unabhängigkeitspol werden aber über die personale Autarkie hinaus auch Phänomene der physischen, ökonomischen und intellektuellen Autarkie fast zwangsläufig eine Rolle spielen.

II. Personale Autarkie

Vor allem die griechische Antike brachte in kurzer Zeit auf eingeschränktem Raum eine große Zahl schöpferischer Menschen hervor, die die abendländische Kultur begründeten und während zweier Jahrtausende Kunst, Philosophie, Politik und Wissenschaft befruchteten. Fragt man nach der wirkmächtigsten Persönlichkeit der antiken Philosophie, so ist ohne Zweifel Sokrates Ausgangs- und Bezugspunkt der in der Mit- oder Gegenbewegung zu seiner Person und der von ihr vertretenen Sache sich etablierenden Schulen: Platon und seine Akademie, Aristoteles und sein Peripatos, die Stoa und der Kynismus. Einzig der – ältere – Pythagoräismus und der – jüngere – Epikuräismus waren sokratischen Einflüssen nicht ausgesetzt. Zunächst muß es so scheinen, als ob mit des Sokrates' Leitspruch ‚Erkenne dich selbst! – Gnothi sauton', den er sich als Weisung des Gottes vom Eingang des Apollon-Tempels in Delphi zu eigen gemacht hatte, die einzigartige Reflektiertheit, die Integrität und Idealität seiner Persönlichkeit schlechthin unüberbietbar seien. Hatte ihn doch die lebenslange Befolgung der göttlichen Weisung am Ende lediglich zu der Erkenntnis gebracht, daß er, wie er seinen Anklägern und Richtern vor dem Volksgerichtshof in Athen bekennt, von sich selbst und davon, was das wirklich Gute im Leben sei, nichts wisse, weswegen ihn das Delphische Orakel bekanntlich als den einzig wirklich Weisen proklamiert. Allerdings behauptet Sokrates zugleich, seine Richter hätten ihn zu Unrecht zum Tode verurteilt – trotzdem lehnt er es ab, sich der Hinrichtung durch Flucht zu entziehen, obwohl er die Gelegenheit dazu hat.

Es ist nicht zu hoch gegriffen, Sokrates' intellektuellen und moralischen Standpunkt ‚paradox' zu nennen: Nicht nur weiß er, daß er nichts weiß, vor allem, daß er sich selbst nicht kennt, was für ein Mensch er sei, ob er nicht eher Ungeheuer als Mensch sei; sondern er gibt auch vor, nicht einmal das Gute bzw. das, was das menschliche Leben gut, d. h. erfüllt, sinnvoll und glücklich macht, zu kennen – beteuert aber zugleich mit guten Gründen seine Unschuld und verurteilt seine Ankläger und Richter, zieht aus seinem Unschuldsbewußtsein aber nicht die Konsequenz, sich der Hinrichtung durch Flucht zu entziehen.

Nicht nur Sokrates' Methode, nichts unbefragt gelten zu lassen oder das vorgebliche Wissen und die angebliche moralische Integrität seines Gesprächspartners ironisch zu destruieren, ohne aber in sophistischer Manier zynische Konsequenzen zu ziehen, sondern vor allem die in all ihrer theoretischen Unsicherheit ungebrochene Kraft und Selbständigkeit seiner völlig uneitlen Persönlichkeit haben ihn zur abendländischen Leitfigur selbstbestimmten Denkens und Lebens gemacht. Jedoch zumindest die kynische Bewegung, vor allem ihr Hauptrepräsentant Diogenes von Sinope, erkennt den Spruch des Orakels, Sokrates sei unter allen Menschen allein weise gewesen, nicht an. Der Kynismus findet Mittel und Wege, diesen Spruch zu bestreiten und das sokratische Ideal seinerseits zu überbieten. – Hier bietet sich uns die Möglichkeit, ein Äußerstes an individueller moralischer und intellektueller Selbstbehauptung in kritischer Distanzierung von einer epochalen Gestalt nun seinerseits kritisch zu beurteilen, allerdings aus einer Offenheit heraus, die zuläßt, sich auch selbst in Frage zu stellen.

Diogenes von Sinope, der von ungefähr 400 bis ungefähr 320 lebte, war Schüler des Antisthenes (ca. 445–365), der Sokrates selbst zum Lehrer und Vorbild hatte. Antisthenes gilt nicht nur als Stammvater des Kynismus, sondern auch als der der Stoa: Auch Zenon von Kition, der Begründer der Stoa, war sein Schüler. Obwohl Diogenes Schriften verfaßt haben soll, sind uns solche nicht überliefert. Was auf uns gekommen ist, sind lediglich Anekdoten und Lehrsprüche, deren Quellenwert aber als gering zu veranschlagen ist. Es bedarf detektivischer Bemühungen, um im einen oder anderen Fall den biographischen Kern einer Anekdote herauszuschälen. Trotzdem sind die Zeugnisse, die Diogenes Laertius, der Biograph antiker Philosophen, der im zweiten und dritten Jahrhundert nach Christus lebte, zusammengetragen hat, nicht wertlos. Selbst im Volk umlaufende Legenden oder Polemiken können, kritisch gesichtet und in ein Verhältnis zu Gesichertem gesetzt, wichtige Ergänzungen und Vertiefungen eines in Grundzügen schon feststehenden Bildes erbringen. Ich halte mich in meinen Darlegungen zu Diogenes von Sinope und seinen Schülern und Schülerinnen an die gründlichen Untersuchungen von Niehues-Pröbsting (1979).

Der Kynismus des Diogenes entfaltet sich angesichts des Verfalls der griechischen Polis und ihrer Entmachtung durch Philipp von Makedonien und Alexander. Der Bürger verliert seine politischen Mitbestimmungsrechte, er erfährt sich an überindividuelle, undurchschaubare und unbeeinflußbare Mächte ausgeliefert.

Alexanders Eroberungen eröffnen gewaltige geographische Weiten und erzwingen die Begegnung mit dem Fremden, das das Eigene in Frage stellt. Die Bedrohung in der vitalen, in der politischen und in der kulturellen Sphäre fordert entsprechende Bemühungen um Selbstverständigung und Selbstbehauptung heraus, für die sich der einzelne aber auf sich selbst zurückgeworfen erfährt, weil die Lebens- und Handlungssinn verbürgenden überindividuellen Konventionen und Institutionen, wenigstens zum Teil, zerbrochen sind. Die kynische Haltung ist hierauf eine selbstbewußte Antwort, weil sie angesichts der übermächtigen Verhältnisse weder resigniert noch – wie der Epikuräismus mit seinem Grundsatz ‚Lebe im Verborgenen – Lathe biosas‘ – sich aus dem Weltgetriebe zurückzieht in die intime Wärme von die Freundschaft pflegenden, auf Dauer angelegten, aber politik- und gesellschaftsfernen Lebensgemeinschaften.

Philosophisch ist der Kynismus des Diogenes als die Kehrseite des Platonismus zu verstehen, als Satyrspiel zum erhabenen platonischen Idealismus, ja als dessen verrückte Spiegelung, so wie angeblich Platon in Diogenes den verrückt gewordenen Sokrates – Sokrates mainomenos – sah. Diogenes stellt sich Sokrates entgegen, aber verharrt nicht in bloßer Opposition, sondern sucht Sokrates zu überbieten. Als Kritiker jeder Art von Autorität, auch göttlicher, zieht Diogenes nicht etwa nur die Berufung des Sokrates zum Philosophen durch Apollon in Zweifel, sondern parodiert das Orakelwesen, indem er seine eigene angebliche Berufung durch den Gott durch Übersteigerung ad absurdum führt: Das Orakel habe ihn zum Vergehen der Münzfälschung aufgefordert. Doch in übertragener Bedeutung gibt das paracharattein to nomisma sehr prägnant den Sinn der philosophischen Sendung des Diogenes an: ‚paracharattein‘ heißt nicht nur ‚fälschen‘, sondern auch ‚umprägen‘ und ‚to nomisma‘ ist nicht nur die Münze, sondern auch die Sitte, das, was durch das geschriebene und ungeschriebene Gesetz (nomos) legitimiert und sanktioniert ist. Während Sokrates durch Apollon auf die Selbsterkenntnis und das von seiner Mutter ihm überkommene Amt der Hebamme festgelegt wird, legt sich Diogenes selbst auf die Kritik und Umwandlung von Sitte und Ordnung fest, und zwar so, daß er, Sokrates' Hebammenkunst, mit der dieser jedem zu eigener Selbsterkenntnis verhelfen will, parodierend, seinen Beruf vom eigenen Vater herleitet, der sich als Aufseher der staatlichen Münze in Sinope der Fälschung oder zumindest der Umprägung des Geldes schuldig gemacht haben soll und deshalb vertrieben wurde.

Es seien nun einige für die Gestalt des Kynikers in Abhebung von der des Sokrates zentrale Gesichtspunkte thematisiert, und zwar seine Einstellung zum öffentlichen und politischen Leben und zum nach modernem Verständnis privaten Bereiche des Lebens.

Die Einstellung des Diogenes zum gesellschaftlichen Leben drückt sich in zwei Gruppen von Geschichten aus, von denen die erste ihn in Konfrontation mit dem Volk und die zweite in Konfrontation mit den Inhabern der Macht zeigt. Das Verhältnis zum Volk veranschaulicht eine bis in die Gegenwart wirkende Anek-

dote: „Er zündete bei Tag ein Licht an und sagte: ‚Ich suche einen Menschen'"[2].
Diogenes wird hier zu einem anderen Sokrates stilisiert, allerdings wieder in absetzender Übersteigerung. Sokrates suchte im Auftrag des Gottes einen Menschen, der wirklich wissend ist; aber er fand keinen. Deshalb bewahrheitet sich für ihn auf ironische Art das delphische Orakel, wonach niemand weiser sei als Sokrates; denn wenigstens wisse er um seine Unwissenheit. Ebenso findet auch Diogenes keinen Menschen; er allein ist Mensch, wie Sokrates der einzig Wissende ist. Niehues-Pröbsting macht deutlich, daß Sokrates und Diogenes eine zwiespältige Einstellung zum Volk einnehmen: Die gegenstrebigen Tendenzen der Partizipation und der Distanzierung sind in ihr verbunden. Einerseits sind sie einfache Männer, verkehren mit den Menschen auf Straßen und Plätzen, pflegen einen unaufwendigen, ja kargen, asketischen Lebensstil. Andererseits richten sie zwischen sich und allen übrigen Menschen eine unsichtbare Schranke auf, die in dem Bewußtsein besteht zu wissen, wo andere nicht wissen, oder gar als einziger wirklich Mensch zu sein. Drastischer noch drückt sich Diogenes' Abscheu so aus: „Einst rief er laut: ‚Heda, Menschen!‘, und als sie herbeiliefen, bearbeitete er sie mit seinem Stock mit den Worten: ‚Menschen habe ich gerufen, nicht Dreck!‘"[3]. Nun fragt man natürlich sofort, worin denn das Menschsein nach Diogenes bestehen soll. Die gesamte antike Philosophie hat hierauf in praktischer Perspektive mit dem geantwortet, was sie für das gute und geglückte Leben hielt. Die Sokratesschüler Antisthenes und Aristipp erblickten im rechten Menschsein 1. „die Fähigkeit, mit sich selbst zu verkehren", d.h. vertrauten und vertrauensvollen Umgang mit sich selbst zu haben, und 2. „ein sicheres Auftreten im Verkehr mit jedermann"[4] – zwei Auskünfte, die einander ergänzen und bedingen: Wer sich selbst vertraut, gerne mit sich umgeht, sich selbst wertschätzt, vermag vor anderen zu bestehen und kann ihnen, wo nötig, widerstehen.

Dieser Widerstand um eines rechten Menschseins und eines guten Lebens willen sei in zweierlei Hinsicht konkretisiert: einmal in bezug auf die antiideelle, wertnivellierende Macht des Geldes, zum anderen in bezug auf die politische Macht. Sokrates und Diogenes nahmen kein Geld für ihre Unterweisungen. Sie setzten sich damit bewußt von der sophistischen Praxis ab. Sie taten dies aus der Einsicht in „die Fähigkeit des Geldes, die höchsten wie die niedrigsten Werte gleichmäßig auf eine Wertform zu reduzieren und sie dadurch, um so verschiedene Arten und Maße desselben es sich auch handeln mag, auf dasselbe prinzipielle Niveau zu bringen", wie Georg Simmel in seiner *Philosophie des Geldes* sagt.[5] Diogenes und seine Schüler verschmähten den Reichtum, sie lebten arm. Diogenes besaß nur einen Mantel, mit dem er sich bekleidete und den er zugleich beim Schlaf zum Zudecken

---

[2] Diogenes Laertii vitae philosophorum VI 41 (im folgenden zitiert als: DL).

[3] DL VI 32.

[4] DL VI 6; II 68.

[5] Zitiert bei Niehues-Pröbsting 1979, S. 51 f.

benutzte, einen Stock und einen Sack für die Essenssachen. Der Ungeist der Sophistik, für den sich alles in Geldwert ausdrücken und beschaffen läßt, verkörpert das, was man seit zweihundert Jahren im Unterschied zum authentischen Kynismus ‚Zynismus‘ zu nennen sich angewöhnt hat. Die Wahrheit über den Menschen, Selbsterkenntnis und Wohlergehen im Sinne eines geglückten Lebens sind nicht käuflich, weil sie keine äußeren Güter sind, die besessen werden können. Das paracharattein to nomisma, das Umprägen der Münze, läßt sich insofern auch ziemlich direkt verstehen: Das gängige Verständnis davon, wie der Mensch sich zu sich selbst und seinesgleichen verhält, nämlich im Sinne seiner Bestechlichkeit und Käuflichkeit, wird umgekehrt, vom Kopf auf die Füße gestellt: Der Wert des Menschen konstituiert sich im Bewußtsein seiner Inkommensurabilität bezüglich allem, was er – autonome Person, die er ist – nicht ist. Deshalb läßt Diogenes sich auch durch die sog. ‚Macht des Geldes‘, aber auch durch andere Formen der Macht, nicht korrumpieren.

Die Überlieferung bezeugt, daß sich weder Sokrates noch Diogenes vor den Inhabern politischer Macht beugten. Während andere die Nähe und den Umgang mit Königen und Fürsten suchen, gehen sie ihnen ostentativ aus dem Wege, ja in Diogenes' Falle werden nicht nur fürstliche Einladungen brüsk ausgeschlagen, sondern es muß sich der Weltherrscher selbst zum Philosophen bemühen, um ihm seine Gunst anzutragen. Der geht zwar darauf ein, aber in einer Weise, die eine Absage noch überbietet: „Als Diogenes sich im Kraneion sonnte, trat Alexander an ihn heran und sagte: ‚Fordere, was du wünschst‘, worauf er antwortete: ‚Geh mir aus der Sonne‘ "[6]. Des Diogenes Wunsch ist so gering, daß ihn seine Erfüllung durch den König zu nichts verpflichtet, so daß er Alexanders Absicht vereitelt, ihn von sich abhängig zu machen. Darüber hinaus gibt er ihm indirekt seine Verachtung zu verstehen, insofern er ihm bedeutet, daß er ihm nur ein lästiger Schatten ist. Den Hintergrund bildet die Tatsache, daß der mächtigste Herrscher der Antike, der Bezwinger des persischen Großkönigs, nicht fähig ist, sich einen einfachen Menschen zu unterwerfen. Zugleich wird demonstriert: Die Ausübung und Steigerung von Macht in der Unterwerfung von Menschen erzielt Unabhängigkeit von ihnen nur zum Schein, insofern ein falscher Begriff von Freiheit und Unabhängigkeit die Freiheit des anderen als Beeinträchtigung der eigenen Freiheit erscheinen läßt.

Nicht erst mit dem Untergang der griechischen Stadtstaaten, sondern schon am Schicksal des Sokrates, der durch einen Gerichtsbeschluß seiner Heimatstadt zu Tode kommt, erweist sich für den aufmerksamen Griechen der hellenistischen Zeit, daß die staatlichen Gesetze und Institutionen seine Sicherheit und Selbsterhaltung nicht mehr garantieren können. Platons Antwort auf den Tod des Sokrates besteht darin, seinem Geschick das Tragische dadurch zu nehmen, daß er es in seine Bereitschaft auflöst, freiwillig, aus moralischer Selbstbestimmung in den Tod zu gehen und sich als moralisches Subjekt über den Tod hinaus zu erhalten, und zwar

---

[6] DL VI 38.

als unsterbliche Seele auf der Insel der Seligen, wie die Dialoge *Gorgias* und *Phaidon* darlegen. Die moralische Autonomie und die Idee der Unsterblichkeit entlasten den Staat zwar von der totalen Verantwortung für die Existenz des Bürgers, da diesem nun eher zugemutet werden kann, für das Gemeinwohl Opfer an Leib und Leben zu bringen. Zugleich aber tritt der Bürger in eine innere Distanz zum Staat, und es entsteht ein staatsfreier Raum, in dem der einzelne sein Leben in Unabhängigkeit von staatlicher Macht und Fürsorge selbst bestimmt, unter Umständen sogar unter Mißachtung staatlicher Machtansprüche, weil ihm seine physische Selbsterhaltung kein unbedingter Zweck mehr ist, sondern allein die moralische Selbstbehauptung.

Um die Autarkie zu ermöglichen und zu bewahren, betreibt der Kyniker die Reduktion seiner Bedürfnisse. Das Motiv ist also nicht Askese oder Abtötung oder Weltflucht im religiösen Sinne oder als Selbstzweck. Gerade um der Freude am Leben und ihrer Absicherung willen werden die Bedürfnisse vereinfacht und auf ihre leiblichen Wurzeln zurückgeführt, die wir mit vielen Tieren teilen. Deshalb ist ihr Verhalten häufig für Diogenes Vorbild: „Einst wurde er auf eine Maus aufmerksam, die hin und her lief, aber weder eine Ruhestätte suchte noch die Dunkelheit mied noch irgendein Verlangen nach Leckerbissen verriet. Das gab ihm den Wink zur Abhilfe für seine dürftige Lage. Er verdoppelte seinen Mantel durch Übereinanderschlagen, um so jedem Bedarf zu genügen und auch das Bett zu ersetzen. Er rüstete sich mit einem Ranzen aus, der seine Nahrung barg, und so war ihm jeder Ort recht zum Frühstück, zum Schlafen, zur Unterhaltung, kurz: für alles"[7].

Das bedeutet auch, daß Diogenes keinen Unterschied zwischen privaten und öffentlichen Verrichtungen macht: „Diogenes pflegte alles in voller Öffentlichkeit zu tun, sowohl was die Demeter" – also die Nahrungsaufnahme und die Ausscheidung – „als auch was die Aphrodite" – also die Erotik und die Sexualität – „betrifft"[8]. Wenn sich ihm keine Frau zur Verfügung stellte – es wird berichtet, daß es sich mehrere Hetären zur Ehre anrechneten, Diogenes ohne Entgelt beizuwohnen –, befriedigte er sich selbst in aller Öffentlichkeit. Er sagte, er habe das den Fischen abgeschaut, und rief aus: „Könnte man doch ebenso den Hunger durch Reiben des Bauchs vertreiben!"[9].

Alle leiblichen Bedürfnisse sollen auf ihre natürlichen Antriebe gestellt und spontan, ohne Rücksicht auf gesellschaftliche Konventionen, zu denen auch das Schamgefühl zählt, befriedigt werden. Diogenes sucht der Gefährdung seiner Autarkie und Autonomie durch die Praktik der Onanie zu entgehen. Daß Diogenes der Tradition zufolge trotzdem mit Lais oder Phryne, den beiden berühmtesten Hetären seiner Zeit, verkehrte, widerspricht dem Autarkieprinzip nicht; denn sie stellten sich ihm, der sie nicht braucht und sie nicht kaufen will, unentgeltlich zur

---

[7] DL VI 21 f.

[8] DL VI 69.

[9] DL VI 46, 69.

Verfügung. Damit bestätigt sich zudem, daß, wo die Autarkie gewahrt ist, der Verzicht keine Funktion hat.

Zweifellos wahrt Diogenes seine Autarkie. Trotzdem kann uns sein Verhalten nicht zufrieden stellen; denn wir wissen, daß im sexuellen Erleben und darüber hinaus eine umfassend menschliche Erfahrung der gemeinsamen und gegenseitigen Liebe zwischen Personen möglich ist, die sich als von grundsätzlich höherem Rang erweist als ein noch so befriedigendes erotisches Verhältnis zum eigenen Leib. Aber wo bleiben dann Autarkie, Autonomie, Identität, Individualität? Das Problem des Diogenes fordert weiterhin eine Lösung, auch wenn im folgenden das Augenmerk dem anderen Pol der Unabhängigkeit-Abhängigkeit-Dimension des personalen Menschseins gilt.

III. Personale Hingabe

Personale Abhängigkeit soll hier nur in der schon angedeuteten Richtung, und zwar hauptsächlich im Anschluß an die einschlägigen Analysen von Hermann Schmitz, weiterverfolgt werden, also hinsichtlich der Gemeinsamkeit von Menschen in leiblich-erotisch-emotional bestimmter Zugewandtheit. Andere Formen der Kommunikation, vor allem, wenn sie funktionaler Art oder über durch Menschen geschaffene Institutionen vermittelt sind, werden, so wichtig sie sind, nicht berücksichtigt.

Vielleicht überrascht die These, daß auch auf dem vorerst nur recht vage umschriebenen Feld des liebenden Miteinander die griechische und die römische Antike entscheidende, zum Teil für unseren Kulturkreis bis heute maßgebliche Züge liebender Zuwendung ausgeprägt und – vor allem in der Dichtung – ausformuliert hat. Aber auch jene kulturell hoch stilisierten Liebesweisen wie die pädagogisch inspirierte Knaben- und Mädchenliebe, die schon in der Antike mit dem Untergang ihrer gesellschaftlichen Voraussetzungen, nämlich der archaischen Feudalaristokratie, degenerierten und nicht etwa erst durch das Christentum beseitigt wurden, könnten selbst unter den ganz anders gearteten Voraussetzungen unserer Epoche für die Kultur gleichgeschlechtlicher Liebesbeziehungen eine Quelle der Inspiration sein. Jedenfalls habe ich, wenn ich im folgenden den Ausdruck ‚Liebe' benutze, zum einen immer auch Erotik und Sexualität einschließende Beziehungsformen im Auge, zum anderen neben den hetero- auch homosexuelle Liebesverhältnisse.

Vom Dichter Mimnermos (um 600 v. Chr.) sind diese Zeilen überliefert:

> Was ist das Leben, was ist erfreulich ohne die goldene Aphrodite? Ich möchte tot sein, wenn mir das nicht mehr am Herzen liegt: heimliche Zuwendung und Liebesgaben und Beischlaf[10].

---

[10] Diehl 1954–1964, Nr. 1.

Mimnermos sieht den Sinn des Lebens darin, von Aphrodite ergriffen zu werden.[11]. Er möchte nicht mehr leben, sollte er die Freude an der leiblichen Liebe verlieren. Die Gestalt der goldenen Aphrodite ist hier nicht mythologisch oder gar nur metaphorisch zu verstehen. Die Liebe ist eine göttliche Macht, die den Menschen – Mann oder Frau – ergreift, überwältigt, bezwingt auch eventuell gegen seinen Willen. Dieses Ergriffenwerden wird manifest in mannigfachen leiblichen Regungen. Etwa um dieselbe Zeit, zu Beginn des 6. Jhds. v. Chr., beschreibt die größte Lyrikerin der Antike, Sappho, die Erschütterung, die der Anblick des geliebten Mannes auslöst und die sich auf vielfältige Weise bekundet:

Scheinen will mir, er komme gleich den Göttern,
jener Mann, der dir gegenüber nieder-
sitzen darf und nahe den süßen Stimmen-
zauber vernehmen

und des Lachens lockenden Reiz. Das läßt mein
Herz im Innern mutlos zusammenkauern.
Blick ich dich ganz flüchtig nur an, die Stimme
stirbt, eh sie laut ward,

ja die Zunge liegt wie gelähmt, auf einmal
läuft mir Fieber unter der Haut entlang, und
meine Augen weigern die Sicht, es über-
rauscht meine Ohren,

mir bricht Schweiß aus, rinnt mir herab, es beben
alle Glieder, fahler als trockene Gräser
bin ich, einer Toten beinahe gleicht mein
Aussehn.

Aber alles trägt sich noch […][12].

Hier bricht die Ode ab, wie uns alle Gedichte Sapphos, mit der einen Ausnahme einer Hymne an Aphrodite, nur fragmentarisch, oft kaum noch deutbar, überliefert sind. Mit welcher Art Schluß Sapphos Ode endete, mag eine Nachdichtung Catulls in sapphischem Versmaß, die aber über eine bloße Nachdichtung hinaus eigene Akzente setzt, wenigstens andeuten[13]. Catull huldigt mit dieser Ode seiner großen Liebe, die er in Anspielung auf Sappho ,Lesbia' (die Lesbierin, Bewohnerin der Insel Lesbos) nennt. Gegenüber Sapphos Gedicht sind die Rollen allerdings getauscht: Die Frau ist die Angebetete, die die Sinne Catulls verwirrt, seinen Leib in Aufruhr versetzt. Die Schlußstrophe lautet:

---

[11] Die Analysen zu Mimnermos und Sappho sind angeregt von den Darlegungen bei Schmitz 1964–1980, Bd. III 2, S. 418 ff.
[12] Diehl 1954–1964, Nr. 2.
[13] Catull 1960, Nr. 51.

Müßiggang bekommt dir nicht gut, Catullus,
Müßiggang macht zu dreist dich und übermütig,
Müßiggang hat Könige einst gestürzt und
blühende Städte.

Weder Sappho noch Catull bleiben stehen bei der Schilderung des leiblichen Ergrif-
fenseins. Mit der Zeile „Aber alles läßt sich ertragen" sucht Sappho Abstand zu
gewinnen: Auch das Leiden an einer sich nicht in Gegenliebe erfüllenden Liebe läßt
sich mit Hilfe der Götter ertragen. Catull sucht Sapphos Haltung des Abstand-
gewinnens nachzuahmen. Doch vermag er sich selbst nicht mehr mit dem Hinweis auf das göttlich verfügte Leiden der Liebe zu bescheiden und zu gedulden,
sondern verzweifelnd-ironisch sucht er seine Liebe kleinzureden, als ob sie die
Phantasmagorie eines Müßiggängers sei, pures Werk der Einbildung, realitätsfern,
gar lebensgefährlich, weil für das Leben und seine Gefahren untauglich machend.
Selbstverständlich sieht Catull seine Liebe in glücklichen Zeiten als die beseligende,
strahlende, helle Fülle seines Lebens.

Ich möchte noch ein wenig bei dem gerade herausgestellten Zug der Abstand-
nahme verweilen; wir fragen ja unter anderem nach dem Verhältnis von Individualität und Gemeinschaftlichkeit, Autarkie und Abhängigkeit. Wie behauptet sich
Individualität angesichts der göttlich-dämonischen Übermacht der Liebe? Zunächst
schon dadurch, daß die Dichterin, der Dichter ihr Erleben im Nachvollzug zu
sprachlich und musikalisch geformtem Ausdruck bringen; das lyrische Wort – sei
es hymnisch, sei es elegisch nuanciert – wurde ja in archaischer wie mittelalterlicher Zeit gesungen und oft von einem Instrument (Harfe, Flöte, Laute, Trommel)
begleitet. So wird, lyrisch und musikalisch vermittelt, das Liebesgeschehen selbst
gegenwärtig: das Ergriffen- und Überwältigtwerden von der Liebe, der dabei erfah-
rene Schmerz und der Versuch der Bewältigung durch personale Stellungnahme,
sei es der Identifikation, sei es der Distanzierung. Und dieses vergegenwärtigte
Geschehen kann nun seinerseits die Hörerinnen und Hörer ergreifen, so daß es
auch sie dazu aufruft, sich ihm auszuliefern oder sich ihm zu widersetzen. So steht
das lyrische Wort, der lyrische Gesang in dieser Frühzeit mitten zwischen personaler Selbstbehauptung und Preisgabe seiner selbst an die ergreifenden Mächte
des Eros und der Aphrodite. Die von Liebe Ergriffenen sehen diese bezwingende
Macht entweder im Geliebten selbst oder als jenes machtvolle atmosphärische Zwischen, das sie aneinanderkettet und zu einer einzigen, ihnen gemeinsamen Liebe
zusammenschließt. Sappho nennt Eros den, der ihre Eingeweide so erschüttert,
wie ein Sturm in die Gebirgseichen fährt[14]. Ein andermal heißt es: „Eros treibt
mich wieder um, der gliederlösende, ein bitter-süßes, unbezwinglich wildes Tier
(glykypikron amachanon orpeton)"[15]. Gewöhnlich nimmt man diese Kennzeichnung mit den beiden folgenden Zeilen zusammen: „Atthis, es verdrießt dich, an

---

[14] Diehl 1954–1964, Nr. 50.
[15] Diehl 1954–64, Nr. 137.

mich zu denken: Andromeda läufst du nach". Atthis war eine Lieblingsschülerin der Sappho, und Andromeda ist eine ihrer Konkurrentinnen auf Lesbos für die Ausbildung junger Frauen in allerlei häuslichen, künstlerischen und kultischen Fertigkeiten als Vorbereitung auf die Eheschließung und die Gründung eines eigenen Hausstandes. So taucht hier die Situation einer verschmähten Liebe und eines gekündigten Lehrverhältnisses auf.

Im äolischen Raum, also auf Lesbos und den Nachbarinseln, hatten sich bei den oberen Schichten der Feudalkultur in Analogie zum Institut der Ausbildung von Knaben zu Kriegern durch einen erwachsenen Mann Schulen zur allseitigen Ausbildung von jungen Mädchen durch menschlich und künstlerisch herausragende Frauen gebildet. In beiden Einrichtungen gehörte die erotisch getönte Knabenbzw. Mädchenliebe wesentlich zur Pädagogik: Der Lehrer, die Lehrerin nimmt nur jene Knaben oder Mädchen in die Lehre, die ihn bzw. sie erotisch ansprechen, wie natürlich auch von der Gegenseite aus die Freiheit besteht, im Einklang mit den Eltern jenen Lehrer, jene Lehrerin zu wählen, den bzw. die man als vorbildhaft einschätzt und zu dem bzw. der man Vertrauen gewinnt. Das derart erotisch-sittlich begründete Erziehungsverhältnis war von vornherein zeitlich limitiert: Mit Eintritt der sexuellen Reife beim Mann und der Heiratsfähigkeit bei der Frau wurde das Verhältnis beendet; man blieb, of zeitlebens, in vertrautem Umgang miteinander, aber als pädagogische Veranstaltung hörte die Beziehung auf. Sie darf man sich wohl nicht – jedenfalls nicht auf Seiten der Frauen – als im engsten Sinne sexuelles Verhältnis vorstellen; denn die Mädchen hatten unberührt in die Ehe einzutreten: In der Hochzeitsnacht wurde vor dem Vollzug des Beischlafs eine diesbezügliche Prüfung vorgenommen und das Ergebnis den Anwesenden mitgeteilt. Schon in der Spätantike, als es die pädagogisch motivierte Mädchenliebe längst nicht mehr gab und die Knabenliebe diesen pädagogischen Zusammenhang verloren hatte, verstand man das, was Sappho und ihre Schule verkörperte, nicht mehr und bezichtigte sie der Homosexualität: Eine Folge war die Gleichsetzung ihres Namens bzw. des Namens ihrer Heimatinsel mit der Bezeichnung für homosexuelle Frauen.

Bekanntlich dient die Ehe in einer Feudalaristokratie in erster Linie der Erhaltung der genealogischen Verhältnisse sowie der Mehrung ökonomischen und politischen Einflusses. Das gilt gleichermaßen für die archaische Zeit Griechenlands wie für das frühe und hohe Mittelalter. Deshalb wartete auf die jungen Frauen, die Sappho in die Ehe entließ, kaum die Erfüllung ihrer erotischen Sehnsüchte, sondern eher die Aufgabe des Erzeugens und Aufziehens von Nachkommenschaft und der Führung eines mehr oder weniger ausgedehnten Haushalts.

Gemildert wurde diese patriarchale Ordnung durch zweierlei: zum einen durch die vermittelten handwerklichen, musischen und kultischen Interessen und Fertigkeiten, zum anderen durch jene besondere Bindung zwischen Mann und Frau in der Ehe, die im Griechischen ‚philia' heißt und oft unangemessen im Deutschen mit ‚Freundschaft' wiedergegeben wird. Wie Hermann Schmitz in ausführlichen Analysen darlegt, meint ‚philos' als Adjektiv und Substantiv das, was einem angehört bzw. zugehört und deshalb vertraut, lieb und teuer ist, entsprechend ‚philia‘ bzw. ‚philotes‘ die auf den philos-Charakter von etwas oder von jemandem gründende Zuneigung und Bindung. Schon bei Homer und noch bei Aristoteles ist Philia oder Philotes „als geschlechtliche Paarliebe die eheliche oder häusliche Zusammengehörigkeit von Mann und Frau auf Grund der Begattung mit starker Bindewirkung und dem Akzent des Normalen auf einer herzlichen und fürsorglichen Zuwendung zueinander, aber ohne fascinans, ohne verführerischen Reiz oder überschwengliche Steigerung"[16]. Durch die Philia gewinnt das eheliche Zusammenleben lebenslange Beständigkeit. Aber sie ist von Aphrodite getrennt. Zwar haben beide gesellschaftlichen und institutionellen Rückhalt, jedoch sind sie verschiedenen institutionellen Formierungen und Lebensaltern zugeordnet. Ihre Vereinigung gelingt unter veränderten gesellschaftlichen und kulturellen Bedingungen erst den Römern zur Zeit der Republik und der beginnenden Kaiserzeit. Für die Dichtung sind Catull sowie Tibull und Properz die herausragenden Zeugen einer Amor und Fides vereinenden Auffassung von Liebe.

Genauer wäre zu sagen, um diese Einheit auch als organische verständlich zu machen, daß die Fides als Treue aus dem Verpflichtungscharakter von Amor selbst herauswächst; denn Liebe als ergreifendes Gefühl stellt an den von ihm Ergriffenen den Anspruch, ihm und damit der Geliebten zu entsprechen, zu gehorchen, zu dienen[17]. Fides als liebevolle Beständigkeit ist das funktionale Äquivalent der Philia, hat aber einen anderen Ursprung, so daß auch die resultierende Verpflichtung von jeweils anderer Art ist: im einen Fall die Ehe als ein die beiden Partner bindenden Vertrag, im anderen Fall die die Partner ergreifende und mit ihrer Autorität zur Einheit zusammenschließende gemeinsame Liebe. Diese (höhere) Form der Liebe sei (mit Schmitz) terminologisch als ‚Koinonistische‘ oder ‚Gemeinsamkeitsliebe‘ bezeichnet.

Wenn nun des weiteren von ‚thematischer‘ und ‚unthematischer Liebe‘ bzw. (mit Schmitz) von ‚Liebe mit‘ und ‚Liebe ohne Verankerungspunkt‘ gesprochen wird, dann meint diese Rede nicht, daß die Liebe im ersten Fall einen Gegenstand, ein Objekt, nämlich einen Menschen, hätte, im zweiten Fall jedoch nicht, sondern daß der betreffende Mensch entweder ausschließlich oder wenigstens auch um einer oder mehrerer seiner Eigenschaften willen geliebt wird, z.B. um seiner Schönheit, seines Reichtums, seines beruflichen Erfolgs, seiner moralischen Integrität willen. Es ergibt sich demnach eine Dreigliederung: 1. Liebe ohne bestimmte oder gesonderte Themen, d.h. ein Mensch wird nur seiner selbst wegen, obzwar in seiner Totalität, geliebt; 2. Liebe zu einem Menschen um seiner selbst willen und zu wenigstens einer seiner Eigenschaften; 3. Liebe zu einem Menschen ausschließlich aufgrund bestimmter Charakteristika, so daß, wenn diese Merkmale schwinden, auch die Liebe stirbt. Die Gemeinsamkeitsliebe kann nicht selbst von letzterer Art

---

[16] Schmitz 1993, S. 16f.
[17] Schmitz 1993, S. 26, 32f. und 63ff.

sein, denn sie ist unthematisch. Aber es können Teillieben thematischer Art zu
ihr hinzutreten. Es wäre dann ein Selbstmißverständnis der in gemeinsamer Liebe
Verbundenen, wollte einer der Partner diese Liebe aufkündigen oder als nicht mehr
existent hinstellen, wenn sich herausstellt, daß er sich in bezug auf seine thematische Liebe getäuscht hätte oder ihr durch eine Veränderung des Partners der
Bezugspunkt abhanden gekommen wäre.

Das macht deutlich, daß thematische Liebesverhältnisse naturgemäß labil sind,
da sie von den Eigenschaften abhängen, an denen sie sich orientieren, aber auch
von Vorlieben, Bedürfnissen, Wertgesichtspunkten des Liebenden, die sich wandeln können. Vor allem aber führen sie früher oder später zu Konflikten mit dem
Partner, weil er mit Recht darauf besteht, auch und vor allem um seiner selbst
willen geliebt zu werden, freilich mitsamt all seinen Eigenschaften, und zwar nicht
nur mit seinen guten, sondern auch seinen schlechten (um deren Änderung er sich
gerne bemüht, wenn er seinerseits ein Liebender ist). Aber diese Eigenschaften sind
nicht Thema dieser inklusiven Liebe, sondern sie sind unthematisch miterfaßt, weil
sie zu diesem geliebten Menschen gehören. Der würde auch seinerseits die ihm
entgegengebrachte Liebe falsch verstehen, würde er sich ihrer rühmen im Sinne
eines Pochens auf die großartigen Vorzüge, mit denen er ausgestattet sei. Ebenso
mißverstanden würde die Liebe, glaubte jemand, sie sich verdienen oder als Lohn
vollbrachter Taten einfordern zu können. In diesem Sinne ist Liebe nicht erzwingbar, erwerbbar, einklagbar. Der Geliebte kann sich der ihm entgegengebrachten
Liebe verweigern; Gegenliebe kann nicht erzwungen, manipuliert werden; als eine
solche wäre sie ja auch wertlos und gerade das nicht, was der Liebende u. U. so
verzweifelt wünscht. Auch daß die Liebe als überpersönliche Macht erfahren werden kann, die einen Menschen auch wider Willen ergreift, wie wir bei Sappho
sahen, erweist die menschliche Machtlosigkeit auf diesem Feld. So wenig wie für
das Bedürfnis und das Verlangen, geliebt zu werden, zielführende Handlungsweisen zur Verfügung stehen, so wenig läßt sich aber auch das Bedürfnis und das
Verlangen zu lieben, von der Liebe ergriffen zu werden, unmittelbar handelnd
befriedigen. Das, was hier erforderlich wäre – etwa Offenheit, Empfänglichkeit
für die ganzheitlichen Eindrücke von Menschen, denen man begegnet, und die
wirkliche Bereitschaft, sich hinzugeben und sich ergreifen zu lassen – läßt sich nicht
direkt handelnd anzielen. Gerade der neurotische Mensch, der am stärksten unter
seiner Liebesunfähigkeit leidet, steht sich selbst am meisten im Wege, sich angstlos
zu öffnen und sich dem Geschehen der Liebe zu überlassen.

Da nichts garantiert, daß der Geliebte die ihm entgegengebrachte Liebe erwidert
oder daß die Liebe, die mich ergreift, auch ihn ergreift, sind die ersten Schritte in
die Liebe oft mit Angst besetzt. Die Vollgestalt der Liebe besteht in der vollen
Inklusivität bzw. Reziprozität aller an ihr Beteiligten. Tragisch zu nennen ist dann
manchmal Stellung und Zustand dessen, der liebt, ohne wiedergeliebt zu werden,
oder dem die schon gewährte Liebe wieder entzogen wird – ein Vorgang, für den
unter der Voraussetzung, daß sie Liebe im eigentlichen Sinne war, nämlich rein um

des Geliebten willen, keine sinnvolle Begründung möglich erscheint. Geschieht solcher Entzug trotzdem, handelt es sich um Untreue im hier einschlägigen Sinn – um Verrat an der Liebe, am Geliebten und an sich selbst. Catull hat so empfunden: Jene Lesbia, die er so geliebt hat, wie keine Frau je geliebt werden wird – amata tantum quantum amabitur nulla[18] –, die er mehr als sich selbst und die Seinen geliebt hat – plus quam se atque suos amavit omnes[19] –, hat ihn verlassen, die gemeinsame Liebe und den darin beschlossenen Treuebund aufgekündigt: Kein Bund war je von größerer Treue getragen als bei mir sich fand in der Liebe zu dir – nulla fides ullo fuit umquam foedere tanta,/quanta in amore tuo ex parte reperta mea est[20]. In einem der schönsten Lieder Catulls versprechen Akme und Septimius einander, Amor als einzigem Herrn ihr Leben lang zu dienen (huic uni domino usque serviamus) und einander zu lieben (mutuis animis amant amantur), und zwar exklusiv, nur beim geliebten Anderen Lust und Liebeswonne zu suchen[21].

Ein naheliegender Einwand gegen die Bestimmtheit der Liebe, mit der sich der Liebende gerade auf diese Geliebte und die Liebende gerade auf diesen Geliebten richtet, wird von Hegel in seinen *Vorlesungen über Ästhetik* so formuliert[22].

> Warum es just nur dieser oder diese Einzelne ist, das findet seinen einzigen Grund in der subjektiven Partikularität, in dem Zufall der Willkür. Jedwedem kommt seine Geliebte sowie dem Mädchen ihr Geliebter, obschon sie andere sehr gewöhnlich finden können, als die Schönste, als der Herrlichste vor, und sonst keiner und keine in der Welt. Aber eben indem alle, oder doch viele, diese Ausschließung machen und nicht Aphrodite selbst, die einzige, geliebt wird, sondern vielmehr jedem die Seine die Aphrodite und leicht noch mehr ist, so zeigt sich, daß es viele hübsche oder gute, vortreffliche Mädchen in der Welt gibt, die alle – oder doch die meisten – auch ihre Liebhaber, Anbeter und Männer finden, denen sie als schön, tugendreich, liebenswürdig usf. erscheinen. Nur jedesmal einer und nur eben dieser absolut den Vorzug zu geben, ist daher eine bloße Privatsache des subjektiven Herzens und der Besonderheit oder Absonderlichkeit des Subjekts, und die unendliche Hartnäckigkeit, notwendig nur gerade in dieser sein Leben, sein höchstes Bewußtsein zu finden, erweist sich als eine unendliche Willkür der Notwendigkeit.

Die Kritik dieser banalen, aber üblichen Sicht der Liebesverhältnisse zwischen Mann und Frau, die die gesellschaftlichen Besitzverhältnisse widerspiegelt und deshalb Mißtrauen und Eifersucht in ihrem Gefolge haben muß, findet sich schon vor Hegels philosophischer Zeit in Schlegels damals einen Skandal hervorrufendem Roman *Lucinde* aus dem Jahre 1799. Dort heißt es in einem längeren „Diskurs über die Eifersucht":

---

[18] Catull 1960, Nr. 37.
[19] Catull 1960, Nr. 58.
[20] Catull 1960, Nr. 87.
[21] Catull 1960, Nr. 45.
[22] Zitiert nach Schmitz 1993, S. 95f.

Ich begreife durchaus nicht, wie man eifersüchtig sein kann; denn Beleidigungen finden ja nicht statt unter Liebenden, so wenig wie Wohltaten. Also muß es Unsicherheit sein, Mangel an Liebe und Untreue gegen sich selbst. Für mich ist das Glück gewiß und die Liebe eins mit der Treue. Freilich, wie die Menschen so lieben, ist es etwas anders. Da liebt der Mann in der Frau nur die Gattung, die Frau im Mann nur den Grad seiner natürlichen Qualitäten und seiner bürgerlichen Existenz, und beide in den Kindern nur ihr Machwerk und ihr Eigentum. Da ist die Treue ein Verdienst und eine Tugend; und da ist auch die Eifersucht an ihrer Stelle. Denn darin fühlen sie ungemein richtig, daß sie stillschweigend glauben, es gäbe ihresgleichen viele, und einer sei als Mensch ungefähr soviel wert wie der andere, und alle zusammen nicht eben sonderlich viel. – Du hältst also die Eifersucht für nichts anderes als leere Roheit und Unbildung. – Ja, oder für Mißbildung und Verkehrtheit, was ebenso arg oder noch ärger ist. Nach jenem System ist es noch das beste, wenn man mit Absicht aus bloßer Gefälligkeit und Höflichkeit heiratet; und gewiß muß es für solche Subjekte ebenso bequem als unterhaltend sein, im Verhältnis der Wechselverachtung nebeneinander weg zu leben. Besonders die Frauen können eine ordentliche Passion für die Ehe bekommen; und wenn eine solche erst Geschmack daran findet, so geschieht es leicht, daß sie ein halbes Dutzend nacheinander heiratet, geistig oder leiblich; wo es denn nie an Gelegenheit gebricht, mit Abwechslung delikat zu sein und viel von der Freundschaft zu reden.[23].

Nur in diesem Sinne spricht auch Simone Weil von der Liebe, wenn sie sie der Ehe gegenüberstellt und diese als „vom Gesetz gebilligte Prostitution" bezeichnet und äußert, „daß die freie Liebesbeziehung – da sie vertraglos ohne soziale Stütze eingegangen würde und da in ihr das Zusammenleben von Mann und Frau nur auf der Kraft der Liebe beruhe – der Ehe überlegen sei"[24].

Was Schlegel und Weil im Auge haben, erfährt durch Hermann Schmitz eine tiefere anthropologische Begründung: Er hält Hegels oben angeführte, dem Üblichen konforme Äußerung für „unsachgemäß und ahnungslos, weil es nicht ein Tableau objektiver Tatsachen ist, was den Liebhaber im Bann gerade dieses Mädchens hält, sondern sein ‚Ansprechen' auf den Leiteindruck"[25]. Dieser Eindruck betrifft die Persönlichkeit eines Menschen bzw. seine persönliche Lebenssituation, in der sich die dieser Person eigene Richtung ihres Lebens in reicher Mannigfaltigkeit unbestimmt abzeichnet, „in der sie zu wachsen und auszureifen, sich zu steigern oder zu vollenden vermag". Ein solcher Leiteindruck ist vielsagend und fesselnd.

Wenn dabei kein Mißverständnis vorliegt, sondern dieser Eindruck mit den prospektiven Anteilen in der Persönlichkeit des Geliebten hinlänglich übereinstimmt, entwickelt das Lieben des Liebenden, der sich auf Grund eigener Fesselung durch den Eindruck von diesem bestimmen läßt, in der Gemeinsamkeit des Liebespaares eine u.U. erstaunliche

---

[23] Schlegel 1962, S. 33f. Zur Kritik an Schlegels *Lucinde* vgl. Schleiermacher 1988, S. 139ff. sowie Anders 1986, S. 44ff. und Benhabib 1995, S. 273ff.

[24] Cabaud 1968, S. 76 und 125; vgl. Wimmer 1990, S. 121 und 130.

[25] Schmitz 1993, S. 96.

Führkraft als Verstärkung der betreffenden Vorzugsrichtung in der persönlichen Situation des Geliebten. Dieser hat ein Bedürfnis nach solcher Verstärkung, denn niemand kann einen Eindruck von sich selbst haben, und niemand kommt bezüglich der prospektiven Anteile seiner persönlichen Situation einem solchen Eindruck anders als in Ausnahmefällen nahe. [...] Der Mitmensch hat dagegen Gelegenheit, zum Verstehen des Anderen von einem Eindruck auszugehen, der sich ihm bei der Begegnung mit diesem Anderen ohne Weiteres anbietet, und damit kann er diesem etwas leisten, wonach der Betreffende ein intimes Bedürfnis hat: Er kann ihm die Sicht auf die prospektiven Anteile der Persönlichkeit, von deren Realisierung die Erfahrung gelungenen Lebens abhängt, abnehmen, sofern der Eindruck, von dem der Mitmensch sich leiten läßt, ein treffender Leiteindruck der beschriebenen Art ist[26].

IV. Personale Autonomie in der Liebe

Liebende – so stellt sich heraus – tun einander einen Dienst, der anders nicht getan werden kann. Ohne die Bestätigung, Verstärkung und Förderung, die der Geliebte mit der Resonanz dessen, der ihn liebt, auf seine Individualität in günstigen Fällen erfährt, erscheint er sich selber weitgehend undurchdringlich, unverständlich, rätselhaft; die besondere Gestalt seines Lebens bleibt unbestimmt, unsicher, problembehaftet, weil er ihr nicht gegenübertreten, sie nicht wie von außen und als von ihm verschieden beurteilen kann. Hinzukommt, daß die ganzheitliche Liebe, wie ausgeführt, Person und Leben des Geliebten in ihrer Totalität annimmt und wertschätzt. Solche bedingungslose Bejahung ist immer schon über die dem Individuellen eigenen Schranken hinaus. Zugleich bedeutet solche Annahme für den Geliebten eine unschätzbare Hilfe, um über diese Grenzen hinauszugehen, auf dem eigenen Partikularen nicht so zu bestehen, daß es trennt und ausschließt. Autonomie und Selbstbehauptung werden nun anderswo gesucht: nicht in der Exklusivität unter Ausschaltung des Fremden, sondern in der Inklusivität, die nun aber nicht das Eigene zu unterdrücken oder zu leugnen braucht. Autonomie, Selbstsein in der Liebe besteht nicht mehr primär in der Abgrenzung und Entgegensetzung, sondern eher in der Souveränität, mit der Unterschiede gesehen und akzeptiert, dadurch zugleich aber im Blick auf die prospektive Ganzheit des Gegenübers und seines Lebens überschritten werden. Drängen sich die Partikularitäten vor oder werden sie auf Dauer als anstößig, gar als untragbar empfunden, gelingt ihre Integration nicht oder nicht mehr, ist die gemeinsame Liebe gefährdet.

Blickt man von hier auf Diogenes zurück, so fällt das Forcierte seiner Stellungnahmen und Gegnerschaften auf: Kein Mensch findet Gnade vor seinen Augen – er ist aber niemandem innerlich verbunden: Selbst Schüler hat er nur gleichsam wider Willen. Seine Autarkie erscheint unter dieser Rücksicht nicht nur als

---

[26] Schmitz 1993, S. 91 f.

Selbstgenügsamkeit, sondern auch als Selbstbeschränktheit. Er vermag nicht die anscheinende Paradoxie zu durchschauen und zu akzeptieren, daß Selbsterkenntnis und Selbstbesitz sowie Erweiterung und Vertiefung des eigenen Selbst vor allem – vielleicht sogar nur – in Beziehungen ganzheitlichen Liebens möglich sind. Apollons Forderung, sich selbst zu erkennen, könnte dann Sokrates vor allem oder auch nur so genügen, daß er sich nicht allen anderen gegenüber- und über sie hinausstellte, sondern mit ihnen auf die gleiche Ebene als einer, der auf sie in bezug auf Selbsterkenntnis und Selbstverwirklichung genauso angewiesen ist wie sie auf ihn. Eine seltsame Abstraktheit liegt über einem Leben, das sich in der Prüfung des Lebens anderer und in dem bestätigenden Nachweis erschöpft, daß alle Geprüften über sich selbst und darüber im Irrtum sind, wozu sie leben und wozu zu leben lohnt, so daß sie sowohl ein unauthentisches als auch ein ungutes Leben führen.

Daß Sokrates und Diogenes nicht sagten, aber auch nicht hätten sagen können, worin wahres Menschsein und ein gutes, erfülltes Leben bestehen, ist begreiflich, weil ihrer richtigen Einsicht nach, die vor allem Kierkegaard wieder ins Bewußtsein gehoben hat, eigentliches Leben – Kierkegaard sagt: eigentliches Existieren – nicht direkt mitgeteilt werden kann. Ein Selbst (im Sinne sowohl authentischen als auch wahren Existierens) kann nur jeder für sich sein. Insofern ist gemäß einer anderen Formulierung Kierkegaards ein jeder notwendig ein einzelner, notwendig Subjekt, auch und gerade in der Gemeinsamkeit des Liebens. Was heißt das?

Die Subjektivität des Subjekts kommt nach den Analysen von Hermann Schmitz, denen ich mich anschließe, durch das affektive Betroffensein zustande. ‚Affektives Betroffensein‘ besagt, daß jemanden Sachverhalte, Probleme und Lebensaussichten angehen, ihm nahegehen, ihn in spezifischer Weise gefühlsmäßig und leiblich ergreifen, ihn z.B. freudig oder traurig stimmen, ihn ängstigen oder enttäuschen. Um in dieser Weise betroffen zu sein, genügt es nicht, ein Gefühl bloß zu haben und es zu ‚fühlen‘, d.h. wahrzunehmen, aber nicht von ihm berührt oder ergriffen zu sein oder sich nicht von ihm berühren und ergreifen zu lassen. Zu diesem Ergriffen- und Betroffensein gehören entsprechende leibliche Regungen, wie sie Sappho und Catull schilderten, bspw. bei der Freude das leiblich spürbare Gehoben-, bei der Trauer das leiblich spürbare Gedrücktsein.

Die Liebe als ergreifendes Gefühl ist natürlich eine ausgezeichnete Weise affektiven Betroffenseins. Es mag paradox erscheinen, daß, indem der Liebende fühlend Anteil nimmt am anderen, er ganz zu sich selbst kommt, weil ihm der andere nahe geht. Das affektive Betroffensein konstituiert nach der Analyse von Schmitz das Subjektsein. Wenn Schmitz hier von „Vereinzelung" oder gar „Einsamkeit" des Subjekts in seiner Subjektivität spricht[27], dann ist damit weder eine Empfindung noch ein Gefühl gemeint, sondern jene unaufhebbare, das Menschsein mitkonstituierende und umfassende Tatsache der Subjekthaftigkeit. Die Einsamkeit, die aus der Subjektivität kommt, schließt auch bei gemeinsamer Liebe jede Gemeinsamkeit

---

[27] Schmitz 1964–1980, Bd. V. S. 163; 1993, S. 106f.

des Liebens aus, so daß „Einsamkeit des Liebens und Gemeinsamkeit der Liebe"
koexistieren, ja einander bedingen[28].

Schmitz spricht von ‚eigentlicher Gemeinsamkeit' dort, wo dieses „Paradox,
daß die Quelle der Innigkeit des Zusammenseins zugleich eine Quelle unüber-
windlicher Vereinzelung ist", offen zum Vorschein kommt und ausgelebt wird, von
‚uneigentlicher Gemeinsamkeit' dann, wenn die Liebenden ihre Unterschiedenheit
in Individualität und Subjekthaftigkeit zu überspielen suchen im Jagen nach (illu-
sionärer) Verschmelzung[29]. Einerseits kommen nur durch Subjektivität im Sinne
affektiven Betroffenseins Wärme und Lebendigkeit in ein Leben und verleihen
ihm „das Gewicht voller Wirklichkeit", weshalb das Leben Freude macht, sich zu
leben ‚lohnt'. Andererseits ist gerade der „Zwiespalt von Zusammengehören und
Fremdheit, der wegen solcher Herkunft von Wärme und Lebendigkeit durch diese
selber in das gemeinsame Leben eingebracht wird, [...] die Quelle von Trennungs-
angst und Trennungsleid". Immer gehört deshalb zu gemeinsamem Lieben auch
„gemeinsames Leiden", indem das Lieben jeden Liebenden, in für den Geliebten
„unerreichbarer Fremdheit, auf sich stellt"[30].

In Aufnahme von Erörterungen, die Max Pagès in seinem Werk *La vie affective
des groupes* ausbreitet, bemerkt Schmitz:

> Es gibt eine Erfahrung der Konvergenz, der paradoxen Einheit affektiver Gegensätze,
> die wesentlich auf der Einheit von Liebe und Trennungsgefühl beruht. Gerade durch
> die Erfahrung der Getrenntheit entdeckt man die Solidarität. Angst und Schmerz ob
> der Getrenntheit zeigen, daß man gegen einander nicht indifferent ist. Authentische
> Liebe setzt das Bewußtsein von Trennung voraus. Sie ist aktives Mitfühlen im Bemühen,
> den Trennungsschmerz des Andern zu lindern, indem man ihn teilt, und statt Fusion
> Anerkennung des Andern als eigenes, von mir getrenntes Wesen. [...] Die Angst vor
> der Trennung äußert sich schließlich als Angst vor dem Tod, der nicht Erschrecken
> (Feindseligkeit) ist, sondern das Gefühl der Flüchtigkeit des Daseins[31].

Nichts bedeutet ja eine größere Anfechtung und In-Frage-Stellung des menschlichen Lebenssinns im allgemeinen, der liebevollen Gemeinsamkeit im besonderen
als das tiefinnere Erleben der Sterblichkeit und Vergänglichkeit des eigenen und des
geliebten Daseins. Dieses Erleben stärkt und vertieft die Zuneigung und Zuwendung zum Geliebten auf eine Weise, die die Liebe unanfechtbar, unerschütter-
lich machen kann, resistent gegen jede Form der Enttäuschung, z.B. durch das
rücksichtslose Ausleben der Beschränktheiten und Dunkelheiten eines Charakters.

Die Liebe kommt zur Reife, wenn der Liebende aufhört, den Geliebten gegen
die eigene Einsamkeit, die Angst vor Ablehnung oder Trennung und das neuroti-

---

[28] Schmitz 1993, S. 220 f.
[29] Schmitz 1993, S. 106 f; vgl. 1964–1980, Bd. V, S. 163 f.
[30] Schmitz 1993, S. 109.
[31] Schmitz 1964–1980, Bd. V, S. 165 f.

sche Gefühl eigener Wertlosigkeit zu benutzen, also zu mißbrauchen. Possessive ‚Liebe' als geläufige Karikatur eigentlicher, nämlich den Anderen als Individuum, Subjekt und Person achtender Liebe instrumentalisiert ihn zu Zwecken der Selbstbehauptung und Machterweiterung, sucht ihn abhängig zu machen und ihn bspw. seiner Möglichkeiten, sich auch von der Liebe zu anderen Menschen ergreifen und bewegen zu lassen, zu berauben. Die Eifersucht ist der Schatten, der offen oder versteckt die meisten Liebesverhältnisse begleitet, unbewußt die gesellschaftlichen Besitz-, Macht- und Verfügungsstrukturen im intimsten Bereich des einzelnen, nämlich dem seines Selbstseins in affektiver Betroffenheit, widerspiegelnd und reproduzierend. Eifersüchtiges Mißtrauen ist kontraproduktiv in bezug auf das, was dem Eifersüchtigen eigentlich am Herzen liegt, oder jedenfalls liegen sollte: die Anerkennung durch den Anderen aus Liebe. Ein Kampf um solche Anerkennung im Sinne eines Machtkampfs würde gleichfalls auf Unverständnis dessen beruhen, was hier möglich und gefordert ist. So beruht auch das der Eifersucht eigene Mißtrauen auf einem Fehlurteil darüber, was Sicherheit, Gewißheit, Treue in der Liebe sind bzw. worauf sie gründen.

Einsichtsvolle, reife Liebe weiß um die Unverfügbarkeit des Liebens und Geliebtwerdens, anerkennt die dem Partner eigene Souveränität im Lieben, die ja nichts von Beliebigkeit hat, und stellt sich den Trennungs- und Verlustängsten. Solche Liebe vermag trotz all dieser Ungewißheiten dem Partner zu vertrauen und sich seiner Liebe anzuvertrauen, weil er sich und seiner eigenen Liebesfähigkeit zu trauen gelernt hat. Dem Vertrauen zu sich entspricht eine lebendige Treue zu sich, die die Grundlage entsprechenden Vertrauens und entsprechender Treue zum Geliebten darstellt – ‚lebendig' deshalb, weil Treue und Vertrauen nicht erzwingbar, manipulierbar, kontrollierbar, einklagbar sind, keinem Naturgesetz, keiner psychischen oder sozialen Mechanik gehorchen. So wird verständlich, weshalb für Hermann Schmitz die Auskunft: ‚Ich liebe dich aus Treue zu mir selbst' „eigentlich die schönste aller möglichen Liebeserklärungen" ist[32].

V. Leibliche und personale Kommunikation, personale Emanzipation und Regression

Die in den beiden letzten Abschnitten durchgeführten Analysen ergaben u. a., daß in der erotisch-personalen Gegenseitigkeitsliebe Abhängigkeit und Unabhängigkeit auf mehrfache Weise miteinander verschränkt sind: Insofern die Liebe als eine Macht erfahren wird, die von der eigenen Person Besitz ergreift, muß der

---

[32] Schmitz 1993, S. 200. Diese Überzeugung teilt Schmitz nach eigener Auskunft (ebd.) mit Schiller (*Wallenstein*) und Binswanger (1962, S. 125). Sie findet sich auch in Schlegels *Lucinde*, wo Eifersucht als „Mangel an Liebe und Untreue gegen sich selbst" bezeichnet wird (Schlegel 1962, S. 33).

Betroffene sich als ihr ‚Opfer' fühlen – es mag ihm lieb und recht sein oder auch
nicht; denn insofern die Liebe etwas ist, das einem widerfährt, das man letztlich
nicht verantworten kann, konterkariert sie das Bedürfnis nach Selbstbestimmung,
weshalb die Liebe als ‚Passion' – als ein Erleiden und als Leidenschaft – als un-
und widervernünftig gelten kann, als Bedrohung der autonomen Persönlichkeit, ja
gelegentlich als Wahnsinn und Krankheit betrachtet wird. Ein Liebender macht sich
aber nicht nur von seiner Liebe, sondern auch von ihrem ‚Gegenstand' abhängig,
falls er, wie üblich, auf Gegenliebe hofft oder sie gar erwartet. Der Geliebte, die
Geliebte, ist Herr bzw. Herrin des Liebenden, der Liebenden[33]. Grundsätzlich gilt:

> In der sexuellen Anziehung und Liebe erfährt man sich als Teil. Und es geht darum zu
> lernen, mit dem Anderen seiner selbst, in der Regel dem anderen Geschlecht, leben zu
> können. So wie das Ich [bei Freud] sich nur als Exponenten des Unbewußten verstehen
> darf, so jeder Mensch als Mann oder Frau nur als männlichen oder weiblichen Exponenten
> des ganzen Menschen[34].

Die Akzentuierung von Abhängigkeit und Unabhängigkeit hat aber auch einen
stark kulturrelativen Zug. So schränkt eine patriarchale Gesellschaft, in der dem
Mann stets die aktive Rolle sowohl bei der Werbung um eine Frau als auch beim
Vollzug der leiblichen Liebe zukommt, zunächst die Möglichkeiten und Fähigkeiten der Frau empfindlich ein, dann und im Verein damit auch die des Mannes.
Zwar haben sich in modernen Zeiten die Beziehungen zwischen den Geschlechtern verflüssigt. Aber die tradierten geschlechtsspezifischen Rollen sind noch so
stark gesellschaftlich und psychisch verankert, daß beide Geschlechter noch tiefe
Unsicherheiten bei der Neuorientierung auf eine Lebenspraxis zeigen, in der gegenseitige Achtung und Anerkennung auch und gerade für die je besondere Eigenart
herrschen.

Der Bund der Liebenden selbst wird trotz seiner unleugbaren Prägungen durch
die Gesellschaft, in die er eingebettet ist, „als eine im Prinzip a-soziale Form der
Lebenserfüllung verstanden", zugleich aber „als eine fundamentale, durch den anderen vermittelte Form der Selbstfindung"[35]. Dieser Bund tendiert dazu, sich von
seiner gesellschaftlichen Umgebung abzusetzen, und strebt Autarkie an, ohne sie
aber auf Dauer erreichen zu können; denn die Liebenden bedürfen des gesellschaftlichen Austauschs zur Erhaltung ihrer physischen Existenz, und die Gesellschaft hat
häufig ein starkes Eigeninteresse an der Fesselung der faktischen Ungebundenheit
und der intendierten Bindungslosigkeit der Liebenden, wobei in der Vergangenheit
aus Staats-, Standes- oder Familienräson, aus religiösen oder moralischen Gründen
existenzgefährdende oder gar -vernichtende Sanktionen verfügt werden konnten.

---

[33] Dies ist ein großes Thema in Dichtung und Mystik vor allem des islamischen Kulturraums; vgl. z. B.
Ahmad Ghazzalis *Gedanken über die Liebe* und Ibn Hazms *Halsband der Taube*.

[34] Böhme 1985, S. 80.

[35] Böhme 1985, S. 97 f.

Das Zu-, Mit- und Gegeneinander der Liebenden und ihre wechselseitigen Abhängigkeiten haben ihre Basis, wie angedeutet, im Leiblichen. Auch hierfür sind die Analysen von Schmitz einschlägig, deren Resultate aber nur skizziert werden können[36]. Danach ist unser Leib (im Unterschied zu unserem Körper mit seinen Wahrnehmungsorganen) durch ein Selbstspüren, vor allem bei affektiver Betroffenheit, charakterisiert; denn das eigenleibliche Spüren verdeutlicht und färbt sich je nachdem, wie ich mich fühle. Das Spüren des eigenen Leibes enthält nun zwei Grundtendenzen, von Schmitz ‚Engung' und ‚Weitung' genannt, und eine Dynamik als Zusammenspiel beider. In Schreck, Angst, Schmerz erfahren wir leibliche Engung, in Freude, gehobener Stimmung, Ekstase leibliche Weitung. Gewöhnlich befinden wir uns in einem dynamischen Gleichgewicht dieser gegenseitigen Tendenzen (wofür das Ein- und Ausatmen ein einfaches Beispiel ist), ohne eine von ihnen je aufgeben zu können. Ihr Zusammenwirken ist der vitale Antrieb, in dem die Antagonisten Engung und Weitung, die Schmitz in solcher Verschränkung als ‚Spannung' bzw. ‚Schwellung' bezeichnet, konkurrieren.

Die Spannung dominiert in Angst und Schmerz, die dadurch qualvoll sind, daß ein expansiver, schwellender Impuls, der sich im Schrei eine stimmliche Ersatzbahn bricht, bei Stöhnen aber auf dieser vorzeitig abgewürgt wird, von übermächtig hemmender Spannung abgefangen wird. Damit unterscheiden sich Angst und Schmerz vom Schreck, der diesem qualvollen Konflikt nicht ausgesetzt ist. Bei Angst und Schmerz ‚will' man weg, gleichsam aus der Haut fahren; bei Schreck ‚ist' man weg, nämlich durch das Übermaß plötzlicher leiblicher Engung gleichsam ausgehakt aus dem vitalen Antrieb, so daß kein expansiver Impuls übrig bleibt. Die entgegengesetzte Gewichtsverteilung im vitalen Antrieb, nämlich Übergewicht der Schwellung, macht die Wollust aus, etwa bei geschlechtlicher Erregung oder beim Kratzen einer stark juckenden Hautstelle oder beim gierigen Saugen und Schlürfen oder beim Recken und Dehnen der Glieder am Morgen nach dem Ausschlafen. Weil die Antagonisten Spannung und Schwellung im Gegeneinanderwirken einander zugleich in die Höhe treiben, können Wollust, Angst und Schmerz einander bestärken, z.B. im Gruseln und thrill, in der Angstlust bei Karrusellfahrten mit spitzen Schreien von Angst und Wollust zugleich, im Sadismus und Masochismus, in eingestreuten Schmerzreizen beim Geschlechtsakt[37].

Das solcherart spürende leibliche Empfinden ist „in sich dialogisch, weil Engung und Weitung als Spannung und Schwellung aneinander gebunden sind"[38]. Dieser innerleibliche Dialog setzt sich in außerleiblicher Kommunikation fort, vor allem als sogenannte ‚Einleibung', z.B. im Koagieren in eingespielter Kooperation, etwa bei gemeinsamem Rudern, bei Tennisspiel oder Ringkampf, wobei die Partner „in

---

[36] Vgl. Schmitz 1964–1980, Bd. II 1, §§ 48–55; Bd. III 2, §§ 143, 148–152; Bd. IV, §§ 255–262. Zusammenfassungen der Analyseergebnisse z.B. in Schmitz 1990, S. 115–170; 1994, S. 67–117. Philosophisch aufgenommen und fruchtbar gemacht wurden Schmitzens Untersuchungen bisher nur selten. Eine wichtige Ausnahme stellt (neben Gernot Böhme) Ulrich Pothast (1988; 1998) dar.

[37] Schmitz 1997, S. 71.

[38] Schmitz 1990, S. 135.

einer übergreifenden quasi-leiblichen Einheit" miteinander verschmolzen sind[39];
sie bilden momentan „ein Ganzes mit der übergreifenden Struktur der dargestellten
leiblichen Dynamik"[40].

> Zu den wichtigsten Brücken der Einleibung gehört der Blick, weil er nicht nur in das moto-
> rische Körperschema eingebaut ist, sondern als unteilbar ausgedehnte leibliche Regung
> vom Typ der unumkehrbaren Richtung auch aufgefangen und erwidert werden kann.
> Zu jedem flüssigen Gespräch gehört wechselseitige Einleibung der Gesprächspartner mit
> unwillkürlich koordiniertem Ineinandergreifen der motorischen Sprechtätigkeiten; daher
> ist Blickwechsel so wichtig für glatten Ablauf eines Gesprächs. Der Blick als leibliche Rich-
> tung überträgt den vitalen Antrieb als ein Ringen um Dominanz im Antagonismus von
> Spannung und Schwellung; daher ist jeder Blickkontakt, auch bei sanftester Friedlichkeit
> der Absichten, aus rein leiblichen Gründen, unvermeidlich ein Ringen um Dominanz.
> Blicke sind wie Speere, die zwar nicht in den Körper des Angeblickten eindringen, wohl
> aber in dessen vitalen Antrieb, den sie durch Einleibung mit dem Blickenden in einem
> Netzwerk leiblicher Dynamik zusammenschließen. Wenn sich jemand aus solcher Ein-
> leibung heraushalten will, vermeidet er, angeblickt zu werden. Das ist z.B. der Fall des
> Offiziers oder Unteroffiziers, der dem Rekruten auferlegt, bei der Meldung starr gerade-
> aus und nicht etwa dem Vorgesetzten in die Augen zu sehen. Wenn Blicke ineinander
> tauchen, ist der intensivere Blick für den Angeblickten ein Anschlag zur Besitzergrei-
> fung, den der Getroffene nicht lange aushält; er senkt seinen Blick, wendet sich ab oder
> gibt sich gefangen. Daraus ergibt sich die besondere Bedeutung des auch nur kurzfristig
> verlängerten Blickes im erotischen Kontakt[41].

Leibliches Empfinden und leibliche Kommunikation teilt der Mensch mit dem Tier.
Den heranwachsenden und den erwachsenen Menschen zeichnet aus, daß er sich
von seinem leiblichen Betroffensein, von seinen Empfindungen, Gefühlen, Stimmungen, Strebungen, ja von seiner gesamten leiblichen Sphäre distanzieren kann.
Schmitz spricht hier von ‚personaler Emanzipation', wodurch die durch Betroffensein charakterisierten subjektiven Sachverhalte ihrer Subjektivität entkleidet und
so zu objektiven werden. Personale Emanzipation geschieht aber nicht einfüralle-
mal, ist nie definitiv abgeschlossen, sondern kann z.B. in Schreck, Schmerz oder
Trauer, Freude, Lust oder Ekstase unvorhersehbar und für kürzere oder längere Zeit
zusammenbrechen; leiblich-affektives Betroffensein leitet die sogenannte ‚personale
Regression' ein, der sich der Betroffene z.B. im Weinen oder in Freudensprüngen
überläßt, vielleicht überlassen muß, oder aus der er sich herauszuarbeiten müht.
    Durch die Entfaltung der personalen Emanzipation wächst aus der leiblichen
Kommunikation die personale mit eigenen Möglichkeiten hervor. Eine ausgezeichnete Weise personaler Kommunikation ist natürlich die Liebe zwischen zwei Menschen, in der, wie gezeigt, die Chance besteht, einander vermittels des vom anderen

---

[39] Schmitz 1990, S. 138.
[40] Schmitz 1997, S. 82.
[41] Schmitz 1997, S. 84.

gewonnenen Leiteindrucks im Selbstverständnis und in der Entfaltung der eigenen Persönlichkeit zu fördern.

Die Objektivierung des eigenen (und fremden) Leibs zum neutralen Körper und des eigenen (und fremden) Betroffenseins zu aussag- und beschreibbaren Sachverhalten birgt auch Gefahren, zumal – worauf Schmitz hinzuweisen nicht müde wird[42] – durch die sich fast seit Beginn der europäischen Zivilisation in der griechischen Antike etablierende Intellektualkultur und verstärkt durch die sich seit Beginn der Neuzeit entwickelnden Naturwissenschaften und den auf ihnen gründenden Techniken der Mensch sich einem stetig wachsenden Druck oder Sog zur Selbstobjektivierung und damit zur Auslöschung seiner leiblichen Subjektivität aussetzt. Das hat eine fundamentale Entfremdung im Verhältnis des Menschen zum eigenen Leib und zum Leib des (geliebten) Anderen zur Folge.

Die Trennung von Leib und Seele, ihre Verdinglichung und Entgegensetzung als Körper und Geist – von Descartes auf die Begriffe von res extensa und res cogitans gebracht und zum Problem ihrer Beziehung gemacht – hat tiefe Spuren in Verstehen und Verhalten hinterlassen. So wundert nicht, daß versucht wird, die entstandene Kluft durch gewalttätige Mittel zu überbrücken. Weil man sich selbst nicht mehr spürt und nicht mehr als lebendig erfährt, setzt man auf äußere Reize (Nikotin, Alkohol, Aufputschmittel, Freizeit- und Urlaubsaktivismus etc.). Weil man sich nicht mehr ausreichend vom geliebten Anderen angezogen fühlt und sich selbst, mit den Augen des Anderen ansehend, nicht mehr als anziehend wahrnimmt, zweifelt man – als Mann oder als Frau – an seiner erotischen Ausstrahlung und an der eigenen sexuellen Potenz und reagiert im Extremfall mit Impotenz oder Frigidität, oder man läßt den Anderen fallen und wendet sich neuen Partnern zu – mit wachsender Frequenz im ‚Verbrauch‘.

Böhme kritisiert die latente „Ideologie des Orgasmus" als eine weitere „Form der Verstellung leiblicher Liebe", wonach er als „das eigentliche Ziel leiblicher Liebe" gilt, und zwar als ein durch Arbeit zu erreichendes Ziel. Diese „Liebesarbeit" besteht in der Reizung des eigenen wie des fremden Leibes – und fremd werden einander alle Beteiligten, weil sie sich selbst und einander zum Gegenstand machen[43]. Doch in der leiblichen Liebe geht es nicht darum, den eigenen Körper lustvoll zu empfinden, sondern den Leib des Anderen. Wie ist dieses Transzendieren seiner selbst möglich, und wie ist es zu verstehen?

Im gewöhnlichen Alltag mit seinen Aktivitäten spüren wir den eigenen Leib nicht, wir sind seiner nicht bewußt. Das vergegenständlichende Bewußtsein muß zurückgenommen werden, damit das Platz greifen kann, was Böhme mit Musil als „anderen Zustand" bezeichnet[44]. Er ist ein Zustand entgrenzter leiblicher Wachheit, in dem die umgebende Wirklichkeit gleichsam atmosphärisch ins eigene leib-

---

[42] Vgl. Schmitz 1964–1980, Bd. II 2, S. 59–20; 1990, S. 16–29; 1994, S. 285–345; vor allem aber 1988.

[43] Böhme 1985, S. 134f.

[44] Böhme 1985 S. 136.

liche Bewußtsein tritt, wo auch der geliebte Andere als leib-seelische Ganzheit im Erleben gegenwärtig ist. Hingabe bedeutet dann soviel wie die Kunst, sich, ohne Vergegenständlichung, der Wirklichkeit zu überlassen.

> Das Grundproblem einer Annäherung an diese Möglichkeiten besteht darin, daß jede aktive, intentionale, willensmäßige Herbeiführung diese Möglichkeiten gerade zerstört. Worum es hier geht, ist also eine Kunst des ‚Sich-lassens'. […] Die Möglichkeiten leiblichen Daseins, die durch eine solche Kunst des Sich-lassens gewonnen werden, beziehen sich nicht nur auf die leibliche Liebe. Auch sich in der Natur, in einer Straße, in einer Versammlung wirklich als leiblich anwesend zu erfahren und leiblich zu leben, wird heute erst durch Einübung und die Überwindung von entfremdenden Haltungen möglich. […] Unter unseren Lebensbedingungen, die durch eine rigide Trennung von Ich und Welt, von mir und dem anderen, von Bewußtsein und Leib charakterisiert sind, hat der Vollzug der leiblichen Liebe die Bedeutung einer mystischen Versöhnungserfahrung[45].

LITERATUR

Anders, G. 1986: Lieben gestern. Notizen zur Geschichte des Fühlens, München.

Benhabib, S. 1995: Selbst im Kontext. Kommunikative Ethik im Spannungsfeld von Feminismus, Kommunitarismus und Postmoderne, Frankfurt am Main.

Binswanger, L. 1962: Grundformen und Erkenntnis menschlichen Daseins, 3. Aufl., München/Basel.

Böhme, G. 1985: Anthropologie in pragmatischer Hinsicht. Darmstädter Vorlesungen, Frankfurt am Main.

Cabaud, J. 1968: Simone Weil. Die Logik der Liebe. Freiburg/München.

Catull 1960: Liebesgedichte und sonstige Dichtungen. Lateinisch und Deutsch. Hg. v. O. Weinreich, Reinbek bei Hamburg.

Diehl, E. (Hg.) 1954–1964: Anthologia lyrica Graeca, Bd. I, Leipzig.

Diogenes Laertii vitae philosophorum (DL), Bd. I–II. Hg. v. H. S. Long, Oxford 1964; [dt.: Leben und Meinungen berühmter Philosophen. Übers. v. O. Apelt, Hamburg 1967.]

Ghazzali, A. 1976: Gedanken über die Liebe. Übers. v. R. Gramlich, Mainz.

Grisebach, E. 1928: Gegenwart, Halle.

Ibn Hazm al-Andalusi 1961: Das Halsband der Taube. Von der Liebe und den Liebenden. Übers. v. M. Weisweiler, Frankfurt am Main.

Kamlah, W./Lorenzen, P. 1967: Logische Propädeutik oder Vorschule des vernünftigen Redens, Mannheim.

Niehues-Pröbsting, H. 1988: Der Kynismus des Diogenes und der Begriff des Zynismus, Frankfurt am Main.

Pagès, M. 1974: La vie affective des groupes; [dt.: Das affektive Leben der Gruppen, Stuttgart].

Pothast, U. 1988: Philosophisches Buch. Schrift unter der aus der Entfernung leitenden Frage, was es heißt, auf menschliche Weise lebendig zu sein, Frankfurt am Main.

---

[45] Böhme 1985, S. 137 (einige Sätze umgestellt).

Pothast, U. 1998: Lebendige Vernünftigkeit. Zur Vorbereitung eines menschenangemessenen Konzepts, Frankfurt am Main.

Schlegel, F. 1962: Lucinde. In: Kritische Friedrich-Schlegel-Ausgabe. Bd. 5: Dichtungen. Hg. v. H. Eichner, München/Paderborn/Wien/Zürich.

Schleiermacher, F. D. E. 1988: Kritische Gesamtausgabe. 1. Abt.: Schriften und Entwürfe, Bd. 3: Schriften aus der Berliner Zeit 1800–1802. Hg. v. G. Meckenstock, Berlin/New York.

Schmitz, H. 1964–1980: System der Philosophie, Bd. I–V, Bonn.

Schmitz, H. 1988: Der Ursprung des Gegenstandes. Von Parmenides bis Demokrit, Bonn.

Schmitz, H. 1990: Der unerschöpfliche Gegenstand. Grundzüge der Philosophie, Bonn.

Schmitz, H. 1993: Die Liebe, Bonn.

Schmitz, H. 1994: Neue Grundlagen der Erkenntnistheorie, Bonn.

Schmitz, H. 1997: Höhlengänge. Über die gegenwärtige Aufgabe der Philosophie, Berlin.

Wimmer, R. 1990: Vier jüdische Philosophinnen: Rosa Luxemburg, Simone Weil, Edith Stein, Hannah Arendt, Tübingen.

Dieter Birnbacher

SELBSTBEWUSSTE TIERE UND BEWUSSTSEINSFÄHIGE MASCHINEN

Grenzgänge am Rand des Personenbegriffs

I. EINE DENKWÜRDIGE BEGEGNUNG

Einer meiner Freunde ist Tierarzt in einem Zoo, und er hatte mich zu einem Rundgang eingeladen. Sein besonderer Wunsch war es, mich mit dem weiblichen Orang-Utan bekanntzumachen. Es war ein sehr heißer Tag, ich hatte meine Jacke ausgezogen und die Hemdsärmel hochgerollt. Als ich ihren Käfig betrat, nahm sie meine Hand und hielt sie in festem Griff. Dann hielt sie mein linkes Handgelenk fest und glitt mit dem Finger an einer tiefen, deutlich sichtbaren Narbe an meinem linken Unterarm entlang, während sie mir direkt in die Augen blickte. Dann ergriff sie mein rechtes Handgelenk, strich mit demselben Finger über den unbeschädigten Unterarm und sah mich fragend an. Dann wiederholte sie das gleiche entlang der Narbe. Das Gefühl, daß sie mich nach der Bedeutung der Narbe fragte, wie ein Kind es tun würde, war unwiderstehlich: so unwiderstehlich, daß ich mich dabei erwischte, wie ich ihr antwortete, so als würde ich mit einem Ausländer sprechen, der nur begrenzt Englisch versteht: „Alte Narbe", sagte ich. „Operation. Die Ärzte haben es getan." Mich überkam eine Woge der Frustration, daß ich ihr nicht antworten konnte. Ich muß gestehen, daß ich während der nächsten Stunden irgendwie benommen war, so sehr überwältigte mich die Tatsache, daß ich, wenn auch nur für Augenblicke, die Spezies-Barriere übersprungen hatte. Noch heute kann ich an diesen Augenblick weder denken noch darüber sprechen, ohne einen Schauer der Ehrfurcht und der Großartigkeit zu verspüren.[1]

Der Personenbegriff gehört zu den bestetablierten Begriffen der Geschichte der Philosophie. Wie die historischen Beiträge dieses Bandes deutlich machen, hat sich in seiner Verwendung ein relativ stabiler Kerngehalt durchgehalten. Wenn ich mich

---

[1] Rollin 1994, S. 328.

in dem folgenden Beitrag ausschließlich an den sehr viel weniger eindeutigen *Grenzen* des Personenbegriffs aufhalte, dann vor allem deswegen, weil das Grenzgebiet in der Bioethik der letzten Jahre zu einem heiß umkämpften Terrain geworden ist: die Anwendung des Personenbegriffs auf „menschliche Grenzfälle" (wie menschliche Embryonen und Feten, irreversibel Bewußtlose, hochgradig Demente usw.), auf Tiere und auf mögliche zukünftige intelligente Maschinen. Daß es sich bei diesen Streitfällen um Grenzstreitigkeiten handelt, heißt allerdings nicht, daß sie dadurch zu Marginalien werden. Auch wenn sie das große Kernland des Personenbegriffs gar nicht berühren, werden sie – wie in der großen Politik – nicht nur mit besonderer Hartnäckigkeit ausgefochten, sie werfen auch Licht auf die zentralen und unproblematischen Anwendungen des Begriffs und entscheiden möglicherweise darüber mit, wie diese angemessen zu verstehen sind.

Wo liegen die Grenzen des Personenbegriffs? Zweifellos wäre es am bequemsten, wenn sie mit einigen sehr viel eindeutigeren und durch lange Übung vertrauteren Grenzen zusammenfielen, etwa mit den Grenzen zwischen Mensch und Tier, Mensch und Maschine. Die Frage ist nur, ob die bequeme Grenze jeweils auch die richtige Grenze ist. Was uns an der bequemen Lösung zweifeln läßt, sind Begegnungen wie die, von denen Bernard Rollin in dem eingangs angeführten Zitat berichtet. Von Erlebnissen dieser Art geht ein starker Anreiz aus, die tradierten Grenzen des Personenbegriffs aufzulockern und nicht nur Menschen, sondern auch zumindest einige – hinreichend menschenähnliche – Exemplare außermenschlicher biologischer Gattungen als Personen gelten zu lassen.

Natürlich wäre zu fragen, was damit eigentlich erreicht wäre: Was würde daraus folgen, daß wir uns dazu verstehen, einige Tiere – und möglicherweise einige hypothetische Maschinen – als Personen zu klassifizieren? Würde daraus folgen, daß sich unsere Sichtweisen von Tieren und Maschinen grundlegend geändert hätten? Würde daraus folgen, daß sich unser Umgang mit Tieren und Maschinen grundlegend ändern müßte? Oder würde es sich um letztlich nicht mehr handeln als eine Art verbaler Tribut an eine neue Form von *ethical correctness* – so wie ich selbst mein Nachgeben gegenüber der Herausgeberin von *Etica & Animali* verstand, als ich vor einiger Zeit von ihr aufgefordert wurde, in einem englischsprachigen Artikel auf Menschenaffen doch bitte mit *he* und *she* statt mit *it* zu verweisen – wodurch sie mir Gelegenheit gab, durch ein und dasselbe verbale Manöver die Sensibilitäten von Feministen und *Great Apists* gleichzeitig zu schonen.

Eine andere Frage ist, ob eine Erweiterung des Personenbegriffs über die „Grenzen der Menschheit" hinaus tatsächlich, wie es diese Fragen unterstellen, einer begrifflichen Revolution gleichkäme. Gehört die Beschränkung auf *menschliche* Personen so unverrückbar zum philosophischen Personenbegriff wie die Ausdehnung des juristischen Personenbegriffs auf juristische Personen zur Rechtswissenschaft? Hinsichtlich des traditionellen Personenbegriffs ist das zumindest nicht evident. Statt einer klaren Kontur finden wir *fuzziness* – und in mehr als einer Richtung. In der Tradition begegnet uns eine ausgeprägte Bereitschaft, auch bei solchen Entitäten von Personen zu sprechen, die keine (lebenden) Menschen sind, diesen aber in wichtigen Merkmalen nahekommen: bei *Gott* etwa (sofern er hinreichend anthropomorph vorgestellt wird) und bei menschlichen *Leichnamen* kurz nach dem Tod. In dem einem Fall werden die Ähnlichkeiten mit dem lebenden Menschen als Geistwesen, im anderen Fall die Ähnlichkeiten und Kontinuitäten mit dem Menschen als Leibwesen für hinreichend offenkundig gehalten, um die Beilegung von Personalität zu rechtfertigen. Hinzu kommt die normative Komponente der Pietät, die dem einen wie dem anderen (in jeweils verschiedenem Sinn) geschuldet ist und die jemand dadurch, daß er von Gott oder einem Leichnam als *Person* spricht, charakteristischerweise einfordert.

Zweitens wäre aber auch dann, wenn sich für den angestammten Personenbegriff eine Beschränkung auf menschliche Subjekte nachweisen ließe, eine Erweiterung nicht schlechthin ausgeschlossen – vorausgesetzt, diese ließe sich hinreichend gut begründen. Das scheint selbst ein Erzkonservativer wie Robert Spaemann anzuerkennen, wenn er in seiner Monographie „Personen" zwar etwas dogmatisch dekretiert, Personen seien stets und überall „lebendige Menschen"[2], er sich aber andererseits, wenn auch vielleicht nur einem spielerischen Moment, zu der Feststellung hinreißen läßt, daß *falls* Delphine Personen wären, *alle* Angehörigen der Gattung Delphin (und nicht nur einige wenige, etwa besonders intelligente oder den Menschen besonders ans Herz gewachsene) Personen wären.[3] Damit scheint Spaemann zumindest die *logische* Möglichkeit einer Anwendung des Personenbegriff auf nichtmenschliche Subjekte zuzugestehen. Ob seine These zutrifft und wir gegebenenfalls gezwungen wären, *allen* Exemplaren einer natürlichen Art Personenstatus zuzugestehen, wenn wir Gründe hätten, diesen *einzelnen* Exemplaren zuzugestehen, scheint allerdings zweifelhaft. In Abwandlung eines Gedankenexperiments von Reinhard Merkel[4] können wir uns durchaus vorstellen, einem oder mehreren Schimpansen, die nach einem Mutationssprung oder einem *genetic engineering* „erkennbar menschliche mentale Fähigkeiten" aufweisen, den Personenstatus zuzusprechen und sie damit in einem bestimmten Sinn als „zu uns" gehörig zu betrachten, diese Aufwertung den übrigen, die auf dem ursprünglichen geistigen Niveau verblieben sind, jedoch vorzuenthalten. Die Tatsache, daß die zu Personen gewordenen Exemplare derselben biologischen Gattung angehören wie die anderen, wäre kein hinreichender Grund, auch allen übrigen den Personenstatus zuzusprechen. *Falls* es ein hinreichender Grund wäre, hätte das möglicherweise radikale und zumindest *prima facie* kaum akzeptable Folgen: Wir müßten möglicherweise bereits unter heutigen Bedingungen allen Schimpansen den Personenstatus zusprechen, denn auch unter den gegenwärtigen Bedingungen gehören Menschen und Schimpansen biologisch gesehen zu ein und derselben Gattung.

---

[2] Spaemann 1996, S. 78.
[3] Spaemann 1996, S. 264.
[4] Merkel 1998, S. 127.

Die scheinbar angestammte Reservierung des Personenbegriffs für (lebende) Menschen ist also nicht erst mit dem *Great Ape Project* in Frage gestellt worden. Das Novum dieser Bewegung besteht allenfalls darin, daß sie zum erstenmal so etwas wie eine ausdrückliche *Begriffspolitik* betreibt und mit der Ausdehnung des Personenstatus auf Schimpansen, Orang-Utans und Gorillas erklärtermaßen politische Ziele, nämlich die grundrechtliche Gleichstellung der Angehörigen dieser Spezies mit denen der Spezies *Homo sapiens* erreichen will. Aber wenn auch nicht ausdrücklich politisch, so ist doch auch die Übertragung des Personenstatus auf Gott und menschliche Leichname in ähnlicher Weise außer durch Ziele der deskriptiven Adäquatheit auch durch normative Ziele motiviert. Zweck der Personalisierung ist u. a. die Postulierung eines bestimmten *normativen* Status: ein Gott, der *Person* ist, hat einen Willen und stellt eine zu respektierende Autorität dar – anders als ein abstraktes Weltschöpfungsprinzip; mit einem Leichnam, der eine *Person* ist, soll achtungs- und pietätvoll umgegangen werden – anders als mit einer Sache.

II. Tiere als Personen

Am weitesten in der Bereitschaft, Tieren Personenstatus zuzuerkennen, ist wohl der Göttinger Philosoph und Pädagoge Leonard Nelson gegangen. Zwischen Kant und Utilitarismus vermittelnd, hat Nelson den Kantischen Personenbegriff – einschließlich des Verbots der Tötung und der ausschließlichen Instrumentalisierung – auf die empfindungsfähigen Tiere übertragen und damit einen radikalen ethischen Vegetarismus begründet. Zwar sagt Nelson an keiner Stelle *expressis verbis,* daß Tiere Personen sind. Aber diese Konsequenz ergibt sich unweigerlich aus den drei Grundprinzipien N1–N3 seiner Tierethik, nämlich

N1:   Es gibt menschliche und nicht-menschliche Interessensubjekte. Von den nicht-menschlichen Wesen haben nur Tiere Interessen.

N2:   Alle Wesen, die Interessen haben, haben einen Anspruch auf Interessenberücksichtigung, d. h. sie haben (moralische) Rechte.

N3:   Alle Wesen, die (moralische) Rechte haben, sind Personen.

Offensichtlich folgt aus N1–N3 zusammengenommen, daß zumindest einige Tiere Personen sind, nämlich diejenigen, die Interessen haben. Für Nelson folgt daraus sogar, daß *alle* Tiere Personen sind, da er – abweichend vom üblichen Sprachgebrauch – den Begriff „Tier" durch den Begriff „Träger von Interessen" definiert.

Wie weit Nelsons erweiterter Personenbegriff über den herkömmlichen anthropozentrischen Personenbegriff hinausgeht, hängt davon ab, was Nelson unter „Interesse" versteht und welchen Tieren wir Interessen im relevanten Sinne zuschreiben müssen. Bei Nelson findet sich dazu eine in diesem Zusammenhang nicht unwichtige Unterscheidung, nämlich zwischen zwei Arten von Interessen, oder besser: zwischen Interessen im starken und Interessen im schwachen Sinn. Damit ein Wesen ein Interesse an x im *starken* Sinn hat, muß es den *Gedanken* an x haben können. Dies ist nicht erfordert bei Interessen im *schwachen* Sinne. Damit ein Tier (oder auch etwa ein Kleinkind) ein Interesse im schwachen Sinn hat, ist es hinreichend, daß es ein unmittelbar anschaulich präsentes x haben *will*. Es ist nicht erforderlich, daß es dieses x gedanklich repräsentiert. Während sich Interessen im starken Sinn auch auf zeitlich und räumlich ferne Gegenstände richten können, ist ein schwaches Interesse stets auf das *hic et nunc* und unmittelbar Gegebene gerichtet.

Die Unterscheidung zwischen Interessen im starken und im schwachen Sinn ist wichtig, wenn es darum geht, die Verwendung des Begriffs „Interesse" im objektiven Sinn zu erklären. Wir sprechen von Interessen ja nicht nur in dem Sinne, daß *N ein Interesse an x hat*, sondern auch in dem Sinne, daß *x im Interesse von N ist*. Diese letztere Aussage setzt nicht voraus, daß N fähig ist, an x ein Interesse im starken Sinn zu haben. Sie scheint jedoch zumindest die Fähigkeit von N zu einem Interesse im schwachen Sinn vorauszusetzen. Daß x im Interesse von N ist, impliziert nicht, daß N aktuell oder in Zukunft an x (oder an die Folgen von x) denkt. Wenn es im Interesse der Gesundheit von N ist, nicht zu rauchen, setzt das nicht voraus, daß N jetzt oder später an seine Gesundheit denkt. Es setzt jedoch voraus, daß N, auch wenn er nicht an seine Gesundheit denkt, ein Interesse im schwachen Sinn an seiner Gesundheit bzw. an deren Folgen für sein Wohlbefinden hat.

Nelson versteht den Begriff „Interesse" in den Prinzipien N1 und N2 ausdrücklich im *schwachen* Sinn. Wesen, die Interessen haben, müssen wollen und begehren können – ein Interesse zu haben ist nicht denkbar ohne eine Wertung: „Jedes Interesse schließt eine Wertung seines Gegenstandes ein". Aber sie müssen nicht notwendig auch denken können, d.h. die Wertung muß nicht notwendig „die Form eines Urteils haben".[5] Interessen setzen im Unterschied zu „bewußten Zwecken"[6] keine Denkfähigkeit voraus. Ein Interesse im schwachen Sinne zu haben, bedeutet nicht mehr, als einen bestimmten gegenwärtigen Zustand oder ein bestimmtes gegebenes Objekt in einem elementaren Sinn positiv oder negativ zu bewerten, zu wollen oder nicht zu wollen, zu mögen oder nicht zu mögen. Deshalb können wir einem leidenden Tier ein Interesse im schwachen Sinn zuschreiben, nicht zu leiden, ohne ihm zugleich auch die Fähigkeit zuschreiben zu müssen, dieses Leiden zum Gegenstand eines Urteils zu machen, es begrifflich zu fassen oder gar zu artikulieren.

Ethische Vegetarier berufen sich, falls sie sich überhaupt auf philosophische Lehrmeinungen berufen, heute im allgemeinen weniger auf den weithin vergesse-

---

[5] Nelson 1972, S. 351.
[6] Nelson 1970, S. 168f.

nen Nelson[7] als auf jüngere angelsächsische Tierethiker wie Tom Regan. Ebenso
wie Nelson vermeidet es Regan, Tieren ausdrücklich Personenstatus zuzuschreiben. Aber die weitgehenden Schutzrechte, die er zumindest Säugetieren zuerkennt,
entsprechen einem der zentralen Gehalte des Personenbegriffs, nämlich dem seit
der zweiten Formulierung von Kants Kategorischem Imperativ vielfach mit dem
Personenstatus assoziierten Gebot, Personen nicht ausschließlich als Mittel zu fremden Zwecken und stets auch als Zwecke zu behandeln. Anders als bei Nelson steht
das Instrumentalisierungsverbot bei Regan ganz im Vordergrund. Nach Regan ist
der ethische Vegetarismus nicht in einem *Lebensrecht* der Tiere begründet, sondern
in einem Recht auf Schutz vor *Instrumentalisierung*, das Recht auf Achtung, auf
„respectful treatment".[8] Deshalb lehnt Regan nicht nur die Tötung von Säugetieren zum Zweck der Fleischproduktion und im Zusammenhang mit Tierversuchen
ab,[9] sondern auch jede – wie immer humane – Form landwirtschaftlicher Nut-
zung.[10] Anders als bei Nelson ist das Recht auf „respectful treatment" bei Regan
dabei nicht im Besitz von Interessen begründet, sondern in einem den Tieren
zukommenden „inherent value", einer spezifischen Art von Würde.

„Inherent value" kommt bei Regan allerdings nur bestimmten Arten von Tieren
zu, nämlich solchen, die „Subjekte eines Lebens" sind. Dabei wird die Fähigkeit,
„Subjekt eines Lebens" zu sein, von Regan mit kognitiven Fähigkeiten wie Denken
und Zukunftsbewußtsein verknüpft. Aber wenn Regan aus diesen Grundsätzen
ein radikales Verbot der Instrumentalisierung von Säugetieren ableiten zu können
meint, gelingt das nur unter Zuhilfenahme von zwei weiteren Voraussetzungen,
nämlich: 1. daß ausnahmslos alle Säugetiere denkfähig und mit Zukunftsbewußtsein begabt sind, und 2. daß jede Form der Instrumentalisierung eine Würdever-
letzung ist. Beide Voraussetzungen sind anfechtbar. Zukunftsbewußtsein ist für
einige Säugetierarten gut belegt.[11] Aber ob sämtliche Gattungen von Säugetieren
eines Zukunftsbewußtseins fähig sind, ist zweifelhaft. Allenfalls könnte man die
Annahme eines Zukunftsbewußtseins bei allen Säugetieren *pragmatisch* begründen,
z.B. durch eine Praxisregel der ethischen Risikominimierung im Anschluß an T.
H. Huxley[12] oder Peter Singer.[13] Eine solche Regel würde besagen, daß wir Säugetiere so behandeln sollten, *als ob* sie über Denkvermögen und Zukunftsbewußtsein
verfügten, um im Zweifelsfall nicht zuungunsten derer zu irren, die ihre Bedürfnisse
und ihr Leiden nicht unmißverständlich genug äußern können.

---

[7] Vgl. dazu Birnbacher 1998.
[8] Regan 1983, S. 327.
[9] Vgl. Regan 1986, S. 45.
[10] Vgl. Regan 1983, S. 394.
[11] Vgl. Griffin 1984, Arzt/Birmelin 1993, Dawkins 1994.
[12] Huxley 1968, S. 270.
[13] Singer 1994, S. 173 f.

Fraglich ist weiterhin, ob jede Instrumentalisierung *eo ipso* würdeverletzend ist. Wenn ich als Unternehmer einen Angestellten für mich arbeiten lasse, nutze ich zwar seine Arbeitskraft als Ressource und mache ihn zum Mittel fremder Zwecke, reduziere ihn aber damit noch nicht auf ein *bloßes* Mittel im Sinne einer moralisch kritikwürdigen Ausbeutung. Ob er durch die Indienstnahme zu einem *bloßen* Mittel gemacht wird, hängt vielmehr davon ab, wie er ansonsten behandelt wird, z.B. ob er für seine Arbeit angemessen entlohnt wird, ob er das Recht behält, sich einer Arbeit zu entziehen, die mit seinen Moralvorstellungen unvereinbar ist, wieviel Entscheidungsfreiheit ihm gelassen wird usw. Ebenso wird nicht jedes Tier, das als Mittel zu fremden Zwecken in Dienst genommen wird, dadurch zu einem *bloßen* Mittel gemacht. Das hängt vielmehr davon ab, wie es behandelt wird – ob es Leiden, Angst und Streß ausgesetzt ist, ob es überfordert oder vernachlässigt wird, ob es seiner Art und seinen individuellen Eigenarten gemäß gehalten wird ist und ob es über hinreichend viel Freiraum zum Ausleben seiner physischen und sozialen Bedürfnisse verfügt.

Zweifellos gehören Nelson und Regan unter den Tierethikern zu den Extremisten. Nur wenige Tierethiker gehen so weit, den Personenstatus auf sämtliche Säugetiere auszudehnen. Auch die Mehrzahl der gegenwärtig am *Great Ape Project* beteiligten Philosophen erwägt eine Ausdehnung des Personenbegriffs ausschließlich auf Menschenaffen – wobei viele diese Ausweitung auch verwerfen,[14] u.a. deshalb, weil sie in der Zuschreibung des Personenstatus an Menschenaffen eine einseitige Privilegierung sehen und dafür plädieren, die mit der Zuschreibung des Personenstatus implizierten moralischen Rechte *allen* empfindungsfähigen Tieren zuzuschreiben.

III. Wer hat Interessen, wer hat Rechte?

Für die Diskussion bieten vielleicht gerade die extremistischen Konzeptionen den besten Ausgangspunkt. Wenn wir die radikalen Folgerungen der „Extremisten" nicht mitvollziehen wollen, ist es an uns zu sagen, wo sich die Wege scheiden. Fragen wir also: Sind Nelsons Prinzipien N1 bis N3 – „Interesse" als „Interesse im schwachen Sinn" gelesen – akzeptabel?

N1 scheint ohne Bedenken akzeptabel, sofern der Ausdruck „Tiere" nicht als „alle Tiere", sondern als „einige Tiere" gelesen wird. Eine Minimalbedingung für den Besitz von Interessen ist der Besitz von Empfindungsfähigkeit, und darüber, daß *einige* Tiere (etwa Menschenaffen) empfindungsfähig sind, dürfte ebensoviel Einigkeit bestehen wie darüber, daß einige Tiere *nicht* empfindungsfähig sind (etwa Amöben). Es kann dabei offenbleiben, wo genau die phylogenetische Grenze zu

---

[14] Z.B. Mitchell 1993.

ziehen ist und wie verläßlich die Grenze ist, die das deutsche Tierschutzgesetz für alle rechtlichen Belange zieht, nämlich zwischen Wirbeltieren und Nicht-Wirbeltieren.

Ob der Besitz von Interessen im schwachen Sinn auch schon den Besitz von (moralischen) Rechten begründet, wie N2 postuliert, ist sehr viel weniger evident und bedarf genauerer Prüfung.

Was bedeutet es, ein moralisches *Recht* zu haben? Ein Recht im moralischen Sinn zu haben heißt erstens, daß andere dem Inhaber des Rechts gegenüber bestimmte moralische *Pflichten* haben. Es heißt zweitens, daß diese Pflichten eine gewisse Priorität genießen. Ein Recht darf im Konfliktfall nicht leichthin und niemals bloßen Interessen geopfert werden. Wenn es gegen andere Forderungen abgewogen werden muß, dann in der Regel nur wiederum gegen andere Rechte (fremde oder eigene) und nur in Ausnahmefällen gegen konkurrierende Pflichten. Drittens übernimmt der Begriff des Rechts *advokatorische* Funktionen. Er *fordert* die Erfüllung von Pflichten im eigenen oder fremden Namen *ein*. Wenn jemand ein Recht hat, dann darf er dieses Recht bei entsprechender Gelegenheit *einklagen*. Wer ein Recht darauf hat, nicht zu verhungern, braucht nicht darauf zu warten, daß andere sich ihrer Pflicht erinnern, ihn nicht verhungern zu lassen, und er braucht auch nicht dankbar dafür zu sein. Ist das Rechtssubjekt nicht in der Lage, sein Recht in eigener Person einzufordern – wie menschliche Unmündige, Tiere oder die Angehörigen zukünftiger Generationen –, fällt es *anderen* (Mündigen, Menschen, Gegenwärtigen) zu, diese Aufgabe zu übernehmen und sich zu Anwälten fremder Rechte zu machen.

„Recht" ist demnach ein besonders anspruchsvoller und reichhaltiger Begriff – sehr viel anspruchsvoller als der einer bloßen Pflicht. Man könnte es deshalb für fraglich halten, ob bereits der Besitz von Interessen im schwachen Sinne für den Besitz (moralischer) Rechte hinreicht. Muß nicht ein Wesen, um moralische Rechte zu besitzen, über weitergehende Fähigkeiten verfügen, z.B. über Denkfähigkeit oder Selbstbewußtsein? Dagegen spricht, daß in diesem Fall auch menschliche Unmündige als Subjekte von Rechten nicht in Frage kämen. Im allgemeinen kann jemand ein moralisches Recht auch dann besitzen, wenn er dieses Recht nicht selbst wahrnehmen kann. Er braucht die Rechte, die er hat, nicht einmal zu kennen. Auch das bis auf den Epikurschüler Hermarchos zurückgehende Argument, Tiere könnten deshalb keine Rechte haben, weil sie mit dem Menschen keinen Vertrag schließen können,[15] trifft nicht. Die Anerkennung von Rechten ist ebensowenig wie die Anerkennung als Person an einen Vertragsschluß oder eine andere Art reziproker Interaktion gebunden, sondern kann durchaus auch einseitig erfolgen. Vorausgesetzt bei der Anerkennung von Rechten ist allenfalls, daß der Träger von Rechten über *Bewußtsein*, und zwar nicht nur über intentionales, sondern auch über phänomenales Bewußtsein verfügt, also empfindungsfähig ist – nicht notwendig

---

15 Vgl. Jürß et al. 1977, S. 372.

aktuell, sondern möglicherweise auch nur prospektiv. (Einem Wesen, etwa einem Embryo im empfindungslosen Stadium, können auch dann Rechte zugeschrieben werden, wenn es erst zu einem späteren Zeitpunkt empfindungsfähig wird.)

Die Bedingung der Empfindungsfähigkeit ist bei einem Wesen mit Interessen im schwachen Sinn unproblematisch erfüllt. Weder Interessen im starken noch Interessen im schwachen Sinn sind ohne phänomenales Bewußtsein denkbar. Problematisch wird die Bedingung des phänomenalen Bewußtseins allenfalls für mögliche intelligente Maschinen, deren kognitive Leistungen denen des Menschen gleichkommen oder diese sogar übertreffen. Ihnen moralische Rechte zuzuschreiben wäre nur soweit denkbar, als wir auch bereit wären, ihnen neben intentionalen (Intentionen, Handlungen Gedanken usw.) auch phänomenale Bewußtseinszustände (Empfindungen, Stimmungen, Gefühle usw.) zuzuschreiben.

Damit ist aber erst *ein* mögliches Hemmnis, N2 zuzustimmen, ausgeräumt. Man könnte weiter fragen, ob nicht eine offensichtliche Diskrepanz besteht zwischen der dem Begriff des moralischen Rechts eigentümlichen Emphase und der häufigen Unbeachtlichkeit geringfügiger, ephemerer oder irregeleiteter Interessen. Nicht jedes Interesse muß erfüllt werden. Einige Interessen dürfen oder sollten nicht einmal erfüllt werden. Deshalb kann es nicht sein, daß jedes beliebige Interesse ein *Recht* auf seine Erfüllung begründet.

Dieser Einwand unterstellt, was der Vertreter von N2 strenggenommen gar nicht zu behaupten braucht. Wer N2 vertritt, kann sich zur Stützung seiner These darauf berufen, daß von Wesen, die Interessen im schwachen Sinn haben und deshalb zumindest frustrierbar sind, plausiblerweise angenommen werden kann, daß sie leidensfähig sind und bei schwerwiegenden Interessenverletzungen unter diesen Interessenverletzungen entsprechend schwer leiden. Er kann sich auch darauf berufen, daß zumindest dann, wenn dieses Leiden eine gewisse Intensität überschreitet und auf menschliche Einwirkung zurückgeht, es Tieren nicht nur nicht zugefügt werden *sollte*, sondern daß Tiere auch ein *Recht* darauf haben, diese Leiden nicht zugefügt zu bekommen. Gemäß der obigen Analyse moralischer Rechte heißt das, daß Menschen nicht nur verpflichtet sind, solche Leidzufügungen zu unterlassen, sondern auch dazu, andere davon abzuhalten.[16] Es scheint also, daß wir N2 trotz der anfänglichen Zweifel akzeptieren müssen, wenn auch nicht allein aufgrund streng begriffslogischer Überlegungen, sondern unter Zuhilfenahme einer – allerdings hochgradig plausiblen – empirischen Hypothese.

---

[16] Dies würde implizieren, eine Revision des geltenden Tierschutzgesetzes anzumahnen, das in seiner gegenwärtigen Form in §7, Abs. 3, Satz 2 „Versuche mit länger anhaltenden oder sich wiederholenden erheblichen Schmerzen, Leiden oder Schäden" zuläßt, „wenn die angestrebten Ergebnisse vermuten lassen, daß sie für wesentliche Bedürfnisse von Mensch und Tier einschließlich der Lösung wissenschaftlicher Probleme von hervorragender Bedeutung sein werden".

IV. Sind alle Rechtssubjekte Personen?

Sehr viel problematischer als N2 ist N3. Daß der Besitz von Rechten hinreichend für den Status einer Person sein soll, leuchtet viel weniger ein, als daß Wesen, die Interessen haben, auch bestimmte moralische Rechte haben. Die Zuschreibung moralischer Rechte macht Tiere noch nicht zu Personen.

Sehr viel plausibler scheint die umgekehrte These, daß der Besitz von Rechten für den Personenstatus keine *hinreichende*, sondern eine *notwendige* Bedingung darstellt. Die Aussage, daß ein Wesen eine *Person* ist, wird gewöhnlich so verstanden, daß diesem Wesen damit nicht nur bestimmte deskriptive Eigenschaften, sondern auch ein bestimmter moralischer Status zugeschrieben wird. „Person" ist ein *emphatischer* Begriff: Jemanden als Person zu betrachten, bedeutet u. a., ihn als einen Träger bestimmter Rechte anzuerkennen, z. B. des Rechts, nicht in einer totalen und dauerhaften Weise instrumentalisiert zu werden. Die Verknüpfung des Begriffs „Person" mit der Anerkennung von Rechten ist dabei eindeutig eine *semantische* oder *analytische* Verknüpfung – eindeutiger als bei anderen Begriffen, die zur Begründung solcher Rechte gemeinhin herangezogen werden, etwa dem Begriff „Mensch". Zwar impliziert auch derjenige, der behauptet, daß der menschliche Embryo oder Fötus ein *Mensch* sei, gewöhnlich nicht nur, daß es sich beim menschlichen Embryo und Fötus um ein zur biologischen Gattung *homo sapiens* gehörendes Wesen handelt. Er impliziert vielmehr, daß diesem bestimmte Rechte, insbesondere ein Recht auf Leben zukommt.[17] Während allerdings die normative Komponente beim Personenbegriff den semantischen Status einer logischen *Implikation* hat, hat sie im Fall des Begriffs „Mensch" eher nur den Status einer (Griceschen) *Implikatur*. Einem Menschen oder menschlichen Wesen das Lebensrecht abzusprechen, mag *ethisch* falsch sein; es ist aber nicht in derselben Weise *logisch* falsch, in der es logisch falsch ist, einer *Person* das Lebensrecht abzusprechen. „Mensch" ist als Begriff zu eindeutig in einem primär deskriptiven Sprachspiel beheimatet, als daß die normativen Konnotationen, die in seine Verwendung in normativen Kontexten eingehen, zu Komponenten seiner Bedeutung geworden wären. Dagegen ist die normative Komponente aus dem Personenbegriff, so wie er in der Ethik verwendet wird, nicht wegzudenken. John Locke – so unbefriedigend seine Personenkonzeption im einzelnen auch sein mag – befand sich auf dem richtigen Weg, als er den Begriff „Person" im Unterschied zum Begriff „Mensch" in einem normativen, nämlich *rechtsphilosophischen* Kontext ansiedelte.

Angesichts der deskriptiv-normativen Doppelnatur des Personenbegriffs greifen Explikationen zu kurz, die den Personenbegriff entweder ausschließlich deskriptiv oder ausschließlich normativ bestimmen. Eine rein deskriptive Analyse legt

---

[17] Das scheint impliziert in dem Satz des Bundesverfassungsgerichts in seinem Urteil zur Fristenlösung vom 28. Mai 1993, daß sich das „Ungeborene […] nicht *zum* Menschen, sondern *als* Mensch" entwickelt.

Peter Singer nahe, wenn er Personalität mit dem Besitz bestimmter Fähigkeiten (wie Selbst- und Zukunftsbewußtsein) verknüpft. [18] Eine rein normative Analyse ohne alle deskriptive Bestandteile, wird von Michael Tooley und Steve Sapontzis vorgeschlagen. Für Tooley ist der Personenbegriff „ein ausschließlich moralischer Begriff, frei von jedem deskriptiven Inhalt"; [19] für Sapontzis sind Personen als Wesen bestimmt, „von denen Moralität oder Gesetz sagen, daß wir sie als moralisch oder rechtlich Handelnde fair behandeln müssen und sie nicht, wie Kant sagen würde, als bloße Mittel zur Befriedigung unserer Interessen behandeln dürfen". [20] Das Problem einer rein deskriptiven Analyse besteht darin, daß sie die *Anerkennung* der Person als Subjekt von Rechten verfehlt. Das Problem einer rein normativen Analyse besteht darin, daß sie es offenlassen muß, welche *Art* von Wesen Personen und aufgrund welcher *Merkmale* sie Personen sind. Die Tatsache, daß Personen überwiegend *Menschen* sind, ist im Rahmen dieser Konzeptionen ein ebenso kontingentes Faktum wie die Tatsache, daß ihnen der Personenstatus aufgrund solcher Merkmale wie Bewußtsein, Interessen, Denkfähigkeit und Selbstbewußtsein zukommt. Personen könnten alles beliebige sein – vorausgesetzt, ihnen würde der entsprechende Status zugeschrieben.

Möglicherweise ist die Konstruktion eines rein normativen Personenbegriffs nichts anderes als die – verzweifelte – Reaktion auf ein Dilemma, mit dem wir konfrontiert sind, sobald wir fragen, welche deskriptiven Merkmale es sind, die – über die normativen hinaus – ein Wesen zu einer Person machen. Wenn die Zuerkennung von Rechten eine notwendige, aber keine hinreichende Bedingung für den Personenstatus ist, und wenn weitere *normative* Bedingungen (wie die Zuerkennung von Selbstzweckhaftigkeit bei Sapontzis) nicht geeignet sind, die logische Lücke zu füllen, sind zur Komplettierung der Analyse des Personenbegriffs *deskriptive* Bedingungen gefragt. Und diese Anteile stehen nicht beziehungslos nebeneinander, sondern sind in Gestalt einer Grund-Folge-Beziehung aufeinander bezogen. D. h. Personen wird ein bestimmter normativer Status genau deshalb zugeschrieben, *weil* sie bestimmte deskriptive Eigenschaften aufweisen, die Nicht-Personen nicht aufweisen. Wenn M von N sagt, N sei eine Person, behauptet M nicht nur, daß N bestimmte deskriptive Merkmale hat und daß N als Subjekt bestimmter moralischer Rechte anzuerkennen ist. Vielmehr sagt M, wenn er von N sagt, N sei eine Person, daß N *deswegen* als Subjekt bestimmter Rechte anzuerkennen ist, *weil* N diese deskriptiven Eigenschaften aufweist. Die Analyse des Personenbegriffs führt also auf einen implizierten moralischen Begründungs- und Ableitungszusammenhang zwischen deskriptiven und normativen Merkmalen. Genau deshalb ist die Suche nach den deskriptiven Merkmalen des Personenbegriffs mehr als eine

---

[18] Vgl. Singer 1994, S. 120. Einen rein deskriptiven Personenbegriff wollen auch Feinberg und Walters – zumindest als Option – gelten lassen (vgl. Feinberg 1982, S. 108; Walters 1982, S. 87).

[19] Tooley 1990, S. 159.

[20] Sapontzis 1993, S. 412; anders und differenzierter Sapontzis 1987, Kap. 4.

lediglich analytische Aufgabe. Es ist zugleich die Suche nach einer tragfähigen ethischen Begründung moralischer Rechte. Jede Festlegung auf bestimmte deskriptive Kriterien bedeutet gleichzeitig eine Festlegung auf bestimmte ethische Auffassungen darüber, was ein Wesen zum Inhaber bestimmter moralischer Rechte macht. Begriffsanalyse und ethische Theorie sind an dieser Stelle nicht sauber zu trennen.

V. Was macht N zur Person?

Die Antworten, die in der Philosophie auf die Frage nach den deskriptiven Merkmalen des Personenbegriffs gegeben werden und gegeben worden sind, stimmen bei aller Verschiedenheiten in einem Punkt überein: Durchweg wird der Personenstatus an den Besitz bestimmter kognitiver und moralischer Fähigkeiten geknüpft. Diese *Fähigkeitsorientierung* verbindet die Vertreter noch der gegensätzlichsten ethischen Positionen. „Personen sind Subjekte des Könnens", schreibt Robert Spaemann,[21] wobei für ihn die Fähigkeit zu intentionalen Akten, also zum Urteilen, Denken und Handeln, im Mittelpunkt steht. Diese Position unterscheidet sich von der seines Antagonisten Peter Singer, der Personalität an die Fähigkeit zu Denken und Selbstbewußtsein bindet, nur in Nuancen. Übereinstimmungen finden sich nicht nur im Grundsätzlichen – daß wer mehr *kann*, auch mehr *Rechte* hat –, sondern auch in den einzelnen Fähigkeitskatalogen. Getreu der klassischen Definition der Person des Boethius „Persona est naturae rationabilis individua substantia" (Person ist die individuelle Substanz der vernünftigen bzw. vernunftfähigen Natur) sehen nahezu alle Personentheoretiker den Personenstatus an eine mehr oder weniger anspruchsvoll verstandene *Vernunftfähigkeit* geknüpft, wobei für manche die für die Person kennzeichnende Vernunftfähigkeit ausschließlich *kognitiv*, für andere zusätzlich auch *moralisch* bestimmt ist. Bei aller Übereinstimmung im Grundsätzlichen zeigt sich im einzelnen allerdings ein breites Spektrum von unterschiedlich anspruchsvollen Bedingungen, das von Minimalbedingungen bis zu ausgesprochenen Idealforderungen reicht:[22]

A.   Kognitive Fähigkeiten:
A1. Intentionalität, Fähigkeit zu Urteilen, Denkfähigkeit
A2. Zeitliche Transzendenz der Gegenwart (Zukunftsbewußtsein/Erinnerungsfähigkeit)
A3. Selbstbewußtsein, Ichbewußtsein
A4. Selbstdistanz, Präferenzen zweiter Stufe
A5. Rationalität, Vernünftigkeit

---

[21] Spaemann 1991, S. 140.
[22] Vgl. Birnbacher 1997, S. 13.

B.   Moralische Fähigkeiten:
B1. Autonomie, Selbstbestimmung
B2. Moralfähigkeit, Moralität
B3. Fähigkeit zur Übernahme von Verpflichtungen
B4. Fähigkeit zur kritischen Selbstbewertung

Die meisten vorgeschlagenen deskriptiven Bedingungen sind dabei Kombinationen von mehreren einzelnen Merkmalen. So sind etwa die Merkmale A1, A2 und A3 charakteristisch für die Konzeptionen von Locke und Peter Singer, die zusätzlichen Bedingungen A3, A4 und B4 für die Konzeptionen von Hegel und Daniel Dennett.

Je nach der Art und Zahl der Bedingungen kann man zwischen *minimalistischen* und *maximalistischen* Explikationen des Personenbegriffs unterscheiden. Minimalistische Explikationen des Personenbegriffs beschränken sich darauf, den Besitz des Personenstatus an den Besitz einer der kognitiven Bedingungen zu knüpfen; maximalistische Explikationen fordern u. a. auch den Besitz moralischer Fähigkeiten. Minimalistisch ist der Personenbegriff Spaemanns, der sich im wesentlichen auf A1 beschränkt. Maximalistisch ist der Personenbegriff Dennetts und Mitchells, der nicht weniger als eine „reife" moralische Reflexionsfähigkeit im Sinne von B4 fordert. Soweit es darum geht, den vortheoretischen Personenbegriff zu explizieren, halte ich selbst eine minimalistische Explikation für den aussichtsreichsten Kandidaten, mit A1 und A2, möglicherweise auch A3 als notwendige deskriptive Bedingungen: Eine Person muß urteilen, handeln, in die Zukunft blicken und einen Begriff von sich selbst haben können. Dagegen scheinen mir – gemessen an dem kulturell eingespielten Personenbegriff – die im Deutschen Idealismus, aber teilweise auch in der angelsächsischen Diskussion der letzten Jahre in den Vordergrund gerückten moralischen Fähigkeiten entbehrlich: Ein Mensch mit schwerwiegenden „Über-Ich-Defiziten", d.h. ohne Gewissensregungen, verliert dadurch nicht seinen Personenstatus. Entscheidend ist, daß er handeln, planen, sich zu sich selbst und seiner persönlichen Zukunft verhalten kann. Inwieweit er fähig ist, dabei moralische oder andere normative Vorgaben zu berücksichtigen, scheint für den Personenstatus nicht relevant. Ein durch und durch egoistisches Verhalten schließt den Personenstatus nicht aus. Wird Moralität in einem Kantischen Sinn definiert – als Fähigkeit, sich in seinem Denken an strikt universalen moralischen Normen zu orientieren –, ergäbe sich andernfalls sogar ein regelrechtes Paradox: der Personenstatus wäre das Privileg jener wenigen Menschen, die in der Entwicklung ihres moralischen Urteils über die Stufe 4 der Kohlberg-Skala hinausgelangt sind.

Eine andere Einteilung der verschiedenen Personenbegriffe ergibt sich, wenn man nach den Bedingungen fragt, die sie für den Besitz der entsprechenden Fähigkeiten im einzelnen gelten lassen. Erlauben sie die Zuschreibung auch dann, wenn das jeweilige Wesen zwar nicht aktuell, aber potentiell über diese Fähigkeit verfügt?

Wenn ja, in welchem genauen Sinn von „potentiell"?[23] Im allgemeinen ist es für den Besitz einer Fähigkeit nicht notwendig, die betreffende Fähigkeit auch zu aktualisieren. Nicht jeder, der Klavier spielen kann, spielt tatsächlich Klavier: vielleicht hat er kein Klavier, oder es bietet sich keine Gelegenheit. Fähigkeiten sind Dispositionseigenschaften, die einem Subjekt auch dann zugeschrieben werden können, wenn es sie nicht aktualisiert. Ein schlafender N verliert nicht bereits dadurch seinen Personenstatus, daß er die Fähigkeit zum Selbstbewußtsein zeitweilig nicht aktualisiert oder zeitweilig nicht aktualisieren kann. Auf der anderen Seite reicht aber die bloße *Anlage* zum Zusprechen einer Fähigkeit nicht aus. Nicht jeder, der zum Klavierspielen begabt ist, kann Klavier spielen. Biologische und psychische Defekte verhindern nicht nur die *Ausübung* von Fähigkeiten, sondern vielfach auch deren *Erwerb*. Fehlten mir Hände, würde ich die Fähigkeit des Klavierspiels nicht nur nicht ausüben, sondern auch nicht erwerben können. Noch weniger reicht es für die Zuschreibung einer Fähigkeit aus, daß nicht N, sondern *andere*, die derselben biologischen Gattung wie N angehören, über bestimmte Fähigkeiten verfügen, wie das auf Seiten katholischer Moraltheologen gelegentlich in Bezug auf schwergeschädigte Neugeborene ohne Großhirn behauptet wird: Auch das anenzephale Kind sei Person, weil es einer Gattung angehöre, deren Mitglieder typischerweise Personen sind.[24] Dagegen ist zu sagen, daß die verlangte Fähigkeit stets nur eine individuelle Fähigkeit (in Gegenwart, Vergangenheit oder Zukunft) sein kann, nicht bloß eine Fähigkeit der Gattung. Im übrigen stellt sich die Frage: Warum die biologische Gattung und nicht ein anderes Bezugskollektiv? Wenn alle Menschen ungeachtet ihrer individuellen Fähigkeiten an den normalen menschlichen Fähigkeiten in irgendeiner Weise „teilhaben" sollen, warum nicht auch alle Säugetiere? Warum soll gerade die biologische Taxonomie darüber entscheiden, wer an welchen Fähigkeiten welcher anderen Individuen „teilhat"? Nimmt man die Voraussetzung, daß es für den Personenstatus auf biologische Gesichtspunkte ankommt, ernst, dürften wir mindestens auch den Menschenaffen den Personenstatus nicht vorenthalten, da sich diese biologisch-genetisch weniger vom *Homo sapiens* als von den Tieraffen unterscheiden. Müßten wir deshalb nicht eher sagen, daß die Menschenaffen „eigentlich" Personen sind und nur infolge eines biologischen „Defekts" die entsprechenden Fähigkeiten nicht realisieren?

Welche Tiere erfüllen die deskriptiven Bedingungen des Personseins? Geht man davon aus, daß auch nach dem „minimalistischsten" Personenbegriff eine Person die Bedingungen A1–A3 erfüllen muß, kämen unter den realen Tieren wohl nur die Menschenaffen und einige Meeressäuger in Frage. Die Spiegelexperimente von Gallup aus den 70er Jahren[25] legen es nahe, Schimpansen und anderen Menschenaffen Selbstbewußtsein zuzuschreiben. Dafür spricht auch, daß einige der Schimpansen,

---

[23] Vgl. dazu Feinberg 1980, S. 174ff.

[24] Vgl. z.B. Rosada 1995, S. 230.

[25] Vgl. Griffin 1984, S. 74ff.

die mit Hilfe von Zeichensprache zu sprechen gelernt haben, bestimmte sprachliche Elemente verwenden, um sich selbst zu bezeichnen.[26] Zwar muß man es offenlassen, ob diese Beobachtungen *beweisen*, daß die Primaten – bzw. einige Meeressäuger, die ähnliche Fertigkeiten demonstrieren[27] – über Selbstbewußtsein verfügen.[28] Aber nach meiner Einschätzung bietet das gegenwärtig verfügbare ethologische Material hinreichenden Grund, Menschenaffen, Walen und Delphinen zumindest dieselben Rechte zuzuschreiben wie menschlichen Kleinkindern, u. a. auch ein Recht auf Leben.[29]

Zur Absicherung bedarf es allerdings noch weiterer empirischer Forschung. Außerdem ist möglicherweise auch noch ein gutes Stück begriffliche Arbeit zu leisten. Denn Selbstbewußtsein ist kein einheitliches, sondern ein in sich gestuftes Phänomen: Mit der Fähigkeit, sich selbst von anderen und seiner Umwelt zu unterscheiden, ist erst die elementarste Stufe erreicht. Eine zweite Stufe ist mit der Fähigkeit erreicht, sich eigene Körperteile und eigene körperliche Zustände zuzuordnen, eine dritte damit, eigene innere Zustände, psychische Akte und Handlungen auf sich zu beziehen.

Eine alternative und möglicherweise sehr viel großzügigere Möglichkeit, Tieren den Personenstatus zuzuerkennen, würde durch einen *graduell abgestuften* Personenbegriff eröffnet, wie ihn unabhängig voneinander Ludwig Siep[30] und Rüdiger Vaas[31] vorgeschlagen haben. Eine Abstufung der Personenhaftigkeit eines Wesens würde damit indirekt auch eine Abstufung der einem Wesen zukommenden moralischen Rechte erlauben. Je nach dem ihnen zukommenden Grad an Personalität (der etwa mit den geistigen Fähigkeiten oder den Lebensphasen variiert), haben danach Menschen verschieden weitgehende Rechte und haben einige Wesen mehr Rechte als andere. Um diesen Vorschlag operabel zumachen, müßte allerdings geklärt werden, wo genau die Skala beginnt (auf welcher ontogenetischen oder phylogenetischen Entwicklungsstufe das Maß der Personalität zum ersten Mal größer als Null ist) und wo sie das Maximum des vollen Personenstatus erreicht. Außerdem müßte spezifiziert werden, welches Gewicht den einzelnen Kriterien zukommt.

Möglicherweise sind die damit erforderlichen Festlegungen sehr viel kontroverser als die, die ein unabgestufter Personenbegriff erfordert. Aber das ist nicht der entscheidende Einwand. Was in meinen Augen gegen diesen Vorschlag spricht, ist, daß sich ein abgestufter Begriff sehr weit vom alltags- und fachsprachlichen Begriff der Person entfernt. Ähnlich wie der Identitätsbegriff scheint der Begriff der

---

[26] Griffin 1984, S. 205.

[27] Herzing/White 1998, S. 68 f.

[28] Zu den Gefahren der Überinterpretation siehe Dawkins 1994, S. 106 ff. und Gewalt 1993, S. 58.

[29] Vgl. Birnbacher 1996.

[30] Siep 1993, S. 44.

[31] Vaas 1996, S. 1513.

Person kein Mehr oder Weniger zuzulassen, sondern eine Ja-Nein-Entscheidung zu verlangen. Man kann nicht in höherem Maße Person sein als jemand anders, sondern man ist es oder man ist es nicht.

VI. Begründung von moralischen Rechten ohne den Personenbegriff

Die Zuschreibung von moralischen Rechten ist, so habe ich oben behauptet, eine notwendige Bedingung der Kategorisierung eines Wesens als Person. Ein Wesen als Person anzuerkennen, bedeutet u. a., ihm einen bestimmten normativen Status zuzuerkennen. Offenkundig ist aber die Anerkennung als Person nicht die einzige, sondern lediglich eine von vielen Möglichkeiten der Zuerkennung moralischer Rechte. Dadurch, daß Tieren (oder bestimmten Tieren) der Personenstatus vorenthalten wird, werden Tiere nicht schlechthin rechtlos.

Ein weithin anerkannter Kandidat für die Begründung von moralischen Rechten ist die Empfindungsfähigkeit. Empfindungsfähigkeit kann für den Besitz moralischer Anspruchsrechte hinreichend sein, während sie nach keiner Personenkonzeption – außer der exzentrischen Konzeption Nelsons, der Personen mit Interessensubjekten gleichsetzt[32] – hinreichend ist, einem Wesen den Personenstatus zu verleihen. Menschlichen Noch-nicht-Person können Anspruchsrechte zugeschrieben werden (sofern damit zu rechnen ist, daß sie zu einem späteren Zeitpunkt Empfindungsfähigkeit erlangen), ohne ihnen zugleich Personenstatus zuschreiben zu müssen. Man kann einem menschlichen Embryo Anspruchsrechte gegen seine Mutter zusprechen, insofern er sich normalerweise zu einem empfindungs- und denkfähigen Wesen entwickelt, dessen objektive Lebensumstände und subjektives Befinden u. a. auch davon abhängen, wie er während der Schwangerschaft behandelt worden ist. Dies macht ihn jedoch weder zu einer Person, noch ist sie von einer vorgängigen Zuschreibung eines Personenstatus abhängig. Nicht-Personen können nicht nur moralische Rechte haben, sie können auch dieselben Rechte haben wie Personen. Personalität ist nicht nur keine notwendige Bedingung für die Zuschreibung von moralischen Rechten, sie ist auch keine notwendige Bedingung für die Zuschreibung genau derjenigen Rechte, die Personen zugeschrieben werden.

Abgesehen von diesen Einzelbeispielen scheint es mir zweifelhaft, ob es für den Bereich der „Grenzfälle", um den es hier geht, überhaupt wünschenswert wäre, die Zuerkennung von Rechten allein oder bevorzugt über die Anerkennung von Personen zu begründen. Für diese Zweifel gibt es, soweit ich sehe, vor allem zwei Gründe:

---

[32] Vgl. Nelson 1972, S. 132.

Erstens ist eine Begründung von Rechten mithilfe des Personenbegriffs darauf festgelegt, die Zuschreibung von Rechten ausschließlich in *Fähigkeiten* zu fundieren. Die Zuschreibung moralischer Rechte ist aber ebensosehr wie in der Zuschreibung von Fähigkeiten in der Zuschreibung von *Bedürftigkeiten* fundiert. Oft sind Fähigkeiten gar nicht oder nur indirekt relevant. Freiheitsrechte etwa werden einem Wesen nicht nur deshalb zugeschrieben, weil es zur Freiheit *fähig* ist, sondern auch, weil es ein *Interesse* an Freiheit hat. Anspruchsrechte auf Leben, Leidensfreiheit, Wohlbefinden und sinnvolle Tätigkeit werden einem Wesen nicht primär deshalb zugeschrieben, weil es die *Fähigkeit* dazu hat, sondern weil es ein *Interesse* an diesen Gütern hat oder dieser Güter zur Befriedigung anderer lebenswichtiger Interessen *bedarf*. Der Personenbegriff scheint zu einseitig fähigkeitsorientiert, um die Gesamtheit der einem Wesen zugeschriebenen moralischen (Freiheits-, Anspruchs-, Teilhabe-)Rechte zu begründen.

Zweitens läßt eine Begründung von moralischen Rechten unabhängig vom Personenbegriff Raum für eine größere Vielfalt und Flexibilität der jeweils einzuschlagenden Begründungswege. Während der Personenbegriff die Wesen in eine starre Dichotomie von Personen und Nicht-Personen zwingt, weisen die Eigenschaften, in denen moralische Rechte fundiert sind, vielfältige Überlappungen und Übergänge auf. Einem Wesen können aufgrund spezifischer Fähigkeiten und Bedürftigkeiten bestimmte Recht zuzusprechen sein, ohne daß ihm damit alle möglichen Rechte zugesprochen werden müssen. Einem Wesen können aufgrund der Tatsache, daß es bestimmte Fähigkeiten und Bedürftigkeiten *nicht* hat, bestimmte Recht abzusprechen sein, ohne daß ihm deshalb alle möglichen Rechte abgesprochen werden dürfen. In dieser Hinsicht ist der Vorschlag, den Personenbegriff zu gradualisieren, sicher ein Fortschritt. Aber auch die Gradualisierung erlaubt stets nur eine quantitative und keine qualitative Abstufung. Fähigkeiten und Rechte sind nicht linear geordnet. Es ist wenig sinnvoll, zu fragen, ob das Recht auf Leben oder das Recht auf Leidensfreiheit *als solches* höher einzustufen ist. Bei Menschen hat das Recht auf Leben aufgrund spezifischer anthropologischer Gegebenheiten die höhere Priorität, bei den Tieren das Recht auf Leidensfreiheit. Statt einer quantitativen Abstufung ist nur eine qualitative Differenzierung angemessen. Welche Rechte einem Wesen zukommen, hängt weniger davon ab, über *wieviele* der für den Personenstatus notwendigen Fähigkeiten es verfügt, als davon, über *welche* es verfügt.[33]

---

[33] Ähnlich argumentiert David DeGrazia (DeGrazia 1997).

VII. Welche Rechte für welche Maschinen?

Die bisherigen Überlegungen bezogen sich im wesentlichen auf empfindungsfähige Tiere, also auf *biotische* Interessensubjekte. Lassen sie sich auch auf *abiotische* Wesen übertragen, vorausgesetzt diese sind bewußtseinsfähig und mit Interessen im schwachen Sinn begabt? Macht es für den Besitz von Rechten einen Unterschied, ob es sich bei dem Interessensubjekt um ein lebendes oder ein unbelebtes Wesen handelt?

Es ist schwierig, sich wortwörtlich unlebendige Wesen als moralische Rechtssubjekte vorzustellen. Autoren, die eine Entwicklung zu immer menschenähnlicheren Computern nicht nur für möglich, sondern auch für wahrscheinlich halten, sprechen deshalb gelegentlich auch dann von „neuen Lebensformen", wenn diese Computer weiterhin mit Hilfe von abiotischen Schaltelementen aus Silizium statt aus biotischen Schaltelementen aus Kohlenstoff operieren.[34] „Leben" kann dann also nicht heißen, daß diese Maschinen aus denselben Materialien gemacht sind, aus denen die uns bekannten Lebensformen gemacht sind. Die Frage lautet demnach: Können wir derartiges intelligentes und bewußtes „Leben" auch dann als Rechtssubjekt anerkennen, wenn dessen mentale Eigenschaften eine rein physikalische statt einer biologischen Basis haben?

Wenn wir bewußtseinsbegabte *Tiere* als Rechtssubjekte gelten lassen, können wir m. E. diesen Status bewußtseinsbegabten *Maschinen* nicht vorenthalten. Es kann für die Zuschreibung von Rechten nicht ernstlich relevant sein, wie sich das jeweilige Leben bzw. „Leben" zusammensetzt und wie es entstanden ist. Sehr viel unsicherer ist die Frage nach den Aussichten, daß es tatsächlich zu solchen bewußtseinsbegabten Maschinen kommt. Sind solche Maschinen real möglich?

Ich vermag nicht zu sehen, warum nicht auch eine Maschine – bei hinreichend hoher Komplexität ihres physikalischen Aufbaus – in der Lage sein sollte, Bewußtseinseigenschaften zu erzeugen, so wie sie bei den bewußten Naturwesen vom biologischen Gehirn erzeugt werden. Das gilt nicht nur für intentionales, sondern auch für phänomenales Bewußtsein, also für Empfindungen, Stimmungen, Gefühle und Emotionen.[35] Es ist unwahrscheinlich, daß Existenz und Beschaffenheit des phänomenalen Bewußtsein stärker davon abhängen, wie die neuronalen Netzwerke, die es erzeugen, hinsichtlich ihrer *mikrophysikalischen* Struktur zusammengesetzt sind, als davon, wie sie hinsichtlich ihrer *systemaren* und *funktionalen* Eigenschaften zusammengesetzt sind. Es wäre nicht weniger als ein kosmischer Zufall, wenn die Emergenz des phänomenalen Bewußtseins an genau diejenigen stofflichen Elemente geknüpft wäre, aus denen die Verschaltungen im biologischen Gehirn tatsächlich bestehen.

---

[34] Vgl. z. B. Simons 1983.
[35] Vgl. Birnbacher 1995.

Die oben getroffene Bestimmung, daß Rechte an den Besitz von Empfindungsfähigkeit, nicht aber an den Besitz noch so intelligenter geistiger Problem-
lösungskapazität gebunden sind, schränkt die Anwendungsbedingungen des Begriffs moralischer Rechte auf Maschinen mit phänomenalem Bewußtsein ein,
eröffnet aber auch neue – wenn auch weithin utopische – Anwendungsbereiche.
Ein Roboter könnte in seinen intellektuellen Fähigkeiten, aber auch in der Differenziertheit seines Ausdrucksverhaltens eines Tages so menschenähnlich werden,
daß wir möglicherweise unter einem *psychologischen* Zwang stehen, ihm Empfindungsfähigkeit zuzuschreiben und ihn wenn nicht als Rechtssubjekt, so doch
– analog zu Quasi-Personen[36] – als *Quasi-Rechtssubjekt* zu behandeln, also so,
als ob er ein Rechtssubjekt wäre.[37] Möglicherweise würde sich aber nicht nur ein
psychologischer, sondern auch ein logischer Zwang zur Zuschreibung von Rechten ergeben: Falls wir dieselben funktionalen Bedingungen in ihm realisiert hätten,
von denen wir wissen oder vermuten, daß sie in Naturwesen für den Besitz von
Empfindungen und Gefühlen, Lust und Schmerz, Freude und Angst kausal verantwortlich sind, spräche alles dafür, auch ihm die Rechte zuzuerkennen, die wir – je
nachdem – Menschen oder Tieren zuerkennen. Dagegen spricht nichts für einen
„Carbonism", wie Whitby die verbreitete Tendenz nennt, moralische Pflichten und
Rechte auf kohlenstoffbasierte Lebensformen zu beschränken.[38] Falls wir Grund
zu der Annahme haben, daß bestimmte Maschinen leidensfähig sind, müssen wir
uns auch für verpflichtet halten, sie vor Leiden zu bewahren – ähnlich wie die von
uns gezüchteten und aufgezogenen Haustiere. Ob diese Maschinen darüber hinaus
Personen sind, wäre demgegenüber unter allen praktischen Gesichtspunkten von
zweitrangiger Bedeutung.

LITERATUR

Arzt, V./Birmelin, I. 1983: Haben Tiere ein Bewußtsein?, München.
Beauchamp, T. L./Walters, L. (Hg.) 1982 und 1996: Contemporary issues in bioethics,
    Belmont, Cal.
Bieri, P. (Hg.) 1981: Analytische Philosophie des Geistes, Königstein.
Birnbacher, D. (Hg.) 1980: Ökologie und Ethik, Stuttgart.
Birnbacher, D. 1995: Künstliches Bewußtsein. In: Metzinger (Hg.)
Birnbacher, D. 1996: The Great Apes – Why they have a right to life. In: Etica & Animali.
    Special issue devoted to The Great Ape Project.

---

[36] Zu Quasi – Personen vgl. Feinberg 1980, S. 165. Engelhardt (Engelhardt 1986, S. 116) spricht von
„social persons". Ein überzeugender pragmatischer Grund, Noch – nicht – Personen wie Säuglinge
so zu behandeln, *als ob* sie Personen wären, ist, daß sie sich ohne einen „Vorschuß" an Personalität
möglicherweise nicht oder nur unvollständig zu Personen entwickeln.

[37] Vgl. Minsky o.J., S. 86.

[38] Whitby 1996, S. 102.

Birnbacher, D. 1997: Das Dilemma des Personenbegriffs. In: Strasser/Starz (Hg.)

Birnbacher, D. 1998: Nelsons Philosophie – Eine Evaluation. In: Krohn, D./Neißer, B./Walter, N. (Hg.): Zwischen Kant und Hare. Eine Evaluation der Ethik Leonard Nelsons, Frankfurt am Main.

Cavalieri, P./Singer, P. (Hg.) 1993: Menschenrechte für die Großen Menschenaffen. Das Great Ape Projekt, München.

Dawkins, M. S. 1994: Die Entdeckung des tierischen Bewußtseins, Heidelberg.

DeGrazia, D. 1997: Great Apes, dolphins, and the concept of personhood. In: Southern Journal of Philosophy 35.

Dennett, D. C. 1981: Bedingungen der Personalität. In: Bieri (Hg.)

Engelhardt, H. T. 1981: The foundations of bioethics, New York/Oxford.

Feinberg, J. 1980: Die Rechte der Tiere und zukünftiger Generationen. In: Birnbacher (Hg.).

Feinberg, J. 1982: The problem of personhood. In: Beauchamp/Walters (Hg.).

Gewalt, W. 1993: Wale und Delphine, Berlin.

Jürß, F. et al. (Hg.) 1977: Griechische Atomisten.Texte und Kommentare zum materialistischen Denken der Antike. Leipzig.

Griffin, D. R. 1984: Animal thinking, Cambridge, Mass.

Herzing, D. L./White, T. I. 1998: Dolphins and the Question of Personhood. In: Etica & Animali. Special Issue devoted to Nonhuman Personhood, Milano.

Huxley, Th. H. 1984: On the hypothesis that animals are automata, and its history [1917]. In: Ders.: Methods and results, New York.

Merkel, R. 1998: Extrem unreife Frühgeborene und der Beginn des strafrechtlichen Lebensschutzes. Rechtsethische und strafrechtliche Grundlagen. In: Rechtsphilosophische Hefte 8.

Metzinger, Th. (Hg.) 1995: Bewußtsein. Beiträge aus der Gegenwartsphilosophie, Paderborn.

Minsky, M. o.J.: Werden Roboter die Erde beherrschen? In: Spektrum der Wissenschaft Spezial: Leben und Kosmos.

Mitchell, R. W. 1993: Menschen, nichtmenschliche Tiere und Personalität. In: Cavalieri/Singer (Hg.).

Nelson, L. 1970 : System der philosophischen Ethik und Pädagogik [1932]. Hamburg (Gesammelte Schriften Bd. 5).

Nelson, L. 1972 : Kritik der praktischen Vernunft [1917]. Hamburg (Gesammelte Schriften Bd. 4).

Regan, T. 1983a: In Sachen Rechte der Tiere. In: Singer (Hg.).

Regan, T. 1983b: The case for animal rights. London.

Rollin, B. E. 1983: Der Aufstieg der Menschenaffen: Erweiterung der moralischen Gemeinschaft. In: Cavalieri/Singer (Hg.).

Rosada, J. 1983: Kein Mensch, nur Mensch oder Person? – Das Lebensrecht des Anencephalen. In: Schwarz, M./Bonelli, J. (Hg.): Der Status des Hirntoten. Eine interdisziplinäre Analyse der Grenzen des Lebens, Wien/New York 1983.

Sapontzis, S. F. 1983a: Morals, reason and animals. Philadelphia.

Sapontzis, S. F. 1983b: Personen imitieren – Pro und contra. In: Cavalieri/Singer (Hg.).

Siep, L. 1993: Personbegriff und angewandte Ethik. In: Gethmann, C. F./Oesterreich, P.

L. (Hg.): Person und Sinnerfahrung. Philosophische Grundlagen und interdisziplinäre Perspektiven. Festschrift für Georg Scherer zum 65. Geburtstag, Darmstadt.

Simons, G. 1983: Are computers alive? Evolution and new life forms, Brighton.

Singer, P. (Hg.) 1983: Verteidigt die Tiere. Überlegungen für eine neue Menschlichkeit, Wien.

Singer, P. 1994: Praktische Ethik. Neuausgabe, Stuttgart.

Spaemann, R. 1996: Personen. Versuche über den Unterschied zwischen ,etwas' und ,jemand', Stuttgart.

Strasser, P./Starz, E. (Hg.): Personsein aus bioethischer Sicht (ARSP-Beiheft 73), Stuttgart.

Tooley, M. 1990: Abtreibung und Kindstötung. In: Leist, A. (Hg.): Um Leben und Tod. Moralische Probleme bei Abtreibung, künstlicher Befruchtung, Euthanasie und Selbstmord, Frankfurt am Main.

Vaas, R. 1996: Mein Gehirn ist, also denke ich. Neurophilosophische Aspekte von Personalität. In: Hubig, Ch./Poser, H. (Hg.): Cognitio humana – Dynamik des Wissens und der Werte. XVII. Kongreß für Philosophie Leipzig 1996. Workshop-Beiträge Bd. 2, Leipzig.

Walters, L. 1996: Concepts of personhood. In: Beauchamp/Walters (Hg.).

Whitby, B. 1996: Reflections on artificial intelligence. The legal, moral and ethical dimensions. Exeter.

III
PRAKTISCHE PHILOSOPHIE

Wolfgang Kersting

EINLEITUNG:
DER PERSONENBEGRIFF IM KONTEXT
DER PRAKTISCHEN PHILOSOPHIE

Der Personenbegriff steht im systematischen Zentrum der praktischen Philosophie. Will sie gelingen, muß sie ihren Ausführungen ein angemessenes Personenverständnis zugrunde legen. Gleichgültig, ob Moralphilosophie oder politische Philosophie betrieben wird, ob es um den üblichen Problembestand geht oder um die neuen Schwierigkeiten, denen sich die angewandte Ethik konfrontiert sieht, ob es um die menschenrechtliche Semantik, um die Würdigung des Glücks, um die zeitgenössische Kontroverse zwischen Liberalismus und Kommunitarismus oder um die feministische Ethik-Debatte geht – immer ist das Personenbild von höchstem Belang, immer erweisen sich die Bestimmungen eines angemessenen Personenkonzepts als entscheidender Untersuchungs- und Streitgegenstand.

1. Der Reigen der Beiträge wird mit einer personentheoretischen Analyse des Menschenrechtsbegriffs eröffnet. Menschenrechte sind die normative Leitwährung der politischen Moderne. Sie bilden das Fundament der neuzeitlichen Revolutionen und Kodifizierungen. Die Forderungen des menschenrechtlichen Egalitarismus geben dem emanzipatorischen Fortschritt Orientierung. In der etablierten gesellschaftlichen Rechtfertigungspraxis gelten sie als letzte Berufungsinstanz. Wem es gelingt, seinem Anliegen menschenrechtliche Unterstützung zu verschaffen, der erreicht nahezu moralische Unanfechtbarkeit. Aufgrund ihrer Abstraktheit eignen sich die Menschenrechte trefflich als Koordinationsregeln einer pluralistischen Gesellschaft. Daher gewinnen sie auch in der Gegenwart erhöhte Bedeutung, denn eine immer enger zusammenwachsende Welt hat allgemein anerkennungsfähige Streitschlichtungsregeln und Organisationsnormen nötig. Allgemein anerkennungsfähig können aber nur kontextunabhängige, ethisch und kulturell unparteiliche Prinzipien sein. Diese Unparteilichkeit wird den Menschenrechten aber häufig abgesprochen; viele betrachten sie lediglich als Ausdruck eines eurozentrischen Moralverständnisses, verdächtigen die Menschenrechtsbewegung, den Kolonialismus als moralischen Imperialismus fortzusetzen.

Diese Spannung zwischen Partikularismusverdacht und Universalismusanspruch verlangt nach einer semantischen Klärung des Menschenrechtsbegriffs, die mit einer Bestimmung des menschenrechtlichen Protagonisten beginnen muß. Was für ein Menschenbild liegt dem Menschenrechtsbegriff zugrunde? Welches Personenverständnis wird von den Menschenrechten verbreitet? Welche Grundvorstellung von menschlicher Lebensführung, von personaler Existenz wird durch sie geschützt? Und nicht zuletzt: gibt es ein menschenrechtlich relevantes, normativ gehaltvolles Personkonzept, das zum einen über humanbiologische Funktionsintegrität hinausreicht, zum anderen aber nicht Ausdruck einer partikularen kulturellen Vorstellung eines guten Lebens ist und drittens vermeidet, die konzeptionelle Kluft zwischen Mensch und Person durch einen teleologischen Essentialismus zu schließen?

Mit dieser Frage steht viel auf dem Spiel. Beginnt jenseits der basalen humanbiologischen Funktionalität der Bereich der kulturellen Differenz, dann wird das Menschenrecht nur Abwehrrecht sein können und auf den *status negativus* eingeschränkt werden müssen. Natürlich sind die Schutzleistungen eines solchen, den *neminem laedere*-Bereich nicht überschreitenden Menschenrechts nicht gering zu schätzen. Wir würden uns in einer weit besseren Welt befinden, wenn denn ein derart negativ-minimalistisches Menschenrecht nur überall respektiert würde. Aber wir könnten dann nicht unter Berufung auf das Menschenrecht positive Leistungen seitens der Staaten als moralisch notwendig fordern, somit auch nicht das Wohlstands- und Lebensqualitätsgefälle zwischen Nord und Süd als Gerechtigkeitsproblem und menschenrechtliche Herausforderung definieren. Um das Menschenrecht zur Grundlage von Leistungsansprüchen machen zu können, müssen wir seinen Protagonisten mit Personalität ausstatten, dürfen dabei aber nicht in eine vorneuzeitliche Metaphysik zurückfallen, die aus der Menschennatur selbst ein normatives Verfassungsprogramm ableitet. Das Personalitätsmerkmal umfaßt Bestimmungen menschlicher Lebensführung, deren Berücksichtigung von den Besitzern der Macht und politischen Verantwortung mehr verlangt als den Verzicht auf Handlungen, die Leib und Leben der Menschen zerstören. Weil es aber mehr verlangt, weil es Leistungen verlangt, die Errichtung entwicklungsförderlicher Einrichtungen, den Aufbau einer entfaltungsfreundlichen institutionellen Umwelt fordert, erhebt sich der Verdacht der kulturellen Parteilichkeit. Ist also die Geltungsrelativierung der notwendige Preis, der für die material-rechtliche Auspolsterung des Menschenrechtskonzepts, für den Übergang von schützenswerter humanbiologischer Basisfunktionalität zur schützenswerten Personalitätsentfaltung zu entrichten ist? Oder kann das Menschenrechtskonzept mit einem Personenbegriff kombiniert werden, der diesen Verdacht abzuweisen vermag? Dieser Frage geht *Dieter Sturma* in seinem Beitrag nach.

Der Personenbegriff wird häufig als Konzept ohne scharfe Bedeutungskontur angesehen und daher als moralphilosophisch unbrauchbar bewertet. Sturma wendet sich entschieden gegen diesen semantischen und normativen Defätismus in der

Personentheorie. Für ihn besitzt der Personenbegriff eine hinreichend übersichtliche, epistemische, moralische und ästhetische Prädikate verwebende Bedeutungsstruktur, die nicht nur durch die Nachzeichnung der philosophischen Entwicklungsgeschichte dieses Konzepts aufgeklärt werden kann, sondern auch durch die Würdigung der Rolle, die dieser Begriff in unserem moralisch-kulturellen Selbstverständnis spielt. Systematischer Kern des Personenbegriffs ist die Konvergenz epistemischer und moralischer Selbstverhältnisse. Ein selbstbestimmtes Leben führen setzt humanbiologische Funktionalität voraus, ist aber nicht auf deren Kontinuation beschränkt. Ein selbstbestimmtes Leben kann der Mensch immer nur in kulturellen Kontexten führen, die den Autonomieerfordnissen mehr oder weniger entgegenkommen können, geringe oder weitreichende Selbstbestimmungschancen einräumen. Und wenn wir von einem personentheoretisch zureichenden Menschenrechtsbegriff ausgehen, dann werden wir den Anspruch auf Einrichtungen und Versorgungsstrukturen, die dem Selbstbestimmungsbedürfnis von Personen entgegenkommen, als menschenrechtliche Forderung auslegen können. Daß dieser Menschenrechtsanspruch nur kontextabhängig, vor dem herrschenden kulturellen Hintergrund eingelöst werden kann, versteht sich von selbst, ändert aber nichts an seiner in der Formalstruktur von Personalität und Identität begründeten Allgemeinheit. Es ist unbestreitbar, daß Ausbildungssysteme, die den Analphabetismus verbannen, Versorgungsleistungen, die für gesunde Ernährung und sichere Subsistenz sorgen, und Arbeits- und Sozialverhältnisse, die ein ausbeutungsfreies Leben gestatten, in jedem kulturellen Kontext den Bürgern ermöglichen, ein selbstbestimmtes Leben führen zu können. Denn genauso wie die „Grundbefähigung zur Person" die Entwicklung formaler Eigenschaften umfaßt, stellen Institutionen und politische Leistungsprogramme der genannten Art formale Ermöglichungsbedingungen, Chancen für personale Existenz dar. Sie als integrale Forderungen des Menschenrechtsbegriffs auszulegen, verdient also nicht im mindesten den Vorwurf des Kulturimperialismus. So kann der Personalitätsbegriff im menschenrechtlichen Zusammenhang dazu dienen, den Übergang von der formalen zur materialen Gerechtigkeit zu organisieren, den basalen Anspruchsbereich auszuweiten und den negativen, durch Unterlassungshandlungen bewirkten Schutz von Leib und Leben durch den positiven, Gestaltungshandlungen verlangenden Schutz der Personalität zu ergänzen.

2. Ob es ein Menschenrecht auf Glück gibt, ist strittig. Unstrittig ist aber, daß für alle Menschen das Glück größte lebensethische Bedeutsamkeit besitzt. Menschen sind des Glücks bedürftig, manchmal des Glücks fähig und selten des Glücks würdig. Würdig des Glücks sind sie nach den Vorstellungen der gestrengen Moralphilosophie Kants nur dann, wenn sie moralisch handeln. Moralität ist hier also eine Vorbedingung des Glücks, des richtigen, des verdienten Glücks. Und weil hienieden vieles im Argen liegt, auch der Glückslohn dem Anständigen nicht zuverlässig zuteil wird, muß halt das Leben über den Tod hinaus ausgedehnt werden, um die

eudämonistischen Bilanzen der Moralität in Ordnung zu bringen. In dieser Subordination des Glücks unter die Moralität kommt die Superiorität zum Ausdruck, die das Kantische Personenmodell der Vernunft einräumt. Die Verfassung der Person und die Stellung des Glücks im ethischen System verweisen aufeinander. Das gilt nicht nur für die Kantische Ethik, das gilt für jede moralphilosophische Konzeption. Immer bietet die Aufhellung des Verhältnisses der Personenkonzeption zum Glücksbegriff einen passenden Schlüssel für das Verständnis des inneren Aufbaus einer ethischen Theorie.

Barbara Merker geht in ihrem Beitrag dieser personentheoretisch-eudämonistischen Wechselbeziehung in Vollkommenheits- und Unvollkommenheitsethiken nach. Vollkommenheitsethiken gehören zum Konzeptionsbestand der metaphysischen Tradition. Sie stellen ein Personenkonzept in ihr Zentrum, das ausschließlich die Eigenschaften für zugleich ontologisch und moralisch relevant hält, die der Mensch mit Gott, dem *ens perfectissimum*, teilt, Vernünftigkeit und Willensfähigkeit also. Diese Eigenschaften konstituieren Personalität; der Besitz dieser Eigenschaften begründet moralische Rücksichtnahme; die Optimierung dieser Eigenschaften, die innere Vervollkommnung des Vollkommenen bei sich selbst zu erwirken und bei anderen Personen zu befördern, ist Pflicht und bewirkt zugleich auch Glück. In der perfektionistischen Ethik der Tradition stehen somit die Begriffe des ontologisch Vollkommenen, der Personalität und des Glücks in einem sowohl ontologischen wie semantischen Verweisungszusammenhang. Nur das ontologisch Vollkommene ist eine Person; nur Personen können Glück empfinden; Glück wird bewirkt, indem das Vollkommene vervollkommnet wird, indem das Personalitätskonsitutive, das in jeder Person gleichermaßen wirksame Personalitätstelos zum Gegenstand selbst- wie fremdadressierten Handelns wird.

Durch diese ontologische Fundierung der Personalität wird Personalität zu einer lebenslänglichen, an keine spezifischen Bestimmungen gebundenen, somit auch durch keine empirischen Veränderungen verlierbaren Eigenschaft. Das Menschsein ist das einzige empirische Kriterium, das über die Zuschreibung von Personalität im Fall der Menschen befindet. Personalität wird somit zu einem Gattungsprädikat: alles, was Mensch ist, ist auch Person; und zwar darum, weil Menschen zur Gattung der mit Vernunftfähigkeit und Willensfähigkeit ausgestatteten Wesen gehören. Innerhalb der phylogenetischen oder ontogenetischen Lebensentwicklung des Menschen etwa strukturelle Phasen oder okkasionelle Phasen und Zustände zu bestimmen, in denen Personalität noch nicht zugesprochen oder nicht mehr zugesprochen werden kann, in denen somit auch die personalitätsgebundene moralische Rücksicht noch nicht oder nicht mehr geleistet werden muß, ist im Begriffsrahmen der traditionellen Vollkommenheitsethik daher nicht möglich.

In dem Maße, in dem das Personalitätsprädikat nicht mehr *a limine* mit der Zugehörigkeit zur humanbiologischen Gattung oder zur Gattung der vernünftigen, also vollkommenen Wesen zusammenfallen soll, müssen qualifizierende Kriterien vorgeschlagen werden, die menschliche Wesen erfüllen müssen, um Personen heißen zu können. Das ist in jedem Fall von zugleich moralphilosophischer wie moralischer Bedeutung, da sich nach unserem Moralverständnis Ausmaß und Qualität der moralischen Rücksichtnahme eben an dem Besitz des Personalitätsprädikats orientieren. Wird die Aktualisierungsfähigkeit der Gattungseigenschaften der Vernünftigkeit und Willentlichkeit zum Kriterium gemacht, werden all diejenigen, die diese kognitiven und volitiven Grundfähigkeiten noch nicht oder nicht mehr aktualisieren können oder nie aktualisieren konnten, außer moralischem Betracht bleiben.

Ethiken der Unvollkommenheit stellen nicht die Fähigkeiten in den Mittelpunkt, die wir mit dem höchsten Wesen teilen, sondern stützen ihr Argument auf die Eigenschaften, die wir mit dem Rest der belebten Schöpfung gemeinsam haben. Ihr Protagonist ist nicht mehr der kleine Gott, das Vollkommene auf Erden, sondern der verletzliche Mensch mit seinen unvollkommenen rationalen, emotionalen und evaluativen Fähigkeiten. Glück ist jetzt nicht mehr der Genuß optimaler kognitiver und volitiver Kompetenz; Glück ist jetzt Bedürfnisbefriedigung und Genuß eines Lebens, das den eigenen rationalen und emotionalen Bewertungen weitgehend entspricht. Indem die wissenschaftliche Führung von der Ontologie an die Psychologie übergeht, wird der Objektivismus der Vervollkommnung durch den Subjektivismus des nach Maximierung strebenden positiven Empfindens abgelöst. Es ist verständlich, daß im Rahmen dieser Ethik der Unvollkommenheit die von der Vollkommenheitsethik aufgerichtete Mauer zwischen dem Menschen und dem Schöpfungsrest eingerissen werden muß; gerade konsequente Utilitaristen wehren sich gegen die moralisch-moralphilosophische Privilegierung des Menschen und wollen alles Empfindende gleichermaßen moralisch berücksichtigen. Eine notwendige Folge dieser Ausdehnung der moralischen Relevanz ist die kriterielle Verblassung des Personenbegriffs; entweder muß er auf alle empfindungsfähigen Wesen ausgedehnt werden, damit er als moralisch wichtiger Terminus beibehalten werden kann; oder er bleibt auf Menschen beschränkt, dann aber muß er die traditionelle Bedeutung, das moralisch Berücksichtigungspflichtige zu bestimmen, preisgeben. Will man diese konzeptuelle Relativierung des Menschlichen in der Moralphilosophie vermeiden, muß der Glücksbegriff anspruchsvoller gestaltet werden. Er darf dann nicht mit Lustempfindung gleichgesetzt werden, sondern muß an die Fähigkeit gebunden werden, sein Leben im Rahmen einer subjektiven Wichtigkeitsgrammatik zu bewerten und zu führen. Der Glücksbegriff muß also entsensualisiert und reethisiert werden. Und mit dieser Reethisierung des Glücksbegriff gewinnen wir dann auch einen entsprechenden Personenbegriff, der die Reflexions- und Wertungskompetenz in den Vordergrund stellt. Und die Verpflichtung zur moralischen Berücksichtigung versteht sich dann als Rücksichtnahme auf die Wertprogramme und Glücksvorstellungen unserer Mitmenschen. Freilich bedarf auch diese Konzeption vieler Ergänzungen. Denn wenn wir moralische Berücksichtigung unter die Bedingung aktualisierter Wertungskompetenz stellen, fallen all die Fälle aus der

Betrachtung, die aus welchen Gründen auch immer zur moralischen Wertung noch nicht oder nicht mehr fähig sind.

3. Moralphilosophien sind immer systematischer Ausdruck zugrundegelegter Personenkonzepte. Das in sie eingewirkte Menschen- und Subjektverständnis definiert die Prämissen ihrer Argumentation, bestimmt ihr normatives Profil und ihr Rechtfertigungsverhalten. In ihm finden sich bereits die Umrisse des Adressaten, an den sich die ausgeführte Konzeption dann wenden wird. Dieses Verhältnis zwischen Personenverständnis und Moralkonzeption ist so eng, daß moralphilosophische Konzeptionen an unangemessenen Personen- und Subjektbegriffen scheitern können. Daher ist es nicht verwunderlich, daß moralphilosophische Kontroversen sich immer wieder als Streit über den richtigen Person- und Subjektbegriff entdecken. Das läßt sich an der feministischen Ethik-Debatte ebenso gut zeigen wie an dem notorischen, eigentlich schon jahrhundertelang währenden Kampf zwischen Liberalismus und Kommunitarismus. Immer geht es in der Auseinandersetzung im Kern um das richtige Personenverständnis. Immer möchte man gegnerische Positionen, jenseits der großen Frontlinie oder auch im eigenen Lager, über den Nachweis eines unangemessenen Personenverständnisses zu Fall bringen. Darüber scheint metaethischer Konsens zu bestehen: ein angemessener Personenbegriff ist eine notwendige Gelingensbedingung der Moralphilosophie. Woran aber läßt sich personentheoretische Angemessenheit erkennen? Offenkundig bedarf es dazu theorieexterner Kriterien. *Herlinde Pauer-Studer* schlägt hier die folgenden beiden vor: zum einen die Bedingung des psychologischen Realismus, zum anderen die Bedingung der unverkürzten Berücksichtigung moralischer Phänomene. Wenn eine Moraltheorie ein moralisches Leben an den menschlichen Möglichkeiten vorbei entwirft, dann ist sie ebenso ungenügend wie eine, die die phänomenale Reichhaltigkeit des moralischen Lebens aufgrund ihres begrenzten konzeptuellen Repertoires nicht zum Ausdruck bringen kann.

Alle moralphilosophischen Standardtheorien der Moderne erfüllen diese Kriterien nicht. Sie legen ihren Überlegungen ein verkürztes Subjektkonzept zugrunde und blenden wesentliche moralische Phänomene aus. Grund dieser Insuffizienz ist aus der Perspektive der feministischen Ethik eine die Theorie imprägnierende männliche Vorstellungswelt. Dieses maskuline Vorurteil macht sich vor allem in der Vernachlässigung der Care-Ethik bemerkbar. Nicht ein sorgendes und Sorge als Selbstausdruck praktizierendes Selbst spricht sich in diesen Ethiken aus, sondern ein konfliktbereites, seine Interessen durchsetzendes Selbst. Daher sind diese männlichkeitsgravitierten Ethiken vor allem universalistische Gerechtigkeitsethiken, die konfliktbereinigende Regeln und abstrakte Koordinationsordnungen entwerfen. Insgesamt eignet diesen Ethiken, insbesondere denjenigen Kantischer Provenienz, ein juridischer-nomologischer Grundzug, der der moralischen Bedeutung der von den männlichen Verhaltensmustern abweichenden Einstellungen der Sorge und Zuwendung nicht gerecht werden kann. Verbunden ist damit eine Vernachlässigung der Dimensionen emotionaler und ästhetischer Welterschließung zugunsten einer intellektualistisch-abstrakten Orientierung in der Problemwahrnehmung und Konfliktbewältigung. Damit die Moralphilosophie also eine unverkürzte Darstellung des moralisch Signifikanten geben kann und all das berücksichtigt, was nach unserem Selbstverständnis zu einer vollständigen moralischen Person gehört, muß ihr Subjektivitätsbegriff um die Eigenschaften der moralischen Sensibilität, der Empathie und Fürsorglichkeit erweitert werden.

Die Autorin legt Wert darauf, daß die Verbesserung der Moralphilosophie nur duch eine ergänzende Bereicherung der personentheoretischen Grundlage erreicht werden kann, daß hingegen die feministische Kritik alle gewonnenen Einsichten verschenkt, wenn sie lediglich das moralphilosophische Personal auswechseln und das inferiore männliche Personenideal gegen ein von vornherein, gleichsam von Natur aus überlegenes weibliches Personenideal austauschen will. Abstrakte Entgegensetzungen, Moralintellektualismus hier, Moralemotionalismus dort, helfen nicht weiter und führen nur zu einer seitenverkehrten Wiederholung der diagnostizierten und kritisierten Einseitigkeit. Ohne Prinzipien läßt sich keine vernünftige Urteilstätigkeit durchführen und keine Moralphilosophie machen, ohne Einfügung von Sensitivität, Emotionalität und durch moralisches Empfinden geprägte Wahrnehmung läßt sich aber auch kein moralphilosophisch angemessenes Bild des moralischen Lebens moralischer Personen zeichnen. Ersteres schreibt die Autorin den feministischen Alternativistinnen ins Stammbuch, letzteres den die zeitgenössische Ethikdiskussion dominierenden Gerechtigkeitsliberalen und Diskursethikern. Die Grundlinien einer gelungenen moralphilosophischen Konzeption, die den genannten Kriterien entspricht und Vernunft und Empfindungsfähigkeit, Gerechtigkeit und Fürsorglichkeit, Universalismus und moralästhetische Aufmerksamkeit für das Besondere und Andere normativ miteinander verknüpft, erblickt sie in einem revidierten Kantianismus, der sich nicht länger nomologisch-intellektualistisch verhärtet und das Sinnlich-Emotionale nicht mehr ausschließlich als Propädeutikum fürs Vernünftige gelten läßt, sondern es als moralepistemologisch und normativ gleichberechtigt betrachtet.

4. Der folgende Beitrag beschäftigt sich mit dem Problem des angemessenen Personenkonzepts in der politischen Philosophie. Man muß wissen, wer und was der Mensch ist, um zu wissen, welche Ordnung, welche Politik ihm bekömmlich ist. Jede politische Philosophie ruht auf einer politischen Anthropologie. Das Menschenbild, das Personenkonzept steht in dem Rang eines begründungstheoretischen Schlüsselbegriffs; es definiert die legitimatorischen Prämissen, denen eine wohlgeordnete Gesellschaft, ein beanstandungsfreies Herrschaftssystem gerecht werden muß. Dies gilt insbesondere unter den rechtfertigungsmethodologischen Bedingungen des neuzeitlichen normativen Individualismus. Werden Herrschaft und politische Ordnung als Vertragsergebnisse, als rationale Erfindungen ausgelegt, dann bilden die Bedürfnisse, Interessen und Rechte, die Wertvorstellungen

und Vernunftbegriffe der Individuen den einzigen Maßstab, an dem die Legitimität des Gemeinwesens und seiner Verfassung gemessen werden kann. Damit stellt sich auch im Kontext der politischen Philosophie die Frage nach den Bestimmungen eines angemessenen Personenkonzepts.

Im Beitrag wird das Konzept einer vollständigen Person entworfen. Eine vollständige Person umfaßt all die Eigenschaftsgruppen, die personentheoretisch relevant sind und von der politischen Philosophie und den in ihr entworfenen politischen Ordnungen berücksichtigt werden müssen. Da sind einmal die endlichkeitseinschlägigen Eigenschaften der Bedürftigkeit, Verletzlichkeit und Sterblichkeit, die – in der politikphilosophischen Tradition ist dieses Thema immer wieder variiert worden – den Menschen zum Staatenbau, zur Institutionenerrichtung nötigen. Denn für den Menschen treten auf dramatische Weise Bedürfnis, Vermögen und Umwelt auseinander; daher ist er zu kompensatorischen Handlungen genötigt, um die entstehenden Lücken zu schließen. Er wird zum Werkzeugerfinder und zum Staatenbauer; er schafft sich neue Organe und eine zweite Natur. Ohne die fundamentale Befriedungsleistung der politischen Herrschaftsordnung könnte er nicht überleben, geschweige denn zivilisatorische Fortschritte machen. Erst die verläßliche Ordnung ermöglicht Normalität und damit ein Leben, das Zukunft hat, weil es Zukunft kennt. Politik bricht den Bann der Gegenwart, unter dem jede Grenzsituation steht. Politik erlaubt Vergangenheitsbesinnung und Zukunftsplanung. Nur im Frieden kann den Menschen das Leben zum persönlichen Projekt werden, können die Menschen Wichtigkeiten jenseits der biologischen Funktionssicherung entdecken. Politik ist daher eine grundlegende Voraussetzung des Personseins.

Eine weitere Eigenschaftsgruppe bezieht sich auf das menschliche Rationalitätsprofil. Hier wird davon ausgegangen, daß der Mensch, insbesondere der neuzeitliche, in ausdifferenzierten Denk- und Lebensverhältnissen lebende Mensch über ein reichhaltiges Repertoire an Rationalitätsarten mit jeweils eigenen Zuständigkeitsbereichen verfügt. Wird dieser Vernunftpluralismus als personentheoretisch konstitutiv anerkannt, dann läßt sich keine reduktionistische Politikphilosophie aufrechterhalten. Jede politikphilosophische Konzeption, die in ihren Begründungsfiguren und Ordnungsvorschlägen eine Rationalitätssorte absolut setzt, nur moraluniversalistisch oder nur ökonomistisch oder nur kommunitaristisch argumentiert, wird aufgrund ihrer rationalitätstheoretischen Einfältigkeit notwendig die Vernunftfähigkeit von Personen unterbieten. Wenn in der Philosophie die rationalitätstheoretische Weite des von uns im Leben bewohnten Raums der Gründe nicht gespiegelt wird, wird unser Vernunftbedürfnis nicht befriedigt und unser Recht, von der Philosophie erkannt zu werden, gekränkt.

Von großer Wichtigkeit ist auch die Eigenschaftsgruppe, die die hermeneutischen, um die epistemische und moralische Selbstbezüglichkeit von Personen kreisenden Eigenschaften sammelt. Personen sind sich selbst interpretierende, sich und andere bewertende, ihr Leben und ihr Weltverhältnis durch eine Wichtigkeitsgrammatik organisierende Wesen. Sie verklammern eine Ontologie der Selbstauslegung mit einer Praxeologie der Selbstsorge. Eine politische Philosophie, die dieser ethischen Dimension der reflexiven Identitätsbildung, die diesem Bemühen von Personen, ein eigenes Leben zu führen, nicht gerecht wird, die menschliches Handeln nur als Nutzenmaximierung oder als emanzipatorische Moralübung betrachtet, verkürzt ihre personentheoretische Basis unzulässig.

Ein angemessenes Personenkonzept ist aufgrund seiner Vielfältigkeit eine große politikphilosophische Herausforderung. Da ist die Gemeinschaft der Wirtschaftssubjekte und die der Wirtschaftswelt eingeschriebene individualistische Rationalitätsform; dann ist da die Rechtsgemeinschaft sich anerkennender abstrakter Rechtssubjekte und der Bereich der religiös-kulturellen Gemeinschaften und der in ihnen verwurzelten, zu ihnen gehörenden ethischen Personen. Weiterhin haben wir noch die Gemeinschaft der Bürger. Und schließlich können wir auch noch eine alles überwölbende Gemeinschaft der moralischen Subjekte ausmachen, in denen, als höchstem Punkt moderner Rechtfertigungstheorie, individuelle und kollektive Autonomie zusammenfallen. Es ist die Aufgabe der politischen Philosophie, das spannungsvolle Zusammenspiel dieser Verständigungsebenen, Gemeinschaftsformen und Personalitätsfacetten unverkürzt darzustellen und durch eine genaues Nachzeichnen der jeweiligen Zuständigkeiten und Geltungsreichweiten das erforderliche Maß wechselseitiger Ergänzung festzulegen. Und es ist die Aufgabe der Politik, ein komplexes institutionelles Gefüge aufzubauen, in dem die Individuen sich entfalten können, in dem sie die unterschiedlichen Persönlichkeitsschichten komplexer moderner Subjektivität ausbilden und in einem stets revisionsoffenen Rahmen personaler Identität lebenstüchtig ausbalancieren.

5. Die systematische Bedeutung des Personenbegriffs ist nicht auf die traditionellen Domänen der praktischen Philosophie beschränkt, zeigt sich nicht nur bei der Behandlung der Normierungsprobleme interpersonaler Aktionen und der Legitimationsprobleme politischer Institutionen unter sowohl lebensethischen als auch gesellschaftlichen Normalitätsbedingungen. Von großer Bedeutung ist der Personenbegriff auch für die sogenannte angewandte Ethik. Die durch wissenschaftliche Entdeckungen und technologische Innovationen vor allem auf den Gebieten der Biologie und Medizin erweiterten Handlungsmöglichkeiten haben den Menschen dort Optionen beschert, wo bislang das Fatum regierte, haben ihm Verantwortungsräume eröffnet, wo bislang nur unbelangbare Natur herrschte. Insbesondere die menschliche Natur selbst ist dabei mittlerweile in einem Maße zum Gegenstand manipulativer Verfügung geworden wie es noch bis in die jüngste Zeit unvorstellbar war. Während sich aber immer neue Handlungsmöglichkeiten abzeichnen, sind unsere Begriffe und unsere Empfindungsweisen alt geblieben. Angewandte Ethik ist ein Unternehmen, mit einer vertrauten Begrifflichkeit unerhört neue Handlungsbereiche zu vermessen. Und da diese neuen Eingriffsfelder sich gerade auch auf das bislang als unveränderlich geltende humanbiologische Substrat personaler Existenz erstrecken, gerät der Personenbegriff in der angewandten Ethik unter beträchtliche

Spannung. Denn einerseits soll er als vertrauter Quell normativer Orientierung der auf den neuen modernisierungserzeugten Problemfeldern der Reproduktionsmedizin und Gentechnologie herrschenden moralischen Ratlosigkeit begegnen, andererseits ist er aber auch selbst beträchtlichem Modernisierungsdruck ausgesetzt, da die neuen Möglichkeiten humanbiologischer Selbstoptimierung ihm allen gegenständlichen Halt nehmen und seine Semantik untergraben.

Ausdruck dieser Spannung ist, daß die normativ-legitimatorische Inanspruchnahme des Personenbegriffs auf vielen Problemfeldern zu divergierenden, oft diametral entgegengesetzen Ergebnissen führt. Zeigt sich der normative Sinn der Personalität nun in einer konservativen Einstellung den neuen reproduktionsmedizinischen und humangenetischen Technologien gegenüber? Oder verlangt die für Personalität charakteristische Favorisierung autonomieförderlicher, Selbsterweiterung vorantreibender Strategien und Umstände nicht, die von diesen neuen Technologien bewirkten Effekte der Selbstverfügungssteigerung und Freiheitsmehrung zu begrüßen? Ist das biologische Substrat um der Personalitität willen unantastbar? Oder ist die Möglichkeit anthropotechnischer Selbstgestaltung um der Personalität willen erwünscht? Warum soll sich auch die menschliche Natur dem Zugriff der menschlichen Interessen und Bedürfnisse entziehen dürfen? Warum soll es hier einen verfügungsimmunen Kernbereich geben, die *curiositas* ein für allemal ausgeschlossen, der Erwerb von Wissen und Handlungsmöglichkeit für immer blockiert werden?

Ludwig Siep führt diese an den Problemstrukturen der Reproduktionsmedizin und Humangenetik besonders auffällig gewordene konservativ-emanzipatorische Grundspannung im Personenbegriff auf die Wirkung zweier unterschiedlicher philosophischer Traditionslinien zurück, einer rationalistisch-intellektualistischen und einer ganzheitlichen. In der rationalistisch-intellektualistischen Tradition, die mit den rationalistischen Konstruktionen der metaphysischen Seelenlehre begann und in der Kantisch-Fichteschen Philosophie ihren systematischen Höhepunkt fand, treten Mensch und Personalität auseinander. Die Konsequenz dieser Entkoppelung von Personalität und humanbiologischem Substrat ist die normative Bedeutungslosigkeit allen menschlichen Seins und allen menschlichen Tuns außerhalb vernünftiger selbstbewußter Tätigkeit. Die Aktualität der Vernünftigkeit definiert damit den menschenrechtlichen und moralischen Schutzbereich. Welche, zum Teil moralisch beträchtlich kontraintuitive Konsequenzen dieser rationalistisch-intellektualistische Personenbegriff hat, zeigt Siep an einigen analytischen Konzeptionen der zeitgenössischen Bioethik. Alle herangezogenen Autoren neigen dazu, menschliches Leben dann, wenn aus ihm alle Spuren der Vernünftigkeit und der Vernünftigkeitschance gewichen sind, moralisch zu neutralisieren. Es ist nicht zu übersehen, daß sich diese Personenkonzeption dem anthropotechnischen Selbststeigerungswillen natürlich bestens anbequemt. Sie hat in der Hochzeit der rationalistischen Metaphysik das Terrain moralisch geräumt, das jetzt durch Reproduktionsmedizin und Gentechnologie in Besitz genommen und als Versuchsgelände verwendet wird.

Auf Widerstand kann die menschliche Selbstverfügung in Medizin und Biologie nur stoßen, wenn die konkurrierende, allen Dualismus vermeidende personen-theoretische Traditionslinie stärker gemacht wird. Sie vertritt ein einheitlich-ganz-heitliches Personenkonzept, weigert sich, Vernunft und Selbstbewußtsein zu einer moralisch privilegierten Zone des Menschlichen zu machen und redintegriert das biologische Substrat des Menschen, seinen Leib und sein Leben, unverkürzt in die normativ geschützte Personalitätssphäre. Verbunden ist damit eine Zurückweisung der physikalistischen Lesart menschlicher Körperlichkeit, an der die intellektuali-stisch-rationalistische Traditionslinie der Personentheorie nie Anstoß genommen hat. An die Stelle des Dualismus tritt ein leibseelischer Monismus, der die mensch-lichen Personen zugeschriebenen normativen Prädikate auf den ganzen Menschen ausdehnt.

Sicherlich kann eine Bioethik und Medizinethik, die sich auf die Grundlage eines ganzheitlichen Personenkonzepts stützt, die bedenklichen Konsequenzen vermei-den, die mit einem ratio-zentrierten Personenbegriff verbunden sind. Aber ob die ganzheitliche Alternative tauglich ist, alle anfallenden Probleme der angewandten Ethik zu lösen, ist fraglich, umso mehr als gerade Ganzheitlichkeit propagierende Konzepte zu verschrobenen Spekulationen und Wirklichkeitsdeutungen neigen, die hinwiederum nicht ohne Auswirkungen auf die auf ihrer Grundlage abgege-benen normativen Empfehlungen sein können. Daher schlägt Siep verständlicher-weise vor, nicht alle moralischen Begründungslasten der angewandten Ethik dem Personenbegriff aufzubürden und zusätzliche Wertdimensionen für die Urteilsfin-dung zu erschließen.

LITERATUR

Frankfurt, H. G. 1988: The importance of what we care about. Philosophical essays, Cam-bridge, Mass.

Kersting, W. 1984: Wohlgeordnete Freiheit. Immanuel Kants Rechts- und Staatsphilosophie, Berlin.

Kersting, W. 1994: Die politische Philosophie des Gesellschaftsvertrags, Darmstadt.

Kersting, W. 1997: Recht, Gerechtigkeit und demokratische Tugend, Frankfurt am Main.

Höffe, O. 1996: Vernunft und Recht. Bausteine zu einem internationalen Rechtsdiskurs, Frankfurt am Main.

Honneth, A. (Hg.) 1993: Kommunitarismus. Eine Debatte über die moralischen Grundlagen moderner Gesellschaften, Frankfurt am Main/New York.

Nagel, Th. 1991: Equality and Partiality, Oxford.

Nagl-Docekal, H./H. Pauer-Studer (Hg.) 1993: Jenseits der Geschlechtermoral. Beiträge zur feministischen Ethik, Frankfurt am Main.

Nussbaum, M. C./A. Sen (Hg.) 1993: The Quality of Life, Oxford/New York.

Pauer-Studer, H. 1996: Das Andere der Gerechtigkeit. Moraltheorie im Kontext der Ge-schlechterdifferenz, Berlin.

Rawls, J. 1971: A Theory of Justice, Cambridge, Mass.

Siep, L. 1992: Praktische Philosophie im Deutschen Idealismus, Frankfurt am Main.

Singer, P. 1979: Practical Ethics, Cambridge.

Sturma, D. 1997: Philosophie der Person. Die Selbstverhältnisse von Subjektivität und Moralität, Paderborn.

Sen, A. 1978: Rational Fools: A Critique of the Behavioural Foundations of Economic Theory, in: H. Harris (Hg.): Scientific Models and Man: The Herbert Spencer Lectures 1976, Oxford.

Taylor, Ch. 1985a: Human Agency and Language. Philosophical Papers 1, Cambridge.

Taylor, Ch. 1985b: Philosophy and the Human Sciences. Philosophical Papers 2, Cambridge.

Dieter Sturma

PERSON UND MENSCHENRECHTE

I. Subjektgedanke und Entwicklung der Moralität

Der Begriff der Person ist der Schnittpunkt systematischer Verbindungslinien von theoretischer und praktischer Philosophie. Die Fragen ‚Was kann ich wissen?‘, ‚Was soll ich tun?‘, ‚Was kann ich hoffen?‘ und ‚Was ist der Mensch?‘ stellen und beantworten Personen für Personen. Sie erzwingen epistemische und normative Bewertungen des menschlichen Lebens, die sich mit den Bedingungen kognitiver, ethischer und ästhetischer Prozesse genauso auseinandersetzen wie mit den konkreten Umständen von Rechten, Lebenschancen und Grundbefähigungen zum guten Leben.

Im Zentrum der Fragestellungen steht ein Subjektbegriff, der sich von einem weiten Verständnis des Lebens von Menschen als Personen herleitet. Trotz der weitestgehenden ethischen, politischen und kulturellen Implikationen des Personbegriffs wird er in seinen Auswirkungen auf die Menschenrechtsproblematik nur selten bedacht. Zudem sind die Begriffe der Person und der Menschenrechte in den gegenwärtigen Diskussionen der Ethik und politischen Philosophie dem Verdacht ausgesetzt, auf fruchtlose Weise formal zu sein. Beklagt wird die fehlende Einbettung in die jeweiligen sozialen oder kulturellen Räume: Sie führe zu Menschenbildern, die mit der gelebten Wirklichkeit von Personen wenig gemeinsam haben und zudem eine Reihe von eurozentrischen Wertsetzungen beinhalten.

Die Vorbehalte sind im wesentlichen universalisierungskritisch oder kulturrelativistisch motiviert. Sie geben den in der neueren Epistemologie und Sprachphilosophie entwickelten Modellen der Theorie- und Sprachabhängigkeit von propositionalen Einstellungen umstandslos eine ethische, politische oder kulturelle Ausdeutung. Die Stoßrichtung der Kritik richtet sich zum einen gegen die Hauptströmungen der klassischen Philosophie des Abendlandes und zum anderen gegen europäische Vereinnahmungen des Menschenrechtsgedankens. Dem Sachverhalt, daß die Begriffe der Person und der Menschenrechte integrale Bestandteile einer globalen Entwicklung menschlicher Moralität sind, die ungeachtet unterschiedlicher ökonomischer und sozialer Entwicklungen in den jeweiligen Kulturräumen über eine Tendenz egalitärer Differenzierung verfügen, wird dabei keine Beachtung geschenkt.

Die Anfänge der Entwicklung der Moralität reichen weit in die Geschichte zurück und sind keineswegs auf den abendländischen Kulturraum beschränkt. Frühe kodifizierte Überlieferungen von Gerechtigkeitsvorstellungen stammen aus nicht-europäischen Kulturräumen. Sie sind zunächst an gesellschaftliche Hierarchien gebunden und weichen erst vergleichsweise spät egalitären und individualrechtlichen Ausdifferenzierungen, die sich vor allem in der europäischen Ethik vollziehen. Im Hinblick auf die Herausbildung eines bedeutungsvollen Personbegriffs wie eines egalitären Menschenrechtsgedankens kann sie in der Tat eine Sonderstellung beanspruchen.

Durch die ethische und rechtliche Einebnung hierarchischer Sonderstellungen wird jede Person auf unbedingte Weise Bezugspunkt universeller Menschenrechte. Eine inhaltliche Spezifizierung des Personbegriffs im Kontext der Politik der Menschenrechte ist allerdings über wenige Ansätze bislang kaum hinausgekommen. Seine Anwendung in den Texten der Menschenrechtserklärungen und Verfassungen ist selten konsistent, so daß in ethisch und politisch entscheidenden Punkten eine Unbezüglichkeit der Entwicklungslinien von ‚Person‘ und ‚Menschenrechten‘ zu beklagen ist.

Anders als vielfach unterstellt wird, läßt sich aus dem Begriff der Person aber sehr wohl eine qualitativ reichhaltige und interkulturell sensible Konzeption von Menschenrechten entwickeln, die den Übergang von der formellen zur qualitativen Gerechtigkeit ermöglicht. In der inhaltlichen Ausgestaltung eines kulturübergreifenden wie kontextsensiven Personbegriffs ist der nächste Schritt in der Entwicklung der Menschenrechte zu sehen. Die Herausforderung besteht in diesem Zusammenhang darin, daß Ethik und Politik der Menschenrechte imstande sein müssen, die Gegenläufigkeiten von unbedingter Gleichheit und kontextueller Abhängigkeit im Personbegriff zu integrieren.

Gerechtigkeit gegenüber den Einzelnen wird sich nur dann einstellen können, wenn es gelingt, die jeweiligen Bedingungen, unter denen Menschen sich als Personen entwickeln und ihr Leben als Person führen müssen, bei der lebenspraktischen Ausgestaltung der Menschenrechte angemessen zu berücksichtigen. Denn der Prozeß der Moralität wird durch die eklatanten Ungleichzeitigkeiten und Ungleichheiten in der ökonomischen und sozialen Entwicklung einer starken Belastung ausgesetzt, die dem kulturellen Zufall nach wie vor einen unangemessen hohen Anteil bei der Zuteilung von Lebenschancen einräumt. Es wird sich zeigen, daß der Zufall, Begünstigter oder Benachteiligter von sozialen Gegebenheiten zu sein, gleichermaßen ein Problemfeld für Menschenrechte und das Leben als Person ist. Um auf das Problem des kulturellen Zufalls ethisch angemessen reagieren zu können, müssen die semantischen Felder von ‚Person‘ und ‚Mensch‘ sicher unterschieden werden. Diese Unterscheidung ist vor allem deshalb unumgänglich, weil das Leben von Personen Eigentümlichkeiten aufweist, die mit dem Begriff des Menschen nicht zu erfassen sind. Darüber hinaus ist der Personbegriff nicht nur Bezugspunkt von epistemischen, moralischen und ästhetischen Eigenschaften, sondern erfüllt die Funktion des praktischen Subjektbegriffs. Ohne Personen als Subjekte praktischer Selbstverhältnisse sind moralische Bestimmungen leer. Deshalb kann mit Irreduzibilitätsnachweisen in der Philosophie des Geistes auch noch keine Philosophie der Person bestritten werden. Vielmehr muß aufgezeigt werden, wie die Selbstverhältnisse der Subjektivität und die Selbstverhältnisse der Moralität im Personbegriff konvergieren.

II. Die Emergenz der Person

Der Austritt des Personbegriffs aus dem semantischen Feld von ‚Mensch' ist ein emergentes Phänomen. Es verdankt sich einem Herausbildungsprozeß, der weder semantisch gekürzt noch entwicklungsgeschichtlich rückgängig gemacht werden kann. Gegenwärtige Versuche, die Semantik der Begriffe ‚Mensch' und ‚Person' wieder ineinander zu schieben,[1] sehen sich mit systematischen und philosophiegeschichtlichen Sachverhalten konfrontiert, die nicht einfach *per definitionem* aufgehoben werden können. Solche Ansätze operieren mit Gleichsetzungen von Personen und Trägern von Rechten. Personen verfügen zweifellos über Rechte, aber nicht aufgrund ihres epistemischen oder moralischen Sonderstatus. Rechte können auch solche Lebewesen besitzen, die keine Personen sind. Signifikante Hinweise auf diesen Sachverhalt können bereits aus der Begriffsgeschichte entnommen werden, denn die ersten ausgeführten Definitionen bezeichnen Personen nicht als Träger von Rechten, sondern als epistemische und moralische Subjekte.[2]

An der wechselvollen Begriffsgeschichte von ‚Person' haben in philosophiegeschichtlicher Hinsicht sowohl die Antike und das Mittelalter als auch die Neuzeit und Gegenwart mitgewirkt, ohne daß eine Epoche die Bedeutungselemente der vorhergehenden Epoche vollständig aufgelöst hätte. Die vielfältige und vielfarbige Geschichte des Personbegriffs muß als ein Überlagerungsphänomen beschrieben werden, das sich keinen einsinnigen semantischen Ableitungen fügt. Wichtige systematische Etappen der Herausbildung des Personbegriffs sind seine ‚philosophische Erfindung' in der Stoa, die substanzphilosophische Neudeutung und ethische Auszeichnung im Zuge der Trinitätslehre, Lockes Neubegründung, Kants moralphilosophische Ausdeutung, die semantischen Präzisierungen im Gefolge der analytischen Philosophie, die Verwendung als Begriff für ein Subjekt epistemischer

---

[1] Siehe Spaemann 1996, S. 252 ff.
[2] Siehe Forschner 1993.

und moralischer Selbstverhältnisse sowie die Einbeziehung des Personbegriffs in die ethische, politische und interkulturelle Gerechtigkeitstheorie.[3]

Der stoische Begriff der Person weist eine Vielzahl von philosophischen Elementen auf, die gegenüber den bis dahin üblichen Verwendungsweisen in den Institutionen des Theaters, der Rechtssprechung, der Grammatik und der Rhetorik neu sind. Ciceros Darstellung des Personbegriffs von Panaitios von Rhodos zählt vier Bedeutungsvarianten von ‚persona‘ auf: das Wesen aller menschlichen Individuen, die Eigentümlichkeit des Einzelnen, die kontingente Gestalt des Individuums in der Welt sowie den einzelnen Lebensplan. Diese semantische Konstellation hat auf die nachfolgende Begriffsgeschichte zunächst wenig Einfluß gehabt. Die subjektivitäts- und moralphilosophischen Perspektiven des stoischen Personbegriffs stehen den neueren Verwendungsweise gleichwohl nahe.

Die christliche Trinitätslehre setzt den Personbegriff ein, um die Dreifaltigkeit Gottes begrifflich konsistent auslegen zu können. Die Bestimmung der Dignität der Person wird erst in späteren semantischen Umdeutungen auf den Menschen übertragen. Boethius definiert eine Person als eine vernunftbestimmte individuelle Substanz. Diese Festlegung zeigt die partielle Verbindung der Semantik von ‚Person‘ mit dem Bedeutungsfeld von ‚animal rationale‘ sowie die stärkere Akzentuierung des Individualitätsgedankens an.

Der entscheidende Umbruch in der Begriffsgeschichte von ‚Person‘ vollzieht sich in John Lockes Ausdifferenzierung der Begriffe ‚Substanz‘, ‚Mensch‘ und ‚Person‘. Eine Person wird dabei als ein intelligentes und denkendes Wesen begriffen, das über Vernunft, Reflexionsvermögen, Selbstbewußtsein und die Fähigkeit verfügt, sein Leben über die Zeit hinweg überlegt führen zu können. Aufgrund dieser Fähigkeit hat die Person ein unmittelbares Interesse an ihrem Wohlergehen in späteren Lebensabschnitten. Locke spricht dieses unmittelbare Interesse mit dem Ausdruck ‚concern‘ an. Der Begriff der Person fällt dementsprechend sowohl in die theoretische als auch in die praktische Philosophie. Der systematische Kern der Neubestimmung Lockes ist die Theorie personaler Identität, derzufolge die Identität einer Person so weit reicht wie das ihr zugängliche Bewußtsein von eigenen Gedanken und Handlungen in der Vergangenheit, Gegenwart und Zukunft.

Bei Kant erfährt der Personbegriff eine weitreichende ethische Neuinterpretation, die gänzlich anders als Lockes praktische Theorie personaler Identität verfaßt ist. Den ursprünglichen Einsichten Rousseaus folgend wird ein direkter Zusammenhang zwischen ‚Person‘ und ‚Menschenrechten‘ hergestellt. Die moralische Persönlichkeit ist für Kant Ausdruck der Freiheit und Unabhängigkeit von bloßer Naturkausalität. Aufgrund seiner Freiheit hat jedes vernünftige Wesen eine metaphysische Dignität. Diese Würde ist aber keineswegs eine anthropozentrische Eigenschaft. Nicht nur der Mensch, sondern die vernünftige Natur insgesamt

---

[3] Zum folgenden siehe Sturma 1997, Kap. 2. Eine gänzlich andere Sichtweise der Geschichte des Personbegriffs findet sich in Kobusch 1997; vgl. auch Konersmann 1993.

existiert als Zweck an sich: „Autonomie ist also der Grund der Würde der menschlichen und jeder vernünftigen Natur."[4]

Einflußreiche Weiterentwicklungen des klassischen Begriffs der Person finden sich bei Peter F. Strawson und John Rawls. Strawson zufolge können Personen mentale und moralische Eigenschaften oder Zustände auf sich beziehen, wenn sie imstande sind, sie auch anderen Personen zuzuschreiben. Personen behandeln sich danach immer schon als Subjekte von spezifisch epistemischen oder moralischen Empfindungen, Erlebnissen und Absichten. Rawls greift Kants moralphilosophische Grundlegung des Personbegriffs auf und erweitert sie in die Bereiche der Sozialphilosophie und politischen Philosophie. Seinem politischen Liberalismus zufolge lassen sich die Gerechtigkeitsgrundsätze einer Gesellschaft nur von Personen realisieren, denen Freiheit, Gleichheit und selbstbestimmte Lebensführung möglich ist.

Am Ende seines komplexen Herausbildungsprozesses verfügt der Begriff der Person über ein sehr umfängliches semantisches Feld, das vor allem folgende Bestimmungen umfaßt: Subjekt, Mensch, Körper, Seele, Subjektivität, Emotivität, Bewußtsein, Selbstbewußtsein, Erfahrung, Urteil, Kreativität, Identität, Individualität, Eigenheit, Sprache, Bildung, Lebensform, Selbstzweck, Intersubjektivität, Wille, Sorge, Wünsche zweiter Stufe, Moralität, Zurechenbarkeit, Verantwortung, Würde, Handlung, Autonomie, Lebensplan, Recht, Politik und Kultur.

Der Begriff der Emotivität ist dabei im engen Sinne spezifisch personaler Gefühle wie Liebe, Trauer, Reue, Empörung usw. zu verstehen. Der Begriff des Körpers hat die doppelte Bedeutung einer notwendigen Bedingung personalen Lebens[5] und eines Ausdrucksmittels personaler Einstellungen. Die Bestimmungen des semantischen Felds lassen sich insgesamt nicht in die formal einfache Semantik des Begriffs des Menschen zurückübersetzen, die sich ausschließlich aus deskriptiven Bestimmungen zusammensetzt. Während der Begriff des Menschen die angeborene biologische Natur anspricht, bewegen sich die Bestimmungen des semantischen Felds von ‚Person' im Bereich der kulturellen Lebensform. Es ist allerdings keine trennscharfe Ausdifferenzierung von ‚Mensch' und ‚Person' anzustreben. Aufgrund der engen Verflechtung von natur- und kulturbestimmten Elementen in der menschlichen Lebensform müssen Übergangsbereiche und Mischformen der semantischen Felder von ‚Mensch' und ‚Person' angenommen werden. Der Kern beider Felder ist gleichwohl konturiert: Im Fall des Begriffs des Menschen besteht er in deskriptiven Bestimmungen seiner biologischen Präsenz, im Fall des Begriffs der Person besteht er in Eigenschaften und Fähigkeiten, die an die kulturellen Bestimmungen der menschlichen Lebensform gebunden sind. In diesem Sinne sind ‚Mensch' und

---

[4] Kant IV, S. 436

[5] Dieser Sachverhalt wird in der neueren Philosophie des Geistes mit dem Begriff ‚embodiment' angesprochen.

‚Person' semantische Säulen, über die die natürliche und kulturelle Komplexität der menschlichen Lebensform gespannt wird.

III. Menschen, Personen und Rechte

Die semantische Situation des Personbegriffs ist keineswegs notorisch unübersichtlich, wie in neueren Diskussionsbeiträgen zuweilen nahegelegt wird. Auch befindet er sich nicht in einer Krise. Der neuere Begriff der Person ist vielmehr der vorläufige Endpunkt einer Entwicklung, die von Anfängen in der Institutionensprache zu einem philosophischen Grundbegriff von zentraler alltagssprachlicher wie systematischer Bedeutung geführt hat. Entwicklungsgeschichtlich sind ‚Person' und ‚Menschenrechte' späte Begriffe, deren deskriptives und normatives Potential erst nach und nach an Kontur gewinnt. In dieser Hinsicht gibt es erstaunliche Parallelen zwischen beiden Begriffen.

In der Alltagserfahrung findet sich ein überaus differenzierter Umgang mit dem Verhältnis von ‚Mensch' und ‚Person'. Einerseits gelten für den Großteil des Erwachsenenlebens ‚Mensch' und ‚Person' als Synonyme, andererseits wird auf selbstverständliche Weise zwischen ‚Mensch' und ‚Person' getrennt. In den Grenzbereichen des entstehenden und vergehenden Lebens oder bei schwerer geistiger Behinderung ist es üblich, Menschen nicht mehr oder noch nicht als entfaltete Personen aufzufassen. Die Rede von der Krise der Personbegriffs berührt auf semantisch unglückliche und unzutreffende Weise ein in der Tat schwerwiegendes Problem. Unangesehen des semantisch gut konturierten Kerns des Personbegriffs sind in den Bereichen des entstehenden und vergehenden Lebens die Grenzen der Person oftmals nicht mehr kenntlich. Diese Unbestimmtheit zieht in den Bereichen der Angewandten Ethik beträchtliche Probleme nach sich.[6]

Die Grenzen der Person werden in der Angewandten Ethik überaus kontrovers diskutiert, denn wir sehen uns mittlerweile mit einer Vielzahl von Problemstellungen konfrontiert, auf die die traditionelle Ethik nicht hinreichend vorbereitet und für die ein gesellschaftlicher Konsens noch nicht absehbar ist. In den Diskussionen zu den Problemfeldern der Angewandten Ethik wird aber gemeinhin übersehen, daß die Grenzen der Person keineswegs nur das entstehende oder vergehende Leben betreffen. Ein Großteil der Menschheit ist Formen sozialer Benachteiligung ausgesetzt, die von vornherein verhindern, daß das Leben einer Person geführt werden kann. Für mindestens 800 Millionen Menschen wird offen und unwidersprochen eingestanden, daß sie aufgrund permanenter Auszehrung ein menschenunwürdiges Leben führen.[7] In diesen Fällen bleibt der entscheidende Kernbereich der Fähigkeit zum selbstbestimmten Leben unterentwickelt. Um ein selbstbestimmtes Leben als

---

[6] Siehe Quante 1996, Birnbacher 1997 und 2000, Siep 2000.
[7] Siehe UNDP 1999, S. 22 und 134 ff.

weitgehend unabhängiges Individuum oder als fest eingebundenes Mitglied einer Gemeinschaft führen zu können, müssen den Menschen die epistemischen, moralischen und ästhetischen Potentiale ihrer Existenz zur Verfügung stehen. Diese Verfügung stellt sich nur ein, wenn die in den Menschenrechtserklärungen formulierten Selbsterhaltungs-, Wohlergehens-, Artikulations-, Bildungs- und Identitätsansprüche eingelöst werden. In diesem Sachverhalt sind die systematischen Gemeinsamkeiten der Philosophie der Menschenrechte und der Philosophie der Person begründet.

Die weitestgehende Ausdrucksform vom Personalität und Gerechtigkeit ist nach wie vor Kants Aussage: „die vernünftige Natur existiert als Zweck an sich selbst."[8] Auf dieser Aussage ruht begründungstheoretisch der kategorische Imperativ. Dabei ist nicht so sehr an die Grundform, sondern an die materiale Vorstellungsart des kategorischen Imperativs zu denken: „Handle so, daß du die Menschheit sowohl in deiner Person, als in der Person eines jeden andern jederzeit zugleich als Zweck, niemals bloß als Mittel brauchst."[9] Den Kern des kategorischen Imperativs bildet ein moralisches Gerechtigkeitsargument, das bis heute die systematisch ausgeführteste Grundlegung der Menschenrechte ist.

Der konstruktive Kern des Arguments ist der durch Anerkennungs- und Gegenseitigkeitsverhältnisse erzwungene Schritt des Selbst zum Anderen. Die andere Person ist sich selbst genau in der Weise Zweck an sich selbst, in der ich mir selbst Zweck an sich selbst bin. Den Zweck an sich, den ich in meinem eigenen Fall achte, achte ich zumindest implizit als einen Zweck, der sich in seinen formalen Eigenschaften nicht von dem Zweck an sich unterscheidet, den andere Personen auch in sich selbst sehen. Das Selbstverhältnis des Zwecks an sich selbst der subjektiven 1.-Person-Perspektive schließt die Achtung des Selbstverhältnisses in der objektiven 3.-Person-Perspektive bereits ein.

Das Gegenseitigkeitsverhältnis des moralischen Gerechtigkeitsarguments stellt einen systematischen Zusammenhang zwischen der Würde und der Gerechtigkeit gegenüber Personen her. Wird dieses Gegenseitigkeitsverhältnis auf eklatante Weise verletzt, sehen sich Personen der Gefahr ausgesetzt, bloß als Mittel oder Sache behandelt zu werden. Kants systematischer Umgang mit den Begriffen ‚Würde' und ‚Gerechtigkeit' verankert die Menschenrechtsproblematik in der Lebensform und Lebensweise des Einzelnen. Gerechtigkeit gegenüber vernünftigen Individuen ist danach nicht nur eine Frage der Verteilungsgerechtigkeit und fairen Behandlung, sondern in erster Linie eine Frage der Würde der Person, die eben entscheidend davon abhängt, ob sie als Person anerkannt wird und imstande ist, sich frei zu entfalten.

Der normative Einsatz der egalitaristischen Gerechtigkeitstheorie für die Politik der Menschenrechte kann dahingehend zusammengefaßt werden, daß die Erfüllung

---

[8] Kant IV, S. 429.
[9] Kant IV, S. 429.

menschlicher Identitäts- und Bildungsbedürfnisse die notwendige Bedingung sozialer Gerechtigkeit ist. Es kann sogar erwogen werden, ob diese Erfüllung nicht sogar die zureichende Bedingung für soziale Gerechtigkeit ist, denn Menschenrechte sind Individualrechte, deren Adressaten als Träger von Eigenschaften und Qualitäten wie Würde, Verletzbarkeit, Empfindungsfähigkeit und Reflexion anerkannt werden, woraus sich auch der positive Anspruch auf Selbstentfaltung und Selbsterweiterung ergibt. Es ist dieser Anspruch, der dem Begriff der Person eine entscheidende Bedeutung bei der Menschenrechtsproblematik verleiht. Das betrifft nicht nur die ethischen Aspekte personalen Lebens, sondern auch seine epistemische Dimension.

In dem gemeinsamen Bereich von Philosophie der Person und Philosophie der Menschenrechte, der im wesentlichen in Abschnitten des geistig und körperlich unbeeinträchtigten Erwachsenenlebens verläuft, sind die Grenzen der Person epistemisch und ethisch klar zu erfassen: Damit ein Mensch das Leben einer Person führen kann, bedarf er körperlicher Lebensfähigkeit und geistiger Auffassungsfähigkeit. Personen sind unter günstigen epistemischen Voraussetzungen an Körperlichkeit, Emotivität, Selbstbewußtsein, Sprache und Moralität zu erkennen. Der Begriff der Moralität erfüllt in diesem Zusammenhang keine begründungstheoretischen Funktionen, sondern soll lediglich das Vermögen anzeigen, zwischen guten und schlechten bzw. besseren und schlechteren Verhaltensweisen differenzieren zu können. In das moralische Differenzierungsvermögen gehen gleichwohl schon sehr weitgehende Anerkennungsverhältnisse mit ein. Personen empfinden Reue und Scham oder empören sich gegenüber anderen Personen – nicht aber gegenüber Nicht-Personen.

Menschen gehören zu einer Spezies, deren Individuen im Regelfall mögliche Personen sind. Es müssen aber weder alle Menschen Personen noch alle Personen Menschen sein. Bei allen Erwägungen, die Grenzen der Person freizugeben – etwa im Fall von großen Menschenaffen einerseits und künftigen Robotergenerationen andererseits –, muß allerdings beachtet werden, daß wir bislang nur im Falle von Menschen hinreichend sicher sein können, es mit Personen zu tun zu haben. Es lassen sich sogar Mutmaßungen darüber anstellen, ob nicht die Art und Weise der Verkörperung von Intelligenz, wie wir sie von uns selbst kennen, paradigmatisch für Personalität ist.

Es gibt gleichwohl gewichtige methodische Gründe, die Begriffe ‚Mensch‘ und ‚Person‘ auszudifferenzieren. Das zeigt sich insbesondere beim Einsatz des Personbegriffs in der Ethik und Angewandten Ethik. Bei der Frage nach dem Personstatus wird nämlich häufig umstandslos unterstellt, daß man eine Person sein müsse, um Rechte beanspruchen zu können. Dieser Zusammenhang ist sachlich nicht zwingend. Die gegenwärtigen Debatten um den Personbegriff würden entscheidend an Virulenz verlieren, wenn die Problembereiche des Personstatus auf der einen und des Rechtsanspruchs auf der anderen Seite entzerrt würden. Um Anspruchsträger von Rechten zu sein, muß zuvor kein Personstatus anerkannt werden. So können Rechte und Würde auf potentielle Personen, etwa menschliche Embryonen, genauso übertragen werden wie auf vergangene Personen, etwa Alzheimerpatienten im fortgeschrittenen Stadium, komatöse Patienten oder Leichname. Auch können Schutzrechte auf Wesen übertragen werden, bei denen der epistemische und moralische Status nicht sicher zu identifizieren ist – hier könnte an große Menschenaffen und in Zukunft vielleicht an Roboter gedacht werden.

Weitgehende Schutzrechte sind mit guten moralischen Gründen auch Wesen und Bereichen übertragen worden, die von vornherein keine Kandidaten für die Zusprechung des Personstatus sind. Das gilt für Tiere insgesamt genauso wie für die natürliche Umwelt. Lebensrecht, Schutz vor Instrumentalisierung sowie der Anspruch auf die Erhaltung des natürlichen Lebensraums und die Ausübung artspezifischer Fähigkeiten können in asymmetrischen Anerkennungsverhältnissen ausgesprochen werden, ohne einen Personstatus auf der Adressatenseite zu erzwingen. Auch auf der Seite der aktiven Person steht der Rechtsgedanke nicht im Vordergrund. Das Leben von Personen wird im konkreten Verlauf von Wertungen und Idealen, praktischer Vernunft, Gerechtigkeitsvorstellungen, Sorge um sich und andere, Lebenspläne sowie durch Selbstachtung und durch Ernsthaftigkeit beim Umgang mit dem eigenen Leben und dem Leben anderer Personen bestimmt.[10]

IV. Menschliche Lebensform und Raum der Gründe

Alle Personen sind im Raum rationaler und moralischer Gründe präsent. Der Begriff der Person bezieht sich auf die Lebensform einer vernünftigen Existenz, die für Gründe empfänglich ist und aus Gründen heraus handeln kann. Die Empfänglichkeit für Gründe ist Ausdruck der Grundbefähigung zu einer kulturellen Lebensform, die sich unter den Bedingungen der angeborenen menschlichen Natur entwickeln kann und in aller Regel auch entwickelt.[11] In der philosophischen Tradition ist dieser Sachverhalt mit der Differenzierung zwischen Natur- und Vernunftbestimmung des Menschen angesprochen worden. Die Anwesenheit im Raum der Gründe wird zuweilen mit dem Begriff der zweiten Natur in Verbindung gebracht. Dieser Begriff führt allerdings eine Reihe von Konnotationen mit sich, die numerische Dualitäten und anthropologische Departmentalisierungen nahelegen. Derartige semantische Untiefen können durch den systematischen Rekurs auf den Begriff der menschlichen Lebensform vermieden werden.

Der Begriff der Lebensform verweist auf eine spezifisch konstituierte Lebensweise. Erste Kandidaten für die semantische Grundlegung des Begriffs der mensch-

---

[10] Siehe Sturma 1997, Kap. 9 und 10.

[11] Die Bestimmung der Präsenz im Raum der Gründe orientiert sich an der semantischen Einführung des Begriffs ‚logical space of reasons‘ bei Sellars; siehe Sellars 1997, S. 75 f.; vgl. Anmerkung 16.

lichen Lebensform sind aus naheliegenden Gründen Sprache, Gesellschaft und Kultur. Auf diesen Zusammenhang machen Rousseau, Herder, Wilhelm von Humboldt genauso aufmerksam wie Ludwig Wittgenstein. Für Wittgenstein drückt der Begriff der Lebensform einen Sachverhalt aus, der über deskriptive Identifikationen weit hinausreicht und sich vereinheitlichenden Explikations- und Deskriptionsmodellen entzieht. Ablesbar ist das insbesondere an den für seine Sprachphilosophie zentralen Begriffen des Sprachspiels und der Familienähnlichkeit.

Sprachspiel und Lebensform sind Gegebenheiten des sozialen Raums – sie stehen da „wie unser Leben."[12] Die menschliche Lebensform ist etwas naturbestimmtes jenseits der Alternative ‚berechtigt-unberechtigt'. Obwohl Sprachspiel und Lebensform in der spezifisch menschlichen Ausprägung erkennbar Kulturprodukte sind, erscheinen sie aus der subjektiven Perspektive der gelebten sozialen Existenz als quasi-naturalistische Größen. Wittgenstein verweist denn auch mehrfach auf den Zusammenhang von Sprachspiel bzw. Lebensform und unserer Naturgeschichte. Der sprachphilosophische Regelbegriff der Sprachspiele bezieht sich auf soziale und kulturelle Ordnungen, nicht etwa auf formale syntaktische Anwendungen. Auch wenn Sprache ein soziales bzw. kulturelles Phänomen ist, nimmt sie für die einzelne Person den Charakter einer natürlichen Gegebenheit an[13]. Als integraler Bestandteil der Lebensform ist sie ein „Urphänomen"[14], ein unhintergehbares Faktum. Sprache konstruiert nicht Wirklichkeiten, sie ist unmittelbarer Ausdruck der Wirklichkeit einer Lebensform. Weil ein Individuum immer schon in einer kulturell spezifizierten Lebensform mit spezifischen Deutungs- und Verhaltensfestlegungen lebt, spricht Wittgenstein auch von einer ganzen Mythologie, die in unserer Sprache niedergelegt ist.[15] Der Begriff der Mythologie nimmt hier einen semantisch säkularisierten Sinn an, der sich im wesentlichen einer formalen Deutung verdankt. Unbezüglich der jeweiligen mystischen, polytheistischen, theistischen oder schlicht semantischen Erscheinungsformen von Mythologien ist ihnen gemeinsam, daß sie auf sinnstiftende Weise die Lebenswelt der jeweiligen kulturellen Gruppen durch Bedeutungsgeschichten bevölkern.

Die in der jeweiligen sprachlichen Mythologie niedergelegten Überzeugungen und impliziten Anweisungen, bestimmte Überzeugungseinstellungen einzunehmen, sind als ein System von faktischen Festlegungen zu denken, die unmittelbar Bedeutungsgeschichten formieren. Die Sprache als weltliche Mythologie der menschlichen Lebensform ist gleichsam die vorübergehende Invarianz der Varianz

---

12 Wittgenstein 8, S. 323 [Über Gewißheit § 559].

13 Siehe Steckmann 1999, S. 18: „Die Beherrschung des Sprachspiels setzt […] nicht die Kenntnis informationsartiger Regeln voraus, vielmehr sind die Regeln unmittelbar im Handeln der Personen verkörpert und gewinnen damit als implizite Regeln eine eigene Form der Evidenz. Es handelt sich schlichtweg um die gewohnte, selbstverständliche Art sich zu verhalten".

14 Wittgenstein 1, S. 476 [Philosophische Untersuchungen § 654].

15 Siehe Wittgenstein 1989, S. 38 [Bemerkungen über Frazers *Golden Bough*].

bzw. das vorübergehend Fixierte des Flüssigen. Das Wechselspiel von Varianz und Invarianz der geronnenen Erfahrungssätze in der Sprache über die Zeit hinweg ist das formale Modell einer Kulturgeschichte der Überzeugungen. Die Lebensform ist dementsprechend ein abstrakter Modus des Lebens, der eine eigenartige Grammatik der Wirklichkeitserfahrung impliziert.

Die Präsenz von Personen in der Lebensform hat Wilfrid Sellars mit dem Ausdruck der Anwesenheit im logischen Raum der Gründe angesprochen. Diese Anwesenheit reicht weit in die Syntax der menschlichen Sprache. Der Ausdruck ‚rot' wäre kein Prädikat, wenn er nicht von vornherein über die syntaktischen Charakteristika von Prädikaten verfügte. Diese Charakteristika gehen Hand in Hand mit propositionalen Einstellungen, die epistemisch angemessene Reaktionen auf Identifikationssituationen von roten Eigenschaften sind: „The essential point is that in characterizing an episode or a state as that of *knowing*, we are not giving an empirical description of that episode or state; we are placing it in the logical space of reasons, of justifying and being able to justify what one says."[16]

Auch wenn der logische Raum der Gründe Personen als Gegebenheit begegnet, haben sie zu ihm keinen voraussetzungslosen Zugang. Über die Grundbefähigung zur kulturellen Lebensform verfügt der Mensch nicht durch seine bloße Anwesenheit als Naturobjekt, sondern durch Sozialisation, Spracherwerb und Bildung. Auf diese Weise erwerben Menschen eine Empfänglichkeit für rationale und moralische Gründe, die wiederum im Leben von Personen wirksam werden. Die Grundbefähigung zu einer kulturellen Lebensform ist Personen als Potential mit ihrer menschlichen Natur in dem Sinne gegeben, daß sie für Bildungsprozesse empfänglich sind. Diese Potentiale können aber nur unter der Bedingung einer erfolgreichen Sozialisation und Bildung eingelöst werden.

V. Natur des Menschen und Menschenrechte

Menschen verfügen über eine gemeinsame Naturanlage, die sie als Individuen derselben Gattung ausweist. Diese Gemeinsamkeit ist nicht auf ihre Naturbestimmtheit begrenzt. Unabhängig von der Vielfalt unterschiedlicher kultureller Ausprägungen teilen Personen einen Kernbereich rationaler und moralischer Eigen-

---

16 Sellars 1997, S. 76. Der ursprünglich sprachphilosophisch verfaßte Begriff des logischen Raums der Gründe wird von John McDowell aufgenommen und in einen umfassenden bildungsphilosophischen Kontext eingefaßt; siehe McDowell 1994, S. 125: "In being initiated into a language, a human being is introduced into something that already embodies putatively rational linkages between concepts, putatively constitutive of the layout of the space of reasons, before she comes on the scene. [...] Human beings mature into being home in the space of reasons or, what comes to the same thing, living their lives in the world; we can make sense of that by noting that the language into which a human being is first initiated stands over against her as a prio embodiment of mindedness, of the possibility of an orientation to the world."

schaften. Dieser universelle Kernbereich der kulturellen Lebensform ist das Zentrum des personalen Standpunkts, der seinen politischen Ausdruck in den Menschenrechten gefunden hat.

Der Annahme universeller moralischer Eigenschaften wird von kulturrelativistischer Seite mit Entschiedenheit widersprochen. Die kulturrelativistische Kritik hat in der Regel eine formal einfache Gestalt. Sie ist in der Sache allerdings komplizierter als Verteidiger und Verächter des Relativismus annehmen. Relativistische Einwände sind immer dann ernstzunehmen, wenn sie in universalistischen Theorien versteckte Idealisierungen aufspüren.[17] Das Aufdecken solcher Idealisierungen ist aber noch kein genereller methodischer Einwand gegen universalistische Theorieprojekte schlechthin. Über diese Differenz wird von Seiten relativistischer Kritiker zu leichtfertig hinweggegangen. Zu kritisieren ist nicht die Universalisierung, sondern das Unterschieben von Wertvorstellungen. Gerade im Fall der Menschenrechte muß beachtet werden, daß in ihre Formulierungen unausgesprochen und ungeprüft Wertvorstellungen eingeflossen sind. Vorwürfe, daß die transatlantischen Menschenrechtserklärungen auf einseitig liberalistische Freiheitsvorstellungen und unter dem Schleier der Verfahrensgerechtigkeit auf die Festschreibung männlicher Ideale hinausliefen, dürfen denn auch nicht ihrerseits als ideologisch motiviert zurückgewiesen werden, sondern sind auf ihren sachlichen Gehalt hin zu überprüfen.

Der Menschenrechtsgedanke lebt von einem Kernbereich interkulturell geteilter Moralität.[18] In der kulturellen Vielfalt lassen sich Konturen einer gemeinsamen menschlichen Natur erkennen. Es gibt eine Reihe von wiederkehrenden Strukturen und Mustern, die es in ihren vielfältigen kulturellen Ausprägungen – Sprache, Religion, Kunst und Arbeit – Menschen ermöglichen, auf ihre Umwelt- und Lebensbedingungen zu reagieren und ihrem Dasein Ausdruck zu verschaffen. Allerdings fallen die Gewichtungen und Hierarchisierungen der damit verbundenen Werte von Lebensweise zu Lebensweise sehr unterschiedlich aus. Für diesen Sachverhalt steht der Begriff der Multikulturalität ein.

Spuren eines gemeinsamen moralischen Kerns sind in vielen vergangenen und gegenwärtigen Kulturformen erkennbar: Zu nennen sind hier vor allem Fairneß, Gerechtigkeit, Respekt, Wahrhaftigkeit, Anerkennung des Anderen, Vorstellungen vom guten Leben sowie die Anerkennung höherer Zwecke und Ziele im Einzelnen. Die Angst vor dem Tod, Vorstellungen, die über den eigenen Tod hinausgehen, Familien- und Freundschaftsbeziehungen treten in allen Kulturen in den unterschiedlichsten Gestalten auf. Und doch sind es gerade diese Zustände, über die man sich in interkulturellen Diskursen – jenseits von demonstrativen Verweisen – am einfachsten verständigen kann. Entgegen dem Anschein widerspricht die multi-

---

[17] Zur Differenz zwischen methodisch gebotenen Abstraktionen und heimlichen Idealisierungen siehe O'Neill 1996, S. 39 ff.
[18] Vgl. Höffe 1996, S. 62 ff.

kulturelle Vielfarbigkeit keineswegs moralischen Verallgemeinerungen, nur dürfen diese nicht im strikt geltungstheoretischen Sinne aufgefaßt werden.

Der besondere Beitrag der europäischen Geschichte der Menschenrechte in der Entwicklung der Moralität ist der individualrechtliche Ansatz, der jeden Menschen als Träger von Eigenschaften und Qualitäten wie Würde, Verletzbarkeit, Empfindungsfähigkeit und Reflexion anerkennt. Die Anerkennung beinhaltet aber nicht nur Schutz- oder Abwehrrechte gegenüber staatlichen oder kirchlichen Institutionen, vielmehr enthält sie bereits weitergehende Ansprüche im Hinblick auf die Entwicklung der eigenen Persönlichkeit. Dieser gleichermaßen egalitäre wie entwicklungslogische Ausgangspunkt erzeugt in den gegenwärtigen ethischen, politischen und kulturellen Debatten eine Reihe von Irritationen. Sie hängen vor allem damit zusammen, daß er die Dichotomie von deskriptiven und normativen Bestimmungen vom Ansatz her überschreitet. Obwohl in der neueren Semantik und Sprachphilosophie genügend Gründe aufgezeigt worden sind, die einer starren Trennung zwischen Beobachtungssprache und evaluativer Sprache widersprechen,[19] gilt sie insbesondere in Bereichen, die von der neueren Metaethik beeinflußt werden, nach wie vor als Demarkationslinie.

Wenn man über Menschenrechte redet, muß man zumindest wissen, was ein Mensch ist und sein kann, – und zwar nicht nur als biologisches Wesen, sondern vor allem in bezug auf seine sozialen Bedürfnisse und Rechte. Auffälligerweise herrscht gerade an diesem Punkt keine Einigkeit darüber, wie diese anscheinend banale Frage zu beantworten ist. Zudem baut sich vor einem solchen Unterfangen die vordergründig hohe methodische Hürde des Vorwurfs des naturalistischen Fehlschlusses auf. Dieser Vorwurf geht auf Humes Klage zurück, daß in vielen Argumentationen der Unterschied zwischen deskriptiven und normativen Aussagen übergangen werde.[20] Hume kritisiert keineswegs den Versuch, menschliche Natur und Ethik in einen systematischen Zusammenhang zu bringen. Er wendet sich gegen Ansätze, die ohne Übergangsbestimmungen vom deskriptiven in den präskriptiven Diskurs wechseln. Humes Kritik hat insofern die Gestalt einer Begründungs- und Argumentkontrolle, deren Reichweite begrenzt ist. Bereits an seinen Formulierungen ist deutlich zu sehen, daß es ihm auf die Unterschiede

---

[19] Siehe Quine 1953 und 1960, Davidson 1973, McDowell 1994, Brandom 1994.

[20] Siehe Hume, Treatise, Buch 3, Teil I, Abschnitt I, S. 469: „In every system of morality which I have hitherto met with I have always remarked, that the author proceeds for some time in the ordinary way of reasoning, and establishes the being of a God, or makes observations concerning human affairs; when of a sudden I am surprised to find, that instead of the usual copulations of propositions, is, and is not, I meet with no proposition that is not connected with an ought, or an ought not. This change is imperceptible; but is, however, of the last consequence. For as this ought, or ought not, expresses some new relation or affirmation, it is necessary that it should be observed and explained; and at the same time that a reason should be given, for what seems altogether inconceivable, how this new relation can be a deduction from others, which are entirely different from it."

zwischen deskriptiven und normativen Diskursen ankommt, nicht etwa auf deren Einebnung.

Wenn es einen Sinn gibt, vom naturalistischen Fehlschluß zu sprechen, dann kann er sich eigentlich nur auf diejenigen beziehen, die ihn immer wieder in kritischer Absicht zitieren. Denn die Kritiker unterstellen einen szientistischen Naturalismus, der das, was der Fall ist, auf physikalistisch identifizierbare Sachverhalte reduziert. Weil normative Bestimmungen aber vom semantischen Ansatz her physikalistischen Identifikationen nicht zugänglich sind, wird geschlossen, daß es Normativität in der Welt der Ereignisse nicht geben könne – diese auch außerhalb akademischer Zirkel sehr populäre Vorstellung kann geradezu als Mythos des naturalistischen Fehlschlusses bezeichnet werden.[21]

Der Vorwurf des naturalistischen Fehlschlusses reißt eine Kluft zwischen deskriptiven und präskriptiven Aussagen auf. Die begründungstheoretische und methodische Differenz zwischen diesen Aussagentypen muß beachtet werden, sie darf aber nicht unter der Hand ontologisch ausgedeutet werden. Es gibt keine fest umrissenen Bereiche, die jeweils über ein eigenes Etikett verfügen. Dieser Sachverhalt zeigt sich deutlich im Fall von Personen. Eine ausschließlich deskriptive Identifikation läßt nur zwei überaus unplausible Theoriemodelle zu: Entweder wird Moralität auf nicht-moralische Eigenschaften wie Selbsterhaltung oder Lustgewinn reduziert, oder es wird eine dualistische Zweiweltenlehre unterstellt, nach der die Welt der Sachen und die Welt der Personen unvermittelt nebeneinander stehen.

In den Diskursen der theoretischen und praktischen Philosophie werden eliminative wie dualistische Ontologien zu Recht für inkonsistent gehalten. Eine phänomengerechte Ontologie darf Personen weder verbannen noch in eine andere Welt abschieben. Sie hat sie als Wesen zu beschreiben, die ihre Naturbestimmtheit zwar nicht aufheben, aber reflektierend und praktisch überschreiten können. Dieser Sachverhalt ist in naturalistischen Analysen vom methodischen Ansatz her zu beachten. Die begründungstheoretische Lücke zwischen deskriptiven und normativen Bestimmungen zieht zwar eine Reihe von Problemen bei ethischen Verallgemeinerungen nach sich, sie darf aber selbst nicht – gleichsam in einem deskriptiven Fehlschluß – für eine Eigenschaft menschlicher Existenz ausgegeben werden. Ein phänomengerechter Naturalismus muß gegenüber dem ontologischen Ansatz, den die Kritik am naturalistischen Fehlschluß stillschweigend unterstellt, deskriptiv und normativ erweitert werden.

Der Vorwurf des naturalistischen Fehlschlusses ist in den Fällen berechtigt, in denen über den Unterschied zwischen deskriptiven und normativen Aussagen schlicht hinweggegangen wird. Dieser Sachverhalt wird oftmals in dem Sinne aus-

---

[21] Eliminativistische Ansätze setzen zudem voraus, daß bei normativen Aussagen die Wahrheitsfrage von vornherein nicht zugelassen ist. Zur Kritik an dieser Strategie siehe Larmore 1996, S. 89f.

gedeutet, daß Tatsachen keine Hinweise darauf enthalten, ob moralische Aussagen richtig oder falsch sind.[22] Auch in dieser Ausdeutung wird ein zu enger Begriff von Tatsachen oder rein deskriptiven Aussagen vorausgesetzt. Bei seiner Definition wird von vornherein ausgeschlossen, daß in der angemessenen Beschreibung der Welt moralische Sätze auftauchen können. An die definitorische Verengung schließt sich der epistemologische Einwand an, daß es keine Bestimmungen geben könne, die die intrinsische Eigenschaft haben, normativ wirksam zu sein. Es sei keine Tatsache, daß etwas gut sei, vorstellbar, deren Kenntnis Menschen dazu bringen könnte, moralisch zu handeln. Die Kritik richtet sich gegen die Annahme interner Qualitäten des Moralischen, die gleichsam für ihre eigene Verwirklichung sorgen, und betrifft vor allem den Menschenrechtsgedanken, der ein voluntatives Potential unterstellt, das Einsicht und motivationale Kraft vereinigt.

Abgesehen von dem Umstand, daß dem Externalismus des moralischen Realismus umstandslos ein Internalismus in der Form der moralpsychologischen Motivationslehre unterstellt wird, verbirgt sich hinter der Kritik an internen Qualitäten der Moralität letztlich wieder die Position des eliminativen Naturalismus, der für gleichermaßen abstrakte wie moralpsychologisch wirksame Bestimmungen keinen Platz läßt. Der Vorwurf des naturalistischen Fehlschlusses und die eliminative Position des szientistischen Naturalismus gehen Hand in Hand.[23] Die eliminative Position läßt sich dahingend zusammenfassen, daß der Mensch als durch und durch naturbestimmtes Wesen zu gelten habe, dessen Verhaltensweisen im Prinzip – wenn auch noch nicht in der Praxis – naturwissenschaftlich erklärt werden können. Es wird entschieden bestritten, daß Moralität einen naturalistisch begründbaren Eigensinn habe. Moralische Ausdrücke könnten sich denn auch nicht auf Sachverhalte beziehen. Dieses Verdikt hat trivialerweise auch für Menschenrechte zu gelten. Der eliminative Naturalismus kann daher auf die knappe Formel gebracht werden: Moralische Bestimmungen im allgemeinen und Menschenrechte im besonderen haben nichts mit der Wirklichkeit zu tun.

Die Ontologie des eliminativen Naturalismus liefert keine vollständige Beschreibung der Welt. Vom Ansatz her kommen in ihr nur Sachen und keine Personen vor. Personen sind jedoch unstrittig Entitäten in der Welt. Nur sie können die Ontologie des eliminativen Naturalismus entwerfen und formulieren. Deshalb beruht jede Form von Eliminativismus letztlich auf einer performativen Selbstwidersprüchlichkeit.[24]

Mit Personen kommen Handlungssituationen und Fakten in die Welt, die ohne einen Rekurs auf den Raum der Gründe nicht verständlich gemacht werden können. Die Kontexte und Verhaltensweisen von Personen setzen sich aus deskriptiven und normativen Bestimmungen zusammen. Ein nicht-reduktionisti-

---

[22] Diese Annahme liegt der ‚error theory' zugrunde, siehe Mackie 1977.

[23] Siehe Korsgaard 1996, S. 166.

[24] Siehe Sturma 1997, Kap. III.

scher Naturalismus hat deshalb auf moralische Ausdrücke bei der Beschreibung der Welt zurückzugreifen. Denn es gibt Tatsachen und Sachverhalte in der Welt, die Sätze wie ‚x verletzt die Menschenrechte' richtig oder falsch machen. Aus der Perspektive des äußeren Beobachters sind regelhafte Abwehr- oder Schutz-maßnahmen, die im Zuge einer Politik der Menschenrechte getroffen werden, unverständlich, wenn in die Handlungsidentifikationen nicht von vornherein nor-mative Bestimmungen Eingang finden. Zwar weisen moralische Tatsachen eine Reihe von Elementen auf, die physikalistisch oder behavioristisch erklärt werden können, ihre Konstitution wird aber wesentlich von personalen Einstellungen und Verhaltensweisen bestimmt, die mit nicht-moralischen Bestimmungen – zu denen nicht zuletzt auch Selbsterhaltungs- oder Nützlichkeitsmotive gehören – explikativ nicht mehr erreicht werden können.

VI. Grundbefähigung zur Person

Der Zusammenhang der Natur des Menschen und seiner moralischen Kultur zeigt sich in dem Erfordernis ethischer und politischer Sicherungen der menschli-chen Grundbefähigung zu einem Leben als Person.[25] Weil bei der Erfassung der Grundbefähigung Naturbestimmtheit und Normativität methodisch gar nicht zu trennen sind, eignet sie sich gut, einen kulturübergreifenden Rahmen für das Pro-jekt internationaler Gerechtigkeit zu bilden, in dem politische Anthropologie und Politik der Menschenrechte konvergieren. Diesen Sachverhalt hat Rousseau auf die Formel gebracht, daß die Menschen so zu nehmen seien, wie sie sind, und die Gesetze so, wie sie sein können.[26] Der Übergang von deskriptiven zu normativen Bestimmungen ist bei ihm kein autoritärer Akt. Im Gegensatz zu vielen Lehrstük-ken der politischen Anthropologie unterschreibt er nicht den Grundsatz ‚homo homini lupus', sondern geht davon aus, daß Menschen unangesehen unterschied-licher multikultureller Ausprägungen und ungeachtet der Vielzahl zivilisatorischer Verfallssyndrome über eine ursprüngliche Güte verfügen, die sich im Rahmen einer universalistischen Ethik rekonstruieren läßt.[27] Der Theorieperspektive Rousseaus zufolge muß die menschliche Natur nicht gebändigt werden. Wird sie in einem aus-balancierten Sinne in eine kulturelle Lebensform erweitert, kann sie die Grundlage für die Politik der Menschenrechte abgeben. Folgt man dieser Theorieperspek-tive, können normative Bestimmungen an die Natur des Menschen konstruktiv anschließen, ohne bei begründungstheoretisch fragwürdigen Ableitungen Zuflucht suchen zu müssen.

---

[25] Die Grundbefähigung zur Person ist von menschlichen Grundbedürfnissen zu unterscheiden.
[26] Siehe Rousseau 1964, S. 351.
[27] Vgl. Lévi-Strauss 1955, S. 413 ff.

Eine ethische Rekonstruktion der menschlichen Grundbefähigung zum personalen Leben kann dem freien Spiel kultureller Kräfte mit dem Nachweis gemeinsamer ethischer Formen und Strukturen in den vielfältigen menschlichen Lebensweisen begegnen und zumindest in kritieller Hinsicht Auskunft über universale menschliche Eigenschaften und Fähigkeiten geben. Weil Menschen in einer komplexen Wirklichkeit leben, die von physischen, sozialen und kulturellen Komponenten konstituiert wird, hat die Rekonstruktion verschiedene Eigenschafts- und Fähigkeitsbereiche zu berücksichtigen: den naturbestimmten, den gesellschaftlichen und den kulturellen Bereich. Dabei ist zu beachten, daß die naturbestimmten Eigenschaften genauso gesellschaftlich und kulturell vermittelt sind wie die gesellschaftlichen und kulturellen Eigenschaften naturbestimmten Vermittlungen unterliegen.

In den Menschenrechten gehen die Grundbefähigungen und universellen Eigenschaften in der Form besonderer Schutzbedürftigkeit ein. Dabei wird in der Regel zwischen den Bereichen der Selbsterhaltung, des Wohlergehens, der Freiheit und der Entfaltung der Persönlichkeit unterschieden. Die Schutzrechte richten sich gegen Folter, Verelendung, Entfremdung sowie gegen Entmündigung und Unterdrückung. Die ethisch gehaltvollsten Bereiche sind die, die nur selten in den öffentlich geführten Menschenrechtsdiskussionen auftauchen: nämlich die Bereiche der Entfaltung der Persönlichkeit und Bildung. Ihr Vorzug der inhaltlichen Reichhaltigkeit gerät in den Menschenrechtsdiskursen oftmals zum Nachteil. Es wird nämlich unterstellt, daß sie aufgrund ihrer differenzierten Ausprägungen vollständig kulturell überformt seien und deshalb nicht als universelle Bestimmungen behandelt werden können.

Der Einwand der kulturellen Überformung verkennt die weitreichenden Voraussetzungen, die für die Präsenz von Personen im gesellschaftlichen und politischen Raum erfüllt sein müssen. Es wird unterstellt, daß Menschenrechte Fähigkeiten und Eigenschaften von Menschen schützen sollen, die bereits das Leben einer Person führen. Vor dem Hintergrund der sich im globalen Maßstab vollziehenden physischen, psychischen und sozialen Verelendungen wird dem Sachverhalt, daß Menschen sich als Personen entwickeln können müssen, zu wenig Beachtung geschenkt. Um der oberflächlichen Orientierung an dem Normalfall eines entwickelten Lebens zu entgehen, hat die Philosophie und Politik der Menschenrechte eine Differenzierung zwischen der Naturbestimmtheit des Menschen, seinen Fähigkeiten und Eigenschaften sowie seiner jeweiligen Präsenz im sozialen Raum vorzunehmen. Dieses Gefälle zwischen Natur des Menschen sowie seiner ethischen und kulturellen Bestimmung haben die Philosophie der Menschenrechte konzeptionell auszumessen und die Politik der Menschenrechte praktisch auszufüllen.

Seit ihren Anfängen sieht die Ethik die Bestimmung des Menschen darin, in einem politischen Raum zu leben, eine Sprache zu sprechen sowie über theoretisches und moralisches Wissen zu verfügen. Die herausragende Eigenschaft des Menschen ist danach seine Vernunft, die ihn befähigt, aus Gründen verstehen und

handeln zu können. Der Zusammenhang von Vernunft und menschlicher Lebensweise ist insbesondere von Aristoteles einer weitgehenden philosophischen Ausdeutung unterzogen worden, der zufolge alle Menschen unangesehen ihres jeweiligen gesellschaftlichen Orts nach *eudaimonia* als dem Zweck des guten Lebens
streben. Einschränkungslos gut gilt ihm nur das an der Vernunft ausgerichtete
Leben.[28] Für die qualitative Ausdifferenzierung des Menschenrechtsgedankens ist
der universalistische Grundzug in der Form des Arguments zur humanen Grundbefähigung von entscheidender Bedeutung. Danach verfügen Menschen über die
natürliche Anlage, spezifische epistemische, emotionale, ästhetische und moralische
Fähigkeiten ausbilden, moralischen Gründe folgen und aus praktischen Gründen
heraus handeln zu können. Den internen Zusammenhang von anthropologischen
und ethischen Bestimmungen hat Aristoteles auf die Formel gebracht, daß uns
moralische Gründe und Einstellungen ‚weder von Natur noch gegen die Natur‘
zuteil werden. Im Anschluß an Aristoteles hat Cicero das Entwicklungsmodell
dahingehend zusammengefaßt, daß biologische Dispositionen und die ursprüngliche Selbstbehauptung vernunftbegabter Individuen durch Bildung – *educatio* und
perfectio – in ein gelungenes Leben überführt werden, in dem sich die spezifisch
menschlichen Eigenschaften und Fähigkeiten entfalten.[29]

Menschen sind Lebewesen, die grundsätzlich fähig sind, das Leben einer Person
zu führen. Um das Leben einer Person führen zu können, reichen naturbestimmte
Entwicklungen nicht aus. Menschen müssen über ihre Selbsterhaltung und körperliche Integrität hinaus spezifische Eigenschaften und Fähigkeiten – wie Sprache,
Vernunft, humane Emotivität und Moralität – erwerben, durch die sie an der kulturellen Lebensform und insbesondere am Raum der Gründe teilhaben können.
Die Verweigerung oder Verhinderung der Aneignung der Grundbefähigung zum
personalen Leben ist eine tiefgehende Verletzung, die den Menschen als Ganzes trifft. Während die Erfüllung menschlicher Grundbedürfnisse eine notwendige
Bedingung der Selbsterhaltung und des unabdingbaren Lebensstandards ist, betrifft
die Grundbefähigung zum Leben als Person die Funktionen und Fähigkeiten, die
erfüllt sein müssen, um von einem menschenwürdigen Leben sprechen zu können.

Das Grundbefähigungsargument rückt die Bereitstellung und Sicherung von
humanen Entwicklungsmöglichkeiten in das Zentrum der Philosophie und Politik der Menschenrechte. Der Begriff der Grundbefähigung bezieht sich auf einen
gegenüber Fragen des Lebensstandards und der Lebensqualität tiefer gehenden

---

[28] Die Vernunftorientierung ist der universalistische Grundzug der aristotelischen Ethik, dem in den
neueren Ethikdiskussionen weniger Beachtung geschenkt wird. Der Großteil der neoaristotelischen
Beiträge setzt sich stärker mit Aristoteles' System der Tugenden und seinen Ausführungen zu habi-
tuellen Verhaltensweisen im sozialen Raum auseinander. In diesen Theoriestücken werden wichtige philosophiegeschichtliche Anknüpfungspunkte für kommunitaristische oder kulturrelativistische
Ethikkonzeptionen gesehen. Ausnahmen bilden die neoaristotelischen Ansätze von Amartya Sen
und Martha C. Nussbaum; siehe Sturma 2000.

[29] Siehe Aristoteles 1972, S. 26 f. [1103a]; Cicero 1988, S. 324 ff. [V. 15 ff.].

Sachverhalt. Einkommen und Wohlstand sind ihm genauso nachgeordnet wie institutionelle Ausbildung und Arbeit. Wenn Menschen zu diesen Gütern keinen Zugang finden, weil sie sozial und intellektuell benachteiligt werden, können die üblichen Kriterien für Lebensstandard und Lebensqualität erst gar nicht in Anschlag gebracht werden. Weil die Grundbefähigung zum personalen Leben sich nur im Kontext der kulturellen Lebensform entwickeln kann, sind im sozialen Raum Bedingungen zu gewährleisten, die die Entfaltung der epistemischen, moralischen und ästhetischen Potentiale erlauben.

Aufgrund der Verletzbarkeit menschlicher Grundbefähigungen sind Menschenrechte und soziale Gerechtigkeit intern aufeinander bezogen. Personen leben in sozialen Räumen, in denen unterschiedliche gesellschaftliche, politische und ökonomische Bedingungen herrschen. Die Politik der Menschenrechte kann von der sozialen Einbettung nicht absehen, die nicht zuletzt ein entscheidendes Hindernis für universalistische Überbestimmungen ist. Der Sachverhalt der sozialen Einbettung ist aber kein Anlaß für ein relativistisches Theorieszenario, sondern der Ausgangspunkt für eine soziale Ausdifferenzierung personalen Lebens, die die universellen Strukturen der personalen Lebensform in dem jeweiligen System sozialer Bedingungen – Einkommen, Wohlstand, institutioneller Ausbildung, Arbeit – und persönlicher Fähigkeiten und Eigenschaften aufspürt. Das konkrete Verhältnis von Person und Menschenrechten erschließt sich nur einer solchen Analyse, die gleichermaßen Universalität und Varianz der menschlichen Lebensform berücksichtigt. Erst in dieser Theorieperspektive kann dem Sachverhalt auf kontextsensitive Weise entsprochen werden, daß Eigenschaften und Fähigkeiten in den verschiedenen sozialen Räumen einen ganz unterschiedlichen Stellenwert haben können. Beispielsweise wird die Beantwortung der Frage, welche Fähigkeiten eine Person ausbilden und welche Eigenschaften sie erwerben kann, entscheidend davon abhängen, ob sie von Bildungsmangel, Arbeitslosigkeit, Armut oder Unterernährung betroffen ist.

In den gegenwärtigen Diskussionen zur Theorie der Gerechtigkeit sind vor allem von Amartya Sen und Martha C. Nussbaum ausgearbeitete Vorschläge zum Verhältnis von Universalität und Variabilität gemacht worden.[30] Ihr essentialistischer Neoaristotelismus will im Unterschied zu anderen universalistischen Theorien des Liberalismus und Utilitarismus die kontextualistische Herausforderung des Kommunitarismus aufnehmen, ohne deswegen auf kulturrelativistische Ansätze zurückzugreifen.[31] Vor allem Martha Nussbaum entschließt sich zu einer sehr ambitionierten Rekonstruktion menschlicher Grundbefähigungen und hat eine mehrfach modifizierte Liste von Fähigkeiten und Funktionen vorgelegt, die für ein vollständiges menschliches Leben unabdingbar sein sollen.[32]

---

[30] Siehe Nussbaum/Sen 1993.
[31] Siehe Sturma 2000.
[32] In einer neueren Fassung umfaßt die Liste folgende Bestimmungen: 1. Leben, 2. körperliche Gesund-

Derartige Listen sind wegen ihrer evaluativen Aufzählungen umstritten. Werden sie zunächst nur als Einstieg in eine umfassende und kulturübergreifende Rekonstruktion der menschlichen Natur aufgefaßt, sind sie nicht dem Verdacht anthropologischer Dogmatik ausgesetzt und können durchaus einen systematisch bedeutsamen Beitrag zu einem Diskurs über internationale Gerechtigkeit leisten. Die Identifikation von grundlegenden menschlichen Fähigkeiten und Funktionen ist eine Aufgabe, die sowohl konzeptionell als auch empirisch bewältigt werden muß. Sie hat keine Schlüsse aus einer vorgegebenen menschlichen Natur abzuleiten – was sie nicht zuletzt immun gegen den Vorwurf des naturalistischen Fehlschlusses macht. Vielmehr hat sie auch im interkulturellen Diskurs rechtfertigungsfähige Bestimmungen zu ermitteln, die sich an den konkreten Lebensverhältnissen von Personen zu orientieren haben und insofern immer unter einem Revisionsvorbehalt stehen.

Wenn das Verhältnis von Person und Menschenrechten auf dem Wege einer kontextsensitiven Rekonstruktion der Grundbefähigung zum humanen Leben konkretisiert wird, kann auf die Herausforderungen von multikultureller sozialer Wirklichkeit auf eine Weise reagiert werden, die die Extreme des Kulturrelativismus genauso vermeidet wie die des dogmatischen Essentialismus. Der ‚dritte Weg' hat die Menschenrechtskataloge kontextsensitiv auszugestalten, ohne dabei dessen individualrechtliche und universalistische Vorgaben aus dem Blick zu verlieren. Bei der Rekonstruktion der Kriterien für die Grundbefähigung zur Humanität bzw. zum Leben als Person wird es vor allem darauf ankommen, trennscharf zwischen austauschbaren gesellschaftlichen Erscheinungsformen der menschlichen Lebensform und den irreduziblen Fähigkeiten und Eigenschaften personaler Existenz zu unterscheiden. Erst die Rekonstruktion der Eigenschaften und Fähigkeiten, die als notwendige Bedingungen für eine Grundbefähigung zur Person angesehen werden müssen, leistet die entscheidende kriterielle Eingrenzung des qualitativen Zusammenhangs von Menschenrechten und der Sicherung personalen Lebens.

Menschen, die über keine humanen Grundbefähigungen verfügen, leben nicht das Leben einer Person. Sie sind verhinderte, mögliche oder vergangene Personen. Die Anwesenheit der Person in der Dimension von Gründen verleiht der Erfüllung der Identitäts- und Bildungsbedürfnissen entscheidende Bedeutung bei der Bestimmung der Kriterien gerechter Lebenschancen. Personen müssen sich intellektuell und praktisch in der Dimension der Gründe verhalten können, sonst werden sie zu bloßen Mitteln, die sich selbst unverständlich bleiben, weil ihnen die entscheidende Grundbefähigung der Ausdrucksfähigkeit fehlt.

---

heit, 3. körperliche Integrität, 4. Sinne, Einbildung und Denken, 5. Gefühle, 6. praktische Vernunft, 7. Zugehörigkeit, 7a. Freundschaft, 7b. Respekt, 8. andere Lebensformen, 9. Spiel, 10. Kontrolle über die eigene Lebensumgebung, 10a. politische Kontrolle, 10b. materielle Kontrolle; siehe Nussbaum 1997, S. 287 f.

Die Präsenz im Raum der Gründe ist für mögliche Personen ein Menschenrecht, was im übrigen bedeutet, daß Menschenrechte nicht notwendigerweise nur für Menschen gelten. Wenn es Menschen nicht möglich ist, diese Grundfähigkeiten angemessen auszuüben, bleibt das Humanitätspotential uneingelöst, das in jedem einzelnen menschlichen Leben enthalten ist. Für die Menschenrechte heißt das, daß sie immer schon qualitative Vorgaben enthalten müssen, die über die Sicherung der bloßen Selbsterhaltung weit hinausgehen. Die Menschenrechte haben die Grundbedingungen personalen Lebens zu schützen.

Die Entfaltung der eigenen Persönlichkeit hängt unmittelbar von dem Zusammenhang zwischen Sprache und Bildung ab. Nur durch eine entwickelte Ausdrucksfähigkeit können Personen ein Verständnis der fremden wie der eigenen Innerlichkeit erlangen. Innerlichkeit wird nicht bloß emotiv erlitten, sondern vor allem ausgedrückt. Die Ausbildung der spezifisch menschlichen Gefühlswelt ist von sprachlicher Differenzierung und Ausdrucksfähigkeit abhängig. Zustände wie Liebe, Trauer, Haß, Empörung, Selbstachtung oder Reue beruhen auf komplizierten semantischen Ausdifferenzierungen von Anerkennungen und Gründen, die die menschliche Lebensform ausmachen. Erst im Raum der Gründe können sich menschliche Gefühle strukturiert herausbilden und bewußt thematisiert werden. Zustände wie Liebe, Haß, Empörung usw. gehören zu einer Gefühlswelt, die ohne Sprache nicht zustande kommen kann. In diesem Sinne konstituiert der sprachliche Ausdruck für Personen eine Lebensform.

Weil der Raum der Gründe der Raum menschlicher Emotionalität, Rationalität und Moralität ist, muß sprachliche Ausdrucksfähigkeit als Grundbefähigung zur kulturellen Lebensform begriffen werden. Bildung im Sinne von Ausdrucksfähigkeit ist die notwendige Voraussetzung für kulturelle Integration und interkulturelle Verständigung. Sprache und Bildung müssen deshalb als gleichbedeutend mit Ausdruck und Enwicklung von Humanität angesehen werden.

Sprache und Bildung sind die Bedingungen der Möglichkeit zum erweiterten Verständnis und Selbstverständnis, die für eine der menschlichen Lebensform angemessene Wirklichkeitsdifferenzierung unabdingbar sind. Bildung bedeutet Ausdruck und Entwicklung von Humanität. Die Behinderung der Selbstentfaltung zur Person stellt in dieser Hinsicht ein Verstoß gegen Kants Instrumentalisierungsverbot dar, nach dem die vernünftige Natur als Zweck an sich existiert. Die kurze Formel der Anthropologie der Menschenrechte lautet dementsprechend: Menschen sind Wesen – nicht notwendigerweise die einzigen –, die für Gründe empfänglich sind, und in dieser Eigenschaft ist die Möglichkeit zur humanen Selbstentfaltung in einem personalen Leben begründet.

VII. Ausblick auf eine Politik der Humanität

Im Begriff der Person ziehen sich die irreduziblen Bestimmungen des modernen Subjektgedankens zusammen. Der Subjektbegriff der theoretischen Philosophie hat seine Formalität an die praktische Philosophie in der Gestalt eines personalitätstheoretischen Egalitarismus weitergegeben. Im Zentrum des Egalitarismus steht das Verbot der Instrumentalisierung von Personen in seiner gesamten modalen Komplexität. Das Subjekt verfügt über universelle Strukturen. Wenn sie auf grundlegende Weise beeinträchtigt werden, ist der Subjektstatus gefährdet. Dem in der theoretischen Philosophie aufgezeigten Gefahr, daß das Selbst in der Vielfarbigkeit seiner Vorstellungen unkenntlich werden kann, entspricht in praktischer Hinsicht das bedrohliche Szenario, daß das Subjekt kulturell vollständig überformt wird und keine Grundbefähigung zur Person erwirbt.

Die Auseinandersetzungen um die Semantik des Personbegriffs und ihre praktischen Auswirkungen greifen in vielen Bereichen zu kurz, weil die Verknüpfung mit dem Subjektgedanken nicht gesehen wird. In praktischer Hinsicht wird zu wenig beachtet, daß personales Leben vor allen Auseinandersetzungen um ideologische Einordnungen und kulturelle Besetzungen Ausdruck von Humanität ist, die an die Erfüllung spezifischer epistemischer, moralischer und ästhetischer Bedingungen geknüpft ist. Nur im Falle der Erfüllung können Menschen ein menschenwürdiges Leben als Person führen.[33] Die Frage, ob die Grundbefähigung zu einem humanen Leben als Person erfüllt ist, muß letztlich empirisch entschieden werden. Weil der Begriff der Person sich gleichermaßen aus deskriptiven wie normativen Bestimmungen zusammensetzt, ist die Entscheidungssituation von vornherein unter evaluativen Vorgaben anzugehen. Bei dem gegenwärtigen Zuschnitt der Debatten um internationale Gerechtigkeit drohen damit kulturrelativistische Fallen. Das sollte aber nicht eine vorschnelle Urteilsenthaltung zur Folge haben. In den Verelendungszonen der Industrie- und Entwicklungsländer gibt es genügend Beispiele für menschenunwürdiges Leben, das faktisch keine Grundbefähigung zur Person zuläßt.

Die Anwesenheit der Person in der Dimension von Gründen verleiht der Erfüllung der Identitäts- und Bildungskriterien entscheidende Bedeutung bei der Bestimmung eines menschenwürdigen Daseins. Fragen nach Würde, Selbstachtung und sozialer Gerechtigkeit können ohne die Einrechnung dieser Kriterien nicht angemessen beantwortet werden, denn es gibt einen unauflöslichen Zusammenhang zwischen Ausdrucksfähigkeit, Bildung und sozialer Gerechtigkeit. Menschen müssen intellektuell und praktisch in der Dimension der Gründe präsent sein können, sonst werden sie zu bloßen Mitteln, die sich selbst nicht verständlich werden können. Der Umstand, daß viele Menschen der Unfähigkeit, ihren mora-

---

[33] Siehe Sturma 1997, S. 335 ff.

lischen Standpunkt angemessen zum Ausdruck zu bringen, überlassen werden, ist eine subtile Form der sozialen Ausgrenzung.

Die Würde der Person fällt aber nicht umstandslos mit ihrem Dasein zusammen – wie heute in den Problemfeldern der Angewandten Ethik immer wieder unterstellt wird. Vielmehr muß die Würde der Person im sozialen Raum errungen und bewahrt werden. Selbst in den postindustriellen Gesellschaften gelingt es den Menschen immer seltener, ein stabiles Verhältnis zwischen Lebensführung, Wohlergehen und moralischer Selbstbehauptung auszubilden oder aufrecht zu erhalten.

Mit dem egalitaristischen Begriff der Person ist nur eine bedingungslose Gleichstellung von Personen vereinbar. Die Gleichstellung ist die nächste Phase im Prozeß der Differenzierung des Menschenrechtsgedankens, in dessen Zentrum der qualitativ ausgewiesene Begriff der Person steht. Deshalb darf sich die Gleichstellung nicht auf die formal-rechtliche Seite der Menschenrechte beschränken, sondern muß menschliche Grundbefähigungen und faire Lebenschancen mit einschließen. Der egalitaristische Begriff der Person bezieht sich auf soziale wie internationale Gerechtigkeit. Er ist genauso wenig vereinbar mit ethischen oder sozialen Hierarchien wie mit der Verabsolutierung des kulturellen Zufalls.

Die Zielsetzung der Politik der Menschenrechte hat sich sicherlich zuerst gegen Folter, Rassismus und staatliche Verletzungen der Freiheitsrechte zu wenden. Nach der hier vorgelegten Konzeption der egalitaristischen Gerechtigkeitstheorie ist damit aber nur ein erstes lebenswichtiges Teilstück des Weges zur Humanität zurückgelegt. Von entscheidender Bedeutung für das Gelingen menschlichen Lebens sind die Freiheits- und Bildungsbedürfnisse, die über den Anspruch der Unverletzlichkeit des Körpers weit hinausgehen. Personen können nur einen Begriff ihrer Würde und Selbstachtung entwickeln, wenn sie nicht Opfer von eklatanten sozialen Benachteiligungen sind und die Möglichkeit zu einer selbstbestimmten Lebensführung vorfinden, und das heißt vor allem, daß sie sich auch in den Augen der anderen selbst achten können müssen. Es ist dieser Sachverhalt, der in den kulturrelativistischen Verteidigungen lokaler kultureller Ordnungen völlig übersehen wird.

Es ist nicht hinnehmbar, daß Menschen mit dem Hinweis auf kulturelle Eigenheiten verwehrt wird, ihre menschlichen Grundbedürfnisse überhaupt artikulieren zu können, und dazu gehört ein bestimmtes Maß an Sprachfähigkeit und Bildung, das prinzipiell in allen bekannten menschlichen Lebensformen verfügbar ist. Der kulturelle Zufall, Begünstigte einer ungerechten Aufteilung von Lebensstandard und Lebenschancen zu sein, ist ethisch belanglos.

Menschen verfügen über eine Vielzahl von Fähigkeiten und Eigenschaften, die unabhängig von den jeweiligen kulturellen Ausprägungen deskriptiv identifizierbar sind. Zu ihnen gehört auch die Anlage, sich zur Person entwickeln zu können. Diese Anlage muß ethisch in dem Sinne geschützt werden, daß Menschen unter keinen Umständen verwehrt sein darf, sich zur Person und als Person entwickeln zu können.

LITERATUR

Aristoteles 1972: Nikomachische Ethik. Hg. v. G. Bien, Hamburg.

Aristoteles 1981: Politik, Hamburg.

Ausborn-Brinker, S. 1999: Person und Personalität. Versuch einer Begriffsklärung, Tübingen.

Birnbacher, D. 1997: Das Dilemma des Personenbegriffs. In: P. Strasser/E. Starz (Hg.): Personsein aus bioethischer Sicht (ARSP-Beiheft 73), Stuttgart.

Birnbacher, D. 2000: Selbstbewußte Tiere und bewußtseinsfähige Maschinen – Grenzgänge am Rand des Personenbegriffs. [In diesem Band].

Brandom, R. B. 1994: Making It Explicit. Reasoning, Representing and Discursive Commitment, Cambridge, Mass.

Cicero, M. T. 1988: Über die Ziele des menschlichen Handelns. De finibus bonorum et malorum, München.

Davidson, D. 1984: On the very Idea of a Conceptual Scheme [1973]. In: Ders.: Inquiries into Truth and Interpretation, Oxford.

Dworkin, R. 1993: Life's Dominion. An Argument about Abortion, Euthanasia, and Individual Freedom, New York.

Forschner, M. 1993: Glück als personale Identität. Die stoische Theorie des Endziels. In: Ders.: Über das Glück des Menschen. Aristoteles, Epikur, Stoa, Thomas von Aquin, Kant, Darmstadt.

Frankfurt, H. G. 1988: The importance of what we care about: philosophical essays, Cambridge, Mass.

Hobbes, Th. 1968: Leviathan, or the Matter, Forme, & Power of a Commonwealth Ecclesiasticall and Civill. Hg. v. C. B. MacPherson, Harmondsworth.

Höffe, O. 1996: Vernunft und Recht. Bausteine zu einem interkulturellen Rechtsdiskurs, Frankfurt am Main.

Hume, D. 1978: A Treatise of Human Nature. Hg. v. L. A. Selby-Bigge, neu bearbeitet v. P. H. Nidditch, Oxford.

Kant, I. IV: Grundlegung zur Metaphysik der Sitten. In: Ders.: Werke, Band IV, Akademie-Textausgabe, Berlin 1968.

Kant, I. V: Kritik der praktischen Vernunft. In: Ders.: Werke, Band V, Akademie-Textausgabe, Berlin 1968.

Kant, I. VI: Metaphysik der Sitten. In: Ders.: Werke, Band VI, Akademie-Textausgabe, Berlin 1968.

Kersting, W. 1984: Wohlgeordnete Freiheit. Immanuel Kants Rechts- und Staatsphilosophie, Berlin.

Kobusch, Th. 1997: Die Entdeckung der Person. Metaphysik der Freiheit und modernes Menschenbild, Darmstadt.

Konersmann, R. 1993: Person. Ein bedeutungsgeschichtliches Panorama. In: Internationale Zeitschrift für Philosophie 2.

Korsgaard, Ch. M. 1996: The Sources of Normativity, Cambridge.

Larmore, Ch. 1996: The Morals of Modernity, Cambridge.

Lévi-Strauss, C. 1955: Tristes Tropiques, Paris.

Mackie, J. L. 1977: Ethics. Inventing Right and Wrong, Harmondsworth.

McDowell, J. 1994: Mind and World, Cambridge, Mass.

Nagel, Th. 1991: Equality and Partiality, Oxford.

Nussbaum, M. C. 1995: Aristotle on human nature and the foundations of ethics. In: J. E. J. Altham/R. Harrison (Hg.): World, mind and ethics. Essays in the ethical philosophy of Bernard Williams, Cambridge/New York.

Nussbaum, M. C. 1997: Capabilities and Human Rights. In: Fordham Law Review 66.

Nussbaum, M. C./Sen, A. (Hg.) 1993: The Quality of Life, Oxford/New York.

O'Neill, O. 1996: Towards justice and virtue. A constructive account of practical reasoning, Cambridge.

Parfit, D. 1984: Reasons and Persons, Oxford.

Quante, M. 1995: Die Identität der Person: Facetten eines Problems. In: Philosophische Rundschau 42.

Quante, M. 1996: Zwischen Autonomie und Heiligkeit – Ethik am Rande des Lebens. In: Philosophischer Literaturanzeiger 49.

Quine, W. V. O. 1953: Two dogmas of empiricism. In: Ders.: From a Logical Point of View, Cambridge, Mass.

Quine, W. V. O. 1960: Word and Object, Cambridge, Mass.

Rawls, J. 1971: A Theory of Justice, Cambridge, Mass.

Rawls, J. 1993: Political Liberalism, New York.

Rescher, N. 1997: Objectivity. The Obligations of Impersonal Reason, Notre Dame.

Rousseau, J.-J. 1964: Œuvres complètes. Vol. III: Du Contrat social. Ecrits politiques, Paris.

Rousseau, J.-J. 1969: Œuvres complètes. Vol. IV: Émile. Éducation – Morale – Botanique, Paris.

Siep, L. 1996: Ethik und Anthropologie. In: A. Barkhaus et al. (Hg.): Identität, Leiblichkeit, Normativität, Frankfurt am Main.

Siep, L. 2000: Der Begriff der Person als Grundlage der biomedizinischen Ethik: Zwei Traditionslinien. [In diesem Band].

Sellars, W. 1997: Empiricism and the Philosophy of Mind [1956], Cambridge, Mass.

Sen, A. 1987: The Standard of Living. The Tanner Lectures 1985, Cambridge/New York.

Sen, A. 1992: Inequality Reexamined, New York/Oxford.

Sen, A. 1993: Capability and Well-Being. In: Nussbaum/Sen (Hg.).

Sen, A. 1999: Development as Freedom. New York.

Spaemann, R. 1996: Personen. Versuche über den Unterschied zwischen ‚etwas' und ‚jemand', Stuttgart.

Steckmann, U. 1999: Ausdruck – Regelfolgen – Anerkennung. Zum Zusammenhang von Sprachanalyse und Hermeneutik, Magisterarbeit, Lüneburg.

Strawson, P. F. 1985: Skepticism and Naturalism: Some Varieties. The Woodbridge Lectures 1983, London.

Sturma, D. 1997: Philosophie der Person. Die Selbstverhältnisse von Subjektivität und Moralität, Paderborn.

Sturma, D. 2000: Universalismus und Neoaristotelismus. Amartya Sen und Martha C. Nussbaum über Ethik und soziale Gerechtigkeit. In: W. Kersting (Hg.): Politische Philosophie des Sozialstaats, Weilerswist.

Taylor, Ch. 1985a: Human Agency and Language. Philosophical Papers 1, Cambridge.

Taylor, Ch. 1985b: Philosophy and the Human Sciences. Philosophical Papers 2, Cambridge.

Taylor, Ch. 1989: Sources of the Self. The Making of the Modern Identity, Cambridge.

United Nations Development Programme (UNDP) 1999: Human Development Report 1999, New York/Oxford.

Wittgenstein, L. 1: Tractatus logico-philosophicus, Tagebücher, Philosophische Untersuchungen, Werkausgabe Band 1, Frankfurt am Main 1984.

Wittgenstein, L. 8: Bemerkungen über die Farben, Über Gewißheit, Zettel, Vermischte Bemerkungen. Werkausgabe Band 8, Frankfurt am Main 1984.

Wittgenstein, L. 1989: Vortrag über Ethik und andere kleine Schriften, Frankfurt am Main.

Barbara Merker

PERSON UND GLÜCK

I. Einleitung

Die unterschiedlichen Theorien der Person auf der einen Seite und die konkurrierenden Theorien des Glücks auf der anderen sind in der Tradition der Philosophie anscheinend ganz unabhängig voneinander entwickelt worden. Zudem ist auch nicht klar, ob die Kontroversen um die angemessenen Begriffe der Person und des Glücks in jedem Fall Kontroversen um dieselben Sachen sind. Der Ausdruck „Person" ist mehrdeutig und wird vorphilosophisch und innerhalb der Philosophie extensional unterschiedlich verwendet. Und dasselbe gilt auch für den Ausdruck „Glück". Mit meinen folgenden Ausführungen beabsichtige ich dreierlei: Ich möchte drei philosophisch bedeutsame Begriffe der Person und des Glücks unterscheiden. Ich möchte weiter zeigen, daß bestimmte dieser Konzeptionen der Person und des Glücks zusammengehören.[1] Und ich möchte untersuchen, welche Typen von Moralphilosophie sich ergeben, wenn man unterstellt, daß das, was moralisch zu berücksichtigen ist, das Glück von Personen ist.

Wenn es plausibel wäre, daß das Glück von Personen Gegenstand unserer moralischen Rücksicht sein sollte, dann wäre auf die drei moralphilosophischen Basisfragen: auf wen oder was wir moralisch Rücksicht nehmen sollen, warum wir ausschließlich auf diese Wesen moralisch Rücksicht nehmen sollen und in welcher Weise wir moralisch Rücksicht nehmen sollen, eine theoretisch ideale, nämlich eine einfache und homogene Antwort gefunden. Es wären bestimmte Eigenschaften bestimmter Entitäten, die als einziger Maßstab und Leitfaden moralisch richtigen Handelns dienen könnten. Ob die theoretisch idealen Antworten, die auf die drei

---

[1] Ein sachlicher und historischer Zusammenhang zwischen dem Personsein und der Fähigkeit zum Glück besteht auch dann, wenn Beschreibungen, die als Charakteristika von Personen oder Glück angesehen werden können, nicht explizit unter die Ausdrücke „Person" und „Glück" gebracht werden. So können nach Aristoteles zum Beispiel nur vernunftbegabte Lebewesen glücklich sein. Aristoteles hat zwar einen eigenen Ausdruck für das Glück (*eudaimonia*), er verfügt aber, im Unterschied zu vielen seiner Nachfolger, noch nicht über den Ausdruck „Person" zur Charakterisierung vernunftbegabter Lebewesen.

basalen Fragen gegeben werden können, auch moralisch akzeptabel sind, ist ein Problem, zu dem ich abschließend nur noch einige Bemerkungen mache.

Moralphilosophien, die in den bioethischen Kontroversen der Gegenwart als „speziesistisch" charakterisiert werden, scheinen dieses theoretische Ideal nicht zu erfüllen. Als speziesistisch gilt in diesem Kontext eine Ethik, die die moralische Privilegierung von Individuen aufgrund ihrer Eigenschaft der Zugehörigkeit zu einer bestimmten Spezies propagiert. Speziesistisch ist eine Ethik, die die Zugehörigkeit von Individuen zu einer bestimmten Gattung als moralisch relevantes Kriterium betrachtet. Und speziesistisch humanistisch oder anthropozentrisch ist eine Ethik, für die die Zugehörigkeit zur *menschlichen* Gattung ein moralisch relevantes Kriterium ist. Die Genese dieser auf den Menschen bezogenen Form des Speziesismus wird von den Speziesismuskritikern mit Rekurs auf die Theologie und die darin begründete Sonderstellung des Menschen als Ebenbild Gottes erklärt. Mit der theoretischen Preisgabe transzendenter theologischer Rechtfertigung der Sonderstellung des Menschen hätten wir diesen Kritikern zufolge konsequenterweise auch diese Sonderstellung und die damit begründeten Privilegien preisgeben müssen. Statt dessen aber sei inkonsequenterweise an der exklusiven moralischen Privilegierung des Menschen festgehalten worden. Dieses Festhalten an der grundlos gewordenen exklusiven und totalen moralischen Berücksichtigung des Menschen aber sei letztlich identisch mit der moralischen Privilegierung der menschlichen Gene als dem Spezifischen des Menschen und damit eine Privilegierung, die sich nicht rechtfertigen lasse. Weder die transzendenten theologischen noch die immanenten biologisch-speziesistischen Rechtfertigungsversuche könnten als plausibel betrachtet werden.

Wer weder die Abstammung von Gott noch die genetisch indizierte Zugehörigkeit zur menschlichen Spezies als moralisch relevantes Kriterium betrachtet,[2] muß – so die Argumentation – nach alternativen Kriterien moralischer Berücksichtigung Ausschau halten und eine Alternative zur speziesistischen Ethik suchen. Eine solche Ethik könnten wir im Unterschied zu einer speziesistischen Ethik oder Gattungsethik eine Eigenschaftsethik nennen. Die *personalistischen Ethiken*, denen ich mich gleich zuwenden möchte, sind *Eigenschaftsethiken*.[3] Ich möchte im folgenden

---

[2] Vgl. dazu Singer 1984.

[3] Insofern läßt sich auch sagen, daß der Begriff der Person „eine Sammel- oder Stellvertreterbezeichnung für bestimmte andere Kriterien" ist, „die eigentlich wichtig sind". Vgl. Leist 1989, S. 78. Das scheint aber, abgesehen vielleicht von basalen ‚einfachen' Begriffen, für Begriffe generell zu gelten. Nicht klar ist mir, inwieweit Theda Rehbock und Thorsten Jantschek, die dafür plädieren, den Begriff der Person als die normative Seite des deskriptiven Begriffs des Menschen zu betrachten, und die mit Robert Spaemann die gegenwärtige „Naturalisierung" und Reduktion der Person auf empirische Eigenschaften kritisieren, nicht trotzdem eine Eigenschaftsethik vertreten, wenn sie anstelle der empirischen vielmehr solche Eigenschaften betonen, die, wie die Freiheit, in der Tradition der *entia moralia* gegen die Substanzontologie hervorgehoben wurden. Jantscheks an Kant orientierte Kritik, die Reduktion der moralischen Achtung auf Menschen, die über bestimmte (empirische) Eigenschaften verfügen,

zwei Typen personalistischer Ethik unterscheiden und auf ihren Zusammenhang mit dem Glück hinweisen. Zuerst skizziere ich eine *perfektionistische Ethik*, anschließend zwei Varianten einer *Ethik der Unvollkommenheit*. Nur der erste Typ personalistischer Ethik – die Ethik der Vollkommenheit – paßt problemlos in die lange Tradition des Personbegriffs. Diese Ethik der Vollkommenheit möchte ich zunächst und nebenher auch mit Blick darauf skizzieren, inwieweit sie auf die oben genannten drei moralphilosophischen Basisfragen eine Antwort zu geben vermag.

II. PERSON UND GLÜCK IN DER PERFEKTIONISTISCHEN ETHIK

In der langen und heterogenen Geschichte des Personbegriffs galt „Person" erstens nicht als Art- oder Gattungsbegriff, sondern als unbestimmter Eigenname, als „unbestimmter Individualbegriff". In diesem Sinne gebrauchen wir ihn noch heute, wenn wir z.B. fragen: Wieviele Personen hast Du eingeladen? In einem zweiten Sinne waren Personen Darstellende auf der Bühne und im übertragenen Sinne auch Träger sozialer Rollen. In diesem Sinne sprechen wir noch heute z.B. von den Personen eines Dramas. Auch die trinitarischen, angelologischen und christologischen Spekulationen über mehrere Personen in einer Substanz gehören in diesen Kontext. Drittens gab es die Definitionen des Ausdrucks „Person" von Boethius und seinen Nachfolgern. Durch die Bestimmung der Person als individuelle Substanz einer vernünftigen Natur sollten unbelebte, empfindungslose und vernunftlose Wesen vom Personsein definitionsgemäß ausgeschlossen werden. Dazu kam viertens später noch die Lehre von Personen als über Natur und Vernunft hinausragende *entia moralia*. Vernunftfähigkeit in der Boethianischen Tradition und Willensfähigkeit in der späteren Tradition der *entia moralia* waren die beiden, auch kombinierbaren Eigenschaften, die bis hin zu Kant als konstitutiv für Personalität galten.[4]

Diese Auswahl von Vernunft und/oder Willen als Kriterium für Personalität war keineswegs speziesistisch-humanistisch bzw. -anthropozentrisch angelegt. Denn alle Wesen mit Vernunft und/oder Willen – Gott, die Engel, die Menschen und (spätestens seit der Aufklärung) auch noch mögliche Außerirdische – wurden als Personen betrachtet. Allenfalls war das Kriterium für Personalität theistisch orientiert. Wenn Gott als eigentliche und ursprüngliche Person galt, wurden alle anderen

---

sei eine nur „konditionale Achtung" (S. 469), trifft nicht die Kantischen Bedenken, weil diese nur die Wünsche des Subjektes der moralischen Einstellung als Konditionen der Achtung ausschließen wollen. Kant schließt nicht aus, daß moralische Achtung an *irgendwelche* Konditionen gebunden ist (z.B. an die Bedingung, daß es sich um Menschen handelt, daß diese Menschen Wünsche haben, die zu respektieren sind, usw.). Vgl. Jantschek 1998; Rehbock 1998.

[4] Vgl. zur Lehre von den *entia moralia* Kobusch 1997.

nur wegen ihrer Ebenbildlichkeit mit ihm zur speziesübergreifenden Klasse der Personen gezählt. Bei der Auswahl der für Personalität konstitutiven Eigenschaften kam es also nicht auf das an, was Menschen von allen anderen Spezies unterschied und also spezifisch für Menschen war.[5] Es kam vielmehr auf die Eigenschaften an, die Gott als vollkommenstem Wesen zugeschrieben wurden. Personen sind Wesen, die mit Gott die wesentlichen Eigenschaften teilen und durch Teilhabe an seiner Vollkommenheit selber (relativ) vollkommen sind.[6] Der metaphysische Begriff der Person ist folglich kein auf eine bestimmte Spezies eingeschränkter Begriff.[7]

Der metaphysische Personbegriff der kontinentalen Tradition stammt aus der Ontologie und Ethik der Vollkommenheit. So schreibt z.B. Thomas von Aquin: „In der gesamten Natur bezeichnet Person das, was am vollkommensten ist."[8] Eine Person ist für ihn ein vernunftbegabtes Individuum, dem nichts fehlt, das ganz und gar „vollständig" ist und das strenggenommen sogar nur Gott sein kann.[9] In dieser Tradition der Ontologie und Ethik der Vollkommenheit sind die Eigenschaften ontologisch und ethisch ausgezeichnet, die Menschen und andere Wesen mit dem höchsten Wesen verbinden. Als solche ausgezeichneten und personalen Eigenschaften sind übereinstimmend die kognitiven und/oder volitiven Fähigkeiten betrachtet worden. Entitäten, deren Wesen in der Vernunft oder im freien Willen besteht, haben die ethische Aufgabe, dieses Wesen zu erfüllen und sich dadurch zu vervollkommnen. Noch Kant bezieht sich trotz aller Abgrenzungsversuche auf diese in der Antike beginnende Tradition, wenn er es als Aufgabe betrachtet, die eigene Vollkommenheit zu fördern. Eine solche Vervollkommnung sieht er in der Kultivierung unserer Vermögen bzw. Naturanlagen, vor allem in der Kultivierung unseres Willens bis zur reinsten Tugendgesinnung.[10]

---

[5] Nach Bernard Williams wäre die Annahme, daß Vernunft das Spezifische des Menschen sei, ohnehin kein deskriptiver Befund, sondern vielmehr Resultat bestimmter Selektionen und Evaluationen. Ebenso plausibel wäre es seiner Auffassung nach, die Fähigkeit, jederzeit sexuell aktiv sein zu können, oder die Fähigkeit zur Umweltverschmutzung als Spezifika des Menschen zu betrachten. Vgl. Williams 1978, S. 68f.

[6] Prinzipiell könnte der Begriff der Vollkommenheit (wie der des Guten) auch unabhängig von dem Rekurs auf Gott bestimmt werden, der dann nur die Eigenschaften in besonderem Maße besäße, die unter diesen Begriff fallen.

[7] Vgl. dagegen z.B. Spaemann 1996, S. 264: „Es kann und darf nur ein einziges Kriterium für Personalität geben: die biologische Zugehörigkeit zum Menschengeschlecht." Damit ist aber keine Definition des Personbegriffs intendiert, der Spaemann zufolge überhaupt nicht, wie sortale Begriffe, durch Merkmale definiert ist, die als Identifikationskriterien dienen können.

[8] Thomas v. Aquin 1939, S. 52. [I, 29, 1c].

[9] Siehe Thomas v. Aquin 1980, S. 283ff. [3 Sent. 6,1,1].

[10] Vgl. Kant VI [Metaphysik der Sitten], S. 386f. insbesondere die Bemerkungen zur Vieldeutigkeit des Vollkommenheitsbegriffs. Mit seiner Ergänzung, daß es auch darum gehe, die fremde Glückseligkeit zu fördern, verläßt Kant allerdings die perfektionistische Ethik und erweist sich, aufgrund seines veränderten, nämlich subjektiven Glücksbegriffs, als Vertreter einer Ethik der Unvollkommenheit.

Der zur Ethik der Vollkommenheit gehörige Ausdruck für die Vervollkommnung der vollkommenen Fähigkeiten ist der des Glücks. [11] In diesem Sinne können
nur Personen glücklich sein. Perfektionistisch, personalistisch und eudämonistisch
ist diese Ethik zunächst, insofern es für Personen, also für vernunft- und/oder
willensbegabte Wesen, darum geht, ihre eigenen vollkommenen Fähigkeiten zu
vervollkommnen. Personen sind zunächst Subjekte ethischer Vervollkommnung.
Aber auch als Objekte ethischer Vervollkommnung lassen sich Personen in perfektionistische Ethiken einführen. Zum Beispiel kann die Forderung, andere Personen an ihrer Vervollkommnung (und deren Bedingungen), also an ihrem Glück,
möglichst nicht zu hindern, oder Personen, die in den Bedingungen ihrer Vervollkommnung bereits behindert sind, dazu zu verhelfen, ihre Glückschancen so weit
wie möglich wiederzuerlangen, als Bedingung eigener Vervollkommnung betrachtet werden. Oder die Einbeziehung anderer Personen läßt sich auf dem Weg über
die Notwendigkeit erlangen, das personale Telos zu verwirklichen. Das ethische
Prinzip ist dabei nicht die Rücksichtnahme auf andere Personen, sondern die Verwirklichung des objektiven Telos – der eigenen ebenso wie der fremden Person. [12]

Der perfektionistische Begriff der Person scheint Kriterien für Antworten auf die
drei basalen moralphilosophischen Fragen zu enthalten, warum welche Entitäten
auf welche Weise moralisch zu berücksichtigen sind. Doch genau besehen beläßt
er unter anderem das Problem, ob alle Menschen lebenslang Personen und damit
ethisch zu berücksichtigen sind, im Dunkeln. In der kontinentalen metaphysischen
Tradition des Personbegriffs scheinen folgende Fragen kaum von Bedeutung gewesen zu sein: Sind Menschen (oder andere Wesen), die ihre personalen kognitiven
und/oder volitiven Fähigkeiten noch nicht aktualisieren können, trotzdem schon
Personen? Sind Menschen, die sie nicht mehr aktualisieren können, trotzdem noch
Personen? Und gilt dies auch für Menschen, die sie noch niemals aktualisiert haben
und sie niemals mehr aktualisieren werden? In der metaphysischen Tradition des
Personbegriffs scheint Mensch-sein und Person-sein zumindest lebenslänglich miteinander verknüpft.

Daß Personalität eine Eigenschaft ist, die niemals verloren gehen kann, scheint
sich mit zwei Gründen rechtfertigen zu lassen. Erstens ist sie eine unverlierbare

---

[11] Vgl. exemplarisch am Beginn dieser Tradition Aristoteles 1972 [1098a und Buch X].

[12] Daß aus einer personalistischen, nicht-speziesistischen ethischen Argumentation eine speziesistische
moralphilosophische Praxis wird, in der ausschließlich Menschen als moralische Objekte in den Blick
geraten, mag mit zunehmender Säkularisierung, dem Ausbleiben außerirdischer Vernunftwesen,
der problematischen Praxis gegenüber Engeln und Gott, dem Verkennen tierischer Vernunft- und
Willensfähigkeit oder einfach mit dem Interesse an der Verfügbarkeit über Tiere zusammenhängen.
Es ist jedenfalls kontingent. Es folgt nicht aus der skizzierten ethischen Tradition.

Eigenschaft unter den Prämissen einer dualistischen Ontologie, in der ein für Personalität konstitutiver (unsterblicher) Geist als lebenslang mit dem Körper verbunden gesehen wird.[13] Zweitens ist Personalität eine unverlierbare Eigenschaft, wenn schon die bloße Zugehörigkeit eines Individuums zu einer Gattung, in der es Mitglieder gibt, die über Vernunft- und/oder Willensfähigkeit verfügen, für Personalität hinreichend ist.[14] Wenn unterstellt wird, daß Menschen ihre Personalität nicht verlieren können, ja sie vielleicht sogar über den leiblichen Tod hinaus behalten, dann ist diese Kontinuität der Personalität auch die entscheidende Differenz zu den an Locke anknüpfenden Personbegriffen, denen zufolge der Begriff der Person ein Phasensortale ist: ein Begriff, unter den die meisten Menschen zeitweise fallen, so wie unter den Begriff des Kindes oder der Tante.[15]

Moralisch bedeutsam ist der Glaube an die kontinuierliche Personalität des Menschen (und anderer Wesen), sobald der Personbegriff nicht mehr nur ontologisch, theoretisch, metaphysisch deskriptiv, sondern auch moralisch normativ verstanden wird, sobald also die Auffassung vertreten wird, daß Menschen aufgrund ihres Personseins, aufgrund der Eigenschaften der Vernunftbegabung und/oder Freiheitsfähigkeit, moralische Berücksichtigung verdienen. Wer die Auffassung vertritt, daß Menschen aufgrund ihres Personseins (und nicht etwa aufgrund ihrer biologisch-genetischen Ausstattung) moralisch zu berücksichtigen sind und z. B. ein Recht auf Leben und Unversehrtheit des Leibes als Glücksvoraussetzung haben, für den kommt alles darauf an, wer als Person aufzufassen ist und ob Menschen lebenslang Personalität besitzen.

Wer den Personbegriff nicht im Sinne einer dualistischen Ontologie versteht; und wer auch nicht glaubt, daß die Zugehörigkeit eines Individuums zu einer Gattung, in der es personale Wesen gibt, hinreichend für Personalität ist, muß in Betracht ziehen, daß Menschen nicht lebenslang Personen sein müssen oder können. Wann sie es sind oder nicht sind, ist eine Frage, auf die wiederum mehrere Antworten möglich sind. Die einfachste Antwort nimmt die Fähigkeit, die kognitiven und volitiven Fähigkeiten nach Wunsch aktualisieren zu können, als Kriterium für Personalität.[16] Menschen, die aufgrund von (organischen) Defekten ihre kognitiven und volitiven Fähigkeiten niemals werden ausüben können,

---

[13] Dieser Begründung folgen z. B. auch die Instruktion der Katholischen Kirche von 1987 und die Erklärung zur vorsätzlichen Abtreibung von 1974.

[14] Vgl. die Kritik analoger Argumente bei Margalit 1997, S. 77 ff.

[15] Vgl. zu Lockes Personbegriff Siep 1992, S. 81–115, insbesondere S. 81–90; für Locke ist eine Person „ein denkendes intelligentes Wesen, das Vernunft und Reflexion hat und sich als sich selbst betrachten kann, als dasselbe denkende Wesen zu verschiedenen Zeiten und Orten; was es nur durch Bewußtsein tun kann, das untrennbar vom Denken und wesentlich dafür ist". (Locke 1979, S. 335).

[16] Ergänzungsbedürftig ist dieses Kriterium, sofern Schlafenden oder reversibel Komatösen z. B. die Personalität nicht abgesprochen werden soll.

wie z. B. Anenzephale, sind danach eindeutig keine Personen; solche, die sie, wie Foeten oder Embryos, noch nicht ausüben können, sind demnach noch keine Personen; und solche, die sie, wie irreversibel Komatöse, nie wieder werden ausüben können, sind keine Personen mehr.

Versteht man die perfektionistische Ethik ausschließlich im Sinne der Aufgabe, die eigene Vervollkommnung zu fördern und die Vervollkommnung der Fähigkeiten anderer nicht zu behindern, sie zu ermöglichen oder sogar zu befördern, dann gibt es prima facie keinen guten Grund, Individuen, die diese Fähigkeiten niemals werden aktualisieren können oder sie nie wieder werden aktualisieren können, moralisch zu berücksichtigen. Nur bezogen auf Wesen, die diese Fähigkeiten noch nicht aktualisieren können, aber sie voraussichtlich werden aktualisieren können, also bezogen z. B. auf Embryos, gibt es in einer perfektionistischen Ethik einen Grund moralischer Berücksichtigung. Wesen, die potentielle Personen sind oder voraussichtlich mit zukünftigen Personen identisch sein werden, sollten ihr zufolge nicht an der natürlichen Entwicklung und Vervollkommnung der vollkommenen Fähigkeiten gehindert werden; und bereits Behinderten sollte bei der Entwicklung dieser Fähigkeiten geholfen werden, sofern dies Aussicht auf Erfolg verspricht. Mit diesem Zugeständnis wird aber auch indirekt eingestanden, daß der Personbegriff nicht allein, sondern nur im Verbund mit dem umstrittenen Rekurs auf potentielle/zukünftige Personen hilfreich zur Beantwortung der drei moralphilosophischen Fragen ist, wer aus welchen Gründen und auf welche Weise moralisch zu berücksichtigen ist. In einer perfektionistischen personalistischen Ethik oder personalistischen Ethik der Vollkommenheit, in der Menschen nicht zwingend Personen sind, verdienen Individuen, die (nicht nur vorübergehend) nicht denken und/oder willensfrei handeln können, keine moralische Berücksichtigung, weil sie keine Personen und nicht glücks- und unglücksfähig sind.

Eine andere Variante perfektionistischer Ethik würde nicht nur die vollkommenen, personalen, sondern auch die anderen Fähigkeiten von Individuen als zu aktualisierende und (partiell) zu vervollkommnende begreifen. Ihr zufolge käme es darauf an, alle solche Fähigkeiten nicht zu behindern oder bereits gestörten Fähigkeiten so weit wie möglich wieder zur Aktualisierung zu verhelfen. Dies wäre noch immer eine in einem bestimmten Sinne perfektionistische Ethik. Es wäre aber keine personalistische Ethik mehr. Auch Wesen gegenüber, die keine Personen sind, wäre dieser Ethik zufolge moralisches Entgegenkommen angebracht.

Die Kriterien für Personalität, die in bestimmten theologisch-teleologischen Kontexten festgelegt worden sind, sind auch nach der theoretischen Preisgabe solcher theologisch-teleologischen Prämissen weitgehend akzeptiert worden und erhalten geblieben. Relikte der Metaphysik der Vollkommenheit sind in der allgemeinen Akzeptanz der personkonstitutiven Eigenschaften Wille und Vernunft noch immer präsent, die im Detail ganz unterschiedlich expliziert werden: als Fähigkeiten zu besonderen Formen der Intentionalität, des Selbstbewußtseins, der Selbstdistanz und (temporalen) Selbsttranszendenz.

Als kognitiv und/oder volitiv kompetent gelten Wesen, die die

- Fähigkeit zu höherstufigen Formen der Intentionalität haben,
- Fähigkeit haben, sich als distinkte Entitäten mit synchroner und diachroner Identität zu begreifen,
- Fähigkeit zu temporaler Selbsttranszendenz, also zu zukunfts- und vergangenheitsbezogenen Formen der Intentionalität haben,
- Fähigkeit zu rationalen Überlegungen, zu Rechtfertigungen durch Gründe, zur Kommunikation haben,
- Fähigkeit zu Willensfreiheit, Selbstbestimmung, Autonomie und Veranwortlichkeit haben,
- Fähigkeit besitzen, Kooperationspartner oder Diskurspartner zu sein,
- Fähigkeit haben, moralische Rücksicht zu üben.

Allerdings werden Wesen, die solche kognitiven und/oder volitiven Fähigkeiten besitzen und daher als Personen charakterisiert werden, zwar als alleinige Subjekte der Moral betrachtet. Sie gelten aber nicht zwingend auch als alleinige Objekte der Moral. Damit ist die perfektionistische und personalistische Ethik verlassen und der Weg frei für eine Ethik der Unvollkommenheit.

III. Person und Glück in der Ethik der Unvollkommenheit

Die Ethik der Unvollkommenheit nimmt ihren Anfang sozusagen vom entgegengesetzten Ende der personalistischen Ethik der Vollkommenheit aus. Sie ist eine Ethik, die nicht von oben, vom vollkommenen Wesen her denkt, sondern vielmehr von unten ihren Anfang nimmt. Sie macht die unvollkommenen und bedürftigen Wesen zum Bezugspunkt ihrer moralphilosophischen Reflexion. Moralisch bedeutsam ist ihr zufolge nicht das, was uns mit dem höchsten Wesen eint, sondern das, was uns mit den sogenannten niederen Wesen verbindet. Moralisch bedeutsam sind für sie nicht der freie Wille und die Vernunft, sondern die heterogenen Kompetenzen evaluativer Art von den rein körperlichen Lust- und Unlustgefühlen bis hin zu den rationalen komparativen oder höherstufen Evaluationen.[17] Die rationalen und volitiven Kompetenzen sind für sie nur moralisch bedeutsam, insofern sie auf bestimmte Weise mit Evaluationen verbunden sind. Was moralisch zählt, ist für sie zum Beispiel nicht die Kausalität aus Freiheit des Willens, sondern das Faktum, daß sich Zwecke zu setzen und etwas zu wollen, eine positive Bewer-

---

[17] Eine solche Priorität findet sich auch bei Margalit, wenn er an die Stelle der positiven Begründungen von moralischer Achtung eine negative Begründung im Sinne der Vermeidung von Grausamkeit bzw. Demütigung setzt. Beide führen zu Leiden, also zu negativen Wertungen. Jedenfalls geben sie einen Grund dazu. Vgl. Margalit 1997, S. 77 ff.

tung des Bezweckten impliziert. Nicht, weil bestimmte Lebewesen willensfrei und vernunftbegabt sind, sondern weil sie über die Fähigkeit zu emotionalen und rationalen Wertungen verfügen und allein dadurch auch verletzlich sind, gibt es einen Grund, auf sie moralische Rücksicht zu nehmen. Was sie verletzt, sind Taten, die unnötige negative Wertungen, Unglück nämlich, zur Folge haben.

Für eine Ethik der Unvollkommenheit ist Glück an unsere evaluativen Fähigkeiten gebunden. Wer Glück, bislang die optimale Selbstverwirklichung von Personen, nicht mehr perfektionistisch in der Vervollkommnung der vollkommenen Fähigkeiten und in der Erfüllung eines objektiven, in der Natur angelegten Zieles sieht, sieht sich mit der Notwendigkeit einer alternativen Begründung und Bestimmung des Glücks konfrontiert. Diese Funktion übernehmen nun die subjektiven Wertungen derjenigen, die ihr Leben leben und normalerweise nicht umhin können, es auch permanent zu bewerten.[18] Aus Mangel also an einem objektiven, von subjektiven menschlichen Wertungen unabhängigen Beurteilungsmaßstab des Lebens, wie ihn die perfektionistische Ethik entwirft, übernimmt die ethische Bewertung des Lebens als glücklich nun genau die Wertungen, die Individuen selber permanent vollziehen. Glücklich, in guter Verfassung, ist ein Leben demnach genau dann, wenn diejenigen, die es leben, es selber in der Zeitspanne, um die es jeweils geht, (alles-in-allem) positiv bewerten.

Dieser ethisch-synthetische Satz scheint auch den gemeinsamen Begründungshintergrund der hedonistischen und voluntaristischen Bestimmungen des Glücks zu bilden, die den Glücksbegriff der Vollkommenheit abgelöst haben. In diesem Sinne spricht etwa Kant vom Glück entweder hedonistisch als Maximum des Wohlbefindens im gegenwärtigen und jedem zukünftigen Zustand oder voluntaristisch als Zustand eines vernünftigen Wesens, dem es im ganzen Leben alles nach Wunsch und Willen geht.[19] Glück ist nicht mehr die Aktualisierung und Vervollkommnung der vollkommenen Fähigkeiten, sondern ein bestimmter Typ positiver Wertungen, die Lebewesen vollziehen.

Dieser Bestimmung des Glücks korrespondiert in der Ethik der Unvollkommenheit die Bestimmung der Person. Personen sind in einer Ethik der Unvollkommenheit (mental) verletzliche und bedürftige Wesen, alle Wesen also, die die Fähigkeit haben, ihr Leben positiv oder negativ zu bewerten und folglich glücklich oder unglücklich zu sein. Zu solchen Wertungen gehören vorrationale körperliche Schmerz- und Lustgefühle, Stimmungen und propositionale Emotionen, Wünsche und Präferenzen, komparative und höherstufige Wertungen, zeitübergreifende und vor allem Alles-in-allem-Wertungen.

Genau besehen lassen sich im Kontext einer Ethik der Unvollkommenheit ein weiter und ein enger Begriff der Person und ein weiter und enger Begriff des Glücks

---

[18] Vgl. dazu Artikel „Glück/Glückseligkeit" in: Sandkühler (Hg.) 1999.

[19] Kant IV [Grundlegung zur Metaphysik der Sitten], S. 418; Kant V [Kritik der praktischen Vernunft], S. 124.

voneinander unterscheiden. Für diejenigen, die den Begriff des Glücks im weiten Sinne, wie z.B. die Utilitaristen, gebrauchen,[20] sind alle Lebewesen als glücksbegabt zu betrachten, die über die Fähigkeit zu positiven und negativen Wertungen verfügen. Elementare Formen von Lust und Unlust, wie sie die sogenannten ‚niederen' Lebewesen erleben, sind unter dieser Voraussetzung bereits Formen von Glück und Unglück. Diesem weiten Begriff des Glücks korrespondiert der weite Begriff der Person, wie ihn z.B. Ayer und Nelson verwenden und wie er in manchen Interpretationen auch Strawson zugeschrieben wird.[21] Personen in diesem weiten Sinne sind Wesen, denen gleichermaßen physische und mentale Prädikate zugeschrieben werden können, also alle Lebewesen, die Schmerzen und Lust erleben können.

In einem engeren Sinne ist die Zuschreibung von Glück und Personalität an Wesen gebunden, die sich als Subjekte ihrer Erlebnisse betrachten und auch sich selber physische und mentale Prädikate zuschreiben können. Nicht jedes Lusterleben zählt hier schon als Glück. Vielmehr ist Glück an komplexe rationale, zeitübergreifende und höherstufige Wertungen gebunden. Im Sinne Frankfurts z.B. sind glücksfähig nur Personen, die ihre eigene Identität dadurch aktiv herstellen, daß sie sich selber in ihrem Leben an die Projekte binden und sie verfolgen, die sie (aktiv) lieben und auf die es ihnen eigentlich ankommt, sofern diese Ideale zugleich ihre Bedürfnisse befriedigen, also das erfüllen, was notwendig ist dafür, daß kein Schaden erlitten wird.[22]

Die Berücksichtigung anderer Personen ergibt sich in der Ethik der Unvollkommenheit nicht mehr aus der Aufgabe der Selbstvervollkommnung und nicht mehr daraus, das objektive Telos der Selbstverwirklichung von Personen nicht zu behindern oder gar zu fördern. Die moralische Pflicht zur Berücksichtigung fremder Personen ergibt sich nun daraus, daß jede Person es positiv bewertet, wenn auf ihr Glück Rücksicht genommen wird, und es damit – Stichwort: Unparteilichkeit – einen Grund dafür gibt, nicht nur das eigene, sondern auch das fremde Glück zu berücksichtigen.[23] Rücksichtnahme gilt dabei nicht allen Wertungen von Per-

---

[20] Vgl. J. St. Mill, für den Glück gleichbedeutend mit Lust und Freisein von Unlust ist, In: Mill 1985, S. 13. Gleichgültig ist dabei für das Glück, wie es zustande kommt oder worauf es sich bezieht; die Unterscheidung sinnlicher Lust von geistigen Freuden ist für den Glücksbegriff irrelevant.

[21] Für Strawson sind Personen Wesen, „such that both predicates ascribing states of consciousness and predicates ascribing corporeal characteristics [...] are equally applicable to a single individual of that single type", Strawson 1959, S. 101 f. [vgl. Strawson 1972, S. 111 ff.]; Nelson 1972, S. 132; Ayer 1963, S. 82; zur Kritik und Interpretation von Strawson als jemanden, der für Personen nicht die Fähigkeit zur Selbstzuschreibung physischer und mentaler Prädikate in Anspruch nimmt, sondern nur die Möglichkeit, ihnen beide Sorten von Prädikaten zuzuschreiben vgl. Frankfurt 1988, S. 11–25.

[22] Vgl. dazu Merker 2000. Zur ausführlicheren Bestimmung des Personbegriffs vgl. die Analysen von Sturma 1997, der davon ausgeht, daß die semantische Situation des Personbegriffs keineswegs so unübersichtlich ist, wie es auf den ersten Blick erscheinen mag.

[23] Vgl. das ausgeführte Argument bei Nagel 1990, S. 55 f.

sonen, sondern vornehmlich solchen, deren Beachtung notwendige Konditionen oder Komponenten des Glücks bzw. notwendig für das Vermeiden von Unglück sind; und Rücksichtnahme gilt nur solchen Personen, auf deren Wertungen wir Rücksicht nehmen können.[24] Moralische Rücksicht auf Personen zu nehmen heißt: moralische Rücksicht auf Wesen zu nehmen, die wertungsfähig und damit auch glücks- und unglücksfähig sind.

In der Ethik der Unvollkommenheit, die nicht das Denken und die Freiheit, sondern Wertungen zum Kriterium moralischer Rücksicht macht, sind sentientistische bzw. pathozentrische Moraltheorien, denen zufolge die Gefühle von Lebewesen Gegenstand moralischer Rücksicht sind, ebenso aufgehoben wie präferenz- bzw. interessenorientierte Theorien. Sie ist sentientistisch bzw. pathozentrisch, weil körperliche Gefühle, Emotionen und Stimmungen negative oder positive Wertungen sind. Sie ist präferenz- bzw. interessenorientiert, insofern Wünsche, Absichten, Präferenzen und Interessen positiv wertende Einstellungen gegenüber dem Gewollten sind. Ebenso gehören bedürfnisorientierte Ethiken in die Ethik der Unvollkommenheit, sofern sie davon ausgehen, daß das, was Lebewesen brauchen, das ist, was subjektiv erlebte Schäden, also negative Wertungen, verhindert.[25]

Wie wir gesehen haben, verhelfen auch die der Ethik der Unvollkommenheit zugrundeliegenden Begriffe der Person und des Glücks zu einer einheitlichen und prima facie plausiblen Antwort auf die Fragen, warum welche Wesen auf welche Weise moralisch zu berücksichtigen sind. Moralisch zu berücksichtigen sind Personen als Wesen, die die mentale Fähigkeit zu Wertungen besitzen. Und deren glücksrelevante Wertungen sind es, auf die Rücksicht zu nehmen ist. Die Unterschiede in der moralischen Rücksicht ergeben sich aus den art- und individuenspezifischen Wertungen, die relevant für Glück und Unglück sind.[26] Unter den Begriff der Person und des Glücks fallen dabei Individuen und Erlebnisse, die sich erheblich voneinander unterscheiden: Wesen, die ausschließlich impressionistische Lust- oder Leidgefühle erleben können und mit diesen sozusagen identisch sind, ebenso wie Wesen, die Subjekte rationaler, komparativer, höherstufiger, zeitübergreifender und alles-in-allem-Wertungen sind. Was als Glück und Unglück gilt, hängt ab von den Wertungskompetenzen, die eben art- und individuenspezifisch sind. Lebewesen, die bloße Schmerz- und Lustgefühle unterscheiden können, haben daher andere Ansprüche auf moralische Berücksichtigung als solche, die komparative, höherstufige, zeitübergreifende und alles-in-allem-Wertungen vollziehen können. Für

---

[24] Wir sind z.B. nicht persönlich verpflichtet, allen Personen, die durch Krankheit, Armut, soziale Vereinsamung leiden, so weit wie möglich zur Hilfe zu kommen. Die Schaffung von Verhältnissen, in denen solches Leiden reduzierbar ist, ist eine allgemeine, institutionelle Aufgabe.

[25] Vgl. meine Skizze zu einer Bedürfnistheorie Merker 1998, S. 133–144.

[26] Wegen solcher Unterschiede moralischer Berücksichtigung schlägt Siep vor, von „Stufen" bzw. einer „Gradualisierung der Personalität" zu sprechen. Er plädiert dafür, die Person nicht nur von ihren kognitiven, sondern auch von ihren leiblichen, emotionalen und sozialen Leistungen her zu verstehen. Vgl. Siep, 1993. Vgl. die überarbeitete Version dieses Beitrags in diesem Band.

uns Menschen gehören zum Glück notwendig Stimmungen, die, wie Absichten, eine Form von alles-in-allem-Wertungen sind: sozusagen gefühlsmäßige Konzentrate komplexer Wertungen und ihrer Gewichtungen, denen explizit bewertende und bilanzierende rationale Alles-in-allem-Überlegungen vorhergehen oder folgen können, aber nicht müssen.

Die Ethik der Unvollkommenheit sagt, daß wir auf Personen und die für sie zentralen, glücksrelevanten Wertungen moralisch Rücksicht nehmen müssen. [27] Viele Ansprüche bzw. moralische Rechte lassen sich daraus direkt oder indirekt ableiten. Argumentative Zusatzprobleme ergeben sich damit in den Grenzfällen, in denen wir es nicht mehr mit Personen zu tun haben, weil es um Lebewesen geht, die Wertungen noch nicht, nicht mehr oder niemals vollziehen können. [28]

Die Plausibilität der skizzierten Ethik der Unvollkommenheit hängt vom zugrundeliegenden Begriff der Person und dem korrespondierenden Begriff des Glücks als positiver (alles-in-allem-)Wertung ab. Der theoretische Vorteil, den sie prima facie bietet, weil sie auf die drei basalen Fragen der Moralphilosophie – wer aus welchen Gründen und auf welche Weise moralische Berücksichtigung verdient – eine einheitliche und einfache Antwort erteilt, wird allerdings mit einem praktischen Nachteil erkauft, sofern wir a) nicht glauben, daß Lebewesen, die die für Personalität konstitutiven Eigenschaft der Wertungsfähigkeit nicht, nicht mehr oder noch nicht besitzen, wie bloße Sachen behandelt werden sollten, und b) nicht glauben, daß Glück auf subjektive Wertungen reduzierbar ist. Um solcher Kritik entgegenzutreten, müßte die erste Stufe der Ethik der Unvollkommenheit um eine zweite Stufe ergänzt werden, die a) vorschreibt, auch Lebewesen, die nicht über die zur Gattung normalerweise gehörenden personalen Eigenschaften verfügen,

---

[27] Daß es „semantisch kontraintuitiv" (so Birnbacher 1997) ist, den Personbegriff auch auf empfindungs- und damit wertfähige Tiere auszudehnen, scheint nicht nur Autoren wie z. B. Ayer oder Nelson nicht gestört zu haben. Eine solche Ausdehnung ließe sich auch pragmatisch mit dem Versuch rechtfertigen, mittels des Personbegriffs ein möglichst umfassendes, einfaches und homogenes Kriterium moralischer Rücksicht und Begründung moralischer Rechte zu entwickeln. Eine „feinkörnigere Analyse und Begründung moralischer Rechte" (ebd., S. 24) ist kein Wert an sich, sondern vielmehr der Versuch, aus der ökonomischen Not eine Tugend zu machen.

[28] Dabei geht es nicht um vorübergehende Wertunfähigkeit wie im Schlaf oder reversiblen Koma. Hier ist davon auszugehen, daß mit der Beendigung dieser Zustände an alte, vorübergehend sozusagen schlummernde Wertungen angeknüpft werden kann. Wenn wir nicht bereit sind, noch nicht wertungsfähige Embryos oder irreversibel Komatöse moralisch wie bloße Sachen zu betrachten und wenn wir die Heiligkeit (Unantastbarkeit) des Lebens nicht bezweifeln, dann bietet der Personbegriff vielleicht nur hinreichende, aber keine notwendigen Kriterien moralisch angemessenen Verhaltens – es sei denn, auch in diesen Fällen läßt sich mit einer Art „Überbrückung" zu wertenden Zuständen argumentieren. Solche Bedenken werden dagegen hinfällig, wenn man bereit ist, einen nicht szientistisch ausgerichteten Begriff des Lebens an Empfindungsfähigkeit zu knüpfen. Unter dieser Voraussetzung sind Wesen, die nicht, nicht mehr oder noch nicht über Empfindungsfähigkeit verfügen, nicht nur keine Personen, sondern auch keine lebenden Wesen mehr, wenngleich sie weiterhin zur Gattung der Lebewesen gehören. Vgl. zu dieser Auffassung Kambartel 1996, S. 109 ff.

mit (kulturell variierendem) Respekt zu behandeln, der aber nicht mehr moralisch im engeren und eigentlichen Sinne ist; und b) Verletzungen verbietet, die Gründe für negative subjektive Wertungen sind, aber nicht zwingend auch gefühlt oder gewußt werden müssen.[29] Eine solche Ergänzung der Ethik der Unvollkommenheit durch Einsichten einer perfektionistischen Ethik mit ihrem objektiven Glücksbegriff würde auch das Problem der Praktikabilität moralischer Rücksichtnahme lösen. Solange die Wertenden selber nicht befragt werden oder sich auch täuschen können,[30] muß auf unterstellte Wertungen (Wünsche, Bedürfnisse) und damit auf anthropologische Kenntnisse zurückgegriffen werden: auf Annahmen darüber, was Menschen (oder andere Lebewesen) normalerweise schätzen oder schätzen würden, wenn es ihnen als Alternative bekannt wäre.

LITERATUR

Aristoteles 1972: Nikomachische Ethik. Hg. v. G. Bien, Hamburg.

Ayer, A. J. 1963: The Concept of a Person, New York.

Birnbacher, D. 1997: Das Dilemma des Personenbegriffs. In: P. Strasser/E. Starz (Hg.): Personsein aus bioethischer Sicht (ARSP-Beiheft 73), Stuttgart.

Frankfurt, H. G. 1988: Freedom of the will and the concept of a person. In: Ders.: The importance of what we care about: philosophical essays, Cambridge, Mass.

Jantschek, Th. 1998: Von Personen und Menschen. Bemerkungen zu Robert Spaemann. In: Deutsche Zeitschrift für Philosophie 46.

Kambartel, F. 1996: Normative Bemerkungen zum Problem einer naturwissenschaftlichen Definition des Lebens. In: A. Barkhaus u. a. (Hg.): Identität – Leiblichkeit – Normativität. Neue Horizonte anthropologischen Denkens, Frankfurt am Main

Kant, I. 1902ff. Iff.: Gesammelte Schriften. Hg. v. d. Preußischen Akademie der Wissenschaften, Berlin.

Kobusch, Th. 1997: Die Entdeckung der Person. Metaphysik der Freiheit und modernes Menschenbild, Darmstadt.

Leist, A. 1989: Eine Frage des Lebens, Ethik der Abtreibung und künstlichen Befruchtung, Frankfurt am Main.

---

[29] Unser respektvoller Umgang mit z.B. menschlichen Toten (Bestattung, Respekt gegenüber dem ‚letzten Willen') ließe sich auch auf dem Umweg über die Wertungen begründen, die wir kontrafaktisch unterstellen: Zu Lebzeiten haben oder hätten sie einen solchen Umgang gewünscht, und sie würden es, wenn sie noch könnten, billigen, daß wir auf diese Weise mit ihnen Umgang pflegen. Auch eine schmerzfreie Tötung würde dieses Argument verbieten, weil und sofern sie nicht die Billigung der Getöteten fände.

[30] Die berechtigte Kritik an einem rein subjektiven Glücksbegriff basiert auf der Annahme, daß positive Gesamtbewertungen von Lebensepisoden auf (Selbst-)Täuschung, Manipulation oder einem Mangel an besseren Vergleichsmöglichkeiten beruhen können. Sie besteht zum Beispiel auch darauf, daß artgemäße Lebensbedingungen ein Bedürfnis sind, das auch dann erfüllt werden sollte, wenn ohne dessen Erfüllung kein subjektiv erlebtes Leiden droht.

Locke, J. 1979: An Essay Concerning Human Understanding. Hg. v. P. H. Nidditch, Oxford.

Margalit, A. 1997: Politik der Würde. Über Achtung und Verachtung, Berlin.

Merker, B. 1998 : Sind angemessene Wünsche solche, die unseren Bedürfnissen entsprechen? In: Dies./G. Mohr/L. Siep (Hg.): Angemessenheit. Zur Rehabilitierung einer philosophischen Metapher, Würzburg.

Merker, B. 2000: Der Wille: Eigenheit, Freiheit, Notwendigkeit und Autonomie. In: M. Betzler u. a. (Hg.): Harry Frankfurt, Berlin [im Erscheinen].

Mill, J. St. 1985: Der Utilitarismus, Stuttgart.

Nagel, Th. 1990: Was bedeutet das alles?, Stuttgart.

Nelson, L. 1972: Kritik der praktischen Vernunft, Hamburg.

Rehbock, Th. 1998: Zur gegenwärtigen Renaissance und Krise des Personbegriffs in der Ethik – ein kritischer Literaturbericht. In: Allgemeine Zeitschrift für Philosophie 23.

Sandkühler, H. J. (Hg.) 1999: Enzyklopädie Philosophie, Hamburg.

Siep, L. 1992: Personbegriff und praktische Philosophie bei Locke, Kant und Hegel. In: Ders., Praktische Philosophie im Deutschen Idealismus, Frankfurt am Main.

Siep, L. 1993: Personbegriff und angewandte Ethik. In: C. F. Gethmann/P. L. Oesterreich (Hg.): Person und Sinnerfahrung. Philosophische Grundlagen und interdisziplinäre Perspektiven. Festschrift für Georg Scherer zum 65. Geburtstag, Darmstadt.

Singer, P. 1984: Praktische Ethik, Stuttgart.

Spaemann, R. 1996: Personen. Versuche über den Unterschied zwischen ‚etwas‘ und ‚jemand‘, Stuttgart.

Strawson, P. F. 1959: Individuals: An Essay in Descriptive Metaphysics, London. [dt.: Einzelding und logisches Subjekt, Stuttgart 1972].

Sturma, D. 1997: Philosophie der Person. Die Selbstverhältnisse von Subjektivität und Moralität, Paderborn.

Thomas v. Aquin 1939: Summa theologica. 3. Band [I 27–43], Salzburg/Leipzig.

Thomas v. Aquin 1980: Opera omnia. Band 1: In quattuor libros sententiarum, Stuttgart-Bad Cannstatt.

Williams, B. 1978: Der Begriff der Moral. Eine Einführung in die Ethik, Stuttgart.

Herlinde Pauer-Studer

DER BEGRIFF DER PERSON UND DIE FEMINISTISCHE ETHIK-DEBATTE

I. Einleitung

Moraltheorien unterliegt – mehr oder weniger explizit – ein bestimmter Begriff der Person. Diese Subjektannahmen reflektieren die grundlegende Ausrichtung einer Moralkonzeption und verdeutlichen, welche Bandbreite an moralischen Kategorien zugelassen ist. Der Personenbegriff ist meist so eng mit den grundlegenden Prinzipien einer Moraltheorie verknüpft, daß Einwände dagegen die Plausibilität der Theorie insgesamt in Frage stellen.

Nach welchen Kriterien läßt sich nun über die Angemessenheit der Subjektkonzeption einer Moraltheorie entscheiden? Eine Bedingung lautet, daß die normativen Implikationen eines moraltheoretischen Personenbegriffs nicht völlig an dem vorbeigehen können, was menschliche Wesen an Forderungen zu erfüllen in der Lage sind. Die mit einem spezifischen Konzept der Person verknüpften Ideale müssen auch für reale Menschen in den allgemeinen Rahmenbedingungen menschlicher Existenz lebbar sein. Moraltheorien haben die lebensweltlichen Bedingungen des Personseins zu berücksichtigen. Diese Bedingung eines „minimalen psychologischen Realismus"[1] grenzt gewisse Subjektvorstellungen aus, genügt aber nicht, um die Adäquatheit eines moraltheoretischen Personenbegriffs zu bestimmen. Denn das Spektrum psychologisch möglicher menschlicher Verhaltensweisen ist sehr breit und umfaßt sowohl moralisch untadelige wie moralisch problematische Handlungsformen.

Als weitere Bedingung für die Angemessenheit des Personenbegriffs bietet sich an zu fordern, daß sich daraus nicht Verkürzungen des moralischen Bereichs und Ausgrenzungen gewisser moralischer Phänomene ergeben dürfen. Zu überlegen ist, ob eine Subjektkonzeption nicht mit einer Thematisierung und Wahrnehmung moralischer Problemstellungen verknüpft ist, die zu moralisch nicht akzeptablen

---

[1] Zum Prinzip eines „minimalen psychologischen Realismus" siehe Flanagan 1991, S. 32.

Konsequenzen führt. Dies bedeutet, daß die personenspezifischen Voraussetzungen eines Moralansatzes aus dem Blickwinkel unserer kritisch reflektierten moralischen Urteile überprüfbar und revidierbar bleiben müssen.

Diese Rückbindung des Subjektbegriffs an die reflexive Kontrolle durch unsere wohldurchdachten moralischen Urteile bildet den theoretischen Ansatzpunkt für eine Analyse der unterschiedlichen moralphilosophischen Subjektvorstellungen aus der Perspektive der Geschlechterdifferenz. Die feministische Philosophie versucht, den versteckten Geschlechterkontext und die damit verknüpften Einseitigkeiten der gängigen Moralansätze bloßzulegen.[2] Der Verdacht geht dahin, daß ein Großteil der aus der Geschichte und Gegenwart der Philosophie bekannten Theorien trotz des Anspruchs auf Unparteilichkeit und Objektivität implizit eine „männliche" Sichtweise fördert und den Standpunkt und die Perspektive von Frauen ignoriert. Zu fragen ist, wie weit die bekannten Moralansätzen unterliegenden Personenkonzeptionen auch dem moralischen Erfahrungsbereich von Frauen gerecht werden. Für eine feministische Ethik ist ein Personenbegriff angemessen, der eine umfassende Anerkennung von Frauen zum Ausdruck bringt.

Im folgenden will ich zunächst versuchen, einige der von feministischen Philosophinnen formulierten Einwände gegen bekannte Moraltheorien und deren Subjektannahmen nachzuzeichnen. Anschließend möchte ich im Rückgriff auf Hume und Kant ein Personenverständnis skizzieren, das m. E. den von der feministischen Philosophie an die Moraltheorie herangetragenen Erwartungen entspricht.

II. Die *Care*-Ethik und das Konzept eines sorgenden Selbst

Ausgehend von Carol Gilligans Gegenüberstellung einer Ethik der Prinzipien und Rechte versus einer Ethik der Anteilnahme haben Theoretikerinnen wie Nel Noddings und Sara Ruddick den Begriff des *Caring* zum Mittelpunkt ethischer Reflexion erklärt.[3] Maßgeblich für Noddings' Ethik wird die Beziehung des Sorgens, die einem wohlwollend umfassenden Eingehen auf den konkreten Anderen entspricht. Noddings lehnt das Paradigma einer „männlich-abstrakten" Prinzipienethik rundweg ab. Die intellektualistische Konzentration auf Prinzipien ignoriere den affektiven Kern von Moralität und übersehe, daß eine auf reale Lebenssituationen bezogene und an Werten der Menschlichkeit interessierte Ethik nicht auf die gefühlsmäßige Bindungsdimension verzichten könne. Moralität hängt für Noddings damit zusammen, wie und mit welchen Gefühlen wir anderen gegen-

---

[2] Zum Begriff der feministischen Ethik siehe Pauer-Studer 1996a, Kap. 1.

[3] Siehe Noddings 1984 und 1993, Ruddick 1989. Im folgenden diskutiere ich Noddings' Ansatz, der sich aber in den grundlegenden Wertsetzungen mit Ruddicks Position weitgehend deckt. Die Einwände gegen Noddings' Ethik gelten auch weitgehend für Ruddicks Überlegungen.

übertreten, ob wir Interesse an anderen als Personen haben und wie wir dieses Interesse über Gefühle und die Sensibilität für Situationsgegebenheiten umsetzen.

Das Personenkonzept, welches diesem Ansatz unterliegt, betont die Empfindungsfähigkeit moralischer Subjekte. Personen stehen in engen Beziehungen zu anderen und versuchen, den empfindungsbezogenen moralischen Anforderungen dieser Relationalität gerecht zu werden. Sorgende moralische Akteure richten ihr Handeln auf das Wohlergehen der anderen Person und die Wahrnehmung ihrer Bedürfnisse. Sorgen im echten Sinn ist mit dem Versuch verknüpft, die Realität des anderen zu erfassen. Es geht dabei nicht um das abstrakt-intellektuelle Durchspielen des Standpunkts der anderen Person, sondern um ein tiefes, gefühlsmäßiges Begreifen und Nacherleben von deren Realität.

Modell für diese am Sorgen orientierte Subjektkonzeption ist die mütterliche Zuwendung und Fürsorglichkeit. Die in der positiven Mutter-Kind-Beziehung verwirklichte Form des *Caring* erklärt Noddings zum ethischen Ideal: Fürsorglichkeit, die wir ja prima facie als etwas moralisch Gutes anerkennen, sei eine Tugend, um deren Verwirklichung wir uns bemühen sollten. In der Sorge um den anderen ortet Noddings jenes „universelle Gefühl", in dem Moralität ruht und diese zur „aktiven Tugend" werden läßt. Da Mutter-Kind-Beziehungen und die Pflege des Nachwuchses unser Leben weitgehend bestimmten, entschieden wir uns für einen lebensweltlichen ethischen Ansatzpunkt, wenn wir „mütterliches" Sorgen zum ethischen Wohl und Erfordernis erklärten. Noddings sieht nicht einen Gegensatz zwischen dem natürlichen und dem ethischen Sorgen, analog jenem eines Handelns aus Neigung versus einem aus Verpflichtung, sondern verfolgt die Weiterentwicklung des faktisch gegebenen Sorgens zu einer grundlegenden moralischen Haltung, die aber an dieses empirische Phänomen rückgebunden bleibt und diesem nicht überlegen ist. Indem sie das Sorgen zum ethischen Ideal erklärt, versucht Noddings, dem Problem Rechnung zu tragen, daß nicht immer entsprechende spontane Neigungen unser Handeln bestimmen. Denn die Vorstellung der Person, die wir sein wollen, hat normative Funktion: Auch in Fällen, wo uns nicht die „natürliche" Sorge um den anderen leitet, bewegt uns doch der Gedanke an unsere ethischen Ideale und unsere Integrität zur sorgenden Haltung.[4]

Zentrale Komponenten von Noddings' Personenkonzept sind moralische Sensibilität, das Nachempfinden der Situation des moralischen Gegenübers und die Kultivierung des Ideals der Fürsorglichkeit. Ihre Sicht des moralischen Subjekts ist somit stark an altruistischen Werten und Tugenden orientiert. Noddings' Begriff der Person, wie ihre Ethik insgesamt, bleibt aber einseitig verkürzt. Wegen der irrtümlichen Gegenüberstellung von Prinzipienmoral und *Care*-Ethik übersieht Noddings die Verwobenheit moralischer Reflexion mit Prinzipien als grundlegenden moralischen Haltungen. Prinzipien umfassen Grundsätze, die unsere Einstellungen anderen gegenüber zum Ausdruck bringen. Noddings kann ihre Ableh-

---

[4] Siehe Noddings 1984, S. 80–83.

nung einer Prinzipienethik nicht durchhalten, da die sorgend-affektive Haltung gegenüber anderen gleichfalls einem Prinzip entspricht. Sorgen ist eine moralische Einstellung, die der Formung und der reflexiven Prüfung bedarf. Damit verweist der Personenbegriff aber auf das Moment praktischer Vernunft, womit sich die teils plakative Gegenüberstellung von Affektivität und Rationalität in Noddings' Ansatz erheblich relativiert. Um die Normatitivität der von ihr betonten affektiven Werte zu sichern, kann Noddings' Ethik nicht auf den Vernunftbezug verzichten. Denn Verpflichtung kann nur über Vernunfteinsicht generiert werden, also über die Einsicht, daß etwas aus guten Gründen moralisch verbindlich ist.

Noddings ist sich im klaren, daß sie das *Caring* mit ethischer Verbindlichkeit verknüpfen muß, da nicht alle moralischen Akteure auf gleichsam natürliche Weise sorgende Beziehungen zu anderen unterhalten. Eine *Care*-Ethik kann nicht auf der Ebene natürlicher Phänomene verharren, da sie somit auf eine auf den spontanen Regungen eines direkten Altruismus basierende Sympathieethik reduziert bliebe, die für sich genommen an die Grenzen faktischer Disponiertheiten stößt. Ohne eine übergeordnete normative Absicherung ist der Schritt von zugegeben wertvollen de facto Empfindungen zu einer Ethik nicht zu schaffen. Dies bedeutet aber, daß der Personenbegriff Vernunft und Affektivität verbinden muß. Das moralische Subjekt sollte seine Vernunftfähigkeiten selbstredend auf mehr moralische Dimensionen richten als nur die Erziehung zu altruistischen Werthaltungen. Notwendig ist auch die Einsicht in Grundsätze des Rechten und der Gerechtigkeit, denn altruistische Werte können nicht von Gerechtigkeitsprinzipien abgekoppelt werden. Die Frage, wem, in welchem Ausmaß und warum wir Anteilnahme zeigen, verweist auf berechtigte moralische Ansprüche und somit auf übergeordnete Abwägungskriterien. Das moralische Selbst darf nicht nur Sensibilität für Forderungen der Anteilnahme beweisen, sondern auch für Fragen der Gerechtigkeit. Noddings' Ansatz bleibt so gesehen auf einen Personenbegriff verwiesen, der tiefer mit klassischen Moralansätzen verbunden ist, als mit ihrer entschiedenen Abgrenzung von „männlichen" Prinzipienethiken vereinbar scheint.

III. Die Kritik an zeitgenössischen kantischen Theorien (Habermas, Rawls)

Die deontologischen Moraltheorien werden häufig wegen ihres angeblich „formalistischen Zuschnitts" kritisiert. Der formale Universalismus bringe, so die Einwände, nur einen Aspekt des moralischen Personseins ins Blickfeld, nämlich die Existenz von Individuen als abstrakten Rechtssubjekten. Ausgeklammert bleiben demnach Faktoren wie Sozialisation, konkrete Situierung und soziale Identität.

Von feministischer Seite werden diese Akzentsetzungen der deontologischen Ansätze mit dem Einfluß der traditionellen Geschlechterkonstruktionen in Verbindung gebracht. Das „männliche Subjekt" bewegt sich demnach im öffentlichen Raum rechtsförmiger Beziehungen, das „weibliche Subjekt" ist beschränkt auf die Sphäre des Häuslichen und die Pflege emotionaler Nahbeziehungen. Die mit diesem impliziten Geschlechtersymbolismus verknüpfte Trennung von „öffentlich" und „privat" bewirkt die Vernachlässigung des Bereichs affektiver Tugenden und konkreter Beziehungen.

Vor diesem Hintergrund sind etwa Seyla Benhabibs bekannte Einwände gegen Habermas' Version der Diskursethik zu lesen. An zwei unterschiedlichen Konzepten des moralischen Subjekts verdeutlicht sie die Verkürzungen von Habermas' Theorie. Habermas' kommunikative Ethik rücke Personen nur unter der Perspektive des verallgemeinerten Anderen ins Blickfeld. Losgelöst von ihren besonderen Bindungen, Situiertheiten und Identitäten würden Personen als bloße Vernunftwesen mit gleichen Rechten wie Pflichten wahrgenommen; die Interaktionen zwischen ihnen entsprechen vom Gesichtspunkt formaler Reziprozität bestimmten Austauschbeziehungen. Rechte, Ansprüche und Verpflichtungen bilden den kategorialen Rahmen solcher Beziehungsformen. Moralische Subjekte konstituieren sich lediglich als Rechtssubjekte, Personsein reduziert sich auf die Mitgliedschaft in einer Rechts- und Anspruchsgemeinschaft.

Diesem Modell hält Benhabib eine moraltheoretisch andere Sicht auf Personen entgegen: nämlich auf Individuen als konkrete Andere. Moralische Subjekte sind demnach Wesen mit einer individuellen Geschichte, einer partikularen Identität und „affektiv-emotionalen Verfassung". Diese Bedingungen spielen in die Gestaltung unserer rechtsförmigen moralischen Interaktionen hinein: Im Lichte unserer Situiertheit und der Besonderheiten unserer Lebenskontexte würden neben die über das Modell der Unparteilichkeit definierten Beziehungsverhältnisse andere Relationen treten – jene der Solidarität, der Liebe, Freundschaft und Fürsorglichkeit. Entsprechend veränderten sich auch die korrespondierende ethische Begrifflichkeit und das dahinterstehende Gesellschaftsmodell: Verantwortlichkeit, Anteilnahme und Bindung kennzeichnen die moralische Dimension des Personseins in einer Solidargemeinschaft.[5]

Benhabibs Diskurssubjekt ist ein aus der Lebenssituation und nicht einer fiktiven Modellkonstruktion agierendes Wesen, das seine Identität und Lebensgeschichte einbringt und für die Geschichte und Besonderheit anderer offen ist. Es ist ein Vernunftwesen, das im Lichte aller verfügbaren Informationen urteilt, das der „erweiterten Denkungsart" im Sinne des Einbeziehens des Standpunkts anderer fähig ist und das sich auf der Ebene konkreter Entscheidungen wie auf der Metaebene der kritischen Analyse der Diskursbedingungen einbringt. Indem sie in ihrem Personenkonzept die Ebene des verallgemeinerten und des konkreten Anderen zusammendenkt, umgeht Benhabib die Einseitigkeiten eines nur an Solidaritätsbeziehungen orientierten Selbst. Benhabib betont den Stellenwert von

---

5 Siehe dazu Benhabib 1992, S. 232; dies. 1995c, S. 175–182.

Relationen wie Solidarität, Freundschaft und Liebe, sie thematisiert aber nicht, wie
weit die moraltheoretische Einbindung dieser Beziehungen eine Erweiterung des
Personenbegriffs auf moralische Empfindungen verlangt. Um den von Benhabib
als bedeutsam eingestuften moralischen Phänomenen gerecht zu werden, muß
ihr Konzept des moralischen Selbst aber auch Empfindungen umfassen und die
Relationen zwischen Vernunft und Affektivität erklären.

Das mit Rawls' Rechtfertigung seiner Gerechtigkeitsgrundsätze verknüpfte
Modell einer fiktiven Ausgangssituation und die korrespondierende Subjektkonzeption haben eine Reihe philosophischer Einwände provoziert, wobei die Kritik
von seiten kommunitaristischer Philosophen wohl von nachhaltigem Einfluß war.
Feministische Philosophinnen haben ähnliche Einwände gegen Rawls' Subjektannahmen vorgebracht, wobei sie sich zum Teil explizit auf kommunitaristische
Argumentationen stützen.

Kommunitaristen wie Michael Sandel und Charles Taylor werfen dem Liberalismus vor, einem atomistischen Personenbegriff anzuhängen und die soziale
Gebundenheit der Individuen zu übersehen. Allerdings wäre es nicht angemessen, diese Kritik dahingehend zu lesen, daß sich die Kommunitaristen an den
reduzierten Geschöpfen des Rawlsschen Urzustands stoßen, den aneinander des-
interessierten und hinter dem Schleier der Unwissenheit räsonierenden rationalen
Egoisten. Auch die feministische Auseinandersetzung mit Rawls' Personenbegriff
läuft phasenweise Gefahr, auf diese Ebene des Vorwurfs einer soziologischen Fehl-
zeichnung abzuleiten. Ein solcher Einwand wäre aber kaum ergiebig, da er leicht
mit dem Argument zu widerlegen ist, daß sich Rawls ja nur einer theoretischen
Konstruktion bedient, um die Wahl von Gerechtigkeitsprinzipien aus einer unparteilichen Perspektive zu veranschaulichen, wodurch diese allgemeine Zustimmung
und Anerkennung finden können. Es wäre verfehlt, Rawls' Subjektkonzeption mit
partiell informationslosen Egoisten zu identifizieren. Rawls' Subjekte sind freie und
gleiche Individuen, die Kooperationsbeziehungen miteinander unterhalten und im
Rahmen des Gerechten ihre subjektive Konzeption des Guten verwirklichen.[6]

Sandels Kritik geht auch in eine andere Richtung. Er moniert, daß dem für
den Liberalismus konstitutiven Vorrang des Rechten vor dem Guten ein Personenkonzept korrespondiert, demgemäß das Selbst seinen Zielen und Zwecken
vorgeordnet ist und sich frei für diese entscheiden kann. Doch ein nur auf kontingente Weise mit seinen Zielen verbundenes Subjekt mutiert nach Sandel zu einer
geistähnlichen Entität, denn die Ziele und Bindungen eines Individuums seien konstitutiv für personale Identität und davon nicht ablösbar. Sandel argumentiert, daß
Rawls im Grunde Kants metaphysisch belastetes Konzept eines der phänomenalen
Welt enthobenen transzendentalen Subjekts reproduziert und dies auch muß, da

---

[6] Besonders in seiner Spätphilosophie arbeitet Rawls seinen Personenbegriff sehr klar heraus. Personen
sind demnach freie und gleiche Subjekte mit zwei moralischen Vermögen: einem Sinn für Gerechtigkeit
und die Fähigkeit zu einer Konzeption des Guten. Siehe Rawls 1998, S. 85.

die Begründung für den Primat des Rechten vor dem Guten letztlich genau in der mit dieser Subjektkonzeption vollzogenen Abstraktion von allen empirischen und materialen Bedingungen liegt.

Sandels Kritik ist aber nicht überzeugend. Man kann die für unsere Identität konstitutiven Gemeinschaftsgebundenheiten überdenken und sie verändern. Unsere Identität paßt sich diesem Prozeß der Revision unserer tieferliegenden Zugehörigkeiten und Bindungen an, sie geht deswegen nicht verloren.[7] Eine Subjektkonzeption, die dies nicht zuläßt, würde hinter die wesentlichen Errungenschaften des Lebens in demokratisch-wertepluralistischen Gesellschaften zurückfallen: daß nämlich Individuen autonom entscheiden, wer sie sein wollen und welchem Wertehorizont sie sich verpflichtet fühlen.

Benhabib entwickelt eine feministische Kritik an Rawls' Subjektkonzeption, die zum Teil auf Sandels einschlägigen Argumenten basiert. Sie greift zwei Punkte an: Zum einen kritisiert sie, daß Rawls nur von einer Konzeption des verallgemeinerten Anderen ausgeht, da die Bedingungen des Urzustands wie der „Schleier der Unwissenheit" und das „gegenseitige Desinteresse" verhindern, daß die Urzustandssubjekte überhaupt Kenntnis der für die Wahrnehmung von Personen als konkreten Anderen notwendigen individuierenden Merkmale und spezifischen Besonderheiten erlangen. Zum anderen teilt sie Sandels Kritik, der in Rawls' Personenbegriff eine epistemische Inkohärenz ortet.[8]

Benhabibs Nähe zu Sandels Einwänden relativiert jedoch ihre Kritik, da der Inkohärenzverdacht gegenüber einem von seinen Zielen und Bindungen partiell lösbaren Selbst nicht haltbar ist. Rawls' liberales Subjekt ist kein metaphysisch-bindungsloses Selbst, sondern ein Ich, das in der Beziehung kritischer Evaluierung zu seinen Zielen, Zwecken und Gebundenheiten steht. Der Kritik, daß die Urzustandssubjekte konturenlosen Wesen gleichen, deren Identität offen bleibt, fehlt es an Gewicht, denn der Urzustand ist ein Gedankenexperiment unter hypothetischen Voraussetzungen. Die theoretische Funktion der Ausgangssituation darf nicht übersehen werden. Es ist relativ unerheblich, welche abstrakten und realitätsfernen hypothetischen Annahmen Rawls trifft. Entscheidend ist, welches Wertspektrum sich in diesen Voraussetzungen reflektiert und ob ein über diese Annahmen definiertes Entscheidungsverfahren zu Grundsätzen führt, deren Konsequenzen mit unseren wohldurchdachten Urteilen im Einklang stehen.

Kritisierbar bleibt, daß Rawls' Subjekte geschlechterblind sind. In seiner *Theorie der Gerechtigkeit* und auch in *Politischer Liberalismus* reflektiert Rawls an keiner Stelle das Geschlechtersystem.[9] Er fragt sich nie, ob seine Grundsätze der Gerechtigkeit auch die gesellschaftliche Gleichheit von Frauen garantieren. Femi-

---

[7] Vgl. dazu Kymlicka 1990, S. 212.

[8] Siehe Benhabib 1995e, S. 178–180.

[9] Eine Ausnahme bildet Rawls 1997. In diesem Aufsatz spricht Rawls erstmals das Problem der Gerechtigkeit in der Familie an und räumt ein, daß eine Theorie der Gerechtigkeit auch den Einfluß

nistische Philosophinnen bemängeln, daß Rawls zwar das Problem der Gerechtigkeit der Geschlechterordnung übergeht, implizit aber auf das Funktionieren der
moralischen Arbeitsteilung zwischen den Geschlechtern vertraut. Rawls sieht seine
Theorie als generationenübergreifend, was bedeutet, daß er auf das Funktionieren
moralischer Sozialisation vertraut. Ein gegenüber den Bedingungen moralischer
Sozialisation blinder Liberalismus würde, wie Annette Baier betont, den kulturell
konstruierten „mütterlichen Instinkt" und die kulturell geforderte Sanftmut und
Duldsamkeit von Frauen ausbeuten.[10] Rawls nimmt an, daß erwachsene Mitglieder der Gesellschaft über intuitive Vorstellungen von Moral und einen Sinn für
Gerechtigkeit verfügen, er spart aber eine genauere Analyse moralischer Empfindungen aus und reflektiert nicht, welche Anleihen seine Gerechtigkeitskonzeption
bei anderen moraltheoretischen Begriffen macht.[11]

Rawls' Ignoranz gegenüber dem Problem der Geschlechtergleichheit ist weder
bedingt von den epistemischen Einschränkungen des Urzustands noch dem liberalen Subjektbegriff, der das Selbst in kritischer Distanz zu seinen Zielen und
Zwecken sieht. Dem Schleier der Unwissenheit kommt gerade mit Bezug auf das
Ideal der Geschlechtergleichheit eine kritische Funktion zu, denn wenn Individuen
explizit nicht wissen, ob sie nach dem Heben des Schleiers Frauen oder Männer
sein werden, so motiviert sie dies zur Akzeptanz einer Gesellschaftsform, in der
Frauen nicht grundsätzlich schlechter gestellt sind als Männer. Und eine liberale
Subjektkonzeption steht in Wirklichkeit feministischen Überlegungen näher als
die kommunitaristische Sicht der Person. In ihrer idealisierenden Betonung von
Gemeinschaftlichkeit tendieren die kommunitaristischen Denker zu einer unkritischen Haltung gegenüber den Wertvorstellungen jener Guppen, denen das Individuum „zugehört". Die normativen Implikationen des kommunitaristischen Personenbegriffs widersprechen schlicht einem modernistisch-kritischen Standpunkt.
Für aufgeklärt denkende Individuen und emanzipierte Frauen ergeben sich aus dem
zufälligen Umstand, daß sie in einem bestimmten Land in eine bestimmte Familie geboren wurden, keinerlei Postulate darüber, wie sie ihr Leben führen sollen
und wodurch sich ein gutes Leben auszeichnet. Personale Identität bestimmt sich
zwar über Bindungen und Werte, aber dabei handelt es sich nicht um deterministische Konstanten, die der autonomen Interpretation wie der kritischen Reflexion
entzogen sind.

Damit sollen die geschlechtsspezifischen Verkürzungen des liberalen Personenbegriffs nicht übergangen werden. Die Ausklammerung der Geschlechtsidentität
markiert ein nicht bestreitbares Defizit. Ein vom *gender*-Kontext abstrahierender
Begriff des Selbst ist ein Indikator für die blinden Flecke der prominenten Theo

---

des Geschlechtersystems auf die Gestaltung gesellschaftlicher Institutionen zu berücksichtigen hat.
Siehe Rawls 1997, S. 789–793.

[10] Siehe Baier 1985b, S. 7.

[11] Vgl. dazu Okin 1993, S. 312–316.

rien des politischen Liberalismus: Weder analysieren diese Theorien die für die Ungleichstellung von Frauen zentrale Institution der Familie noch verfolgen sie die tiefgreifenden Asymmetrien im Status von Frauen und Männern quer durch die gesellschaftlichen Strukturen.[12]

Die liberale Subjektkonzeption mit ihrer reflexiven Distanz zu Werten, Bindungen und individuellen Projekten des guten Lebens kommt den aus feministischer Perspektive zentralen Anliegen von Autonomie und Selbstbestimmung entgegen. Allerdings verspielt eine Subjektkonzeption, welche die Geschlechtsidentität und deren Rolle bei der autonomen Realisierung von Lebensplänen nicht berücksichtigt, den Anspruch, eine umfassende und unvoreingenommene Definition des liberalen Subjekts zu liefern.

IV. Die feministische Auseinandersetzung mit dem Kontraktualismus

Den individualistischen Vertragstheorien der Moral[13] korrespondiert eine Sicht des moralischen Subjekts, die mit einer feministischen Ethik-Perspektive nur schwer in Einklang zu bringen ist. Der individualistische Kontraktualismus begreift Moral als eine Kooperationsangelegenheit zwischen aufgeklärten rationalen Egoisten. Eine wesentliche Rolle in diesem Angleichungsprozeß der Moral an ein bargaining-game spielt die Übernahme des Rationalitätsmodells der Ökonomie, das rationales Handeln mit der Maximierung subjektiver Präferenzerfüllung und der Optimierung des persönlichen Nutzens gleichsetzt. Ein im Sinne des homo oeconomicus rationales Individuum befolgt die Regeln der Moral, weil es sich davon langfristig gesehen den größtmöglichen Vorteil verspricht.

Feministische Philosophinnen kritisieren, daß dieses Verständnis moralischen Handelns einem Gutteil jener Beziehungsformen nicht gerecht wird, die einen unverzichtbaren Teil unseres sozialen Lebens bilden. Die Übertragung des Vertragsgedankens auf alle Bereiche menschlicher Aktivität bedeute, Bindungen mit

---

[12] Dies gilt neben der Theorie von Rawls auch für den egalitären Liberalismus Dworkins. Vgl. etwa Dworkin 1985b und 1981.

[13] Innerhalb der Vertragstheorien der Moral muß man zwischen universalistischen und individualistischen Versionen des Kontraktualismus unterscheiden. Die Differenz zwischen den beiden Modellen liegt im wesentlichen im vorausgesetzten Vernunft- bzw. Rationalitätsbegriff. Ein universalistischer Kontraktualismus geht von einem an das Konzept guter Gründe geknüpften Vernunftbegriff aus, der auch den Standpunkt anderer als für sich genommen aus unparteilicher Perspektive für wichtig erachtet. Der individualistische Kontraktualismus setzt hingegen Rationalität mit der optimalen Verfolgung des Eigeninteresses gleich. Die feministischen Einwände richten sich vor allem gegen die individualistische Variante des Kontraktualismus. Für einen universalistischen Kontraktualismus siehe Scanlon 1982, Hampton 1993. Ein individualistischer Kontraktualismus findet sich in Gauthier 1986.

verhandelbaren Objekten gleichzusetzen und Beziehungen der Anteilnahme, der Einfühlung, der Sorge wie auch der Freundschaft und Liebe auszugrenzen.[14]

Der individualistische Kontraktualismus geht wie erwähnt von einem Rationalitätsverständnis aus, das rationales Verhalten als die Verfolgung des langfristigen Eigeninteresses definiert. Nun ist durch das Beispiel des Gefangenendilemmas wohlbekannt, daß die direkte und uneingeschränkte Verfolgung des Eigeninteresses oftmals Resultate zeitigt, bei denen alle Betroffenen schlechter wegkommen, als wenn sie kooperiert hätten. Vertreter einer auf dem rationalen Selbstinteresse basierenden Moralkonzeption betrachten das Gefangenendilemma keineswegs als ruinös für ihren Zugang, sondern nur als Anlaß dafür, die Verfolgung des Eigeninteresses gewissen Beschränkungen zu unterwerfen.[15] Ein rationaler egoistischer Akteur nimmt Abstriche in Kauf, wenn dies zu einem optimaleren Ergebnis führt, bleibt sich aber ansonsten treu: Er kooperiert mit anderen Personen rein aus dem Kalkül, daß diese Verhaltensstrategie seinen Nutzen erhöht; Motive wie Solidaritätsgefühle oder Respekt vor der anderen Person spielen für sich genommen keine Rolle. Die Anhänger eines individualistischen Ansatzes interpretieren Moral als eine Möglichkeit, zu optimalen Ergebnissen zu gelangen und die negativen Folgen uneingeschränkt egoistischen Handelns zu vermeiden.

Was spricht für eine solche Konzeption von Moral? Ihre Proponenten machen geltend, daß sie von einer realistischen Anthropologie ausgehen, indem sie den Menschen so sehen, wie er sich faktisch darstelle: ein ichbezogenes Wesen, das ein besonderes Interesse an seinem Wohlergehen und der ihm unmittelbar Nahestehenden hat, dem aber seine Mitmenschen im allgemeinen relativ gleichgültig sind. Zudem setze ihre Moraltheorie bei empirischen Gegebenheiten an, den tatsächlichen Interessen und Präferenzen der Individuen, wodurch sie zu keinerlei „metaphysikverdächtigen" Annahmen, ähnlich Kants Begriff eines von den empirischen Neigungen getrennten transzendentalen Subjekts, gezwungen sei. Da moralische Grundsätze das Ergebnis einer auf rationalen Erwägungen beruhenden Übereinkunft darstellen, gelinge dieser Theorie eine allgemein einsichtige und nachvollziehbare empirische Begründung.

Ein solches Verständnis von Moral, um seine grundlegende Schwäche anzusprechen, hat einer instrumentellen Sicht auf Mitmenschen so gut wie nichts entgegenzusetzen und vernachlässigt den Stellenwert moralischer Empfindungen.[16] Eine individualistische Moralkonzeption reduziert die moralischen Fähigkeiten von

---

[14] Siehe dazu Held 1987a, S. 114f., vgl. auch Held 1987b S. 113f. und Held 1993, Kap. 10.

[15] Vgl. Mackie 1981, S. 144–151; Gauthier 1986.

[16] Moralische Gefühle werden nicht von allen Vertretern des individualistischen Kontraktualismus gänzlich ausgeklammert. Allerdings kommt moralischen Gefühlen, sofern sie überhaupt thematisiert werden, in diesen Ansätzen nur ein instrumenteller Status zu. Sie sind nützlich und zweckmäßig für die Stabilisierung der über Übereinkunft etablierten moralischen Regeln. Vgl. dazu Mackie 1981, Gauthier 1986, S. 348ff.

Individuen auf selbstbezogene Interessenerwägungen und ignoriert jenes kompliziertzierte Zusammenspiel von Verstand und affektiven Empfindungen, das notwendig ist, so daß ein Moralkonzept einem umfassenden Verständnis von personaler Anerkennung gerecht wird.

Ein individualistischer Ansatz zieht auch asymmetrische Beziehungen und Verhältnisse nicht in Betracht, womit er wiederum moralische Phänomene ausgrenzt, die einer feministischen Ethik berücksichtigenswert scheinen. Denn ein Gutteil der moralischen Beziehungen von Frauen bewegt sich infolge der klassischen Arbeitsteilung zwischen den Geschlechtern auf der Ebene asymmetrischer Relationen zu abhängigen und schwächeren Anderen. Die Kooperationsmaschinerie unter rein egoistisch denkenden Individuen kommt hingegen überhaupt nur aufgrund einer Symmetriebedingung in Gang: Da bei ausgeglichenen Kräfteverhältnissen jeder dem anderen gefährlich werden kann, entschließen sich die Individuen zu vertraglichen Übereinkünften. Das klassische Beispiel ist die Hobbessche Theorie, die eine faktische Gleichheit der Menschen in bezug auf Stärke und Macht unterstellt. [17] Doch diese Kräftesymmetrie trifft in der sozialen Wirklichkeit nicht zu. Die Menschen sind einander keineswegs gleich an Kräften und Möglichkeiten. Eine Reihe von Personen – Kleinkinder, alte, kranke und behinderte Menschen – sind anderen nicht nur an Stärke weit unterlegen, sondern schlicht von anderen abhängig und auf deren Hilfeleistung angewiesen. Wegen des fehlenden empirischen Machtgleichgewichts zwischen Personen fallen egoistisches Räsonieren und Moral auseinander. Es lassen sich unzählige Beispiele finden, wo Menschen aus egoistischen Interessenerwägungen mit anderen kooperieren, dies aber von einer respektvollen Behandlung anderer als Personen weit entfernt ist. Der rationale Individualismus verfügt über keinerlei Barrieren dagegen, daß der von der Maxime egoistischer Nutzenverfolgung bestimmte Umgang mit anderen Menschen nicht in deren Instrumentalisierung kippt.

Aus welchen Gründen sollte ein ökonomisches Rationalitätsmodell den Standard für das vernünftige Handeln von Menschen schlechthin bilden und auf soziale Interaktionen insgesamt übertragen werden? Sind die relevanten normativen Kriterien, die menschliche Beziehungen erfüllen müssen, damit sie moralische Billigung verdienen, wirklich nur jene Konzessionen und Abstriche von ihren Maximalansprüchen, zu denen Menschen um eines langfristig größeren Vorteils bereit sind? Vertreter eines individualistischen Ansatzes berufen sich gerne darauf, daß auch unter rationalen Egoisten Kooperation und Solidarität möglich sind. Es gilt als relativ gesichertes Ergebnis der Spieltheorie, daß ein rationaler Egoist im Fall wiederholter Interaktion sehr gut mit der Alltagsregel „Wie du mir, so ich dir" (tit for tat) fährt: Man beginnt der anderen Person gegenüber kooperativ, und wenn die andere Person auch kooperiert, wählt man im nachfolgenden Schritt wieder die Kooperationsoption. Nur wenn die andere Person defektiert, entscheidet man

---

[17] Siehe Hobbes 1651, S. 94.

sich im nächsten Schritt für Nicht-Kooperation. Die Proponenten ökonomischer Rationalität übersehen dabei, daß diese Form rein strategischen Verhaltens nicht dem üblichen Verständnis von Solidarität gerecht wird, das immer auch die Idee der Loyalität gegenüber einer anderen Person um dieser Person willen beinhaltet. Durch seine Bindung der Moral an eine instrumentelle Rationalitätskonzeption verabsäumt es der individualistische Kontraktualismus, eine nicht-instrumentelle Perspektive auf moralische Phänomene zu entwickeln.

Ein nicht-egoistisches Rationalitätsverständnis eröffnet dagegen einen grundlegend anderen Blick auf menschliches Verhalten und Moral. Es läßt Raum für die Anerkennung anderer um ihrer selbst willen, für die Einschätzung bestimmter Beziehungen, Interaktionen und Güter als für sich wertvoll und ermöglicht auch, moralischen Empfindungen mehr als nur instrumentellen Wert einzuräumen. Ein solches Vernunftverständnis reduziert rationales moralisches Überlegen nicht auf egoistische Vorteilsmaximierung, sondern sieht die Aufgabe praktischer Vernunft in der bestmöglichen Explikation unseres Moralverständnisses über allgemeine Prinzipien, die sich dann an unseren wohldurchdachten moralischen Urteilen zu bewähren haben. Diese Prinzipien decken grundlegende moralische Einstellungen ab und umfassen somit auch expressiv-affektive Haltungen, die sich in moralischen Empfindungen ausdrücken.

Einer feministischen Ethik geht es um die Anerkennung anderer als Personen und sie bleibt mit einem Wertespektrum assoziiert, das auch der Ebene des an sich Wertvollen Raum gibt. Desgleichen reflektiert sie die Moral asymmetrischer Beziehungen zu anderen, die von den klassischen Ansätzen häufig ausgegrenzt und infolge einer geschlechtsspezifisch konnotierten Öffentlich-Privat-Trennung zumeist in den privaten Bereich abgeschoben wurden. Zu einem solchen Ethik-Ansatz steht eine Konzeption, die moralische Subjekte als strategische Rationalisten begreift, welche die Institution der Moral nur als Mittel der Vorteilssicherung verstehen, in relativ scharfem Gegensatz.

Teils hat sich die feministische Kritik gegen das Vertragsdenken überhaupt gerichtet.[18] Doch nach Meinung einiger feministischer Philosophinnen lassen sich aus einer universalistischen Vertragstheorie die normativen Grundlagen einer feministischen Ethik gewinnen. So argumentiert Jean Hampton, daß die Vertragsidee das Instrumentarium zur normativen Analyse aller sozialen Beziehungen – jener des öffentlichen Raums wie der innerhalb der Familie liefere. Eine nicht-individualistische Vertragstheorie umfaßt die nach Hampton zentralen normativen Begriffe des „intrinsischen Werts von Personen" und der „legitimen Interessen". Die Vorstellung des unbedingten personalen Werts, diese in Kants „Zweck-an-sich"-Postulat gefaßte Grundforderung der Moral gebe uns Aufschluß darüber, welche Formen der Behandlung von Individuen angebracht, gefordert oder schlicht verboten sind. Wenn man auf der Linie einer universalistischen Vertragskonzeption festlege,

---

[18] Eine solch generelle Kritik findet sich etwa in den Arbeiten Virginia Helds.

daß soziale Interaktionsformen nur dann akzeptabel sind, wenn alle Betroffenen zustimmen können, achte man die Perspektive aller und damit den Wert dieser Personen als solchen. Hampton sieht die feministische Relevanz ihrer Position damit gegeben, daß gerade für die feministische Philosophie die für den universalistischen Kontraktualismus maßgeblichen Kategorien wie „Anerkennung", „personaler Status" und „intrinsischer Wert" wichtig sind. Diese Konzepte bieten eine Möglichkeit, die Diskriminierung, Benachteiligung und vorurteilsgebundene Abwertung von Frauen wie auch das Maß an Verletzung, Schmerz und Frustration zu verdeutlichen, das Frauen nach wie vor in einer Gesellschaftsform durchleben, deren institutionelle Strukturen einer ihrem Wert als Person unangemessenen Behandlungsweise Vorschub leisten.[19]

Das Personenkonzept des universalistischen Kontraktualismus unterscheidet sich damit erheblich von dem rationalen Egoismus-Modell der individualistischen Vertragstheorien der Moral. Allerdings haben die universalistischen Vertragstheorien Schwierigkeiten, jene Elemente zu integrieren, die in der feministischen Ethik-Debatte so betont wurden, nämlich Anteilnahme, Fürsorglichkeit und moralische Gefühle. Die fiktive Vorstellung eines Vertrages ist ein wichtiges theoretisches Mittel, um die Einigung auf gesellschaftliche Grundregeln des Zusammenlebens zu verdeutlichen. Aber die Vertragsidee ist ungeeignet, die Tiefendimension des Moralischen auf normativ-ethischer Ebene auszuloten. Moralische Empfindungen und Haltungen der Fürsorglichkeit und Anteilnahme entziehen sich der Idee einer vertraglichen Vereinbarung.[20] Selbst wenn man davon ausgeht, daß sich die Subjekte mittels Vertrag auf die normative Anerkennung dieser moralischen Phänomene einigen, so hat man nur deren Genese erklärt. Die inhaltliche Ebene moralischer Empfindungen und Haltungen der Empathie, wie auch deren Angemessenheit und Relevanz, ist über den Vertragsgedanken nicht einholbar.

V. Aufgeklärtes Eigeninteresse und moralische Empfindungen: Humes Sicht des moralischen Subjekts

Jene Philosophinnen, die sich unter der Perspektive der Geschlechterdifferenz mit den Theorien von Hume und Kant auseinandergesetzt haben, kommen zu durchaus konträren Einschätzungen. So sieht etwa Annette Baier, die Kants Pflichtenethik ablehnend gegenübersteht, in Humes Theorie der Moral Anknüpfungspunkte für eine feministische Ethik.[21] Umgekehrt argumentieren einige Philosophinnen

---

[19] Siehe dazu Hampton 1993, S. 245 ff.

[20] Bezeichnend ist in dem Zusammenhang, daß Jean Hampton den Bereich der Moral so definiert, daß sie altruistische Werte wie Anteilnahme und Fürsorglichkeit als „beyond morality" klassifiziert. Siehe Hampton 1993, S. 250 f.

[21] Siehe Baier 1993.

– exemplarisch zu nennen wäre hier Onora O'Neill –, daß die Kantische Moral Kriterien für die Moralität von Interaktionsformen vorgibt, die dem Anliegen einer umfassenden Anerkennung von Frauen gerecht werden.[22]

Charakteristisch für Humes Moraltheorie ist die Betonung des Stellenwerts von Empfindungen. Hume begreift Moral als eine Angelegenheit des rechten Empfindens und des Gefühls. Dem Verstand kommt nur eine begrenzte Rolle in Fragen des ethischen Tuns zu, denn aus dem Verstand allein kann niemals das Motiv eines Willensaktes resultieren.[23] Die Funktion des Verstandes liegt darin, Fakten zu ordnen, uns über empirische Zusammenhänge zu belehren, Gegenstandsbeschreibungen zu liefern und jene Tatsachen zu ermitteln, die für unsere moralischen Empfindungen maßgeblich werden und mitbedingen, ob diese von positiver oder negativer Art sind.[24]

Hume unterscheidet zwischen künstlichen und natürlichen Tugenden. Die künstlichen Tugenden, zu denen etwa der Rechtssinn zählt, basieren auf dem aufgeklärten Eigeninteresse der Subjekte. Die mit der Entstehung der künstlichen Tugenden geschaffenen moralischen Institutionen werden von den Individuen aufgrund der Überlegung akzeptiert, daß die Unterwerfung unter ein Normensystem wie das Recht ihnen langfristig Vorteile verschafft.

Die natürlichen Tugenden bringen demgegenüber die empfindungsbezogene Ebene der Moral zum Ausdruck. Die natürlichen Tugenden betonen stark altruistische Haltungen; sie sind individuelle Eigenschaften, die dem allgemeinen Wohlergehen förderlich sind, die aber nicht wie die künstlichen Tugenden auf eine Übereinkunft im gegenseitigen Interesse rückführbar sind. Neben einer „natürlichen" Abneigung gegen das Übel und einer Tendenz zum Guten zählt Hume positiv besetzte Haltungen wie Güte, Wohlwollen, Menschlichkeit, Treue, Besorgtheit um andere, Sanftmut, Wohltätigkeit, Barmherzigkeit, Großmut, Milde und Redlichkeit zu den natürlichen Tugenden.[25]

In der zeitgenössischen Rezeption von Humes Ethik lassen sich zwei Lesarten unterscheiden. Die eine Interpretation orientiert sich an Humes Konzeption der künstlichen Tugenden und versteht Humes Theorie als Version eines aufgeklärten Egoismus. Die andere Auslegung stellt Humes Ausführungen über natürliche Tugenden in den Mittelpunkt und begreift seine Moralkonzeption als Variante einer empfindungsbezogenen Tugendmoral. Demnach ist für Moral eine Kultivierung und Verfeinerung unserer empathischen Fähigkeiten notwendig. Ohne Schulung der Empfindungen sind angemessene moralische Urteilsreaktionen nicht

---

[22] Siehe O'Neill 1993, siehe auch Nagl-Docekal 1997.

[23] Siehe Hume 1739, Band II, Buch II, S. 151. Die in der Meiner-Ausgabe im zweiten Band des *Traktats über die menschliche Natur* enthaltenen Bücher II und III werden im folgenden als 1739 II bzw. 1740 III zitiert.

[24] Hume 1751, S. 91.

[25] Siehe Hume 1740 III, S. 332 und S. 358.

zu gewinnen. In Humes Theorie kommt demnach das Selbst als reales soziales Wesen mit besonderen Beziehungen zu anderen ins Blickfeld – ein durch gemäßigtes Selbstinteresse wie auch die Sorge für andere charakterisiertes Wesen, das mit Sympathie die Situation anderer nachzuempfinden und deren Gefühle zu teilen vermag.[26] Maßgeblich für die Nähe von Humes Theorie zu einer feministischen Ethik-Konzeption ist somit deren Betonung der moralischen Gefühle und einer empfindungsbezogenen Problemwahrnehmung, die ein wirkliches Eingehen auf die besondere Situation der anderen zuläßt.

Ist diese Lesart von Humes Theorie angemessen? Übergeht sie nicht, daß uns in Humes Ausführungen zu künstlichen Tugenden auch ein anderes Personenkonzept begegnet als nur das an positiven sozialen Empfindungen ausgerichtete Selbst? Humes Theorie der Moral charakterisiert in der Tat eine auffällige Spannung von Egoismus und Sympathie. Auf der einen Seite beschreibt Hume die moralischen Subjekte als selbstinteressierte Akteure, denen ihr Vorteil und der ihnen nahestehenden Personen am wichtigsten ist. Das Eigeninteresse, das Menschen zu einer langfristigen Verfolgung ihres Vorteils umzufunktionieren vermögen, bringt sie dazu, moralische Institutionen wie die Rechtsordnung einzuführen. Personen kooperieren mit anderen im Sinne gegenseitiger Interessenwahrung, sofern sich auch diese den Eigentumsregeln unterwerfen. Andererseits sind Menschen der Sympathie fähige Wesen, welche die Gefühle ihrer Mitmenschen nachzuvollziehen und zu teilen vermögen. Dieses Mitgefühl beschränkt sich für Hume nicht nur auf die Personen unseres Nahbereichs. Wenngleich es gegenüber denen, mit denen uns enge Beziehungen verbinden, auf natürliche Weise am stärksten ist, so können wir es doch in Kombination mit der uns eigenen Kraft der Imagination auf andere, uns fernstehende Personen ausdehnen.

Finden sich also in Humes Konzeption zwei streng genommen miteinander unvereinbare ethische Theorien und Personenbegriffe? Ich denke nicht. Denn Hume ordnet die personalen Aspekte von egoistischer Orientierung und teilnahmsvoller Rücksicht auf andere unterschiedlichen Fragestellungen zu. Das Selbstinteresse und die davon motivierte Einigung auf Normen erklärt nach Hume das Entstehen moralischer Institutionen. Seine normative Ethik im engeren Sinn entspricht hingegen einer auf moralischen Empfindungen aufbauenden Tugendethik. Daß sich Humes Bezugnahme auf den aufgeklärten Egoismus nur auf die Genese moralischer Institutionen beschränkt, wird an seinen Bemerkungen zur moralischen Anerkennung der Rechtsordnung deutlich: *„So ist Eigennutz das ursprüngliche Motiv* zur Festsetzung *der* Rechtsordnung, *aber* Sympathie *für das Allgemeinwohl ist die Quelle der* sittlichen Anerkennung, *die dieser Tugend gezollt wird.“*[27]

Dies bedeutet, daß die an den natürlichen Tugenden orientierte Interpretation von Humes Ethik, die feministischen Überlegungen zu einer angemessenen Moral-

---

[26] Vgl. dazu Baier 1991, S. 139–141.
[27] Hume 1740 III, S. 243, 244.

theorie so nahesteht, legitim ist. Humes Moralsubjekte sind in der Tat auf eine kritische Reflexion ihrer moralischen Haltungen und Empfindungen bedachte Wesen.
Für die Lebbarkeit dieser sympathiebezogenen Subjektivität ist die soziale Einbettung in normative Regelsysteme wie das Rechtssystem bedeutsam. Allerdings
kann sich eine feministische Ethik nicht einfach mit dem Rückgriff auf Humes Personenkonzept begnügen. Bestimmte Revisionen sind notwendig, da Hume nicht
völlig befriedigend erklären kann, wie sich in seinem ethischen System Normativität konstituiert und wie seine moralischen Subjekte dem Moment moralischer
Verpflichtung gerecht werden.

Wie Hume ausführt, beurteilen wir bestimmte Charaktereigenschaften und
davon motivierte Verhaltensformen als moralisch untadelig oder als mangelhaft
oder gar verabscheuenswürdig aufgrund von Gefühlen der Lust oder Unlust, welche die Betrachtung dieser Charaktereigenschaften hervorruft. Diese Einschätzungen können aber nicht dem individuellen Belieben überlassen bleiben. Ein solcher
Subjektivismus und Relativismus charakterisiert auch nach Hume nicht unsere
moralischen Beurteilungen, da wir in unserem Urteilen sehr wohl nach Konsistenz und Konstanz streben und uns insofern „bestimmte *feste* und *allgemeine*
Standpunkte der Betrachtung (schaffen).“[28] Unsere Urteile der Zustimmung und
Ablehnung müssen sich einem „unparteiischen Verhalten" angleichen. Wenngleich
Hume die Figur des unparteilichen Betrachters nicht explizit ins Spiel bringt, so
setzt seine Konzeption der Objektivierung moralischer Urteile dieses Modell indirekt voraus. Moralische Richtigkeit und Verbindlichkeit ist dann aber an die externe
Instanz des unparteilichen Betrachters gebunden. Eine externalistische Moralkonzeption kann aber nicht mehr erklären, warum wir uns motiviert sehen, etwas
als normativ verbindlich anzuerkennen.[29] Offen bleibt, warum die Urteile des
moralischen Betrachters normative Kraft für uns haben.

Man könnte versucht sein, den Verweis auf den unparteilichen Betrachter mit
dem Argument zu retten, daß dessen Urteile für uns normativ verbindlich sind,
weil wir diese Urteile als richtig anerkennen und das Richtige für uns Grund genug
ist, danach zu handeln. Eine solche Begründung integriert aber die Idee des unparteilichen Betrachters in eine internalistische Konzeption. Denn das Kriterium für
normative Verbindlichkeit verschiebt sich dann vom unparteilichen Betrachter zu
der Einsicht, daß x richtig ist. Noch eine andere Verteidigung des moralischen
Betrachters ist denkbar: Das Argument könnte dahin gehen, daß der unparteiliche
Betrachter nichts anderes verkörpert als eine Veranschaulichung jener Kriterien, die
wir an unser Urteilen anlegen sollten. Dann aber wird das Ideal des unparteilichen
Betrachters zu einem internen Standard, und das Problem der Richtigkeit morali-

---

[28] Hume 1740 III, S. 335.

[29] Gemäß einer externalistischen Konzeption ist es möglich, x als moralisch richtig zu erkennen und
dennoch kein Motiv zu haben, x zu tun. Bei einem internalistischen Moralverständnis liefert das
Akzeptieren eines moralischen Urteils als richtig auch ein Motiv, entsprechend zu handeln.

scher Urteile und damit der Normativität wird wiederum über die innere Reflexion von Individuen gelöst.

Humes Ethik betont die normative Kraft moralischer Empfindungen, insbesondere der Sympathie. Aber Hume verspielt die Vorzüge dieses wichtigen Schritts, indem er den normativen Status moralischer Gefühle nicht durch die internen reflexiven Möglichkeiten des moralischen Subjekts sichert, sondern an eine externe Beurteilungsinstanz zurückbindet.[30] Normativität kann nicht über die Berufung auf einen externen Standard generiert werden, da die Lücke zwischen extern definierter moralischer Richtigkeit und interner Verbindlichkeit ohne Verschiebung des externen Standards auf die Ebene interner Reflexion nicht zu schließen ist.

Humes Theorie muß dahingehend modifiziert werden, daß moralische Verbindlichkeit aus durch Vernunftgründe gestützter moralischer Einsicht resultiert. Normativität ist das Ergebnis unserer Einsicht in die Gültigkeit grundlegender moralischer Prinzipien und beinhaltet das reflexive Bejahen bestimmter Handlungsgrundsätze und Haltungen und damit unserer Neigungen und Empfindungen. So revidiert nähert sich aber Humes Subjektkonzeption erheblich jener Kants. Denn Kant ist es, der Moral an die innere Selbstgesetzgebung und die reflexive Prüfung unserer subjektiven Handlungsprinzipien bindet. Doch Kant räumt jenen Elementen, die in Humes Konzeption des Selbst so maßgeblich sind, nämlich den moralischen Empfindungen, nicht den gleichen Stellenwert ein. Im folgenden werde ich argumentieren, daß aus einem Zusammendenken von Kants und Humes Personenbegriff ein Begriff des moralischen Subjekts zu gewinnen ist, der auch aus der Sicht einer für die Geschlechterproblematik sensiblen Ethik-Theorie akzeptabel ist.

VI. Selbstgesetzgebung und praktische Identität: Interpretationen von Kants Subjektkonzeption

Ein Gutteil der Kritik an Kants Moraltheorie, die von feministischen Philosophinnen häufig übernommen wird, richtet sich gegen deren angeblich „formal-univer-

---

30 Zu den Defiziten von Humes Versuch, moralische Verpflichtung zu erklären, vgl. auch Korsgaard 1996b. Korsgaard sieht das Problem darin, daß Hume moralisches Urteilen im Einzelfall von generellen Regeln beeinflußt sieht. Die Normativität von Sympathie ist dann abhängig von diesen generellen Regeln. Dies bedeutet aber, daß moralische Verbindlichkeit nicht in allen Einzelfällen gegeben ist, da generelle Regeln individuelle Ausnahmen zulassen. Also muß Normativität anders als über den Bezug auf allgemeine Regeln entstehen. Siehe Korsgaard 1996b, S. 88f.

Da allgemeine Regeln ein Element von Humes Annäherung an den unparteilichen Betrachter darstellen, ist damit ein weiteres Argument gegeben, warum Humes Position dem Phänomen moralischer Verbindlichkeit nicht gerecht wird.

salistischen" Zuschnitt und die damit verbundene Subjektkonzeption. Kants rein formales oberstes Prinzip der Moral sei nicht in der Lage, substantielle moralische Normen zu generieren. Durch die Abspaltung aller empirischen Elemente, die nach Kant ja Heteronomie in die Moraltheorie bringen, werde Kant den unterschiedlichen Situuierungen der Moralsubjekte, die moralisch relevant sein können, nicht gerecht. Kants Theorie unterliegt nach dieser Lesart eine unplausible Sicht des moralischen Selbst. Kants moralisches Subjekt konstituiert sich demnach als allen Situationsgebundenheiten und Lebenskontexten enthobenes Ich. Die reduktionistische Bestimmung moralischer Subjekte als reine Vernunftwesen bedingt, so die Einwände, eine gleichsam definitorische Identität und Nichtunterscheidbarkeit der Individuen. Verbindlichkeit beziehen moralische Grundsätze nach Kant aus der a priori Reflexion rein rationaler Subjekte. Für die Kritikerinnen bleibt damit offen, wie etwas, das Gültigkeit für allen Bindungen entrückte und von ihren empirischen Bestimmungen abgespaltene Wesen hat, auch Relevanz für konkrete, in dichte Lebenskontexte integrierte Individuen beanspruchen kann. Von Seiten feministischer Philosophinnen wird auch kritisiert, daß Kants Ethik durch den bekannten Pflicht/Neigung-Gegensatz den für eine feministische Ethik bedeutsamen Bereich moralischer Empfindungen weitgehend ausgrenzt.

Nicht alle Aspekte dieser Kritik sind überzeugend. So beruht der Vorwurf des abstrakten Formalismus zweifellos auf einer Fehlinterpretation von Kants praktischer Philosophie. Der kategorische Imperativ ist zwar ein formales Prinzip, doch beansprucht Kant gar nicht, daß dies ein normerzeugendes Prinzip ist. Der kategorische Imperativ hat die Funktion eines Testkriteriums, um den moralischen Stellenwert unserer Maximen zu prüfen. So gesehen wird der den formal-abstrakten Zuschnitt der Theorie bemängelnde Einwand weitgehend gegenstandslos. Als Test unserer Maximen liefert der kategorische Imperativ selbstredend substantielle Folgerungen – Maximen sind ja gehaltvolle subjektive Grundsätze und bleiben an situative Gegebenheiten und Besonderheiten gebunden. Um zu bestimmen, welche Maximen unser Handeln leiten, müssen wir die partikularen Umstände unseres Handelns reflektieren. Maximen repräsentieren gewissermaßen die materiale Seite von Kants Moraltheorie und stellen die Verbindung zur Lebenswelt her, die Verbindung zwischen kategorischem Imperativ und konkretem Handeln.

Auch die Kritik an Kants Subjektkonzeption ist nur bedingt haltbar. Häufig wird moniert, daß Kant zwei Subjektebenen voneinander trennt und die Erklärung der Verbindung von empirischem und transzendentalem Subjekt schuldig bleibt. Doch ungeachtet seiner teils mißverständlichen Ausdrucksweise darf Kants Rede von der sensiblen und der intelligiblen Welt nicht ontologisch interpretiert werden. Kant hat nicht zwei Welten eingeführt, sondern macht auf zwei mögliche Standpunkte der Betrachtung aufmerksam. Wir können uns unter zwei Gesichtspunkten sehen: Zum einen als von unseren Neigungen, Bedürfnissen und Wünschen determinierte Wesen, zum anderen als Wesen, die über die Fähigkeit kritisch-rationaler

Überprüfung verfügen und somit über die Berechtigung ihrer spezifischen Begehren zu reflektieren vermögen.[31]

Berechtigt hingegen scheint der Einwand, daß Kants Theorie der Bedeutsamkeit moralischer Empfindungen nicht gerecht wird. Der Einwand ist allerdings dahingehend zu präzisieren, daß Kant nicht moralische Gefühle generell ausgrenzt, sondern ihnen nur instrumentellen Status zugesteht. Kant übersieht nicht die Bedeutsamkeit von Phänomenen wie Wohltätigkeit und Anteilnahme. Er versucht, über den Begriff der Liebespflichten gegen andere Menschen, die er unterteilt in Pflichten der Wohltätigkeit, Pflichten der Dankbarkeit und Pflichten der Teilnehmung, die Ebene altruistischer Werte in seine Theorie zu integrieren. Doch die affektiven Haltungen und moralischen Empfindungen werden so in Kants Ethik eingebunden, daß ihnen für sich genommen kein moralischer Wert zukommt.

Moralische Empfindungen sind nach Kant Hilfsmittel, um unseren Sinn für moralische Pflichterfüllung zu schulen. Sie sensibilisieren uns dafür, wann ein Handeln aus Pflichterfüllung angebracht ist. Deutlich wird der instrumentelle Status altruistischer Empfindungen in der folgenden Textpassage aus der *Metaphysik der Sitten*: „Ob zwar aber Mitleid (und so auch Mitfreude) mit anderen zu haben an sich selbst nicht Pflicht ist, so ist es doch tätige Teilnehmung an ihrem Schicksale und zu dem Ende also indirekte Pflicht, die mitleidige natürliche (ästhetische) Gefühle in uns zu kultivieren, und sie, als so viele Mittel zur Teilnehmung aus moralischen Grundsätzen und dem ihnen gemäßen Gefühl zu benutzen."[32]

Daß Kants Theorie nicht auf die Einbindung moralischer Empfindungen verzichten kann, verdeutlicht das Problem moralischer Relevanz. Kants moralische Akteure dürfen nicht moralisch unbedarft sein. Sie müssen für die moralisch relevanten Eigenheiten von Situationen und Handlungsweisen aufgeschlossen sein, und sie müssen die moralische Bedeutsamkeit von Situationen realisieren. In diesem Sinn plädiert Barbara Herman für die Ergänzung von Kants Theorie durch *„rules of moral salience"*, moralische Relevanzregeln.[33] Darunter versteht sie die im Rahmen unserer moralischen Erziehung und Sozialisation erworbenen Regeln, die gewissermaßen den kategorialen Rahmen bilden, damit wir die soziale Welt um uns überhaupt als Welt mit moralischer Bedeutsamkeit wahrnehmen. Relevanzregeln sind Regeln, die moralische Naivität und Blindheit verhindern und uns für jene Situationen sensibilisieren, die unser moralisches Urteil in Form der Anwendung des kategorischen Imperativs-Verfahrens fordern.

Die Rede von moralischen Relevanzregeln ist allerdings irreführend, weil uns nicht Regeln für die Schwierigkeiten, Nöte und das Leid anderer empfindsam machen, sondern Fähigkeiten der Empathie und affektive Einstellungen. Der Appell an Regeln verschiebt nur das Problem, denn die Frage nach der Relevanz

---

[31] Vgl. dazu Korsgaard 1996c, S. 173–176.

[32] Kant 1797a, S. 595.

[33] Herman 1993c, S. 77–93.

einer Regel läßt sich so nur durch Hinweis auf eine weitere Regel beantworten. Der Ausweg aus diesem Regreß kann nur in der Berufung auf moralische Empfindungen liegen, die für sich genommen in der Lage sind, die moralische Relevanz von Situationen zu indizieren. Doch auch auf dieser Ebene kommt moralischen Empfindungen nur eine instrumentelle Rolle zu. Sie sind notwendig, um das Problem moralischer Wahrnehmung zu lösen.

Moralische Empfindungen sollten aber für sich genommen moralischen Wert haben, und in diesem Punkt bedarf Kants Theorie der Modifikation. Kants Konzept der Verpflichtung muß auf affektive Haltungen und auf Empfindungen ausgedehnt werden. Dies bedeutet eine Abweichung von Kants Moralpsychologie, denn Kant hat diese erweiterte Interpretation von Verpflichtung abgelehnt. Kant differenziert zwischen zwei Formen der Liebe: der „praktischen Liebe", die auf dem Motiv der Pflicht basiert, und der „pathologischen Liebe", der Liebe aus Neigung.[34] Kant gelten moralische Empfindungen wie etwa die emotionale Anteilnahme am Wohlergehen anderer als Spielart pathologischer Liebe. Damit aber fallen Gefühle aus dem normativen Bereich heraus, da Verpflichtung nach Kant dem Phänomen der pathologischen Liebe fremd ist. Kants Liebespflichten haben nichts mit Gefühlen zu tun, weil es nach Kant keine Verpflichtung zum Gefühl geben kann.

Doch die kantischen Liebespflichten decken nur dann das Phänomen der Wohltätigkeit und eines direkten Altruismus ab, wenn sie moralische Empfindungen einbeziehen. Denn was soll den Gegenstand von Liebespflichten bilden, wenn die Gefühlsebene ausgeblendet wird? Wohlwollen, Anteilnahme und Empathie sind nichts anderes als Formen emotionaler Zuwendung. Maßgeblich wird, diese Empfindungen normativ verbindlich zu machen. Der Schritt zur Verpflichtung ist unabdingbar, um die moralischen Empfindungen dem Spiel des Zufalls auf der Ebene faktischer Disponiertheiten zu entziehen. Empfindungen der Empathie und Anteilnahme sind in bestimmten Kontexten moralisch verpflichtend und nicht nur eine kontingente Option für empfindungsbezogene Naturen. Unter gewissen situativen Bedingungen ist es schlicht moralisch unangemessen, nicht mit Wohlwollen und Anteilnahme zu reagieren. Moralität verlangt die kritische Reflexion und normative Überformung unserer Gefühle.

Kant irrt sich, wenn er Gefühle dem normativen Zugriff enthoben sieht. Liebespflichten beziehen ihre normative Gültigkeit aus der Tatsache, daß die entsprechenden Maximen mit dem moralischen Gesetz konform gehen. Aber Maximen können auch empfindungsbezogenen Haltungen korrespondieren, und auf dem Prüfstand steht dann die Angemessenheit dieser Empfindungen. Bezogen auf Kants Ethik würde dies wohl bedeuten, auf das mit dem Kategorischen Imperativ in der zweiten Formulierung verknüpfte Prinzip der Achtung oder Anerkennung anderer als Personen Bezug zu nehmen, nicht so sehr auf das mit der Gesetzesformel verknüpfte Widerspruchsverfahren. Kants Konzeption des Selbst ist dahingehend

---

[34] Kant 1785, S. 25 f., Kant 1797a, S. 523 f.

zu modifizieren, daß dieses Selbst Vernunft und Emotionalität umfaßt und seine Vernunftmöglichkeiten auch für die reflexive Prüfung und Schulung seiner Empfindungen einsetzt. Ein so transformiertes Kantisches Selbst berücksichtigt die von Hume so stark betonten affektiven Momente des Moralischen.

Die neuere Kant-Interpretation stellt unmißverständlich klar, daß sich Kants transzendentales Subjekt auf nichts anderes bezieht als auf die Reflexionsfähigkeit konkreter Personen wie uns mit unserer praktischen Identität.[35] Die Bedenken gegen diese lebensbezogene Lesart von Kant gehen dahin, daß damit Kants spezifischer, mit der Idee des Transzendentalen verknüpfter Begründungsanspruch relativiert wird.[36] Diese Kritik aber übersieht, daß auch in Kants praktischer Philosophie die Begründung grundlegender Moralprinzipien nur über die Vernunftreflexion konkreter Subjekte eingelöst werden kann. Nur interne Einsicht vermag uns zur Akzeptanz moralischer Grundsätze zu bewegen.

Wenn sich das normative Bewußtsein eines solchen Subjekts auch auf Empfindungen und altruistische Haltungen erstreckt, dann formt sich eine Subjektkonzeption, die den von der feministischen Philosophie vorgegebenen Kriterien weitgehend entspricht. Die feministische Philosophie zielt wie erwähnt auf eine Moraltheorie, die eine umfassende Anerkennung von Frauen als Moralsubjekten zum Ausdruck bringt. Mit einem Subjektbegriff, der Vernunft und Empfindungsfähigkeit normativ zueinander in Beziehung setzt, ist ein wesentlicher Schritt zu einer Ethik gewonnen, die Achtung gegenüber Frauen als Rechtssubjekten aber auch als besonderen Anderen mit spezifischen Verletzlichkeiten zur Norm erhebt.

LITERATUR

Antony, L. M./Witt, C. (Hg.) 1993: A Mind of One's Own. Feminist Essays on Reason and Objectivity, San Francisco/Oxford.

Baier, A. C. 1985: Postures of the Mind. Essays on Mind and Morals, Minneapolis.

Baier, A. C. 1991: A Progress of Sentiments. Reflections on Hume's Treatise, Cambridge, Mass./London.

Baier, A. C. 1993: Hume, der Moraltheoretiker der Frauen? In: Nagl-Docekal/Pauer-Studer (Hg.).

Baier, A. C. 1994a: Moral Prejudices. Essays on Ethics, Cambridge, Mass./London.

Baier, A. C. 1994b: Wir brauchen mehr als bloß Gerechtigkeit. In: Deutsche Zeitschrift für Philosophie 42.

Benhabib, S. 1992: Kritik, Norm und Utopie. Die normativen Grundlagen der Kritischen Theorie, Frankfurt am Main.

Benhabib, S. 1995a: Selbst im Kontext. Kommunikative Ethik im Spannungsfeld von Feminismus, Kommunitarismus und Postmoderne, Frankfurt am Main.

---

[35] Siehe etwa Korsgaard 1996b, S. 100ff.

[36] Vgl. etwa Cohen 1996.

Benhabib, S. 1995b: Über das Urteilen und die moralischen Grundlagen der Politik im Denken Hannah Arendts. In: Benhabib 1995a.

Benhabib, S. 1995c: Der verallgemeinerte und der konkrete Andere. Die Kohlberg/Gilligan-Kontroverse aus der Sicht der Moraltheorie. In: Benhabib 1995a.

Blum, L. A. 1980: Friendship, Altruism and Morality, London.

Blum, L. A. 1994: Moral Perception and Particularity, Cambridge.

Calhoun, Ch. 1988: Justice, Care, and Gender Bias. In: Journal of Philosophy LXXXV.

Cohen, G. A. 1996: Reason, humanity and the moral law. In: Korsgaard (Hg.).

De Sousa, R. 1987: The Rationality of Emotion, Cambridge, Mass./London.

Demmerling, Ch./Gabriel, G./Rentsch, Th. (Hg.) 1995: Vernunft und Lebenspraxis. Philosophische Studien zu den Bedingungen einer rationalen Kultur, Frankfurt am Main.

Dworkin, R. 1985a: A Matter of Principle, Cambridge, Mass.

Dworkin, R. 1985b: Liberalism. In: Dworkin 1985a.

Dworkin, R. 1981: What is Equality? Part 2: Equality of Resources. In: Philosophy & Public Affairs 10.

Fink-Eitel, H./Lohmann, G. (Hg.) 1993: Zur Philosophie der Gefühle, Frankfurt am Main.

Flanagan, O. 1991: Varieties of Moral Personality. Ethics and Psychological Realism, Cambridge, Mass./London.

Flanagan, O./Rorty, A. O. (Hg.) 1990: Identity, Character and Morality. Essays in Moral Psychology, Cambridge, Mass./London.

Friedman, M. 1993a: Jenseits von Fürsorglichkeit: Die Ent-Moralisierung der Geschlechter. In: Nagl-Docekal/Pauer-Studer (Hg.).

Friedman, M. 1993b: What Are Friends For? Feminist Perspectives on Personal Relationships and Moral Theory, Ithaca/London.

Gauthier, D. 1986: Morals by Agreement, Oxford.

Gilligan, C. 1984: Die andere Stimme. Lebenskonflikte und Moral der Frau, München.

Großheim, M. (Hg.) 1995: Leib und Gefühl, Berlin.

Hampton, J. 1991: Two faces of contractarian thought. In: Vallentyne (Hg.).

Hampton, J. 1993: Feminist Contractarianism. In: Antony/Witt (Hg.).

Hanen, M./Nielsen, K. (Hg.) 1987: Science, Morality and Feminist Theory, Calgary.

Held, V. 1987a: Feminism and Moral Theory. In: Kittay/Meyers (Hg.).

Held, V. 1987b: Non-Contractual Society. In: Hanen/Nielsen (Hg.).

Held, V. 1993: Feminist Morality. Transforming Culture, Society and Politics, Chicago/London.

Herman, B. 1993a: The Practice of Moral Judgment, Cambridge, Mass./London.

Herman, B. 1993b: Integrity and Impartiality. In: Herman 1993a.

Herman, B. 1993c: The Practice of Moral Judgment. In: Herman 1993a.

Herman, B. 1993d: On the Value of Acting from the Motive of Duty. In: Herman 1993a.

Hobbes, Th. 1651: Leviathan oder Stoff, Form und Gewalt eines kirchlichen und bürgerlichen Staates, herausgegeben und eingeleitet von I. Fetscher, Frankfurt am Main 1984.

Honneth, A. (Hg.) 1993: Kommunitarismus. Eine Debatte über die moralischen Grundlagen moderner Gesellschaften, Frankfurt am Main/New York.

Hume, D. [1739/40]: Ein Traktat über die menschliche Natur, Band I und Band II, mit neuer Einführung herausgegeben von R. Brandt, Hamburg 1989 und 1978.

Hume, D. [1751]: Eine Untersuchung über die Prinzipien der Moral, übersetzt und herausgegeben von G. Streminger, Stuttgart 1984.

Jaggar, A. M. 1993: Feministische Ethik. Ein Forschungsprogramm für die Zukunft. In: Nagl-Docekal/Pauer-Studer (Hg.).

Kant, I. [1785]: Grundlegung zur Metaphysik der Sitten, Hg. v. W. Weischedel, Frankfurt am Main 1974 (Werkausgabe Band VII).

Kant, I. [1788]: Kritik der praktischen Vernunft, Hg. v. W. Weischedel, Frankfurt am Main 1974 (Werkausgabe Band VII).

Kant, I. [1797]: Die Metaphysik der Sitten, Hg. v. W. Weischedel, Frankfurt am Main 1977 (Werkausgabe Band VIII).

Kittay, E. F./Meyers, D. T. (Hg.) 1987: Women and Moral Theory, Totowa NJ.

Krebs, A. 1995: Feministische Ethik. Eine Kritik der Diskursrationalität. In: Demmerling/Gabriel/Rentsch.

Korsgaard, Ch. M. 1996a: Creating the Kingdom of Ends, Cambridge.

Korsgaard, Ch. M. 1996b: The Sources of Normativity, Cambridge.

Korsgaard, Ch. M. 1996c: Morality as freedom. In: Korsgaard 1996a.

Kymlicka, W. 1990: Contemporary Political Philosophy. An Introduction, Oxford.

Landweer, H. 1995: Verständigung über Gefühle. In: Großheim (Hg.).

MacIntyre, A. 1987: Der Verlust der Tugend. Zur moralischen Krise der Gegenwart, Frankfurt am Main/New York.

Mackie, J. L. 1980: Hume's Moral Theory, London/New York.

Mackie, J. L. 1981: Ethik. Auf der Suche nach dem Richtigen und Falschen, Stuttgart.

Meier-Seethaler, C. 1998: Gefühl und Urteilskraft. Ein Plädoyer für die emotionale Vernunft, München.

Nagl-Docekal, H. 1997: Feminist Ethics: How It Could Benefit from Kant's Moral Philosophy. In: Schott (Hg.).

Nagl-Docekal, H./Pauer-Studer, H. (Hg.) 1993: Jenseits der Geschlechtermoral. Beiträge zur feministischen Ethik, Frankfurt am Main.

Nida-Rümelin, J. 1993: Kritik des Konsequentialismus, München.

Nida-Rümelin, J. (Hg.) 1996: Angewandte Ethik. Die Bereichsethiken und ihre theoretische Fundierung, Stuttgart.

Noddings, N. 1984: Caring. A Feminine Approach to Ethics and Moral Education, Berkeley u.a.

Noddings, N. 1993: Warum sollten wir uns ums Sorgen sorgen? In: Nagl-Docekal/Pauer-Studer (Hg.).

Nunner-Winkler, G. (Hg.) 1991a: Weibliche Moral. Die Kontroverse um eine geschlechtsspezifische Ethik, Frankfurt am Main/New York.

Nunner-Winkler, G. 1991b: Die These von den zwei Moralen. In: Nunner-Winkler 1991a.

Nunner-Winkler, G. 1994: Der Mythos von den zwei Moralen. In: Deutsche Zeitschrift für Philosophie 42.

Nussbaum, M. 1990: Love's Knowledge. Essays on Philosophy and Literature, New York/Oxford.

Okin, S. M. 1993: Von Kant zu Rawls: Vorstellungen von Vernunft und Gefühl in Vorstellungen von Gerechtigkeit. In: Nagl-Docekal/Pauer-Studer (Hg.).

O'Neill, O. 1989: Constructions of Reason. Explorations of Kant's Practical Philosophy, Cambridge u. a.

O'Neill, O. 1993: Einverständnis und Verletzbarkeit: Eine Neubewertung von Kants Begriff der Achtung für Personen. In: Nagl-Docekal/Pauer-Studer (Hg.).

O'Neill, O. 1996: Tugend und Gerechtigkeit. Eine konstruktive Darstellung des praktischen Denkens, Berlin.

Pauer-Studer, H. 1994a: Kant and Social Sentiments. In: Pauer-Studer (Hg.).

Pauer-Studer, H. (Hg.) 1994b: Norms, Values and Society (Vienna Circle Institute Yearbook). Dordrecht.

Pauer-Studer, H. 1996a: Das Andere der Gerechtigkeit. Moraltheorie im Kontext der Geschlechterdifferenz, Berlin.

Pauer-Studer, H. 1996b: Ethik und Geschlechterdifferenz. In: Nida-Rümelin (Hg.).

Pieper, A. 1993: Aufstand des stillgelegten Geschlechts. Einführung in die feministische Ethik, Freiburg u. a.

Pieper, A. 1998: Gibt es eine feministische Ethik? München.

Praetorius, I. 1995: Skizzen zur Feministischen Ethik, Mainz.

Rawls, J. 1975: Eine Theorie der Gerechtigkeit, Frankfurt am Main.

Rawls, J. 1997: The Idea of Public Reason Revisited. In: The University of Chicago Law Review 64.

Rawls, J. 1998: Politischer Liberalismus, Frankfurt am Main.

Ruddick, S. 1987: Remarks on the Sexual Politics of Reason. In: Kittay/Meyers (Hg.).

Ruddick, S. 1989: Maternal Thinking. Towards a Politics of Peace, Boston.

Sandel, M. J. 1982: Liberalism and the Limits of Justice, Cambridge.

Sandel, M. J. 1993: Die verfahrensrechtliche Republik und das ungebundene Selbst. In: Honneth (Hg.).

Scanlon, T. M. 1982: Contractualism and utilitarianism. In: Sen/Williams (Hg.).

Schott, R. M. (1988): Cognition and Eros. A Critique of the Kantian Paradigm, University Park.

Schott, R. M. (Hg.) 1997: Feminist Perspectives on Kant, University Park.

Sen, A./Williams, B. (Hg.) 1982: Utilitarianism and beyond, Cambridge.

Streminger, G. 1994: David Hume. Sein Leben und sein Werk, Paderborn u. a.

Sturma, D. 1997: Philosophie der Person. Die Selbstverhältnisse von Subjektivität und Moralität, Paderborn u. a.

Taylor, Ch. 1989: Sources of the Self. The Making of the Modern Identity, Cambridge.

Tong, R. 1993: Feminine and Feminist Ethics, Belmont, Cal.

Tronto, J. 1993: Moral Boundaries. A Political Argument for an Ethic of Care, New York/London.

Tugendhat, E. 1993: Vorlesungen über Ethik, Frankfurt am Main.

Williams, B. 1978: Probleme des Selbst. Philosophische Aufsätze 1956–1972, Stuttgart.

Williams, B. 1984: Moralischer Zufall. Philosophische Aufsätze 1973–1980, Königstein.

Williams, B. 1985: Ethics and the Limits of Philosophy, London.

Wolf, U. 1984: Das Problem des moralischen Sollens, Berlin/New York.

Vallentyne, P. (Hg.) 1991: Contractarianism and Rational Choice. Essays on David Gauthier's Morals by Agreement, New York, NY.

Wolfgang Kersting

DER GROSSE MENSCH UND DAS KLEINE GEMEINWESEN

Der Begriff der Person in der politischen Philosophie

I. STATECRAFT UND SOULCRAFT

„Von Gerechtigkeit reden wir doch sowohl in Beziehung auf die einzelnen Menschen, wie auch auf den ganzen Staat? – Allerdings. – Nun ist der Staat doch größer als der einzelne Mensch? – Jawohl. – Vielleicht also findet sich die Gerechtigkeit in einem Größeren auch in größerem Maße vor und in leichter erkennbarer Gestalt. Ist es euch also recht, so wollen wir zuerst an den Staaten untersuchen, welcher Art sie ist, um sie sodann auf diese Weise auch an den Einzelnen zu betrachten, indem wir die Ähnlichkeit mit dem Größeren in der Erscheinung des Kleineren zu erkennen suchen"[1]. Das methodologische Grundprinzip der *Politeia* Platons ist der strukturelle Parallelismus zwischen Polis und Seele. Daher kann ein Studium des Gemeinwesens Aufschluß über den Aufbau der Seele und die Aufgaben ihrer Teile geben. Daher läßt sich aus der Wohlordnung des Gemeinwesens ebenso der Grundriß der innerseelischen Idealverfassung gewinnen wie an den mißlungenen Verfassungen der politischen Welt die Bandbreite psychischer Deformation ablesen. Politische Selbstauslegung und individualethische Selbstauslegung halten bei Platon einander den Spiegel vor: die Seele erkennt sich im Staat und der Staat in der Seele; der Staat wird zu einem großen Menschen und die Seele wird zu einem kleinen Gemeinwesen. Dem Erkennen entspricht das Handeln. Der Strukturanalogismus findet in der engsten demiurgischen Wechselwirkung von Seele und Staat seinen praktischen Ausdruck. Polis wie Bürger stehen in einer Beziehung gegenseitiger Bildung und Formung. Die Polis begnügt sich nicht mit äußerer Handlungskoordination, sie ist Seelenbildnerin. Und umgekehrt ist die Seele kein Ort selbstgenügsamer Innerlichkeit; sie wirkt nach außen, sie ist Polisbildnerin.

---

[1] Platon, Politeia 368e–369a; zur politischen Philosophie Platons in der *Politeia* vgl. Kersting 1999b.

Da Staat und Seele eine isomorphe Vielheitsordnung bilden, deren optimale Gestalt in beiden Fällen dem gleichen Prinzip der natürlichen Kompetenz folgt, verweisen Ethik und Politik aufeinander. Ethik, die Kunst, die Seele richtig zu ordnen und einen jeden Seelenteil nur das tun zu lassen, wozu er von Natur aus eingerichtet ist, bedarf richtiger Politik als Bedingung ihres Gelingens. Und Politik, für Platon die Kunst, das Zusammenleben der Menschen so zu organisieren, daß jeder Bürger dort seinen Platz einnimmt, wohin ihn die Natur durch ihre Begabungs- und Fähigkeitenverteilung gestellt hat, vermag nur durch tugendpädagogisches Engagement ihr Ziel zu erreichen. *Statecraft* ist *soulcraft*, ist *selfcraft*[2]. Die ethische wie politische Wohlordnungsbedingung der Herrschaft der natürlichen Kompetenz verlangt, daß jeder Mensch und jeder Seelenteil ausschließlich das Seinige tut. Da Menschen aber wie Seelenteile von Natur aus mit unterschiedlichen Fähigkeiten und Funktionen ausgestattet sind, ist Platons politische Philosophie wie Ethik wesentlich eine Philosophie der natürlichen Ungleichheit. In ihr ist die Gruppe der Philosophen gleich doppelt privilegiert. Zum einen ist das Logoselement in ihnen so stark ausgebildet, daß sie zur Vernunftherrschaft, und das heißt: zur Selbstherrschaft befähigt sind und daher ihre Seele dem Vorbild der Natur entsprechend ordnen können. Sie vermögen ein Leben zu führen, in dem das Element die Herrschaft übernimmt, das von Natur aus zur Seelenherrschaft vorgesehen ist. Daher sind zum anderen aber auch allein sie zur politischen Herrschaft geeignet. Allein ihnen, den wohlgeordneten Seelen, kann die Aufgabe übertragen werden, eine politische Wohlordnung zu errichten. Befähigung zur Selbstherrschaft legitimiert politische Herrschaft über andere. In dem Philosophenherrscher fallen ethische und politische Kompetenz, fallen *soulcraft* und *statecraft* zusammen. Weil die Philosophen ihrem Leben die richtige Ordnung geben können, können sie auch eine richtige Ordnung für die anderen errichten. Die anderen müssen sich ordnen lassen, müssen sich in eine vorgegebene Ordnung einfügen und die Herrschaft der Philosophen als Ersatz für mangelnde Selbstherrschaft anerkennen lernen. Daher ist die ihnen zukommende politische Tugend die Besonnenheit, die Bereitschaft, den herrschenden Philosophen Vernunft und Gerechtigkeit zu unterstellen, ohne selbst Vernunft erkennen und den Gründen der Gerechtigkeit folgen zu können.

Die politische Philosophie des Aristoteles beruht auf dem Prinzip der Gleichheit und Freiheit und rückt Staat und Seele noch näher aneinander. In der berühmtesten anthropologischen Definition unserer philosophischen Überlieferung erklärt sie gar die Staatlichkeit – oder besser: das Politische – zum Kern der menschlichen Wesensbestimmung: „Anthropos zoon politikon physei estin"[3] – *der Mensch ist von Natur aus ein politisches Lebewesen*. Die aristotelische Politik betrachtet den *bios politikos*, die politische Existenzform, das Leben des Bürgers mit seinesgleichen in der politischen Gemeinschaft, der *koinonia politike*, als einzig naturangemessene

---

[2] Vgl. Will 1983; Digeser 1995.
[3] Aristoteles, Politik 1253 a 2.

Lebensweise des Menschen. Nur in der auf Pluralität basierenden, durch Differenz belebten Gemeinschaft des Miteinanderredens und Miteinanderhandelns lassen sich die den Menschen ausmachenden natürlichen Fähigkeiten, seine Vernünftigkeit, Sprachfähigkeit und Handlungsfähigkeit entwickeln. Der Mensch ist von Natur aus auf den Bürger ausgelegt. Im tätigen Polisleben allein, in der gemeinschaftlichen Sorge um das Allgemeinwohl, kann er seiner Bestimmung gerecht werden. Nur in der Teilhabe am gemeinsamen politischen Werk erfährt er seine menschliche, sittliche und individuelle Erfüllung. Jeder Mensch muß um des schlichten Überlebens, um seiner Selbsterhaltung willen die Gemeinschaft mit anderen Menschen suchen; außerhalb der gesellschaftlichen Solidarität würden Menschen zugrunde gehen. Jedoch gründet der politische Aristotelismus nicht im Selbsterhaltungsinteresse der Menschen, er führt keinen existentiellen Notwendigkeitsbeweis des Politischen. Die politische Welt ist für ihn vielmehr der Bereich der Verwirklichung und Vollendung der menschlichen Natur.

Während Platon Seele und Staat über den Begriff der natürlichen Herrschaftsordnung miteinander verbindet und aus diesem Begriff seine expertokratische, in der Seele den Logos zum Herrscher ausrufende, im Staat hingegen den Philosophen, also die menschliche Inkarnation höchster Erkenntnisbefähigung, mit der Herrschaftsverpflichtung belastende Normgestalt gewinnt, verknüpft Aristoteles Seele und Gemeinwesen perfektionistisch und erblickt in der politischen, herrschaftsfreien Gemeinschaft den natürlichen Ort menschlichen Gedeihens, der Entwicklung und Vervollkommnung der wesentlichen menschlichen Fähigkeiten, deren gelungene Ausübung den Bürgern Glück und ethischen Selbstgenuß verschafft. Diese Verbindung von individueller *ethischer* Selbstsorge und kollektiver *politischer* Selbstsorge steht unter der Vorraussetzung, aller anstrengenden Subsistenzsicherung enthoben zu sein. Nur dann ist politisches Leben möglich, sind Bürger zur Selbstvervollkommnung in notwendigkeitsentrückter ethischen wie politischen Selbstsorge fähig, wenn sie die Menschen unerläßliche Auseinandersetzung mit den Notwendigkeiten des Lebens anderen, nämlich Sklaven, aufbürden können. Auch Aristoteles' politische Philosophie ist also in einem bestimmten Sinne eine Philosophie der Ungleichheit. Zwar ist hier Ungleichheit nicht konstitutives Gestaltungsprinzip der politischen Welt, jedoch deren unabdingbare Voraussetzung, denn das dem Politischen immanente Prinzip bürgerlicher Gleichheit kann nur durch Exklusion, nur auf Kosten fundamentaler gesellschaftlicher, ethischer und politischer Ungleichheit etabliert werden. Damit die einen Bürgerqualität erlangen und ihre menschliche Natur kultivieren können, müssen sie andere mit Gewalt von dem politischen Raum individuell-ethischer und kollektiv-politischer Selbstsorge fernhalten[4]. Diese anderen werden zu einem ausschließlich körper-

---

[4] Aristoteles wird fälschlicherweise häufig die inkonsistente anthropologische These zugeschrieben, daß es Sklaven von Natur aus gäbe, die Natur somit Menschen entweder mit einer Sklavennatur oder einer Bürgernatur ausgestattet hätte. Aristoteles' Rechtfertigung der Sklaverei stützt sich jedoch nicht auf

lichen Dasein verurteilt, das praxeologisch inferior ist, zur Überlebenssicherung taugt, jedoch den Genuß eines guten, gelingenden Lebens nicht gestattet. Sie bilden den Körper der politischen Gemeinschaft, der sich dem Stoffwechsel der Natur eingliedert und die fällige, zur Erhaltung unerläßliche Arbeit für alle übernimmt. Sie werden der Unfreiheit geopfert, damit sich die Bürger in freier Selbstbestimmung ausschließlich der Entwicklung ihrer geistigen Tüchtigkeit und ethisch-politischen Exzellenz widmen können.

II. Die rechtfertigungstheoretische Bedeutung des Personenbegriffs in der neuzeitlichen politischen Philosophie

Das Verhältnis zwischen Staat und Seele, zwischen Person und institutioneller Ordnung ist sowohl bei Platon als auch bei Aristoteles durch die Priorität des Politischen bestimmt. Jedoch ist diese Vorrangigkeit bei den beiden Philosophen von unterschiedlicher Natur: während bei Platon die Vorrangigkeit methodologischer Art ist, besitzt sie bei Aristoteles metaphysisches Gewicht. Während bei Platon der erkenntnistheoretische Umweg über das Gemeinwesen genommen werden muß, um das epistemologisch unzugänglichere Terrain des seelischen Innenlebens analogisch zu erfassen, ist bei Aristoteles die Politizität ein dem Menschen eingeschriebener, ihn auf die Vollendungsgestalt seiner Möglichkeiten ausrichtender Wesenszug.

Mit dem Übergang zur politischen Philosophie der Neuzeit wird dieses Verhältnis umgekehrt. Die politische Philosophie der Neuzeit räumt dem Individuum den Vorrang ein und modelliert die institutionelle Ordnung des Politischen nach seinem Bild. Der Grund dieser Inversion liegt in der rechtfertigungstheoretischen Radikalisierung der neuzeitlichen politischen Philosophie; und diese hinwiederum ist Folge der Ablösung des rechtfertigungstheoretischen Objektivismus durch einen rechtfertigungstheoretischen Subjektivismus zu Beginn der Neuzeit. Das Verblassen der theologischen Weltsicht, das Verschwinden der traditionellen qualitativen Naturauffassung unter dem nüchternen Tatsachenblick der modernen Wissenschaften, der Zerfall der festgefügten und wertintegrierten Sozialordnung unter dem wachsenden Ansturm der Ökonomisierung und Verbürgerlichung der gesellschaftlichen Verhältnisse – all das verlangte nach einer Neuorganisation der kulturellen Rechtfertigungspraxis, die mit den neuartigen geistigen Grundlagen der

---

eine humanbiologische Disposition, sondern auf ein anspruchsvolles Freiheitsverständnis. Ihr Kern ist die Überzeugung, daß ein gutes, sittlich und politisch glückendes Leben nur möglich ist, wenn der Bürger die erforderlichen Auseinandersetzungen mit den Notwendigkeiten des Lebens an andere delegiert, um sich den erforderlichen Freiraum für Selbstentwicklung und Selbstvervollkommnung zu schaffen; vgl. Arendt 1958.

Welt der Moderne, mit den neugeprägten Selbst- und Weltverhältnissen der Menschen in Übereinstimmung stand. Die objektivistischen Legitimationstheorien der Tradition, das stoisch-christliche Naturrecht, der theologische Absolutismus oder die Annahme universell gültiger teleologischer Ordnungsstrukturen, hatten ihre Geltung eingebüßt und konnten nicht mehr herangezogen werden, um die gesellschaftlichen Begründungsgewohnheiten metaphysisch zu untermauern. Protagonist dieses neuzeittypischen rechtfertigungstheoretischen Subjektivismus ist das autonome, aus allen vorgegebenen Natur-, Kosmos- und Schöpfungsordnungen herausgefallene, allein auf sich gestellte Individuum. Der Mensch erfährt nicht mehr durch Integration in übergreifende und von Natur aus frühere oder geschichtlich vorgegebene Gemeinschaften Wert und Sinn, sondern umgekehrt gilt jetzt, daß sich die gesellschaftlichen und politischen Einrichtungen nur dann rechtfertigen lassen, wenn sich in ihren Funktionen die Interessen, Rechte, Glücksvorstellungen der Individuen spiegeln[5].

Diese neuzeittypische individualistische Fundierung aller gesellschaftlichen und politischen Organisationsformen krempelt das traditionelle Verhältnis von Individuum und Gemeinschaft gründlich um. Zum einen schreibt sie dem Individuum *rechtfertigungstheoretische Absolutheit* zu, die verlangt, es dem Bereich des Besonderen zu entziehen und jenseits aller geschichtlich entwickelten und kulturell formierten Gemeinschaftlichkeit zu situieren. Nur als entweder naturalisiertes oder universalisiertes Individuum, nur als Bewohner einer vor-sozialen Natur oder einer gesellschaftsjenseitigen Vernunftallgemeinheit vermag es die Rolle zu übernehmen, die ihm eine Rechtfertigungstheorie zuweist, die alles Vertrauen in die Leistungskraft der traditionellen objektivistischen Legitimationsinstanzen verloren hat, gleichwohl aber an dem Allgemeingültigkeitsziel festhalten will. Als gerechtfertigt können gesellschaftliche und politische Institutionen daher nur gelten, wenn sie generellen Präferenzen der menschlichen Natur oder universellen normativen Bestimmungen menschlicher Persönlichkeit entsprechen. Zum anderen führt die individualistische Fundierung zur Auszeichnung des Legitimationstyps des *prozeduralen Konsentismus*. Da menschliche Individuen unterschiedliches normatives Gewicht nur im Rahmen vorgegebener normativ verbindlicher Ordnungen besitzen können, diese aber rechtfertigungstheoretisch nicht mehr in Betracht kommen, zählt ein Individuum soviel wie jedes andere, hat jedes Individuum also gleiches Recht, im Legitimationsdiskurs gehört zu werden. Die rechtfertigungstheoretische

---

[5] Diese Vorgängigkeit des Subjekts gilt auch für die nicht-konstruktivistische politische Philosophie der Neuzeit. Bei aller kritischen Distanz zu den aprioristischen Naturrechtsentwürfen seiner Zeit hat Hegel doch an der neuzeittypischen Priorität des Subjekts festgehalten und dem aristotelischen Diktum von der von Natur aus früheren Polis das Diktum von der zu erkennenden und wiederzuerkennenden Vernunft in der historisch-gesellschaftlichen Wirklichkeit, gleichsam als modernitätsaffirmativen hermeneutischen Kontrapunkt, entgegengestellt; vgl. Bubners den Hegelschen Kontext genau treffende Formulierung von der „Rationalität als Wiedererkennen" (Bubner 1996, S. 158).

Absolutsetzung des Individuums führt also notwendig zum *Egalitarismus*; und dieser hinwiederum verlangt, die fällige Rechtfertigung *konsensgenerierenden Verfahren* zu übertragen. Das erklärt die nicht nachlassende Attraktivität des Kontraktualismus in der politischen Philosophie, denn der Vertrag ist das konsensgenerierende Verfahren kat' exochen[6]. Eine weitere Konsequenz der individualistischen Fundierung gesellschaftlicher und politischer Institutionen ist deren *artifizieller Charakter*. Institutionelle Ordnungen sind menschliche Erfindungen, Machwerke, Instrumente. Sie sind der Natur entgegengesetzt, sie sind künstlich, haben keinen eigenen Sinn, keinen eigenen Wert, kein eigenes Recht. Bedeutung kommt ihnen nur zu, insofern sie sich für die Menschen als nützlich erweisen. Daher besitzen die Rechtfertigungsargumente des prozeduralen Konsentismus allesamt eine praxeologische Tiefenstruktur. Sie erzählen die Geschichte des Zustandekommens, der Durchführung und des Ergebnisses von kollektiven rationalen Erfindungshandlungen.

Das historisch früheste dieser neuzeittypischen Rechtfertigungsargumente ist der Hobbessche Staatsbeweis. Seine logische Grammatik dient allen späteren Argumentationen als verbindliches Muster. Alle späteren Begründungsargumente in der politischen Philosophie der Neuzeit sind nur Variationen des von Thomas Hobbes angeschlagenen rational-konstruktivistischen Grundmotivs. Während die klassische Politik sich als Theorie der guten politischen Ordnung versteht und die Kriterien einer vorzugswürdigen Herrschaftsform und Verfassung entwickelt, geht die neuzeitliche politische Philosophie noch einen rechtfertigungstheoretischen Schritt hinter diese normative Differenz zwischen guter und schlechter politischer Ordnung zurück und macht die Notwendigkeit von Staat und Gesellschaft selbst zum Schlüsselproblem. Sie ist nicht auf Ordnungserkenntnis ausgelegt, sondern zur Ordnungsherstellung aufgerufen. Gilt für die theoretische neuzeitliche Philosophie der Grundsatz von der Konvertibilität des Wahren und Gemachten, so gilt für die praktische neuzeitliche Philosophie der Grundsatz von der Konvertibilität des Guten und Gemachten. Staatsbeweise[7] bemühen sich um den Nachweis der rationalen Vorzugswürdigkeit einer staatlichen, Gewalt monopolisierenden und dadurch ein friedliches Zusammenleben ermöglichenden Herrschaftsordnung. Der Nachweis rationaler Vorzugswürdigkeit basiert auf vergleichenden Zustandsbeurteilungen, die ihrerseits konstante und darum vergleichsermöglichende Beurteilungskriterien voraussetzen. Es ist ersichtlich, daß dieses rechtfertigungstheoretische Szenario das natürliche, gesellschaftlich unformierte, kulturell unbestimmte und darum allgemeinheitsfähige menschliche Individuum in

---

[6] Vgl. Kersting 1994.

[7] Die immer zugleich auch Vergesellschaftungsbeweise sind, da natürlich nicht der Staat als Staat, sondern als Ermöglichungs-, Erhaltungs- und Optimierungsbedingung von Vergesellschaftung, von menschlicher Koexistenz bei derartigen Argumentationen in Frage steht.

den Rang des Protagonisten erhebt, so daß seine Ausstattung, seine Interessenlage und Rechtsposition, seine subjektivitätstheoretische Physiognomie und sein personentheoretisches Profil Richtung wie Ziel des gesamten Argumentationsgangs der politischen Philosophie bestimmen müssen. Denn dann gelingt der Nachweis der rationalen Vorzugswürdigkeit eines staatlichen Zustandes, wenn sich plausibel machen läßt, daß ein rationales, zur zuverlässigen Situationseinschätzung taugliches wie zur konsistenten Abwägung unterschiedlicher Optionen fähiges Individuum die notwendigen Schritte unternehmen würde, um den natürlichen Zustand in einen staatlichen Zustand zu überführen. Die Überzeugungskraft eines solchen *exeundum e statu naturali*-Arguments ist von vielerlei Faktoren abhängig: die Diagnose der Unerträglichkeit der Anarchie muß Zustimmung finden; ebenfalls muß die Einschätzung der Therapie – im Hobbesschen Falle: die vertragliche Konstitution absoluter Herrschaft durch rückhaltlose Autorisierung – akzeptiert werden. Sowohl hinsichtlich der Diagnose als auch hinsichtlich der Therapie hängt die Anerkennung des Arguments auch und nicht zuletzt von den anthropologischen Voraussetzungen ab, die es macht, von seinem Menschenbild, und das heißt: von der den Individuen im Argument zugeschriebenen Interessenlage, ihrem Subjektivitätsprofil, ihrem Entscheidungsverhalten, ihrer Leitrationalität, ihrer Persönlichkeitsstruktur und ihrer normativen Verfassung. Ist jemand etwa der Meinung, daß das Argument mit einem unterbestimmten Rationalitätsbegriff oder einem metaphysisch extravaganten Persönlichkeitsverständnis oder einem unhaltbaren normativen Apriorismus operiert, dann wird er dem Argument bestenfalls formale Konsistenz bescheinigen, aber keine Gültigkeit zubilligen können. Diese Analyse läßt sich verallgemeinern. Was für den Staatsbeweis gilt, gilt im Rahmen rational-konstruktivistischer politischer Philosophie für jede Begründungsargumentation. Immer besitzen die anthropologischen Voraussetzungen konstitutive Bedeutung für Richtung und Ziel des philosophischen Gedankengangs. Immer sind die politischen Ordnungsentwürfe ein Abbild des zugrundegelegten Menschenbildes, ein Spiegel der Bedürfnisse und Interessen, der Wertvorstellungen und Vernunftbegriffe der Menschen.

Die Anerkennung der eingebauten Rationalitäts-, Subjektivitäts- und Personenkonzeption entscheidet also in einem hohen Maße über die Anerkennung der Rechtfertigungsargumente der politischen Philosophie. Daher ist es nicht überraschend, daß letztlich alle Kontroversen in der politischen Philosophie um einen angemessenen Personenbegriff kreisen. In der Liberalismus-Kommunitarismus-Debatte ist dies manifest geworden, aber auch die früheren Auseinandersetzungen der politischen Philosophie lassen sich auf einen anthropologischen Grundlagenstreit zurückführen. *Man muß wissen, wer und was der Mensch ist, um zu wissen, welche Ordnung, welche Politik ihm bekömmlich ist.* Wird der Mensch mit einer normativen Verfassung ausgestattet, wird er mit unveräußerlichen Rechten versehen, besitzt er einen normativ verpflichtenden Kern der Würde, dann ist eine ganz andere politische Ordnung erforderlich, als wenn wir uns dafür entscheiden, ihn als *homo oeconomicus*, gar als „globally maximizing machine" [8] zu betrachten. Erblicken wir in der Menschennatur ein Bündel wesentlicher Fähigkeiten, die durch ein „human flourishing"-Programm zu fördern sind [9], dann müssen wir eine andere Gesellschaft aufbauen, als wenn wir uns mit der politisch-rechtlichen Implementierung von Chancengleichheit begnügen. Betrachten wir den Menschen als lebensweltlich fest-gestelltes Wesen, bis in seine Vernünftigkeit hinein durch ethisch-kulturelle Partikularität geprägt, dann werden wir den Staat mit der Aufgabe der kulturellen Homogenitätssicherung betrauen und eine Politik der Differenz, Integration und Kohärenz befürworten; ist der Mensch für uns aber ein autonomes Wesen, das seine persönliche Konzeption des guten Lebens entwirft, das zu seinem eigenen Unternehmer wird, sich eine Biographie ‚zusammenbastelt' [10] und dabei dann möglicherweise auch das Bedürfnis nach intensiven ethisch-religiösen Beziehungen entwickeln mag, dann werden wir eine Politik der Indifferenz favorisieren, die sich auf die Gewährleistung der Koexistenz unterschiedlicher ethischer Lebensentwürfe und Lebensformen beschränkt und selbst in ethischer Äquidistanz verbleibt: die autonomiestolzen „Kinder der Freiheit" [11], die sich in der „Multioptionsgesellschaft" tummeln und nur eine „Miniobligationsgesellschaft" [12] vertragen, verlangen nach anderen ordnungspolitischen Konzepten als die integrationsbesorgten und lebensweltlich verwurzelten Kinder der Gemeinschaft [13]. Und, um ein

---

[8] Elster 1988, S. 9.

[9] Vgl. Paul 1999; Nussbaum 1997.

[10] Vgl. Hitzler/Honer 1994.

[11] Vgl. Beck 1997.

[12] Vgl. Gross 1994, S. 69 ff; 103 ff.

[13] Unsere Zeit ist schnellebig, und soziologische Gegenwartsdiagnosen veralten beinahe so schnell wie die Zeitung von gestern. Trotz des raffinierten Einsatzes eines auserlesenen, auf langfristige Geltung hin ausgelegten Begriffsrepertoires überleben ihre Produkte doch kaum die Aufmerksamkeitsspanne des kurzlebigen Feuilletons. Simmel ist immer noch modern, aber die Postmodernen sind übermorgen schon widerlegt. Eine Überflußgesellschaft kann sich alles leisten; sie kann sich auch die Ästhetisierung der eigenen Existenz leisten, da die herkömmlichen Schwierigkeiten einer geregelten und gehaltvollen materialen Reproduktion allesamt beseitigt sind. Wenn die materiale Reproduktion nicht die Arbeitsenergien absorbieren und Lebenszeit binden muß, können beide für die raffinierte Steigerung der Qualität des Lebens freigestellt werden. Und weil auf das menschliche Gefühlsleben moralisch nicht der mindeste Verlaß ist, weil der Glücksmechanismus der menschlichen Psyche ethisch blind und moralisch ignorant ist und nur auf Differenz- und Einheitsintensitäten reagiert, können die Unlustwirkungen der Not des Mangels durchaus von den Unlustwirkungen der Qual der Wahl übertrumpft werden. In dem Maße freilich, in dem die materiale Reproduktion wieder Schwierigkeiten macht, in dem Maße, in dem sich die Knappheit und damit die Verteilungsbrisanz zurückmelden, ist das Bild eines friedlichen Nebeneinanders unterschiedlicher, selbstzentrierter Erlebnismilieus nicht aufrechtzuerhalten; von der Dynamik der Verteilungskämpfe vorangetrieben, driftet die Gesellschaft auseinander. *Die unerbittliche Standardisierung des Lebens durch das wachsende Elend läßt die Variationsbreite individualistischer Biographiebastelei beträchtlich schrumpfen;* das hedonistische Raffinement weicht der Verwahrlosung; materielles, kulturelles, existentielles, psychisches und emotionales Elend bricht auf. Not und Gewalt nehmen zu; und die Not wird durch keine Solidarität abgefangen, weil

letztes Beispiel zu geben, auch die Demokratietheorie entfaltet sich in personen-theoretischer Dependenz. Denn die Gestalt der Demokratie hängt ab von dem sich in ihr engagierenden Bürger: ist dieser vom Stamm des *homo oeconomicus*, dann gibt es eine Interessendemokratie, die sich mit der Etablierung wahrheitsabstinenter Entscheidungsregeln begnügt; ist der Bürger hingegen aus dem Holz der Diskurs-ethik geschnitzt, dann wird die Demokratie als wahrheitszieliges Erkenntnisver-fahren entwickelt; ist der Bürger aber republikanischer Provenienz, dann wird die Demokratie als erlebbares und affektiv involvierendes Unternehmen verstanden, als kollektive und sinnstiftende Praxis, als gemeinsames und identitätverleihendes Projekt.

Entpuppen sich die personentheoretischen Prämissen als Leitmotiv der gesam-ten philosophischen Konzeption, die sowohl das rationalitätstheoretische Profil der Argumentation als auch den institutionellen Zuschnitt der Ordnung und die pro-grammatische Gestalt der bevorzugten Politik bestimmen, dann ist es verständlich, daß die Suche nach überzeugenden personentheoretischen Angemessenheitskrite-rien resp. die Bestimmung der politikphilosophischen Reichweite des Personenkon-zepts zu den wichtigsten metatheoretischen Aufgaben der politischen Philosophie gehört.

III. Zum Doppelproblem der personentheoretischen Angemessenheit der politischen Philosophie und der politikphilosophischen Reichweite des Personenkonzepts

Es ist hilfreich, sich diesem Problem komparatistisch zu nähern und Stellung und Bedeutung des Personenkonzepts in der theoretischen Philosophie und in der praktischen Philosophie miteinander zu vergleichen. Zuerst fällt ein gewichtiger systematischer Bedeutungsunterschied auf: während das Personenkonzept in allen

---

eine Überflußgesellschaft ihrer nicht bedarf und sie getrost verlernen und ihre lebensweltlich-institutio-nellen Voraussetzungen verwahrlosen lassen durfte. Und die Gewalt wird weder durch Institutionen noch durch Zivilität gestoppt, weil eine Überflußgesellschaft ihrer nicht nur nicht bedarf, sondern sie als unziemliche Behinderung individueller Erlebnissteigerung und existentieller Selbstentgrenzung beseitigen mußte. In dem Maße also, in dem mit dem Auftauchen von Arbeitslosigkeit und den damit verbundenen sozialen, kulturellen und psychischen Verelendungsfolgen zum einen und der Wieder-kehr der alten *pleonexia* in der face-gelifteten *yuppie*-Gestalt zum anderen der alte Kapitalismus wieder sein bekanntes strenges Gesicht zeigt, in dem Maße ist eine diagnostische Theorie der Gesellschaft, die diese als eine hedonistische Gemengelage von Erlebnismilieus und Selbstverwirklichungsbiotopen darstellt, zynisch, borniert und ideologisch. Der Gegenwartsdiagnostiker bastelt die gesellschaftliche Welt aus den Materialien seiner eigenen Erlebniswelt: sein ungewöhnliches Maß an Lebensfreizeit und Dispositionsfreiheit wird zur gesellschaftlichen Realität, und in der diagnostizierten Ästhetisierung der Lebenswelt reflektiert sich sein professionsbedingter Schwebezustand.

Theoriekonzeptionen der praktischen Philosophie die unerläßliche Grundlage bildet, ist es im Bereich der theoretischen Philosophie ein Problem unter anderen. Besitzt das Personenkonzept konstitutiv-paradigmatischen Rang, wie in der praktischen Philosophie, dann bestimmt es die in diesem Reflexionsbereich herrschende Wahrnehmung und argumentative Behandlung der einschlägigen Probleme. Ist das Personenkonzept hingegen nur ein Problem unter anderen, wie in der theoretischen Philosophie, dann gerät seine Wahrnehmung und systematische Bestimmung unter den Einfluß der in diesem Argumentationsterrain geltenden konstitutiv-paradigmatischen Voraussetzungen. Die allgemein zugrundegelegten Vorstellungen von Realität und Identität, von Einheit, Zeit und kausaler Folge legen auch den Grundriß für die subjektivitätsontologische Vermessung und identitätsphilosophische Bestimmung der Person fest. Die gewählten Wirklichkeitsparameter entscheiden, ob die Theoriekonzeption reduktionistisch oder nicht-reduktionistisch verfährt, ob sie eine einheitliche und physikalistisch homogene Wirklichkeit im Rahmen einer von den Naturwissenschaften inspirierten Einheitsmethode präsentiert oder ob sie ein komplexeres ontologisches Programm verfolgt und die Seinsbereiche der Körperlichkeit, Leiblichkeit und selbstbezüglichen Bewußtheit zu unterscheiden weiß.

III.1. Sterblichkeit, Verletzlichkeit, Bedürftigkeit

Die Probleme des Verhältnisses von Körper und Seele, der Identität der Person, der Natur von Bewußtsein und Selbstbewußtsein sind klar umrissen, denn die Abhängigkeit der subjektivitätstheoretischen und personentheoretischen Problemauffassung in der theoretischen Philosophie von allgemeinen ontologischen, epistemologischen und methodologischen Voraussetzungen gibt dem Problembereich der Subjektivität und Personalität ein Maß an Homogenität und semantischer Genauigkeit, das die personentheoretischen Grundlagen der praktischen Philosophie nicht aufweisen. Diese Uneinheitlichkeit und innere Vielfältigkeit zeigt sich bereits auf der Ebene der Bezeichnung: man spricht von politischer Anthropologie und Moralpsychologie, von Menschenbildern in Ethik, Wirtschaftstheorie und Menschenrecht, von Subjektivität und Personalität, man spricht vom *homo oeconomicus* und vom *homo rationalis*, vom *homo politicus* und vom *homo sociologicus*. Grund dieser Bezeichnungsvielfalt ist die innere Komplexität der anthropologischen/subjektivitätstheoretischen/personentheoretischen Grundlagen der praktischen Philosophie. Denn das paradigmatische Menschenbild der praktischen Philosophie, das der Prinzipienbegründung den Weg weist und den Ordnungsentwürfen das Material liefert, ist semantisch heterogen und vereinigt empirisch-humanbiologische, rationale, hermeneutische und normative Bestimmungen. Von diesen vier Eigenschaftsgruppen ist nur die erste interpretationsunbedürftig und daher unstrittig. Sie beschreibt die Endlichkeit der menschlichen Natur, das menschentypische Auseinandertreten von Bedürfnis, Vermögen und Umwelt. Sie handelt also von den objektiven Erhaltungsbedingungen des Menschen und damit seiner Angewiesenheit auf Politik, auf Vergesellschaftung und Herrschaft. Dieser Diskurs über die natürlichen Bedingungen von Staat, Recht und Gerechtigkeit durchzieht das gesamte europäische politische Denken von Platons *Protagoras* bis zu John Rawls' *Theory of Justice*[14].

III.2. Was ist die Vernunft des Menschen?

Die zweite Eigenschaftsgruppe bezieht sich auf das rationalitätstheoretische Profil des Menschen. Was aber ist die Vernunft des Menschen? Gehen wir diese Frage phänomenologisch, ohne konzeptuelle Vorentscheidungen an, dann können wir Vernunft als Sammelbezeichnung für das reichhaltige menschliche Rationalitätsrepertoire verstehen, für all die Rechtfertigungsstrategien und Typen guter Gründe, über die Menschen gemeinhin verfügen, um die in ihrem Erkenntnis-, Handlungs- und Sozialleben anfallenden Begründungsbedürfnisse unter Heranziehung der mehr oder weniger kompetent operierenden Urteilskraft situationsangemessen und kohärent zu befriedigen. Wie jeder Pluralismus stellt natürlich auch der hier unterstellte Rationalitätssortenpluralismus eine Herausforderung für die systematisch interessierte Philosophie dar, die sie unglücklicherweise zumeist nicht meistern kann. Sie neigt zu wirklichkeitsunterbietenden Strategien, um die anfallenden Koordinationsprobleme zu lösen. Entweder macht sie sich auf die Suche nach der „Einheit der Vernunft in der Vielfalt ihrer Stimmen"[15] und findet diese in der kommunikativen Rationalität, die damit in den Rang einer Übervernunft erhoben wird. Es gibt jedoch keine Metavernunft: die Vernunft *ist* die Vielfalt vernünftiger Stimmen. Oder sie verführt reduktionistisch, erklärt eine der Rationalitätssorten zur maßgebenden Leitvernunft, verabsolutiert damit den dieser ausgewählten Rationalitätsart zugeordneten Typus von Gründen und schränkt das protagonistische *animal rationale* auf die dieser Rationalitätssorte unterliegenden anthropologischen und subjektivitätstheoretischen Grundzüge ein.

   Sicherlich gibt es heutzutage wohl keine Philosophie, die wie die Platons für den Philosophen eine besondere Erkenntnisbegabung reklamiert und sich selbst jenseits der tumultuarischen Welt des Meinens verortet. Aber daraus ist nicht zu folgern, daß es vor dem Hintergrund einer allgemeinen und vollständig laisierten Vernunft keine Möglichkeiten für die Philosophie gäbe, sich von dem *common sense* zu weit zu entfernen. Es gibt diese Möglichkeiten, und sie werden in der Regel von der Philosophie ausgiebig wahrgenommen. Freilich führen diese modernitätsimmanenten Wege die Philosophie nicht mehr aus der Höhle des Meinens, nicht zu einer Ausweitung von Erkennen und Wirklichkeit über den Horizont des *common sense* hinaus, sondern im Gegensatz zu einer Verengung seiner Erkenntnisperspektiven

---

[14] Platon, Protagoras 321a–324c; Rawls 1971, S. 126–130.
[15] Vgl. Habermas 1988, S. 153.

und zu einer Verflachung seiner Wirklichkeitsauffassung. Die Philosophie demütigt den *common sense* nicht mehr durch Überbeanspruchung, verwirrt ihn nicht mit alternativen und konkurrierenden Erkenntniskonzepten und Wirklichkeitsauffassungen, die seinen Vorstellungen eine ihn schwindeln machende Tiefe und eine seine Fassungskraft sprengende Reichhaltigkeit gibt, sondern sie kränkt ihn durch Unterbeanspruchung, irritiert ihn durch Reduktionismus und Vereinfachung und unterbietet sowohl die innere Differenziertheit seiner Wirklichkeitssicht als auch die Reichhaltigkeit seines Rationalitätsrepertoires.

Dieses reduktionistische Vorgehen hat in hohem Maße die Theoriebildung in der Moralphilosophie und der politischen Philosophie der Neuzeit bestimmt. Konzeptionen, die ihre Begründungsverpflichtungen allein durch Inanspruchnahme der individualistischen oder ökonomischen Rationalität einlösen, stehen neben anderen, die ihre Argumentation auf unterschiedliche Formen universalistischer Rationalität stützen. Und beiden opponiert die kollektive oder ethische Rationalität, die sich zur Entwicklung und Rechtfertigung ihrer institutionellen Vorschläge und politischen Programme ausschließlich auf die lebensweltliche Konkretheit und kulturelle Bestimmtheit menschlicher Existenz beruft[16].

Die Verbindung zwischen Personenkonzept und politischer Philosophie ist hier nicht minder offensichtlich als im Fall der ersten der oben erwähnten personentheoretisch relevanten Eigenschaftssorten. Die rechtfertigungstheoretische Kapazität der gewählten Leitvernunft bestimmt die Weise, wie die politische Philosophie ihrer Aufgabe nachkommt, eine gerechte und bekömmliche Ordnung des menschlichen Miteinanderlebens zu entwickeln. Die Leitrationalität entscheidet damit auch über die Bedingungen der rationalen Vorzugswürdigkeit und Anerkennungswürdigkeit der politischen Ordnung. Sie bestimmt allein die Semantik der Legitimität verschaffenden Billigung, da sie die Kriterien monopolisiert, mit deren Hilfe zu entscheiden ist, in welchem Maße sich das Subjekt in der politischen Ordnung wiederfindet, in welchem Maße der von der gewählten Rationalitätssorte geprägte Selbstverständigungsdiskurs der politischen Philosophie das Selbstverständnis der Subjekte spiegelt. Während jedoch die Evidenz menschlicher Endlichkeit überwältigend und die darin begründete Ordnungsbedürftigkeit und Politikangewiesenheit des Menschen unstrittig ist, ist die rationalitätstheoretische Orientierung der politischen Philosophie durchaus kontrovers. Dabei wird freilich zumeist übersehen, daß die begrenzte Zuständigkeit, die immer nur bereichsspezifische Kompetenz der einzelnen Rationalitätsarten, eine kooperative Vernunftverfassung nahelegt, die die einzelnen Rationalitätssorten integriert und daher eine weit differenziertere Argumentation erlaubt, als es der Philosophie möglich ist, die sich eine einsinnige Leitvernunft auswählt und ihr Allzuständigkeit unterstellt. Der *common sense* weiß,

---

[16] In Kersting 1999a habe ich untersucht, welche Theoriekonzeptionen in der politischen Philosophie den genannten Rationalitätssorten entsprechen und welche Stärken und Schwächen diese Theoriekonzeptionen besitzen.

was der Philosophie zu begreifen offenkundig schwer fällt, daß die Ordnung der Rationalitätssorten das Leben selbst ist und dessen Gelingen von der Qualität des integrativen Zusammenspiels der Rationalitätssorten abhängig ist. Ich bin davon überzeugt, daß der *common sense*, die sich immer schon im Lichte eines Selbstbildes erfassende Person, das Subjekt, das sich im Rahmen einer transzendentalherme-neutischen Selbstvermessung oder metaphysischen Selbstbeschreibung[17] mit den vertrauten Grundzügen seines Selbstkonzepts bekannt macht, ein zuverlässiger Ratgeber einer nicht-reduktionistischen Philosophie ist. Ich werde daher in enger Zusammenarbeit mit ihm das Problem der personentheoretischen Angemessenheit angehen.

III.3. Grundzüge der Lebensführungshermeneutik: Selbstverständnis und Selbstsorge

Unter dem Begriff der hermeneutischen Eigenschaften versammele ich all die Eigen-schaften, die in der strukturellen Selbstbezüglichkeit des Menschen begründet sind. Diese ruht nun ihrerseits gewißlich auf noch tiefergelegenen subjektivitätstheoreti-schen Schichten des Selbstbewußtseins. Jedoch bedarf es keiner diese Tiefen auslo-tenden bewußtseinstheoretischen Aufklärung, um die strukturelle Selbstbezüglich-keit menschlicher Lebensführung als grundlegende und auch für die politische Phi-losophie bedeutsame personentheoretische Eigenschaft zu exponieren. Was immer die zwischen Reflexionszirkel und Präreflexivität schwankende Selbstbewußtseins-philosophie zu Tage fördern mag, unsere praktischen und theoretischen Weltbezüge sind in Selbstverhältnisse eingebettet[18]. Wir existieren nicht nur, sondern wir führen ein Leben; wir sind nicht nur, sondern wir interpretieren uns. Zu Recht erklärt die Taylorsche Anthropologie in der Nachfolge Heideggers und Gadamers das Ver-stehen zum Seinsmodus, exponiert sie den Menschen als sich interpretierendes Wesen, das seiner selbst nur im Bedeutungsfeld bestehender Selbst- und Welt-verhältnisse habhaft werden kann. Die wissenschaftliche Erfassung seiner Welt ist daher notwendig „double hermeneutic"[19]; denn immer stößt hier das Verständnis auf eine symbolisch vorstrukturierte, auf eine sich immer schon selbst verstehende Welt. Das gilt für die personale Selbsterfassung ebenso wie für eine nicht-reduk-tionistische, dem Seinsmodus des Verstehens sich anmessende Sozialwissenschaft. Keine individuelle oder kollektive Selbstaufklärung kann so tief reichen, daß sie diesen hermeneutischen Zirkel verlassen könnte.

Selbstinterpretationen sind keine idiosynkratischen Konstruktionen, keine ori-ginellen Kreationen; Selbstinterpretationen bedienen sich aus dem bereitgestellten

---

[17] Zu diesem Programm einer Transzendentalhermeneutik oder deskriptiven Metaphysik vgl. P. F. Strawson: Individuals. An Essay In Descriptive Metaphysics, London 1959.

[18] Vgl. Sturma 1997.

[19] Giddens 1976, S. 158.

Fundus kultureller Deutungsmuster. Sie ruhen auf einem breiten Konventiona-
litätssockel und können nur unter dem Regiment des Heideggerianischen Man
entwickelt werden. Die kollektiven Diskurse der kulturellen Selbstverständigung
bilden den hermeneutischen Lebensraum der individuellen Identitätsbildungspro-
zesse. Die Gesellschaft ist keine neutrale Bühne, auf der sich die Individuen wechselseitig bei ihrer Selbstherstellung zusehen. Unsere Arbeit an unserer Identität,
an dem je besonderen personalen Wer geht nicht in privater Abgeschiedenheit vor
sich. Die Gesellschaft prägt unser Selbstverständnis, färbt unsere Lebensprojekte
und beeinflußt unsere Sichtweisen und Urteilsgewohnheiten. Identitäten entstehen
hypoleptisch, sie sind Variationen vorgegebener Themen und Motive. Personen
beziehen ihre Selbstverständigungsmaterialien aus einem immer schon bereitgestellten Vorrat an Auslegungsmustern, Wertorientierungen, Beurteilungsperspek-
tiven.

Personale Selbstverständigung ist reflexive Lebenspraxis. Reflexiv ist unsere
Lebenspraxis, weil wir unser Leben grundsätzlich, wenn auch nicht immer explizit,
im Lichte von persönlichen, Sinn und Bedeutsamkeit verleihenden Wertungen
führen. Wer wir sind, ist unabhängig von unseren Interessen, Wünschen und
Wertungen, ist unabhängig von dem, was wir sein möchten, was für uns wichtig
ist, was für ein Leben wir führen und in welcher Gesellschaft wir leben möchten,
nicht zu ermitteln. *Die hermeneutischen Eigenschaften der Person verklammern eine
Ontologie der Selbstauslegung mit einer Praxeologie der Selbstsorge.* Unsere Identität
ist kein Klassifikationsergebnis, sondern lebenslängliche Arbeit. Wir realisieren
nicht nur Präferenzen, sondern wir haben ein Selbstinteresse, wir sorgen uns um
uns selbst, wir suchen, uns selbst zu verwirklichen. Das jedoch, um das wir uns
sorgen, an dem uns gelegen ist, das wir zu verwirklichen trachten, ist nicht ein
kontingenter Behälter für Interessen, Wünsche und Ansichten, das sind wir selbst
und das Leben, das wir führen.

Menschen hasten nicht von Handlungen zu Handlungen, von Situationen zu
Situationen. Sie sind nicht an den „Pflock des Augenblicks" (Nietzsche) gefesselt
und kein Spielball fremder Kräfte. Sie haben Selbstbewußtsein und häufig freie
Wahl; sie haben eine Vorstellung von Vergangenheit, Gegenwart und Zukunft
und verfügen über eine providentielle, in die Zukunft hineinlangende Vernunft.
Sie entscheiden und wählen aus, sie planen, entwickeln langfristige Strategien,
Ideale und Wertperspektiven und entwerfen Lebenspläne[20]. Menschen beziehen
sich nicht nur auf ihre Handlungen und einzelne Erfolgsstrategien, sie beziehen
sich auch auf das Insgesamt ihrer Handlungen und Strategien und ordnen dabei
die einzelnen praktischen Elemente integrierenden Zielen und einschränkenden
Werten unter. Menschen wünschen sich, daß ihr Leben gelingt, glückt, wertvoll
und sinnhaft ist; zumindest dann wünschen sie sich das, wenn sie in einer wohlgeordneten Gesellschaft leben, sich diesen Wunsch also leisten können und bei der

---

[20] Zur personentheoretischen Bedeutung des Lebensplankonzepts vgl. Sturma 1997, S. 296–304.

vernünftigen Ausgestaltung und moralischen Verbesserung ihres Lebens sich auf
eine hinreichende Grundgüterversorgung und entgegenkommende Institutionen
verlassen können. Im Begriff des Lebensplans beziehen sich die Menschen auf die
Gesamtheit ihres Lebens; mit ihm übernehmen sie Verantwortung für ihr Leben;
in ihm spiegelt sich der Wunsch, die Hoffnung auf ein selbstbestimmtes Leben.
In unseren Vorstellungen von einem guten und richtigen Leben beziehen wir uns
auf unsere Interessen, Wünsche und Ansichten, bilden wir Formen, Muster, Ordnungen für Interessen, Wünsche und Ansichten aus und entwickeln qualitative
Wertperspektiven, um zu vergleichen und zu gewichten. Diese Wertperspektiven
gehen weit über eine präferenzlogische Hierarchisierung hinaus; sie begnügen sich
nicht mit einer lexikographischen Ordnung; sie dekontingentisieren in einem starken Sinn, denn sie stiften Sinn und Bedeutung; sie konstituieren unsere, obzwar
kulturell vermittelte, *persönliche Grammatik der Wichtigkeit, Vorzugswürdigkeit und
Wünschbarkeit*[21]. In ihrem Licht beurteilen wir unsere Präferenzen und Vorhaben; sie definieren die Standards, denen wir uns verpflichtet wissen; sie enthalten
die Kriterien unserer Selbstbewertung und entscheiden über Selbstachtung und
Selbstrespekt. Sie konstituieren die praktische Ontologie unserer Selbstsorge. Als
evaluatives Gravitationsfeld personaler Identität begründen sie gleichzeitig gelingende Lebensführung und Selbstwert[22].

Um die personentheoretische Bedeutung dieses wertungsbegründeten Iden-
titätsregiments, dieser persönlichen Grammatik der Wichtigkeit, Vorzugswürdigkeit und Wünschbarkeit richtig zu erfassen, ist es hilfreich, neben der Differenz begründenden inhaltlichen Ausrichtung dieser Identitätsgrammatik auch
ihre formalen praxeologischen und identitätskonstitutiven Leistungen hervorzuheben. Wie immer die lebensbeurteilenden und lebensleitenden Wertungen und

---

[21] Vgl. Taylor 1985a, S. 15–44; Frankfurt 1971.

[22] Diese evaluative Grammatik der reflexiven Lebensführung mag ethischen Zuschnitts sein; sie muß
es aber nicht sein, um der hier angedeuteten allgemeinen Strukturbeschreibung zu genügen, sie kann
auch ästhetischer oder hedonistischer Natur sein, kann auch durch Autonomievorstellungen des
neuzeitlichen Moraluniversalismus geprägt sein. Nicht auf die inhaltliche Interpretation dieser evaluativen Strukturen kommt es an, sondern auf ihre formale Funktion innerhalb des hermeneutischen
Charakters der Person, innerhalb der verzahnten Prozesse der Selbstverständigung und Selbstsorge.
Wichtig ist hier allein, daß personale Lebensführung wesentlich eine Lebensführung ist, die sich im
Lichte „starker Wertungen" (Taylor) vollzieht, die Selbstachtung und Eigenwert der Person daran
bindet, daß das Leben seine eigenen evaluativen Standards nicht unterbietet. Darum liegt es mir auch
fern, es dem Kommunitarismus gleichzutun und kurzschlüssig eine partikularistische Ethik gegen
eine universalistische Moral auszuspielen. Die mich hier interessierende ‚persönliche Grammatik der
Wichtigkeit, Vorzugswürdigkeit und Wünschbarkeit' steht quer zu diesem Dualismus: weder verlangt sie von sich her eine antiuniversalistische, partikularistische Interpretation, noch vermag der
Moraluniversalismus ohne ihre Unterstützung, je praktische Bedeutung zu erhalten. Nur dann, wenn
der Moraluniversalismus in die ‚persönliche Grammatik der Wichtigkeit' Einlaß gefunden hat, wenn
der kategorische Imperativ also zum individuellen Gesetz (Simmel), zur Maxime meiner persönlichen
Selbstsorge geworden ist, vermag Moral wirklich zu werden.

Ideale aussehen mögen, immer geben sie als restringierende Randbedingungen und konzentrierende Zielvorstellungen dem Leben Einheit, Kohärenz und Ordnung. Genauso wie sie die Person dekontingentisieren, ihr eine Identität mit starkem Einheitssinn verschaffen, bündeln sie das Leben, machen aus dem zeitlichen Nacheinander kontingenter Episoden ein Projekt, das als einheitliches der Person zuschreibbar ist und damit überhaupt erst die Voraussetzung dafür bietet, von ihr als ihr Leben erkannt und gelebt zu werden. An der Forderung, menschliche Lebensführungskompetenz zu erklären, muß jeder Humeanismus, muß jede reduktionistische Personentheorie zerbrechen. Person und Leben sind offenkundig korrelative Begriffe; daher kann der Lebensbegriff selbst personentheoretisch kritielle Bedeutung erlangen. Lebenstauglichkeit wird somit zu einem personentheoretischen Angemessenheitskriterium. Nur dann vermag eine objektive zeitliche Abfolge von Episoden, als ein Leben bezeichnet zu werden, wenn wir diese Episodensequenz im Sinne eines geplanten Lebens, als ein mit starkem Einheits- und Kontinuitätssinn ausgestattetes Projekt verstehen können. Und nur dann können wir es als einheitliches und kontinuierliches Projekt verstehen, wenn wir es einer mit zeitübergreifender und einheitsstiftender Identität versehenen, sich selbst unter ein starkes wertungsfundiertes Identitätsregiment stellenden Person zurechnen können.

Die Verbindung zwischen dem programmatischen Profil der politischen Philosophie und den hermeneutischen Personeneigenschaften liegt auf der Hand. Insofern personales Leben wesentlich durch Selbstverständigung und Selbstsorge geprägt ist, jedoch das Gelingen eines den eigenen Wichtigkeitskriterien angemessenen Lebens von entgegenkommenden institutionellen Verhältnissen abhängig ist, ist jeder evaluativen Lebensführungsgrammatik von Personen eine politische Philosophie eingeschrieben. Dieses Verhältnis kann expliziter Bestandteil der Selbstsorge sein, wenn etwa die Wunschvorstellung gelingenden Lebens selbst das Bild einer guten Gemeinschaft enthält, sich der Lebensentwurf selbst ausdrücklich an einen politisch-gesellschaftlichen Ordnungsentwurf bindet. Aber auch wenn die individuelle Konzeption guten Lebens einen eher politikabstinenten Zuschnitt besitzt, liegt ein implizites Verhältnis zur Politik vor, ist in der sich absolut setzenden Privatheit eine Vorstellung angemessener politischer Ordnung enthalten. Immer erscheint die politische Welt aus der Perspektive personaler Selbstverständigung und Selbstsorge dann als wohlgeordnet, wenn sie personale Selbstbestimmung ermöglicht und den Personen ein den eigenen evaluativen Standards verpflichtetes Leben gestattet.

Da jedoch die Analyse der personentheoretischen Lebensführungshermeneutik eine inhaltliche und eine formale Konstitutionsebene unterscheiden konnte, läßt sich auch die Beziehung zwischen den hermeneutischen Eigenschaften der Person und der politikphilosophischen Programmatik unter sowohl inhaltlichem als auch formalem Blickwinkel betrachten. Denn nicht nur ist die je persönliche, über die Verwirklichung von Projekten, Fähigkeiten und Wertungen erlangbare

Selbsterfüllung[23] von bestimmten institutionellen Strukturen und unterstützenden sozialen und politischen Umständen abhängig, auch die identitäts-, kohärenz- und einheitsstiftenden Basisleistungen können nur dann erbracht werden, wenn grundlegende politische Funktionen erfüllt sind. Diese Funktionen sind von zentraler Bedeutung; sie umfassen die Basisleistungen der politischen Ordnung.

Der Naturzustand muß verlassen werden: das ist der cantus firmus der abendländischen politischen Philosophie. Nur wenn machtgeschützter und rechtlich geordneter Frieden herrscht, kann knappheitsmindernde Kooperation florieren, gibt es zivilisatorischen Fortschritt, können Wissenschaft und Kultur gedeihen, können sich die Fähigkeiten und Fertigkeiten der Personen entwickeln. In Kriegszeiten jedoch verdorrt die Kultur, verkümmern die Wissenschaften, verrohen die Menschen, gelähmt durch „continuall feare and danger of a violent death. And the life of man, solitary, poore, nasty, brutish, and short"[24]. Der Zustand des Krieges ist lebensverhindernd; ein Zustand der Lebensabwesenheit. Das nackte, unqualifizierte Selbsterhaltungsprogramm schluckt alle Energien und Ressourcen der Menschen. All ihre Zeit und all ihre Kraft wird im Bemühen, die basalen Voraussetzungen für Glück und Erfolg, Selbstentwicklung und Selbstverwirklichung zu sichern, aufgebraucht. Für das Leben selbst, für Selbstgenuß und glückbereitende Erfahrung gelingenden Handelns und sich entwickelnder Kompetenzen bleibt nichts übrig.

Der politische Zustand hingegen ist lebensermöglichend; ein Zustand der Lebensanwesenheit. Denn Politik ist die dauerhafte Beendigung von Ausnahmezustand und Grenzsituation. Die politische Ordnung setzt die Herrschaft der Normalität durch; und Normalität herrscht dann, wenn durch die staatlichen Sicherheitsleistungen und die Festigkeit der Institutionen die basalen Voraussetzungen für menschliches Glück und Handlungserfolg, für personale Selbstentwicklung und ethische Selbstverwirklichung zur unauffälligen Selbstverständlichkeit geworden sind, wenn Gewalt aus dem zwischenmenschlichen Raum verbannt ist, Zukunftsvertrauen besteht, Erwartungen handlungsleitende Stabilität gewinnen und wechselseitige Verläßlichkeit herrscht. Aufgrund der gegenwärtig weit verbreiteten Neigung, die politische Philosophie, sei es gerechtigkeitsmoralisch, sei es identitätsmoralisch, zu ethisieren und mit Eifer immer neue Vollendungsgestalten liberaler Wohlordnung, erfüllender Gemeinschaftlichkeit, wahrheitszieliger Deliberation und beteiligungsstarker Demokratie zu modellieren, erfahren diese fundamentalen Zivilisierungsleistungen der staatlichen Ordnung selten die Aufmerksamkeit und Wertschätzung, die sie verdienen. Aber normative Hochgestimmtheit darf nicht dazu führen, die grundlegenden ordnungspolitischen Voraussetzungen aller gerechtigkeitsethischen oder gemeinschaftsethischen Optimierung zu vernachlässigen. Mit gutem Grund hat Kant Frieden, Rechtssicherheit und Zukunftsvertrauen

---

[23] Vgl. Gewirth 1998.
[24] Hobbes 1996, S. 89.

als höchstes politisches Gut bezeichnet. In dem Maße, in dem unser Personenverständnis auf einen starken Identitätssinn und zeitliche Einheitsstrukturen nicht
verzichten kann, in dem Maße, in dem wir den Personenbegriff mit reflexiver
Lebenspraxis und Lebensführungskompetenz verbinden, in dem Maße erweist
sich die Möglichkeit, Person zu sein, als von fundamentalen politischen Friedens-
garantien abhängig. Der Frieden hat offenkundig eine personentheoretische Pointe.
Im Krieg herrscht das Diktat der Gegenwart, unter dem sich das Leben in eine
Sequenz von immergleichen Selbsterhaltungsepisoden auflöst. Politik bricht das
Diktat der Gegenwart. Nur im Frieden gibt es differenzierte Lebensplanung. Nur
im Frieden vermag die persönliche Identitätsbildung zu florieren. Politik ist selbst
eine grundlegende Voraussetzung des Personseins.

III.4. Drei Generationen von Menschenrechten

Wenn man von der normativen Verfassung der Person spricht, meint man im
allgemeinen nicht die evaluative Matrix unserer Lebensführung und die persönliche Grammatik der Wichtigkeit, Vorzugswürdigkeit und Wünschbarkeit. Frag-
los ist die praktische Hermeneutik der Selbstsorge normativ marmoriert, jedoch
können die darin eingeschlossenen Wertungsperspektiven nur eine partikulare
Geltung beanspruchen. Die durch sie ermöglichte normative Ausrichtung, die
in ihnen begründeten Vorstellungen von Gelingen und Erfülltheit prägen individuelle Lebenspläne und Urteilsperspektiven. Das sie als verbindlich anerkennende
Subjekt gewinnt durch sie und ihre Orientierungsleistungen individuelle Identität.
Es macht eine Person aus, daß sie ihr eigenes, eigenen Wertvorstellungen folgendes
Leben führen kann. Aber mit der normativen Verfassung der Person meinen wir
nicht die allgemeinmenschliche Fähigkeit zur Selbstbewertung aus der Perspektive
je individuell verbindlicher Wertperspektiven, sondern allgemeingültige normative
Prädikate, die Menschen als Menschen zukommen. Und je nachdem, ob wir diese
normativen Prädikate moralisch oder rechtlich verstehen, wird durch sie moralische
Subjektivität überhaupt oder Rechtspersonalität im allgemeinen definiert. Zumeist
verbinden wir die Vorstellung grundlegender, Personalität normativ definierender
Prädikate mit dem Menschenrechtsgedanken.

    Menschenrechte sind für den Utilitaristen und Rechtspositivisten Bentham nur
„nonsense upon stilts"[25], eine bloße Fortsetzung des bekannten naturrechtlichen
Unfugs. Für Marx ist die Idee der Menschenrechte nur eine ideologische Konstruktion der herrschenden Bourgeoisie, und für den Kommunitaristen MacIntyre ist der
Glaube an Menschenrechte so rational wie der Glaube an Hexen und Einhörner.
Der Menschenrechtsgedanke hat jedoch diese rechtspositivistische, sittlichkeitspo-
sitivistische und ideologiekritische Kritik unbeschadet überstanden. Und selbst der
modische Kulturrelativismus Huntingtons und seiner Anhänger läßt ihn unbeein-

---

[25] Waldron 1987.

druckt. Der menschenrechtliche Egalitarismus hat in unserer Welt längst politische Wirklichkeit und soziale Geltung erlangt. Er empfiehlt sich überdies als Grundlagentheorie eines Rechtsfriedens in einer multikulturellen Welt. Und mag er auch den einen als schlichte kulturelle Tatsache und philosophisch unbegründbar, den anderen hingegen als christlicher Traditionsbestand und in der Gottesebenbildlichkeit begründet und den dritten gar als transzendentalpragmatisch letztbegründbar erscheinen, diese Kontroverse um seine rechtfertigungstheoretische Hintergehbarkeit hindert die politische Philosophie der Gegenwart nicht daran, die anfallenden argumentativen Begründungskosten weitgehend mit den Mitteln des menschenrechtlichen Egalitarismus zu bestreiten.

Der Menschenrechtsgedanke bezieht sich auf das „Recht des Rechtes"[26]. Er stattet den Menschen als solchen, vor aller staatlichen Rechtsetzung und unabhängig von aller geschichtlichen Vermitteltheit und kulturellen Besonderheit, unabhängig auch von aller empirischen Differenz und dem unterschiedlichen Entwicklungsgrad der wesentlichen subjektivitätstheoretisch definierenden Eigenschaften, mit fundamentalen Schutzrechten aus. Er verwandelt den *homo sapiens* der Humanbiologie in eine Rechtsperson, versieht ihn mit grundlegenden Bestimmungen normativer Rechtssubjektivität. In diesen Bestimmungen spiegeln sich zum einen die Koordinaten menschlicher Endlichkeit, die Sterblichkeit, Verletzlichkeit und Schutzbedürftigkeit des Menschen. Zum anderen kommt in ihnen das Ideal eines autonomen, zu selbständiger und verantwortlicher Lebensführung fähigen Subjekts zum Ausdruck. *Die Zuschreibungsformel des Menschenrechts verbindet den Menschen der biologischen Klassifikationslehre mit der normativ vermessenen Menschenrechtssubjektivität.* Niemandem ist es erlaubt, dazwischenzutreten und Qualifikationshürden zu errichten, durch kulturell kolorierte Bilder eigentlichen und höheren Menschseins die Rechtzuschreibung zu reglementieren. Gerade darin zeigt sich der unüberbietbar revolutionäre Charakter des Menschenrechtskonzepts: daß es eine allen staatlichen Rechtsordnungen, allen geschichtlichen Kulturkreisen und allen moralischen, religiösen oder metaphysischen Deutungen menschlichen Lebenssinns vorausliegende Ordnung purer Zwischenmenschlichkeit errichtet, die für alle geschichtlichen Sozialformationen, künstlichen Ordnungen und kulturellen Selbstdeutungen unbedingte Verbindlichkeit besitzt.

Dieses hier skizzierte minimalistische Grundkonzept des Menschenrechts umfaßt die sogenannten Menschenrechte der ersten Generation[27]. Ihren Kern bildet der Anspruch auf Lebensschutz, körperliche Unversehrtheit, Freiheit und Selbstbestimmung. Dessen erfolgreiche Durchsetzung verlangt nach ihrer Verrechtlichung im Rahmen negativer Abwehrrechte, Rechtswegegarantien und positiver Mitwirkungsrechte. Die Menschenrechte der ersten Generation erweisen sich damit als Begründungsprinzipien von liberalem Rechtsstaat und Demokratie. Ihr Ideal ist

---

[26] Weber 1972, S. 496 ff.

[27] Zu den unterschiedlichen Generationen der Menschenrechte vgl. Brugger 1998.

das freie Individuum, das handlungsmächtig ist und in seiner Lebensführung von fremder Unterstützung unabhängig ist, das über sich frei verfügen kann und sich die erforderlichen Ressourcen für die Befriedigung seiner Bedürfnisse und Interessen selbst erarbeiten kann, das in seiner Freiheit und Unabhängigkeit einen Quell seiner Selbstwertschätzung besitzt, das Seinesgleichen mit erhobenem Kopf und auf Augenhöhe begegnet und mit ihnen in reziproken Anerkennungsverhältnissen lebt. Und die ihnen eingeschriebene und personentheoretisch relevante Aufgabe ist die Ermöglichung einer diesem liberalen Ideal folgenden privaten und politischen Existenz.

Menschenrechte der zweiten Generation umfassen Wohlfahrtsrechte, die Ansprüche auf staatliche Leistungen begründen. Wohlfahrtsrechte sind Ausdruck der Tatsache, daß die Wirksamkeit der Freiheitsrechte von günstigen Umständen abhängt und durch ungünstige Umstände vermindert oder gar negiert wird. Ohne physische, psychische und moralische Handlungs- und Selbstmächtigkeit, ohne eine bestimmte ökonomische Basissicherheit können die klassischen Bürgerrechte nicht die Bedeutung gewinnen, die sie nach der Vorstellung des Liberalismus für die Gestaltung autonomer Lebensführung und individueller Selbstwertbildung besitzen. Wie das natürliche Recht auf Freiheit ein Recht auf Staat impliziert, da ohne staatliche Verfaßtheit des gesellschaftlichen Lebens die Wahrnehmung dieses Rechts unmöglich wäre, so verlangt das natürliche Recht auf Freiheit auch ein Recht auf Wohlfahrt, will sagen: auf eine *ökonomische Basisversorgung* im Fall der Unmöglichkeit, selbst für seinen Lebensunterhalt aufkommen zu können. Während die Menschenrechte der ersten Generation Demokratie und Rechtsstaat begründen, verlangen die Menschenrechte der zweiten Generation eine sozialstaatliche Ausweitung des staatlichen Aufgabenkatalogs.

Auch die sogenannten Menschenrechte der dritten Generation, die sich vor allem als Staaten- und Gruppenrechte verstehen, haben einen personentheoretisch relevanten Bereich. Da Zugehörigkeitsverhältnisse und Gruppenloyalitäten für die individuelle Identitätsbildung von Bedeutung sein können, liegt der politische Schutz der kulturellen Selbstbestimmung von Gruppen im Interesse der Individuen, kann die Gewährleistung kultureller Autonomie ein personentheoretisch fundiertes und politikphilosophisch relevantes Vorzugswürdigkeitskriterium sein. Während eine Menschenrechtspolitik, die den Erstgenerationsrechten politische Wirksamkeit verschaffen möchte, eine Politik der Indifferenz entwirft, die den Staat in strikter Äquidistanz zu den unterschiedlichen individuellen Konzeptionen eines guten Lebens hält, fordert eine der kulturellen Autonomie gewidmete und gruppenrechtlich engagierte Menschenrechtspolitik eine entschiedene differenzpolitische Relativierung des Programms der ethischen Enthaltsamkeit, um die Ungleichheitswirkungen der liberalen Neutralitätspolitik korrigieren zu können.

Der traditionellen Menschenrechtspolitik geht es darum, daß innerhalb der politisch-rechtlichen Einheiten der eigenen wie der fremden Kultur fundamentale Menschenrechte beachtet werden, zuerst und grundlegend, daß das Recht der Individuen auf Leben, körperliche Unversehrtheit und hinreichende materielle Versorgung respektiert wird, und sodann, daß die institutionellen Vorkehrungen getroffen werden, die aus menschenrechtlicher Perspektive normativ ausgezeichnet sind, weil sie die beste Gewähr einer dauerhaften Berücksichtigung menschenrechtlicher Grundforderungen bieten: Rechtsstaatlichkeit, Marktwirtschaft und Demokratie. Der Differenzpolitik innerhalb multikultureller Gesellschaften hingegen geht es um kulturelle Selbsterhaltung mit dem Idealziel einer vollständigen Gleichstellung mit der Mehrheitskultur, geht es um eine Beendigung der politischen und strukturellen Privilegierung der individualistischen, säkularen, liberalen Lebensform der Stammkultur durch die Zuerkennung von Gruppenrechten und die Auflage kompensatorischer Programme, die allesamt dazu dienen, der kulturellen Marginalisierung in einem durch liberale Indifferenzpolitik geprägten Gemeinwesen entgegenzutreten.

III.5. DREI FORMEN DES PERSONENTHEORETISCHEN REDUKTIONISMUS

Ich habe diese vier personentheoretischen Eigenschaftsklassen skizziert, um einen Zugang zum Problem der personentheoretischen Angemessenheit der politischen Philosophie zu gewinnen. Sie definieren den semantischen Spielraum des Personenkonzepts: sie breiten die personenbegrifflichen Grundmaterialien aus und umreißen damit die Bandbreite der konzeptuellen Optionen der Personentheorie. Welches Personenkonzept ist aber nun der politischen Philosophie zugrundezulegen? In welchem Maße und in welcher Weise sind die aufgezeigten personentheoretischen Eigenschaften politikrelevant? Welche Ansprüche darf die Person an die politische Welt richten? Und in welcher Weise darf die Person in der politischen Welt ihren Ausdruck finden, muß die um Legitimität bemühte politische Ordnung ihr Abbild sein? Bei der Beantwortung dieser Frage werde ich einen Umweg über reduktionistische Personenkonzepte nehmen.

Ich unterscheide drei Formen des personentheoretischen Reduktionismus. Da ist zuerst die Familie der reduktionistischen Konzeptionen in der theoretischen Philosophie der Person. Sie umfaßt viele unterschiedliche Versionen und reicht von dem kruden Physikalismus bis zu den subtilen Reduktionismusvarianten eines Parfit oder Rorty. Der Physikalismus vertritt eine strikt einsinnige Ontologie, die alles, was ist, als vollständig beschreibbare physikalische Dinglichkeit bestimmt. Alle anderen Seinsbestimmungen sind entweder salva veritate auf physikalistische Seinsbestimmungen reduzierbar oder imaginär und illusionär. Welche Schwierigkeiten eine Philosophie, die sich mit den *anthropina* beschäftigen will, mit einer physikalistischen Basistheorie hat, zeigt eindringlich Hobbes' politische Philosophie, die einerseits den Anspruch erhebt, wie die Ethiken der Alten bürgerliche Pflichten zu lehren, andererseits jedoch, um der Wissenschaftlichkeit willen, Anthropologie und Psychologie physikalistisch buchstabiert und den Menschen als Ding unter Dingen, als *matter in motion* auffaßt. Obwohl sich Hobbes des Normativen reduktionistisch zu entledigen vermag, produziert seine Anthropologie in einem fort Konsistenzprobleme. Im Schatten der großen reduktionistischen Gebärde behalten die zentralen Konzepte aus unserem Selbstverständigungsfundus unterschwellig allesamt ihre vertraute lebensweltliche Grundbedeutung; nur so vermag sichergestellt zu werden, daß der Leser dieser wissenschaftlichen politischen Philosophie bemerkt, daß von ihm gehandelt wird und die entwickelten Argumente für ihn lebenspraktische Bedeutsamkeit besitzen können.

Die subtileren Reduktionismuskonzeptionen in der theoretischen Philosophie der Person sind von der Furcht motiviert, daß das Problemfeld Subjekt/Selbstbewußtsein/Person ein Einfallstor des Supranaturalismus sein könnte. Die kategoriale Erscheinungsform des Supranaturalismus ist die erfahrungsjenseitige substantielle Einheit eines unverrückbar bleibenden und sich selbst gleichen Selbst, das als Subjekt transzendentaler Einheitsfunktionen dekontingentisierende Strukturierungsleistungen erbringt und Kohärenz und Identität über die Zeit hinweg verbürgt. Das antisubstantialistische Antidot verzichtet mit der Ontologie des Supranaturalen auch auf diese Strukturierungsleistungen, verabsolutiert daher Kontingenz und Gegenwärtigkeit und zerlegt die Person in Empfindungsepisoden und das von ihr geführte Leben in Geschehenssequenzen. Die personale Identität fällt den Erosionseffekten des narrativen Flusses zum Opfer; Einheit löst sich in lockeres Gewebe auf und der starke, Zeitmodi übergreifende und kohärenzstiftend aufeinander beziehende Kontinuitätssinn des lebensweltlichen Personen- und Lebenskonzeptes wird auf je gegenwärtige Erfahrungen von Ereigniszusammenhängen herabgestimmt.

Es ist hier nicht möglich, die Umrisse einer nicht-reduktionistischen Theorie der Person zu zeichnen[28]. Nur soviel sei angemerkt: es ist offensichtlich völlig abwegig, von der theoretischen Philosophie Hinweise für die Lösung des Problems der personentheoretischen Angemessenheit der politischen Philosophie zu erwarten. Es gilt vielmehr die Umkehrung: das Ungenügen reduktionistischer Personenkonzepte der theoretischen Philosophie rührt daher, daß in ihnen die ontologischen und subjektivitätstheoretischen Implikationen unseres Selbstverständnisses keine Berücksichtigung mehr finden, daß wir als Personen, die notwendigerweise immer ein Vorverständnis davon besitzen, was es heißt, eine Person zu sein, uns in dem nicht mehr wiedererkennen, was die theoretische Philosophie als Person bestimmt. Daher vermag auch eine Analyse der Gründe des von reduktionistischen Personenkonzeptionen ausgelösten Unbehagens uns vor den unverzichtbaren Kernbestand personalen Selbstverständnisses zu bringen. Es kann kein sinnvoller personenphilosophischer Standpunkt sein, sich durch personentheoretische Unterbestimmung von einem cartesianischen Subjektsubstantialismus freizukaufen. Es ist vielmehr die Aufgabe der theoretischen Philosophie, die ontologischen und subjektivitätstheoretischen Implikationen unseres personalen Selbstverständnisses zu explizieren, begrifflich zu schärfen, ihren internen Zusammenhang herauszustellen und dabei

---

28 Einen umfassenden und systematisch überzeugenden Entwurf einer nicht-reduktionistischen Philosophie der Person hat Sturma in Sturma 1997 vorgelegt.

besonders das Wechselspiel theoretischer und praktischer Selbstverhältnisse aufzuklären. Dieses Unternehmen kann nur dann gelingen, wenn die theoretischen
Explikationsleistungen das hermeneutische Niveau unserer intuitiven Selbsterfassung und personalen Selbstverständigung nicht unterbieten.

Ohne eine politische Anthropologie, ohne ein hinlänglich konturenscharfes
Subjekt- und Personenkonzept gibt es keine praktische Philosophie. Sowohl Moralphilosophie als auch politische Philosophie sind von der Annahme abhängig, daß
das Selbstverständnis des *common sense* in hinreichendem Maße in die philosophische Grundbegrifflichkeit Eingang findet und unsere intuitive Überzeugung,
daß der Mensch ein selbsttätig handelndes, wertendes und also sich verwirkli-
chendes Wesen ist, von den Konzepten der Philosophie verfeinert und präzisiert,
aber nicht dementiert wird. Moralphilosophie und politische Philosophie würden
den Tod des Menschen, den Tod des Subjekts nicht überleben. Daß das Subjekt
aber tot und der Mensch schon längst gestorben sei, ist das ebenso grelle wie
performativ-widersprüchliche Motto von Postmodernismus und Diskurstheorie.
Die Postmoderne ist mit Freuden post-human und taucht den Menschen so lange
ins semantische Säurebad, bis nur noch ein Diskursphantom übrig bleibt. Dieses
Verschwinden von Menschlichkeit, Subjektivität und Personalität im Signifikanten-
gestöber freilich darf sich nicht brüsten, den letzten und unüberbietbaren Stand der
Aufklärung zu präsentieren. Es gibt keinen überzeugenden Exorzismus ohne überzeugenden Geisterglauben. Und das Subjekt mit seiner angemaßten Substantialität
aus den Zirkeln seiner Selbstverständigung und damit aus seiner eigenen Welt
zu vertreiben, gelingt nur durch einen Pakt mit der vormodernen Metaphysik.
Dem schlichten dekonstruktivistischen Gemüt ist Ontologie ein Nullsummenspiel; was dem Subjekt an ontologischer Kraft genommen wird, muß den sich
an seine Stelle setzenden Bedeutungstexturen und Diskursmaschinerien gegeben
werden. In ihrem obsessiven Anticartesianismus versteigt sich die Postmoderne
dazu, den Diskurs, die anonymen Sprachgewohnheiten zu ontologisieren. Die
Sprache beginnt selbst zu sprechen, sie wird selbstmächtig und erzeugt das sie
erzeugende Subjekt. Ein ähnliches ontologisches Nullsummenspiel prägt ebenfalls
die Systemtheorie: auch hier gewinnen die Systeme und Subsysteme nach der
Austreibung des Individuums eine magische ontologische Eigenständigkeit. Wie
vordem das neuzeitliche Subjekt Gott verdrängte, verdrängen jetzt die Systeme das
Subjekt, übernehmen all seine Eigenschaften und werden selbstmächtig. Sie gewin-
nen ein Interesse an sich und ihrer Erhaltung und entwickeln selbst die erforderliche
Rationalität, um sich interessengerecht zu ihren Umwelten zu verhalten; mit einem
Wort: sie handeln. Die Welt der Menschen entgleitet den Menschen zusehens.
Vom Egoismus der Gene und dem Egoismus der Systeme doppelt bedrängt, bleibt
ihnen nur der dekonstruktioistische Rückzug ins Imaginäre. Sie müssen sich als
Diskurskonstruktionen durchschauen, als Sprachmuster und Knotenpunkte im
Bedeutungsgewebe erkennen. Der für jede Moralphilosophie, für jede politische
Philosophie zentrale Zusammenhang zwischen Personentheorie und Normativität

ist hier aufgesprengt. Die Frage nach der personentheoretischen Verankerung politischer Begründungsargumentation und Bewertung wird sinnlos: es gibt niemanden mehr, vor dem sich die politische Ordnung rechtfertigen könnte; es gibt niemanden mehr, der die politische Ordnung danach bewerten könnte, in welchem Maße sie Handlungsmächtigkeit, Lebensplanung und personale Identität ermöglicht und die Pluralität unterschiedlicher ethischer Konzeptionen organisiert.

Der personentheoretische Reduktionismus des Dekonstruktivismus und der Systemtheorie hat mit dem Physikalismus eines gemeinsam: alle drei Reduktionismusvarianten lösen Subjektivität und personale Identität in umfassende Systeme auf. Einmal ist es die aller menschlichen Herstellungsreichweite entrückte Natur, das andere Mal aber die ohne menschliche Autorschaft schwer vorstellbare Welt der Sprache und der Gesellschaft, die das vertraute Subjekt unserer Selbstverständigung verschluckt und durch anonymes Prozeßgeschehen ersetzt. Anders verfährt der dritte personentheoretische Reduktionismus. Es ist ein interner, primär rationalitätstheoretischer Reduktionismus, der das reichhaltige Rationalitätsrepertoire der Person auf die nutzenmaximierende individualistische Rationalität einschränkt und von all den anderen personentheoretischen Eigenschaften nur die festhält, die mit dem Einschätzungs- und Verhaltensprofil der ökonomischen Rationalität kompatibel sind. Während die bislang erwähnten Reduktionismusvarianten uns der Lösung des Doppelproblems der personentheoretischen Angemessenheit der politischen Philosophie und der politischen Reichweite der personalen Verfassung nicht näher bringen konnten, da sie infolge ihrer personentheoretischen Destruktivität Subjekt und politische Welt gleichermaßen eliminierten, vermag die Betrachtung des rationalitätstheoretischen Reduktionismus uns jedoch voranzubringen. Denn, wenn wir dem Ungenügen einer politischen Philosophie des *homo oeconomicus* auf den Grund gehen, werden im Kontrast die Umrisse einer personentheoretisch angemessenen politischen Philosophie sichtbar, die ich als vollständige politische Philosophie bezeichne und die sich auf das Konzept einer integrierten Person stützt.

IV. Die Mängel einer politischen Philosophie des *homo oeconomicus*

Die politische Philosophie des *homo oeconomicus* ist mit einem Motivationsproblem, einem Bedeutungsproblem und einem Begründungsproblem behaftet. Überdies leidet der *homo oeconomicus* in einem derart starken Maße an personentheoretischen Mangelerscheinungen, daß gar nicht vorstellbar ist, wie er überhaupt als Subjekt mit hinreichend ausgeprägtem Identitätssinn und Kontinuitätssinn auftreten kann, das ein Leben führt und sich und seine Lebensführung in einer institutionellen Ordnung situiert. Ist, wie es das ökonomische Modell fordert, die Person eine Präferenzenordnung und der politische Lebensraum marktförmig organisiert, ein Ausgleichsmechanismus, der die Maximierungsstrategien der unterschiedlichen individuellen Präferenzenbündel koordiniert, dann vermag innerhalb dieses theoretischen Rahmens noch nicht einmal das Titelkonzept des ökonomischen Handelns, konsistent rekonstruiert zu werden, da bereits ein sich uneingeschränkt ökonomischer Klugheit überantwortendes Leben personentheoretische Annahmen machen muß, die durch den Modellplatonismus der *homo-oeconomicus*-Anthropologie und der *rational-choice*-Methodologie ausgeschlossen werden. Der *homo oeconomicus* erleidet das Schicksal des Humeanischen Subjekts, das, ohne Einheits- und Kontinuitätssinn ausgestattet, die Farbe seiner je präsenten Empfindungen annimmt, bestenfalls der von sich selbst nicht wissende Ort des Nacheinanderauftretens dieser Empfindungen ist. Daher ist der *homo oeconomicus* in der Tat nur ein „rational fool"[29], ohne jede Aussicht, je klug zu werden. Denn ihm fehlen alle strukturierenden Elemente, die zum einen unterschiedliche Zeitphasen seiner Existenz einem Abwägungsregiment unterwerfen und zum anderen die Präferenzenrealisierung in eine konsistente und über die Zeit identische personale Lebensform integrieren könnten. Der *homo oeconomicus* löst sich in kontingente Episoden der Präferenzenrealisierung auf; er kommt sich abhanden. Anhänger der *rational-choice*-Methodologie sind so sehr mit den Kontroversen um die deskriptive Angemessenheit des konsequent unterstellten Egoismus und den Problemen rationaler Moralbegründung beschäftigt, daß ihnen gänzlich entgangen ist, daß ihr anthropologisches Modell eine personentheoretische Totgeburt ist, dem alle personentheoretischen Fähigkeiten fehlen, die eine konsistente Exposition individualistischer Rationalität unterstellen muß. Diese Inkonsistenz erhöht sich noch, wenn der konzeptuelle Rahmen kluger Lebensführung überschritten wird und die epistemologischen und motivationalen Voraussetzungen mitbedacht werden müssen, die eine kontinuitäts- und stabilitätsinteressierte institutionelle Ordnung machen muß.

Die dreifache Hypothek des Motivations-, Bedeutungs- und Begründungsproblems ist die Konsequenz der strikt reduktionistischen Strategie der politischen Philosophie des *homo oeconomicus*. Reduktionistisch verfährt diese Theoriekonzeption, weil sie die individualistische, konsequentialistische und nutzenmaximierende Rationalität für kategorial und motivational dominant erklärt und damit das vielfältige Rationalitätsrepertoire unserer lebensweltlichen Begründungspraxis und das Geflecht unserer handlungsleitenden Überzeugungen auf nur eine Rationalitäts- und Motivationsdimension zurückführt, vor der alle anderen Rationalitätsformen und Motivationsdimensionen nur insoweit bestehen können, wie sie sich intern, allein mit den begrifflichen Mitteln der *rational-choice*-Methodologie rekonstruieren lassen. Moral, Recht, persönliche Ideale, ethische Obligationen und kulturelle Werte: die ganze Sphäre der komplexen überzeugungsbildenden, handlungsleitenden und daher identitätskonstitutiven Normativität, der ganze Bereich der normativen Grammatik unseres Welt-, Fremd- und Selbstverständnisses gerät nur

---

[29] Vgl. Sen 1978.

noch insoweit ins theoretische Blickfeld, wie sich seine Elemente als individualistische Rationalitätsmodi auslegen und als Ingredientien privater Nutzenfunktionen
ausweisen lassen.

Ein solches Vorgehen ist allerdings bereits *prima facie* höchst implausibel. Angesichts der Pluralität unserer normativen Begriffe und Wertperspektiven, Ratio-
nalitätskriterien und Argumentationsmuster ist das holistische Begründungskon-
zept eines horizontalen Kohärentismus dem vertikalen reduktionistischen Begrün-
dungskonzept allemal vorzuziehen. Auch ein Blick auf die Geschichte von Gesellschaft, Philosophie und Theorie läßt es als überaus unwahrscheinlich erscheinen,
daß ausgerechnet auf dem Gebiet der normativen Theoriebildung der Sozialwis-
senschaften der Geist metaphysischer Letztbegründung und kategorialer Unifor-
mierung überdauern könnte, der glaubt, mit einem Prinzip, einer Rationalitätsform
und einem Begriffssystem auskommen zu können, um der Wirklichkeit deskriptiv
und normativ Herr zu werden.

Das Motivationsproblem der Theorien der individualistischen Rationalität zeigt
sich darin, daß der Protagonist dieser Theorie ein zwiespältiges Verhältnis zu den
institutionellen Konstitutionsbedingungen von Persönlichkeit, Kooperation und
Gesellschaft hat: zum einen muß er sie dem Tribunal der Rationalisierung unterwerfen, darf er ihre Ansprüche nur insofern gelten lassen, als sie ihm bei der
Strategie der situativen Nutzenmaximierung dienlich sind; zum anderen muß er
sie aber der Rationalisierung durch die anderen möglichst umfassend entziehen, da
nur dann die Stabilität gesichert ist, die er für seine Interessenverfolgung benötigt.
Der *homo oeconomicus* verträgt also seine eigene Verallgemeinerung nicht. Er hat
einen beträchtlichen Bedarf an Fremdmoral. Er muß sich wünschen, von rollen-
gebundenen, normgeleiteten Menschen mit wertintegrierten Verhaltensmustern
umgeben zu sein. Das Hayeksche Programm einer spontan-rationalen Ordnung
ist nicht realisierbar; die Chemie der individualistischen Rationalität enthält nicht die
erforderlichen Ingredientien für einen haltbaren „cement of society" [30]. Es bedarf
immer auch der Zutat sozialer Normen und eines verbreiteten normintegrierten
Verhaltens, es bedarf immer auch sozialer Ressourcen, die dem Zugriff individualistischer Rationalisierung entzogen sind und grundsätzlich nicht durch rationale
Verhaltensdispositionen regeneriert werden können.

Die individualistische Rationalität ist von Haus aus lediglich eine Sekundärra-
tionalität, denn sie kann ihr eigentümliches Optimierungsprogramm nur unter
institutionellen und motivationalen Gesamtvoraussetzungen durchführen, die sie
selbst nicht praktisch kontrollieren und nicht theoretisch begründen kann. In dem
Maße, in dem sie diese Voraussetzungen intern zu erzeugen versucht, scheitert sie:
Verallgemeinerte Nutzenmaximierung ist negative Vergesellschaftung und zerstört
auf längere Sicht die soziale Kohärenz. Eine Begründung der Moral in Rationalität
kann nicht gelingen, da Moral nicht auf optimierte Rationalität, auf Kooperations-

---

[30] Vgl. Elster 1989.

rationalität reduzierbar ist. Die individualistische Rationalität taugt daher nicht als Primärrationalität; sie hat nicht das Zeug zur Begründung einer sowohl charakterlichen als auch gesellschaftlichen Verfassung. Daß entgegen der Hobbesschen Überzeugung mit dem *homo oeconomicus* noch nicht einmal Staat zu machen ist, geschweige denn eine liberale, rechtsstaatliche und demokratische Gesellschaft aufzubauen ist, geben die Anhänger der *rational-choice*-Methodologie heute freilich weitgehend zu.

Der *homo oeconomicus* ist personentheoretisch leer, ein charakterloser Reflexions- und Distanzierungsvirtuose, der zu allen Handlungsoptionen in Äquidistanz steht und bei der Suche nach der nutzenmaximalen Alternative durch keine moralischen Bedenken und tugendethischen Festlegungen gehindert wird. Er ist zu keinem normenbefolgenden Verhalten, zu keiner moralischen Selbstbindung fähig; daher sind in seiner Welt alle Zustandsverbesserungen unmöglich, die die soziale Geltung von Normen voraussetzen. Die einzige Binnenorganisation, zu der die ökonomische Welt fähig ist, ist eine Herrschaft des Verbrechens, in der eine kriminelle Ausbeuterclique ein Volk von Produktionssklaven unterdrückt. Hobbes, dem man eine pessimistische Grundhaltung nachsagt, war aus der Perspektive der ökonomischen Theorie der sozialen Ordnung also viel zu optimistisch, als er einen Schiedsrichterstaat aus dem gemeinsamen, kollektiv agierenden Willen aller entstehen ließ. Nicht der Schiedsrichter bildet das Modell staatlicher Tätigkeit, sondern der Despot, der organisierte Verbrecher, denn allgemein verbindliche Normgeltung und gemeinwohlorientierte Herrschaftsausübung bleiben in einer ökonomischen Welt eine Utopie. Obwohl jedes Individuum in der ökonomischen Welt eine gesetzliche Ordnung und eine freiheitliche Herrschaftsverfassung wünscht, ist ihre Realisierung hochgradig unwahrscheinlich, da die Inhaber der Macht wie jedes andere Mitglied aus der Familie des *homo oeconomicus* zu normengebundenem Verhalten unfähig sind und jede Gelegenheit zur Mehrung ihres privaten Nutzens ergreifen werden.

Auf diese Situation antworten die Rationalwahltheoretiker gern mit Entwicklungsgeschichten, die ihren Protagonisten mit zusätzlichen Eigenschaften versehen, aber die Grenzen des rationalitätstheoretischen Paradigmas nicht überschreiten. So erfindet Frey etwa den *homo oeconomicus maturus*, der anders als sein unreifer Prototyp von der Wichtigkeit intrinsischer Motivationen überzeugt ist und sich dagegen wehrt, sie durch monetäre Anreize und zwangsbewehrte Regelsysteme verdrängen zu lassen, weil er weiß, daß eine Ordnung intrinsisch motivierbarer Menschen einer Ordnung nur extrinsisch motivierbarer Menschen ökonomisch überlegen ist[31]. Freilich ist dieser Reifungsprozeß nur dann konsistent, wenn der Mensch sein ökonomistisches Korsett verläßt und sich in genau dem Maße personentheoretisch anreichert, wie es erforderlich ist, um aus intrinsischer Motivation heraus ein Leben führen zu können. Wenn die Fähigkeit zur Ausbildung intrin-

---

[31] Frey 1997.

sischer Motivation nicht aus der personentheoretischen Grundstruktur abgeleitet wird, ihre Kultivierung nicht in einem personenethischen Selbstentfaltungsimperativ verankert wird, wenn der *homo oeconomicus maturus* nicht ein Überzeugungs- und Wertungswesen ist, dann wird er zur intrinsischen Motivation überhaupt nicht fähig sein. Wenn man nur die ökonomischen Effekte der intrinsischen Motivation sicherstellen will, um den hohen Preis eines allein durch extrinsische Motivation zu bewegenden Regelkonformismus zu senken, gelangt man gerade nicht zur erwünschten „differenzierteren Motivationsstruktur" [32]. Diese setzt eine Anreicherung der personentheoretischen Struktur des *homo oeconomicus* voraus, die das ökonomistische Paradigma aufsprengt und die individualistische und konsequentialistische Rationalität fragmentiert, zu einer Rationalitätsform neben anderen macht, deren Wirksamkeit mit den Ansprüchen der anderen Rationalitätsweisen abgestimmt werden muß [33].

---

[32] Frey 1997, S. 113.

[33] Nicht alle Ökonomen zeigen solche personentheoretische Naivität. Bei seinem Versuch, die Begrenztheit der Welt des *homo oeconomicus* zu überwinden, sieht Guy Kirsch gerade in der personentheoretischen Unterbestimmtheit des *homo oeconomicus* einen sowohl anthropologischen wie sozialphilosophischen Mangel (vgl. Kirsch 1990). Freilich spricht er nicht von dem *homo oeconomicus*, sondern von dem Individuum, dem er den Menschen gegenüberstellt. Die Differenz zwischen Individuum und Mensch erblickt er darin, daß der Mensch ein „personales Selbst" (S. 176) zu entwickeln sucht. Ein personales Selbst, personale Identität kann der Mensch aber nicht allein entwickeln, sondern nur in Räumen dichter Sozialität, nur in unfragmentierten sozialen Verhältnissen gewinnen, in lebensweltlichen Inseln, in denen er sich als ganzes, ungeteiltes Denk- und Handlungswesen, Moral- und Leidenschaftswesen integrieren kann. Freilich müssen diese Sozialräume, in denen das personale Selbst gedeihen kann, Ausgänge besitzen, anderenfalls würde die Individualität durch das soziale Engagement absorbiert werden. Keine natürliche, sondern nur eine frei gewählte Sozialität kann dem modernen Menschen, der auf Individualität nicht verzichten kann, die Entwicklung charakterlicher Tiefe und personaler Identität verschaffen. Der Liberalismus sieht sich daher der Doppelaufgabe konfrontiert, sowohl eine Ordnung für Menschen als Individuen als auch für Individuen als Menschen zu schaffen. Verfehlte Ordnungen hingegen sind solche, die nichtmenschliche Individuen oder nichtindividualistische Menschen hervorbringen. Es scheint, daß der Liberalismus bislang seinem ordnungspolitischen Auftrag noch nicht gerecht geworden ist. „Der liberale Versuch, eine Ordnung für den Menschen als Individuum zu schaffen, hat dazu geführt, dass das Individuum als Mensch zu verschwinden droht" (S. 15). „Wer ein unmenschliches Individuum ist, hat in unserer Gesellschaft mehr Chancen als ein Mensch ohne Individualität. Die unmenschliche Individualität wird im Zweifel honoriert; die nichtindividualistische Humanität wird geahndet, bestenfalls geduldet; es sei denn, die ihrer Individualität entkleideten Menschen werden als Manipulationsmasse und als Manövriermasse im Dienste ihnen fremder Zwecke eingesetzt" (S. 182). Das Menschliche im menschlichen Individuum ist der im personalen Selbst zentrierte Einheits- und Ganzheitssinn, der es dem Menschen gestattet, sich zu erleben und zu genießen. Das unmenschliche Individuum hingegen ist fragmentiert. Das fragmentierte Individuum korrespondiert der systemisch ausdifferenzierten Gesellschaft. Entsprechend benötigte das Individuum für seine Menschwerdung entdifferenzierte Sozialenklaven und lebensweltliche Inseln. Diese Argumentation ist natürlich nicht neu. Sie ist nur eine Neuauflage der sozialphilosophischen Binsenweisheit, daß menschliche Selbstentfaltung im Spannungsfeld von

Das personentheoretische Ungenügen dieser Erziehung des *homo oeconomicus* gründet darin, daß sie den *homo oeconomicus* paradigmenintern ausweitet, anstatt umgekehrt und paradigmenüberschreitend ihn zur Verhaltensfacette innerhalb einer reichen und integrierten personentheoretischen Konzeption zu machen. Der Fehler liegt darin, daß der *homo oeconomicus* sich durch die ihm abgenötigten Lernprozesse nicht ändert, sondern nur sein ökonomistisches Strategierepertoire verfeinert. Auch Baurmann erzählt eine Geschichte, die die Institutionalisierung von Moral in den Individuen und von Recht in der Gesellschaft als Reifungsprozeß erklärt, an dessen Ende der *homo oeconomicus* in den Rang eines *homo sapiens* aufrückt[34]. Indem er all seine Rationalitätsreserven mobilisiert, verwandelt sich der rationalitätstheoretische Prototyp, der situative Nutzenmaximierer, in einen dispositionellen Nutzenmaximierer. Er legt sich konsequent die Eigenschaften zu, die er benötigt, um den Gewinn normgebundenen und regelgeleiteten Handelns einstreichen zu können. Er erkennt, daß in kooperativen Unternehmen, in einer kooperativen Gesellschaft es weitaus vorteilhafter ist, wenn man einen Charakter besitzt, Tugenden ausbildet, Prinzipientreue zeigt, an seiner persönlichen Integrität interessiert ist und sich eine moralische Identität zulegt. Er lernt weiterhin, daß in einer anonymen und mobilen Gesellschaft sich auch der Tugendmarkt universalisiert und globalisiert, daß er also auch seine moralischen Dispositionen verallgemeinern, jeden Menschen als Kooperationspartner ansehen und gegen jedermann die Einstellungen zeigen und Verhaltensweisen üben muß, die sich ursprünglich nur im engen Bereich des wirtschaftlichen Alltags vorteilhaft ausgewirkt haben. Die Modernisierung der Gesellschaft erzieht so zur universalen Moral, und die Globalisierung der Wirtschaft entdeckt die menschenrechtliche Orientierung als geeignete Umgangsform. Die liberale Gesellschaft kann also darum den erforderlichen Moralbedarf aus eigenen Quellen decken, weil um ihre kooperativen Unternehmen, Organisationen und Assoziationen ein Markt der Tugend entsteht, der den Tugendhaften belohnt und zugleich die konformistischen und entgegenkommenden Verhaltensweisen produziert, die für den Erhalt von Rechtsstaat und Demokratie und für die Bereitstellung aller wichtigen kollektiven Güter erforderlich sind. Moral lohnt sich für alle.

Und damit die Disposition zum regelgeleiteten und nicht mehr einzelfallangepaßten Entscheidungsverhalten auch wirklich wirksam wird, wird sie mit einer ganzen Maschinerie innerer Sanktionen ausgestattet: Reue, Scham, Integritätsbedürfnis, Verantwortungsgefühl werden gleich miterworben. Wie freilich jemand Reue und Scham empfinden kann, der nur aufgrund interessenorientiert erzeugter Dispositionen Regeln beachtet, wie Regeln als verpflichtend empfunden werden können, die nur Gegenstand eines nutzenmaximierenden Kalküls sind, ist

---

Freiheit und Bindung stattfindet, daß gelingende Sozialität die Extreme des individualistischen Radikalismus und des sozialen Radikalismus vermeiden muß (zu letzterem vgl. Plessner 1981).

[34] Baurmann 1996; vgl. Kersting 1998.

unverständlich. Diese Selbsterschaffung eines moralischen Wesens aus reflektiertem Selbstinteresse ist unmöglich. Entweder sprechen wir die Sprache der Moral, entweder empfinden wir moralisch oder wir sprechen die Sprache des Interesses und achten auf unseren Vorteil. Entweder anerkennen wir normative Verbindlichkeiten und moralische und rechtliche Wahrheitsansprüche oder wir betrachten Funktionen, Wirkungen und Eignungen. Es ist unsinnig zu sagen, ich habe ein Interesse an Scham und Reue, weil sie als zu vermeidende Sanktionen meine ebenfalls interessenorientierte Regelkonformität stärken, ich habe ein Interesse an einem Charakter, an Integrität, einem authentischen Leben, einer moralischen Identität, weil dies alles mir in kooperativen Beziehungen zum Vorteil gereichen wird. Es ist darum unsinnig, weil es den rationalen Manager in mir gar nicht gibt, der da mit den Ingredientien und Konstituentien einer moralischen Existenz wie mit Versatzstücken in einem rationalen Selbstoptimierungsprogramm hantiert.

Es ist dem *homo oeconomicus* schlechterdings nicht möglich, sich in die Botmäßigkeit der von ihm selbst erfundenen Moralgötter zu begeben, wenn er ihnen nicht glaubt; und wenn er ihnen glaubte, brauchte er sie nicht zu erfinden, wäre er kein *homo oeconomicus*. Die ökonomische Erklärung der moralfundierten gesellschaftlichen Integration vermag also die Integrationswirkungen der Moralüberzeugungen nicht angemessen abzubilden. Mehr noch: Würde sich die Moral der liberalen Gesellschaft selbst im Licht ihrer ökonomischen Rekonstruktion erblicken und die ihr offerierte Entstehungs- und Funktionsgeschichte für bare Münze nehmen, würde sie sofort kollabieren. Moralität ist nicht das Ergebnis einer strategischen Präferenzenänderung. Gleichgültig, ob diese Geschichte des vorteilhaften Moralischwerdens im Rahmen einer soziologischen Analyse, wie bei Baurmann, oder eines philosophischen Begründungsarguments, wie bei Gauthier[35], erzählt wird, sie kann nie die Höhe ihres Gegenstandes erreichen. Die rational rekonstruierte Moral ist gerade nicht mehr die Moral, deren Leistungen die ökonomische Rationalität benötigt; sie ist es nicht in motivationaler Hinsicht, sie ist es nicht in begründungstheoretischer Hinsicht, sie ist es nicht in bedeutungstheoretischer Hinsicht. Die Bedeutung normativer moralischer Begriffe, aber auch die normativer rechtlicher und ethischer Begriffe, läßt sich salva veritate nicht durch das rationalitätstheoretische Prädikat allseitiger Vorteilhaftigkeit wiedergeben. Folglich kann theorieintern auch nicht die Bedeutung normativer Begriffe und moralischer Gründe bei der Ausbildung handlungsleitender Überzeugungen und der Konstitution sozialer Dispositionen angemessen wiedergegeben werden. Die in die Semantik der moralischen, rechtlichen und ethischen Grundbestimmungen unserer individuellen und kollektiven Selbstverständigung eingeschlossene personentheoretische Fähigkeit, den Verpflichtungsgehalt dieser Grundbestimmungen in die eigenen Selbstverhältnisse aufzunehmen und ihren Verbindlichkeitsanspruch

---

[35] Gauthier 1986.

sich anzueignen, ist im kategorialen Rahmen der dürren Modellanthropologie des *homo oeconomicus* nicht abbildbar.

V. Atomistisches oder lebensweltlich integriertes Individuum? Zur Liberalismus-Kommunitarismus-Kontroverse über eine angemessene politische Anthropologie

Die politisch wie philosophisch wichtigste der zahlreichen Kontroversen, die das politische Denken gegenwärtig beleben, betrifft die Beziehung zwischen dem Rechten und dem Guten, genauer: die Beziehung zwischen dem Interesse, dem Rechten und dem Guten. Das Interesse, das Rechte und das Gute sind die Zielvorstellungen der drei Rationalitätssorten; jede, die individualistische, die universalistische und die hermeneutische, möchte die ihr eingeschriebene Zielgröße maximieren, den Interessenbefriedigungsgrad erhöhen, die Verrechtlichung vorantreiben und das Gute in der Welt vermehren. Daher sind die drei Konzepte auch die Leitbegriffe der drei vorherrschenden Ideenformationen des Wirtschaftsliberalismus, des egalitären oder Gerechtigkeitsliberalismus und des Kommunitarismus. Jede dieser Ideenformationen stützt sich auf eine Metaphysik, die bestimmte Grundannahmen vom Menschen, von der Vernunft, vom Leben und von der Gesellschaft miteinander verwebt. Und jeder dieser drei Leitbegriffe färbt nun dieses Geflecht aus Menschenbildern, Vernunftvorstellungen, Gesellschaftsidealen und Lebensmustern auf eine charakteristische Weise ein. Die philosophisch interessante Frage gilt nun dem internen Verhältnis dieser drei Leitbegriffe: gebührt dem Interesse der Vorrang vor der Gerechtigkeit und dem Guten, oder kommt der Gerechtigkeit Priorität zu, oder erweist sich der Begriff des Guten als grundlegendes Konzept? Welche dieser drei Ideenformationen bietet die angemessenste Explikation unserer kulturell-politischen Wertüberzeugungen und vermag daher die überzeugendste politische Problemdiagnose mit der erfolgversprechendsten politischen Problembehandlung zu verbinden: der Wirtschaftsliberalismus, der in allem der ökonomischen Bewertungsperspektive den Vorzug gibt und auf die Verabredungen des freigesetzten Interesses und die erzieherischen Effekte des Wettbewerbs vertraut; der Gerechtigkeitsliberalismus, der seine politische Basis nicht in den Ordnungsleistungen des strategischen Egoismus, sondern des menschenrechtlichen Egalitarismus erblickt, oder der Kommunitarismus, der die Gesellschaft weder der organisierenden Kraft des Interesses noch den Koordinationswirkungen des Rechts überlassen möchte, sondern allein auf die Integrationskraft geteilter Überzeugungen eines individuellen und kollektiven guten Lebens setzt?

Während der Wirtschaftsliberale einer Ethik des aufgeklärten Selbstinteresses verpflichtet ist und im Grunde seines Herzens ein Anarchist ist, der von einem absoluten Markt, einem privatisierten Staat und einem moralunbedürftigen Leben träumt, ist der Gerechtigkeitsliberale an den Grundprinzipien einer gerechten Gesellschaft interessiert, die Rechtsordnung, Herrschaftsordnung und Versorgung nach dem Vorbild allgemein zustimmungsfähiger Prinzipien gestaltet. Der Wirtschaftsliberale vertritt also das Konzept einer *ökonomischen Zivilisierung*; er hegt die Hoffnung, daß bei hinreichender Aufgeklärtheit über die je eigenen Interessenlagen alle nur denkbaren Konflikte auf der Grundlage hinreichend vollständiger Nutzen-Kosten-Analysen geschlichtet werden können. Der Gerechtigkeitsliberale vertritt das Konzept einer *moralischen Zivilisierung*; er ist der Überzeugung, daß der Mensch nicht von Brot allein lebt, sondern auch Gerechtigkeit braucht und, obschon an seinem Vorteil sicherlich nicht uninteressiert, grundsätzlich eine Gestaltung der öffentlichen Angelegenheiten wünscht, die mit fundamentalen Gerechtigkeitsvorstellungen in Übereinstimmung steht und das Konfliktpotential der unter den Strapazen des Individualismus ächzenden modernen Gesellschaft vor allem durch gerechtigkeitsverbessernde Maßnahmen zu entschärfen sucht. Solche Maßnahmen verlangen nach staatlichem Handeln, daher ist der Gerechtigkeitsliberale ein Staatsfreund und Institutionalist. Nur innerhalb gerechter, kooperativ entwickelter Institutionen vermögen die Individuen ein Leben individueller und kollektiver Selbstbestimmung zu führen. Und das Kernstück dieses Institutionalismus ist das Recht, das staatliche Recht, das als menschenrechtliche, verfassungsrechtliche und gesetzesrechtliche Dreieinigkeit selbstbestimmtes Leben und bürgerliche Existenz ermöglicht.

Noch anspruchsvoller ist der Kommunitarist; denn er meint, daß Menschen nicht nur Brot und Gerechtigkeit brauchen, sondern auch Sinn und Glück und ein gutes, gelingendes Leben zu führen wünschen. Er hat sich darum das Konzept einer *ethischen Zivilisierung* zu eigen gemacht, das die gleichermaßen abstrakten Protagonisten des libertären und egalitären Liberalismus, den *homo oeconomicus* und den *homo moralis*, in die durch lebensweltliche Bindungen, unterschiedliche Zugehörigkeiten und besondere Loyalitätsprofile geprägten gesellschaftlichen Kontexte zurückversetzt, denen sie durch die individualistischen und universalistischen Orientierungen des Wirtschaftsliberalismus und des Gerechtigkeitsliberalismus entfremdet sind.

Wir haben gesehen, daß die politische Philosophie des *homo oeconomicus* personentheoretisch gleich im doppelten Sinne versagt: zum einen ist das Menschenbild der politischen Philosophie der individualistischen Rationalität im Vergleich mit dem Selbstbegriff vortheoretischer personaler Selbstverständigung eklatant personentheoretisch unterbestimmt, zum anderen ist das Modell des *homo oeconomicus* inkonsistent und vermag noch nicht einmal die auch von ihm benötigten Rudimentärformen personaler Identität, biographischer Einheit und lebensgeschichtlicher Kontinuität intern zu rekonstruieren. Wie aber steht es nun mit der politischen Philosophie der universalistischen Rationalität, dem Gerechtigkeitsliberalismus, und der politischen Philosophie der hermeneutischen Rationalität, dem Kommunitarismus? Ist das autonome Individuum, das, so Sandels vielzitierte Formulierung, „unencumbered self" [36] des Liberalismus eine angemessene anthropologische Grundlage, oder muß die politische Philosophie das sozial konstituierte Selbst des Kommunitaristen, das „radically situated subject" [37], zugrunde legen?

Die kommunitaristische Einschätzung des liberalen Selbst stützt sich auf MacIntyres Portrait des „emotivist self" und des „democratized self" [38] und greift auf Platons Karikatur des demokratischen Menschen aus dem 8. Buch der *Politeia* zurück. Die Priorität des Selbst gegenüber seinen Zwecken, Wertvorstellungen und Verpflichtungen wird als eine sich selbst wollende Freiheit verstanden, die der uneingeschränkten monologischen Wahlfreiheit einen inneren Wert beimißt und radikale Bindungslosigkeit verlangt, die keine konstituierenden und daher unverfügbaren Ziele und Wertorientierungen zuläßt und für die alle Bestimmungsmöglichkeiten des privaten und des öffentlichen Lebens gleiche Gültigkeit besitzen, da jede objektive Vorzugsordnung und jede prägende Situiertheit die individuelle Entscheidungsfreiheit einschränken würde. Menschen dieser Art, die ihre Ziele, Überzeugungen und ihre Vorstellungen eines guten Lebens nach dem Modell eines äußeren Besitzverhältnisses verstehen und sich wie die Hobbesschen Champignonmenschen [39] als „individuated in advance" [40] begreifen müssen, sind, so wendet der Kommunitarist zu Recht ein, ohne jede Bildung und moralische Tiefe, charakterlos und zu keinem sittlichen Engagement fähig. Keine Konzeption eines guten, glückenden Lebens kann sich vernünftigerweise dem Freiheitsideal verschreiben, die eigene Identitätsbildung zu verwillkürlichen und die sozialen Situierungen auszuwürfeln.

Gegen den vermuteten liberalen Selbstbestimmungswahn, der sich in der ‚inneren Zitadelle der Autonomie' (Isaiah Berlin) verschanzt [41], allem mit Heteronomieargwohn begegnet und sich als absurde Emanzipationsgeste perpetuiert, setzt der Kommunitarist nun sein Konzept des sozial eingebetteten und gesellschaftlich konstituierten Selbst, das sich unabhängig von den identitätsbildenden Zugehörigkeiten nicht erkennen und losgelöst von den kollektiven Selbstverständigungsgrammatiken und kulturellen Interpretationskontexten überhaupt nicht verstehen kann. Unser höchstrangiges Interesse, da läßt sich der Liberale gern von den kommunitaristischen Aristotelikern belehren, liegt darin, ein Leben zu führen, das wir für wertvoll erachten, das unseren Vorstellungen von einem guten Leben entspricht. Wir sind alle Glückssucher, keine Gerechtigkeitssucher: wir richten unser Leben im Netz der Besonderheiten ein; universalistische Orientierungen des Rechts und der Moral bilden in der modernen Welt die Rahmenbedingungen der Suche nach dem

---

[36] Sandel 1984.
[37] Sandel 1982, S. 21.
[38] MacIntyre 1981, S. 33; S. 32.
[39] Vgl. Hobbes 1839–45, II, 8, 1.
[40] Sandel 1982, S. 59.
[41] Vgl. Christman 1989.

guten Leben, jedoch nie den Stoff eines guten Lebens. Diese Überzeugungen, die
das Leben zu unserem machen und ihm den Charakter eines für uns sinnvollen Projekts verschaffen, sind jedoch ebensowenig unhintergehbar wie der aus kollektiven
Wertvorstellungen und Weltsichten gewebte Traditionshintergrund unserer gesellschaftlichen Lebensverhältnisse. Wir besitzen die Fähigkeit, sowohl die kollektiven
Überzeugungen des Traditionshintergrundes als auch unsere eigenen Vorstellungen von einem gelingenden Leben zu überprüfen, im Lichte neuer Erfahrungen
neu zu bewerten, unter dem Eindruck neuer Argumente zu revidieren. Und diese
Fähigkeit zur deliberativen Fortbildung unserer personalen Identität und unseres Lebensprojekts, zur reflexiven Distanzierung eingelebter Orientierungs- und
Rechtfertigungsstandards ist uns wertvoll; sie ist konstitutiv für unser Verständnis
von moralischer Subjektivität.

Bezeichnen wir den Prozeß der moralischen Identitätsbildung, der Bewertung
des eigenen Lebensprojektes, der Überprüfung der dem bisherigen Leben zugrundeliegenden normativen Voraussetzungen als praktisches Überlegen, dann ist für
den Liberalen praktisches Überlegen eine justifikatorische Tätigkeit und kann nicht
ohne Inanspruchnahme diskursiver Rationalität erfolgen. Der Kommunitarist hingegen ist das Sprachrohr der platonischen *Nomoi*, die das autonomiestolze Individuum an die Loyalitätsverpflichtung gegenüber der es schützenden und nährenden
Gemeinschaft erinnern und die Bindungen der partikularistischen Gemeinschafts-
moral, die Taylorsche „natural obligation to belong"[42] gegen die kritischen universalistischen Orientierungen stellen. *Für den Kommunitaristen ist praktisches Überle-*
gen Verständlichmachung der den eigenen Identitätsbildungsprozeß befestigenden und
ausrichtenden sozio-kulturellen Ablagerungen, ist praktisches Überlegen Zugehörig-
keitshermeneutik und Selbstaneignung: ich entdecke mich als Mitglied der so und so
bestimmten Gemeinschaft, habe teil an den für diese Gemeinschaft konstitutiven
und bereits in mein Denken und Handeln eingedrungenen Überzeugungen und
Praktiken, Werten und Zwecken und anerkenne sie als meine eigenen.

Natürlich hat der Liberale nichts gegen eine derartige delphische Hermeneutik
einzuwenden: es ist für eine selbstverantwortete Lebensführung sicherlich wichtig,
die soziale und kulturelle Textur bis ins eigene lebensgeschichtliche Gewebe hinein
zu verfolgen. *Nur kann er sich nicht dazu bereitfinden, die Antwort auf die Frage, wer*
man denn sei, auch schon als hinreichende Antwort auf die Frage, was für ein Leben
man denn führen und in welchen gesellschaftlichen und politischen Verhältnissen man
dabei leben wolle, zu betrachten. Identitätsbildung ist keine *creatio ex nihilo*, ist aber
auch keine regungslose Anerkennung des Gegebenen, sondern reflexive Arbeit
an vorgefundenem Material. Der Liberale besteht auf der These von der Priorität
des Selbst; sie besagt, daß es prinzipiell keine Zwecke, Ziele, Normen, Werte
und Vorstellungen des Guten gibt, die von einer möglichen Bewertung und einer
möglichen Zurückweisung ausgeschlossen sind; und sie leugnet, daß ein interner

---

[42] Taylor 1985b, S. 203.

konstitutiver Zusammenhang zwischen Subjekt und Zweck, Ziel und Vorstellung bestehen könnte, der eine reflexive Distanzierung in einen selbstzerstörerischen Akt verwandeln würde.

Die Kommunitaristen mißverstehen die Funktion gründlich, die die personen-theoretischen Annahmen im Gesamtzusammenhang der normativen Begrün-dungsargumentation des philosophischen Liberalismus besitzen. Rawls' Verfas-sungswähler etwa sind genausowenig Produkte einer schlechten Sozialanthropo-logie wie der *impartial observer*, der rationale Diskursteilnehmer, das Menschen-rechtssubjekt oder die Person, die einen *moral point of view* einnimmt. Der Vorwurf der deskriptiven Unzulänglichkeit prallt an all diesen Gestalten ab. Das abstrakte und dekontextualisierte Subjekt, das die Begründungsszenerien der zeitgenössi-schen Gerechtigkeitstheorien des Liberalismus bewohnt, ist der Protagonist eines Unparteilichkeits- und Neutralitätsarrangements. *Es ist wie der Urzustand selbst ein Universalismus- und Autonomiesymbol.* Das abstrakte Selbst ist die symbolhafte Darstellung des modernen moralischen Subjekts, das sich durch keinerlei gesell-schaftliche Konformitätsansprüche gebunden und durch keine ethischen Prägungen festgestellt weiß und Selbsttranszendierung, Rollentausch und die Einnahme eines Unparteilichkeitsstandpunkts als moralische Erkenntnisverfahren benutzt. *Mit die-sem abstrakten Selbst sind also keinerlei ontologische oder epistemologische Extrava-ganzen verbunden, die der Kommunitarist dem Liberalismus mit Aussicht auf Gewinn in Rechnung stellen könnte.* Es ist das normale empirische gesellschaftliche Subjekt selbst – allein unter der Perspektive der ihm trotz aller lebensweltlichen Situiertheit und lebensgeschichtlichen Besonderheit zukommenden und sich selbst auch zuge-schriebenen und für die rechtfertigungsmethodologischen Risiken der Moderne überdies erforderlichen Fähigkeit zur reflexiven Distanzierung und begründeten moralischen Bewertung betrachtet.

VI. Eine Politik des Rechts oder eine Politik des Guten?

Hegels Philosophie des objektiven Geistes basiert auf einer Geschichtsphiloso-phie, die dem jeweilig erreichten gesellschaftlichen Entwicklungsstand bescheinigte, das Höchstmaß der an diesem geschichtlichen Ort überhaupt erreichbaren Frei-heit und Vernunft verwirklicht zu haben. Auf dieser Grundlage mag man sich mit der Auskunft der Hegelschen Rechtsphilosophie zufriedengeben können, daß die philosophische Pflichtenlehre mit der jeweils vorfindlichen Sittlichkeitsstruktur des Gemeinwesens zusammenfällt. Wenn diese prekäre geschichtsphilosophische Unterstützung aber ausgeschlagen werden muß, bleibt ein nackter Sittlichkeitspo-sitivismus übrig, der durch kein Argument gerettet werden kann. Der Hinweis auf die identitätsbildenden und integrativen Leistungen von wert- und zweckgestützten Gemeinschaften richtet nichts aus. Man muß zwischen den normativen Elementen der Wirklichkeit eines gegebenen Sozialen und ihrer moralisch-rechtlichen Begründung sorgfältig unterscheiden. Gemeinschaftsbildung durch gemeinsam geteilte Wertüberzeugungen, durch geteilte Lebensformen und Vorstellungen von einem guten individuellen und kollektiven Leben, durch gemeinsame Praxis und damit gemeinsame Beachtung der praxiskonstitutiven Normen ist eines, die Billigung dieses normativen Gemeinschaftskitts ist etwas ganz anderes. Schon Augustinus hatte darauf aufmerksam gemacht, daß Staaten und Räuberbanden gleichermaßen gemeinsam geteilte Handlungsregeln und anerkannte und allgemein angewandte Güterverteilungskriterien kennen. Wir brauchen gemeinschaftsexterne Kriterien, um Gemeinschaften, Gemeinschaftsformen und gemeinschaftsbildende Praxen daraufhin unterscheiden zu können, ob sie solidaritätsethisch zulässige Loyalitätsforderungen stellen oder ob sie solidaritätsethisch unzulässige Loyalitätsforderungen stellen.

Die kommunitaristische Politik der Gemeinschaft zielt auf Stärkung der sozialen Kohäsion, muß die Maßnahmen unterstützen, die ein Gruppen-Wir ausbilden. Die kommunitaristische Politik der Gemeinschaft muß daher erziehungspolitische Initiativen starten, muß Programme der Wertintegration entwerfen, muß durch Diskriminierung und Ausgrenzung die Binnensolidarität und Kollektividentität festigen. Ihr Fehler ist es, Solidarität immer als Lösung, und nie als Problem wahrzunehmen. Wer wollte leugnen, daß die politische Pathologie dieses Jahrhunderts sich kommunitaristisch buchstabiert; wer wollte leugnen, daß der liberale Individualist als solcher gerade immun gegen jede ideologische Intoxikation ist. Der Liberalismus ist ein Anwalt der Minderheit, denn das Individuum bildet die größte Klasse der Minderheiten; daher sind Minderheitenrechte auch seine Erfindung, der Kommunitarist hingegen steht von Natur aus auf der Seite der Mehrheit. Es ist ein grundlegender Irrtum, wenn man meint, mit der Überwindung selbstischer Interessenlagen schon auf moralischen Pfaden zu wandeln. Diejenigen, die sich den Interessen größerer Gemeinschaften verschrieben haben, sind selten Wohltäter der Menschheit geworden; es gibt kaum etwas Schauerlicheres als die durch kein allgemein mitmenschliches Empfinden irritierbare Loyalität des entindividualisierten Gemeinschaftsfunktionärs. Der asymmetrische Tribalismus, der zu menschenrechtlichem Respekt unfähig ist und im menschlichen Antlitz ausschließlich nach den Spuren des Eigenen und des Fremden forscht, ist unerträglich. Der sittliche Partikularismus des Gemeinschaftsethos ist gefährlich und muß durch die Institutionen und Orientierungen des Rechts- und Moraluniversalismus gezähmt werden[43].

Der These von der Priorität des Selbst entspricht die „primacy-of-rights-thesis"[44]. Bündelt die erste die personentheoretischen Mängel des Liberalismus, so

---

[43] Vgl. Holmes 1989.
[44] Taylor 1985b, S. 201.

benennt die zweite den Grundzug der daraus folgenden falschen liberalen Politik-
auffassung. Der Kommunitarist begnügt sich ja nicht damit, den Liberalen an die
sozialanthropologische Wahrheit der aristotelischen These von der ontologischen
Priorität der Gemeinschaft gegenüber ihren Individuen zu erinnern. Seine Kritik des
liberalen Selbst dient dem größeren Ziel, die in ihm begründete Politikvorstellung
zu widerlegen und die Konzeption allgemeiner Grundrechte, die Begründung der
politischen und gesellschaftlichen Institutionen auf Prinzipien der Gerechtigkeit
und die Verpflichtung der staatlichen Herrschaftsausübung auf weltanschauliche
Unparteilichkeit und Neutralität gegenüber allen individuellen Vorstellungen eines
moralisch gelingenden Lebens außer Geltung zu setzen.

> The priority of the self over its ends means I am never defined by my aims and attachments,
> but always capable of standing back to survey and assess and possibly to revise them.
> This is what is meant to be a free and independent self, capable of choice. And this is the
> vision of the self that finds expression in the ideal of the state as a neutral framework.
> On the right-based ethic, it is precisely because we are essentially separate, independent
> selves that we need a neutral framework, a framework of rights that refuses to choose
> among competing purposes and ends. If the self is prior to its ends, then the right must
> be prior to the good[45].

In dieser Implikationsthese erblicken die Kommunitaristen das argumentationslogi-
sche Rückgrat des philosophischen Liberalismus; entsprechend glauben sie, diese
Theorie im Umkehrschlußverfahren zu Fall bringen zu können: da dem Selbst
keinerlei Vorrangigkeit gegenüber seinen Zielen zukommt, diese nicht gewählt,
sondern in verästelten Sozialisationsprozessen übernommen und angeeignet werden, kann auch dem Recht kein Vorrang vor dem Guten gegeben werden, muß
man die Politik rechtlicher Freiheitsbefestigung durch eine teleokratische Politik der
Kultivierung des *bonum commune* ersetzen.

  Hier machen sich die Kommunitaristen einer Perspektivenkonfusion schuldig.
Sie trennen nicht hinreichend deutlich eine sozialontologische und eine moral-
epistemologische Perspektive voneinander und konstruieren sowohl in liberalis-
muskritischer Hinsicht wie in eigener Sache ein unhaltbares logisches Abhängig-
keitsverhältnis zwischen der deskriptiven Ebene der Sozialanthropologie und der
normativen Ebene der gesellschaftlichen Prinzipien der Handlungskoordinierung,
zwischen dem atomistischen Begriff der Person und dem liberalen Universalismus
des Rechts einerseits und dem sozial eingebetteten Subjekt und der normativen
Vorgängigkeit des Konzepts des guten Lebens andererseits. Die kommunitaristische Position basiert auf einem anthropologischen Fehlschluß, den man auch als
‚*Fehlschluß des makros anthropos*‘ bezeichnen könnte: sie verlangt, daß sich das
im Begriff des Guten konzentrierende sozialontologische Muster der individuellen Lebensgestaltung in den umfassenden politischen Vergesellschaftungsformen

---

45 Sandel 1987, S. 5.

spiegeln und auf der Ebene der gesellschaftlichen Handlungskoordinierung wieder-
holen müsse, daß der persönlichen Lebenspolitik der vergesellschafteten Subjekte,
die nur eine Politik des Guten sein kann, eine staatliche und somit zwangsbewehrte
Politik des Guten korrespondieren solle.

Aber Platon ist unter den Bedingungen der Moderne kein guter Ratgeber. Der
Erfolg des kommunitaristischen Umkehrschlusses scheitert an dem Kantischen
Argument von der mangelnden Universalisierbarkeit der individuellen Konzepte
eines guten Lebens. Auch dann, wenn wir von der traditionellen Naturzustands-
anthropologie des Liberalismus abrücken und die gesellschaftliche Vermitteltheit
aller individuellen Suche nach einem guten Leben anerkennen, gibt es hinreichende
Gründe, die Verfassung einer wohlgeordneten Gesellschaft auf formale Rechtsprinzipien zu gründen, die strikte ethische Neutralität üben und jedem individuellen Konzept eines gelingenden Lebens gleiches Recht zubilligen und so auch die
Rahmenbedingungen setzen, die vor dem Hintergrund der kulturellen Moderne
den Einsichten der Kommunitaristen von der ethischen Bedeutsamkeit sozialer
Zugehörigkeiten und eines wertintegrierten personalen Lebensprojekts überhaupt
erst ein gedeihliches Verwirklichungsmilieu ermöglichen. Nur dann könnte die
Idee einer teleologischen Identität von Seele und Staat vor dem Kantischen Argument gerettet werden, wenn individuelle und kollektive Identität zusammenfallen
würden und das lebenshermeneutisch vorgängige individualethische Gute identisch
mit dem kollektiven Guten wäre. Dann hätten wir eine kulturell homogene und
ethisch einheitliche Sozialwelt, die es gestatten würde, die Rechtsordnung als institutionelle Festigung des kollektiv vorgängigen Ethos zu organisieren. Eine solche
Sozialwelt wäre freilich nicht mehr unsere.

Es ist ein grundlegender Irrtum des Kommunitarismus, die Konzepte der
Gerechtigkeit und des Guten als kategoriale Rivalen zu betrachten und die Sozia-
lontologie in den Rang des Schiedsrichters zu rücken. Das Recht und das Gute
konkurrieren nicht um die normative Vormachtsstellung in einem umfassenden,
alle gesellschaftlichen Bereiche homogenisierenden moralischen Diskurs. Es ist
vielmehr von einem mehrsprachigen moralischen Diskurs auszugehen, in dem
die einzelnen Sprachen in komplizierten Abhängigkeitsverhältnissen stehen: damit
sich die Sprache des Guten in den Prozessen personaler und kollektiver Identitätsbildung entfalten kann, muß die Sprache des Rechts die gesellschaftlichen
Bedingungen individueller Autonomie garantieren, einen Bereich gesellschaftlicher
Öffentlichkeit konstituieren und Freiräume legitimer Selbstverwirklichung kenntlich machen und schützen. Diese Rolle kann das Gute aufgrund seiner internen
Exklusivität nicht übernehmen; diese Rolle kann nur das intern inklusive Recht
übernehmen. Denn einander als Rechtssubjekte anerkennen, impliziert auch die
Anerkennung des individuellen Rechts auf kulturelle Selbstbestimmung, auf parti-
kular-ethische Integrität, auf ein Leben, das eigenen Konzepten vom Guten folgt.
Und umgekehrt gilt, daß man sich in seiner ethischen Eigenheit durch fremde ethische Konzeptionen nicht bedroht sehen muß und die erforderliche gesellschaftliche

Verständigung mit dem Angehörigenen anderer ethisch-religiöser Vorstellungen auf die Gleise rechtlicher Anerkennung stellen kann. Sicherheit und Recht sind die unverzichtbaren Freiheitsbedingungen menschlicher Subjekte und die notwendigen Voraussetzungen für die Herausbildung personaler Identität. Aber rechtliche Beziehungen allein ermöglichen noch keine personale Identität. Daher muß, das ist der wahre Kern der kommunitaristischen Kritik an der liberalen Verrechtlichungsleidenschaft, die rechtliche Neudefinition sozialer Beziehungen auf Bereiche mit wachsendem Konfliktbestand beschränkt bleiben. Die Verrechtlichung darf nicht die Lebenswelt ersticken, die sittlichen Bindungskräfte schwächen und die traditionellen Solidaritätsquellen trockenlegen. Nur ist aus der Entsittlichungswirkung hypertropher Verrechtlichung kein Argument gegen die grundsätzliche normative und ordnungspolitische Priorität des Rechts und für die Höherrangigkeit einer identitätsethischen Orientierung am individuell-kollektiven Guten ableitbar.

Dieser Mehrsprachigkeit der sozialen Verständigung entspricht eine Vielfalt von Gemeinschaftsformen und eine Multipersonalität des Menschen. Da ist die Gemeinschaft der Wirtschaftssubjekte und die der Wirtschaftswelt eingeschriebene individualistische Rationalitätsform; dann ist da die Rechtsgemeinschaft sich anerkennender abstrakter Rechtssubjekte; dann ist da der Bereich der religiös-kulturellen Gemeinschaften und der in ihnen verwurzelten, zu ihnen gehörenden ethischen Personen. Weiterhin haben wir noch die Gemeinschaft der Bürger. Und schließlich können wir auch noch eine alles überwölbende Gemeinschaft der moralischen Subjekte ausmachen, in denen, als höchstem Punkt moderner Rechtfertigungstheorie, individuelle und kollektive Autonomie zusammenfallen. Es ist die Aufgabe der politischen Philosophie, das spannungsvolle Zusammenspiel dieser Verständigungsebenen und Gemeinschaftsformen und Personalitätsfacetten unverkürzt darzustellen und durch ein genaues Nachzeichnen der jeweiligen Zuständigkeiten und Geltungsreichweiten die Bedingungen der wechselseitigen Kompatibilität aufzuzeigen und das erforderliche Maß gegenseitiger Ergänzung festzulegen. Und es ist die herausforderungsvolle Aufgabe der Politik, mit Marktwirtschaft, Demokratie, Rechtsstaat und Sozialstaat ein komplexes institutionelles Gefüge aufzubauen, in dem die Individuen zur angemessenen Selbstentfaltung kommen, in dem sie die unterschiedlichen Persönlichkeitsfacetten komplexer moderner Subjektivität ausbilden und in einem stets revisionsoffenen Rahmen personaler Identität lebenstüchtig ausbalancieren.

VII. Der Bürger

Damit die liberale politische Lebensform gesellschaftliche Realität wird, bedarf es neben der gesicherten sozialen Geltung des institutionellen Rahmenwerks des liberalen Staates einer breiten affirmativen Identifizierung der Bürger mit der liberalen

Lebensform und einer parteilichen Solidarität mit dem liberalen Ethos. Insofern sich der Liberalismus wie jede normative Theorie um Verwirklichung bemüht, muß er sich auch in der Sprache der Tugenden und Werte artikulieren und von seinen Bürgern eine gemeinsame aktive Unterstützung der liberalen Kultur und einen von liberalen Werten geleiteten Gemeinsinn verlangen. Liberale wissen heute, daß Kant sich geirrt hat und weder das Problem der Staatserrichtung von einem bloß verständigen Teufelsvolk gelöst werden noch eine Gesellschaft allein auf das Fundament des Rechts gestellt werden kann, da jede Gesellschaft, insbesondere aber die von den zentrifugalen Kräften der freigesetzten Besonderheit zerdehnte, unter den Strapazen des Individualismus ächzende moderne Gesellschaft, zur Sicherung ihres Zusammenhalts ethische Gemeinsamkeiten braucht, einen kollektiv verbindlichen und darum verbindenden Wert- und Überzeugungshorizont, der einstellungs- und identitätsbildende Wirksamkeit entfaltet und damit in dem Wissen, Wollen und Handeln der Subjekte ebenso Wirklichkeit gewinnt, wie diese ihrerseits in dem institutionell verfaßten gesellschaftlichen Sein die Bedingungen eines freien Lebens vorfinden. Weil Stabilität und Kontinuität von Gemeinschaften, Sozialformen und institutionellen Gefügen bejahender Einstellungen und aktiver, aus einem grundsätzlichen Einverständnis erwachsender Unterstützung seitens der Bürger bedürfen, muß der Liberalismus sein neutralistisches Mißverständnis aufgeben und die durch ihn normativ ausgezeichnete menschenrechtliche Freiheitsordnung selbst als ein zu bewahrendes Gut betrachten und das Programm einer normativen sozialen Integration entwickeln.

Es bedarf einer tugendethischen Neuvermessung des Liberalismus. Denn Tugenden sind zweckdienliche Tauglichkeiten und Tüchtigkeiten. Liberale Tugenden wären solche Fertigkeiten, Verhaltensdispositionen und Einstellungsmuster, die sich aufgrund unserer Erfahrung und Menschenkenntnis als nützlich für die Herausbildung, biographische Stabilisierung und politische Artikulation liberaler Bürgerlichkeit erwiesen. Dabei ist zu beachten, daß es kein zeitlos gültiges Tugend- und Kompetenzrepertoire der politischen Existenzform gibt. Der liberale Bürger kann schon darum nicht sonderlich viel vom republikanischen Bürger der aristotelischen Tradition lernen, weil das Leben in der Moderne weitaus riskanter ist als das Leben in einer sozial homogenen, stark wertintegrierten, von den Zerdehnungskräften des Individualismus wie von den Entfremdungswirkungen des Universalismus gleichermaßen verschonten Traditionswelt. Die moderne Gesellschaft kennt kein statuarisches Selbstverständnis mehr; sondern ihr Selbstverständnis muß stets neu erarbeitet werden. Das Gelingen dieser Selbstverständigung, die immer auch eine Legitimitätsüberprüfung von Politik und Legislative ist, ist von deliberationskompetenten Bürgern abhängig, von Personen, die Stellung zu nehmen verstehen, Gründe vorbringen können, zur kritischen Analyse fähig sind und sich selbst korrigieren können, die dies zudem immer ernsthaft und verantwortlich tun, nicht als folgenloses Argumentationsspiel, sondern engagiert und aus der Position der möglichen performativen Einlösung, der Verantwortungsübernahme heraus.

Die moderne Gesellschaft ist in hohem Maße eine politische Gesellschaft; alle Segmente der Vergesellschaftung sind ausnahmslos der reflexiv-rationalen Gestaltung unterworfen. Die politische Gesellschaft ist durch das Prinzip der Selbstorganisation geprägt; der Prozeß der politischen Willensbildung umfaßt alle Bereiche der Normsetzung und der Güterverteilung und umspannt gleichermaßen die innenpolitischen und die außenpolitischen Entscheidungsfelder. In der politischen Gesellschaft hat daher die Natur ihr Recht und die Herrschaft ihre Geheimnisse verloren. Alles muß sich, so hat Kant die begründungstheoretische Eigenart moderner, emanzipatorischer Denk- und Lebensverhältnisse beschrieben, vor dem Richterstuhl der Vernunft rechtfertigen, und das meint: der abwägenden, Gründe vorbringenden und auslotenden gesellschaftlichen Deliberation stellen. Die politische Gesellschaft ist also notwendig eine Gesellschaft umfassender reflexiver Politik und politischer Reflexion. Freilich läßt sich der liberale Bürger nicht auf eine „deliberative Person" reduzieren, wie Diskursethiker meinen[46]. Es genügt nicht, als Generalvertreter kommunikativer Rationalität aufzutreten, um ein Bürger zu sein. Ein Bürger benötigt einen Charakter, der auf die Risiken seiner politischen Lebensform abgestimmt ist. Ein liberaler Bürger benötigt modernitätsspezifische Tugenden, reflexive Tugenden, in denen sich die Besonderheit des Lebens in der Moderne ausdrückt, er muß komplexitätsfähig sein und den Toleranzbedarf des Pluralismus mit der Fähigkeit eines selbstbewußten Vertretens liberaler Eigenart verknüpfen, er muß Ungewißheit ertragen lernen und den Verführungen des Einfachen widerstehen können, und er muß in hohem Maße kooperationsfähig und zu einer gemeinsamen Erarbeitung politischer Zielvorstellungen und ethischer Selbstverständigung in der Lage sein. Und er muß vor allem die Courage entwickeln, diese komplizierteste Lebensform, die in der Weltgeschichte bislang entwickelt worden ist, diese gute und gerechte und eben darum auch „schöne, geistreiche und halsbrecherische Sache"[47] des Liberalismus gegen ökonomistischen und fundamentalistischen Reduktionismus in Theorie wie in Praxis gleichermaßen zu verteidigen.

LITERATUR

Arendt, H. 1958: The Human Condition, Chicago.

Baumann, M. 1996: Der Markt der Tugend. Recht und Moral in der liberalen Gesellschaft. Eine soziologische Untersuchung, Tübingen.

Beck, U. 1997: Kinder der Freiheit. Wider das Lamento über den Werteverfall. In: Ders. (Hg.): Kinder der Freiheit, Frankfurt am Main.

Brugger, W. 1998: Menschenrechte und Staatenwelt. In: Ch. Chwaszcza/W. Kersting (Hg.): Politische Philosophie der internationalen Beziehungen, Frankfurt am Main.

---

[46] Günther 1999, S. 87.
[47] Ortega y Gasset 1956, S. 55.

Bubner, R. 1996: Welche Rationalität bekommt der Gesellschaft? Vier Kapitel aus dem Naturrecht, Frankfurt am Main.

Christman, J. (Hg.) 1989: The Inner Citadel. Essays on Individual Autonomy, New York/ Oxford.

Crittenden, J. 1992: Beyond Individualism. Reconstituting the Liberal Self, Oxford.

Digeser, P. 1995: Our Politics, Our Selves? Liberalism, Identity, and Harm, Princeton, NJ.

Elster, J. 1988: Ulysses and the Sirens. Revised Edition, Oxford.

Elster, J. 1989: The Cement of Society. A Study of Social Order, Cambridge.

Frankfurt, H. G. 1971: Freedom of the Will and the Concept of a Person. In: Journal of Philosophy 68.

Frey, B. S. 1997: Markt und Motivation. Wie ökonomische Anreize die (Arbeits-)Moral verdrängen, München.

Gauthier, D. 1986: Morals by Agreement, Oxford.

Gewirth, A. 1998: Self-Fulfillment, Princeton, NJ.

Giddens, A. 1976: New Rules of Sociological Method, London.

Gross, P. 1994: Die Multioptionsgesellschaft, Frankfurt am Main.

Günther, K. 1999: Welchen Personenbegriff braucht die Diskurstheorie des Rechts. Überlegungen zum internen Zusammenhang zwischen deliberativer Person, Staatsbürger und Rechtsperson. In: H. Brunkhorst/P. Niesen (Hg.): Das Recht der Republik, Frankfurt am Main.

Habermas, J. 1988: Die Einheit der Vernunft in der Vielfalt ihrer Stimmen. In: Ders.: Nachmetaphyisches Denken. Philosophische Aufsätze, Frankfurt am Main.

Hitzler, R./Honer, A. 1994: Bastelexistenz. Über subjektive Konsequenzen der Individualisierung. In: Beck, U./Beck-Gernsheim, E. (Hg.): Riskante Freiheiten, Frankfurt am Main.

Hobbes, Th. 1839–45: The English Works of Thomas Hobbes of Malmesbury. Hg. v. W. Molesworth, London [Nachdruck: Aalen 1962].

Holmes, S. 1989: The Permanent Structure of Antiliberal Thought. In: N. Rosenblum (Hg.): Liberalism and the Moral Life, Cambridge, Mass.

Kersting, W. 1994: Die politische Philosophie des Gesellschaftsvertrags, Darmstadt.

Kersting, W. 1997: Recht, Gerechtigkeit und demokratische Tugend, Frankfurt am Main.

Kersting, W. 1998: Der Markt – das Ende der Geschichte? Individualistisches Sozialmodell und gesellschaftliche Solidarität. In: N. Brieskorn/J. Wallacher (Hg.): Homo oeconomicus: Der Mensch der Zukunft?, Stuttgart/Berlin/Köln.

Kersting, W. 1999a: Theoriekonzeptionen der politischen Philosophie der Gegenwart: Methoden, Probleme, Grenzen. In: M. Th. Greven/R. Schmalz-Bruns (Hg.): Politische Theorie – heute. Ansätze und Perspektiven, Darmstadt.

Kersting, W. 1999b: Platons ‚Staat‘, Darmstadt.

Kirsch, G. 1990: Das freie Individuum und der dividierte Mensch. Der Individualismus – von der Norm zum Problem, Baden-Baden.

MacIntyre, A. 1981: After Virtue. A Study in Moral Theory, London.

Nussbaum, M. C. 1997: Cultivating Humanity. A Classical Defense of Reform in Liberal Education, Cambridge.

Ortega y Gasset, J. 1958: Aufstand der Massen [1930], Hamburg.

Paul, E. F. et al. (Hg.) 1999: Human Flourishing (Social Philosophy & Policy 16/1), Cambridge.

Plessner, H. 1981: Grenzen der Gemeinschaft. Eine Kritik des sozialen Radikalismus [1924]. In: Ders., Gesammelte Schriften Bd.V, Frankfurt am Main.

Rawls, J. 1971: A Theory of Justice, Harvard.

Sandel, M. J. 1982: Liberalism and the Limits of Justice, Cambridge.

Sandel, M. J. 1984: The Procedural Republic and the Unencumbered Self. In: Political Theory 12.

Sandel, M. J. (Hg.) 1987: Liberalism and its Critics, Oxford.

Sen, A. 1978: Rational Fools: A Critique of the Behavioural Foundations of Economic Theory. In: H. Harris (Hg.): Scientific Models and Man: The Herbert Spencer Lectures 1976, Oxford.

Strong, T. B. 1990: The Idea of Political Theory, Notre Dame.

Strong, T. B. (Hg.) 1992: The Self and the Political Order, Oxford.

Sturma, D. 1997: Philosophie der Person. Die Selbstverhältnisse von Subjektivität und Moralität, Paderborn.

Taylor, Ch. 1985a: Human Agency and Language. Philosophical Papers 1, Cambridge.

Taylor, Ch. 1985b: Philosophy and the Human Sciences. Philosophical Papers 2, Cambridge.

Waldron, J. (Hg.) 1987: ,Nonsense upon Stilts'. Bentham, Burke and Marx on the Rights of Man, London/New York.

Weber, M. 1972: Wirtschaft und Gesellschaft, 5.Aufl., Tübingen.

Will, G. F. 1983: Statecraft as Soulcraft, New York.

Ludwig Siep

DER BEGRIFF DER PERSON ALS GRUNDLAGE DER BIOMEDIZINISCHEN ETHIK: ZWEI TRADITIONSLINIEN

Der Begriff der Person steht im Zentrum zahlreicher Kontroversen der angewandten Ethik. Er ist Grundlage der normativen Prinzipien von Autonomie und Würde sowie des Verbotes, andere ausschließlich als Mittel eigener Zwecke zu behandeln (Instrumentalisierungsverbot). Die klassischen Rechte der Person werden heute in neuen Kontexten zur Geltung gebracht, etwa beim Recht auf informationelle Selbstbestimmung und auf informierte Zustimmung zu medizinischen Eingriffen und klinischen Studien. Hinzu kommen die möglicherweise neuen Rechte auf Wissen und Nichtwissen im Zusammenhang medizinischer Diagnostik. Patientenrechte sind im Wesentlichen spezifische Varianten fundamentaler Personenrechte.

Solche impliziten oder expliziten Verwendungen von Begriffen wie Personalität, personale Identität oder persönliche Integrität spielen in Debatten um die Rechte ungeborener Menschen, im Zusammenhang mit Abtreibung und Embryonenforschung, den Möglichkeiten humangenetischer Diagnose und Therapie bzw. Manipulation, aber auch im Kontext der Auseinandersetzung um Sterbehilfe und Sterbebegleitung eine zentrale Rolle. Die in jüngster Zeit geführte Auseinandersetzung um die ethische Unzulässigkeit des Klonens von Menschen hat neben dem Instrumentalisierungsverbot einen Schwerpunkt auf die Frage gelegt, ob und auf welche Weise Klonieren unsere Vorstellung von Individualität untergräbt und die Möglichkeiten zur freien Selbstentfaltung der Persönlichkeit auf Seiten des geklonten ,verspäteten Zwillings' erschwert oder gar verhindert. Auch dies ist offensichtlich eine Diskussion, die in weiten Teilen auf dem Hintergrund des Begriffs der Person geführt wird und ohne unser Verständnis des Personseins nicht nachzuvollziehen wäre. Auch die Fragen nach den ethischen Grenzen der Sportmedizin (Doping), den Rechten und Pflichten ansteckend Kranker (AIDS, Seuchen etc.) sowie das Problem des Paternalismus im Bereich medizinischen Handelns, sind ohne Rekurs auf den Begriff der Person nicht zu beantworten. Denn hier geht es um die Frage, auf welcher Basis das Selbstbestimmungsrecht einer Person zu ihren eigenen Gunsten eingeschränkt werden darf.[1]

---

[1] Zu dem in diesem Abschnitt angesprochenen Problemfeld des Klonens siehe ausführlicher Siep 1998a,

Aber wenn einerseits auch der Begriff der Person und mit ihm verwandte Begriffe oder von ihm abhängige Rechte, Pflichten und Ansprüche in den vielfältigen Auseinandersetzungen der biomedizinischen Ethik auf mannigfaltige Weise präsent sind, so ist doch andererseits festzuhalten, daß die auf dieser Grundlage getroffenen Folgerungen sehr weit auseinander liegen und sich teilweise sogar direkt widersprechen. So wird mit Rekurs auf den Begriff der Person z.B. auf der einen Seite ein prinzipielles Abtreibungsverbot und die kategorische Unzulässigkeit aktiver Sterbehilfe begründet. Auf der anderen Seite wird genauso mit Bezug auf den Begriff der Person dafür argumentiert, daß dem menschlichen nichtpersonalen Leben kein intrinsischer Wert zukomme, also Abtreibungen im Prinzip zulässig sind. Oder es wird aus dem Status, eine Person zu sein, das Recht auf einen selbstbestimmten Tod abgeleitet – zumindest als negatives Recht auf Nichteingreifen Dritter (Suizidintervention), gelegentlich aber auch als positives Recht auf die Mithilfe Dritter (aktive Sterbehilfe). [2]

Daß unter Rückgriff auf den Begriff der Person derart divergierende Schlußfolgerungen gezogen werden, hängt, wie ich im folgenden zeigen möchte, weniger mit der oft konstatierten Vagheit, Unbestimmtheit oder gar Beliebigkeit des Begriffs der Person zusammen, als damit, daß hier verschiedene philosophische Traditionslinien im Hintergrund der Debatte fortwirken. [3]

Die erste, in der gegenwärtigen Diskussion bei weitem dominierende Tradition trennt den Personbegriff vom Begriff des Menschen und setzt Personalität mit Selbstbewußtsein und Zurechnungsfähigkeit gleich. Diese Tradition hat ihre Wurzeln im 16. und 17. Jahrhundert. Die zweite ist eine Gegenbewegung des 19. und 20. Jahrhunderts, die Personalität mit der biologischen, körperlichen und emotionalen Seite des Menschen wieder verbinden möchte. Sie greift teils auf vorneuzeitliche Traditionen, teils auf Ergebnisse der modernen Wissenschaften vom Menschen (Anthropologie, Psychologie, Medizin) zurück. Ihre Bedeutung für die angewandte Ethik – jedenfalls die philosophische – ist aber noch gering.

Im ersten Teil dieses Beitrags werde ich die Ablösung des Begriffs der Person von dem des Menschen skizzieren. Diese Trennung der Begriffe führt zur Ausbildung der ersten der beiden erwähnten Traditionslinien, die in den gegenwärtigen Debatten hauptsächlich wirksam ist. Der zweite Teil meines Beitrags hat den Nachweis der Folgen dieser Tradition in den Beiträgen führender Vertreter der gegenwärtigen angelsächsischen angewandten Ethik zum Ziel. Dort werden Konsequenzen aus

---

1998b und 1999a sowie Quante 1999. Allgemein zu Fragen der Gentechnik vgl. Siep 1996c; zur Humangenetik vergleiche die Beiträge in Petermann et al. 1997. Das Paternalismusproblem behandelt Kuttig 1993.

[2] Siehe dazu auch die ausführliche Behandlung in Siep/Quante 1999 sowie Quante 1998.

[3] Dieser Beitrag führt Überlegungen fort, die ich in der Festschrift zum 65. Geburtstag von Georg Scherer dargelegt habe (vgl. Siep 1993). Zu den verschiedenen Traditionen des Personbegriffs und ihrer Bedeutung für die medizinische Ethik vgl. auch Beckmann 1996.

dem Personbegriff gezogen, die den rechtlichen und ethischen Traditionen unserer Kultur zuwiderlaufen. Im Blick auf diese Probleme soll im dritten Teil an eine zweite Traditionslinie des Begriffs der Person erinnert werden. Sie stellt einen Kontrapunkt zu den intellektualistischen Verkürzungen der ersten Tradition dar. In einer abschließenden Bemerkung gehe ich dann kurz auf die Frage ein, ob der Personbegriff – auch in erweiterter Fassung – zur Beantwortung der aktuellen Fragen der angewandten Ethik ausreicht.

I. Die Trennung der Begriffe Person und Mensch in der praktischen Philosophie der Neuzeit

In der praktischen Philosophie von Aristoteles bis Grotius enthielt der Begriff des Menschen ungetrennt biologische und vernünftige Gattungseigenschaften: Streben zum anderen Geschlecht und Sorge für den Nachwuchs, Mitleiden mit leidenden Artgenossen und sprachliche Verlautbarung gehören zu den „Arteigenschaften", die das Lebewesen Mensch bereits vor seiner Mündigkeit zum Träger natürlicher und bürgerlicher Rechte machen, die ihrerseits von der Rechtsgemeinschaft zu garantieren sind. Das Individuum der Spezies Mensch wird seit der Spätantike (Boethius) mit dem Begriff „Person" bezeichnet.[4] Erst seit Hobbes avanciert der römisch-rechtliche Begriff der Person, der nur bestimmte Eigenschaften eines Handlungssubjektes enthält, zur Grundlage einer Moral- und Rechtsphilosophie *more geometrico*. Seine zentrale Bedeutung für die praktische Philosophie erhält der Personbegriff dann im 17. Jahrhundert bei Locke. Er ist unentbehrlich für den Versuch, Ethik und Rechtsphilosophie von den Problemen der Naturphilosophie und Metaphysik, vor allem was den Art- und Substanzbegriff angeht, zu „entlasten" und sie auf eine der Mathematik analoge konstruktive Basis zu stellen. Die unbezweifelbare, intuitive Selbstgewißheit der Person und der darauf zu begründende, demonstrativ gewisse Gottesbeweis sind die Basis des Systems der Ethik und des Naturrechts.[5]

Die Trennung des Personbegriffs von aller Erfahrungserkenntnis, aber auch den rationalistischen Konstruktionen der metaphysischen Seelenlehre vertieft sich im 18. Jahrhundert bei Kant. ‚Person' ist in Kants praktischer Philosophie die notwendige Idee eines Wesens, das sich und anderen vernünftigen Wesen Handlungen – Zwecksetzungen und äußere (kollisionsfähige) Handlungen – unter Gesetzen der Vereinbarkeit zurechnen muß.[6] Aus den Verhältnissen dieser Idee zu den Affekten des (leiblichen) Menschen ergibt sich das System der Tugendpflichten, aus

---

[4] Zur Geschichte des Person-Begriffs vgl. Sturma 1997.

[5] Vgl. dazu Siep 1992, S. 81–115.

[6] Vgl. dazu die für Rechts- und Tugendlehre grundlegende Definition der Person in der Einleitung in die ‚Metaphysik der Sitten' (Kant AA, VI, S. 223.) sowie Sturma 1997, S. 205 ff.

dem Verhältnis zu den möglichen Willensbeziehungen zu Sachen und Leistungen anderer Personen ergeben sich die Rechtspflichten.

Mit dem bewußtseinstheoretischen oder in der praktischen Vernunft gegründeten Begriff der Person ist es aber schwer, die Rechte nicht-personaler menschlicher Wesen, d. h. vor allem unmündiger Kinder und geistig Behinderter zu rechtfertigen. Man kann diese Probleme unschwer am Familienrecht Lockes, Kants oder Fichtes studieren. Hier muß ein pauschaler Hinweis genügen.

Der forensische Begriff der Person bezeichnet seit Locke nur die Eigenschaften der Zurechenbarkeit und der rationalen Schadensvermeidung: Erinnerung an vergangene Bewußtseinszustände und Vorsorge für enttäuschungsresistente Zustände des Wohls. Daß sie selber diese Bedingungen erfüllt, weiß jede Person unbezweifelbar von sich selbst, aber niemand zweifelsfrei vom anderen. Von Locke bis Fichte hilft man sich daher mit *prima facie*-Vermutungen, die nun doch vom „biologischen" Menschen in seiner phänomenalen Erscheinung für den anderen ausgehen.[7] Bestätigt oder dementiert werden kann diese Vermutung im Grunde nur durch unzweifelhaft vernünftiges Verhalten des anderen: durch sein Respektieren meines Rechtes.

Am radikalsten ist diese Konsequenz von Fichte gezogen worden: Nur solange sich alle wechselseitig vernünftig verhalten, d. h. die gesetzlich festgelegten Rechte respektieren, sind sie Personen. Beim ersten Rechtsbruch wird die vermutliche Person zum unvernünftigen Wesen, d. h. zur Sache. Sie verlöre allen Rechtsschutz und würde vogelfrei, wenn man nicht aus sozialen Nutzengründen einen Abbüßungsvertrag schließen bzw. als abgeschlossen unterstellen könnte.[8] Personalität ist vernünftige selbstbewußte Tätigkeit – fällt sie aus, so gibt es keine naturrechtlich geschützte biologische „Substanz" mehr, auf die man gewissermaßen zurückfallen könnte. Entsprechend ist für Fichte der Staat, der auf einen Vertrag mündiger Personen zurückgeht, zum Schutz der Kinder auch nur deswegen verpflichtet, weil er für die Erfüllung seiner Vertragspflichten eine bestimmte Anzahl von Bürgern braucht („ziemlich gleichmäßige Fortdauer der Volksmenge", GA I, 4, S. 140).

Moderne angelsächsische Utilitaristen, die mit dem Personbegriff arbeiten, sehen sich zu ähnlichen Konsequenzen gezwungen – wie weit sie sich auch vom deutschen Idealismus entfernt fühlen mögen. Das möchte ich im folgenden beispielhaft an Tristram Engelhardt, Mary A. Warren und Peter Singer illustrieren.

---

[7] Nach Kant unterstellen wir freilich aus Gründen der praktischen Vernunft, daß mit dem „Act der Zeugung" des Menschen seine noumenale Person in das physische Individuum „herüber gebracht" wird (1968 VI, S. 281). Auch dazu muß ein menschliches Individuum als ein solches identifiziert werden.

[8] Vgl. dazu den § 20 (Über die peinliche Gesetzgebung) der Grundlage des Naturrechts nach Prinzipien der Wissenschaftslehre (1796/97) von J. G. Fichte (GA, Band I, 4). Ich behandle diese Fragestellung ausführlicher in Siep 1992, S. 33 f., 38 f.

II. Der Begriff der Person in
der angelsächsischen Bioethik

In einem der Standard-Sammelbände der angelsächsischen angewandten Ethik[9] gibt Walters einen Überblick der bisherigen Debatte über den Personbegriff.[10] Notwendige Bedingungen des Personseins (*conditions of personhood*) seien für fast alle Autoren in dieser Debatte Selbstbewußtsein und Rationalität. Bei einigen komme noch die Fähigkeit zu moralischen Handlungen (*capacity to be a moral agent*) hinzu. Für Walters sind diese Bedingungen ,ontologisch' in dem Sinne, daß sie zur Klassifikation einer bestimmten Art von Entitäten gebraucht werden – umstritten sei aber, ob diese Art koextensiv mit der menschlicher Lebewesen ist. Dies betrifft nicht nur die Frage, ob alle Menschen zu allen Zeitpunkten ihrer Existenz Personen sind, sondern auch die Frage, ob einzelnen Mitgliedern anderer Spezies ebenfalls der Status der Person zuerkannt werden muß.

Davon zu unterscheiden sind nach Walters moralische Begriffe der Person, die den darunter subsumierten Individuen Rechte und Pflichten zusprechen. Die Hauptprobleme in der Person-Diskussion der angewandten Ethik sieht Walters in der Beziehung zwischen den beiden Begriffen: Folgt aus den „ontologischen" Eigenschaften, daß rationale und selbstbewußte Entitäten moralische Rechte und Pflichten haben? Und haben nur rationale und selbstbewußte Wesen die moralischen Rechte, die wir Personen zuschreiben? Da dies in der angewandten Ethik zu Problemen hinsichtlich der Rechte Ungeborener und temporär oder dauernd geistig Behinderter führt, versuchen die Autoren nach Walters, den Personbegriff aufzuspalten in Personen im strengen und Personen im „sozialen" Sinn bzw. in „mögliche", „beginnende" und „ehemalige Personen".

Für die Unterscheidung zwischen moralischer Person und sozialer Person plädiert im gleichen Sammelband einer der einflußreichsten Vertreter der amerikanischen medizinischen Ethik, H. Tristram Engelhardt.[11] Er unterscheidet in einem ersten Schritt zunächst zwischen menschlichem biologischem Leben, wie es einem Organismus selbst nach dem Hirntod noch zukomme, und personalem Leben.[12] Das letztere sei nur rationalen, selbstbewußt Handelnden zuzuschreiben, die sich – mit Kant – als Selbstzwecke (*ends in themselves*) betrachteten. Nur Wesen, die sich als selbstbewußte und selbstbestimmte Handelnde wechselseitig respektieren, sind Bedingungen und Zwecke einer moralischen Ordnung. Sie sind Personen im strikten Sinne, die nicht nur Wert, sondern unantastbare Würde haben, die nicht

---

[9] Vgl. Walters, Leroy/Beauchamp, Tom L. (eds.), 1982: Contemporary Issues in Bioethics (2. Auflage), Belmont.

[10] Beauchamp/Walters 1982, S. 87 ff.

[11] Beauchamp/Walters 1982, S. 93–101.

[12] Vgl. hierzu die Kritik dieser Argumentationsstrategie in Quante 1995.

ohne Widerspruch gegen die Idee einer moralischen Ordnung verletzt werden kann.

In der medizinischen Ethik, die es mit Problemen des Anfangs und des Endes des menschlichen Lebens sowie des Umgangs mit Kranken und Behinderten zu tun hat, reicht dieser Personbegriff natürlich nicht aus. Der Hirntod markiert das Ende des empfindungsfähigen Leibes (*sentience in appropriate embodiment*), dem längst die Bewußtseins- und Selbstbestimmungsfähigkeit genommen sein kann. Ebensowenig hat irgendeine Stufe des menschlichen Lebens vor dem Erreichen vernünftiger Selbstkontrolle – also auch nicht die Geburt – etwas mit dem Beginn moralischer Personalität zu tun. Um die Konsequenz der erlaubten Kindestötung zu vermeiden, führt Engelhardt in einem zweiten Schritt eine Unterscheidung in (mindestens) zwei Personbegriffe ein.

Zu dem genannten strikten Personbegriff tritt als zweiter ein „sozialer Begriff", der eine „soziale Rolle" der Person bezeichnet. Im sozialen Umgang behandeln wir – in der modernen Kultur – nicht-personales menschliches Leben so, „als ob es Person im strengen Sinne wäre". [13] Das gilt für das Verhältnis zu Kindern und allen Personen, die zu aktiven sozialen Beziehungen (*a minimum of social interaction*) fähig sind, aber nicht für die bloß biologische Beziehung zwischen Mutter und Fötus.

Während der strikte Personbegriff Engelhardts ein Kantischer ist, bezeichnet er den „sozialen" als ein „utilitaristisches Konstrukt". [14] Soziale Personen können daher als „Mittel" gebraucht werden. Den Nutzen dieses Konstrukts haben in erster Linie die strikten Personen: „One treats certain instances of human life for the good of persons strictly". [15] Solange die Integrität strikter Personen gewahrt ist, kommt es auf die genaue Grenzziehung zwischen beiden Arten von Personen nicht an.

Engelhardt glaubt, daß dieser Begriff ein Mittel sei, die Werte und Tugenden des Familienlebens und der Sorge für die Schwächeren zu bewahren. Aber seine eigenen Konsequenzen zeigen, daß menschliches biologisches Leben in einer solchen Konzeption keinerlei Rechte hat und daß die Rechte der Unmündigen ihnen nur von strikten Personen zu deren Nutzen verliehen sind. Im Falle der Kinder ist dies freilich meist zugleich deren eigener zukünftiger Nutzen.

Ich will die Konsequenzen für die angewandte Ethik hier nicht im einzelnen diskutieren und auch auf Engelhardts spätere Stellungnahmen hier nicht eingehen. In diesem Aufsatz jedenfalls wird die „frühe" Abtreibung ganz in das Belieben der Mutter gestellt, Experimente mit Embryonen gestattet, Anenzephale mit Hirntoten verglichen. Auch Kinder bezeichnet Engelhardt in der kantischen Tradition als zum Besitz (*possession*) der Familie gehörig. Eltern können daher gegen die „Laune" der

---

[13] Beauchamp/Walters 1982, S. 98.
[14] Beauchamp/Walters 1982, S. 97.
[15] Beauchamp/Walters 1982, S. 97.

Kinder Experimenten zustimmen, die diesen nicht selber zugute kommen – wenn sie bei minimalem Risiko „substantiellen Wert" haben.

Nach Engelhardt ist diese Neu-Bestimmung des Personbegriffs durch die biomedizinischen Wissenschaften „verursacht". Eher wird man ihn als den Versuch bewerten müssen, bestimmte bioethische Intuitionen durch eine Kombination utilitaristischer und kantianischer Argumente zu rechtfertigen. Dabei werden die Schwierigkeiten deutlich, in die man gerät, wenn man den Personbegriff von allen biologischen Momenten „reinigt". Man muß nicht die absolute Gleichberechtigung von Föten, Kindern und Erwachsenen vertreten. Aber die Instrumentalisierung alles nicht voll rationalen und mündigen Lebens zum Schutz bzw. Nutzen autonomer Personen kann Maßnahmen rechtfertigen, die unter fast allen zivilisierten Rechtsprechungen verboten sind. Wenn nur Personen Träger von Rechten sind, dann haben Nicht-Personen keine originären Rechte, die gegen andere abgewogen werden können. Sie sind dann ganz vom Nutzenkalkül der Mündigen abhängig.

Für die Beschränkung moralischer Rechte im eigentlichen Sinne auf rationale und autonome Personen, zu denen weder Föten noch Kinder, aber auch nicht geistig behinderte Erwachsene gehören, plädiert im selben Sammelband auch Mary Anne Warren.[16] Dagegen könnten selbstbewußten Robotern oder Computern und intelligenten Bewohnern anderer Planeten volle „moralische Rechte" zukommen. Die Tötung Neugeborener ist für Warren nicht Mord. Gleichwohl ist sie zu Recht verboten, einmal weil dadurch der Nutzen bzw. das Wohlbefinden (*pleasure*) möglicher Adoptionswilliger verringert würde; und zum anderen, weil die meisten („at least at this time and in this country")[17] lieber die Kosten für Waisenhäuser aufbrächten, als die „Zerstörung" (*destruction*) unerwünschter Kinder in Kauf zu nehmen. Warrens Personbegriff, der ihre – um es neutral zu sagen – kontraintuitiven Folgen stützt, ist nicht so eng an Kant angelehnt wie der Engelhardts. Aber er ist ebenfalls auf die rationalen Kapazitäten beschränkt. Er umfaßt die folgenden fünf Züge:

1. Bewußtsein und Schmerzempfindung
2. Überlegungs- bzw. Problemlösungskompetenz
3. Selbstmotivierte Aktivität
4. Kommunikationsfähigkeit
5. Begriffe des individuellen oder Gattungs-Selbstes.

Wer nicht mindestens die ersten beiden Bedingungen erfüllt, ist kein Mitglied der moralischen Gemeinschaft und nur solche Mitglieder haben volle moralische Rechte. Von diesem moralischen Personbegriff müsse der „genetische" Begriff des Menschen getrennt werden. Warrens Position gehört also deutlich zur Tradition der strikten Trennung eines moralischen Personbegriffs vom biologischen Begriff des

---

16 Beauchamp/Walters 1982, S. 250–260.
17 Beauchamp/Walters 1982, S. 259.

Menschen. Die Rechtsgemeinschaft wird hier zu einer Art Aristokratie rationaler Personen, die nicht-personalen Menschen nur nach Nutzenüberlegungen Schutz gewähren.

Radikale Folgen aus der Trennung der Begriffe Person und Mensch zieht auch Peter Singer. Singer, der durch sein Buch über die rechtmäßigen Ansprüche der Tiere bekannt wurde,[18] vergleicht in seinem Buch *Praktische Ethik* verschiedene Versionen des Utilitarismus in ihren Konsequenzen für Fragen des Wertes bzw. der Rechte tierischen und menschlichen Lebens.[19] Er kommt zu dem Ergebnis, daß die Zugehörigkeit zur Gattung Mensch dafür keine Relevanz besitzt. Für Utilitaristen, die Leid minimieren und Freude maximieren wollen, kommt es auf Empfindungsfähigkeit, Bewußtheit und Personalität an, aber nicht auf die Zugehörigkeit zu einer biologischen Art. Der Grad, in dem ein Wesen empfindet, Wünsche für die Zukunft hegt und an seiner eigenen Existenz in der Zukunft interessiert ist, gibt ihm unterschiedliche Ansprüche auf Schonung durch andere. Der „Grad von Selbstbewußtsein und Rationalität" entscheidet über den „Wert" eines Lebewesens.[20] Hinsichtlich dieses Grades stehen aber für Singer viele Tiere höher als manche menschliche Lebewesen (Föten, Kleinkinder, schwer geistig Behinderte etc.).

Personalität ist für Singer der höchste Grad von Bewußtsein und Rationalität. Unter ausdrücklicher Berufung auf Locke definiert Singer die Person als „selbstbewußtes Wesen", das „sich seiner selbst als einer distinkten Entität bewußt (ist), mit einer Vergangenheit und Zukunft".[21] Ein solches Wesen „ist fähig, Wünsche hinsichtlich seiner eigenen Zukunft zu haben".[22] Da Rechte Wünsche voraussetzen, können auch nur Wesen mit dem Wunsch, zukünftig zu existieren, ein Recht auf Leben haben. Daher können nur Personen ein Recht auf Leben haben: „Wenn das Recht auf Leben das Recht ist, weiterhin als distinkte Entität zu existieren, dann ist der für den Besitz des Rechtes auf Leben relevante Wunsch der Wunsch, weiterhin als diese Entität zu existieren".[23] Zwar beschränkt Singer Rechte im allgemeinen nicht auf Personen, aber ein Recht auf Leben können nur Personen haben.

Personalität in diesem Sinne kommt nach Singer nicht allen Menschen, aber einer Reihe von nicht-menschlichen Lebewesen zu, aus deren Verhalten sich der Schluß nahelegt, daß sie ein Bewußtsein ihrer selbst als einer „distinkten Entität" in der Zukunft haben.[24] Sprachfähigkeit ist keine Voraussetzung dafür. Die berüchtigte Formulierung ist daher durchaus folgerichtig: „Das Leben eines

---

[18] Vgl. Singer 1975/1982.

[19] Vgl. Singer 1979/1984, S. 106 (Seitenangabe nach der ersten Auflage der deutschen Ausgabe).

[20] Singer 1979/1984, S. 125.

[21] Singer 1979/1984, S. 109.

[22] Singer 1979/1984, S. 109.

[23] Singer 1979/1984, S. 115.

[24] Vgl. Singer 1979/1984, S. 134.

Neugeborenen hat also weniger Wert als das Leben eines Schweines, eines Hundes oder eines Schimpansen".[25] Wenn Kindstötungen „nur unter sehr strengen Bedingungen" erlaubt sein sollten, so doch im wesentlichen wegen der „Wirkungen der Kindstötungen auf andere".[26]

Singer ist sich bewußt, daß seine Konsequenzen revolutionär zumindest für die europäische Moral- und Rechtsentwicklung sind. Die „jahrhundertelange christliche Vorherrschaft im europäischen Denken" hat zu einer Heiligung des menschlichen Lebens geführt.[27] Vom wissenschaftlichen Standpunkt aus ist sie eine unbegründete Bevorzugung der menschlichen Art, ein „Speziesismus" analog zum Rassismus als Bevorzugung einer menschlichen Rasse. Für einen vorurteilsfreien Wissenschaftler haben die „biologischen Fakten, an die unsere Gattung gebunden ist, keine moralische Bedeutung".[28]

Die Position Singers zeigt vielleicht am radikalsten die Konsequenz, die sich aus der Verbindung eines allein auf Selbstbewußtsein und Rationalität beschränkten Person-Begriffs mit einem auf die Vermeidung von Schmerzzufügung bzw. von Interessen- und Präferenzstörung begrenzten Begriff von Ethik ergibt. Man müßte zu ihrer Kritik eine Reihe grundsätzlicher Fragen erörtern: Fragen nach dem Verhältnis der philosophischen Ethik zu der „gemeinen sittlichen Vernunft", nach Anthropozentrik oder „Rationalitäts-Rassismus" – bis zu der für die moderne Ethik vielleicht grundlegendsten Frage, ob für das richtige Handeln wirklich nur die subjektiven Empfindungen oder Wünsche der „Betroffenen" von Belang sind.

Stattdessen gehe ich im folgenden sozusagen konventionell davon aus, daß alle Menschen höhere rechtliche und moralische Ansprüche haben als Tiere – was nicht heißt, daß diese keine berechtigten Ansprüche auf eine bestimmte Behandlung haben. Wir differenzieren aber auch hinsichtlich des rechtlichen und moralischen Status menschlicher Wesen. Wenn nur Personen Rechtssubjekte sein können, dann muß Personalität offenbar auch hinsichtlich biologischer Eigenschaften und Entwicklungsstufen abgestuft werden können. Wenn wir dagegen Personalität mit Mündigkeit gleichsetzen, dann müssen auch nicht-personale menschliche Wesen Träger von Rechten sein. Die Frage nach den Stufen der Personalität oder des moralischen Status menschlicher Wesen ist für eine „konventionelle" angewandte Ethik von großer Bedeutung. Es gibt philosophische Traditionen, in denen sie seit langem eine Rolle spielt. Daran möchte ich im folgenden Abschnitt erinnern.

---

[25] Singer 1979/1984, S. 169.
[26] Singer 1979/1984, S. 173.
[27] Singer 1979/1984, S. 108.
[28] Singer 1979/1984, S. 107 f.

III. Das ganzheitliche Konzept der Person: eine vergessene Alternative

Die Darstellung der kontraintuitiven Konsequenzen des rationalistischen Person-
konzepts sowie die vielfältigen Fragen der gegenwärtigen biomedizinischen Ethik,
die auf der Grundlage dieses Begriffs der Person nur unzulänglich oder gar nicht
erörtert werden können, lassen (mindestens) zwei Optionen zu, die auch beide
ergriffen wurden und werden:

(A) Wer an der Beschränkung des Begriffs der Person auf Kompetenzen des
    Bewußtseins und der Rationalität festhalten will, muß diesen Begriff als eine
    Idealisierung verstehen und für die Probleme der angewandten Ethik unter-
    schiedliche Formen der „Teilhabe" an solchen Fähigkeiten unterscheiden. Dies
    liegt vor allem für die kantische Tradition nahe.

(B) Der andere Weg besteht in der Rückkehr zu einem Person-Begriff, der die
    gesamten, auch biologisch-körperlichen Aspekte des Menschen umfaßt. Die-
    ser Weg ist sowohl in antidualistischen Positionen des Deutschen Idealismus
    wie in anthropologischen – auch medizin-anthropologischen – und phänome-
    nologischen Konzeptionen dieses Jahrhunderts beschritten worden.

„Person" ist etwa für Hegel weder eine vom Körper getrennte Substanz noch
der Inbegriff bestimmter rationaler Kompetenzen, sondern die höhere Stufe des
Selbstverhältnisses eines lebendig-körperlichen Menschen – allerdings eine solche,
auf der er sich von aller Passivität und Heteronomie des Körpers befreien kann.[29]
    Was das für die Probleme des Rechts und der Ethik bei Hegel bedeutet, kann
hier nicht erörtert werden. Ein Stufenmodell der Personalität, das vorbewußte
leibliche Eigenschaften einschließt, ist aber auch von verschiedenen Strömungen
der Anthropologie des 20. Jahrhunderts entwickelt worden. Daran möchte ich in
den folgenden Ausführungen erinnern.
    Paul Christian hat in seinem Überblick über die Verwendung des Personbe-
griffs in der deutschen Medizin des 20. Jahrhunderts darauf hingewiesen, daß der
Ausgangspunkt für die Verwendung des Personbegriffs ein naturwissenschaftlicher
war: der Versuch, die ganzheitliche Funktionsweise und die individuelle Eigenart des jeweiligen Körpers zu erfassen.[30] So wurde von einer Reihe von Autoren
(Kretschmer, Kraus, Krehl) der Begriff der individuellen Konstitution in engen
Zusammenhang mit der Personalität gebracht. In der „Konstitutionspathologie"
wurde die Konstitution verstanden als „Ganzheit der Organisationsverhältnisse"
(Kraus) eines Körpers, aber auch als charakteristische Funktions- und Reaktions-
weise des Organismus in seiner Auseinandersetzung mit der Umwelt. Daraus

---

[29] Vgl. dazu Siep 1992, S. 195–216.
[30] Im folgenden orientiere ich mich an der Darstellung von Christian 1952.

entwickelte sich der medizinische Personalismus wie ihn etwa Brugsch vertrat.[31] Brugsch ist philosophisch beeinflußt von William Stern, der in seinem „System eines kritischen Personalismus" auf dem Boden der Biologie und Medizin der Zeit an den aristotelischen Begriff der Seele als *forma corporis*, als Aktualisierung und Koordinierung der individuellen körperlichen Anlagen, anknüpft.[32]

Wichtig für die heutige angewandte Ethik ist an diesen Ansätzen des medizinischen Konstitutionalismus und Personalismus, daß hier im Ausgang von biologisch-medizinischen Forschungen und Problemen ein leibseelischer Monismus konzipiert wird. Ähnlich wie etwa in Hegels Anthropologie[33] wird dabei in den körperlichen, unbewußten und emotionalen Prozessen schon Aktivität, Zielgerichtetheit und Individualisierung festgestellt, oft freilich in antiidealistischer Weise, d.h. so, daß damit die Bewußtseinsprozesse schon als erklärt bzw. determiniert erscheinen.

So bezeichnet etwa Kraus die „Tiefenperson" des Menschen als „spontan dranghaft schöpferische, primär angelegte, nicht erst reaktiv entstandene innerliche Instanz".[34] Diese Instanz sei eine „vegetative Strömung" mit Selbstgefühl und der Fähigkeit zum „Nachfühlen der Natur" zur „anpassenden Orientierung" und zum „Eingreifen ins Umweltgeschehen".[35] Aus dieser Tiefenperson differenziere sich die „Kortikalperson" und das Gehirn, vor allem das Großhirn als „Hemmungs- und Kontrollorgan", in dem die eigentlich personalen Eigenschaften (Intellekt, Wille, Handlungsfreiheit) verankert seien. Einen solchen leibseelischen Monismus, der – analog zur antiken Seelenfunktionslehre – mit unterschiedlichen „Schichten" und deren spezifischen Leistungen arbeitet, findet man dann auch in der psychiatrischen und philosophischen Anthropologie (Hoffmann, Thiele, Scheler, Rothacker, Lersch).

In einer solchen Schichtenlehre liegen gewiß eigene Gefahren der Verdinglichung oder des gegeneinander Ausspielens hypostasierter Funktionen wie etwa in Klages' Gegenüberstellung von Seele und Geist oder auch in Schelers Versuch, den leiblichen, emotionalen und intellektuellen Leistungen des Menschen noch eine metaphysisch verschiedene, geistig-personale Sphäre hinzuzusetzen. Interessant sind diese Ansätze aber für einen Krankheitsbegriff, der auf der gestörten Balance oder auf der Verselbständigung der Schichten beruht, wie dies ebenfalls schon Hegel versuchte.[36]

---

[31] Vgl. Brugsch 1928.

[32] Vgl. etwa die folgende Definition Sterns: „Eine Person ist ein solches Existierendes, das, trotz der Vielheit der Teile, eine reale, eigenartige und eigenwertige Einheit bildet, und als solche, trotz der Vielheit der Teilfunktionen, eine einheitliche, zielstrebige Selbsttätigkeit vollbringt" (Stern 1906, S. 16).

[33] Vgl. Hegel 1830, §§ 395 ff. sowie Siep 1992, S. 195–216.

[34] Kraus 1926, S. 3.

[35] Kraus 1926, S. 63.

[36] Vgl. Hegel 1830, §§ 371 ff., 404 ff.

Gegenüber den Versuchen, den Leib-Seele-Dualismus mit einem an der Ganzheit und Einmaligkeit des Körpers orientierten Personbegriff zu überwinden, gibt
es in der sogenannten „psychologischen Medizin" und später im medizinischen
Personalismus auch Personbegriffe, die stärker an der psychischen Einheit des
Erlebens und der Lebensgeschichte orientiert sind. So etwa bei Ludolf von Krehl,
der die „Einheit der Persönlichkeit" als etwas „Seelisches, Unräumliches" versteht,
das gleichwohl nicht vom Körper unterschieden sei, sondern dessen „einheitliche Leitung" ausmacht. [37] Unter „Seelischem" versteht Krehl dabei bewußte und
unbewußte Prozesse: „Wer von einer Leitung der Seelenvorgänge durch Seelisches
überzeugt ist, wird dies zu einem großen Teil in dem für uns des Bewußtseins
entbehrenden Prozesse sehen müssen". [38] In Anlehnung an Freud sieht Krehl
gerade die plötzlich ins Unterbewußte verdrängten Erregungen als seelische Ursache körperlicher Krankheitssymptome. Anders als bei Freud hat das Unbewußte
bei Krehl allerdings offenbar auch eine religiös-metaphysische Dimension.

Die Position eines von der „Erlebniseinheit" ausgehenden Begriffs der leibseelischen Einheit der Person wird weiterentwickelt in der „psychosomatischen
Medizin" (Alexander Mitscherlich, von Weizsäcker etc.). [39] Hier wird die Person
vor allem von den Aufgaben her gesehen, die sie selbst oder die Umwelt an
sie stellt. Bewältigt sie diese Aufgaben nicht, so kommt es zu einem Konflikt,
dessen „Materialisierung" die körperliche Krankheit ist. Zwar können natürlich
auch körperliche Verletzungen oder Beeinträchtigungen Konflikte auslösen, aber
das Maß der Krankheit richtet sich danach, wie weit die Person in der Lage ist, die
Beeinträchtigungen auszugleichen bzw. „anzunehmen".

Viktor von Weizsäcker, Ludwig Binswanger und andere haben die Psychosomatik weiterentwickelt zu einer medizinischen Anthropologie, in der die leibseelische
Einheit der Person um eine „historische" und eine „kommunikative" Dimension
erweitert wird. Hier stehen existenz- und dialogphilosophische Positionen Pate.
Person wird nicht als etwas Identisches im Ablauf ihrer mentalen Zustände verstanden, sondern als eine Geschichte, in der sich das Selbstverständnis radikal
ändern kann; aber so, daß der nicht gewählte Anfang und die abgelaufenen Phasen
die zukünftigen Möglichkeiten bestimmen. Daraus ergeben sich Konsequenzen für
den „personalen" Umgang mit der Krankheit, aber auch für die personale Dimension des Arzt-Patient-Verhältnisses. [40] Prozesse der wechselseitigen Instrumentalisierung, des Objektivierens und Ausnützens des Partners erscheinen geradezu als
pathologische Formen des für Personalität wesentlichen „Mitseins". [41]

---

[37] Krehl 1930, S. 8.

[38] Krehl 1930, S. 245.

[39] Vgl. Alexander/French 1948 sowie die programmatischem Überlegungen Weizsäckers 1949a und
Mitscherlichs 1949.

[40] Vgl. Christian 1952, S. 125 ff., 152 ff.; Siebeck 1949 sowie Weizsäcker 1949b.

[41] Zu den philosophischen Wurzeln dieser Konzeption vgl. Löwith 1928.

Ist der Personbegriff der medizinischen Anthropologie nur für Krankheitsbegriff und -bewältigung sowie das Arzt-Patient-Verhältnis von Bedeutung oder auch für die in der heutigen – vor allem angelsächsischen – angewandten Ethik diskutierten Probleme „werdender" und „ehemaliger" Personen? Wenn man die Person von leiblichen, emotionalen, intellektuellen und sozialen Leistungen her versteht, dann verbietet sich offenbar eine scharfe Trennung zwischen „moralischen Personen", die zur Zurechnung und Verantwortung fähig sind, und bloß biologisch der menschlichen Art zugehörigen Wesen. Eine Gradualisierung der Personalität wird unvermeidlich – und dementsprechend eine gradualisierte Zuschreibung von Rechten und Pflichten. Nicht nur Schichten, sondern auch Entwicklungsstufen der Personalität müssen unterschieden werden. Eine solche Gradualisierung wird sich freilich – das zeigen die Erfahrungen mit den Debatten um den Lebensbeginn – weder auf metaphysisch noch auf naturwissenschaftlich eindeutig und endgültig festzustellende Grenzen stützen können. Aber korrigierbare normative Grenzziehungen in Recht und Moral müssen sich gleichwohl auf – ebenso korrigierbare – biologisch-medizinische Erkenntnisse über die Entwicklung der Personalität beziehen.

Auf der anderen Seite sind viele der anthropologischen Theorien nicht hinreichend gegen skeptische Einwände gesichert. Es müßte noch klarer gemacht werden, inwiefern sie für (gegenwärtig) unbestrittene Phänomene die beste theoretische Deutung liefern. Die semiotische und systemtheoretische Fortführung der Psychosomatik ist ein Versuch in diese Richtung.[42]

Ob sich aus diesem Ansatz eine plausiblere und mit unseren Rechtstraditionen besser harmonisierbare Behandlung der Fragen von Abtreibung, Sterbehilfe, Umgang mit Unmündigen etc. entwickeln läßt als in der gegenwärtig dominierenden angewandten Ethik, will ich hier nicht entscheiden. Jedenfalls liegen den modernen rechtlichen Regelungen dieser Fragen gradualisierte Vorstellungen des Rechtsanspruches von Personen zugrunde – etwa, wenn der Schutz des Embryos hinter das leibliche und psychische Wohl der Mutter (medizinische Indikation) zurücktritt. Es fragt sich, ob eine philosophische Rechtfertigung solcher Vorstellungen nicht einen Rückgriff auf den aristotelischen Begriff der Seele erfordert – aktualisiert mit Mitteln der modernen Medizin und Psychologie. Solange der Personbegriff der Tradition Lockes zusammen mit Prämissen der utilitaristischen Ethik zu so problematischen Resultaten führt wie bei den oben erörterten Autoren, besteht kein Anlaß, die philosophisch-medizinischen Bemühungen der „alternativen" Tradition dieses Jahrhunderts zu vergessen.

---

[42] Vgl. Uexkuell/Wesiack 1988.

IV. DER BEGRIFF DER PERSON ALS ALLEINIGE GRUNDLAGE DER BIOETHIK?

Die Erinnerung an ganzheitliche Konzeptionen der Person hatte zum Ziel, der intellektualistischen Tradition des Begriffs der Person eine Alternative gegenüberzustellen. Aus einem solchen Personbegriff würden jedenfalls die problematischen Konsequenzen nicht folgen, die im zweiten Teil erörtert wurden. Die Unzulänglichkeiten des verengten Personbegriffs können daher nicht dem Begriff der Person im allgemeinen angelastet werden. *Wenn* dem Personbegriff weiterhin eine tragende Rolle für normative Argumentationen in der angewandten Ethik zukommen soll, dann kann es nach meiner Auffassung nicht der Begriff der Locke'schen Tradition sein. Man kann aber nicht von den problematischen Folgen dieses Konzepts auf die generelle Unbrauchbarkeit des Begriffs der Person als einer Begründungsressource für die angewandte, speziell die biomedizinische Ethik schließen.

Gleichwohl ist zweifelhaft, ob der Personbegriff wirklich die Begründungslast tragen kann, die ihm in der gegenwärtigen angewandten Ethik oft aufgebürdet wird. Fraglich ist auch, ob mit dem Begriff der autonomen Person in den Problembereichen, für deren Behandlung er geeignet ist, ein absolut dominierendes ethisches Prinzip benannt ist, hinter dem alle anderen ethischen Ansprüche zurückstehen müssen. Es gibt Probleme der Medizinethik – z.B. die Grenzen der freiwilligen Veränderung des eigenen Körpers – oder der Natur- und Umweltethik, zu deren Lösung der Begriff der Personalität und die Norm des Respekts vor personaler Autonomie offenbar nicht ausreicht. Andere Güter und Werte wie Natürlichkeit,[43] Mannigfaltigkeit und artgemäßes Gedeihen sind von ebenso großer Bedeutung. Die hier vorgeschlagene Erweiterung bzw. Wiedergewinnung eines vollständigeren Verständnisses der Person muß daher eingebettet werden in eine umfassendere ethische Konzeption. In einer solchen Ethik wird Personalität zwar Ursprung für fundamentale Normen wie Autonomie, Menschenwürde etc. bleiben. Die Rechte und Interessen von Personen – z.B. das Eigentumsrecht,[44] das Recht auf Verfügung über den eigenen Körper oder das Recht auf Reproduktion – sind aber in einem umfassenden evaluativen Weltbild nicht unabwägbar gegenüber anderen Werten und Ansprüchen. Wenn nicht alle Rechte, Werte und Normen auf den Begriff der autonomen Person zurückgeführt werden können, dann wird es notwendig, Eigentümlichkeit und Rechte der Person ihrerseits in einem umfassenden Ansatz des ethisch Guten zu lokalisieren.[45]

---

[43] Vgl. dazu Siep 1999b.

[44] Vgl. dazu Scherhorn 1997.

[45] Die Grundzüge einer solchen Ethik sowie Erörterungen verschiedener Teilaspekte und Probleme derselben finden sich in Siep 1996a, 1996b, 1997 und 1998c.

LITERATUR

Alexander, F./French, T. M. 1948: Studies in Psychosomatic Medicine, New York.

Beauchamp, T. L./Walters, L. (Hg.) 1982: Contemporary Issues in Bioethics (2. Auflage), Belmont, Cal.; 5. Aufl. 1999

Beckmann, J. P. 1996: Über die Bedeutung des Personbegriffs im Hinblick auf aktuelle medizinethische Probleme. In: ders. (Hg.) 1996: Fragen und Probleme der medizinischen Ethik, Berlin.

Brugsch, Th. 1928: Über den personalistischen Standpunkt in der Medizin. In: Jahrbuch für Charakterkunde 5.

Christian, P. 1952: Das Personverständnis im modernen medizinischen Denken, Tübingen.

Fichte, J. G. (GA) 1962 ff.: Gesamtausgabe der Bayerischen Akademie der Wissenschaften, Stuttgart.

Hegel, G. W. F. [1830]: Enzyklopädie der philosophischen Wissenschaften, 3. Auflage. Hg. v. F. Nicolin/O. Pöggeler, Hamburg 1959.

Kant, I. 1968 Iff.: Werke. Akademie-Textausgabe, Berlin.

Kraus, F. 1926: Die allgemeine und spezielle Pathologie der Person, Leipzig.

Krehl, L. v. 1930: Entstehung, Erkennung und Behandlung innerer Krankheiten. Band 1, Berlin.

Kuttig, L. 1993: Autonomie zwischen ethischem Anspruch und medizinischer Wirklichkeit. Paternalismus im Arzt-Patient-Verhältnis. In: Eckensberger, L. H./Gähde, U. (Hg.): Ethische Norm und empirische Hypothese, Frankfurt am Main.

Löwith, K. 1928: Das Individuum in der Rolle des Mitmenschen, München.

Mitscherlich, A. 1949: Über die Reichweite psychosomatischen Denkens in der Medizin. In: Verhandlungen der Deutschen Gesellschaft für innere Medizin, Wiesbaden.

Petermann, F. et al. (Hg.) 1997: Perspektiven der Humangenetik – medizinische, psychologische und ethische Aspekte, Paderborn.

Quante, M. 1995: ‚Wann ist ein Mensch tot?‘ Zum Streit um den menschlichen Tod. In: Zeitschrift für philosophische Forschung 49.

Quante, M. 1998: Passive, indirekt und direkt aktive Sterbehilfe – eine deskriptiv und ethisch tragfähige Unterscheidung? In: Ethik in der Medizin 10.

Quante, M. 1999: Aber Dich gibt's nur einmal für mich! Gefährdet Klonieren die Identität der Person? In: Paslack, R. (Hg.): Gene, Klone und Organe – Neue Perspektiven der Biomedizin, Frankfurt am Main.

Scherhorn, G. 1997: Das Ganze der Güter. In: Meyer-Abich, K.-M. (Hg.): Vom Baum der Erkenntnis zum Baum des Lebens, München.

Siebeck, R. 1949: Medizin in Bewegung, Stuttgart.

Siep, L. 1992: Praktische Philosophie im Deutschen Idealismus, Frankfurt am Main.

Siep, L. 1993: Personbegriff und angewandte Ethik. In: C. F. Gethmann/P. L. Oesterreich (Hg.): Person und Sinnerfahrung. Philosophische Grundlagen und interdisziplinäre Perspektiven. Festschrift für Georg Scherer zum 65. Geburtstag, Darmstadt.

Siep, L. 1996a: Eine Skizze zur Grundlegung der Bioethik. In: Zeitschrift für philosophische Forschung 50.

Siep, L. 1996b: Ethik und Anthropologie. In: Barkhaus, A. et al. (Hg.): Identität, Leiblichkeit, Normativität, Frankfurt am Main.

Siep, L. 1996c: Ethische Probleme der Gentechnologie. In: Beckmann, J. P. (Hg.): Fragen und Probleme einer medizinischen Ethik, Berlin.

Siep, L. 1997: Zwei Formen der Ethik, Opladen.

Siep, L. 1998a: ‚Dolly‘ oder die Optimierung der Natur. In: Ach, J. S. et al. (Hg.): Hello Dolly?, Frankfurt am Main.

Siep, L. 1998b: Zur ethischen Problematik des Klonens. In: Jahrbuch für Wissenschaft und Ethik 3.

Siep, L. 1998c: Bioethik. In: Pieper, A./Thurnherr, U. (Hg.): Angewandte Ethik, München.

Siep, L. 1999a: Klonen. Die künstliche Schaffung des Menschen? In: Das Parlament – Beilage 6.

Siep, L. 1999b: Bemerkungen zum Begriff der Natürlichkeit. In: Jahrbuch für Wissenschaft und Ethik 4.

Siep, L./Quante, M. 1999: Ist die aktive Herbeiführung des Todes philosophisch zu rechtfertigen? In: Holderegger, A. (Hg.): Das medizinisch assistierte Sterben. Zur Sterbehilfe aus medizinischer, ethischer, juristischer und theologischer Sicht, Freiburg.

Singer, P. 1975/1982: Animal Liberation: A New Ethics for our Treatment of Animals, New York. [Dt.: Die Befreiung der Tiere. Übersetzt von E. v. Scheidt, München.]

Singer, P. 1979/1984: Practical Ethics, Cambridge. [Dt.: Praktische Ethik. Übersetzt von J. C. Wolf, Stuttgart.]

Stern, W. 1906: Person und Sache. Band I, Leipzig.

Sturma, D. 1997: Philosophie der Person. Die Selbstverhältnisse von Subjektivität und Moralität, Paderborn.

Uexkuell, Th. v./Wesiack, W. 1988: Theorie der Humanmedizin, München.

Weizsäcker, V. v. 1949a: Psychosomatische Medizin. In: Verhandlungen der Deutschen Gesellschaft für innere Medizin, Wiesbaden.

Weizsäcker, V. v. 1949b: Arzt und Kranker, Stuttgart.

PERSONENREGISTER

ethica

Hrsg. von Dieter Sturma und Michael Quante

Dieter Thomä (Hrsg.)

Analytische Philosophie der Liebe

2000. 240 S., kart., DM 48,-/EUR 24,54
ISBN 3-89785-300-0 (= ethica 1)

Die Liebe - dieses ebenso wunderbare wie verwirrende Gefühl, tausendfach romantisch verklärt und besungen, aber auch mißbraucht und medial vermarktet, ist ein Phänomen, mit dem sich die Philosophen immer schwer getan haben. Gerade Philosophen aus der analytischen Schule, die oft für ihre formale Trockenheit geschmäht worden ist, finden Zugang zum Verständnis dieses Phänomens - und sie finden den richtigen Ton diesseits von Schwelgerei und Schematik.

Mit Beiträgen von Julia Annas, Annette Baier, Harry Frankfurt, Barbara Herman, Robert Kraut, Martha Nussbaum, Amélie Rorty, Gabriele Taylor, Gregory Vlastos.

Michael Quante/Andreas Vieth (Hrsg.)

Xenotransplantation

Ethische und rechtliche Probleme

2001. 222 S., kart., DM 58,-/EUR 29,66
ISBN 3-89785-302-7 (= ethica 2)

Mit der Entwicklung der Xenotransplantation hofft die Transplantationsmedizin, die notorische Knappheit von Spendeorganen beheben zu können. Gleichzeitig wirft sie aus ethischer und rechtlicher Perspektive vielfältige Fragen auf. Die Beiträge, die in diesem Band versammelt sind, stellen zum einen die Hauptergebnisse der großen Studien zur Xenotransplantation und den Diskussionsstand im Bereich der Ethik dar. Zum anderen wird der rechtliche Rahmen, der für die Xenotransplantation gegenwärtig gegeben ist, analysiert und auf mögliche Probleme und Regelungsbedarf hin untersucht. Damit wendet sich dieses Buch sowohl an Ethiker und Juristen wie auch an interessierte Nichtspezialisten, die sich mit den drängenden Fragen der gegenwärtigen biomedizinischen Ethik auseinandersetzen möchten.

Dieter Sturma

Philosophie der Person

Die Selbstverhältnisse von Subjektivität und Moralität

1997. 376 S., geb., DM 68,-/EUR 34,77
ISBN 3-89785-027-3